Liselotte Foster • Red Store Street

Liselotte Foster

Red Store Street

Roman

FOUQUÉ LITERATURVERLAG

FRANKFURT A.M. • MÜNCHEN • LONDON • MIAMI • NEW YORK

Die Deutsche Bibliothek – CIP-Einheitsaufnahme
Ein Titeldatensatz für diese Publikation ist bei
Der Deutschen Bibliothek erhältlich.

Autorin und Verlag unterstützen das Albert-Schweitzer-Kinderdorf in Hessen e.V.,
das verlassenen Kindern und Jugendlichen ein Zuhause gibt.
Wenn Sie sich als Leser an dieser Förderung beteiligen möchten, überweisen Sie bitte
einen – auch gern geringen – Betrag an die Sparkasse Hanau, Kto. 19380, BLZ 506 500 23,
mit dem Stichwort »Literatur verbindet«, Autorin und Verlag danken Ihnen dafür!

Frankfurter Verlagsgruppe Dr. Hänsel-Hohenhausen AG
Frankfurt a. M. • München • London • Miami • New York
Hanauer Landstraße 338 • D-60314 Frankfurt/M.
Fax 069-40894-194 • Tel. 069-40894-0

ISBN 3-8267-5167-1
2002

Satz und Lektorat: Uta Zirpel
Titelillustration: Johann Dunstheimer

Printed in Germany

Für Nandi und Tom

1) Red Store Street

Red Store Street war damals überall. Tausend Dörfer Ostafrikas durchzog sie. Einheimische und indische Händler lebten in ihr, und von den umliegenden Tee-, Kaffee- oder Tungölplantagen kamen Europäer, um hier einzukaufen. Unsere Red Store Street hat heute wohl ihren Namen geändert und heißt nun vielleicht Ghandi Road oder Freedom Street – aber aussehen wird sie wohl noch genau wie damals in den frühen sechziger Jahren: Die weißen Lehmhäuser während der Trockenzeit in himbeerfarbenen Staub gehüllt, die Regenzeit hindurch in rotem Schlamm versinkend. Und hinter ihr, dicht gedrängt wie Pilzkolonien, die runden Hütten der Eingeborenen, aus Lehm oder Ameisenerde geformte Rundhütten, auf kleine Lehmplateaus geklebt, von Grasdächern überschattet.

Ihren Namen trug die Straße nach dem Red Store, einem rot lackierten Ladenquadrat, dessen grelle Hummerfarbe inmitten der schäbigen Tristesse verwahrloster Häuser nach einem Signal zu schreien schien: Und für wenige Monate prangte auf ihr auch tatsächlich ein schwarzer Hammer mit Sichel, der jedoch bald wieder einem blaßrosa Elefantengott weichen mußte. Damals aber stand nur ›Karbaris Kurzwaren und Transport‹ über der Ladentüre, und an einer seiner Seitenwände hing ein leicht angerostetes Blechschild mit der Aufschrift: ›Andrews Liversalts – fight pain powerfully‹, das Erleichterung von den Nachwehen zu starker Curries versprach.

Zur Mittagszeit eines drückend heißen Tages, kurz vor dem Beginn der Regenzeit, lag die Straße brüchig und von feinem Staub umflimmert zwischen Häusern, die verlassen schienen. Die Bewohner, von der Hitze gelähmt, lagen auf Säcken hinter ihren Ladentheken oder kauerten in kleinen Hinterhöfen auf Charpoys (leichten, mit Seilgeflecht überzogenen hölzernen Bettgestellen). Die Straße hätte zu einer Geisterstadt gehören können, hätten sich nicht ein paar schwarze Schweinchen im Staub gewälzt, wäre nicht ein magerer gelber Hund vor dem Red Store in einer Mulde gelegen, aus der das Skelett seines Rückens wie ein sich aufbäumender Skorpion ragte. Durch diese lethargische Mittagsruhe hallte plötzlich eine schrille Frauenstimme, die so rücksichtslos die Stille zerriß, daß aus dem einzigen, staubbedeckten Eukalyptusbaum der Straße ein paar Krähen verstört aufflatterten, einen schlaftrunkenen Kreis um Jahan Tussanis Haus zogen, um sich gleich wieder beruhigt niederzulassen: Sie kannten die Stimme, die aus Tussanis Haus drang, es war die Essabetalas, seiner Frau. Essabetala hatte gerade einen Blechteller mit Maisbrei auf den Tisch geschmettert, an dem ihr Herr und Gebieter sein Mittagsmahl erwartete.

»Es ist nicht recht«, rief sie, »es ist menschenverachtend, was dein Bwana Dale heute nacht wieder mit seinen Boys getrieben hat. Ich habe das Gegröle um Mitternacht gehört und natürlich war Bwana Dale wieder einmal völlig betrunken.«

Jahan Tussani streckte seine langen, mit angeschmutzten weißen Drillhosen bekleideten Beine unter den Tisch, runzelte die Stirn, zog die buschigen Brauen zu einem pechschwarzen Strich zusammen und öffnete langsam einen rauchbraunen Mund, in dem zwischen angefaulten Zähnen rote Betelklümpchen klebten.

»Höre auf mit diesem Geschrei, Essabetala«, antwortete er, »Bwana Dale ist ein Patriot wie ich, seine Boys singen patriotische Lieder und er bezahlt sie dafür. Sixpence für jeden, wenn das kein Geld ist! Sixpence für jedes Lied, was willst du mehr, sogar ich würde dafür ›Britannia rules the waves‹ singen, für das ich doch nun wirklich als Inder keine besondere Vorliebe habe. Ein Stundenlohn für ein einziges Lied!«

»Warum soll ein Bürger dieses Landes«, sagte Essabetala, die eigentlich Elisabeth hieß, was aber niemand in der Gegend aussprechen konnte, so daß sich schließlich auch Tussani selbst, der ganz entschieden Bildung besaß und den Namen der Queen kannte, schließlich für Essabetala entschieden hatte, »warum also«, sagte Essabetala, »soll ein Bürger dieses Landes englische Lieder singen, wenn er selbst eine schöne Nationalhymne hat – und außerdem habe ich gehört, daß Bwana Dale seine Boys dazu zwingt, diese

Lieder zu singen. Karims Boy, Nr. One, hat mir erzählt, daß er ihnen mit einem Bambusstock auf die Beine schlägt, wenn sie nicht singen wollen.«

»Was für ein Unsinn«, sagte Tussani, »nicht singen wollen für Sixpence! Zeig mir den Schwarzen, der so etwas ablehnen würde!«

»Ich!« rief Essabetala und rollte riesige schwarze, in milchiges Weiß gebettete Augen in einem runden kohlschwarzen Gesicht, stemmte fette Fäuste an enorme mit großgeblümtem Kattun überspannte Hüften und sah ihren Gemahl herausfordernd an:

»Ich würde mich weigern. Du vergißt wohl wieder einmal, daß auch ich, wie du zu sagen beliebst, ein Kaffir bin. Ja, und ich bin stolz darauf. Dein Bwana Dale ist kein guter Mensch.«

»Komm her«, sagte Tussani zu seiner Frau und kniff sie liebevoll in den Hintern, »jawohl, schwarz wie Teer bist du, ein schönes schwarzes Schaf, Essabetala, komm her, ich werde dich meine Hymne lehren – und wenn du sie singen kannst, bekommst du, du weißt schon was ...«

»Du schmutziger alter Mann«, sagte Essabetala, eine Hüfte kokett am wächsernen Tischtuch reibend und zeigte lachend eine Reihe weißer Pavianzähne, in deren Mitte als opulentes Signal höherer Ansprüche ein Goldzahn blitzte. »Ich will deine dumme Hymne nicht hören und einmal wird Atatürk deinen Bwana Dale strafen ...« Und Essabetala bekreuzigte sich schnell in Richtung des Friseursalons, der sich Tussanis guter Stube anschloß, und in der die große kolorierte Photographie Kemal Pascha Atatürks an einer den Besucher begrüßenden Wand hing. Sie zeigte den Vater der Türken in voller Uniform mit dem stahlgrauen Blick eines Hypnotiseurs über verblichenen Ordensbändern. Darunter stand ein Holzschemel und ein wackliges Tischchen, auf dem Tussani die Instrumente seines Gewerbes auf einem rosa und grün gestreiften Handtuch ausgebreitet hatte: eine Schere, ein paar säbelartig geschwungene Rasiermesser, etliche Pinsel und eine große Flasche Seifenwasser. Auf einem mit geblümtem Wachstuch überzogenen Wandbrett standen Fläschchen mit Hautaufhellern, deren eines

›Dear Heart‹ hieß und die frohe Botschaft ›look lighter, look lovelier‹ verkündete.

»Schon wieder hast du dich vor Atatürk bekreuzigt«, sagte Tussani, »wie oft habe ich dir schon gesagt, daß Atatürk ein Moslem war und man sich vor Moslems nicht bekreuzigt.«

»Das ist doch ganz egal«, erwiderte Essabetala, »du hast selbst gesagt, daß er ein Heiliger war, und vor Heiligen bekreuzige ich mich«. Essabetala war in einer katholischen Mission erzogen worden und dank ständiger Wiederholung des Bekreuzigens in ihrer Kindheit war diese Geste längst zu einer Beschwörungsformel geworden, durchaus zu vergleichen mit denen des Medizinmannes droben in den Bergen. Wenn nun Tussani dagegen im Augenblick nichts weiter einzuwenden hatte, so war dies der Tatsache zuzuschreiben, daß er, angeregt durch Essabetala, wieder einmal, wie so oft, mit Atatürk beschäftigt war. Einem großen Mann, der sein Volk geeinigt hatte, einem Moslem. Und wenn Tussani auch auf gewisse Weise ein unorthodoxer indischer Patriot war, so schlummerte doch auch in seinen Genen die indische Überzeugung, daß ein Staatsmann den Heiligen nahestehe. Wenn nun in seinem Salon nicht Ghandi, sondern Atatürk hing, so war dies seiner besonderen Neigung zu muselmanischen Patrioten zu verdanken und besonders solchen, die nicht vor kriegerischen Taten zurückschreckten. Ja, er hatte seine Verehrung Ghandi, dem Gewaltlosen, entzogen, seine ganze Bewunderung galt Atatürk, und er wünschte sich für Indien, Afrika und die ganze Welt eine gewaltige Reinkarnation seines Helden. Daneben galt seine Hochachtung den Engländern, denn Tussani war chevaleresk und zollte dem ehemaligen Feind Respekt und ganz im besonderen Bwana Dale.

Der lebte etwa eine Meile vom Dorf entfernt inmitten seiner Teeplantagen und war ein guter Kunde Jahan Tussanis, der sich gerne in lange Gespräche mit ihm einließ, die meist in schöner Übereinstimmung und zu gegenseitigem Nutzen verliefen. Auch Essabetala mochte Mr. Dale – Tussani blickte auf seine Frau, die eben mit einem riesigen Holzkamm, den sie zwischen Fingerkuppen und Handballen wie eine Kastagnette hielt, durch ihr Haar fuhr und während dieses Gezerres durch die widerspenstige Wolle einen wilden Medusenmund zog. Sollte sie sich ruhig, dachte er, vor Atatürk bekreuzigen, solange sie dies nicht vor einem obszönen Hindugott tat, wie diesem rosa Elefanten mit dem erigierten Glied, der in Salina Karbaris' Red Store hinter einem Gewinde von Plastikrosen in einem Glassturz thronte. Er schaute auf Essabetalas pralles Hinterteil, ihre runden, blau-schwarz-metallisch glänzenden Schultern, das drahtige Haar, das sich nicht einmal mit seinem Spezialglätter, der vor Jahren, aus den USA eingeführt, in seinem kleinen Laden ein absoluter Renner geworden war, straffen ließ: alles an ihr war schwarz wie die Nacht, während er selbst von der Farbe hellen Milchkaffees war. Er stammte aus dem Norden Indiens, aus Rajasthan, wo die Arier vor Jahrtausenden ihre helle Haut eingebracht hatten, und Tussani war immer stolz auf diese Haut gewesen. Nie hätte er früher für möglich gehalten, daß er jemals eine Schwarze heiraten würde – aber was war einem Mann wie ihm, der achtunddreißig Jahre im Land gelebt hatte, am Ende schon übrig geblieben? Hier waren seine Landsleute entweder arme Teufel einer niederen Kaste oder vermögende Geschäftsleute wie Karbaris und Karim, die nicht daran dachten, einem Friseur eine ihrer Töchter zu geben, da konnte Tussani noch so sehr beteuern, daß er ›high caste‹ war – für diese Hindus hier gehörte ein Moslem einfach keiner Kaste an. Aber Essabetala war nicht die Schlechteste, sie versorgte ihn gut und bewahrte die Finanzen in einem Plastikbeutel unter ihrem Hemd, an der warmen Stelle zwischen ihren gewaltigen Brüsten verborgen, den ganzen Monat hindurch, bis Tussani schließlich den prallgefüllten Beutel, der schon wie ein dritter Busen zwischen ihren Brüsten pendelte, während seines monatlichen Besuches in der Stadt bei der Bank ablieferte. Und Essabetala wenigstens war durchaus der Meinung, daß er selbst ein Bwana war, ein Bwana auf derselben Stufe wie Bwana Dale oder doch nur sehr wenig darunter. Und Tussani selbst konnte sicher sein, daß die weißen Bwanas ihn schätzten – schon in den frühen dreißiger Jahren rasierte er sie, schnitt ihnen das

Haar, ja, da war er jede Woche an die dreißig Kilometer durch die Teegärten gefahren, oft bis über die Grenzen des Landes hinaus nach Portuguese East hinein, wie damals Mozambique noch hieß. Er schnitt den Bwanas das Haar zu makellos konservativer Form und schon dieser vorzügliche Geschmack wies ihn beinahe als einen der ihren aus. Auch die Memsahibs, wie in seiner indischen Kindheit weiße Damen genannt wurden, waren ihm immer wie einem Gentleman begegnet, nie verließ er eines ihrer Häuser ohne Tee und Gebäck. Es waren gute Zeiten damals. Heute waren fast alle Bwanas mit ihren Familien nach England zurückgekehrt, nur eine Handvoll managte noch eigene Plantagen oder arbeitete für riesige englische Teekonzerne. Junge Schwarze, Siebengescheite – wie Tussani dachte –, von Kursen aus England zurückgekehrt, dominierten jetzt das Teegeschäft und kein Wunder, daß der Ertrag zurückgegangen war. Da war es schon ein Segen, daß es Bwana Dale noch gab, einen echten Bwana der alten Schule, und selbst Essabetala gab zu, daß Bwana Dale Respekt verdiente. Seine Boys ließ er patriotische Lieder singen – und warum nicht, dachte Tussani, er bezahlte ja schließlich dafür. Bwana Dale erinnerte Tussani überhaupt ein wenig an Atatürk – dieselben graublauen eindringlichen Augen, nur Bwana Dales Haar war natürlich rot. Und Alkohol hätte Atatürk niemals zu sich genommen – aber Bwana Dale war eben ein Christ und Christen tranken. Er ging am Sonntag mit der Memsahib in die Missionskirche zu den Weißen Vätern und spendete reichlich, so daß die kleine weiße Kirche immer perfekt in Schuß gehalten werden und Father Ricardo sich dieses Hobby mit seinen Bäumen erlauben konnte. Und Tussani dachte betrübt an seine Moschee – wenn der stallähnliche, unverputzte Bau überhaupt so bezeichnet werden durfte: Das Gemäuer bröckelte ab, die Mirabh war kaum mehr auszumachen, und das Minarett – ein stumpfer Turm mit einem verbeulten Eisengitter in halber Höhe –, dieses Minarett wurde langsam lebensgefährlich. Wenn Tussani die Stufen in seinem Innern zu der rostigen Balustrade hinaufsteigen mußte – und dies tat er fünfmal am Tage, denn er versah seit Jahren das Amt des Muezzins –, konnte er nie sicher sein, heil oben anzukommen, so baufällig war die Steintreppe geworden. Und in Gedanken eilte Tussani dann oft leichtfüßig die marmorne Treppe mit dem filigranen Geländer des Minaretts der großen Moschee in Delhi hinauf – wie kühl sich der weiße Marmor dort unter den Füßen anfühlte! Wie Allahs Macht und Größe dort spürbar waren!

Aber wieder einmal wurde er plötzlich aus seinen Gedanken in eine rauhe Wirklichkeit gezerrt: Essabetala hatte das Plastiktuch vom Tisch gerissen, so daß seine nackten Füße, die er mit an den Zehenspitzen baumelnden Flip Flops auf die Tischkante gelegt hatte, jählings auf den Boden plumpsten und ein Dutzend Fliegen, die sich an Maisbreiresten verlustierten, aufscheuchten. Tussani sah auf seine Uhr: es war Zeit zum Abendgebet. Er schlüpfte in seine Flip Flops, zog sich sein am Türrahmen hängendes weißes Hemd, den Sherwani, an, setzte sich das gehäkelte weiße Käppchen aufs spärliche graue Haar und begab sich auf den Weg zur Moschee. Diese befand sich nur einige Schritte von seinem Haus entfernt und eigentlich hätte er die Straße nicht zu betreten brauchen, denn ein direkter Weg führte durch einen langgestreckten Hinterhof, der die Moschee mit seinem Haus verband. Doch Tussani haßte diesen Weg: Essabetala hatte dort ihre Hühnerställe und betrieb auf diesem lehmigen festgetretenen Stück Boden ihre ganz private Schlächterei. Sie kaufte Hammel und Ziegen in den umliegenden Dörfern, fütterte sie fett und verkaufte das Fleisch an die Dorfbewohner. Unverkäufliches blieb für Geier und Hyänen liegen – meist war ja alles schnell verschwunden –, aber es passierte doch manchmal, daß Tussani auf dem Weg durch diesen Hof von einem aufflappenden Geier mit einem Stück Darm dekoriert wurde, das der Vogel, achtlos aus dem Vollen schöpfend, fallengelassen hatte. So nahm Tussani auch heute den Weg über die Straße, vorbei an Karims General Market und Salina Karbaris' Red Store. Und nie passierte er das flachdachige, über und über mit roter Ölfarbe bemalte Gebäude, ohne einen leisen Fluch auszustoßen. Nicht, daß er etwas wirklich Ernsthaftes gegen Karbaris gehabt hätte, aber Tussani wußte, daß Karbaris ihn wegen Essabetala verachtete. Nie hatte Karbaris dies offen gezeigt, aber Tussani war ein feinfühlender Mensch und wußte es. Dieser kleine tiefdunkle Inder Karbaris, aus Goa stammend, war ein jovialer Mensch häßlichen Aussehens – bienenfleißig sein Fuhrgeschäft betreibend, hatte er es zu beachtlichem Reichtum gebracht. Er und Tussani hatten vor Jahren demselben Mädchen den Hof gemacht, das sich natürlich für den Erfolgreicheren entschieden hatte. Als Tussani Essabetala vor fünfundzwanzig Jahren heiratete, er war damals dreißig, sie zwanzig, hatte er auch Karbaris und Salina zur Hochzeit geladen, wie alle Inder des Dorfes – und damals waren es noch etwa 50 an der Zahl – und natürlich auch Essabetalas Verwandtschaft, die aus unzähligen Geschwistern, Nichten und Neffen bestand. Aber Karbaris und Salina waren nicht erschienen. Karbaris war ihm zwar immer jovial begegnet – aber es war da, nicht wahr, eine winzige Herablassung manchmal zu spüren gewesen, eine Herablassung, die Tussani nicht einfach mit dem Hochmut des begüterten Handelsmannes zu erklären gewillt war: es steckte mehr dahinter, und dieses mehr war Essabetala.

Als nun Tussani an diesem späten Nachmittag durch die schlafende Straße am Red Store vorüberging, sah er wie so oft durch die offen stehende Ladentüre im Dämmer des Durcheinanders von Stoffballen, Kerosinlampen und Maissäcken Salina Karbaris sitzen, und sie erschien ihm mit ihren großen brennenden Augen im mageren Gesicht wunderschön. Ja, sie war hellhäutig wie er selbst und hatte – es gab keinen Zweifel – seines Geldes wegen diesen dunkelhäutigen, kraushaarigen, fetten, porkupinen Karbaris geheiratet, während er Essabetala ..., aber nein, schnell wandte er seine Gedanken ab: er war schließlich auf dem Weg in die Moschee. Salina schien ihn nicht bemerkt zu haben, nur der skelettöse gelbe Hund vor ihrer Ladentüre fegte kurz, in vergeblicher Hoffnung, Aufmerksamkeit zu erregen, mit einem harten mageren Schwanz über den festgebackenen Boden. Tussani betrat die Moschee, blickte wie immer zur Decke hinauf, wo wurlige Fledermausbündel wie schwarz übersponnene Laternen hingen, und wie jeden Tag dachte er, daß sie entfernt werden müßten, er aber leider keine

Möglichkeit hatte, sie in dieser Höhe zu erreichen. Und wie immer blickte er auf eine rechteckige braune Uhr an der Wand, das einzige Schmuckstück der Kirche, das aber leider schon seit zehn Jahren verstummt war. Es war eine Kuckucksuhr, freilich ohne Kukkuck, da natürlich Tiere in einer Moschee nichts zu suchen haben. Diese Uhr konnte Tussani erreichen, und er pflegte öfters Spinnweben von ihrem Ziffernblatt, das genau die zwölfte Stunde anzeigte, zu entfernen. Eigentlich war die Uhr damals 15 Minuten vor 12 stehengeblieben, aber diese nichtssagende Zeit, nur zweimal am Tag für den Bruchteil einer Sekunde zutreffend, störte Tussani und er stellte die Uhr genau auf 12, mit dieser Zahl den Bezug wenigstens zu einer seiner Gebetszeiten herstellend. Und es wurde ihm dann auch jeden Tag um die Mittagszeit zur liebgewordenen Gewohnheit, auf die Uhr zu schauen und, wenn nötig, bevor er die Treppen zum Minarett erklomm, zu warten, bis die Zeitangabe seiner Armbanduhr sich genau mit der der Kuckucksuhr deckte. Nie vergaß er, sich diesem Ritual zu unterziehen, bevor er die abbröckelnden Stufen hinaufstieg. In dem dunklen Schacht kannte er jede Stelle, wußte er, wo lose Steine zu vermeiden oder eine fehlende Stufe zu überbrücken war. Oben angekommen, trat er nun auf die Balustrade hinaus, erschrak ein wenig vor einem aufflatternden Geier, der von dort oben Essabetalas Schlachthof überblickt hatte, legte dann seine Hände auf das Gitter und spuckte prustend, sich die Kehle von Betelklumpen reinigend, in weitem Bogen auf den Hof hinunter, bevor er zu singen begann. Kraftvoll sang er Allahs Lob über das Dorf, sang in langgezogenen Klagetönen auch eigenes Leid auf die staubige Straße und den Red Store hinunter und schluchzte zwischen den Suren so herzzerbrechend schön, daß ihm selbst Tränen in die Augen stiegen. Essabetala, die eben drunten ihre Hühner fütterte, hielt einen Augenblick inne und wandte den Kopf ihrem Herrn und Gebieter droben auf dem Minarett zu, sah seine weiße Gestalt mit zum Himmel erhobenen Handflächen und dankte Atatürk, den sie hierfür als zuständig empfand, daß er ihr einen so reich talentierten Mann geschickt hatte.

2) Salina

Auch Salina Karbaris hatte im Red Store Tussanis Abendgesang vernommen, auf ihre zwischen unzähligen bunten Emaillearmreifen versteckte Armbanduhr geschaut und gefunden, daß Tussani wieder einmal unpünktlich war, sie konnte die Uhr nicht mehr nach ihm stellen. An die Besonderheit seiner arabischen Suren, denen Tussani harte hindustanische Klänge beimengte, hatte sie sich längst gewöhnt, ja, mitunter, wenn Tussani besonders gut in Form war, bezog sie deren schmerzzitternde Kadenzen auf eigene Erinnerungen und lauschte ihnen entrückt – dann blickte sie jedesmal mit entschuldigendem Lächeln auf die Statue des rosa Ganesh an der Rückwand des Ladens – Lord Ganesh, der in zweien seiner sechs Hände Lotusblüten, die Glück und Prosperität verhießen, trug, war ein heiterer Gott, der Musik und Tanz liebte. Er hatte die dicken Elefantenbeinchen zu einer Tanzpirouette verschlungen, die Salina an ihre Jugend erinnerte: Sie war eine vorzügliche Tänzerin gewesen, und eben diese Pirouette, die Ganesh, anmutig auf einem Bein stehend, demonstrierte, hatte sie selbst perfekt beherrscht und ihr Prinzip auch andernorts angewandt: In einer sehr erotischen Umarmung pflegte sie ein Bein um die Hüfte ihres Partners zu schlingen, während sich das andere sanft zwischen seine Beine preßte. Salina blickte wohlgefällig auf diese in bauschige weiß-seidene Hosen gehüllten Beine, die sie im Jogasitz auf einen Stoffballen hinter der Theke plaziert hatte: Ein wenig mager waren sie ja geworden, aber immer noch ansehnlich mit schmalen Fesseln und kleinen Füßen, und auch Karbaris hatte die Umarmung dieser Beine geschätzt und schätzte sie noch. Und nicht nur Karbaris – über Salinas schmales ebenmäßiges Gesicht huschte ein leises Lächeln: Auch Bwana Dale fand gerade diese ihre kleine Hindu-Gott-Umarmung einmal äußerst reizvoll. Aber dies war nun viele Jahre her, und Pratap, ihr hellhäutiger Sohn war inzwischen zwanzig Jahre alt geworden. Ach ja, Bwana Dale – Salinas schmalen, lilafarbenen Lippen entwich sanftes Seufzen: Bwana Dale mit seinem rot behaarten Körper, der rosaroten Haut und diesem lauten irischen Lachen – es gab eine Zeit, da hatte sie fast geglaubt, daß es Shiva selbst sein könnte, der sich, wie er das in der Mahabarata nicht selten zu tun beliebte, zu ihr, einer Sterblichen, herabgelassen hatte. Diese Gedanken hatten dem Akt etwas ungemein reizvolles, da sakrosanktes, verliehen, und auch heute noch dachte Salina nicht ohne wohligen Schauer an jene Tage zurück und sie konnte nur hoffen, daß Lord Ganesh, Shivas elefantenköpfiger Sohn, ihr dies nicht verübelte, er, der mit seinen schwarzen Knopfaugen immer freundlich über Salinas Laden wachte und deshalb jeden Morgen frisch aufgefädelte Jasminblüten umgehängt bekam. Salina legte eine schmale langfingrige Hand auf ihr schwarzes, nach Kokosöl duftendes Haar, strich mit hochgebogenen Fingerkuppen einen mit roter Farbe betupften Scheitel entlang bis zu dem losen Strauß weißer Jasminblüten in ihrem aufgesteckten Haar – eine Fliege hatte sich darin verfangen und summte auf eine unangenehme Weise, die sie an die niedereren Töne von Karbaris' Schnarchen erinnerte und zugleich daran, daß sie ihren Mann gleich zu Gesicht bekommen würde.

Vor der zur Straße geöffneten Ladentüre wirbelten Staubwolken hoch, in denen Hühner aufgeregt krakeelend herumflatterten. ›Number One‹, Salinas Hausboy, fegte wieder einmal, ohne vorher Wasser gesprenkelt zu haben. Salina machte mit müder Bewegung eine fortscheuchende Bewegung zur Türe hin und rief:

»Petrol, wie oft muß ich dir sagen, zuerst die Gießkanne zu benutzen ...« Petrol, der den Ehrennamen ›Number One‹ trug und großen Wert darauf legte, mit ihm tituliert zu werden – bezeichnete er doch die erste Stellung im Hause seines Herrn –, erschien zögernd im Türrahmen: Salina hatte ihn Petrol genannt, und da Salina ihn nur solchermaßen adressierte, wenn er in Ungnade gefallen war, näherte er sich nur widerwillig.

»Staub«, rief Salina, »Staub überall, auf der neuen Seide aus Südafrika, Staub – hier, sieh dir das an«, und sie nahm einen der Stoffballen aus dem Regal und ließ ihn mit geschickter Handbewegung aufrollen, so daß die Stoffspindel hart auf das Holz fiel und ein Schwall Seide, von Staub umflimmert, wie eine enteilende

Kobra über den Ladentisch glitt. Doch nun hatte sich ein Huhn in den Laden verirrt, flatterte verzweifelt darin herum und deponierte schließlich ein schleimiges weißes Häuflein auf Salinas Seide. Dies verschlimmerte die Situation für Nr. One. Er hüpfte auf kurzen nackten Beinen auf die Stoffballen hinter der Theke, um das Huhn zu verscheuchen, während Salina verzweifelt die Hände über dem Gesicht kreuzte, bis das Huhn endlich den Ausgang gefunden hatte, und sich mit zufriedenem Gackern den anderen draußen im Nebel des sich senkenden Staubes zugesellte.

Auf Salinas Veranda war inzwischen Mafaiti, der Schneider, erschienen und hatte sich, sein lahmes Bein von sich streckend, an der dort postierten Nähmaschine niedergelassen. Salina nahm Aufträge für einfache Kleidungsstücke entgegen, und Mafaiti kam jeden Tag einige Stunden und nähte auf der Veranda. Auch er hatte sich andeutungsweise an der Hühnerjagd beteiligt, indem er mit einem Öllappen um sich schlug und Salina ganz und gar nervös machte. Nr. One, der sah, daß sich ein Sturm zusammenbraute, suchte nach Entschuldigungen:

»Dona (Herrin)«, sagte er, »Mrs. Tussanis Hühner sind wieder frei und Mr. Karims Hunde jagen sie die Straße auf und ab, und es gibt kein Wasser, weil Dillahs Frauen heute Waschtag haben und deshalb die Tanks leer sind.«

»Gott helfe mir«, sagte Salina, »ich halte das nicht mehr aus. Was habe ich verbrochen, in diesem verdammten Dorf leben zu müssen, unter deinen Leuten, Petrol, diesen schmutzigen Kreaturen mit ihren Hühnern, Ziegen, Hunden und Waschtagen ...« Nr. One wußte, daß seine Herrin, wie auch er, unter Afrika litt, und er hörte ihr ergeben zu. Ja, er hörte ihr sogar gerne zu, denn er wußte, daß, wenn sich ihr Ärger gelegt hatte, sie ihm Sixpence geben und sagen würde: »Da, lauf und kauf dir deine stinkenden Zigaretten.« Und so hing er während Salinas Schimpftiraden seinen eigenen Gedanken nach. Wie sie nur so ungerecht schimpfen konnte! Was hatte sie gesagt? ›Ziegen, Hühner und Waschtag‹ – aber was gab es Besseres als Ziegen und Hühner, immer hatte er Essabetala bewundert und Tussani um eine so tüchtige Frau, die jederzeit

Fleisch zur Hand hatte – und auch an sich genügend aufwies – da walte Gott! – beneidet. Und war es nicht lobenswert von Dillahs Frauen, allwöchentlich einen Waschtag abzuhalten – seine eigene ließ hier sehr zu wünschen übrig. Dillah, Bwana Dales Buchhalter, hatte seine Frauen gut erzogen.

Salina hatte nun geendet, nicht ohne ihm mit einem schnellen Stoß ihres kleinen Fußes mit den silberberingten Zehen ihre Verachtung auszudrücken, aber zugleich ihre Hand unter das Leibchen ihres Saris geschoben, um Sixpence herauszukramen. Gerade in diesem Moment erschien Karbaris selbst. Er war in einen öligen Overall gehüllt und schwitzte, daß die Tröpfchen in seinen grauen Bartstoppeln standen. Ungeduldig hörte er sich Salinas Klagen an. Er war kurz und dick und verdächtig kraushaarig, auch hatten seine Züge etwas von einem Schwein, ja, man wurde an ein gutmütiges schläfriges Schweinchen erinnert: Die kleinen schwarzen Augen, der vorgeschobene Mund, die lange aufgestülpte Nase und selbst die Ohren – dies war nun besonders seltsam, selbst Karbaris' Ohren erinnerten an ein Schwein. Kein Wunder, dachte Salina manchmal, daß Tussani, dieser fanatische Moslem, ihm nie gerade ins Gesicht sehen wollte.

»Geh und wasche den großen Laster«, sagte Karbaris zu Nr. One, der sich aufmachte, den Befehl ohne Verzug auszuführen, indem er sich in das draußen geparkte Fahrzeug setzte und geradewegs zum Chanunka Fluß hinunterfuhr, einem überwachsenen braunen Gewässer, das sich hinter Karbaris' Haus entlangwälzte und allgemein als Müllkippe benutzt wurde. Hier fuhr er von einer dort angelegten Glättung im Ufer direkt in den Fluß hinein und wartete, während er sich unter einem Eukalyptusbaum räkelte, bis die gemächlich dahinrollenden Fluten Schlamm und Staubklümpchen gelöst hatten. Auf diese Weise wurden im Haus Karbaris Autos gewaschen, ganz gleich, ob es sich um eigene Laster oder die zu reparierenden Wagen der Kunden handelte. Kritisch wurde diese Prozedur nur manchmal in der Regenzeit, wenn der Fluß anschwoll und eine Menge Schlamm anschwemmte – dann konnte es schon passieren, daß einer der Laster sich festfuhr und in langwieriger Operation wieder herausgehievt werden mußte.

Mittlerweile hatte sich Karbaris im Laden seiner Frau niedergelassen. Er setzte sich auf einen schmalen Schemel, den massigen Oberkörper so geschickt balancierend, daß es ihm gelang, die im Verhältnis zum oberen Teil dünn und spindlig ausgefallenen Beine im Schneidersitz zu kreuzen, eine Haltung, die das Ferkelhafte seiner Erscheinung unterstrich. Salina sah ihn mit gerunzelter Stirne an, das rote Steinchen, das sie sich zwischen die Augenbrauen geklebt hatte, funkelte böse. Sie, die einmal einen Gott geliebt hatte, schaute verachtungsvoll auf Karbaris' kümmerliche, aus der Balance geratene Figur. Doch kam ihr glücklicherweise wie immer bei solchen Betrachtungen schnell der Gedanke an das ansehnliche Blechkästchen unter ihrer Matratze zu Hilfe, das nun beinahe bis zum Rand mit hochkarätigem ornatem Schmuck gefüllt, die Notwendigkeit eines zweiten, neu zu füllenden Behälters nahelegte. Ja, Karbaris war immer großzügig zu ihr gewesen, er war stolz auf sie, er liebte sie. Wie stolz war er damals, als Pratap, sein einziger Sohn, endlich nach drei dunkelhäutigen Mädchen zur Welt gekommen, eine helle Haut zeigte – heller sogar als Salinas Haut –, wie hatte er da triumphiert, war mit Pratap in eine Decke gewickelt die Straße auf und ab paradiert, jedem das Baby gezeigt und freudestrahlend auf seinen hellen Teint verwiesen:

»Weizen, heller Weizen, seht her, die Haut meines Sohnes, hell wie die Salinas, hell wie zarter Weizen.« Salina war es beinahe ein wenig peinlich gewesen. Pratap hatte Karbaris das Kind genannt, nach einem Rajasthani-Helden, und auch heute noch hatte Pratap diese helle Haut und sein Haar ein tiefes Braun mit einem winzigen Schimmer Rot darin. Diesen winzigen Schimmer hatte Salina schon auf seinem zarten Babykopf entdeckt – und dies nicht ohne Genugtuung, gab er ihr doch Veranlassung anzunehmen, daß Pratap aus ihrer Umarmung mit Shiva hervorgegangen war, Lord Shiva, dem es gefallen hatte, sich manchmal als Bwana Dale zu kostümieren.

Während sie solchen Gedanken nachhing, erzählte Karbaris von seinem Fuhrunternehmen. Er konnte sich nicht beklagen – noch ging es vorzüglich, sagte er, aber das Gerücht, daß bald eine Bahn die Hauptstadt mit dem See verbinden solle, beunruhigte ihn. Denn noch lag der Transport allein in seinen Händen, die Teeplantagen waren absolut auf ihn angewiesen. Salina hatte diese Geschichte schon oft gehört, seit Tagen malte Karbaris den Teufel dieser Eisenbahn an die Wand, und so stützte sie wortlos den Kopf in die Hände und blickte gelangweilt auf ihre beringten Zehen, die geschickt mit einem Wollknäuel spielten. Plötzlich aber horchte sie auf: Karbaris sprach von einem Engländer, der eben eingetroffen war und in Bwana Dales Plantage als neuer Submanager agieren sollte.

»Ich wette«, sagte Karbaris, »daß hier Schwierigkeiten aufziehen. Dieser Neue ist ein unfreundlicher Mensch, er hat nicht einmal gelächelt, als Bwana Dale ihn mir vorstellte. Und er fiel Bwana Dale dauernd ins Wort und wußte alles besser, obgleich er viel jünger ist. Er sagte, er wolle die Straßen richten lassen, und Bwana Dale meinte, daß dies wenig Sinn hätte, jetzt, vor dem Regen, wo danach sowieso alles wieder weggeschwemmt wird. Und er will Kaffee anbauen, wo doch jeder hier weiß, daß es für Kaffee viel zu feucht ist. Er fährt einen Volvo und das einzig Gute daran ist, daß dieses Auto hier völlig ungeeignet ist und wir viele Reparaturen damit haben werden.« Salina nickte zustimmend. Sie war plötzlich gut gelaunt. Ein neuer Bwana war eingetroffen, das würde in diesem langweiligen Dorf für Aufregung sorgen.

»Wie sieht er aus?« fragte sie Karbaris und ließ sich zufrieden auf einem Stoffballen nieder, die Hände hinter dem Kopf gefaltet, die Armreife auf ihrem Oberarm glitten in eine rüstungsähnliche verführerisch schimmernde Spirale.

»Wie eine Vogelscheuche«, sagte Karbaris, »mager, knochig und häßlich.« Salina lächelte mit verschleierten Augen. So ähnlich hatte Karbaris auch einmal über Bwana Dale gesprochen. Karbaris nahm dieses Lächeln wahr und interpretierte es auf seine

Art: er griff nach Salinas kleinem Fuß und zog ihn langsam in seine Richtung.

»Nein, nicht doch, nicht hier«, rief Salina, aber Karbaris hatte schon die Tür zur Straße geschlossen und sie in der Dunkelheit um die Hüfte gefaßt. Und Salina fand sich in dem kleinen Alkoven, der sich ihrem Laden anschloß, wieder, wo auf zwei Öltrommeln eine alte Matratze lag, auf der sich Salina manchmal während der Mittagshitze niederließ. Und gelangweilt dem Unausweichlichen entgegensehend, schlang sie ein weiß-seidenes Bein um Karbaris' Hüfte, streifte ihre Armreife ab und erwartete in der warmen Dunkelheit seine Umarmung. Aber, oh Wunder, es war, als ließe sich der Lord selbst endlich wieder in der Gestalt Bwana Dales bei ihr nieder. Und Karbaris empfand glücklich, daß seine Frau ihn wie eh und je liebte.

3) Karim und Aissa

Die Dämmerung hatte sich schnell und plötzlich über Truchilla gesenkt. Die Straße war beinahe leer, nur ein paar Hühner flatterten, ängstlich beim ersten dumpfen Ruf einer Hyäne vom Chanunka herüber in einen plumpen Galopp verfallend, heimwärts. Auf dem Blechdach des General Market saßen, konischen Tontöpfen gleich, ein paar Geier und wanden ab und zu schlangengleich rosa Hälse unter den Flügeln hervor. Daß die Geier Karims Dach gewählt hatten, zeigte, daß in Essabetalas Hinterhof nicht geschlachtet worden war, und sie deshalb gezwungen waren, sich den spärlichen Resten aus Karims ›General Market‹ zu widmen, stinkenden Curryresten und Knochen, um die sie flügelschlagend mit Karims Hunden stritten.

Karims Haus stand ein wenig versetzt gegenüber dem Red Store und wies als Zeichen besonderer Prosperität neben der roh aus Brettern zusammengenagelten Ladentüre – nun mit drei Vorhängeschlössern und einem in den Zementboden gleitenden Bolzen versehen – eine weißgestrichene Haustüre auf, komplett mit Messingdrücker und Türklopfer. Diese Tür hatte Karim vor Jahren von einem englischen Bwana in Zahlung genommen, dessen Trinkgewohnheiten sich im Laufe der Jahre so vergröberten, daß er begonnen hatte, sich dem absolut tödlichen Kachasu, einem Maisschnaps der Eingeborenen, zuzuwenden, und deshalb bald darauf gezwungen war, seinen Hausstand zu veräußern. Karim selbst polierte in regelmäßigen Abständen die Messingteile, zwischen die er in grüner Ölfarbe ›Mr. und Mrs. Baddrudin Karim‹ gemalt hatte.

»Kein Wunder, daß ihr Empire zugrunde ging«, pflegte er dabei gelegentlich zu Mrs. Karim zu sagen, »wenn ein Bwana sich so erniedrigt und in einer Eingeborenenkneipe Kachasu säuft – was kann man da noch erwarten ...« Und jedesmal spuckte er dabei, von einem Anfall trockenen Hustens begleitet, in weitem verächtlichen Bogen auf die staubige Straße hinaus, was ihm als Asthmatiker keine Mühe bereitete. Baddrudin Karim, groß, hager, hellhäutig, war ein Mann von Würde. Wenn Mr. Dale etwa seinen Laden besuchte – und Mr. Dale war einer seiner besten Kunden –, offerierte Karim die Andeutung einer Verbeugung, aber eben nur diese winzige Andeutung, aus der Hüfte heraus sozusagen, ohne den Rücken nur ein kleines bißchen zu krümmen. Er stand darin keineswegs einem vornehmen Verkäufer in Bond Street nach. Dazu zeigte er – leicht den Kopf neigend, denn er hörte schlecht, die pergamentnen Lider halb über die Augäpfel senkend – das dezenteste Lächeln, die langen mit violetten Adern durchzogenen Hände respektvoll, aber ohne einen Hauch der Untertänigkeit faltend: Karim wußte, wie ein Gentleman einen anderen begrüßte, und Dale war denn auch gebührend beeindruckt und adressierte Karim stets mit ›Mr.‹, wohingegen er Tussani einfach mit seinem Nachnamen ansprach. Wenn Karim in seiner dämmerigen Ladenhöhle, vom Summen der auf der vorgelagerten Holzveranda postierten Nähmaschinen umgeben, in seinem blütenweißen knielangen Sherwani-Hemd und schwarzen gestickten Seidenbarett stand, war er ein Mann der absoluten Autorität. Lässig die Korankette um seinen Daumen gewickelt, gab er Abdul, dem Ladenboy, leise und bestimmte Anweisungen. Nie sah er ihn dabei an: er sprach zu einem Unsichtbaren. Ab und zu näherte sich ihm Abdul mit einem Wedel aus weißem Affenhaar, um die Schwärme lästiger Fliegen, um Säcke getrockneter Fische schwirrend, zu verjagen – dann hob Karim, zu heftiges Wedeln abwehrend, langsam eine lange welke, skelettöse Hand.

›Karims General Store‹ führte fast alles, was in Truchilla benötigt wurde: Kerosin, Öllampen, Taschenspiegel, Life Boy und Sunlight Seife, Mais, getrockneten Fisch, Good Morning Lung Tonic, Andrews Liver Salts, Eastern Tonic (›for stronger manhood‹), Cafenol (›stops pain fast‹), Gripe Water, Hautaufheller und Malariaprophylaxen. Dazu auch vieles, das die Bwanas benötigten – wie Werkzeuge etwa –, die Karim gegen einen kleinen Aufschlag in der Stadt besorgte.

An diesem Abend hatte es Aissa, Karims Frau, eilig gehabt, den Laden zu schließen, sie jagte die beiden semmelfarbigen Mischlingshunde auf die Straße hinaus, schob den Türbarren mit einem energischen Ruck in die Messingringe für die Vorhängeschlösser und ließ den senkrechten Eisenbarren hart in die dafür vorgesehene Zementrinne im Boden fallen. Sie hatte vor, heute mit Karim über wichtige Dinge zu sprechen. Karim, jetzt den beobachtenden Blicken Abduls entzogen, entledigte sich seines Sherwanis, kratzte kurz und heftig seinen faltigen braunledernen Bauch und begab sich darauf hinter den Rupfenvorhang, wo sein und Aissas Schlaf-, Eß- und Aufenthaltsraum lag: Ein fensterloses Gemach mit zwei zusammengerückten Eisenbetten, der Boden mit Strohmatten und harten, drillüberzogenen Sitzkissen belegt. In diesem Raum hatten er und Aissa die vergangenen fünfundzwanzig Jahre gelebt, hier waren die elf Kinder gezeugt worden, die aus Aissa, der einstmals so Schönen, eine unförmig fette Matrone gemacht hatten, die sich meist nur mehr in langsam watschelnder Weise fortbewegte. Aissa ließ sich, indem sie eine Hand als Stütze benutzte und die zerfließende Form ihres Hinterteiles weich auf die Matte plumpste, neben ihrem Gemahl nieder. Sie lüftete den violetten Sari und schob mit beiden Händen ihre dicken Beine in die Haltung des ruhenden Buddhas – an ihren Handgelenken klirrten leise ein paar Dutzend goldener Armreifen. Ihr Kinn wiederholte sich in dreifachen Fettwülsten, übergangslos verloren sich die enormen Brüste in einem weichen kreisförmigen Bauch – nur ihre Augen, riesig, schwarz und ein wenig vorstehend, waren dieselben geblieben und auch ihre wohlgeformten Hände, denen ein paar Grübchen nichts anhaben konnten. Aber niemand in Truchilla hatte Haar wie Aissa: dick und glänzend wie Pferdehaar hing es, in einen enormen Zopf geschlungen, über ihren Rücken, in seiner Schwere sich nicht einmal bei heftigem Kopfschütteln bewegend. Trug Aissa es nach vorn über die Schulter gelegt, lastete dieses Haar wie eine pompöse Ordensschärpe über diesen so erfolgreichen Brüsten.

Abdul hatte süßen Gewürztee und Sesamsamen bereitgestellt, und während Karim seinen Tee schlürfte, rüstete sich Aissa für ihre Attacke.

»Ich muß mit dir über die Hochzeit deiner Tochter sprechen, Baddrudin«, sagte sie, »du weißt, daß es nur noch drei Wochen bis dahin sind, und es muß nun endlich eine Gästeliste gemacht werden.« Karim zog ein sorgenvolles Gesicht: Wieder handelte es sich um Geld – er wußte natürlich, daß es leider allein an ihm lag, die Hochzeit seiner Tochter auszurichten, und dies war nun seine erste Tochter, die sich verheiratete, und der Gedanke, daß ihn eine so kostspielige Affäre noch viermal erwartete, erheiterte ihn nicht.

»Lade ein, wen du willst«, sagte er, »aber halte die Zahl unter Hundert, ich sehe nicht ein, warum ich die ganze Gegend durchfüttern soll.«

»Die Verwandten des Bräutigams machen allein schon fünfundsiebzig aus«, sagte Aissa noch in sanftestem Ton, »und du willst doch nicht Schande über unser Haus bringen und mit der Hochzeit deiner Tochter geizen ...«

»Zeig Deine Liste her, Allah, stehe mir bei ...«, seufzte Karim und spuckte auf die Strohmatte neben sich, »wen willst du aus dem Dorf einladen?«

»Nun«, sagte Aissa, »da wären die Karbaris – obgleich mir übel wird, wenn ich mir vorstelle, wie Salina erscheinen wird in einem ihrer geschmacklosen Saris und diesem nuttenhaften Getue ...« Karim sagte nichts, Salina hatte ihm immer gefallen – es war Karbaris, den er nicht ausstehen konnte – besonders jetzt, da Karbaris neuerdings ebenfalls Trockenfisch führte, den er frisch vom See mitbrachte, während sein eigener durch zu langes Lagern oft Schimmel ansetzte: Eine unliebsame Konkurrenz war ihm entstanden. Aissa wabbelte unruhig auf ihrem Kissen hin und her und griff dazwischen in eine Schale mit Aniskörnern, um sich geschickt eine Handvoll in den Mund zu werfen.

»Du wirst dies nicht hören wollen«, kam sie endlich entschieden zum Kern der Sache«, aber ich bin der Meinung, daß wir diesmal Essabetala und Tussani einladen sollten. Und Dillah.« Karim stellte verstört die Teetasse so heftig auf den Boden, daß sie umkippte, was aber niemanden störte.

»Das kann doch nicht dein Ernst sein –«, sagte er mit belegter Stimme, die Sturm vorhersagte, »dies ist eine indische Hochzeit und Schwarze haben dort nichts zu suchen. Es muß auf die Familie des Bräutigams Rücksicht genommen werden – Essabetala, sie würde unmöglich sein und die Leute beleidigen – und Tussani – es wäre ihm nur peinlich ... und Dillah – er geht überhaupt nicht, denn wie kann ich Bwana Dales Buchhalter einladen, wenn er selbst zugegen ist, dies wäre peinlich für Bwana Dale, und überhaupt wäre die ganze Geschichte peinlich für uns alle ...«

»Und wenn sie uns hier ausweisen, dann wäre dies am peinlichsten«, sagte Aissa triumphierend, »ich habe gelesen, hier in der Times«, und ihre Hände klatschten, während die Reifen an ihrem Arm einen wilden Blechtrommelwirbel ausführten, auf einen Fetzen Zeitungspapier am Boden, »und ich lese gut englisch, wie du weißt, daß es mit der Unabhängigkeit jetzt sehr schnell gehen kann. Und dann hat dein Bwana Dale ausgespielt mit seinen englischen Liedern und seinem irischen Herumgebrülle, dann brauchen wir Leute wie Essabetala und Dillah.« Karim warf verzweifelt dünne lange Arme hoch:

»Bin ich eine Fahne im Wind, bin ich ein Wetterhahn, bin ich ein bedenkenloser Opportunist, soll ich, Baddrudin Karim, plötzlich meine Prinzipien über Bord werfen, weil ein Land seine Unabhängigkeit bekommt? Und wo, Frau, denkst du, kommt danach das Geld her? Von Leuten wie Essabetala oder Dillah? Nein, es werden weiterhin die Bwanas sein, die es ausgeben.«

»Ja«, sagte Aissa, »nur werden sie dann schwarz sein. Und ich lade auf jeden Fall Essabetala ein, denn es ist höchste Zeit zu zeigen, daß wir nichts gegen Schwarze haben.« Hier gab Karim auf, denn er wußte nur zu gut, daß, wenn Aissa diesen Ton anschlug: bestimmt, ironisch mit einem Schuß Verachtung darin, er verloren hatte. –

Holzkohlenrauch drang durch einen zweiten Rupfenvorhang im Hintergrund des Raumes, Abdul hatte in dem sich anschließenden Hinterhof Feuer für das Abendmahl entfacht. Dieser Hinterhof diente als Küche, Abstellkammer und zu besonderen Zeiten, mit bunter Zeltleinwand bespannt, auch als Festplatz für Familienfeiern. Aissa zündete sich eine Zigarre an, arrangierte ihre Rundungen zu größerer Bequemlichkeit auf Kissen und Matte: Sie würde die Gästeliste nach eigenem Belieben aufstellen und sich dabei nicht lumpen lassen. Erst gestern hatte sie Karims Bankauszüge durchgesehen und wieder einmal genüßlich festgestellt, daß sie die Frau eines reichen Mannes war. Und was waren schließlich Prinzipien gegen ein fettes Bankkonto? Aissa war zufrieden. Und auch Karim war zufrieden: Aissa war eine kluge Frau, und was ihren Hüften heute mangelte, holte er sich ab und zu in der Stadt in Bettys Bar, unverbindlich, preiswert und durchaus von bester Qualität. Seine Geschäfte liefen gut, da waren Immobilien in der Stadt, Anlagen, die sich ausgezahlt hatten, ja, Allah hatte immer ein gütiges Auge auf ihn geworfen. –

Draußen hatten die Hyänen jetzt voll ihr Konzert entfacht, die beiden gelben Hunde steckten ihre Köpfe durch den Vorhang, würziger Curryduft trieb in den Raum, in dem Aissa ein Öllämpchen entzündet hatte. Sanftes Licht fiel auf ihr immer noch schönes Gesicht und Karim dachte einen Augenblick:

»Vielleicht nach dem Essen ...«, verwarf den Gedanken aber schnell als zu mühsam, tändelte noch ein wenig mit seiner Korankette aus Bernstein und gab sich bald einem sanften Schlummer hin, in dem die klagenden Laute der Hyänen den nachklingenden Worten Aissas eine besondere Bedeutung zu geben schienen. Und Allah sprach zu Karim und sagte ihm, daß er wohlgefällig auf Essabetalas und Dillahs Erscheinen bei der Hochzeit seiner, Karims, Tochter blicken werde, und er, Karim, für solch selbstlose Haltung Belohnung erwarten durfte.

4) Dillah und seine Frauen

Essabetala steckte sich das Stück Tsukamanoholz, mit dem sie eben noch ihre Zähne bearbeitet hatte, in den dichten Drahthaarwusch ihres Kopfes, stellte den Korb mit fliegenbesätem Hammelfleisch auf die Bank vor Dillahs Haus und blickte seufzend auf das Dutzend grauborstiger Schweinchen, das sich in den grünschimmernden Abwasserrinnsalen, die den Lehmboden des Gartens durchzogen, suhlten.

»Du hast es gut«, sagte sie zu Dillah, Mr. Dales Buchhalter, »deine Heiligen haben nichts gegen Schweinefleisch. Hammel, ewig Hammel und Hühner – hatte Atatürk denn nicht einmal Lust auf Schweinefleisch? Wo Schweine so leicht hier zu halten sind!« Dillah lachte und zeigte eine geräumige Zahnlücke zwischen den Vorderzähnen, die auf sorglose Großzügigkeit schließen ließ. Er war ein gutaussehender Schwarzer, und er wußte es. Sein Gesicht war, wenn er den Mund nicht öffnete, von beinahe klassischer Männlichkeit: Brennende schwarze Augen, die Lippen aufgeworfen, aber gut umrissen – semitische Merkmale ließen darauf schließen, daß arabische Sklavenhändler in seiner Genealogie eine gewisse Rolle gespielt hatten. Er war, wie Essabetala, bei den katholischen Weißen Vätern erzogen worden, die ihn nach dem heiligen Loyola ›Ignazius‹ getauft hatten. Doch jeder nannte ihn einfach Dillah. Religiöser Glaubenseifer seines Namensheiligen lag ihm fern, doch hatte er den Weißen Vätern immer seine Zuneigung bewahrt und besuchte jeden Sonntag Father Ricardos Gottesdienste. Sein gutes Aussehen, seine gesicherte Stellung und auch die Tatsache, daß er Christ war, hatte ihn in gewisse Schwierigkeiten gebracht: er besaß drei Frauen. Wenn Mr. Dale, von lästiger irischer Taktlosigkeit geleitet, Dillah damit neckte, pflegte dieser mit der rechten Hand ein sehr dunkles Hautstück seines linken Oberarmes hochzuziehen und achselzuckend zu sagen: »Schwarz, Bwana, sehen Sie her, ich bin eben ein schwarzer Christ.«

Bwana Dale schätzte Dillah und kam zuweilen, um dessen Harem, wie er sagte, zu besuchen und die achtzehnköpfige Kinderschar Dillahs zu bewundern. Father Ricardo von den Weißen Vätern sah mit gemischten Gefühlen auf Dillahs Frauen- und Kinderschar – beruhigte sich aber mit dem Gedanken – besonders wenn er Dillahs Familie in seiner Kirche einige Bankreihen füllen sah –, daß Dillah doch wesentlich zu einer positiven Bilanz der Gläubigen seiner Gemeinde beitrug. Im übrigen interessierten den Father Bäume weit mehr als Kinder und diverse Frauen.

Der Vorhof zu Dillahs Haus, den Essabetala gerade durchquert hatte, täuschte. Wenn die leeren Bierflaschen in der offenen Abwasserrinne, die Scherben zerborstener Tontöpfe – als Abschreckung für die Schweine in die Erde gesteckt – oder die nach Fäkalien riechende schleimige Masse, die, vom Hinterhof kommend, sich grünadrig zur Straße hin verzweigte, zu der Annahme verleiten konnte, daß auch im Haus ein gewisses Chaos herrschte, so täuschte dies. Das Innere des aus Lehmziegeln erbauten Hauses, in das sich Essabetala nun mit Dillah begab, war von erstaunlicher Reinlichkeit. Diese Dillahs ältester und erster Frau zu verdankende Ordnung war deren Ambition zuzuschreiben, es möglichst den weißen Donas gleichzutun. Auch sie war bei den Weißen Vätern erzogen worden und war deshalb ein ›Mission Girl‹. Dillah hatte sie vor fünfzehn Jahren mit dem Segen der Weißen Väter geheiratet, und sie betrachtete sich deshalb als seine einzige rechtmäßige Frau und die beiden anderen, die in fünfjährigen Abständen folgten, als bessere Haushaltshilfen. Sie war es auch, die Dillah immer wieder veranlaßte, an den Hausratversteigerungen der das Land verlassenden Bwanas teilzunehmen, in deren Folge Dillahs Haus ein Sammelsurium englischer Möbel aufwies, das zwischen einem rot bestrichenen Lehmboden und grellgrünen Wänden ein seltsam unwirkliches Dasein führte. Über der Kommode des Wohn- und Eßraums hing ein großes farbiges Bild, das den Herrn in einer Mitte weißer Schafe zeigte, mit der Hand auf sein feuerrotes, mit einem Dolch durchbohrtes Herz weisend. Die gegenüberliegende Wand schmückte ein Bild Marilyn Monroes, jenes, auf dem sie in westlicher Verruchtheit ihren Rock aufwirbeln läßt – gegen dieses Bild, das seine zweite Frau, die er einem Bordell abgekauft hatte, mitbrachte, hatte Dillah zuerst protestiert, schien es doch durch das Sichtbarwerden weißer Beine bis hinauf zu dem Spitzenhöschen die Moral seines Hauses zu untergraben, beließ es aber, als Bwana Dale bei einem Besuch in seinem Hause wohlgefällig zungenschnalzend darauf blickte. Der Stolz des Hauses aber war – und darin waren sich alle Mitglieder seines Haushaltes einig – ein Korbpuppenwagen mit einer blonden blauporzellanäugigen Celluloidpuppe darin, die Jeannie, Dillahs Jüngste, achtzehnjährige Frau, bei einer Hausratsversteigerung so bezaubert hatte, daß sie tagelang von nichts anderem reden konnte, bis Dillah, solcher Besessenheit müde, die Puppe samt Wagen kaufte. Jeannie brachte sie triumphierend nach Hause und siehe da, auch die anderen beiden Frauen Dillahs waren begeistert und verbaten ihren zahlreichen Kindern entschieden, damit zu spielen. Jeannie, Dillahs jüngste Frau, stammte aus einem benachbarten Dorf, aus dem Dillah sie für den Preis von zwei Kühen gekauft hatte. Dies war wiederum Bwana Dale zu verdanken, der es Dillah erlaubte, einen eigenen kleinen Rinderbestand in der Farm, die zu den Teeplantagen gehörte, zu halten, so daß Dillah genug verdiente, um diesen glücklichen Haushalt mit für Truchilla doch sehr gehobenen Ansprüchen zu bestreiten.

Essabetala begab sich oft in Dillahs Haus, denn von ihm war meist das Neueste über die weißen Bwanas zu erfahren. Wenn auch ihr eigener Mann, Jahan Tussani, während der fast täglichen Rasur Mr. Dales Einblicke in die Geschehnisse auf den Likobula Teeplantagen und des Bwanas Haushalt erhielt, so stand Dillah doch sozusagen an der Front der neuesten Nachrichten. Er arbeitete mit Bwana Dale, er spazierte oft stundenlang mit ihm durch die Teegärten, er war des Bwanas rechte Hand. Dillah schrieb Briefe, die ihm Bwana Dale diktierte, ihm oblagen die Abrechnungen, die Löhne der an die 2000 Pflücker und Fabrikarbeiter. Dillah war Bwana Dales Stimmungsbarometer, der Katalysator sozusagen zwischen Schwarz und Weiß auf Likobula. Sogar die drei weißen

Submanager, die Bwana Dale unterstanden, sahen mit größter Achtung auf Dillah, oder taten wenigstens so, weil sie wußten, daß Dillah bei Bwana Dale eine Sonderstellung einnahm. Wenn nun Dillah innerhalb der Plantage Dale am nächsten stand, so war es im Dorf Tussani, Essabetalas Mann, der so etwas wie ein Freund des Bwanas war. Er und Dale waren fast zur selben Zeit ins Land gekommen, vor nun beinahe dreißig Jahren, und veranlaßt hatten sie die gleichen Beweggründe: Jugend und Abenteuerlust. Und wenn bei Tussani noch eine vage Mission, den Gedanken des Islam zu verbreiten, hinzukam, so bewegte Bwana Dale auf ähnlich missionarische Weise eine verspätete Empire-Begeisterung. Sechzehnjährig war Tussani nach Afrika gekommen, ein Verwandter hatte seiner armen Händlerfamilie von guten Möglichkeiten in Afrika geschrieben und das Angebot unterbreitet, Jahan Tussani bei sich in Südafrika aufzunehmen. Nach einer zweimonatigen Schiffsreise dorthin kam Tussani noch gerade recht, um an der Beerdigung dieses Verwandten teilzunehmen. Oft erinnerte er sich an einen der desolatesten Momente seines Lebens: Er stand vor dem weiß mit Frangipanniblüten besteckten Grab dieses Verwandten, den er nie gekannt hatte, und der ihm nur durch den starken süßen Duft der Frangipanniblüten, die betäubend nach Marzipan rochen, vergegenwärtigt wurde – so daß er von diesem Tage an Marzipan nicht mehr mochte und dieses Verwandten immer als eines Zuckerbäckers gedachte, anstatt des Tuchhändlers, der er gewesen war. Tussanis Berufsaussichten schienen unter jenen wild duftenden Frangipannis, den Totenblumen Indiens, begraben zu sein. Doch dann wollte es der Zufall, daß dem Jungen ein abgerissener Inder begegnete, der aber immerhin aus dem Chandri Choak stammte, demselben Stadtteil Alt-Delhis, in dem auch Tussani geboren worden war. Er bot ihm an, mit ihm nach Mulanje zu kommen, wo er, wie er sagte, einen gut gehenden Friseursalon betrieb, der einen Gesellen vertragen würde. Tussani folgte ihm ins Ungewisse und landete in Truchilla. Er erlernte das Friseurhandwerk und sah sich nach einigen Jahren als Nachfolger seines kinderlosen Mäzens, dem Alkohol und Malaria das Leben beachtlich verkürzt hatten.

Als Tussani Dale zum ersten Mal begegnete, fühlte er sich sofort in seine Kindheit zurückversetzt: Solche Männer, stark, rauh und mitunter rothaarig, hatten damals englischen Regimentern angehört, die mit farbenfrohen Uniformen durch Delhis Straßen marschierten und den Knaben Tussani in atemloses Entzücken versetzten. Deshalb nannte Tussani Dale nicht selten ›Sahib‹, was Dale zwar amüsierte, ihm aber auch das Gefühl verlieh, sich hier mit fremden Federn geschmückt zu sehen. Denn seine eigene Laufbahn verlief, bevor er afrikanischen Boden betrat, in zivilen und nichtkolonialen Bahnen. Mit vierzehn Jahren war er zur See gefahren und hatte es in sehr jungen Jahren schon zum Kapitän gebracht. Aus diesen sehr wilden Zeiten war ihm eine Kenntnis der meisten Hafenstädte der Welt geblieben und die Gewohnheit, Tagebuch zu führen, als Ersatz fürs Kursbuch sozusagen. In Cochin lernte er seine Frau Marjorie kennen, die sich damals auf der Heimreise von Indien nach England befand, und ebenfalls Irin war. Und da Dale schon jahrelang keiner Landsmännin mehr begegnet war, dazu ihn Marjories blonde Zerbrechlichkeit rührte, und er überhaupt die Gesellschaft einer Europäerin nach so langer Enthaltsamkeit genoß, heiratete er sie schon nach wenigen Wochen. Marjorie jedoch behagte das Leben auf Schiffen nicht, und so sah sich Dale nach einer Festlandbeschäftigung um. Die großen Seen Zentralafrikas suchten Seeleute, Dale bewarb sich und versah nun einige Jahre den Dienst des Hafenmeisters an einem See, 500 km von Truchilla gelegen. Er begann sich schon bald für Tee zu interessieren; ein englischer Teekonzern stellte ihn ein. Das Leben auf den Plantagen war klimatisch angenehmer als in der stagnierenden moskitoverseuchten Hafenbucht, und schon nach kurzer Zeit brachte es Dale durch eigenen Fleiß und Marjories Vermögen zu eigenen Plantagen, den Likobula Teegärten.

Essabetala interessierte all dies natürlich nicht besonders, sie war lediglich stolz auf ihres Mannes Beziehung zu Bwana Dale und sprach auch gerne mit Dillah darüber.

»Er hat sie wieder singen lassen«, sagte sie zu ihm, breitbeinig auf einem Stuhl unter dem Bild Marilyns sitzend, den Korb mit Hammelfleisch, den sie für Dillahs Frauen mitgebracht hatte, zwischen den Beinen.

»Du solltest Bwana Dale sagen, daß dies hier bei vielen einen schlechten Eindruck hinterläßt. Du weißt, daß wir bald befreit sind – da kann Bwana Dale das nicht so weitertreiben – sag ihm, er soll sie jetzt die neue Nationalhymne singen lassen, sonst kommt er noch in Schwierigkeiten.«

»Es ist doch wirklich egal, was sie singen«, sagte Dillah, seine Zahnlücke zeigend, »dem Bwana macht es Spaß – und wenn es eine andere Hymne wäre, würde es ihm nicht so viel Spaß machen. Und er bezahlt sie doch schließlich! Sixpence für drei Minuten Singen, dafür müssen sie sonst Stunden arbeiten! Also, so etwas kann man nicht abstellen. Im übrigen habe ich mindestens 25, die sich zum Singen gemeldet haben, jeden Abend sitzen sie vor seinem Garten und warten darauf, daß der Bwana seine Nationalhymne und ›Britannia Rules the Waves‹ hören will, sie können es jetzt schon zweistimmig.«

»Aber er schlägt sie, wenn sie falsch singen, mit seinem Spazierstock auf die Beine!«

»Aber nur ganz leicht – sie lachen sogar dabei –, also, vergiß es, Essabetala. Es gibt hier etwas viel Wichtigeres: Ein neuer Bwana ist, wie du sicher schon gehört hast, eingetroffen. Sag Tussani, er soll ihn im Auge behalten. Dein Mann wird sicher die beste Gelegenheit dazu haben, und es wird gut sein zu wissen, was wir von ihm zu erwarten haben. Bwana Dale mag ihn nicht, er sagt, dieser Lake sei ein Angeber. Der Bwana mag nicht, wie er spricht, an der Aussprache Mr. Lakes, sagt der Bwana, bemerke man, daß er eine dieser Schulen besucht hat, die nur untaugliche Angeber züchten.«

»Warum haben sie solche Schulen, wozu brauchen sie untaugliche Angeber?«

»Sie lernen da, so zu tun, als könnten sie vieles erreichen, wozu sie in Wirklichkeit nicht fähig sind. Und dies ist eine sehr nutzbringende Fähigkeit, Essabetala, sie bringt einen weit, meint der Bwana. Beherrsche man sie, brauche man sonst nicht viel zu wissen.« Essabetala nickte, sie hatte verstanden. An was diese Engländer doch alles dachten! Sie würde Tussani sofort vorschlagen, Lake das Doppelte für einen Haarschnitt zu veranschlagen und sehr freundlich zu ihm zu sein, denn welch besseren Kunden konnte man haben, als einen, der nur vorgab, gescheit zu sein, und es in Wirklichkeit gar nicht war?

5) Mr. und Mrs. Dale

Das Haus des Herrn von Likobula lag auf einem Hügel über den Teegärten. So hoch lag es, daß in der Regenzeit die Wolken sein Dach verhüllten, so daß es oft den Blicken der Dorfbewohner entzogen war – jetzt aber, am Ende der Trockenzeit, lag immer eine Andeutung einer frischen Brise wohltuend über seiner weiten Veranda, die mit weißen dorischen Säulen und Arkadengängen – von vielen Regenzeiten leicht angegraut – einem Klosterhof ähnelte. Ganz und gar unklösterlich sah es allerdings in den hohen großen Räumen aus: Das Konglomerat von ineinandergehenden, immer wieder angebauten oder vergrößerten Räumen, beherbergte gemütliche englische Möbel mit großblumigen Chintzbezügen, viele Nippes, im Wohnzimmer stand sogar ein Klavier, das allerdings den Schimmel der Regenzeiten in sich barg und darob chronisch verstimmt war. Den Boden bedeckten große runde Grasmatten – Mrs. Dale hatte zwar vor Jahren, neu im Land und den Tropen noch nicht gewachsen, einen großen persischen Teppich aus England mitgebracht – seit dieser aber während nur weniger Tage ihrer Abwesenheit sich in einen riesigen verkrusteten Ameisenhaufen verwandelt hatte, folgte Mrs. Dale dem Brauch der Eingeborenen und legte Grasmatten auf ihre Böden. Mrs. Dale war eigentlich auch heute noch nicht dem Leben in den Tropen gewachsen. Blaß, blond und immer kränklich, lebte sie während einiger Wochen Urlaub in Irland auf, um bald nach ihrer Rückkehr wieder diese fahle graue Farbe aufzuweisen, die Hitze und Dales überwältigende Robustheit ihr vermittelten. Meist beschäftigte sie sich mit Handarbeiten – die Petit Point-Überzüge für die Eßzimmerstühle, an denen sie die vergangenen acht Jahre gestickt hatte, waren beinahe vollendet. Einmal wöchentlich half sie in der Mission der Weißen Väter, die in den gegenüberliegenden Hügeln lag, bei der Betreuung schwarzer Babies: Sie mußten gewogen werden, Milchpulver wurde verteilt – allerdings war letzteres gerade vor einigen Wochen wieder eingestellt worden, weil sich herausstellte, daß die meisten Mütter das Pulver selbst zu sich nahmen, und die wenigen Babies, die es erhielten, nach dem Entzug und die Umstellung auf Mgaywa (Maismehl) Magenverstimmungen bekamen und oft schnell daran starben. Die Weißen Väter taten ja ihr Bestes, und die schwarzen Hebammen verstanden es zwar vorzüglich, Kinder auf die Welt zu bringen, aber sie am Leben zu erhalten, war nicht ihre Sache. Mrs. Dale bemühte sich zu helfen, fand die Arbeit aber so frustrierend, daß sie sich mit weit mehr Elan den Tieren zuwandte.

Diese armen Esel zum Beispiel! Die Esel mit ihren aufgescheuerten Rücken lagen Mrs. Dale besonders am Herzen. Oft korrespondierte sie ihretwegen mit den Tierschutzvereinen in England, die aber auch um guten Rat verlegen waren. Einige Damen eines bekannten Vereins in London hatten zwar ihren Besuch angemeldet, um die Situation vor Ort zu studieren, Mrs. Dale hatte sie sofort hocherfreut eingeladen, einige Wochen hier zu verbringen – Besuch aus England war immer höchst erwünscht, ganz gleich, wer da kam. Mrs. Dale sah jetzt diesem Besuch mit ehrlicher Freude entgegen: Ein Gespräch mit gebildeten Menschen, welch Vergnügen in dieser Wildnis – ja, so pflegte Mrs. Dale das Teegebiet zu nennen: eine kulturelle Wildnis. Sie selbst war im Gegensatz zu Mr. Dale in einer jener für den Engländer so wichtigen Privatschulen erzogen worden, die ihren Schülern einen makellosen Akzent und damit das Ansehen ihrer Zeitgenossen aufs angenehmste sicherten.

Damen, die sich mit Tierschutz beschäftigten, das mußten nette Leute sein.

»Blöde Ziegen«, sagte Mr. Dale in seiner gewohnten liebenswürdigen Art – »halbverblödete alte Jungfrauen –, ›das Objekt vor Ort studieren‹ wollen die – na, die werden was erleben, als ob wir nicht genug kranke Eingeborene hier hätten – und wovon sollen schließlich die Geier leben, wenn es keine verendeten Esel mehr gibt?« Mrs. Dale war der Logik ihres Ehemannes nie gewachsen. Er dachte – dies war nicht zu leugnen – praktisch. Aber immer stimmte etwas nicht dabei, und Mrs. Dale konnte nie herausfinden, was es war. War ihr Mann ein so grausamer Mensch?

Nein, er war immer gut zu ihr, die Eingeborenen mochten ihn, er war zuverlässig, er hatte seinen Spaß mit ihnen. Er bezahlte ihnen mehr, als es hier landesüblich war, und wenn sie krank wurden, sorgte er für sie. Und doch war da diese ..., diese ..., ja, man konnte es nicht anders nennen, Grobheit, die die Dinge auf eine grausame Art verzerrte – wie hatte er erst heute morgen gesagt:

»Jeder Kaffir ist mir lieber als dieser Lake, dieser geschniegelte Affe, der seine Public School wie einen eitrigen Wattebausch in der Nase herumträgt – ich würde ihn gerne den Chanunka hinunterschwimmen sehen ...« Dies sagte er über diesen neuen Mr. Lake, der Mrs. Dale als vollendeter Gentleman begegnet war und ihr sogar eine Packung Cadbury Chocolates aus England mitgebracht hatte. Ein junger Mann mit solch guten Manieren! Den Chanunka Fluß hinunterschwimmen!

Dazu mußte man wissen, daß, wenn die Eingeborenen gelegentlich einander umbrachten, es Usus war, die Leichen in den Chanunka zu werfen. Und einmal in der Woche oder so, wurde aus diesem schlammigen Fluß eine Leiche herausgefischt, die der Constable dann identifizierte, und dies war meist des Constables Hauptbeschäftigung. Er hatte es nämlich beileibe nicht leicht damit, denn wenn auch jeder in den kleinen Dörfern um Truchilla den Toten kannte, so wollte ihn doch gewöhnlich partout niemand identifizieren. Und dann blieb dem ›Head of Police‹ nichts anderes übrig, als ihn als ›unidentified body‹ zu begraben. Dies sparte den Angehörigen Begräbnisgelder und den Dorfbewohnern Scherereien mit der Polizei. Erst vergangene Woche – Mrs. Dale hegte noch immer einen leisen Groll gegen ihren Head Boy Moses, von dem sie hätte erwarten können, daß er sie darauf aufmerksam machte – lag die Leiche zwar nicht im Chanunka, aber nur einige Meter von ihrem Garten entfernt mitten in den Teestauden, und erst der süße Gestank, der plötzlich eines mittags über ihren Eßzimmertisch wehte, hatte sie darauf hingewiesen. Und natürlich wußten alle Boys – vom Headboy bis zu den Gartenboys –, daß da diese Leiche lag, und auch die Teepflücker hatten seit Tagen um diese Stelle im Feld einen Bogen gemacht, so daß schon dichtes

Wachstum sie kennzeichnete, aber niemand ›fand‹ sie. Noch Tage später waren giftige grüne Fliegenschwärme um das Haus geschwirrt ..., sie hatte Mr. Lake davon erzählt, der ihr sofort aus eigenen Vorräten ein Deodorant brachte, das er selbst in Indien bei ähnlichen Fällen verwendet hatte. Dale konnte froh sein, einen neuen Mann hier zu haben, der schon Erfahrungen im Teeanbau mitbrachte, in Indien, dem klassischen Teeland, gelebt hatte und sich hier schnell einleben würde. Im übrigen würde es ein Gewinn sein, einen gebildeten Menschen hier zu haben, der Musik liebte und eine umfangreiche Plattensammlung bester klassischer Musik besaß. Mrs. Dale sah gepflegten Abenden mit Musik entgegen, sie würden in den kühlen Abendstunden auf der Veranda sitzen und Bach oder Beethoven hören – sie hatte es immer geliebt, in die dem Regen vorauseilenden Stürme hinein Beethoven zu hören, sicher liebte Mr. Lake Beethoven.

Mit Vergnügen erinnerte sich Mrs. Dale an seine erste Aufwartung in ihrem Haus, er kam im Jackett, wie sich das gehörte und zog dieses auch nicht aus, als sie ihn der Hitze wegen bat, es abzulegen. Er saß mit diesen langen, elegant übereinander geschlagenen Beinen auf der Couch, eine feingliedrige Hand auf die Polster gestützt, die andere lose auf ein Bein gelegt, im Knopfloch trug er eine kleine weiße Teeblüte – wie hübsch sie es fand, daß er die eben beginnende Blütezeit solchermaßen zelebrierte! Sein blasses Gesicht zeigte einen leichten Oliventon: ein langes, schmales Gesicht, in dem die hochsattelige Nase fein geschnittene hochmütige Nasenflügel trug, an dem großen Mund hing zwar die Unterlippe ein wenig lose, begab sich aber beim Sprechen in ein äußerst reizvolles Spiel mit der Oberlippe, indem sie die Vokale sozusagen vor sich her schob, um sie dann über eine delikat an die Schneidezähne geschmiegte Oberlippe zu entlassen, was jenen nasalen Ton gebar, der des Engländers vornehme Geburt offenbart. Mr. Lake kam aus einem guten Stall: Sofort hatte er Mrs. Dales Coalport Porzellan als solches erkannt und die Tassen zärtlich zwischen Daumen und Zeigefinger gedreht, und wie angenehm er über Oscar Wildes Stücke zu plaudern wußte, deren ›zärtliche Bosheit‹

und ›melancholische Poesie‹, wie er sich ausdrückte, er lobte. Dabei hatte er auf diese charmante Art gelächelt: die ebenmäßigen Zähne zeigend, das Kinn nach unten geneigt, ein paar tiefe Falten auf der hohen Stirn in adrette Linien legend. Manchmal führte er mit seinen schönen Händen weitschweifende Bewegungen aus, die etwas Vages, aber ungemein Distinguiertes besaßen. Es sei bezaubernd, hatte er gesagt, in diesem entlegenen Teil Afrikas einem so gepflegten Haus zu begegnen, und seine dunklen Augen hatten Mrs. Dale bedeutet, daß er ihre Person als dessen Mittelpunkt sah. Sei es ratsam, fragte er sie, dem Club beizutreten, er spiele natürlich Golf und sei deshalb eigentlich auf den Golfplatz des Clubs angewiesen. Und wie liebenswürdig er sie gefragte hatte, ob sie aus Irland käme, da sei ein charmanter, kaum merklicher Akzent – und ob sie ihn wohl darüber aufklären könne, welche Pflanzen gegenwärtig auszusäen seien, er wolle gleich damit beginnen, seinen Garten neu anzulegen, der, da das Haus leergestanden habe, recht verwildert sei. Mrs. Dale war entzückt und versprach jede Hilfe. Was hatte Dale nur gegen ihn? Da war endlich jemand, der Formen und Nettigkeiten zivilisierter Lebensart beherrschte – so wichtig, dachte Mrs. Dale, gerade in diesem von primitiver Unkultur beherrschten Land.

Seufzend ging sie auf die Veranda hinaus und schaute auf die weiten eintönigen Teefelder, die sich in der Ferne in dunstigem Regenwald verloren. Von der Moschee drunten im Dorf wehten langgezogen die Kadenzen von Tussanis Abendgesang herüber, und wenn sie auch oft gerne der bebenden Leidenschaft, die Tussani in seine Stimme zu legen vermochte, gelauscht hatte, einer Leidenschaft, die sie angezogen und auch leise beunruhigt hatte – so dachte sie jetzt nur: »Dieses ewige Katzengejammer Tussanis, dies sind nun Dales Freunde, ein halbverrückter Moslem und ein schwarzer intriganter Buchhalter.« Und mit letzterem meinte sie Dillah. Nicht daß Dillah Mrs. Dale jemals ohne den größten Respekt begegnet wäre – aber Dillah war gescheit, und aus einer alten indischen Kolonialfamilie stammend, beherzigte Mrs. Dale den Grundsatz, daß man sich vor intelligenten Eingeborenen hüten müsse. Tussanis Gesang endete – über den Teefeldern lag insektensummende Stille. »Die Stille eines barbarischen Landes«, dachte Mrs. Dale.

6) Mr. und Mrs. Tussani überlegen

»Er ist kein richtiger Bwana«, sagte Essabetala zu Tussani, »Nr. One vom Red Store hat mir erzählt, daß er jedesmal, wenn er sein Haus verläßt, seine Zuckerdose verschließt. Wie soll ein Boy in seines Bwanas Haus glücklich sein, wenn es nicht einmal Zucker gibt? Du wirst schon sehen, bald wird er auch seine Teekiste wegschließen, und wie soll Nr. Ones Bruder, der sein Hausboy ist, denn leben, wenn er nicht ein bißchen Tee verkaufen kann?« Tussani rollte zärtlich eine Ladung Betel in ein Blatt, aus dem Hinterhof kamen angenehme Düfte eines Hammelcurries. Er war eben von der Moschee nach Hause gekommen und süß klang ihm noch sein eigener Gesang in den Ohren – er hatte einen angenehmen Tag hinter sich.

»Was redest du da, Essabetala, wer sperrt seinen Zucker ein und wer ist kein Bwana?«

»Dieser Mr. Lake natürlich«, sagte Essabetala, ein Huhn, das sich auf dem Tisch niedergelassen hatte, verscheuchend, »er ist ein Geizkragen. Und Nr. Ones Bruder sagt, daß er seidene Unterhosen trägt wie eine Frau und Riechwasser in seinem Schlafzimmer hat – Nr. One hat mir übrigens versprochen, daß er seinem Bruder auftragen wird, mir davon ein wenig zu bringen.«

»Hm, hm«, machte Tussani, ein Paket Betel von einer Backe zur anderen wälzend und sagte, nur einen Spalt seines Mundes zum Sprechen öffnend, den anderen über einen Betelballen gespannt, »er hat also Riechwasser und trägt seidene Unterhosen – er war übrigens heute da und hat sich die Haare schneiden lassen.« Genüßlich legte Tussani ein mageres behaartes Bein auf den Tisch, lehnte sich zurück und faltete die Hände auf dem Bauch. Essabetalas Neugierde genießend, verfiel er in einen seiner langanhaltenden Hustenanfälle, die er erst beendete, als Essabetala ihn heftig an der Schulter rüttelte.

»Nun erzähl schon, wie ist er«, rief sie, »Nr. One sagt, er sieht aus wie ein weißer Aal und wenn er spricht, dann klingt es wie ein schlecht eingestelltes Radio.«

»Unsinn«, antwortete Tussani, mit einem Holzspan in langsam kreisender Bewegung sein rechtes Ohr säubernd, »er hat eine feine weiße Haut und glattes schwarzes Haar, und er spricht wie ein Gentleman. Er sagt ›Danke, Mr. Tussani‹ und ›Bitte, Mr. Tussani‹, und er schaute auf Atatürk und wußte, mit wem er es zu tun hatte. Aber da war etwas – ja, da war etwas, das mir nicht gefallen hat ...« Tussani spuckte durch rote Zähne Betelreste an Essabetala vorbei durch die offene Tür auf die Straße hinaus.

»Bevor er sich setzte, wischte er mit einem Taschentuch über meinen Stuhl. Und das war unnötig und unhöflich, denn mein Stuhl und mein Spiegel sind immer sauber ...«

»Das ist eine Beleidigung«, rief Essabetala, »sogar Mr. Dale setzt sich auf unseren Stuhl, ohne ihn abzuwischen, da siehst du, daß er dich nicht respektiert – er weiß natürlich, daß du mit einer Schwarzen verheiratet bist, und er hat den Stuhl abgewischt, weil er glaubt, daß alle Schwarzen schmutzig sind und Nr. Ones Bruder darf nicht einmal sein Bett machen, weil er nicht will, daß ein Schwarzer sein Linnen anfaßt. Er ist ein schlechter Mensch, Jajan.« Tussani blickte um sich, schaute auf die roten Betelflecke auf dem Boden, die Hinterteile dicker Kakerlaken, die aus den Ritzen der grüngestrichenen Kommode wie glänzende Schokoladenstückchen ragten und die graustaubigen Spinnennetze in den Ecken:

»Du bist schmutzig, Essabetala, und es ist auch nicht sauber in Karbaris Haus, wie oft hast du Salina schreien hören, daß Nr. One ein Surkabatscha ist, und du weißt, was das heißt, da wird sein Bruder nicht viel besser sein. Und Bwana Lake liebt eben Sauberkeit ... aber daß er meinen Stuhl abgewischt hat, das hat mich verletzt. Ich selbst wische den Stuhl nach jedem Kunden ab ...« Und hier stand Tussani auf und ging hinüber zu seinem drehbaren Friseurstuhl, nahm ein Ende seines Schlafanzuges, den er auch oft tagsüber trug, und fuhr damit polierend über die Sitzfläche. Dabei blickte er seufzend hinauf zu Atatürks Bildnis: Auch er, so fühlte er, war eigentlich zum Helden geboren, ja, hätte sich nur die Gelegenheit geboten. Damals, als er jung war, hatte Afrika gelockt, von einem moslemischen Reich, in dem er, Tussani seiner Rolle gerecht würde, hatte er geträumt – und nun saß er hier in Truchilla und er, der früher einzig den Bwanas die Haare geschnitten hatte, mußte sich mehr und mehr von arroganten Schwarzen herumdirigieren lassen, und die noch im Land verbliebenen Bwanas waren auch nicht mehr, was sie einmal waren. Die Unabhängigkeit stand vor der Tür, in wenigen Wochen würde die Congress Party mit ihrem Kandidaten antreten, der nicht einmal hier aus dem Süden stammte, sondern einem feindlich gesinnten Stamm aus dem Norden angehörte. Schon arbeitete im Untergrund die National Party, eine Gegenpartei, und Unruhen waren vorprogrammiert.

»Hast du gehört«, schreckte ihn Essabetala aus seinen Gedanken auf, »hast du gehört, was ich gerade gesagt habe, hier lies, was da drin steht, du bist ja so gescheit und kannst lesen.« Sie fuchtelte mit einem zerknitterten Stück Papier vor Tussanis Gesicht herum, das dieser ihr nun ärgerlich aus der Hand riß und zu lesen begann. ›Mrs. und Mr. Karim bitten Mrs. und Mr. Tussani um die Ehre der Teilnahme an der Hochzeitsfeier ihrer Tochter Rada mit Herrn Narriman Patel, am Samstag, den 2. November, in ihrer Residenz in Truchilla, General Market.‹

Tussanis Gesicht leuchtete auf:

»Siehst du, Essabetala, Karim hat uns eingeladen. Und Aissa bittet dich um die Ehre deines Besuches, was sagst du jetzt?«

»Ich sage«, rief Essabetala blitzenden Auges, »daß dieser ganze Brief ein Bullshit ist (dieses Wort, Büffelscheiße bedeutend, hatte Essabetala von Tussani übernommen, der es wiederum von Mr. Dale hatte). Ja, Bullshit. Aissa hat mich eingeladen und dich dazu, weil sie weiß, daß jetzt bald die Unabhängigkeit kommt – hat sie uns vorher schon einmal eingeladen? Hat sie mich jemals freundlich gegrüßt? Herablassend genickt hat sie, wenn ich die Dame grüßte, und mit ihrem fetten Hintern gewackelt ...«

Tussani blickte fast zärtlich auf Essabetalas enorme Hüften. »Aber das hättest du doch viel besser gekonnt, Essabetala, und stell dir vor, wir sitzen mitten unter Karims reichen Gästen – der Bräutigam, Mr. Patel, habe ich gehört, besitzt zwei Läden in der

Stadt – wir sitzen also mitten in dieser Hochzeitsgesellschaft und alle blicken mit der höchsten Achtung auf dich, weil sie einfach müssen. Also, Essabetala, das wird ein wunderbarer Spaß und natürlich gehen wir hin.« Essabetala legte ihre Hand auf den Plastikbeutel, der sich zwischen ihren Brüsten abzeichnete, rollte ihre dicke Unterlippe vor und dehnte sie dann in ein breites Lachen, dem ihr Goldzahn opulente Fülle verlieh:

»Ich muß ein neues Kleid haben, Tussani, und den Stoff werde ich bei Salina im Red Store kaufen und Mafaiti, der Schneider, kann es nähen. Und Aissa wird sich ärgern.«

»Richtig«, sagte Tussani, »dies ist die rechte Einstellung. Du gehst also und holst diesen Stoff, und ich werde den dunklen Anzug anziehen, den Mr. Dale mir vor einigen Jahren geschenkt hat. Also, gib ihn mir mal her.« Essabetala runzelte die Stirn, so daß die Büschel ihrer borstigen Augenbrauen beinahe den Drahthaarknäuel ihrer Haare berührten, und dachte einen Augenblick nach.

»Er muß dort in der Kommode sein«, sagte sie dann und zog eine Schublade heraus. Eine Maus sprang auf Tussanis nackten Fuß und es zeigte sich, daß ihre zahlreiche Nachkommenschaft, winzige embryonale Mäuschen, in Tussanis dunklem Anzug ein behagliches Heim besaß. Essabetala wischte mit einer großen Hand energisch darüber und warf die ganze Bescherung zum Fenster hinaus.

»Es macht nichts«, sagte sie, »nur ein paar Fäden haben sie angeknabbert – Mafaiti wird dein Jackett bügeln und dann ist es so gut wie neu.« Tussani blickte auf sein zerknittertes Jackett und dann auf Atatürk, der unbewegt in einem makellosen Anzug, eine rote Nelke im Knopfloch, auf ihn herunter sah. Und traurig fühlte er, daß immer mehr ihn von seinem Idol trennte.

7) Salina erinnert sich

»Jetzt erzähl schon«, rief Salina, ungeduldig mit ihrem Fuß wippend, während ihre langen roten Fingernägel auf die Theke trommelten, »was hat dein Bruder dir gesagt?« Nr. One grinste gutmütig über sein ganzes Gesicht. Er fühlte sich als Mittelpunkt des Geschehens: Seine Herrin sah ihn erwartungsvoll an, im Hintergrund des Ladens stand Nr. Two und spitzte die Ohren, es war eine genußreiche Situation, die auch gewisse Hoffnungen in sich barg.

»Mein Bruder sagt, daß Mr. Lake ihn nicht gut bezahlt, er sagt, daß Mr. Lake sehr viel schreit und schlechte Dinge zu ihm sagt, und, und ...«

»Weiter«, sagte Salina ungeduldig, »hast du nichts anderes zu berichten als deines Bruders Klagen – was macht Mr. Lake am Abend, was ißt er, wen besucht er?«

»Mein Bruder sagt, daß Mr. Lake am Abend seine Bücher ansieht, Bücher mit vielen Bildern darin, und die Bilder sind nicht gut.«

»Was heißt das, die Bilder sind nicht gut, was ist drauf auf diesen Bildern?« Nr. One schaute zur Seite, wiegte den Kopf hin und her und lächelte verlegen:

»Die Dona weiß schon, schlechte Bilder.«

»Gar nichts weiß ich«, sagte Salina, »willst du jetzt endlich sagen, was das für Bilder sind?«

»Es sind Bilder von Frauen, weiße und schwarze, und sie haben alle keine Kleider an.«

»Das ist die Höhe«, sagte Salina, und ihr Gesicht rötete sich vor angenehmer Aufregung, »er schaut sich schmutzige Bilder an und läßt die Bücher auch noch herumliegen. Sag deinem Bruder, er soll eines dieser Bücher bringen – ich gebe ihm auch Sixpence dafür, man muß sie selbstverständlich vernichten, weißt du, und deshalb muß dein Bruder mir eines bringen, damit man es Father Ricardo zeigen kann. Father Ricardo ist zuständig für Bwana Lake. Aber wir wollen den Father nicht unnötig beunruhigen, und deshalb werde ich mich selbst vorher vergewissern.« Nr. One nickte, er wollte selbst gern einen Blick in solche Bücher tun und verstand Salina.

»Und was treibt er sonst noch?«

»Er schließt alles ein, sogar den Zucker, und jedesmal, wenn mein Bruder Tee zubereiten muß, holt Mr. Lake den Schlüssel und danach verschließt er ihn wieder. Und auch das Kachasu ist immer eingesperrt.« Salina wiegte auf einem bewegungslosen Hals ihren Kopf in winzigen Rucken hin und her wie eine balinesische Tänzerin.

»Hast du Kachasu gesagt? Er trinkt Kachasu? Bist du da sicher?«

»Ja, Kachasu. Mein Bruder muß es im Dorf holen, in Ndolas Kneipe, und dann wird es eingeschlossen.«

»Und warum kauft dein Bruder dieses Kachasu nicht hier im Red Store?«

»Mr. Lake hat herausgefunden, daß es bei Ndola billiger ist.«

»Surkabatcha (Schweinehund)«, sagte Salina und biß sich auf die Unterlippe, »dieses Schwein, er will uns hier wohl nichts verdienen lassen – und was tut er sonst noch?«

»Er geht zu Dona Dale zum Tee. Und er hat Riechwasser in seinem Schlafzimmer.« Salina räkelte sich auf dem Rupfensack mit Mais, auf dem sie hinter der niederen Theke mit gekreuzten Beinen saß.

»Riechwasser«, sagte sie, »Riechwasser, so, so – nun, du kannst mir davon eine Probe mitbringen, aber beeile dich, bevor er es auch wegschließt. Merke dir also, eines dieser Bücher und Riechwasser.« Nr. One nickte und zögerte eine Weile, auf einen Griff Salinas in ihr Leibchen wartend, aber Salina war nicht in Geberlaune. Sie nahm keine Notiz mehr von ihm und schien mit ihren Gedanken weit entfernt zu sein, so daß Nr. One ins Dunkel des Ladens glitt und sich auf einen Maissack fallen ließ, um sich von dieser anstrengenden Unterhaltung zu erholen.

Salina aber saß wie eine kleine bunte Spinne, eine dieser emaillierten Gastrocanthus Spinnen, in ihrem dämmerigen Laden und knüpfte das Netz ihrer Gedanken um Mr. Lake. Dieser neue Bwana war offensichtlich eine Enttäuschung: er war ein Geizkragen.

Doch gab es einige interessante Facetten, und die interessanteste: er besuchte Mrs. Dale. Und warum besuchte er Mrs. Dale? Weil er etwa von ihr angetan wäre? Bei diesem Gedanken huschte ein süffisantes Lächeln über Salinas Gesicht: Farblos war Mrs. Dale, farblos die ganze Gestalt, das Haar, das sich kaum von der gelblichen Haut unterschied, die Augen, hell wie die eines Albinos – flach, ganz flach die Figur, nicht einmal die Andeutung eines Busens, und dazu Hände, groß und weiß wie ein Schlammkrebs. Wie konnte ein Mann an so einer häßlichen Frau Gefallen finden? Und dazu noch dieses Getue mit allen möglichen Tieren – armer Dale, was hatte er alles zu erdulden gehabt in den vergangenen fünfundzwanzig Jahren! Übelriechende Meerkatzen, die dauernd mit ihren Genitalien spielten und ihre gräßlich stinkenden Fäkalien auf Mrs. Dales Kleider entleerten, Fischottern, die Mrs. Dale wie ihre Babies hielt, die sogar in den Ehebetten schliefen und glitschigen Fisch über die Laken zogen – Mrs. Dales Boys berichteten schauderhafte Geschichten über Buschbabies, die nachts wie Gespenster durch die Räume huschten und ihre klebrigen Fingerabdrücke wie teuflische Male an den Wänden hinterließen. Und nun diese Besessenheit mit Eseln, denen Mrs. Dale Zinksalbe auf die Rücken schmierte und den Besitzern verbat, sie zu bepacken, bis ihre Schwären verheilt waren – als ob die Esel in diesem Land nicht alle angescheuerte Rücken hätten, und natürlich konnte man dagegen nichts tun, weil die Fliegen schon dafür sorgten, daß die Wunden offen blieben – armer Dale – wie alt war er nun, 55 oder 58? Immer noch war er ein ansehnlicher Mann und Pratap wurde ihm immer ähnlicher – eine dunklere Ausgabe Mr. Dales. Aber warum nun besuchte Mr. Lake Mrs. Dale? Es konnte nur eine Absicht dahinter stecken: Bwana Dale war ein einflußreicher Mann in Teekreisen, und Lake beabsichtigte, Karriere zu machen. Salina wußte Bescheid, sie wußte um die Intrigen, Gerüchte, üblen Nachreden, kannte die widerliche Karrieresucht der Weißen in ihren Clubs, diesen Clubs, die für Inder und Schwarze verboten waren, zu denen die weißen Frauen in ihren häßlichen selbstgeschneiderten Kleidern gingen, ihre Beine, die sie rasierten, so daß sie aussahen wie die Haut eines gerupften Huhnes, und ihre großen häßlichen Füße zeigend – diese Frauen mit ihrer vorzeitig gealterten Haut, die sich stundenlang in die Sonne legten und mit vierzig verschrumpelt wie eine ausgedörrte Feige aussahen – die in diesen Clubs Gin tranken und Bridge spielten und ihre Affären arrangierten – nur Mrs. Dale, die zu häßlich war, um Affären zu haben, spielte lediglich Bridge.

Salina wußte um all diese Affären, denn der Nachrichtendienst der Hausboys war zuverlässig und bis in Einzelheiten präzise. Und ihr Nr. One, der auch mit dem Barkeeper im Club verwandt war, berichtete gewissenhaft.

Salina zog einen hauchdünnen Sari über eine Schulter, griff nach einem Fläschchen Rosenöl, das zwischen Aspirin und Dr. Eastern's Tonic auf einem mit grünem Wachstuch überzogenen Regal stand, und rieb sich langsam und sorgfältig ihre Arme ein. Sie war fünfundvierzig, aber immer noch sehr schön. Und jetzt brachte der Duft des Rosenöls diesen Nachmittag zurück, jenen Nachmittag vor jetzt zweiundzwanzig Jahren, der immer noch so fest in ihrer Erinnerung stand, als wäre es gestern gewesen. Sie und Karbaris waren gerade in dieses Haus, das sich dem Red Store anschloß und mit ihm durch einen Garten verbunden war, gezogen. Das Haus hatte vordem einem Bwana gehört – ein dunkles Haus mit vielen kleinen Zimmern, die außer zweien, in denen sie und Karbaris wohnten, in Lagerräume verwandelt wurden. Damals war der Garten noch gepflegt, die in Arabesken angelegten Beete mit Ilalapalmen in ihrer Mitte waren ja heute noch vorhanden, doch nun waren sie unkrautüberwuchert, denn Salina und Karbaris waren keine begeisterten Gärtner. In jenem Jahr aber blühten in diesen Beeten die Rosenstöcke in reicher Fülle und ihr Duft wehte auf die Straße hinaus und konkurrierte siegreich mit den üblen Gerüchen, die vom Chanunka Fluß herüberzogen. Und Mr. Dale blieb manchmal auf seinem Weg zu Karims vor diesem Garten stehen und betrachtete die Rosenbüsche. Und manchmal ergab es sich, daß Salina durch den Garten spazierte und dann betrachtete er auch sie. An jenem Nachmittag saß Salina unter einer der Palmen und glättete mit Öl ihr Haar, das sie eben im Fluß gewaschen hatte. Sie wußte, daß Mrs. Dale sich auf einem ihrer Erholungsurlaube in Irland befand und Karbaris mit seinen Lastern unterwegs war. Und deshalb stand Salina auf und näherte sich Mr. Dale, der am Zaun stand und etwas über ihre Rosenstöcke murmelte, dessen Augen aber anderes sagten – und dieses andere verstand Salina. Sie bat Bwana Dale mit einer winzigen anmutigen Neigung ihres Kopfes ins Haus, und da sie nicht englisch sprach und Bwana Dale nicht Hindustani, kam Bwana Dale sofort zur Sache: Er nahm Salina auf den Arm, trug die sehr schwach und nur der Schicklichkeit halber Protestierende ins Schlafgemach, legte sie dort aufs Bett und begann, sich auszukleiden. Und als er so Stück um Stück von sich warf, sah Salina, daß sie einen rötlich behaarten Gott vor sich hatte, und sofort drängte sich ihr der Gedanke an Shiva auf, denn Shivas Lingam – nun ja, Mr. Dale war gut ausgestattet. Und als Salina ihr weiß-seidenes Bein in dieser zarten, tänzerischen Pose um sein behaartes wand, da wußte Bwana Dale, daß diesem Nachmittag weitere folgen würden. Natürlich beschränkten sich in der Folge Dales Besuche nicht auf Nachmittage – während Mrs. Dales Abwesenheit und Karbaris zahlreichen Nachtfahrten verbrachte Bwana Dale unter dem angegrauten Moskitonetz von Karbaris' ehelichem Bett mit Salina anregende Stunden, die um so angenehmer waren, als Bwana Dale keinerlei Konversationszwang unterworfen war und Salinas Gefügigkeit keine Ansprüche stellte. An einen Gott stellte man eben keine Ansprüche. Freilich blieben diese Vergnügungen dem Dorf nicht verborgen. Wenn Bwana Dale Salina besuchte, ging er bald nicht mehr wie zu Beginn der Affäre die Einfahrt neben dem Red Store hinein zu Salinas Haus, er nahm den Weg über den Chanunka Fluß, hantelte sich die schwingende Seilbrücke entlang zu Salinas Garten hinüber, ging hier im Schutze abgestellter Autowracks zur Veranda, wo er seine Gummistiefel abstellte. Während der Nacht aber verzichtete er auf seinen Seiltänzerakt und machte lediglich einen kleinen Umweg über einige Seitenstraßen, so daß er nur einmal die Hauptstraße überqueren mußte. Längst schon wußte Nr. One Bescheid – doch von Nr. One, der Salina ergeben war, hätte niemand ein Sterbenswörtchen erfahren. Es war Tussani, der Bwana Dales nächtliche Ausflüge entdeckte. Denn es geschah, daß Bwana Dale sich einmal verspätete und erst kurz vor Sonnenaufgang, zu einer Zeit, in der Tussani unterwegs zur Moschee war, Salinas Haus verließ und dort, mitten auf der Straße, auf Tussani stieß. Tussani, ein Mann des Taktes, tat, als sei es das Natürlichste der Welt, daß Bwana Dale sich im Morgengrauen aus Salinas Haus schlich. Doch er teilte, von Eifersucht bewegt, aber auch Schadenfreude, was Karbaris betraf, und so mit gemischten Gefühlen des Bwanas Abenteuer betrachtend, Essabetala seine Beobachtungen mit.

»Er macht ›Ku chita Nyenga‹«, sagte er zu Essabetala, »er schleicht wie ein Wiesel«, hier benutzte er einen Ausdruck, der in der Landessprache die verschlungenen und heimlichen Wege eines Ehebrechers beschreibt.

»Diese Hure«, hatte Essabetala gesagt, »sie ist es nicht wert, einen Mann wie Bwana Dale im Bett zu haben, diese eingebildete dürre kleine Hure ... Bwana Dale erniedrigt sich ...«

»Du hast recht«, entgegnete Tussani und dachte betrübt, daß ihm selbst solch herrliche Erniedrigung leider erspart geblieben war. Essabetala erzählte Dillahs Frauen davon und natürlich war bald Bwana Dales ›Ku chita Nyenga‹ in Truchilla Dorfgespräch und die einzigen, die nichts davon wußten, waren Karbaris und Bwana Dale. Aber dies lag nun zweiundzwanzig Jahre zurück, und, wie gesagt, Salina war jetzt fünfundvierzig. Und wenn Bwana Dale heute am Red Store vorüberging und Salina, die im Dämmer des Raumes kaum verändert erschien, auf ihren Maissäcken kauern sah, winkte er ihr freundlich zu, während ein kleines Lächeln der Resignation über sein Gesicht huschte. Welch kurze leidenschaftliche Affäre es gewesen war und welche Befriedigung, mit einer Frau zu schlafen, mit der man keinen lästigen Konversationen ausgesetzt war! Aber diese Tage waren fern. Und Salina? Sie wurde auf die angenehmste Weise ständig an Bwana Dale erinnert, denn da war Pratap, der mit seinen zweiundzwanzig Jahren neben einer leicht verschlampten indischen Lethargie immer häufiger zu heftigen irischen Zornanfällen neigte und dabei dieselben an einen wütenden Primaten erinnernden Gesten zeigte, die Bwana Dale bei den Eingeborenen (oft von gespielter Furcht getragenen!) Respekt verschafften. Wenn Pratap seinen Kopf aggressiv nach vorne reckte und mit heftigem Gestikulieren die gespreizten Hände hochwarf, dann stand vor Salina Bwana Dale, und wenn Pratap die Boys seines Vaters ein ›gottverdammtes faules Pack‹ nannte, dann hörte sie Bwana Dales Stimme.

Eben war nun Pratap mit seinem Vater nach Hause gekommen und riß sie jäh aus ihren Gedanken. Er und Karbaris waren bester Laune, und der Grund hierfür war sofort klar: An Karbaris Laster hing ein brandneuer Volvo mit eingedellten Kotflügeln: Mr. Lakes Auto.

»Er hat ihn schon erledigt«, sagte Karbaris vergnügt, »dies wird mindestens eine 100-Pfund-Reparatur.« Salina schüttelte ihr Haupt.

»Diese Ausbeulerei, das können sie doch nur in der Stadt – er wird einen Murks zurückbekommen!«

»Natürlich wird er das«, sagte Karbaris fröhlich, »aber er wollte unbedingt, daß wir das hier machen, er glaubt, er könne sparen, verstehst du ...« Salina lachte und öffnete ein Kuvert, das Karbaris ihr eben in den Schoß gelegt hatte.

»Na, lies schon«, sagte sie, die immer ungeduldig wurde, wenn sich offenbarte, daß sie nicht englisch konnte, »was steht denn da?« Karbaris las die Einladung zu Karims Tochter Radas Hochzeit.

»Hat Aissa endlich eine ihrer häßlichen Töchter unter die Haube gebracht, ein guter Grund zum Feiern ...« sagte Salina gehässig und berührte schnell das rotglitzernde Tikal an ihrer Stirn, um böse Gedanken fernzuhalten und Verzeihung für eigene böse Gedanken zu erhalten – dann warf sie einen vorwurfsvollen Blick auf Ganesh, der in diesem Fall wieder einmal versagt hatte. Denn oft hatte sie Pratap gedrängt, sich einer von Karims Töchtern zu nähern, denn sie glaubte auch Grund zu haben, anzunehmen, daß ihm Rada gefiel, Rada war in seinem Alter und sie waren zusammen in die Schule gegangen. Und auch Ganesh war angerufen worden, hatte aber leider in diesem Fall versagt.

8) Jemand wird gesucht

John Dale sprang aus seinem Jeep, fluchte über den Haufen Hundekot, in den er eben getreten war, und betrat Karims Laden. Er litt wieder einmal unter einem dieser leichten Malariaanfälle, die nun seit Jahren schon jede seiner Erkältungen begleiteten, und diesmal plagte er sich schon seit Tagen damit herum und litt in der Folge unter Lebensüberdruß.

»Daraprim«, sagte er zu Abdul, der eifrig herbeigeeilt war und aus dem Dämmer des Ladenhintergrundes, wo Benzinkanister, Werkzeuge und Pappkartons ein undurchdringliches Durcheinander bildeten, kam Karims Stimme:

»Nicht schon wieder, Mr. Dale, schon der dritte Fall heute – es ist das Wetter – sie sagen, daß es in Mozambique schon regnet.« Dale spürte, wie die feuchte Hitze seine Wollsocken klamm machte, seine Shorts hinaufkroch bis unter die Achselhöhlen.

»Seltsam«, dachte er, »die Hitze scheint heute vom Boden aufzusteigen, mir ist, als wate ich durch glühende Lava.« Es lag zwar Feuchtigkeit in der Luft, aber das Lavagefühl hatte wohl ein leichtes Fieber verursacht. Karim zog mit schlaffen Händen seinen Dhoti zwischen den Beinen fest, dieser Dhoti war ein Zugeständnis an die heiße Jahreszeit – üblicherweise trug Karim weiße Drilljodphurs. Als John Dale Karim zum ersten Mal in diesem Dhoti sah, machte er eine höfliche Bemerkung über diese leichte und praktische Kleidung und fügte hinzu, daß Ghandi seinen Dhoti sogar zu Europabesuchen im Winter getragen habe, was Karim Gelegenheit gab, Geschichtskenntnisse zu offenbaren:

»Der nackte Fakir«, sagte er, »wissen Sie noch, Mr. Dale?« Und natürlich wußte Dale, daß Churchill, der Ghandi nicht ausstehen konnte, diesen so genannt hatte, und sie lachten beide. Karim als dem Hindu Ghandi sich überlegen fühlender Moslem und Mr. Dale über die Süffisance Churchills. Seither waren sie sich in freundlicher Distanz verbunden. Diese einzuhalten war etwas schwieriger für Karim, der neben der üblichen Zuvorkommenheit einem Kunden gegenüber auch noch zu demonstrieren bemüht war, daß er sich auf gleicher gesellschaftlicher Ebene mit dem Bwana befand. Beides war nur durch Delikatesse zu erreichen und Karim besaß sie.

»Ich danke Ihnen für die Einladung zur Hochzeit Ihrer Tochter, Mister Karim«, sagte Dale, »Mrs. Dale und ich werden gerne kommen, bitte sagen Sie auch Ihrer Frau unseren verbindlichsten Dank.«

»Bwana Dales Gegenwart wird unserem Fest Glanz verleihen, es wird eine Ehre sein, Mr. und Mrs. Dale bei uns zu haben – daß Sie uns diese große Ehre erweisen! – Meine Frau wird überglücklich sein ...« Karim hatte devot die Hände gefaltet, sein Lächeln zeigte eindringliche Verbindlichkeit, seine ganze Person strahlte jetzt eine, ja, so war es, leicht überhebliche Ehrerbietung aus, wie sie in solcher Perfektion nur Inder höherer Kasten zu vollbringen wissen. Dale antwortete auf eine, wie er glaubte, unübertrefflich orientalisch blumige Weise, ein Bemühen, das Karim durchschaute, ihm aber gerade deshalb schmeichelte:

»Ich hoffe, Mr. Karim, wir werden wieder in den Genuß dieser herrlichen Samusus kommen, für die Ihre Frau so zu Recht weit über die Grenzen Truchillas hinaus bekannt ist, Samusus, die einem auf der Zunge zergehen«, und in seinen üblichen Ton zurückfallend, »ja, Mr. Karim, mit solchen Samusus, da kann man die ganze Scheiße hier vergessen ...« Karim wiegte freundlich lächelnd den Kopf – dieses Wiegen des Kopfes schien von einer Mechanik beherrscht, die an nickende Negerknaben auf Missionsopferbüchsen erinnerte oder auch, wenn man wollte, an indische Tänzerinnen – es gab Karims grauweißem Pergamentgesicht etwas vogelhaft Vornehmes. Er wußte, was Mr. Dale mit dieser ›Scheiße‹ meinte: die Unabhängigkeit. Schon kämpften zwei Parteien nach gewohntem afrikanischen Muster um die absolute Macht, die eine, Congress Party genannt, von der englischen Kolonialmacht favorisiert, die andere, die National Party, im Untergrund arbeitend. Der Führer der National Party wurde steckbrieflich gesucht, ein Held für die einen, ein Mörder für die anderen. Im Dorf Truchilla waren die Einwohner für den Flüchtigen, sie waren gegen die Congress

Party, deren Führer aus dem Norden stammte und einem feindlichen Stamm angehörte. Deshalb war auch aus der Stadt ein neuer Constable entsandt worden, der aus dem Norden kam und den Führer der National Party erwischen sollte.

»Haben sie schon eine Spur von ihm?« fragte Karim Mr. Dale, »der neue Constable ist sehr rege, er hat gestern überall diesen Steckbrief ausgehängt, aber heute morgen war kein einziger mehr da. Ich habe Aissa gesagt, sie soll diesen Steckbrief irgendwo aufhängen, wo man ihn nicht sehen kann.«

«Ganz recht«, sagte Dale, »es ist besser, sich da rauszuhalten – wenn sie sich unbedingt selbst die Köpfe einschlagen wollen ... Ich hoffe bloß, der Bursche verbirgt sich nicht irgendwo hier ...« Karim sah Dale aus halbgeschlossenen Augenlidern, die Stimme zu konspirativem Flüstern dämpfend, an.

»Dieser neue Constable ist ein reger Mann, er hat, wie ich höre, gestern Bwana Lake einen Besuch abgestattet – vielleicht sollte Bwana Lake über die Situation informiert werden. Ich meine, man darf dem Constable nicht behilflich sein.« Dale nickte:

»Ich werde mit ihm sprechen.« Er schickte sich zum Gehen an, wandte sich dann aber nochmals Karim zu und sagte:

»Da war noch etwas ... ach ja, Mrs. Dale hat mir aufgetragen, Masala mitzubringen!«

»Geram Masala!« rief Karim, worauf Abdul mit einer kleinen Aluminiumschaufel erschien und rotes Gewürz aus einem Rupfensack grub. Dale bemerkte auf seinem Gesicht eine stille Befriedigung und wußte, daß er hinter Säcken verborgen der Konversation gefolgt und zufrieden damit war. »Ich wette«, dachte Dale, »daß jeder in diesem gottverdammten Nest weiß, wo der Bursche steckt, nur ich werde es nie erfahren ...« Er setzte sich in seinen Jeep, dessen alte Kunstlederpolster mit rotem Staub überzogen waren. Eine rosa Wolke hüllte ihn ein, als er vor Tussanis Haus hielt. Dale ging durch das Wohnzimmer mit den Korbstühlen und Plastikdeckchen, warf einen Blick auf Atatürk und öffnete die Tür zum Hinterhof, in dessen Wildnis er Essabetalas enorme Form erblickte – sie hatte ein rotes Mother-Hubbard-Kleid an (ein loses Sackkleid mit Puffärmeln, das die Missionare im 19. Jahrhundert eingeführt hatten, und das in Truchilla immer noch sehr beliebt war) und einen gleichfarbenen Turban auf dem Kopf.

»Oh, Bwana Dale«, rief sie, sich trotz ihrer Fülle behende vom Boden erhebend, »Tussani ist in der Moschee, aber er muß gleich zurück sein. Kommen Sie ins Haus und nehmen Sie Platz. Ich habe gerade zwei Hammel besorgt für Karims Hochzeit. Schöne fette Hammel werden das sein, es geht nichts über Hammelfleisch für Curry ... Stellen Sie sich vor, Mr. Dale, Jahan und ich sind eingeladen, Mr. Karim hat uns eine Karte geschickt, eine Karte mit goldener Schrift, und da steht geschrieben, daß es eine Ehre für Karim und Aissa ist, wenn wir kommen. Und gleich darauf hat Aissa zwei Hammel bestellt ...«

»Nun, das sind gute Nachrichten, Essabetala, und ich werde dir sagen, wie mir dein Hammelfleisch geschmeckt hat, und ich bin sicher, vorzüglich, denn auch ich und meine Frau sind zu Karims Hochzeit eingeladen.« Essabetala hatte Dale ins Haus geleitet und ihn, immer wieder knicksend, auf einen Stuhl genötigt. Vom Hinterhof flatterte ein Huhn herein und ließ sich auf einem der Korbstühle nieder – Essabetala nahm ein Handtuch von Tussanis Friseurtisch und verscheuchte es, wischte sich dann mit dem Tuch den Schweiß von der Stirn und legte es säuberlich zusammengefaltet wieder auf Tussanis Tisch. John Dale hatte Essabetalas behagliches Volumen, die Art, wie sie sich so vollkommen ihrer Fröhlichkeit hingeben konnte und mit riesigem aufgerissenen Mund lachte, daß man ihre Mandelzäpfchen auf und ab hüpfen sah, immer gemocht, ihre Nonchalance in Dingen der Hygiene hatte ihn nie abgehalten, Tussanis Atelier zu besuchen, wie er überhaupt der Ansicht war, daß ein wenig Schmutz nicht schaden konnte, im Gegenteil, abhärtete.

»Ich gehe hinüber zur Moschee und besuche den Maestro«, sagte er zu Essabetala und streckte seine Hand aus, die sie knicksend mit beiden Händen ergriff und so heftig schüttelte, daß die Fettpolster auf ihren Armen wie Gelatine wabbelten.

Dale ging auf die Straße hinaus, Nr. One vom Red Store gegenüber schloß eben mit einem Vorhängeschloß den Laden, ein paar Kinder spielten mit aus Draht gebogenen Autos, die sie an Schnüren hinter sich herzogen, eine Herde Ziegen wirbelte mauvefarbenen Staub in den Eukalyptusbaum vor Tussanis Haus. Die Moschee lag grau im Dämmerlicht, vom Minarett kam Tussanis Stimme – zitternd heute und leicht verzerrt, denn er hatte den Lautsprecher eingeschaltet. Daß er sich so moderner Elektronik bediente, von der er gewöhnlich Abstand nahm – denn er war stolz auf seine starke, wohltönende Stimme, die sich siegreich über Tier- und Menschengeräusche erhob – zeigte, daß Tussani nicht in Form war. Dale blickte sich um: abbröckelnde Wände, herausbrechende Fliesen um die Mirabh, an der Decke Fledermaustrauben, die ätzenden Moderduft verströmten. Tussanis Gesang näherte sich seinem Ende, vom Minarett ertönte das letzte Alla- a-a- haaa. In die plötzliche Stille drang Hundegebell, dann vernahm Dale das Steingeriesel der abbröckelnden Treppe und einen Fluch in Hindustani.

»Guten Abend, Sahib«, sagte Tussani, seine zu weiten Khakihosen über die Hüften ziehend, »wie gütig von Ihnen, mich hier zu besuchen. Doch fürwahr ist dieses Haus, das Haus Allahs, kein geeigneter Ort mehr, einen Besucher wie Sie aufzunehmen – sehen Sie sich den Zustand dieses Hauses an! Jeden Tag schäme ich mich aufs neue dafür, es fehlt an allem, ohne Geld ist nichts zu ändern. Der Imam hat uns vergessen – wir sind zu wenige in diesem Dorf, er kümmert sich kaum um uns. Essabetala macht hier manchmal sauber, aber Sie wissen ja, wie das ist ...« Tussani zog die Schultern hoch, hob die Handflächen resignierend gen Himmel:

»Die Wand hinter der Treppe hat ein Loch, ich mußte es heute vergittern, weil Essabetalas Ziegen sich hindurchzwängten – ich fand sie heute morgen schlafend im Alkoven der Mirabh ...« Dale nickte teilnehmend:

»Es ist gut, daß wir hier allein sind, Jahan,« sagte er, »ich muß mit dir sprechen ... Wir haben einen neuen Constable hier, einen eifrigen Burschen, der glaubt, daß sich dieser Sembereka, du weißt schon, der Mann der National Party, irgendwo hier verborgen hält. Sembereka stammt aus einem Dorf nicht weit von hier, das haben sie schon durchkämmt – sollte dir also etwas zu Ohren kommen, so warne die Leute, der Constable ist von der Congress Party und wird nicht mit sich spaßen lassen. Die Regierung ist auf der Seite dieser Partei, und wir werden bald mit ihr leben müssen – aber in die Hände spielen brauchen wir ihr nicht. Sembereka soll nicht ans Messer geliefert werden, und wenn irgend jemand ihn hier versteckt, so täte er wohl daran, ihm zu raten, das Dorf zu verlassen.«

»Allah helfe uns«, sagte Tussani, »es könnte verdammt unangenehm werden – können Sie diesen Constable nicht auf eine Fährte – weg von hier – locken?« Dale sah Tussani mit der Andeutung eines Lächelns an – wußte Tussani mehr? Hatte etwa Essabetala den Gesuchten in irgendeinem ihrer Hammel- oder Hühnerställe versteckt? Schliefen die Ziegen vielleicht in der Moschee, weil ihnen die gewohnte Heimstatt entzogen worden war? Es wäre Essabetala zuzutrauen.

»Ich kann mich nicht in Dinge mischen, die mich nichts angehen«, sagte Dale, »ich möchte nur nicht, daß jemand hier im Dorf in Schwierigkeiten kommt – wer Sembereka verbirgt, ist in Lebensgefahr, du weißt das so gut wie ich.«

»Ich werde mit Essabetala sprechen«, sagte Tussani und verzog sein Gesicht, als schmerze es ihn, den Namen seiner Frau auszusprechen. »Wenn sie etwas weiß, dann werde ich es aus ihr herausquetschen, obgleich sie stur wie einer ihrer Hammel ist, immer mit dem Kopf durch die Wand.« Dale lachte:

»Immer noch nicht schätzt du deine Frau genug, Essabetala ist ein prachtvolles Frauenzimmer ... und tüchtig dazu – du wirst dich nach der Unabhängigkeit absolut auf sie verlassen können, wenn wirklich wie in Kenya indische Geschäfte aus den Dörfern verschwinden müssen – du wirst bleiben können.«

»Die Unabhängigkeit ...« sagte Tussani gedehnt, »Sahib, wo sind die Zeiten geblieben, in denen wir beide hierher kamen?«

»Du warst ein fescher indischer Barbier, Tussani, und ich ein junger irischer Bock – die Leoparden kamen damals noch nachts in mein Hühnergehege und versorgten sich, und unsere Leute starben wie die Fliegen am Schwarzwasserfieber, und dann kamen die Malariapillen, und es gab immer mehr Leute und weniger Leoparden. Aber hier, in Truchilla, wenn ich so überlege, hat sich nicht zu viel verändert ...«

»Nur meine Moschee fällt zusammen, und Moslems, die im Geld schwimmen, kümmert das keinen Deut«, sagte Tussani bitter und warf, während er sich anschickte, ein Betelpäckchen aus seiner Hosentasche zu holen, einen Blick hinüber zu Karims Haus, steckte das Päckchen aber dann schnell wieder zurück, um Dale nicht zu inkommodieren.

»Allah wird sie strafen – wenn ich an Ihre Missionskirche denke, Mr. Dale, so weiß und strahlend und das Mauerwerk alle paar Jahre neu renoviert und Father Ricardo in seinen schönen gestickten Kleidern auf der goldenen Kanzel ...«

»Aber Gott hört dich in deiner Moschee ebenso, Tussani, und keiner der Weißen Väter hat eine Stimme wie du – dreißig Jahre lang habe ich bei ihren Predigten geschlafen, dein Gesang aber wird mir zu Hause in Irland fehlen!« Tussanis Antlitz verklärte sich, er schickte sich an, die Hände zu falten, hob aber nur verkündungsengelgleich die Rechte, da die Linke mit dem Festzurren der Gürtelschnur, die sich zuweilen lockerte, beschäftigt war.

»Oh, Mr. Dale, ich danke Ihnen, Männer wie Sie und Atatürk, Männer, auf die man sich verlassen kann, wo sind sie heute?« Dale lachte, es war ihm nicht unangenehm, mit Atatürk in einen Topf geworfen zu werden und sicher eine besondere Auszeichnung, daß diese Ehre ihm, einem Christen, zuteil wurde.

»Erkläre ihm doch endlich«, hatte Marjorie zu wiederholten Malen zu ihm gesagt, »erkläre diesem Tussani, was es mit Atatürk auf sich hatte, sag ihm, daß der keineswegs eine moslemische Türkei im Auge hatte.« Und was hatte er geantwortet, immer einer solchen Zumutung entgegengehalten?

»Warum sollte ich Tussani auf seine alten Tage seines Idols berauben? Tussani braucht Atatürk, und er soll ihn, was mich angeht, behalten.« Was für ein liebenswerter Narr, dieser Tussani, wieviel mehr Sympathie konnte er für ihn empfinden als für so viele seiner Landsleute. Und Tussani dachte: »Männer wie Bwana Dale sollten Moslems sein und viele Söhne haben. Aber Dale hatte keine Kinder – wenn man von Pratap, Salinas Sohn, absah. Und von dessen Abstammung wußte Dale nichts.

»Besser so«, dachte Tussani, »besser keinen Sohn, als einen der Lingams anbetet und obszöne rosafarbene Elefanten.«

9) Extra Pencils nächtliche Beobachtung

Um Mitternacht stand über Truchilla ein riesiger oranger Mond, der nur schwach die Straße erhellte und den Häusern ein lehmiges Aussehen verlieh. Das Dorf schlief, nur ab und zu bellte vom fernen Heulen der Hyänen angeregt, ein Hund. Zwei Männer waren noch unterwegs: Extra Pencil, der Medizinmann, dessen Beruf ihn bei Vollmond oft weit hinauf in die Berge führte, von denen er dann, beladen mit kleinen Felltieren, die er in Fallen (verbotenen) erbeutet hatte, meist erst gegen Morgen in seine Hütte zurückkehrte.

Heute aber war er einem Mann gefolgt, dessen seltsames Benehmen ihm schon oben in den Wäldern aufgefallen war – Vorsicht ließ ihn dabei Deckung suchen, denn Extra Pencil war ein sehr alter Mann, dem, was seine Mitmenschen betraf, Mißtrauen als das erste Gebot der Weisheit erschien. Sein Bündel auf dem Rücken, war er nun schon seit Stunden diesem Mann gefolgt, der ungeschickt, als sei er nachtblind, über Wurzeln stolperte, so daß es ein Leichtes war, ihm unbemerkt zu folgen, denn Extra Pencils Augen waren scharf wie die einer Nachteule und sein Gang lautlos und wieselbehende. Jetzt warf der orange Mond ihrer beider Schatten auf die Dorfstraße, den einen gekrümmt und bucklig wie ein bizarres Rumpelstilzchen auf zwei Spindelbeinen, den anderen einmal langgezogen und wankend, dann wieder durch einen auf der Straße schleifenden und wieder hochgezogenen Schal dem einer riesigen Fledermaus gleichend. Extra Pencil hielt gebührenden Abstand und preßte sich dazwischen an Hauswände oder in Türnischen, um dem Fremden sicheren Vorsprung zu belassen, denn ein Fremder war es, der da zu so ungewöhnlicher Stunde durch das Dorf wankte – da war sich Extra Pencil sicher: Sporadisches Stehenbleiben, um Häuser näher zu fixieren, ein unbestimmtes Suchen, eine Unentschlossenheit wies ihn als solchen aus. Daß dieser Fremde im Schutz der Dunkelheit kam, mußte einen besonderen Grund haben. Extra Pencil war müde und hätte eigentlich lieber in seiner Hütte am Rand des Dschungels ein Feuer entzündet und sich in dessen Schutz zur Ruhe begeben, aber dieser Fremde, der in eine Vollmondnacht – seiner eigenen, ganz besonderen Nacht – so plump eingebrochen war, darin herumstolperte, anstatt sich leise im Licht des Mondes zu bewegen, wie es sich für Mensch und Tier in solchen Nächten geziemte, ärgerte ihn. Zuerst hatte er gedacht, daß es sich um einen Betrunkenen handeln müsse, und tatsächlich machte der Fremde zuweilen diesen Eindruck – dann aber fand Extra Pencil, daß etwas an diesem stolpernden Menschen einem flüchtenden Tier glich – oder einem verwundeten.

Nachdem der Fremde beinahe jedes Haus der Straße gemustert und sich scheu darum herum gedrückt hatte, schien er endlich gefunden zu haben, wonach er suchte. Er klopfte zaghaft an eine Holztüre, sah sich erschrocken um, als ein Hund anschlug und wartete, sich an die Wand schmiegend, bis alles wieder still geworden war, bevor er sein Klopfen wiederholte. Endlich öffnete sich die Türe und die Silhouette eines Mannes, der eine Petroleumlampe trug, erschien vor einem schwach beleuchteten Eingang. Extra Pencil huschte näher, er hatte das Haus und seinen Besitzer erkannt und wurde nun Zeuge einer für ihn später sehr aufschlußreichen Unterhaltung.

»Um Himmels Willen, David, du bist es, woher kommst du, mein Gott, du bist verletzt«, flüsterte der Mann, der dem Fremden geöffnete hatte – und Extra Pencil sah im Lichte der Petroleumlampe Blut aus einem Schal tropfen, den der Fremde um einen Arm geschlungen hatte, seine langen weißen Enden berührten den Boden.

»Sie sind hinter mir her«, erwiderte der Fremde, »sie haben mich angeschossen, aber ich bin ihnen entkommen. Es ist nur eine Fleischwunde. Kannst du mich aufnehmen, sie haben schon in meinem Dorf nach mir gesucht ..., nur für einige Tage vielleicht ...«

»Komm herein«, sagte der andere und legte einen Arm um die Schulter des Fremden. Darauf verschwanden sie beide im Haus. Extra Pencil hörte noch, wie von innen ein Türbolzen ächzend in den Boden getrieben wurde, dann war da nur noch der schwache

Schein der Öllampe hinter einem Fenster, und so fest er auch sein Ohr an die Wand drückte, er hörte nichts mehr ...

»Jetzt hat es begonnen«, murmelte Extra Pencil immer wieder auf dem Weg zu seiner Hütte vor sich hin, »es wird Arbeit für mich geben, aber – Arete sei Dank – noch ist der Mond voll und die Kräuter stehen gut.« Als er oben in seiner Hütte angekommen war, hatte die klare Bergluft den Mond in eine leuchtende Perlmuttscheibe verwandelt. Extra Pencil nickte ihm wie einem alten Freund zufrieden zu und begab sich, das Fellbündel seufzend von seinem Rücken nehmend, ins Dunkel seiner Hütte.

10) Father Ricardo

Father Ricardo ließ sich erschöpft in einen Stuhl fallen, er hatte einen anstrengenden Tag hinter sich, der noch nicht zu Ende war. Nie hatte er sich um Politik gekümmert und diese Zumutung, der er heute ausgesetzt gewesen war, erschütterte sein seelisches Gleichgewicht. Selbstverständlich mußte er klarstellen, daß er sich nicht in etwas, das einer Konspiration gleichkam, involvieren lassen konnte. Es war schwierig genug, in diesen Zeiten zu leben: Die Kolonialherrschaft wurde durch eine neue Ordnung abgelöst, mit der man sich arrangieren mußte und die eine Menge unangenehmer Unwägbarkeiten versprach. Der neue Präsident, bis jetzt im Londoner Exil, sollte in einigen Wochen eintreffen – er gehörte zwar der anglikanischen Kirche an, hatte in England studiert und trug, wie es hieß, gerne Frack und Zylinder, was eine konservative Haltung, mit der sich vielleicht leben lassen würde, anzudeuten schien. Father Ricardo erhob sich schwer aus seinem Stuhl, die feuchte Schwüle setzte ihm zu, denn er litt an Übergewicht. Er ging zum Fenster, draußen zitterten in blauen Hitzeschlieren die Kronen der Jacarandabäume, Bulbubvögel hingen zeternd in den Blütendolden und störten ihn – er hatte begonnen, an seiner Sonntagspredigt zu arbeiten, konnte sich aber nicht konzentrieren. Gewöhnlich schrieb er seine Predigten gerne, er tat es zu eigenem Vergnügen und schon lange störte es ihn nicht mehr, daß die Eingeborenen während dieser Predigten schliefen. Auch über ihre Begeisterung beim Singen der Hymnen unterlag er keiner Illusion: Er wußte, daß sie mit derselben Hingabe in mondhellen Nächten ihre Göttin Arete besangen, ihr dabei ihre widerlichen Opfer, Ziegengedärm und Nashornpulver, darbrachten.

Father Ricardo hatte fünfundzwanzig Jahre in diesem Land gelebt, das Missionieren seiner ersten Zeit längst überwunden und mit Nachsicht das der jungen Leute, die ihm gelegentlich von seinem Bischof zugewiesen wurden, und die er mit geschicktem Taktieren meist bald wieder losgeworden war, toleriert. Father Ricardo hatte sich gottlob von allen Illusionen gelöst. Er tat seinen Job und gab sich daneben eigenen Interessen hin: Einem gelegentlichen Schachspiel mit Bwana Dale, ein wenig Poker mit den Kollegen jenseits der Grenze (die entspannt unter einem portugiesischen Gouverneur lebten und nicht wie er mit diesen der Unabhängigkeit vorauseilenden Querelen der Schwarzen belästigt wurden). Er lebte gerne hier, aber er wollte nicht zu sehr gestört werden.

Father Ricardo atmete schwer, er schaute durch den blauen Nebel der Jacarandablüten zu seiner kleinen weißgetünchten Kirche hinüber, einer ansehnlichen Kirche, die durch Spenden seiner weißen Gemeinde großzügig unterhalten wurde, was um so mehr zu schätzen war, als die Weißen auf den Plantagen meist Engländer anglikanischer Konfession waren. Father Ricardo seufzte: Nie hätte er die Beichte einführen sollen. Wie oft schon hatte er bedauert, daß es ihm vor einigen Jahren eingefallen war, Beichtstühle zu etablieren – aber, Beichtstühle gehörten nun einmal zu einer katholischen Kirche. Leider hatte sich unmittelbar danach herausgestellt, daß die Beichte die Phantasie der Schwarzen in unerträglicher Weise anregte, sie empfanden die Intimität des Beichtstuhles als Gelegenheit, ihrem Father nahezukommen, und betrachteten im übrigen das Beichtgespräch als angenehmes Palaver. Freilich hatte die Beichte auch positive Aspekte: Die Absolution etwa war ein begehrtes Ufiti geworden, mit dem Father Ricardo zuweilen sogar erfolgreich mit Arete konkurrierte.

Aber welche Belastung für ihn! Father Ricardo ging zu seinem Schreibtisch, einem schweren viktorianischen Möbelstück, das ihm in seiner Solidität oft Vertrauen und Trost gespendet hatte, öffnete eine der messingbeschlagenen Schubladen und entnahm ihr einen Stoß botanischer Listen. Er liebte Bäume, Bäume waren seine Leidenschaft. Manchmal gestand er mit leichtem, sich allerdings immer schnell verflüchtigendem Schuldgefühl, daß sie ihm mehr am Herzen lagen als diese Menschen hier, die ihnen mit Feuer und Hackbeil zu Leibe rückten. Und dann drängte sich aus einem dunklen Gemach seiner Seele zuweilen dieser schreckliche Gedanke, der ihn schaudern machte: Je mehr er gelernt hatte, Gott zu lieben, um so weniger mochte er die Menschen. Father Ricardos Augen glitten zärtlich über seine Listen, die lateinischen Namen der Bäume waren sein Brevier, in dem er oft und gerne las. Bäume waren wichtiger als all diese politischen Kindereien, die allwöchentlich widerliche Leichen den Chanunka hinuntersandten. Da war die rosa Jacaranda – Stereospernum Kunthianum –, sie mußte gerade in Blüte sein, und die gelbe Schizolobia, dieses herrliche Geschöpf, und natürlich die Mbawas – hier schob sich in Father Ricardos Gedanken das Bild dichter Alleen – Alleen, die auf seinen Vorschlag hin in der Hauptstadt gepflanzt worden waren, denn Father Ricardo gehörte der Nature Conservation Society an. In dieses Bild der Alleen flüchtete er sich gerne, die Kronen der mächtigen Bäume verhüllten tröstend seinen so bedauerlichen Mangel an Gefühl für Menschliches. Father Ricardo blickte in seine Aufzeichnungen und sah, daß die gelbe Schizolobia gerade in Bwana Dales Garten blühen mußte – Dale besaß eines der schönsten Exemplare, und Father Ricardo hatte diesen Baum erst im vergangenen Jahr vor der barbarischen Zerstörungswut dieses Pflanzers gerettet, der behauptete, sein Schatten beeinträchtige ein angrenzendes Teefeld – man stelle sich vor, für ein paar Teestauden sollte dieser herrliche Baum geopfert werden. Eine Auseinandersetzung sah zwar Father Ricardo als Sieger, hatte aber auf beiden Seiten ein unangenehmes Gefühl hinterlassen.

Father Ricardo seufzte, er fühlte schwere Ermüdung, drei Stunden hatte er die Beichte über sich ergehen lassen müssen, und heute war ihm dazu noch ein Ansinnen gestellt worden, das er energisch zurückweisen mußte, eine Zumutung, deren Konsens einer Konspiration gleichkäme. Um so mehr ärgerte ihn, daß sich hartnäckig dieses schwarze Gesicht in seine Gedanken drängte, dieses Gesicht mit den aufgerissenen Augen und dem vorgewölbten Mund, in dem auseinanderstehende Vorderzähne eine geradezu lächerliche Vertrauensseligkeit signalisierten ...

Father Ricardo legte die Listen beiseite und ging zu einem kleinen Wandschrank, dem er eine Flasche Whisky entnahm. Wenn ihm ein Glas Whisky zustand, dann jetzt, nach Stunden hinter einem muffigen Vorhang, getaucht in die Gerüche ätzenden schwarzen Schweißes, der ihn heute mehr denn je an verwesende Käfer erinnert hatte. Sie sagten, weißer Schweiß käme ihnen wie Leichengeruch vor, nun, dann hatten sie heute auch gelitten. Doch nun rann ihm wohlig der weißglühende Lavastrom des Whiskys durch die Kehle und brachte ihm sofort eine wunderbare Erleichterung. Seine Wangen röteten sich, die Wülste um seine kleinen schwarzen Augen entspannten sich, die borstigen Flügel der Augenbrauen, eine große römische Nase bewachend, glitten in einem sanften Lächeln die Stirn hinauf: Er war dabei, seine Bedrückung zu überwinden. Nachdem er sich lange dem Genuß einer kühlen Dusche hingegeben hatte, kleidete er sich sorgfältig an: Wer sich nicht zum Abendessen umzog, es unterließ, sich einer gewissen körperlichen Disziplin zu unterziehen, war in den Tropen verloren – Father Ricardo hatte immer dieses Prinzip der Oldtimer beachtet. Sorgfältig wählte er ein weißes Hemd, entnahm einer Schublade weiße Socken, nicht ohne dabei schnell die vorhandene Anzahl zu überfliegen, und daß er dies tat, hatte ebenfalls einen besonderen Grund.

Vor einigen Wochen war ihm aufgefallen, daß der Sockenstapel geschrumpft war, worauf er Laudon, seinen Koch und Hausboy zur Rede stellte und erfuhr, daß viele Socken ›wazemba‹ waren, das hieß, daß er unmöglich Socken, die einen so schlechten Zustand aufwiesen, tragen könne und Laudon sie deshalb weggeworfen habe. Nun hatte aber Father Ricardo zu seinen weißen Socken eine besondere Beziehung. Da er an Schweißfüßen litt, ein lästiges Übel in den Tropen, ließ er sich Socken bester Qualität aus Rhodesien schicken, das für besondere Baumwolle bekannt war. Da aber nun weitere Beobachtung ergab, daß gerade Socken in bestem Zustand verschwanden, mußte angenommen werden, daß Laudon eine besondere Vorliebe für seine Socken entwickelt hatte. Aber was tat er mit ihnen? Nie trug er selbst Socken, seine großen Füße mit den grotesk abstehenden Zehen schlurften stets barfuß über die Böden.

An einem Sonntagmorgen dann, als Father Ricardo während der Predigt indigniert auf das gelangweilte Füßescharren seiner Kongregation blickte, bemerkte er weiße Socken, die verdächtig den seinen ähnelten. Der Sache jetzt auf den Grund gehend, eruierte er, daß diese Socken auf dem Markt gekauft worden waren, wo Laudons Frau einen Stand unterhielt, in dem sie neben Papayas und Bananen auch gelegentlich weiße Socken feilbot.

Und dann war da noch diese Geschichte mit den Hostien! Freilich mußte er sich hier einer gewissen Kleinlichkeit bezichtigen – dieses Zählen der Oblaten war einfach unter seiner Würde. Die Reisoblaten waren billig – was machte es schon aus, wenn ein paar Hundert verschwanden und als Ufiti in die verschiedensten Kanäle wanderten – er hätte sich sofort sagen müssen, daß er ja schließlich Arete mit seinen Hostien Paroli bot.

Aber zu dieser Einsicht konnte er sich erst bringen, als er versucht hatte, den Handel zu stoppen und Laudon darob aufs tiefste beleidigte. Welche Alternative hatte er am Ende schon? Größere Kontingente Socken und Hostien bestellen oder von der Kanzel zu verkünden, daß seine Reiskuchen machtlos waren? Father Ricardo tat ersteres. Und gottlob brach Laudon darauf sein hartnäckiges Schweigen, mit dem er Father Ricardo wochenlang gestraft hatte – und es war kein Vergnügen gewesen, von einem mit tief verletzter Miene herumschleichenden Koch bedient zu werden, dessen pokkennarbiges Gesicht immer mehr dem eines melancholischen Warzenschweins glich. Ein guter Koch war in diesen Regionen gerne ein paar Dutzend Socken wert, ganz zu schweigen von einem Stapel Oblaten, und Father Ricardo schwieg von nun an, wenn er bemerkte, daß Laudon sich bedient hatte – nur einmal noch, whiskybeschwingt, beging er die Taktlosigkeit, ihn nach den gerade gängigen Preisen zu fragen, wonach Laudon jedoch in solch eisiges Schweigen verfiel, daß jede Erwähnung seiner jetzt als Privileg betrachteten Handelsware ein absolutes Tabu wurde. Father Ricardo lächelte sein gallisches Lächeln: Die Augenbrauen hochgewölbt, die Mundwinkel der schmalen Lippen jeweils nach oben und unten gezogen, ein Lächeln, das einen zynischen alternden Faun zeigte, aber resignierender Selbstbetrachtung entsprang. Glücklicherweise stand seiner Kirche ein weites Angebot an wundertätigen Devotionalien zur Verfügung, die praktisch eingesetzt werden konnten. Ein Ufiti gegen ein anderes, dachte er, wie oft schon, mit der Nonchalance eines Kardinals seiner Kirche.

Trotz dieser weltmännischen Attitüde hatte Father Ricardo in den Augen seiner weißen Gemeinde irritierende Eigenschaften wie etwa die, daß es ihm als Spanier nicht einfiel, fließend Englisch zu lernen, er jedoch in der Landessprache flüssig konversierte und so eine lästige Überlegenheit zeigte, die ihn bei nicht wenigen Engländern als nicht ernst zu nehmenden ›Dago‹ klassifizierte. Mr. Dale zum Beispiel ärgerte es seit Jahren, daß er die Schachpartien mit dem Father vorwiegend in Chechewa austragen mußte, einer komplizierten Sprache, die dieser ›Dago‹-Priester gewandt beherrschte, ihm aber nur in volkstümlicher Weise zugänglich war.

Die Dämmerung tauchte jetzt das Blau der Jacarandas in samtenes Violett, einige Minuten später lag das Haus in tiefem Dunkel. Father Ricardo nahm sein Abendessen ein, eine Kerze auf dem Tisch unterstützte das schwankende Licht des Generators. Laudon schlurfte mit Suppe und Hauptgericht in den Raum, stellte sich, eine angeschmutzte Serviette unter dem Arm, hinter den Stuhl seines Herrn und sah befriedigt riesige Portionen eines Peri-Peri-Huhns verschwinden. Das Glas frisch ausgedrückten Zitronenwassers blieb unberührt. Nach Beendigung der Mahlzeit holte Laudon eine Sprühbombe und tränkte die Vorhänge reichlich mit Lysol, so daß, als er sie zuzog, ein Moskitowölkchen sich langsam wie grauer Wollflusenstaub zu Boden senkte. Father Ricardo bemerkte mit Mißfallen die schmutzige, nun über die Schulter geworfene Serviette und diesen lächerlichen Haarschnitt Laudons, der an einen Motorradhelm erinnerte. »Warum behalte ich ihn nur«, dachte er, »er stiehlt meine Socken, treibt mit den Hostien einen Ufitihandel, obendrein ist er ein Moslem und ich sollte wirklich christliche Boys beschäftigen – und: Ich mag ihn nicht einmal besonders.« (Letzteres wäre kein Entlassungsgrund gewesen, denn er mochte niemanden besonders.) Aber Laudon kochte gut. Das mußte man ihm lassen, und er hatte sich nie an seinem Whisky vergriffen. Da plötzlich drängte sich tief aus Father Ricardos Seele die Wahrheit: Daß es dies war, was ihn seinen Koch behalten ließ: Laudon, der gläubige Moslem, verabscheute Alkohol. Sein Whisky war mit ihm absolut sicher.

Also, er mochte Laudon nicht besonders, und, wie so oft, war solche Einsicht von einem leicht unangenehmen Gefühl begleitet: Dem, daß er eben niemanden besonders mochte. Aber war Mögen denn wichtig? Er kümmerte sich um das Seelenheil seiner Gemeinde – das, sagte er sich, muß eben genügen. Und da war Dale, und, nun ja, da war auch Schwester Sally. Der Father seufzte: Sally, wenn auch sehr brauchbar, war entschieden eine Belastung. Denn mit ihr hatte es halt diese besondere Bewandtnis. Der Father ließ sich schwer in einen Sessel fallen und genehmigte sich seufzend ein zweites Glas Whisky.

11) Schwester Sally

Das Mulanje Hospital, von Father Ricardo gegründet, lag in Schwester Sallys Hand. Mit Schwester Sally nun hatte es diese besondere Bewandtnis, eine Bewandtnis, bei deren Betrachtung noch vor wenigen Jahren Father Ricardo ein unangenehmes, oder sagen wir besser, genantes Gefühl überkommen hatte – die er heute jedoch nicht selten mit grimmiger Belustigung als zwar irritantes aber nicht unpraktisches Resultat einer unüberlegten und spontanen Handlung sah.

Es war nun zweiundzwanzig Jahre her, als der Father an einem schwülen Regentag noch spätabends seine Kirche betrat – ein ungewöhnlicher Gang, der nicht religiösen Gründen, sondern dem Gefühl, das Portal nicht abgeschlossen zu haben, entsprungen war. Und in der Tat, das Portal war nur angelehnt und der Father vernahm neben dem pfeifenden Zwitschern durch das Kirchenschiff segelnder Fledermäuse ein feines Wimmern, das aus der Richtung seines Beichtstuhles zu kommen schien. »Ein Affe«, dachte er ungehalten und zog vorsichtig den Vorhang zurück. Auf der Bank des Beichtstuhles lag ein in Palmblätter gewickelter Säugling, dessen Anblick Father Ricardo über alle Maßen erschreckte – denn er witterte sofort Verantwortung. Als die Palmblatthülle entfernt wurde, zeigte sich, daß dem dehydrierten mageren Säugling Extra Pencils Amulette um Hals und Bauch geschnürt waren, aber auch, in eine winzige Rolle gezwirbelt, eines von des Vaters Heiligenbildchen. Letzterem war es vielleicht zu verdanken, daß Father Ricardo sich – wenn auch sehr zögernd – veranlaßt fühlte, sich selbst um das Kind zu kümmern. Er brachte es in sein Krankenhaus und beauftragte eine alte Hebamme mit seiner Pflege. Da der Findling am Tag der heiligen Sabrina eingetroffen war, wurde er Sally genannt. Das Kind, das nicht auf die sonst übliche Weise – in einer mit Löchern versehenen, mit Hyänen abschreckenden Kräutern bedeckten Kiste – vor der Tür des Hospitals ausgesetzt wurde, sondern in einer gewissermaßen besonderen, Bedeutung insinuierenden Exklusivität dem Father in den Beichtstuhl gelegt worden war, wurde sogleich im Dorf als ›Fathers Ricardos Baby‹ bezeichnet.

Immer noch, besonders bei bestimmten Anlässen, bedauerte der Father, daß er damals das Kind nicht einfach aus dem Beichtstuhl und vor die Hospitaltüre getragen hatte, er hätte sich jeder Verantwortung entzogen, und Sally wäre wie so viele Findelkinder eben später ein Straßenkind geworden. So aber wurde sie ›des Fathers Tochter‹, ein Titel, der ihr viel Ehre einbrachte, und dies auch natürlich ob des leisen Zweifels, ob sie nicht wirklich seine Tochter war ... Schließlich war sie in seinen Beichtstuhl gelegt worden, einen Stuhl, in dem Sünden vergeben wurden ... Äußerlich allerdings war auf eine solche Verwandtschaft ja nicht zu schließen. Sally war rabenschwarz und kurzbeinig. Ihre Lippen wölbten sich in einen beinahe vollkommenen Kreis, der fast die Spitze einer flachgedrückten Nase berührte. Durch ein Hochstülpen der Oberlippe konnte Sally ihre Brille ohne manuelle Unterstützung den Nasenrücken hinabgleiten lassen, was einen Effekt respekterheischender Sophistikation ergab. Die Augen hinter den Brillengläsern waren braun, riesig und so dicht bewimpert, daß die Wimpern ständig die Gläser bürsteten, was diesen einen opalen Schimmer verlieh. Die Augenbrauen wölbten sich wie türkische Halbmonde und gaben ihrem Gesicht den Ausdruck strenger Überraschung.

Das seltsame Father-Tochter-Verhältnis – wenn davon überhaupt gesprochen werden kann, erschöpfte sich von des Fathers Seite darin, daß er die Hebamme anwies, das Kind anständig zu kleiden, er es später nach Lalinga zur Schule schickte und ihm ab und zu abwesend über den Kopf strich.

Sally aber wuchs mit der Gewißheit der sie unterstützenden Kirche und dem ehrenvollen Beinamen ›des Fathers Tochter‹ unbekümmert auf. Als sie sechzehn Jahre alt wurde, schickte der Father sie in das städtische Lalinga Hospital in die Lehre, als ausgebildete Krankenschwester kehrte sie nach Truchilla zurück. So kam es denn, daß seit nun sechs Jahren Schwester Sally dem Krankenhaus in Truchilla vorstand, was sie zu des Fathers Zufriedenheit besorgte. Belastend war für ihn natürlich, wie gesagt, dieses besondere Verhältnis schon, war doch im Laufe der Jahre eine temperamentvolle Person herangewachsen, deren Entschiedenheit und Dominanz er nur zu oft hilflos gegenüber stand. Manchmal jedoch, in zwar seltenen und sehr flüchtigen Momenten, wenn er, von anstrengenden Beichttagen etwa, nach Hause gekommen, darüber nachdachte, welche Wendung wohl sein Leben genommen haben könnte, wäre er nicht Priester geworden, attributierte er eine imaginäre Tochter mit Sallys Entschiedenheit, Tüchtigkeit und unbekümmertem Humor.

Schon an dem Kind hatte sich gezeigt, daß es einmal Führungsqualitäten besitzen würde. Von ihren Mitschülern ob einer schnell zuschlagenden Hand gefürchtet, entwickelte sich ›des Fathers Tochter‹ zu einer resoluten Person, von der im Dorf nur mit dem Unterton respektvoller und leise furchtdurchtränkter Hochachtung gesprochen wurde. Wehe dem, der seinen kleinen Obolus für eine Behandlung nicht entrichtete! Schwester Sallys Zorn holte ihn fürchterlich ein, und auch wenn der Father durchaus geneigt war, einmal ein Honorar zu vergessen, bei Schwester Sally kam damit niemand durch. Von des Fathers Seite erwartete man sich natürlich eine Mitgift, und es hatten sich auch einige Bewerber eingefunden – an eine Heirat aber war nie zu denken gewesen, denn Schwester Sally behandelte jeden Bewerber mit tiefer Verachtung.

»Sie wollen nur ein paar Kühe mehr haben«, sagte sie, die Lippen hochziehend. »Ich bin des Fathers Tochter und kann nicht jeden Hergelaufenen heiraten.«

12) *Gulbadan*

Badddrudin und Aissa Karims jüngste Tochter Gulbadan war einige Wochen vor der Hochzeit ihrer ältesten Schwester Rada zu Hause eingetroffen. Sie besuchte in Rhodesien ein Lehrerinnenseminar, war achtzehn Jahre alt und unterschied sich von ihren Schwestern auf eine Karim nicht ganz geheure Art. Schon als kleines Mädchen war sie anders gewesen, immer hatte sie sich auf eine beunruhigende Weise zu Büchern hingezogen gefühlt und unbequeme, ja, herausfordernde Fragen gestellt. Äußerlich glich sie ganz ihren Schwestern, dieselben großen dunklen Augen, dasselbe längliche Oval des Gesichtes mit Karims großer Nase darin, einer Figur, die später zur Üppigkeit neigen würde, dichtes Haar, wie eine schwarze Rute über ihren Rücken baumelnd, und wenn ein äußeres Merkmal hätte gefunden werden sollen, das auf eine feinere, von Poesie durchdrungene Art des jungen Mädchens hätte hinweisen können, so wäre das vielleicht eine anmutige Biegung des langen Halses gewesen oder bestimmte elegante Gesten der schmalen Hände, die etwas Langsames, Feingesponnenes, Mantissenhaftes an sich hatten – aber dies hätte wohl wenig ausgesagt, denn was bedeuten schon elegante Hände – einem Vervet-Äffchen, dessen feine Handbewegungen kaum von einem Menschen übertroffen werden können, kann bestimmt nicht Vergeistigung zugesprochen werden, und Gazellen mit ihren schönen Hälsen denken nur an Fraß und Fortpflanzung. Aber Gulbadan hatte da, wie gesagt, etwas, das Karim und Aissa beunruhigte. Als sie dreizehn Jahre alt war, las sie die Mahabarata und das Ergebnis waren seltsame Zeichnungen von Göttern, denen Lotosblüten aus den Nabeln wuchsen, Lingams und Hermaphroditen – und durch eben diese Zeichnungen erfuhren Karim und Aissa, daß sie dieses ausschweifende Buch der Hindus gelesen hatte, das ein orthodoxer Moslem nur mit Vorbehalt zur Hand nimmt.

»Beruhige dich«, sagte Karim damals zu Aissa, »es sind Märchen, die Mahabarata gehört zu unserem indischen Erbe und wir haben sie doch auch gelesen.«

»Ja«, sagte Aissa, »ich habe diese ekelhaften Geschichten auch gelesen, aber erst, als ich erwachsen war – und wenn du so denkst, gib ihr doch gleich die Kama Sutras! Lingams und Vulvas für eine Dreizehnjährige, Götter, die ihre Geschlechtsteile über die Lande verstreuen – dieses Kind hat den Teufel im Leib.«

»Sie ist neugierig«, sagte Karim damals noch nachsichtig und tat, was er für das Beste hielt: Er schickte Gulbadan in eine strenge Schule nach Rhodesien, wo sie sich für einen Lehrerinnenberuf vorbereiten sollte. Sie wollte Bücher lesen, nun gut, sollte sie, später würde man sie verheiraten und alles würde ins Gleis kommen. Aber Gulbadans Neugierde verdichtete sich in irritierendes eigenes Denken. Zwar nahm sie sich zusammen, wenn sie zu Hause war, sprach mit den Schwestern und Aissa über alltägliche Dinge, doch dann wieder verschwand sie stundenlang in den Bergen über den Teeplantagen, badete dort oben in den Quellwassern, was für ein indisches Mädchen in jenen Tagen eine sehr ungewöhnliche Beschäftigung war. Nun war sie 18, und Karim fand die Art und Weise, in der sie mit ihm sprach, herausfordernd und ermüdend. Was hatte sie da neulich zu ihm gesagt?

»Ich verzichte auf diesen Himmel der Moslems, in dem sich nur die Männer amüsieren, und was für ein Amüsement: Houris jeden Tag und jede Menge zu fressen ...«

»Das sind aufrührerische Gedanken«, hatte Karim mit zornerregter Stimme gerufen, »willst du etwa vielleicht Mäuse und Ratten anbeten und einen elefantenrüsseligen Gott, wie die Karbaris da drüben?« Karim konnte freilich nicht wissen, daß gerade die Erwähnung der Familie Karbaris zu der trotzigen und unerhörten Sentenz dieser entarteten Tochter geführt hatte:

»Ich bete gar nichts an, ich weiß nicht, ob ich überhaupt an etwas glaube.«

»Allah vergebe dir«, rief Karim, »und mir, der ich dich gezeugt habe, hast du im Koran nicht gelesen, was die Pflichten einer Frau sind? Ich werde dich verheiraten, das wird dir die Flausen austreiben!«

»Ich heirate überhaupt nicht«, entgegnete Gulbadan und ärgerte damit Karim am meisten – er hatte drei Töchter übrig, und sie alle kosteten Geld. Eine Heirat war zwar auch teuer, aber wenigstens befreite sie von weiterer finanzieller Belastung.

»Ich will keinen Mann«, sagte Gulbadan und freute sich über ihres Vaters Wut, denn dieser war ihr plötzlich, mit seinem angeschmutzten Dhoti (es war ein Feiertag und Karim ließ sich gehen) – seinem weißen Stoppelbart, den mit milchigem Film überzogenen Augen (ein grauer Star kündigte sich an) und den eingezogenen Lippen (er hatte seine Zähne abgelegt), zuwider. Im übrigen log sie natürlich, denn sie kannte längst einen jungen Mann, den sich auch zu heiraten gedachte. Und sie lächelte ihren Vater herausfordernd an:

»Warte nur«, sagte dieses Lächeln, bis ich dir deinen Schwiegersohn vorstelle.« Und ungeduldig schwang sie ihre Schultern hin und her, denn der Auserwählte lebte nur ein paar Häuser von ihr entfernt und wartete auf sie.

»Wenn du wüßtest«, dachte sie, »daß es Pratap ist, Salina Karbaris' Sohn!« Und kühl sah sie zu, wie Karim, bemüht, sich zu fassen und seine Würde wieder zu gewinnen, die Enden eines weißen Schals, den er um seine Schultern geschlungen hatte, mit zitternden Händen sorgfältig in einen Knoten wand. Er erhob sich steif, wobei sich das Baumwollgewölk seines Dhotis an lange dünne, alternde Beine schmiegte, Beine, die etwas Rührendes an sich hatten – und endlich verspürte diese aufrührerische Tochter Mitleid. Sie kniete schnell vor ihm nieder, nahm seine Hand und küßte sie – ihr armer Vater, seine Augen mit einem Film überzogen ...

»Verzeih mir«, sagte sie, »ich habe das alles nicht so gemeint.« Karim nickte nur, er, der sonst nie um eine Antwort Verlegene, wußte, daß er dieser Tochter nicht gewachsen war.

13) Dillahs Bericht

Dale saß in seinem Büro und schrieb in sein Tagebuch. Er führte seit Jahren ein Tagebuch, das er in seinem Schreibtisch verschlossen hielt, denn zu Hause wäre es Marjories Neugierde ausgesetzt gewesen, und was Dale in sein Tagebuch schrieb, war nicht für Marjories Augen bestimmt. Oft blätterte er in diesem Buch, in jungen Jahren hatte er darin über seine Affären berichtet – aber auch Gedichte enthielt es, denn – niemand hätte dies wohl für möglich gehalten: Dale hatte Sinn für Poesie. Oft stiegen ihm Tränen in die Augen, wenn er Tennyson las – Kipling und Tennyson waren seine Lieblingspoeten. Und er dichtete selbst. Meist waren es vaterländische Gedichte in der Manier Kiplings, aber auch Liebesgedichte befanden sich in seinem Fundus. Auf eine rauhe Art geschrieben, aber in ihrem Sentiment doch ganz zart, so daß Dillah oft seinen Augen nicht traute und sie wieder und wieder lesen mußte – denn Dillah, ja, Dillah war der einzige, der Bwana Dales Tagebuch kannte. Nicht, daß er in Dales Schreibtisch geschnüffelt hätte – Dillah kam ganz zufällig dahinter, daß ein solches Tagebuch existierte: Dales Tagebuch war in dasselbe schwarze Kunstleder gebunden wie das Buch, in dem die Abwesenheitslisten geführt wurden, und eines Tages hatte ihm Dale selbst aus Versehen sein Tagebuch vorgelegt, das Dillah, nachdem er mit großem Interesse und Respekt darin gelesen hatte, schweigend mit dem ihm zugedachten Buch wieder vertauschte. Von dem Inhalt aber war Dillah so angetan, daß er das Buch in des Bwana Abwesenheit gerne zur Hand nahm: Die Tatsache, daß Dales Schreibtischsschlüssel und sein eigener identisch waren, half dabei. Mit dem größten Erstaunen las er in diesem Buch, daß er selbst, Dillah, bei seinem Bwana in größtem Ansehen stand, daß Bwana Dale die Congress Party nicht mochte und sehr wenig von Bwana Lake hielt. Und er entdeckte entzückt, daß sich seine Ansichten aufs schönste mit denen des Bwanas deckten, und er vergab ihm gerne, wenn da zum Beispiel stand: »Dillah ist ein weißer Kaffir«, eine sehr rassistische Aussage, die aber unter den Weißen als höchste Anerkennung für einen Schwarzen gewertet wurde. Welch ein Glück, daß Dillah lesen konnte! Welcher Buchhalter hat schon die Möglichkeit, direkt in das Herz seines Herrn zu sehen! Und wenn Dillah las: »Blutrot sank die Sonne hinter die Hügel, hinter die sanften Hügel, unter denen die Soldaten ruhen«, wußte er, daß es Poesie und Vaterlandsliebe zugleich waren, die den Bwana bewegten, seine Boys die Nationalhymne singen zu lassen – und dies verstand Dillah, denn auch er liebte sein Land.

Und so saß nun Bwana Dale in seinem Büro und schrieb, und was er niederschrieb, war jetzt von leiser Traurigkeit erfüllt, denn er wußte, daß er bald das Land verlassen würde: Er war alt und die Unabhängigkeit stand vor der Tür. Er war eben dabei, seinem Freund Tussani ein Kapitel zu widmen, als Dillah eintrat. Dale schloß sein Buch und legte es in die Schublade. Dillah stand vor ihm mit einem Gesichtsausdruck, der schlechte Nachrichten verhieß. Die Stirn in Falten gelegt, die großen Augen sorgenvoll auf seinen Herrn gerichtet, wartete er darauf, daß dieser ihn auffordere, zu reden.

»Was ist, Dillah«, sagte Dale, ungeduldig mit den Fingern auf den Schreibtisch trommelnd – Unterbrechungen bei Tagebucheintragungen irritierten ihn – »was gibt es schon wieder?«

»Es ist eine sehr delikate Angelegenheit«, antwortete Dillah, »und ich weiß nicht, wie der Bwana sie aufnehmen wird (er wußte es genau!). Ich habe Unebenheiten in den Büchern gefunden. Die Zahlen stimmen nicht.«

»Drück dich nicht so geheimnisvoll aus, Dillah, was stimmt an den Zahlen nicht?«

»Es ist die Abteilung Mr. Lakes – Teepflücker sind zu mir gekommen, um ihren Bonus einzufordern, den Bwana Lake hätte ausbezahlen sollen, aber Bwana Lake hat die Bonusse dieser Boys nicht in die Zahllisten eingetragen. In der Summe, die er ausbezahlt hat, ist der Betrag für die Bonusse aber enthalten.« Dale schaute Dillah entgeistert an:

»Was willst du damit sagen – und wenn die Boys lügen, wenn sie den Bonus doch erhalten haben?«

»Sie lügen nicht, Bwana ...«

»Zum Teufel, Dillah, willst du damit sagen, daß ein Bwana den Pflückern ihren Bonus stiehlt?« Dillah sah Dale geradewegs in die Augen:

»Nein, Bwana, ich habe nur gesagt, die Zahlen stimmen nicht.«

»Verdammt«, rief Dale, sprang von seinem Stuhl auf und stürmte aus dem Zimmer. Dillah blieb ruhig stehen, er wußte, Dale würde gleich wieder erscheinen. Und er behielt Recht.

»Halt den Mund darüber, Dillah«, sagte Dale, sich immer wieder mit einer Riesenpranke durch den Wust rotgrauen Haares fahrend, »hörst du, kein Sterbenswort zu irgend jemandem. Ich werde der Sache nachgehen. Und die Boys zahlst du sofort aus.«

»Jawohl, Bwana«, sagte Dillah und entfernte sich.

»Das hat gesessen«, dachte er, »das freut den alten Burschen, jetzt hat er, was er braucht, um Lake loszuwerden.«

Auf dem Gang vor der Türe zu Mr. Dales Büro hielt Dillah einen Augenblick inne und lauschte zufrieden auf des Bwanas Flüche, deren Tonlage er nach langjähriger Erfahrung die Skala von Mr. Dales Mißbehagen entnehmen konnte. Heute war er mit dem Resultat zufrieden.

14) Die Konfrontation

»Also, das ist es, was Dillah mir berichtet hat, und ich hätte gerne aus Ihrem Mund eine Erklärung dafür«, sagte Dale und sah sein Gegenüber aus freundlichen blauen Augen an. Er war gut gelaunt, hatte eben vorzüglich gefrühstückt und Marjories Frühstücksgeplauder mit Bonhomie ertragen – arme Marjorie, liebenswürdig und ein bißchen beschränkt, wie sie nun einmal war, würden sie die Revelationen über ihren besonderen Freund Lake gebührend schockieren – und dieser Gedanke machte ihn fröhlich. »Dieser lackierte Affe«, dachte er und sah maliziös lächelnd auf Lakes großen Siegelring, den dieser nervös in sehr weißen Händen drehte, auf das im Nacken in modischer Absicht ein klein wenig zu lang gehaltene schwarze Haar, die adretten Bügelfalten auf dem übergeschlagenen, nervös mit der Fußspitze wippenden Bein. Er hatte ihn eben über den Hof schlendern sehen, beobachtet, wie er mit ausgestellten Ellenbogen sich sorgfältig über das pomadisierte Haar strich, dann mit leicht einwärts gestellten Füßen (taubenfüßig!) seiner langen Beine, den Oberarm von rückwärts lässig aus der Schulter schwang – Squashschläge übend und damit seine Zugehörigkeit zu jenem Squash spielenden Public School Klüngel demonstrierend, von dem er, Dale, ausgeschlossen war. »Sieh zu, wie du hier herauskommst«, dachte Dale. »Und kein Zornausbruch«, sagte er zu sich selbst, »leicht und elegant soll er es serviert bekommen, so wie es seiner feinen Art geziemt.«

»Sie mißtrauen mir also«, sagte Lake in seinem üblichen näselnden Ton, »Sie verlassen sich auf die Aussage eines schwarzen Buchhalters?« Es war nicht zu übersehen, daß Nervosität ihn überkommen hatte, auf seiner teigigen Stirn standen Schweißtropfen, die wohl nicht nur der Hitze zuzuschreiben waren. Die lose Unterlippe zitterte leicht.

»Es dreht sich nicht um Vertrauen oder Mißtrauen, Mr. Lake«, sagte Dale lächelnd, »es ist einfach so, daß die Zahlen nicht stimmen.« Unwillkürlich benutzte Dale Dillahs Worte, bemerkte es amüsiert und sagte noch mal: »Ja, die Zahlen stimmen nicht.«

»Dann muß es ein Versehen gewesen sein«, antwortete Lake, »ich muß mich verrechnet haben.«

»Jawohl, das kann ja so sein«, sagte Dale, »– aber es müßte Ihnen eigentlich bei der Lohnauszahlung aufgefallen sein. Und wie ich aus Dillahs Büchern sehe, geht dies nun schon drei Monate so – Sie haben ganz einfach die Bonusgelder nicht ausbezahlt, und da die meisten Teepflücker nicht rechnen können, ist es lange nicht aufgefallen. Ich muß Sie bitten, die Gelder zu ersetzen, wenden Sie sich also an Dillah und bringen Sie die Sache mit ihm in Ordnung. Sonst stimmen Dillahs Zahlen nicht, wissen Sie, und Dillah ist ein ausgezeichneter Buchhalter, und es beunruhigt ihn, wenn seine Zahlen nicht stimmen. Na gut, Lake, das wäre alles.«

So, diesem Burschen hatte er es gegeben, da konnte er jetzt daran kauen – und er hatte nur so leicht hingesagt: Die Zahlen stimmen nicht. Welch feines Stichwort ihm Dillah da gegeben hatte, wo es sich doch um einen handfesten Betrug handelte. Betrug an niedrig bezahlten Teepflückern – und er hatte so getan, als sei da nur eine kleine Unebenheit zu glätten: fehlgesetzte Zahlen, die es zu bereinigen galt. Sollte er nun in seinem eigenen Saft schmoren, dieser Hundesohn, er würde ihn noch sein blaues Wunder erleben lassen.

15) Mrs. Dale wird informiert

»Kannst du dich nicht einmal, wenn du nach Hause kommst, sofort ins Bad begeben, dich umziehen und diesen widerlichen Teestaub loswerden, bevor du ihn an meinen Möbeln abstreifst? Und sieh deine Schuhe an, Lehm und Kiesel – Moses, zieh dem Bwana die Stiefel aus!« Moses schluckte schnell einen Löffel von dem Pudding, den er eben aus der Speisekammer geholt hatte, einige Reiskörner klebten noch an seinen spärlichen Bartenden, als er, mit einem aus der Hosentasche lugenden Geschirrtuch, im Zimmer erschien, um seinem Herrn die Schuhe auszuziehen.

»Ich glaube, ich sagte dir heute morgen schon, daß Mr. Lake zum Tee kommen wird, und ich möchte, daß du zugegen bist – vielleicht könntest du das ausnahmsweise arrangieren?«

»Ich könnte schon, aber ich will nicht«, sagte Dale, sich in Socken zu einem Tischchen begebend, auf dem ein Kristalldekanter mit mehreren Gläsern stand. Daraus goß er sich langsam ein volles Glas Whisky.

»Ja, es ist ganz einfach so, daß ich nicht will. Was ich aber will, ja, hiermit befehle – halt, Moses, entferne dich noch nicht –, ja, ich befehle, ist, daß du Moses mit einem Schreiben zu Lakes Haus schickst, einem Schreiben, in dem steht, daß seine Anwesenheit heute nachmittag hier nicht erwünscht ist.«

»Das ist die Höhe«, rief Mrs. Dale, von ihrem Stuhl aufspringend, »das schlägt dem Faß den Boden aus. Ich soll Gäste, die ich eingeladen habe, wieder ausladen?«

»Jawohl, meine Liebe – das heißt, du brauchst das nicht unbedingt selbst zu tun, ich mache das schon ...« Und damit durchquerte Dale den Raum, hielt vor einem kleinen Schreibtisch inne, schrieb ein paar Zeilen auf einen Block, riß den Bogen ab und übergab ihn Moses. Er tat dies mit militärischer Knappheit, der leider durch besockte Füße eine gebührende Lautuntermalung fehlte.

»Hier, lauf zu Mr. Lakes Haus und gib ihm das«, sagte er zu Moses, der auf seine Herrin, dann auf seinen Bwana schaute, zögerte, sich aber nach einem wütenden »Na, wird's bald«, der Türe zuwandte und verschwand. Mrs. Dale war auf einen Sessel gesunken, »Du bist verrückt, Dale – dieses Land macht jeden verrückt – was fällt dir ein, du benimmst dich wie ein Eifersüchtiger. Hast du vergessen, wie alt ich bin, nur ein paar Jahre jünger als du. Du bist ein alter, scheußlicher irischer Tyrann!« Dale lachte:

»Da, nimm einen Schluck Whisky«. Mrs. Dale wandte angewidert ihren Kopf zur Seite.

»Komm schon«, sagte Dale, »du wirst ihn brauchen, dein Mr. Lake ist ein widerlicher kleiner Betrüger. Er hat sich seit Monaten die Bonusse seiner Abteilung unter den Nagel gerissen, in der Annahme anscheinend, daß auf meiner Plantage die übliche Schlamperei herrscht. Aber er hat seine Rechnung ohne Dillah gemacht. Dillah hat gemerkt, daß seine Zahlen nicht stimmen.«

»Oh, John, das ist doch nicht möglich, ein so gebildeter, höflicher Mensch. Es muß einfach ein Versehen sein!« Marjorie Dale hob eine schmale Hand, auf deren Rücken sich schwach wie Schlieren auf Löschpapier blaue Adern abzeichneten, an ihre Stirn, strich sich das schweißnasse Haar zurück und sank erschöpft auf ihren Stuhl zurück.

»Leider, Marjorie, leider«, sagte Dale und strahlte über das ganze Gesicht, »leider ist die Sache glasklar, dein Lake ist ein kleiner Betrüger. Ein popliger kleiner Schuft, der nicht zurückschreckte, Eingeborene übers Ohr zu hauen – es wird dich nebenbei interessieren, daß er schon riesige Schulden im Club hat und zu Hause Kachasu trinkt – er ist genau der Typ von Europäer, den wir hier nicht wollen. Ich muß ihn loswerden.« Mrs. Dale griff automatisch nach dem Glas Whisky, das Dale ihr gefüllt hatte und nahm einen tiefen Schluck. Wohltuend warm rann das starke Getränk durch ihren Körper. Selbst sie kam in diesem Land nicht ohne ein gelegentliches Glas Whisky oder Gin aus, die Nerven beruhigten sich, es gab keinen Ersatz dafür. Wieder also hatte Dale recht bekommen. Und eben jetzt, in dieser Minute, hielt wohl der nette Mr. Lake ihres Mannes Brief in seinen gepflegten Händen.

»Was hast du ihm geschrieben, John?« Sie fragte es mit sanfter Stimme –

»Ich habe ihm geschrieben«, antwortete Dale, seine sockenbekleideten Füße auf den Tisch legend, das rotstoppelige Gesicht von einem breiten Grinsen verklärt: »Mrs. Dale und ich sind leider nicht in der Lage, Sie heute zu empfangen, die dringend nötig gewordene persönliche Durchsicht unserer Bücher, bei der Mrs. Dale sich anbot zu helfen, wird auch in nächster Zeit private Einladungen ausschließen müssen. Ihr sehr ergebener ... etc., etc. Ich habe mich sehr gewählt ausgedrückt, Marjorie, dies sollte dich freuen!«

»Oh, mein Gott«, sagte seine Frau, »mein Gott«, lehnte sich erschöpft in ihren Sessel zurück und nahm einen weiteren, tiefen Schluck Whisky zu sich.

16) Vorboten des Unglücks

In manchen Jahren kam kurz vor dem Regen ein Irrer, der irgendwo in den Bergen lebte, ins Dorf Truchilla und ängstigte seine Bewohner. Er war ein noch junger Mann mit verfilztem langen Haar, brennenden Augen und fettglänzendem muskulösen Körper, der sich nackt und laut singend durch die Straßen trieb und etwas wild Messianisches an sich hatte. Mit drohenden Gebärden lief er, unartikuliertes Zeug singend, durch das Dorf, sah aber dabei niemanden an, schwang lediglich in Abständen unsichtbaren Feinden einen Stock entgegen. Wenn er müde wurde, setzte er sich vor eine der Hütten und verharrte dort, wirres Zeug vor sich hinmurmelnd, oft stundenlang. Die Bewohner Truchillas verschlossen dann fest ihre Türen, nicht jedoch, ohne ihm vorher Blechschüsseln mit Essen hinausgestellt zu haben, denn ein Irrer war nicht nur ein böses Omen, er war auch sehr heilig. Die Hunde pflegten ihm heulend zu folgen, Kinder flüchteten schreiend in die Häuser – besonders schaurig war es in mondhellen Nächten, wenn der Irre fürchterlich zum Mond hinaufsang, was die Hunde zu noch herzzerreißenderen Bemühungen ihrerseits ermunterte. Der Irre blieb gewöhnlich einige Tage, dann verschwand er spurlos. So wußten also, als der Irre in jenem Jahr erschien, die Leute im Dorf, daß nun Unheil im Anzug war, und sie berieten sich, aus welcher Ecke es wohl kommen würde. Gebildete Menschen, wie Tussani etwa, lachten zwar darüber und schüttelten den Kopf über soviel dummen Aberglauben, aber auch sie verschlossen ihre Türen und konnten sich eines gewissen Unbehagens nicht erwehren. Nur Extra Pencil, der Medizinmann in den Bergen, begrüßte die Ankunft des Irren, die immer gute Geschäftszeiten verhieß. Die Nachfrage nach seinen wundertätigen Amuletten wuchs, Extra Pencil hatte Saison.

In diesen Tagen sagte Essabetala zu Tussani:

»Es ist dieser Bwana Lake und der neue Constable, die das Unglück bringen, du wirst es schon sehen, es hängt mit diesem Sembereka zusammen, den irgend jemand hier versteckt.

»Allah sei Dank«, sagte Tussani, »du hast also nichts damit zu tun, ich fürchtete schon, du hättest ihn irgendwo unter deinem Mother Hubbard – als neulich deine Hammel in meine Moschee trampelten, habe ich in ihrem Verschlag nachgesehen, ob ihr Quartier vielleicht besetzt sei – ich hoffe, du hast auch keine Ahnung, wo sich dieser Sembereka aufhält. Und wenn du eine hast, dann sage es mir schnell, denn dann muß etwas getan werden ...« Tussani saß an seinem Frisiertisch und schärfte auf einem flachen Stein seine Rasiermesser. Er tat es schnell und effizient, hielt nach vollendeter Arbeit die Klinge dicht vor seine Augen, um zu sehen, ob sie gebührend gefährlich glänzte – ab und zu schnitt er damit durch die Luft, als wolle er jemandem die Kehle durchschneiden.

»Wer immer ihn versteckt, wenn dieser Constable es erfährt, ist es aus mit ihm.« Und drohend blitzte die Rasierklinge dicht an Essabetalas Wange vorbei. Essabetala, die dicke Unterlippe, durch eine Hautrinne in zwei glänzende Würstchen geteilt, schmollend vorwölbend, die Stirn in schafwölkchengleiche Fettpölsterchen legend (nie würde ihr Gesicht Falten haben – im Alter würde es schrumpfen wie ein welkender Kohlkopf) sagte:

»Wenn du aufhörst, mit deiner Rasierklinge herumzufuchteln, sage ich dir vielleicht etwas. Es kann sein, daß ich etwas weiß.« Tussani legte sofort sein Messer aus der Hand, sprang auf und schloß die Tür zur Straße hin, setzte sich wieder, nahm ein Stück seines Hemdzipfels und zog es fest vor den Mund, eine Geste, die andeutete, daß er schlimme Überraschungen erwartete. Zugleich schlug er mit der anderen Hand auf die Tischplatte, daß die darauf liegenden Messer aufsprangen und Essabetala wußte, daß nun nicht mehr mit ihm zu spaßen war.

»Sieh mich nicht so an«, sagte sie, »ich habe damit überhaupt nichts zu tun. Es ist nur, daß Nr. One mir erzählte, daß Dillahs erste Frau jetzt im Red Store zwei Pfund Maismehl mehr einkauft als gewöhnlich, du weißt, daß man für eine Person pro Woche zwei Pfund benötigt. Und Dillahs Kinder haben Nr. One erzählt, daß sie einen Onkel zu Besuch haben, aber als er Dillah danach fragte, sagte der, er sei längst abgereist. Und Nr. One meint, daß dieser Mann von der National Party bei Dillah versteckt ist.«

»Allah sei uns gnädig«, sagte Tussani, nahm den Stoffzipfel vom Mund und spuckte seinen Betel aus, »ich muß dies sofort Bwana Dale mitteilen, der Mann muß verschwinden, bevor der Constable Wind bekommt. Bwana Dale muß mit Dillah reden – wenn der Constable Hausdurchsuchungen durchführt und das Dorf umstellt, ist Dillah verloren. Kein Sterbenswort zu irgend jemanden, hörst du, Essabetala, und sag Nr. One, daß er die Sache mit dem Maismehl für sich behält.«

Als Tussani an diesem Abend die Gebete vom Minarett sang, störte ihn der Irre. Sein wilder Gesang schien mit seinem eigenen konkurrieren zu wollen, so daß die beiden Stimmen sich in furchterregender Dissonanz mengten, und die Dorfbewohner, während Tussani mit den Worten des Propheten gegen das Unheil ansang, sich bekreuzigten, Allahs Beistand anriefen oder den eines rosafarbenen Elefantengottes. Aber an wen auch immer sie sich wandten, sie spürten, daß Unheil im Anzug war.

17) Religionsbetrachtungen

In Karims Haus entzündete Abdul die Kerosinlampen. Karim stand mit flachfüßigen Marabubeinen hinter der Theke und sah ihm ungeduldig zu – diese Ungeduld zeigte sich zwar nur in einem gelegentlichen Zucken der sonst lässig halb über die Augäpfel gezogenen Lider, ansonsten blieb Karim bewegungslos wie eine Salzsäule. Er sah einer unangenehmen Diskussion mit Aissa entgegen, deren Gegenstand seine jüngste Tochter Gulbadan war, die wie immer zu besonderer Sorge Anlaß gab. Kaum war Abdul verschwunden, waren die Kerosinlampen hinter den Rupfensackvorhang getragen, bedrängten ihn Aissas glitzernde Augen, ihr schmallippig eingezogener Mund, der ihrem Gesicht den Ausdruck befriedigten Beleidigtseins verlieh und diese Stimme, die es so vorzüglich verstand, jenen sanft beschuldigenden Ton anzunehmen, den Karim so haßte. Mit einer auf eine zusammengerollte Grasmatte – Gulbadans Nachtlager – deutenden Kopfbewegung sagte Aissa:

»Ich habe es gewußt – man hätte sie verheiraten sollen, ein Mädchen wie Gulbadan gehört verheiratet und nicht auf eine Schule geschickt. Jetzt haben wir die Bescherung – sie verschwindet oft stundenlang, sie sagt, sie geht spazieren – ich bitte dich, hier in Truchilla, und allein – es steckt ein Mann dahinter. Und ich kann dir auch sagen, wer dieser Mann ist: Es ist Pratap, Salinas Sohn.« Karim schüttelte den Kopf:

»Wie kommst du auf Pratap? Gulbadan hat Ferien, sie hat hier kaum etwas zu tun – sie läuft eben ein wenig herum, redet mit den anderen jungen Mädchen im Dorf ...«

»Es hat keinen Zweck, hier Vogel-Strauß-Politik zu betreiben – jedesmal, wenn sie nachmittags verschwunden war«, sagte Aissa, ihre Stimme im Triumph konsolidierten Wissens in artikuliertes Hindustani zwängend, »habe ich Abdul zum Red Store geschickt, um nachzusehen, ob Pratap zu Hause war – immer war er fort, einmal hieß es, er sei mit seinem Vater unterwegs, ein anderes Mal, er habe auswärts zu tun – und Abduls Gesicht war jedesmal, während er mir berichtete, anzumerken, daß er genau wußte, wo und mit wem Pratap sich herumtrieb – es lag ihm direkt auf der Zunge –, aber natürlich getraute er sich nicht, es mir zu sagen – und wie könnte ich einen Bediensteten darüber befragen, ob sich meine Tochter mit einem Ungläubigen amüsiert. Du kannst Gift darauf nehmen, es ist dieser Pratap.«

Karim, auf dem Boden sitzend, faltete seine Hände in der Hängematte seines Dhotis und sah mit dem leidenden Ausdruck eines biblischen Heiligen auf Aissa:

»Und wenn das so ist, was soll ich tun – soll ich einer Neunzehnjährigen verbieten, das Haus zu verlassen? Soll ich sie zu Hause anbinden, knebeln und aushungern?« Er wußte, daß er durchaus imstande gewesen wäre, ähnliches zu unternehmen, wäre es absolut nötig gewesen, aber Pratap, dieser prachtvoll aussehende Bursche, der neben einem ausgeprägten Geschäftssinn einen durchaus nicht mittellosen Vater besaß, dessen Geschäft wiederum Karims eigenem immer mehr zur Konkurrenz wurde – für einen weitsichtigen Vater taten sich hier nicht zu verachtende Perspektiven auf. Dazu noch wäre er Gulbadan los, Gulbadan, die ewig Widerspenstige. Doch natürlich konnte nicht erwartet werden, daß Aissa sich diesen Betrachtungen anschloß. Aissa war eine Frau und dachte wie eine solche, eng, leider sehr eng, wenn es um persönliche Dinge ging – und Salina war Aissa ein Dorn im Auge. Ein kleines Lächeln huschte über seine Mundwinkel: Erst heute hatte er, auf der Veranda sitzend, beobachtet, wie sich sogar der Gang seiner Frau, war sie gezwungen, am Red Store vorüberzugehen, veränderte: Wenn sie gewöhnlich entspannt daherwatschelte und unbekümmert ihr Hinterteil wie eine fette Ente von einer Seite auf die andere plumpsen ließ, war sie vor dem Red Store bemüht, würdevoll zu schreiten, machte dabei kleine bestimmte Schritte und bändigte das Wogen ihrer Hüften in gesammelte Schwingungen.

»Du mußt es sofort unterbinden ... Soll deine Tochter, ein gut erzogenes muslimisches Mädchen, einen Mann heiraten, der eine Kuh anbetet? Und einen obszönen Elefanten? Soll sie zusammen mit Salina ein Lingam mit Butter beschmieren? Nun, Salina ist das ja gewohnt«, rief Aissa in anzüglicher Zweideutigkeit, die Karim erschreckte. Aissa hatte recht, man konnte Gulbadan keinem Hindu anvertrauen. Aber war Pratap ein echter Hindu? Als Hindu mußten die Eltern und Vorfahren Hindus gewesen sein, darauf baute sich schließlich das gesamte Kastensystem auf. War jemand ein Hindu, wenn er der Sohn eines Christen war?

»Du weißt so gut wie ich, daß Pratap Bwana Dales Sohn ist«, versuchte Karim einen Einwand, »er ist also der Sohn eines Christen, einer Religion, die wir immer geachtet haben.«

»Bwana Dales Sohn!« rief Aissa, »daß ich nicht lache! Erzähle das doch Bwana Dale, oder Karbaris, oder Pratap selbst – wem nützt es, wessen Sohn er ist, wenn sein leiblicher Vater nichts davon weiß! Er ist der Sohn einer kleinen Hure, und es genügt, wenn ich die ganze Banderlog zu Radas Hochzeit bewirten muß – und ich muß dich nun ganz energisch bitten, mit Gulbadan zu sprechen, heute noch, sofort, bevor es zu spät ist und sie vor einem Lingam kniet.«

»Karbaris ist ein vermögender Mann ...«, wagte Karim noch einzuwenden, verwischte dieses Heineingleiten in gewohnte, hier aber unangezeigte Gedankengänge, indem er, sehr bestimmt die Konversation beendend, sagte:

»Ich werde mit ihr sprechen und sie überzeugen. Sie ist im Grunde genommen ein vernünftiges Mädchen.«

»Allah, hilf mir«, dachte er dabei, »sie ist ein Frauenzimmer und dickköpfig wie ihre Mutter«, dabei konnte er nicht umhin, leises Bedauern zu fühlen. Er selbst hätte gerne einen Sohn wie Pratap besessen – ob er wohl jemals bei Salina Chancen gehabt hätte? »Man stelle sich vor«, dachte er, »man stelle sich bloß vor, welche Verwicklungen dies hätte verursachen können ...« Nun, Allah sei Dank, er war ein moralischer Mann geblieben. Nur selten verschönten ihm kleine Abweichungen einen eintönigen Alltag. Karim seufzte und entzündete sich seine Wasserpfeife, lehnte sich in die Kissen zurück, winkelte die Knie an und griff zu einem neben ihm liegenden zerfledderten Koran. Doch das Bild der heiligen

Moschee in Mekka, golden in den Umschlag geprägt, verschwamm vor seinen Augen und machte einem lackroten Gebäude Platz, in dem sich Salina, schön wie Fatima, die Tochter des Propheten, in weiß-seidenen Hosen, das rote Tikal auf der Stirn, räkelte ... Und noch bevor Karim dieses Bild der Sünde verdrängen konnte, war er gottlob eingeschlafen und in die angenehme Welt muslimischer Träume entflohen.

18) Chiwaya

Im letzten Lehmziegelhaus der Red Store Street, schräg gegenüber von Dillahs Haus, betrieb Chiwaya sein ›International Photo Studio‹. Unter dem dies bezeichnenden Ladenschild stand, auf die getünchte Wand in schwarzen Lettern gemalt: ›French Photographs and other Specialities to order‹. Diese Werbung für ein Fotogeschäft hatte Chiwaya einmal in einer Illustrierten gesehen, unter dem Bild eines spärlich bekleideten Mädchens, und da ihm die Worte ›French Specialities‹ etwas Besonderes anzudeuten schienen, für seine Firma in Anspruch genommen. Bwana Dale hatte ihn einmal gefragt, was für Specialities er denn anzubieten hätte und Chiwaya in arge Verlegenheit gebracht. Schließlich sagte Chiwaya, daß er jeden photographiere und sogar den Police Constable schon aufgenommen habe. Bwana Dale, der nicht umhin konnte, sich den Constable als French Speciality vorzustellen, nickte anerkennend. Er mochte Chiwayas kleinen Fotobetrieb und begab sich immer, wenn eine Paßerneuerung fällig wurde, in sein Studio. Als Junge hatte Chiwaya einen englischen Botaniker des öfteren in die Berge begleitet, seine Fotoausrüstung getragen und von ihm schließlich auch zu photographieren gelernt.

Nun konnte man wirklich nicht sagen, daß Chiwaya etwas ›betrieb‹, dieses Wort war für ihn einfach fehl am Platze. Chiwayas zurückgezogenes, müdes Temperament diktierte ihm beschauliche Betrachtungen in meist liegender Position, diesen gab er sich allerdings, da emotionell nicht engagiert, mit beobachtender Akkuratesse und ernster Besonnenheit hin. Er war also kein Mensch, der etwas ›betrieb‹, das Wort, hätte er es gekannt, wäre ihm zutiefst zuwider gewesen – seine Art war es vielmehr, in würdiger Ruhe zu beobachten wie andere ›betrieben‹, was in seinem Falle auch hieß, auf Leute zu warten, die etwas umtrieben, eitle Wichtigtuer, die sich unbedingt an ihrem eigenen Antlitz ergötzen wollten, oder es für noch wichtigtuerischere Beamte benötigten – oder Jungvermählte, die auf Chiwayas Fotos, von schlurfenden Schritten und tristen, doch befehlenden Handbewegungen des

Maestros eingeschüchtert, meist erschrocken aus ihren Festkleidern starrten. Chiwaya empfand Kunden im allgemeinen als störend, und die Ergebnisse seiner Bemühungen zeigten es. Seine gleichgültige und leicht verachtungsvolle Art – und wie konnte Chiwaya umhin, das Leben zu verachten, wenn er es tagaus, tagein minutiös beobachtete – hatte etwas Deprimierendes an sich, sie legte sich wie ein Trauermantel über die zu Photographierenden, was ihren Gesichtern – in einem staubigen Glaskasten, schief an der Lehmwand des Studios klebend – oft den Ausdruck unschuldig Verurteilter verlieh. Wenn auch Chiwayas Charakter nichts Furchterregendes an sich hatte, so gaben doch eine aus eben dieser negativen Betrachtung des Lebens resultierende Unfähigkeit zu lächeln sowie ein Augenlid, das seine Elastizität verloren hatte und deshalb wie eine schief hängende Jalousie über einem nur noch als weißen Strich sichtbaren Augapfel ruhte, Chiwaya etwas lasziv Dämonisches.

Oft ergriff ihn die Verwunderung darüber, daß er einmal die Energie besessen, die beiden Kühe, die ihm seine Frau als Mitgift eingebracht, zu verkaufen, um dafür diesen alten Fotoapparat zu erstehen, der nun, ständig mit einem schwarzen Tuch behangen, wie ein geschrumpfter Sarg auf einer hohen Stellage in seinem Studio stand. Inzwischen hatte ihn dieser bescheidene Rest von Energie längst verlassen, wie auch seine Ehefrau, die vor Jahren einem Umtriebigeren gefolgt war.

Doch hatte Chiwaya noch eine andere – ja, hier zögern wir, das Wort Beschäftigung zu verwenden, aber es muß doch als solche bezeichnet werden. Da er Christ war, hatte ihm Father Ricardo die Verteilung und den Verkauf religiöser Schriftstücke anvertraut, die, teilweise auf dem mit getrockneten Fliegen übersäten Boden des Glaskastens zur Schau gestellt, teilweise aufgestapelt, als Tische oder Konsolen dekorativen und nützlichen Verwendungszwecken dienten. Es handelte sich um Missionsbroschüren oder Heiligengeschichten, darunter die mit reichbebilderten Lithographien versehenen Lady Bird Books, die Kindern ›Arthurs Tableround‹, ›Alice in Wonderland‹ oder ›Winnie the Pooh‹ in kastrierter Form nahebringen oder auch Geschichten über den heiligen Franziskus oder die heilige Cäcilie im Groschenromanstil. Da sie nur in Englisch zur Verfügung standen, und einzig Dillah im Dorf englisch lesen konnte, waren es lediglich die Illustrationen, die interessierten und besonders die Pappumschläge, die als Wanddekoration sich großer Beliebtheit erfreuten. Ein ›Lady Bird‹-Umschlagbild an der Wand zu haben, war in Truchilla zeitweilig Mode gewesen, und Chiwaya hatte gute Geschäfte damit gemacht. Insbesondere die Idee, die Büchlein zu entblättern und die Bilder einzeln zu verkaufen, war eine lukrative gewesen. Leider war eine bestimmte Marktübersättigung eingetreten, so daß nur noch die fast kostenlosen Missionsbroschüren ›gingen‹, und Chiwaya hatte noch keinen Weg gefunden, auch diese vorteilhaft an den Mann zu bringen. Deshalb hatte leider die verblaßte Inschrift ›Christlicher Bücherladen‹ neben den ›Französischen Spezialitäten‹ fast ganz ihre Bedeutung verloren. Auch Father Ricardo hatte es längst aufgegeben, sich um Chiwayas Geschäfte zu kümmern. Ab und zu erschien Chiwaya in seinem Büro, um sich neue Missionsschriften abzuholen – dann ging Father Ricardo seufzend zu einem Wandschrank, holte einen Stapel hervor und warf ihn wie ein Paket Makulatur vor Chiwaya. Wünsche Chiwayas, wie etwa den, die Missionsbroschüre mit mehr Bildmaterial zu versehen:

»Sie wollen Bilder, Father, besonders Bilder von den heiligen Märtyrern mit viel Blut darauf, das wollen sie, Father«, quittierte Father Ricardo mit einem lakonischen:

»Sie haben den heiligen Sebastian am Marterpfahl in der Kirche und die heilige Genoveva mit ihren Augäpfeln in der Hand, das dürfte doch wohl genügen ...«

Niemand zeigte für Chiwayas Bedürfnisse das geringste Interesse. So lag denn Chiwaya meist auf seinem, die Holzveranda ausfüllenden Charpoybett, die Straße überblickend, die Hände hinter dem Kopf verschränkt, die weißstoppeligen Wangen rhythmisch im schiefen Mahlen einer wiederkäuenden Kuh bewegend (er kaute Banga), manchmal den zu dicken Stiel eines Blattes ausspuckend, oder mit müder Hand das Fell eines der Karimhunde kraulend, die sich gerne auf seiner nachmittags der Sonne abgewandten Veranda aufhielten. Ein Fremder würde ihn für einen Schlafenden gehalten haben, aber Chiwaya, obgleich er den größten Teil seines Lebens in liegender Position verbrachte, schlief nur selten. Wenn jemand jemals die Zeit selbst beobachtet hatte, so war er es. Er sah den Schatten zu, die sich grotesk um Hausmauern wanden, beobachtete, wie sie in Dillahs Hof länger und dichter wurden und die Ställe langsam ins Dunkel sanken. Er beobachtete Dillahs Frauen, seine Hühner und Schweine, ihn selbst, von der Fabrik kommend, sein Haus betretend, es wieder verlassend, er kannte jedes von Dillahs zahlreichen Kindern, und es ist gut möglich, daß er sie besser kannte als dieser mannigfaltige Vater selbst. Sein halb bedecktes und sein offenes Auge sahen alles. Hatte er diese Augen geschlossen, so bezog er seine Informationen von den verschiedensten Geräuschen des Dorfes – von Karims General Store herüber konnte er das Flappen der Geier hören, wenn der Abfall in den Hinterhof entleert wurde, und das ärgerliche Kreischen der Beos in den Eukalyptus- und Frangipannibäumen. Am späten Nachmittag drang aus dem Wald das Gezeter streitender Affen oder vom Red Store herüber die Stimme Salinas, die mit Nr. One schimpfte, oder das Klirren der Blecheimer von den Ziehbrunnen. Das Ticken der Nähmaschinen von Karims und Karbaris' Holzveranden, die Regelmäßigkeit der vorbeiratternden Laster Karbaris', gaben ihm Kunde von den Geschäften der Straße – man konnte sagen, daß gerade durch seine latente Lebensart Chiwaya der bestinformierte Mann des Dorfes war.

Und er hatte ganz definitiv ein besonderes Zeitgefühl. Gerade durch dieses jedoch hatte er sich nie einer Uhr bedient, wie ihn denn auch jene aufdringlichen Zeitansagen, Tussanis Suren, die so leidenschaftlich Tagesabschnitte trennten und ihnen eine besondere, nachklingende Musik verliehen, störten – sie drangen von der Moschee wie vom Wind getragenes Seufzen, dann wieder wie mächtige Grabgesänge der Zeit selbst an Chiwayas Ohr, und die sehnsüchtige Klage, die fordernde Leidenschaft in ihnen, erschien

Chiwaya wie ein unnötiges Aufbäumen der Zeit, bevor sie endgültig sterben würde, sie, die unsterbliche, ewige, die doch niemals starb. Die Zeit ging durch Chiwayas Körper, während er halb schlafend auf seinem Charpoy lag, sie sang in seinen Ohren – das Auf und Ab der Tage wurde ihm manchmal zum beängstigenden Zeitraffer, an dessen Rhythmus seine Seele gefesselt war, wie sein gleichgültiger Körper an das harte Charpoybett. Und deshalb erfüllte jede Begebenheit außerhalb dieses Rhythmus' Chiwaya mit Erstaunen, zeigte sie doch, daß in dieser Gesetzmäßigkeit auch Chaos Platz hatte, ein Chaos, das Chiwaya irritierte, aber auch zuweilen anzog, so wie etwa ein Alptraum einen aus dem Schlaf Geschreckten neben wirrer Bedrückung auch fasziniert. So beschäftigte ihn gerade eine Unregelmäßigkeit im Verhalten von Dillahs Frauen, die ihn – gegen ein kleines Entgelt – seit Jahren mit seinen Mahlzeiten versorgten (meist Maisbrei und Bohnen), mit denen er während dieser kurzen Besuche, nie seinen Charpoy verlassend, ein paar schläfrige Worte zu wechseln, und der jüngsten mit einer müden Geste längst abgestreifter Leidenschaft über die Waden zu streichen pflegte. Und nun mußte er feststellen, daß diese Mahlzeiten nicht mehr regelmäßig erschienen, ja manchmal einfach vergessen oder mit ungebührlicher und beleidigender Hast aufgetragen wurden. Dafür, so schien es ihm, beschäftigten sich die drei in unverständlichem Eifer mit Dillahs Schweinestall, huschten ein und aus, kicherten – zuerst dachte Chiwaya, daß sie ein neues Spiel erfunden hatten, denn es waren besonders die beiden jüngeren, die plötzlich diese lächerliche Zuneigung zu Schweinen zu verspüren schienen.

Doch dann war da die Geschichte mit Bandana, die Chiwaya ernsthaft darüber nachdenken ließ, ob dieser Schweinestall nicht Schauplatz interessanterer Begebenheiten sein könnte. So begann Chiwaya, über den Stall Dillahs nachzudenken – und als er eines Tages wieder einmal Bandana darin verschwinden sah, verdichteten sich diese Gedanken zu einem definitiven Verdacht.

Bandana, Anlaß dieser Betrachtungen, lebte im ärmeren Teil des Dorfes, mitten im Labyrinth der Rondavels aus Bambus, Lehm und dürren Bananenblättern, Rondavels, die wie seltsame Blattkokons auf den harten Boden geklebt, von staubigen Papayablättern überwedelt, einer wirren Pilzkolonie glichen. Bandana lebte dort mit ihrem Bruder, dem Leprösen, der, mit den Händen auf der Straße rudernd, sein unförmiges Bein auf einem mit Rädern versehenen Holzgestell vor sich herschob. Bandana und ihr Bruder führten ein beschauliches Leben, das ihnen Spenden aus Father Ricardos Sammelbüchse sowie ein Eigenanbau an Mais und Gemüse in einem kleinen Garten sicherten. Die vielen Religionsfeste der ansässigen Hindufamilien, der Moslems und Christen, sorgten ebenfalls, wenn auch in unregelmäßigem Rhythmus, für beider Wohlbefinden. Man konnte sagen, daß es Bandana und dem Leprösen meist an nichts mangelte: Des Leprösen Krankheit war seit Jahren durch Sulfonamide, die er regelmäßig aus Father Ricardos Klinik bezog, latent, und Bandana hatte noch eine Nebenbeschäftigung, die beiden sehr zugute kam. Diese Nebenbeschäftigung und der Brauch, der ihre Basis war, muß nun beleuchtet werden, um Bandanas Dienstleistungen, denn als solche müssen sie schon bezeichnet werden, im Leben des Dorfes einzuordnen.

Dieser Brauch schrieb den Schwarzen vor, daß innerhalb zweier Monate nach der Geburt eines Kindes mit den Ehefrauen nicht geschlafen werden durfte. Willfähriges Verletzen hatte eine schreckliche Krankheit zur Folge, Chitayo genannt, die sich durch eine Schwärzung der männlichen Genitalien, deren Abfallen und darauffolgendem ›Aufbrechen‹ des Leibes manifestierte. Der Glaube an diese schreckliche Vergeltung Aretes war tiefverwurzelt, er hielt sich wie die heiligen Schriften zäh am Leben – unbeweisbar, aber gerade deshalb eine um so entsetzlichere Drohung darstellend (selbst Extra Pencil hatte hier keine wirksamen Ufitis zur Hand – Father Ricardo hatte zwar versucht, diesem Brauch entgegenzuwirken, wie schon vor ihm Generationen von Missionaren, die nach dem Motto: ›Über jede neue Seele freut sich der Herr‹, nicht genug Kinder taufen konnten).

In dieses Vakuum also stellte Bandana ihre Dienste, und sie hatte zu diesem Zweck in ihrer Bambus- und Bananenhütte einen

Alkoven abgeteilt, in dem ein sehr breiter Charpoy stand, ein kleiner Korb mit Banga und ein Bild von Jesus Christus, die Kindlein um sich versammelnd. Charpoybett und Banga dienten der Entspannung – das Bild des Heilands, das Motto: ›Lasset die Kindlein zu mir kommen‹ verkündend, zeigte auf beruhigende Weise, daß man sich der Dienste Bandanas altruistischer Gründe halber bediente. Bandana war im Dorf nicht unbeliebt, freilich hatte sie mehr Anhänger bei den Männern (die sie in etwa wie eine gemeinsame Verwandte betrachteten) als bei den Frauen. Bandana war jetzt achtundzwanzig Jahre alt, gut gewachsen, immer heiter – ein gesichertes Einkommen drapierte sie in hübsche lange Chirundus und enorme phantasievoll geschlungene Turbane in Karmesinrot und Apfelgrün, den gerade vorherrschenden Modefarben. Sie ging mit leicht vornüber gebeugtem Oberkörper, den ein prominentes Hintereil wie eine barocke Konsole trug. Dieses Hinterteil wurde durchaus als reizvoll betrachtet, was leicht zu verstehen ist, wenn man sich an die Cul de Sac Mode des 19. Jahrhunderts erinnert. Bandanas immer lächelndes Vollmondgesicht entstellte kaum eine kleine Hasenscharte, die, genau die Mitte ihrer Oberlippe hochziehend, herrliche weiße, große, ebenmäßige Zähne entblößte, so daß Bandana dieses kleine Unbill der Natur beinahe wie einen Schönheitsfleck zur Schau trug.

Als nun Chiwaya Bandana wiederholt Dillahs Hof betreten sah, und dies vorwiegend, wenn es schon dunkelte, frug er sich natürlich, was Bandana bei Dillah zu suchen hatte. Dillah hatte drei Frauen – es gab für Bandana nicht einen einzigen Grund, bei Dillah einzukehren.

Und so tat Chiwaya etwas, das seinen Gewohnheiten widersprach, wozu ihn aber, was wir Chaosfaszination nennen wollen, trieb: Er verließ eines Abends sein Charpoybett, um bestimmte fachmännische Vorbereitungen zu treffen. Nach dem Einfallen der Dämmerung hatte er wieder einmal beobachtet, wie Bandana, mit einem Schlüssel, den die zweite Frau Dillahs bereithielt, in den Schweinestall schlüpfte, ja, in diesen Stall gesperrt wurde, denn er sah genau, daß Dillahs Zweite sorgfältig die Türe hinter ihr verschloß. Chiwaya wartete, bis der Mond auf eine verlassene Straße fiel, er wartete, bis sein Licht im Dämmer des Morgens verblaßte, dann endlich sah er die Zeit präzisen Handelns gekommen. Er ging ins Haus, holte sein Fotogerät, das er in einem Sack verstaute, schwang sich diesen Sack auf den Rücken und begab sich, mit dem unsicheren Schritt des widerwillig einer selbstauferlegten Mission Folgenden, in Dillahs Garten. Hier setzte er sich unter ein Bambusdickicht, packte sein Fotogerät aus und postierte es auf einen kleinen Abfallhaufen. Dann lehnte er sich an einen Bambusstamm und beobachtete Dillahs Schweinestall. Er blendete so unauffällig in den sich grau entfaltenden Morgen, daß ein paar noch nachtgeschäftige Ratten einfach über ihn hinweghuschten und eine jagende Hyäne ihn streifte. Er sah durch die gelben Schlieren der Morgendämmerung den ersten Streifen tulpenroten Lichtes heraufziehen, hörte die letzten eintönigen Rufe des gesprenkelten Nachteulchens und nach dieser Atempause zwischen Nacht und Tag das Rumoren und noch schwache Krakeelen der Schwätzervögel in den Bäumen – gelassen vernahm er diese vertrauten Zeichen des Tagesanbruches, und wenn Chiwaya eine gewisse Spannung empfand, so zeigte sich diese höchstens in einem unbewegt am Abdrücker liegenden Daumen und vielleicht einem leisen Zucken des lahmen Augenlides.

Als nun endlich sich Dillahs Türe auftat und seine zweite Frau mit einem Schlüsselbund in der Hand erschien, um aus dem Schweinestall eine fröhliche Bandana zu befreien, drückte Chiwaya auf den Auslöser seiner Kamera. Dann, als alles wieder still geworden und Bandana die Dorfstraße hinunter zu ihrem Haus enthuscht war, erhob sich Chiwaya, packte seine Kamera in den Sack und begab sich in sein Haus. Dort legte er sich auf sein Charpoybett und beobachtete weiter Dillahs Haus. Es war nicht lange, bis er Dillah selbst heraustreten sah. Chiwaya sah ihm mit in leise Verachtung gehülltem Mitleid nach: ein armer Gehörnter, ein dem Matriarchat Erlegener.

Seine Frauen betrieben einen Puff – dies stand für Chiwaya nun fest – deshalb auch die Heimlichkeit mit Bandana, die sich, wenn sie ihren Job in genehmigter, vom Dorf abgesegneter Form ausübte, in keinem Schweinestall zu verstecken brauchte, sondern ihre Kunden, wie sich das gehörte, in ihrem Haus empfing. Aber wenn man, dachte Chiwaya, den Balsam der Schadenfreude auskostend, seine Ehefrau einem Puff abkaufte, mußte man eben auf alles gefaßt sein. Wer aber waren die Kunden – eine Frage, die Chiwaya vorerst zurückstellte, er hatte Bandana auf seinem Film und mit ihr Dillahs zweite Frau, und zu gegebener Zeit würde er nach reiflichem Überlegen davon den besten Gebrauch machen. Und Chiwaya gab sich, schläfrig von den ungewohnten Anstrengungen der Nacht und befriedigt, eine Unregelmäßigkeit im Zeitablauf sogar im Bild festgehalten zu haben, in die Arme der ihn wieder umfangenden Zeit, die durch ihn hindurchdrang und ihn in ihrer Unerbittlichkeit und Gleichgültigkeit jeder weiteren Anstrengung enthob.

19) Stanley Hood

Selten war ein an Father Ricardo adressierter Brief von diesem mit mehr Unbehagen gelesen worden. Briefe des Bischofs waren zwar nie eine reine Freude, und dieser zeigte obendrein eine beleidigende Fehleinschätzung seiner Person, die nur durch die längst konfirmierte Naivität des Bischofs entschuldigt werden konnte. Der Brief sprach von einem ›Peace Corps‹-Arzt, der in der Mission der Weißen Väter schon in den nächsten Tagen eintreffen sollte, und bezeichnete dessen Ankunft als ›glückliches Ereignis‹. Father Ricardo hatte natürlich von diesem Friedens-Corps gehört und sich oft mit Dale darüber unterhalten, insbesondere die Ausbildungsmethoden waren immer wieder eine Quelle der Heiterkeit gewesen. Da war die Sache mit dem Kulturschock, der durch fernöstliches Training und die Ermunterung zu multikulturellem Sex (Zugang zur afrikanischen Gesellschaft versprechend) überwunden werden sollte, was in der Praxis zur Folge hatte, daß diese jungen Leute barfuß herumliefen, sich Hakenwürmer holten, Kachasukneipen besuchten und wegen Tripper behandelt werden mußten, der sich bei Weißen natürlich besonders virulent zeigte: »Mr. Stanley Hood, ein im Glauben und Wirken tatkräftiger junger Amerikaner«, schrieb der Bischof, »wird Ihnen sicher eine große Hilfe sein.«

Der Father legte den Brief des Bischofs seufzend beiseite – die Katastrophe war nicht mehr abzuwenden.

Auf dem Weg zum Flugplatz leuchteten zartlila aus den Sandwehen eines Chiperonis die Jacarandabäume, am Straßenrand watschelnde Matronen hüllte der Wind in beige Schleier. Heute aber konnte der Father die wohltuende Kühle, die der Chiperoni von den Mozambique-Bergen herübersandte, nicht wie sonst genießen, denn er antizipierte masochistisch seines Helfers Ankunft: »Er wird das Klima heute angenehm finden – aber warte nur, mein Lieber, bis sich der Chiperoni gelegt hat ... Er wird mir lästige Fragen stellen und seine Unbedarftheit wird mich ermüden, er wird Laudon durch peinliche Verbrüderungsversuche beleidigen, er wird sich mit Sally anlegen, sich schrecklich ausnehmen lassen und die Mission ins Gespött bringen, er wird aussehen wie ...«

Und siehe da, schon Stanley Hoods äußere Erscheinung – der Father registrierte es mit grimmiger Befriedigung – entsprach ganz seiner Erwartung. Es entstieg dem Flugzeug ein junger Mann mittlerer Größe, an dessen mageren Schultern eine Khakijacke lose hing, ein zarter Hals trug einen sich nach hinten auswölbenden Kopf, der dadurch etwas Embryonales erhielt. Die fahle Gesichtsfarbe unterschied sich kaum von seinem aschblonden Haar, wasserblaue Augen schienen mit dem Blick kompromißloser Direktheit von unbeugsamem Willen zu künden, und der Father argwöhnte sogleich, daß hier jemand vor ihm stand, der messerscharf Gut von Böse zu unterscheiden wußte und sich nie einen Eiertanz auf der Trennlinie zwischen beiden gestattete. Ein Prinzipienreiter eben, dem jedweder Charme fehlen würde.

Zudem zeigte sich sogleich eine lächerliche Empfindlichkeit, von Father Ricardo mit boshaftem Behagen beobachtet: Stanley tröpfelte Desinfektionsmittel in das von ihm fürsorglich mitgebrachte Trinkwasser und ließ die Hoffnung einer sich entwickelnden Immunschwäche aufkeimen, die ihn wieder in die sterilen Gefilde amerikanischen Lebens zurückführen würde. Am Straßenrand schaukelten die üblichen Szenen vorüber: Stände mit grünen Mangos, gelbe Ananaspyramiden, offene Feuerstellen mit an Holzspießen aufgefädelten, in Palmöl brutzelnden, von Habichten hysterisch umflatterten Fleischhappen.

»Riecht appetitlich«, sagte Stanley.

»Ratten ...« knurrte der Father und nahm die Schweißausbrüche auf Stanleys Stirn befriedigt zur Kenntnis: »Gut, ein schwacher Magen, der wird diesen Eifer dämpfen!« dachte er.

Doch bald wurde es offenbar, daß an Stanley die auf geduldige Milde hinleitenden Ausbildungsmethoden des Peace Corps verloren gegangen waren und sein Eifer durch sich ankündende Magenbeschwerden keinesfalls gedämpft wurde. Und wie vorausgesehen, fand dies leider unmittelbaren Ausdruck in einer offenen Kontroverse mit Schwester Sally.

Schauplatz wurde das Hospital, in dessen niederen halbdunklen Räumen Stanley sich eines Morgens einer irren Szene ausgesetzt fand: Die Termiten flogen, sie durchschwirrten die Räume, ihre Flügel wirbelten wie Schneegestöber über die Böden, senkten sich auf Verbandswolle und Bettdecken, um sich, wie von geheimnisvollen Magneten angezogen, wieder in neuen Wirbeln zu ordnen. Aus diesem Gestöber vernahm er plötzlich Sallys glucksend lachende Stimme. Er war ihr seit Tagen aus dem Weg gegangen, denn ihre seltsamen Ansichten hatten ihn verwirrt und empört. Aber er hatte sich zurückgehalten, oh ja, er war noch ruhig geblieben und hatte sich vorgenommen, in langen, vernünftigen Gesprächen geduldig auf diese unsägliche Person einzuwirken. Als sie aber nun mit gespreizten Beinen vor ihm stand und sich vor Lachen über seinen Windmühlenkampf mit den Termiten die Seiten hielt, war seine Zurückhaltung entschwunden.

»Was gibt es hier zu lachen«, schrie er, »Sie finden es wohl erheiternd, daß durch diese schmutzigen Insekten alles kontaminiert wird?« Sally entwich ein gurrender Ton, Ausläufer eines jetzt unterdrückten Lachens:

»Nur Termiten, Daktari, saubere Termiten, man kehrt sie auf und dann kann man sie essen, die schmecken gut ...« An Hood ging solch praktischer Pragmatismus verloren.

»Das ist unerhört«, schrie er, wild um sich schlagend, »hier hat wohl noch nie jemand etwas von Hygiene gehört?« Jetzt sah ihn Schwester Sally durch ihre Brillengläser mit ärgerlich geweiteten Augen an. Dieser kleine Msungu hatte eben in einem rüden Befehlston zu ihr gesprochen, einem Ton, den sich nicht einmal Father Ricardo ihr gegenüber erlauben durfte. Es war offenbar seine Absicht, etablierte Ordnung zu mißachten. Von Sallys hochgezogener Oberlippe löste sich ein langgezogenes ›Assaaa‹, aus dessen Betonungssynonym für so viele Gemütsstimmungen sie jenes wählte, das etwa mit ›fuck you‹ übersetzt hätte werden können. Aber Stanley fehlten natürlich feinere Sprachnuancen in Chechewa, und so starrte er sie nur herausfordernd an. Sie aber nahm keine Notiz mehr von ihm, kehrte ihm den Rücken und schichtete mit betont langsamen Bewegungen Tücher in ein Wandkabinett. Termitenflügel, von einem kehrenden Hausboy erneut aufgewirbelt, hüllten beide in sirrende Gazewolken.

»Ein Schweinestall!« schrie Hood, »ein verdammter Schweinestall!« Der kehrende Boy hielt inne und schaute mit aufgerissenem Mund in bewundernder Ängstlichkeit auf diesen Bwana, der es gewagt hatte, Schwester Sally anzuschreien. Die aber wandte sich um, nahm ihre Brille ab, ließ das Nickelgestell in der Faust wie eine Kinderrassel kreiseln, was erfahrungsgemäß auf Patienten und auch nicht selten auf Father Ricardo eine einschüchternde Wirkung ausübte, an Stanley jedoch verloren ging. Sie spuckte, ohne ihm weitere Beachtung zu schenken, auf die Gläser, polierte sie mit der Schürze, setzte sie wieder auf, schloß das Kabinett und schickte sich an, das Zimmer zu verlassen. Jetzt aber folgte ihr Stanleys Stimme in schrillen Höhen –

»Ich habe genug von diesem Staustall – Ihre Ziegen übernachten in den Hospitalgängen, Ihre Hühner scharren in der Küche ...« Schwester Sally ließ schnell durch Blähen der Nüstern ihre Brille den Nasenrücken hinuntergleiten, sah Hood über die Ränder mit riesigen Augen zornig an, schüttelte nachlässig ihr Hinterteil, als wolle sie es in einem schlecht sitzenden Rock zurechtrücken:

»Hühner gut. Ziegenmilch sehr gesund.«

»Hühner, Ziegen, Termiten, und die Laken starren vor Schmutz ...!«

Zwei zerlumpte Gestalten am Boden, in den Abstellraum gelegt, regten sich. Der eine schob ein Bein, von einer angeschmutzten Binde umschlungen, unter einer grauen Wolldecke hervor, der andere machte sich durch heftiges Husten bemerkbar.

»Wäsche kommt erst übermorgen.« In Schwester Sallys Stimme zitterte jetzt eine gefährliche Ungeduld. Gegen die Fensterscheiben drückten sich Kinder und Bettler die Nasen platt, sie standen in einem Innenhof, dessen Mitte von einem großen Feigenbaum überschattet wurde, in dem Geier und Habichte bewegungslos, nur ab und zu gelangweilt ihre Flügel arrangierend, auf Essensreste warteten. Auf Stanleys schweißnasser Stirn klebten Ameisenflügel, die Hitze in den dumpfen Räumen lastete auf seinen Schultern, seine Hände zitterten.

»Ich will hier keine Hühner und Ziegen mehr sehen, und was die Patienten im Hof betrifft, um die sich offenbar niemand zu kümmern herabläßt ...« Aus den Lumpen am Boden kamen Hustenkaskaden.

»Kein Platz für Vagabunden hier«, sagte Schwester Sally mit entschiedener Stimme, den Hof mit seinen wartenden Gruppen zerlumpter Gestalten ärgerlichen Blickes streifend. Sie rückte die verschobene Pritsche des Hustenden mit einem Fußstoß zurecht, rief ihm ein paar schnelle Worte zu, die sofort den Hustenanfall stoppten. Der Mann mit dem eitrigen Bein hatte seinen Verband gelöst, er hielt den Fuß mit beiden Händen hoch und zeigte Hood eine verkrustete Wunde, die Binde hatte er auf den Boden geworfen. Schwester Sally hob sie auf und schlug sie ihm um die Ohren. Der Hustende lachte – Sally blickte ihn kurz mit gerunzelter Stirne an, worauf er sich die Decke übers Gesicht zog, darunter aber meckernd weiterkicherte.

»Ich wü- wünsche«, rief Hood, vor Ärger in ein altes Stottern verfallend, »ha- haben Sie ve- verstanden, ...« Schwester Sally, nachdem sie schweigend, neben dem Rebellischen auf dem Boden kauernd, diesem mit flinken Bewegungen einen neuen Verband angelegt hatte, stand mit einem vehementen Schwung ihrer Hüfte auf und sagte:

»Father Ricardo hier der Boß.« Dann schlug die Türe hinter ihr zu. Ihr Atem, schwer von Maisdünsten, Chilis und Knoblauch, hing im Raum.

Stanley sah sich allein mit den beiden Männern, die, da er stumm geblieben war, ihn jetzt neugierig anstarrten. Er fühlte, wie ihm Schweiß aus allen Poren kroch, und es überkam ihn plötzlich das dringende Bedürfnis, sich zu übergeben. Er lief aus dem Zimmer, suchte die Toilette, erbrach, betätigte die Spülung – das Wasser lief über, das Klo war mit Steinen verstopft. Er lief in den leeren Operationsraum, setzte sich, stützte die Ellenbogen auf die Knie und vergrub seinen Kopf in den Händen.

»Ich werde Ordnung in diesen Stall bringen«, flüsterte er mit von Schluchzen durchtränkter Stimme. War etwa Christus, als er die jüdischen Händler aus dem Tempel trieb, verzweifelt? Nein, seine wutbebende Stimme hatte die Tempelmauern erzittern lassen! Er stand auf und schlug mit der Faust auf den Tisch. Ein Fliegenschwarm, der schwarz eine kleine Blutlache verdeckte, stob auseinander. Kein Wunder, daß seine Nerven angekratzt waren, nach einem solchen Tag! Dazu heute morgen noch die Sache mit den Zwillingen – er hatte erfahren müssen, daß bei Zwillingsgeburten immer ein Kind ausgesetzt wurde ... und Schwester Sally hatte das als ganz selbstverständlich hingenommen.

»Sie müssen meistens schon ein Kind stillen«, hatte sie ihm erklärt, »mit dreien geht es eben nicht ... Father Ricardo sagt, da wären die Zitzen der römischen Wölfin nötig, und die hat auch nur zwei gesäugt – die römische Wölfin, wissen Sie, hat Rom gegründet, der Heilige Vater stammt also von Wölfen ab, das macht ihn sehr stark ...« Das hatte dieses Frauenzimmer gesagt, und er hatte sich nur mit Abscheu abwenden können.

Und wie so oft glitten Stanleys Gedanken zurück in die Bronx, wo zuerst sein Entschluß gereift war, nach Afrika zu gehen ... ein Entschluß, mit dem er einen üblen Ausschlag seiner Seele hatte bekämpfen wollen: diese Abneigung Schwarzen gegenüber. Es war eine Abneigung, die tief aus seinen Genen zu kommen schien, ein, wie er fürchtete, unheilbarer Aussatz, dessen er sich zutiefst schämte. Und wieder stieg aus dem Dämmer der Vergangenheit schmerzend seine Kindheit: drei enge Räume im ersten Stock, ein Treppenhaus, das nach Hamburgern und Fusel roch – die Kneipe im Parterre – vor seinem Fenster ein zuckendes Neonlicht. ›Jesus saves‹ – seine Mutter in der schwarzen Haube der Heilsarmee, sein Vater, der sich trinkend in Kneipen herumtrieb und krude Witze über die Armee machte, eine gemischte Schule, in der schwarze Jungens den Ton angaben: Sie waren bessere Baseballspieler, bessere Bullies – er selbst war der Klassenbeste, was seiner Popularität nicht half. Der Umkleideraum des Turnsaals hallte von schmutzigen Witzen wider, die schwarzen Jungens onanierten und wetteiferten, wer am meisten produzierte, sie zwangen ihn ... Stanley schloß gequält die Augen, nicht daran denken ... nur nicht daran denken. Er haßte sie, haßte alles Schwarze. Und deshalb hatte er später ihre Nähe gesucht, als Arzthelfer hatte er sich zuerst in die New Yorker Bronx begeben, und wenn sich dort anfangs auch alles gut angelassen, er sich schwarzen Slumbewohnern, Trinkern, Drogensüchtigen und Prostituierten ungehindert und sogar freudig zugewendet hatte, so sollte doch bald ein Vorkommnis ihn aufs tiefste erschüttern. Stanley hatte sich einer Schwarzen angenommen, deren Mann sie regelmäßig nach wochenendlichen Trinkexzessen zu mißhandeln pflegte. Daraufhin hatte er sich eines Nachts in ihre Wohnung begeben, um mit ihr zusammen die Rückkehr des Mannes zu erwarten. Diese friedliche Absicht war mißverstanden worden. Stanley mußte mit Knochenbrüchen und einer schweren Gehirnerschütterung einige Wochen das Bett hüten. Er nahm es als eine Strafe Gottes, um so wohlverdienter, als er sich in – wie er jetzt wußte – überheblicher Leidensbereitschaft dazu gezwungen hatte, gerade dieser Frau zu helfen, deren Hautfarbe er jene schuldbeladene Abneigung entgegenbrachte. Darauf hatte er sich schnell entschlossen, nach Afrika zu gehen. Beschämt, denn dieser rabiate Schwarze aus der Bronx hatte ihm neben einer Reihe bester Zähne beinahe den Glauben an die unterprivilegierte Gesellschaft New Yorks geraubt – die Bronx war eine Versuchung des Teufels gewesen, der er erlegen war. Jetzt stand er vor seiner Gewaltkur.

20) Die Bürde des Amtes

Nun muß gesagt werden, daß Stanley in den ersten Wochen ernsthaft versuchte, sich an den zahlreichen Leidensmöglichkeiten in Mulanje zu stählen und auch mit Erfolg seine Abneigung Schwarzen gegenüber zu bekämpfen. Leider jedoch wurden dieser demütigen Leidensakzeptanz schier unüberwindliche Hindernisse entgegengesetzt. Einmal war er Schwester Sallys unbekümmerter Nichtachtung seiner Person ausgesetzt – einer Nichtachtung, die sich immer mehr in freche Autorität wandelte, die er nun nicht mehr zu dulden gewillt war. Es mußte mit Father Ricardo gesprochen werden. Auch Schwester Sally fand ein Eingreifen des Fathers unerläßlich, und sie war im Vorteil, kannte sie doch sehr gut des Fathers Achillesferse.

»Dieser Amerikaner bringt alle möglichen Landstreicher«, begann sie einem zuerst nur halbherzig zuhörenden Father Ricardo zu berichten.

»Landstreicher, die nicht arbeiten wollen und die ihm irgendwelche Geschichten erzählen, und er glaubt, was sie ihm sagen und gibt ihnen zu essen. Unser Garten ist voll solcher Vagabunden, die nur darauf warten, gefüttert zu werden. Sie müssen mit ihm sprechen, Father.« Sie stand vor seinem Schreibtisch, die Füße auseinandergestellt, zwei große, rosa-schwarz linierte Handflächen fuchtelten drohend vor seinem Gesicht. Der Father seufzte. Er hatte die Fenster weit geöffnet, es war ein klarer Morgen, der Himmel weit und dunkelblau und die Jacarandas in einem intensivem Lila, das das Blau des Himmels noch dunkler erscheinen ließ, in einer Aloenrabatte flirrten glitzernde Sonnenvögel ... ein solch wunderschöner, ruhiger Morgen ...

»Auch Ziegen müssen aus dem Hospitalhof verschwinden, sagt der Daktari, und immer wieder läßt er mir Leute von der Straße herein, und deshalb sind dauernd die Toiletten verstopft, weil sie sich natürlich den Hintern mit Steinen abwischen.« Eine Knoblauchfahne umwehte Father Ricardo. Er wandte den Blick vom Fenster und blickte nachdenklich auf diese festen gespreizten Finger mit den bläulichen Nagelkuppen. Tüchtig war sie, seine Sally, man konnte sich auf sie verlassen. Diesem Hood mußte dies begreiflich gemacht werden ...

»Schicke die Leute einfach fort«, sagte er gereizt, »erkläre Mr. Hood, wozu das führt ... der große Regen steht vor der Tür, die Felder müssen bestellt werden, Dale braucht Teepflücker – wenn wir hier Hunderte durchfüttern, wird bald niemand mehr arbeiten wollen.« (Daß er solch offenkundige Tatsachen überhaupt noch erwähnen mußte!)

»*Sie* müssen das diesem Amerikaner sagen – er redet bloß immer von Hygiene und sagt, daß wir keine haben, er hat auch etwas gegen Hühner, die wir doch dringend für die Küche brauchen.« Sally brachte auch Laudon oft für Father Ricardos Küche respektable Suppenhühner ..., dies alles ging wirklich zu weit. Er gähnte. Mußte dieser kleine Idiot hier alles durcheinanderbringen, aber er hatte es ja geahnt. Peace Corps (»Als ob wir hier Krieg hätten!«) Schwester Sally ließ ihre Nickelbrille kreiseln und wackelte autoritär mit dem Hinterteil. Father Ricardo erkannte die drohenden Anzeichen. Er mußte handeln.

Auf der blau-weißen Gipsmadonna, die auf einem Podest in der Ecke seines Arbeitszimmers Rosenkranz und Lilie hielt, balancierte eine Bananenspinne. Der Father beobachtete die Spinne, sah ihre behaarten Beine wiederholt an dem glatten Anstrich abgleiten, bis sie endlich an den Holzperlen des Rosenkranzes Halt fand. Da klebte sie nun, den Körper in einen Korb spitzer Knie geduckt, zwei Vorderbeine lang ausgereckt. Father Ricardo nahm ihren samtigen Leib behutsam zwischen Zeigefinger und Daumen, beobachtete, wie die Spinne, tot spielend, die Beine sofort in einen schlaffen Wulst sinken ließ und so bewegungslos in seiner Handfläche verharrte: ein perfekt gespielter Tod. Ein Meisterstück der Tarnung. Father Ricardo beneidete die Spinne – er hätte diese vollendete Fähigkeit, sich aus Problemen zu verabschieden, gerne selbst besessen. So aber hatte ihn wieder einmal die Bürde seines Amtes eingeholt.

Aber auch Stanley litt. Nicht allein Schwester Sally und das Krankenhaus bereiteten ihm tiefste Enttäuschung, unverständlich blieb ihm die Haltung Father Ricardos. Nur mit Schaudern konnte er an seine Aussprache mit dem Father, die ihm das ganze grausame Ausmaß der Gleichgültigkeit dieses Priesters offenbarte, denken, eine Aussprache, an die sich auch Father Ricardo mit Unbehagen erinnerte. Stanley hatte ihn unangemeldet aufgesucht, ihn mit wässerigen, in impertinenten Vorwurf getauchten Augen angestarrt – der Father blickte auf einen mageren, mit Gänsehaut übersprenkelten Hals, kleine Rinnsale Schweiß, die sich durch blaßrote Härchen auf Stanleys Brust schlängelten – schnupperte einen bestimmten Geruch, den, wie er meinte, alle Eiferer an sich trugen: Ein Gemisch von Sterilität und bitterem Atem, das anzuzeigen schien, daß man es mit einem Menschen zu tun hatte, der seine Mahlzeiten nicht genoß.

»Es würde mich nicht wundern«, dachte Father Ricardo, Hood unter buschig zusammengezogenen Brauen aus müden Augenschlitzen betrachtend, »wenn er sich kasteite wie Angehörige verrückter Sekten.«

»Father«, hatte Stanley mit leiser, vor Emotion bebender Stimme begonnen, »ich muß Sie auf Mißstände aufmerksam machen, die zum Himmel schreien ...« Der Father zog die Augenbrauen hoch, der winzige Hauch eines Lächelns glitt über seine bartstoppeligen Wangen, er wiegte den Kopf in der Art, in der man ein unartiges Kind rügt und zugleich beruhigt, und dachte: »Ich hab's gewußt, ein amerikanischer Savonarola – aber beschränkt.«

»Mißstände«, sagte er, »unser kleines Krankenhaus ... so sollten Sie das nicht sehen, Schwester Sally ist eine sehr kompetente Person, wir bekommen viel Hilfe, die UNHCR, auch die Europäer hier ..., da sind substantielle Spenden – deshalb haben wir auch meist keinen Mangel an Medikamenten – der Operationsraum, nun ja, wir befinden uns nicht in der Mayo-Klinik, schwere Fälle bringen wir, wie Sie wissen, in die Stadt ...«

Stanley stand, obgleich ihm Father Ricardo einen Stuhl angeboten hatte.

»Es wird hier Mord Vorschub geleistet«, sagte er, die Oberlippe auf die Zähne gepreßt, »man könnte sagen, einem Massenmord. Neulich hat mir Ihre sehr kompetente Schwester Sally nahegelegt, eine Frau zu sterilisieren, wohlgemerkt, ohne deren Wissen ... der Grund: Die Frau hatte schon sechs Kinder geboren. Daß Zwillinge ausgesetzt werden, wissen Sie sehr wohl.«

Father Ricardo sah mit unbeteiligter Miene auf seine Schreibtischplatte. Er lauschte eine Weile den Schwätzervögeln, deren lautes Geschrei draußen in den Jacarandabäumen ihn zu verspotten schien. Dann entschloß er sich aber doch zu einer für ihn ungewöhnlichen Rede, nach der er, kaum hatte er geendet, Ärger und ob des eigenen schulmeisterlichen Tones Unbehagen empfand. Er entschloß sich, Stanley ›aufzuklären‹, »wenn auch, was ich ihm sage«, dachte er, »als zynische Gleichgültigkeit ausgelegt werden wird, wenn er auch nichts, gar nichts, verstehen wird. Aber ich werde es ihm doch sagen, weil es nun einmal meine Meinung und Rom, Gott sei Dank, fern ist.« Und wie immer, wenn ein unangenehmes Thema ihn plagte, begannen seine Gedanken zu wandern, er erinnerte sich eines indischen Potentaten, der jeden Befehl seines Sultans in der fernen Hauptstadt mit der lapidaren Bemerkung: »Dilhi dur ast« (Delhi ist fern), erfolgreich ignorierte. Rom dur ast! Dann begann er, leise seufzend und einen resignierenden Blick auf eine hinter Büchern auf seinem Schreibtisch verborgene Whiskyflasche werfend (zum Teufel, selbst dieser kleine Trost war ihm verwehrt, Hood war natürlich Antialkoholiker –):

»Sie sind hierher gekommen, um zu helfen. Wir alle sind einmal mit dieser Absicht im Visier hierhergekommen und mußten leider bald feststellen, daß, je mehr wir zu helfen bemüht waren, desto weniger wir wirklich halfen. Einmal haben wir uns in Dinge gemischt, die uns nichts angingen. Wir haben uns angemaßt, in das Leben einer uns fremden Gesellschaft einzugreifen, alles mußte nach europäischer Ordnung vor sich gehen, niemand kümmerte sich darum, daß die Leute diese Ordnung nicht wollten. Daß sie ihre eigene hatten. Sie sprechen von Mord ... Was bei uns Mord heißt, ist es hier noch lange nicht: Es bedeutet, wie im Fall der

Zwillinge, das Überleben des anderen – oder nehmen Sie Selbstmord –, Sie haben vielleicht gehört, daß hier alte Leute, wenn sie den Tod nahen fühlen, in die Berge wandern, um ihn dort allein zu erwarten – sie setzen sich der Wildnis aus – Selbstmord? Ich würde es nicht so nennen. Bezeichnen wir es ruhig als dem Tod entgegengehen, ihn ohne Furcht erwarten. Es liegt Würde darin, wissen Sie! Und Schwester Sally hat Ihnen geraten, eine Frau, die schon ein halbes Dutzend Kinder hatte, zu sterilisieren. Man könnte sagen, daß auch dies ein Eingriff unserer Gesellschaft in eine andere wäre – in diesem Falle versucht Schwester Sally aber (sie ist übrigens eine schwarze Frauenrechtlerin, wissen Sie, die würde lieber Männer kastrieren), nun, sie versucht – unbewußt natürlich – etwas zu revidieren, das auch wir geschaffen haben: eine Überbevölkerung. Hier kommt nun die Überlegung, ob dieses immer weitere Aufdrängen unserer Kultur und damit verbunden unsere Hilfe, in einem Ausmaß, das die Gesellschaft dieser Länder verändert, wünschenswert ist. Lieber Hood, ich rate Ihnen einfach zu tun, was Ihr Gewissen als Arzt und Mensch Ihnen gestattet. Und entspannen Sie sich erst einmal, das Klima ist gerade jetzt mörderisch, nehmen Sie doch ein paar Tage Urlaub, fahren Sie an den See, dort ist es jetzt kühler – der Boy, den ich Ihnen sandte, ist mir bekannt, er wird gut für Sie sorgen – geben Sie ihm bitte keine extra Rationen, er schätzt es mehr, wenn er sich selbst bedienen kann. Sehen Sie das bitte nicht als Diebstahl, es ist hier so etwas wie ein Gewohnheitsrecht.«

Nach dieser für Father Ricardo unbehaglichen Rede machte er eine Andeutung, sich zu erheben. Stanley aber stand noch schweigend einige Sekunden vor ihm, öffnete einige Male den Mund zu einer Erwiderung – der Father bemerkte, daß unter den Windstößen des Decken-Ventilators das schüttere blonde Haar über eine schon leicht kahl werdende Schädeldecke wehte und dachte: »Er wird hier eine Glatze bekommen, die Tonsur der Eiferer ...« Und es überraschte ihn nicht, daß sich Hood, ohne noch ein Wort zu sagen, lediglich einen Blick wunder Verachtung auf ihn schleudernd, umwandte und den Raum verließ. »Den Heiligenschein des Gerechten tragend«, dachte der Father und griff nach seiner Whiskyflasche. Die Schwätzervögel trieben ihr Gekreisch zu einem Crescendo. Father Ricardo schloß das Fenster und nahm einen tiefen Schluck.

In der Küche wischte Laudon gedankenverloren mit dem Abtrockentuch über seine Stirn: Schön hatte sein Bwana gesprochen – und sehr wahr. Es gefielen ihm jedoch am besten die Ratschläge für Hoods Boy: Sein Bwana schien endlich verstanden zu haben, daß es für einen Boy, der auf sich hielt, gewisse unumstößliche Rechte der Selbstbedienung gab. »Arete sei Dank, mir geht es gut«, dachte Laudon, »Father Ricardo ist ein Bwana. Aber dieser Msungu Hood lebt wie einer von uns, und deshalb kann er kein Bwana sein.« An diesem Tag nahm Laudon eine größere Tüte für den Zucker, den er gewöhnlich am Abend mit nach Hause brachte.

21) Mr. Dale in Schwierigkeiten

Der Constable, dem Truchillas Polizeistation unterstand, war ein kleiner dünner Mann, dessen Körper aus Draht und Hartgummi zu bestehen schien – was an ihm sofort ins Auge stach, war ein ausgeprägter Adamsapfel am sehnigen Hals – sonst bei jungen Männern eher ein unbeholfen rührendes Attribut, bei ihm aber glich er, beim Sprechen auf und ab schnellend, einer eisernen Kugel unter der Haut, bereit jeden Augenblick ihr Gegenüber anzuspringen. In dem schmalen Gesicht dominierten Lippen, die Form und Konsistenz einer Luftballonschlange zeigten, einer violetten, seidig schimmernden Gummischlange.

Der Constable saß vor Dales Schreibtisch und drehte die Schlinge seines Gummiknüppels um einen hageren Zeigefinger.

»Wir glauben«, begann er mit sanfter Stimme, »daß sich der Gesuchte hier aufhält und müssen deshalb Ihre Fabrik und die Lagerschuppen durchsuchen. Nicht, daß wir etwa den Verdacht hegten, er sei hier von jemandem versteckt worden«, die Gummilippen zogen sich zu einem Lächeln über die Zähne, wobei sich die Mundwinkel in schwimmhautähnliche Falten legten, »es ist nur so, daß Ihre vielen unbenutzten Schuppen ein ideales Versteck bieten ...«

»Die Schuppen können Sie gern durchsuchen«, antwortete Dale, »nur in meine Fabrik kommt mir niemand ohne meine Begleitung. Es gibt dort Sicherheitsbestimmungen. Aber glauben Sie nicht, daß dieser Sembereka sich längst in Portuguese East befindet? Die Grenze liegt ja nur 15 Kilometer von hier!«

»Nein«, sagte der Constable, »wir haben gute Gründe anzunehmen, daß er sich noch hier verborgen hält. Sie wissen, daß in nur wenigen Wochen der neue Präsident aus dem Exil zurückkehrt, und wir vermuten, daß Sembereka einen Anschlag auf ihn plant. Wir haben die Grenze dicht gemacht, und wir werden ihn finden.«

»Nun gut, Constable«, sagte Dale, »aber warnen Sie Ihre Leute, die Schuppen sind voller Ratten ...«

»Wir suchen eine größere Ratte«, sagte der Constable und zog die Lederschlinge des Knüppels so fest um seinen Zeigefinger, als wolle er ihn erwürgen. Sein Gummimund bewegte sich kaum beim Sprechen, er blickte auf Dale aus unbewegten grauschimmernden Pupillen.

»Dillah wird Ihnen die Schlüssel aushändigen«, sagte Dale, »er wird Sie begleiten. Er kennt sich in den Schuppen aus.« Der Constable erhob sich steif, bewegte den kleinen Ameisenkopf von einer Seite zur anderen, während die Kugel in seinem Hals ungeduldig auf zerstörerische Befreiung drängte. In Andeutung eines militärischen Grußes legte er leicht die Hand an die Mütze:

»Das wird nicht nötig sein. Wir haben die Schlüssel schon, Mr. Lake hat sie uns ausgehändigt. Wir haben ihn gebeten, uns zu begleiten.«

»Sie haben ihn schon, nun denn, viel Vergnügen!«

»Kein Vergnügen, Mr. Dale«, sagte der Constable im Hinausgehen, »meine Partei wird einem unabhängigen Staat dienen, Feinde dieses Staates müssen vernichtet werden.« Die Tür fiel knarrend ins Schloß.

Dale lehnte sich zurück und atmete schwer.

»Vernichten«, sagte er leise, »mit Vernichten wird es beginnen. Und was danach kommt, weiß nur Gott.« Sein Herz klopfte heftig. Die Hitze war mit Feuchtigkeit getränkt wie ein Schwamm, der Ventilator kämpfte sich müde durch die schwere Luft, und er schien Dale wie ein Symbol seines eigenen Herzens. »Dieser Lakai hat ihm den Schlüssel ausgehändigt«, dachte er zornig, »er hatte nicht das geringste Recht dazu. Und was meinte dieser Constable mit ›wir‹, bezieht er sich auf seine Gang von Polizisten oder hält dieser Operetten-Constable es für vornehm, mit mir in der dritten Person zu sprechen? Na, sollen sie in den Speichern wühlen.« Im Grunde war es ihm egal, wenn sie sich gegenseitig umbrachten, er drehte die Hand nicht um zwischen Sembereka und seiner Bande und der Partei des Constable. Noch war die englische Regierung am Ruder, doch sie mischte sich kaum mehr in die Angelegenheiten der Schwarzen. In wenigen Wochen würde das Land seine eigene Regierung haben. »Doch bis dahin – und erst recht danach«, dachte Dale, »werden noch viele Leichen den Chanunka hinuntertreiben.«

22) Dillah informiert sich

Während in Dales Büro ein dröhnender Ventilator vergeblich gegen die stagnierende Hitze kämpfte, las Dillah in Bwana Dales Tagebuch. Der Bwana war in der Stadt, und so hatte es sich Dillah in seinem Büro bequem gemacht. Dillah liebte dieses Büro mit dem behäbigen Schreibtisch aus den dreißiger Jahren, dem schwerflügeligen Deckenventilator und dem abgewetzten braunen Lederfauteuil, in dessen Sitz- und Rückenpolster die massige Figur Dales ihre Eindrücke hinterlassen hatte. Als dreizehnjähriger Junge war Dillah nach Truchilla gekommen, zuerst als Pflücker, dann, ob seiner bei den Weißen Vätern erworbenen Fähigkeit zu schreiben, als Hilfskraft der wöchentlichen Auszahlungen der über 2000 Pflücker und endlich als Assistent des alten Buchhalters, der ihn in die Geheimnisse der Buchführung einweihte. Und immer war dieses Büro dasselbe gewesen: Groß, Autorität ausstrahlend, von Tabakrauch erfüllt, ein Heiligtum, das für Dillah Pater Ricardos Missionskirche gleichkam.

In diesem Raum, in Bwana Dales Lederfauteuil sitzend, las nun Dillah, was seinen Bwana während der letzten Tage bewegt hatte. Er las jede Zeile mit Respekt und Verehrung, denn es muß zu Dillahs Rechtfertigung gesagt werden, daß er zu Bwana Dale aufsah, ihm vertraute und wohl für ihn durchs Feuer gegangen wäre, geradeso wie er jetzt für seine National Party und die Unabhängigkeit seines Landes durchs Feuer zu gehen bereit war.

Wenn nun Dillah in der Regel Bwana Dales Eintragungen Vergnügen und die Genugtuung weitgehendster Gedankenübereinstimmung bereiteten, so war dies heute anders. Während der Ventilator die Seiten zauste, so daß Dillah sie immer wieder glätten mußte, las er wahrhaft Schreckliches:

»Wenn dieser Bursche Dillah wirklich so blöd ist«, stand da in seines Herrn sauberer kleiner Handschrift, »daß er einen Widersacher der zukünftigen Regierungspartei bei sich versteckt, wenn er wirklich sein und seiner Familie Leben auf so leichtfertige Art aufs Spiel setzt, dann ist vielleicht meine Überlegung, daß er einen guten Nachfolger für mich abgäbe, nicht mehr in Erwägung zu ziehen. Ich hoffe noch immer, daß sich Tussani geirrt hat – aber wenn im Dorf ein Gerücht dieser Art umgeht, dann enthält es leider immer einen Fetzen Wahrheit. Die Frage ist nun: Ist dieser Sembereka bei Dillah oder nicht? Wenn ich ihn fragte, so würde er mir kaum Auskunft geben. Muß ich also wirklich zusehen, wie einer meiner besten Mitarbeiter in sein eigenes Verderben rennt? Es tut mir leid um Dillah. Aber da ist wahrscheinlich nichts, das ich tun könnte. Der Constable wird bald hinter ihm her sein – Lake, dieser charakterlose Schuft wird ihn, wenn er irgendwie Gelegenheit dazu bekommt, ans Messer liefern – Dillah hat schließlich dessen Schurkerei aufgedeckt. Eine total verfahrene Geschichte.« – Dillah starrte auf die Seiten, Schweiß brach auf seiner Stirne aus, mit kaltem Hauch blies der Ventilator darüber hin, es war Mittag, gleich würde die Fabriksirene heulen und Tussanis Gesang vom Minarett ertönen. Woher wußte Tussani?

Dillah legte das Heft zurück in Bwana Dales Schreibtischschublade und ließ sich mit zitternden Knien in des Bwanas Ledersessel fallen. Dann sprang er auf und taumelte an das vergitterte Fenster, hier, vom Ventilator entfernt, umsummten ihn Moskitos – er bemerkte es nicht. Jetzt wehte vom Minarett Tussanis Gesang herüber.

»Dieser Hund«, dachte Dillah, »dieser winselnde Hund, er hat es herausbekommen. Oh, Jesus Christus, ich bin verloren.«

23) Mr. Dale greift ein

»Du willst mit mir sprechen? Na, dann schieß los«, sagte Dale zu Dillah, der grauen Gesichtes mit schweißklammen Händen vor ihm stand. Dale saß an seinem Schreibtisch, an dem Dillah noch gestern gesessen und diese schrecklichen Revelationen seinem Tagebuch entnommen hatte, und blickte Dillah mit zusammengekniffenen Lippen an. Was war los mit Dillah, warum zitterten seine Hände so, warum hatte das Tiefschwarz seiner Haut in fahles Ocker gewechselt – war die Bombe am Ende schon geplatzt?

»Also, was gibt es«, sagte Dale in harschem Ton, heraufziehendes Unheil wie Inkompetenz trieben ihn gewöhnlich in unkontrollierte Zornausbrüche, dieser Fall schien beides einzuschließen und seine eigene Ohnmacht dazu.

»Bwana«, sagte Dillah, »ich bin als halbes Kind zu Ihnen gekommen, Sie waren immer gut zu mir.« Dale rückte ungeduldig in seinem Stuhl, diese Einleitung verhieß unangenehme Forderungen. Dillah fuhr unbeirrt fort: »Erst habe ich Tee gepflückt, dann die Bücher verwaltet und seit Jahren erweisen Sie mir die Ehre, alles Geschäftliche mit mir zu besprechen. Und wenn ich etwas nicht verstanden habe, so hatten Sie Geduld mit mir und haben es mir noch einmal erklärt. Sie, Bwana, und Mrs. Dale waren meine Vorbilder. Und wenn ich oft etwas falsch machte, so kam es daher, daß ich in diesem unwissenden Land geboren wurde – und deshalb habe ich auch nicht eine, sondern drei Frauen, weil ich nicht übersehen konnte, daß ich mir damit dreimal Scherereien aufbürdete. Und immer noch passiert es mir, daß ich Fehler mache, große Fehler, und weil ich mit diesen Fehlern immer zu Ihnen gekommen bin, Bwana, komme ich auch heute. Ich habe einen Fehler gemacht.« Bwana Dale wußte jetzt, daß Dillah gekommen war, um zu beichten. Und da er schon wußte, was gebeichtet werden sollte, und es seine Natur nicht anders zuließ, spielte er erst einmal Katz' und Maus mit Dillah.

»Was für einen Fehler hast du also gemacht, hast du dich bei den Teekisten verzählt? Oder ist aus Versehen einer deiner Verwandten auf die Lohnliste gerutscht?« Dillah schüttelte verzweifelt den Kopf.

»Es ist etwas viel Schlimmeres, Bwana.«

»Was gibt es Schlimmeres, als jemanden auf die Lohnlisten zu schmuggeln?«

»Bwana, ich habe Sembereka von der National Party versteckt!«

»Du hast was?«

»Sembereka von der National Party ...« Dale tat, als könne er es nicht fassen und Dillah konnte nicht umhin, seine zur Perfektion gespielte Überraschung zu bewundern.

»Du hast Sembereka versteckt? Darf ich fragen, wo? Ist dir bewußt, was du da tust? Also, wo ist er?«

»In meinem Schweinekoben, Bwana, ich hätte ihn längst über die Grenze geschafft, aber der Constable hat überall Posten aufgestellt, und das ganze Dorf ist umstellt ... Er darf nicht in des Constables Hände fallen, er würde gehenkt werden. Und gestern war Bwana Lake bei mir und hat mich beschimpft, weil ich Ihnen gesagt habe, daß er die Bonusse nicht ausbezahlt hat, er hat mir gedroht, mich zu erledigen – wenn Bwana Lake herausbekommt, daß Sembereka bei mir ist, bin ich verloren.«

»Da hast du dich ja gehörig in die Nesseln gesetzt, Dillah«, sagte Dale, »und es ist dir hoffentlich klar, daß du etwas sehr Unüberlegtes getan hast, Patriotismus entschuldigt nicht jede Dummheit! Sembereka muß so schnell als möglich verschwinden, und ich werde darüber nachdenken, wie das geschehen kann. Es war richtig, mich zu informieren, obgleich du natürlich auch mich damit in Teufels Küche bringen kannst.« Dillah faltete die Hände und preßte sie gegen seine Brust.

»Immer noch, Bwana, sind Sie mein Vater und meine Mutter.«

»Hau jetzt ab, Dillah«, sagte Dale rauh, »komm mir nicht mit diesem Vater-und-Mutter-Geschwätz. Verstecke deinen Sembereka in den nächsten Tagen so gut es geht, dann sehen wir weiter.« Dillah wandte sich zur Tür, hielt plötzlich inne und sagte:

»Eine Leiche ist im Chanunka angeschwemmt worden, sie liegt im Tee, nicht weit von der Fabrik entfernt, soll ich diesen Constable informieren?«

»Eine männliche Leiche?«

»Ja, eine männliche Leiche, Bwana, ein noch junger Mann, aber er ist schon ziemlich unkenntlich, die Geier werden sich bald mit ihm beschäftigen ...« Dale kaute an seiner Zigarre. Eine Weile zog nur das eintönige, traurige Sirren eines verfrühten Moskitos durch den Raum – dann knirschte Leder, Dale richtete sich auf und drückte die halbgerauchte Zigarre langsam und sorgfältig aus.

»Dillah«, begann er, sich in seinem Sessel umwendend, »komm zurück, hier, setz dich. Mir fällt da etwas ein.« Dillah ließ sich zaghaft auf der äußersten Kante eines Stuhles nieder. Dale zündete sich umständlich eine neue Zigarre an, in der hohen Luftfeuchtigkeit wollte das Zündholz nicht Feuer fangen, und er fluchte leise vor sich hin.

»Diese Leiche«, sagte er endlich, »wie wäre es, wenn diese Leiche einmal identifiziert werden könnte. Wenn also diese Leiche ein Hemd oder eine Jacke Semberekas trüge, und in der Tasche irgendwelche Papiere, die ihn als Sembereka auswiesen – und natürlich unkenntlich wäre – man könnte sie ja noch einige Tage dort belassen, bis die Geier sich darüber hergemacht haben – und erst dann der Constable informiert würde – wenn wir Glück haben, hätte sich die Sache damit erledigt!«

»Aber Sembereka, er ist ja noch da!«

»Richtig. Sembereka. Den hole ich mir bei dir ab und bringe ihn irgendwann über die Grenze. Wenn der Constable glaubt, daß Sembereka tot ist, wird er sich beruhigen und von Hausdurchsuchungen Abstand nehmen. Wir müssen nur sicherstellen, daß der Constable auch wirklich die Leiche als Sembereka identifizieren kann.«

»In was, zum Teufel, habe ich mich hier eingelassen«, dachte Dale, »wenn dieser Constable klüger ist als ich denke, bin ich nicht nur meinen Job los, es könnte mich auch den Kopf kosten ..., wer bin ich, Dillah ob seiner Dummheit Vorwürfe zu machen?«

Und er sah, wie Dillah feuchten, vertrauensvollen Auges vor ihm stand, von ihm ein Wunder der Weisheit erwartend und ihm absolut vertrauend.

»Nein«, dachte er da, »ich werde dich diesem Gummimaul nicht überlassen, und diesem Schwein Lake schon ganz und gar nicht.«

»Und noch etwas, Dillah: Die Leiche muß, nachdem du sie in Sembereka verwandelt hast, von jemand anderem gefunden werden. Auf keinen Fall von dir. Von irgend jemandem im Dorf – da wird dir schon jemand einfallen.« Dillah nickte besorgten Blickes, denn im Moment fiel ihm für diese Mission ganz und gar niemand ein.

24) Stanley sieht sich um

Stanley Hood gab sich inzwischen entschlossen seinen Aufgaben hin. Die Unterredung mit Father Ricardo hatte zuerst Empörung in ihm hervorgerufen, später einen entschiedenen Trotz, dieser ungeheuren Gleichgültigkeit entgegenzuwirken:

»Ich werde Ordnung in diesen Stall bringen«, sagte er sich, »und wenn ich gegen dieses gesamte Etablissement ankämpfen muß.« – Und damit meinte er Father Ricardo, Schwester Sally, Ratten, Kakerlaken – und was er noch nicht genau wußte, jedoch schon in den Knochen fühlte: ein unbarmherziges Klima. Er begann seine Mission mit Hausbesuchen bei den Angehörigen seiner Konfession. Diese Besuche führten ihn unter anderen zu Dillah und natürlich auch zu Bandana und ihrem Bruder, denn auch sie wurden in den Listen der Konfessionsangehörigen Father Ricardos geführt. Solche Besuche wurden von Father Ricardo mit amüsierter Toleranz betrachtet, mit den Gefühlen etwa eines Lehrers, der den gerade in rudimentärem Latein eingewiesenen Schüler Tacitus lesen sieht. Angeborene Zurückhaltung, die ein wenig der einer Spinne glich, die geduldig wartet, bis sich ihr Opfer im Netz verfangen hat, ließ ihn solche Aktivitäten mit gleichmütiger Distanz beobachten.

Ein Besuch bei Dillah, dessen drei Frauen Stanley zwar verwirrten, deren etablierte Existenz er jedoch hinnehmen mußte, war zufriedenstellend verlaufen: Dillah zeigte sich als überzeugter ›Roma‹ (so wurden die Katholiken hier genannt) und versprach jede Hilfe. Die Beschäftigung mit Bandana und ihrem Bruder hingegen sollte Stanley gefährlich an den Rand dieses Spinnennetzes katapultieren, das ein unberechenbares Schicksal für ihn bereit hielt, und das Father Ricardo mit abwartendem Gleichmut beobachtete.

Stanley taumelte seinem Verhängnis eines Tages um die Mittagszeit entgegen, als vor einer sengenden Sonne die Bewohner Truchillas hinter angefeuchteten Tüchern in ihre Hütten flüchteten und, bemüht, sich so wenig als möglich zu bewegen, auf ihren Charpoys lagen. Im Red Store, wo Salina auf einem Stoffballen roter Seide wie auf einem Recamier-Sofa ruhte, die Beine mit angezogenen Knien gekreuzt, in den Händen ein Playboy-Magazin Mr. Lakes, erkundigte sich Stanley nach dem Haus Bandanas. Salina sah ihn belustigt an.

»Kommen Sie«, sagte sie, »sich erhebend und einen Schemel unter einem Regal mit Stoffballen hervorziehend, »setzen Sie sich hier unter den Ventilator, es ist zu heiß, um da draußen herumzulaufen. Der Lepröse schläft sicher und Bandana, wenn sie nicht ihren Geschäften nachgeht, wahrscheinlich auch. Warten Sie, bis es kühler wird.« Salina hatte von Stanley Hood gehört, sie machte sich zwar nichts aus katholischen Missionaren – sie kamen und gingen schnell in Father Ricardos Mission –, aber es interessierte sie doch am Rande, wie dieser Neue sich hier zurechtfände. So klatschte sie nach Nr. One und bestellte für den schwach protestierenden Stanley Tee, den Nr. One, ebenfalls in seiner Mittagsruhe gestört, nur mäßig interessiert kredenzte. Stanley fühlte sich linkisch solcher Freundlichkeit gegenüber und auch ein wenig fehl am Platz – Salinas laszive Attraktivität träufelte gefährlichen Wein in das reine Gewässer seiner moralischen Prinzipien, einen kurzen Augenblick fühlte er seine Welt erbeben – und deshalb nahm er die nach Nelken duftende Tasse mit seltsam gestammelten Dankesworten entgegen.

»So freundlich von Ihnen, ich wollte nur – der Lepröse und seine Schwester – ich muß weiter, die Wohnung der beiden? – Ja, ja, danke, etwas Zucker – welchen Geschäften gehen die beiden nach? Wann werde ich sie antreffen?«

»Mosezi und Bandana?« Salina lächelte. »Bandana, nun ja, sie geht Geschäften nach – sie hilft aus, wissen Sie, einmal hier und einmal dort ... es sind Liebesdienste sozusagen ..., nur wird sie natürlich dafür bezahlt.« Stanley lächelte verwirrt. Sein blonder Lippenbart gab der vorgeschobenen Oberlippe etwas rührend Unbeholfenes, akzentuiert durch die fast weißen Barthaare, weich wie der Flaum einer Raupe.

»Samariterdienste wohl, so nennen wir das in unserer Religion« – sagte er, »gute Engel, die sich um den Nächsten kümmern ...«

Salina schaute ihm mit geneigtem Kopf konspiratorisch lächelnd in die Augen, ein Rosen- und Marzipanduft stieg Stanley in die Nase und, während sie ihm Tee eingoß, sagte sie, den Kopf auf einem unbewegten Hals wie eine Marionettenpuppe wiegend (diese graziös neckische Bewegung – die für den indischen Mann einen Reiz ausübt, wie einmal gebundene Füße auf Chinesen – ging auch an Stanley nicht verloren.):

»Es sind die Männer, denen sie ihre Dienste anbietet, nur die Männer, Mr. Hood ...« Stanleys Züge verfinsterten sich. Seine Hand fuhr nervös über den Stoffballen roter Seide, auf dem Salina noch eben wie eine Odaliske geruht, und der jetzt seine Teetasse hielt – ein wenig Tee schwappte über, er fühlte, wie Röte seinen Hals hinauf bis unter die Haarwurzeln kroch, und erhob sich unbeholfen, imaginäre Bügelfalten an seinen Drilljeans hochziehend.

»Ich danke Ihnen für den Tee«, stammelte er, schon unter der Türe.

»Aber Sie haben ihn ja noch gar nicht ausgetrunken!« rief Salina ihm nach und ließ sich dann lachend auf den Stoffballen fallen. Auf die glühende Straße folgte Stanley das glucksende Kichern Nr. Ones, der auf der Veranda mit Mafaiti, dem Schneider, der Unerhaltung gefolgt war. Salina hörte es und rief:

»Was gibt es da zu lachen, eure schmutzigen Bräuche erheitern euch wohl noch? Der neue Daktari wird sie euch schon austreiben, Father Ricardos Zeiten sind vorüber.« Sie griff nach Mr. Lakes Playboyheft und vertiefte sich wieder in den verderbten, amüsanten Glanz dieser ihr fremden Welt.

Stanley Hood aber floh durch Truchilla, den verhängnisvollen Ernst moralischer Überzeugungen wie einen schweren Rucksack mit sich schleppend.

25) *Das Abgründige im Charakter Chiwayas*

Chiwaya, dessen Leben sich in angemessener – und bis dato angenehmer – Regelmäßigkeit bewegt hatte, fand sich beunruhigt. Er, dessen Lebensweise eine nur selten durch Geschäftsverpflichtungen unterbrochene Beschaulichkeit innewohnte, wurde plötzlich in eine Flut aufgezwungener Beobachtungen gerissen, Beobachtungen, die wiederum Tätigkeit nahelegten, Tätigkeit, die Chiwaya zutiefst verhaßt war.

Um dies nun zu verstehen, muß in Chiwayas Leben geblickt werden, das ihn zuzeiten schnöde enttäuschte, Voraussicht und Planung zunichte machte, so daß Chiwaya diesen beiden Tätigkeit involvierenden Tugenden zutiefst mißtrauen lernte. Mit Umsicht und Überlegung hatte er vor Jahren eine Frau geheiratet, die immerhin zwei Kühe in die Ehe brachte – in schöner Besinnlichkeit wollte er sich danach ergehen, Mahlzeiten und Pflege genießend, wie man das von einer Frau erwarten durfte, und auch das Bestellen eines kleinen Gartens – Melonen, Peperoni und Ananas hätten dort angepflanzt werden können – und natürlich Mais und Kartoffeln während der kühlen Jahreszeit. Statt dessen verwilderte dieser Garten, und er selbst fiel grober Vernachlässigung anheim: Seine Frau wurde Pflückerin bei Mr. Dale und weigerte sich hartnäckig, auch nur einen Pfennig ihres selbstverdienten Geldes abzugeben – und da sie natürlich ihre Mahlzeiten von der Plantage bekam, kümmerte sie sich wenig um die seinen. Als sie ihm endlich davonlief – mit einem Lastwagenfahrer Mr. Karbaris' – hatte sie noch die Unverschämtheit, von drei Kühen zu sprechen, die sich doch längst in seinen Fotoapparat verwandelt hatten. Aus diesen Zeiten stammte Chiwayas tiefes Mißtrauen Frauen gegenüber, und wenn er in früheren Jahren noch ab und zu den Geboten des Fleisches nachgekommen war, ohne besonderes Engagement, im Vorübergehen sozusagen (der Reiz zweier Kühe war nie mehr einzuholen gewesen), so stand er heute über solch niederen Gelüsten und bedauerte Dillah, sein Gegenüber, der sich verdreifachten Pflichten hingeben mußte. Freilich würde Dillah in seinen alten Tagen ein fürstliches Leben erwarten – wer hatte schon mehr als ein Dutzend Kinder, die die Pflicht hatten, den Eltern ihren Obolus zu entrichten! Hier mengte sich auch ein wenig Neid in Chiwayas Betrachtungen – dem aber die philosophische Einsicht zugeordnet war, daß Dillah, der noch junge, mit diesen Kindern soviel Ärger haben würde, daß die Wahrscheinlichkeit, ein hohes Alter zu erreichen, eine geringe wäre. Dieses kleine Neidgefühl war jedoch, man muß es zu Chiwayas Rechtfertigung sagen, durch eine Solidarität mit dem frauengeplagten Dillah überlagert, und deshalb auch zögerte Chiwaya, Dillah dem Spott des Dorfes preiszugeben, ja, er zögerte sogar, Dillah selbst von den Geschäften seiner Frauen zu berichten, diesen unmoralischen, das Haus Dillahs beschmutzenden. Und deshalb dachte Chiwaya, auf seinem Charpoy liegend, darüber nach, wie er diese Frauen treffen könne, diese undankbaren Kreaturen, die schmutzige Geheimnisse vor einem Mann wie Dillah hatten, der sie fürstlich versorgte und seine, Chiwayas Lebensweise immer respektierte, indem er bei jeder seiner Hochzeiten Chiwayas Kunst in Anspruch nahm – wovon die dreifachen Zeugen Dillahs falschen Glückes in Chiwayas Schaukasten stetes und ernstes Zeugnis gaben. Damit nun niemand ihn bei diesen Überlegungen störe – Überlegungen, unter deren schwerwiegendem Gewicht er stöhnte –, hatte er seine schwarzsamtene Toque über das Gesicht gestülpt, die zwar seinen Atem in ein muffiges Gehäuse sperrte, jedoch Mücken und Kakerlaken abhielt, über seine Lippen und Augenlider zu huschen, und auch, da sie tief über seine Ohren gezogen wurde, die markantesten Zeichen des Tagesablaufes, wie etwa Tussanis Gebete, angenehm dämpfte. Diese schwarze Reitertoque hatte Chiwaya bei einem Hausratsverkauf das Land verlassender Engländer erworben, eine vornehme Toque mit Sonnenschutz und kleinem Satinschleifchen, wie sie englische Damen gerne trugen, wenn sie frühmorgens durch die Teefelder ritten. Schon als kleiner Junge hatte Chiwaya mit Respekt und Verlangen auf diese Kopfbedeckung geblickt, die ihm das Höchste an Vornehmheit und Exklusivität zu verkörpern schien, und als nun eine dieser Toques sich unter einem Berg alter

Kleidungsstücke bei einem Hausratsverkauf fand, erstand er sie sofort. Mit dieser Toque auf dem Kopf besuchte er manchmal auch Ndolas Kneipe am Rande des Dschungels, wo es Kachasu, Bier und Banga gab, und wo auch zu den rhythmisch eintönig unmelodischen Weisen des Landes getanzt wurde. Dieser ›Bierdrink‹, wie man solche Abende nannte, fand gewöhnlich nur einmal im Monat, am Zahltag, statt. Chiwaya ging dorthin, seine Toque tief ins Gesicht gezogen und beobachtete kachasutrinkend die Verrücktheiten des Dorfes mit tiefer Befriedigung, so lange, bis er selbst kaum noch gehen konnte und nicht selten mit der Hilfe eines Nachbarn von solchen anthropologischen Studien nach Haus getragen werden mußte. An diesen Bierabenden unter dem großen Sycamore-Baum vor Ndolas immer dunkler fensterloser Kneipe, in der ein paar schmutzgeschwärzte Stühle um ebensolche Tische standen, in der es nach Schweiß, Rauch, Kachasu und Fliegendreck roch, und aus der man sich deshalb, wenn es nicht gerade in Strömen regnete, ins Freie um eben diesen gewaltigen Sycamore-Baum versammelte – an solchen Abenden sah Chiwaya mit Verachtung und weiser Entrücktheit auf seine Mitmenschen, die das gemächliche Dahinfließen der Zeit auf so rüde Art unterbrachen und verschwendeten. Und so vernahm Chiwaya in den dumpfen, immer schneller werdenden Trommelstößen vom Rande des Dschungels kommend, nur den profanen – wenn auch nicht gerade unangenehmen – Ruf einer Kachasu-Orgie – im Gegensatz zu Mr. Dale etwa, dem sie zuweilen wie die Stimme des Dschungels selbst erschienen, wie ein tiefer atavistischer Ruf, ein dumpfer Auftakt gewaltiger Urkräfte, die einmal die Erde schufen und sie wieder mit sich nehmen würden. Und hier lag Mr. Dale gar nicht so weit entfernt von Salinas Empfinden, die das Bierdrinktrommeln gelegentlich an Shiva, den Tanzenden, erinnerte, der es allerdings nicht unangenehm gewesen wäre, wenn dessen Welten schaffende und zerstörende Trommel Ndolas Bar über Nacht hinweggefegt hätte, diese Bar, die so vielen ihrer Lastwagenfahrer zum Verhängnis wurde, und obendrein eine unliebsame Konkurrenz darstellte.

Aber Chiwaya mangelte es eben an Phantasie wie Romantik – er war einfach zu träge, um gewaltige Emotionen zu empfinden. Und deshalb waren die Betrachtungen, denen er sich heute unter der samtenen Schwärze seiner Toque hingab, anstrengend genug:

Wie er war Dillah Katholik. Wie er unterstand Dillahs Familie deswegen Father Ricardo, und so wäre eigentlich Father Ricardos ordnende Hand nötig gewesen, um unbotmäßige Frauen zur Räson zu bringen – aber Chiwaya hegte, was Father Ricardo betraf, wenig Hoffnung –, rüde, wie er ihm die Missionsbroschüren zuwarf, so würde er diese schwarzen teuflischen Augenbrauen hochziehen und ihm verachtende Worte hinschleudern:

»Chiwaya, kümmere dich um deine eigenen Angelegenheiten.« Nichts erregte Father Ricardo, nicht Unzucht, Diebstahl, vielleicht nicht einmal Mord. Dabei wetterte er von der Kanzel und drohte mit ewiger Verdammnis und Fegefeuer, doch kaum hatte er die Kirche verlassen, kümmerte er sich nur noch um Bäume und Whisky, und jeder wußte das – und was das Schlimmste war, niemand nahm es ihm übel. Einen Augenblick überlegte Chiwaya, dieses corpus delicti, die Photographie (noch lag der Film unentwickelt in der Schublade), die er von Bandana und Dillahs zweiter Frau im Morgengrauen aufgenommen hatte, Dillah zu zeigen – in besonders boshaften, jedoch genußreichen Momenten sah er sie sogar im Schaukasten seiner Hauswand – aber im Grunde hätte er sich zu solch brutalem Handeln nicht bringen können.

Doch schließlich half ihm das Schicksal und bot ihm in der Gestalt Stanley Hoods ein geeignetes und williges Medium.

Es war hoher Mittag und ungehalten vernahm Chiwaya, unter seiner Toque ruhend, sich nähernde Schritte – ein unbarmherzig blaumetallen glühender Himmel zog sich, wie aus einem riesigen Schmelzofen kommend, über Truchilla, und wer sich unter ihm bewegte, dachte Chiwaya, konnte nur von Sinnen oder bösartigen Temperamentes sein. Und so dachte er nicht daran, seine Toque vom Gesicht zu nehmen, diese distinguierte Kopfbedeckung, die ihm erfahrungsgemäß Achtung und Distanz zu verschaffen wußte. Außerdem sprach oder sah er Fremde niemals direkt an, ohne vorher angesprochen worden zu sein. So mußte Stanley sein ›Guten Tag‹ dreimal wiederholen, bevor sich Chiwaya bequemte, eine braunfaltige, an ein ausgetrocknetes Tabakblatt erinnernde Hand langsam an seine Toque zu führen, diese abzunehmen und sie sorgfältig auf die Haarnoppen seiner großzügig von einem zerrissenen Hemd entblößten Brust zu legen und Stanley Hood mit einem vollen und einem halben Auge müde anzusehen. Als ihm bewußt wurde, daß er hier mit dem neuen Missionar sprach, schwang er langsam beide Beine über den Charpoy, von abgewetzten Lederriemen zusammengehaltene, einstmals elegante Lackschuhe Stanleys Blicken preisgebend.

»Eine große Ehre, Daktari«, sagte Chiwaya, »eine große Ehre, daß Sie mich besuchen, leider kann ich Sie nicht ins Haus führen, dies ist ein frauenloser Haushalt und nicht für Ihre hochverehrte Person geeignet, es sei denn, Sie wollten sich photographieren lassen, das Studio ist natürlich offen.« Nach dieser sehr gelungenen Rede demonstrierte Chiwaya noch den Besitz eines Taschentuchs, das er aus einer seiner Hosentaschen zog, um damit über den Charpoy zu wischen und Stanley Hood einen Platz darauf anzubieten.

»Ich bin gekommen, Mr. Chiwaya«, sagte Stanley Hood, »um Ihnen einen Antrittsbesuch zu machen. Wie Sie schon wissen, bin ich der neue Arzt der Mission.» Chiwaya nickte gewichtig.

»Willkommen in Truchilla, Daktari«, sagte er mit Dekor, »willkommen in diesem schlechten Dorf.«

»Aber ich bitte Sie, Mr. Chiwaya«, sagte Stanley, »ein schlechtes Dorf ist wohl nicht der rechte Ausdruck – ein leidendes Dorf könnten wir es vielleicht nennen, aber dem wollen wir ja nun abhelfen, körperlich und seelisch, und dazu benötige ich auch Ihre Hilfe. Jeder einzelne ist wichtig.«

Chiwaya nahm befriedigt solch neue Töne auf. Er hörte nicht ungern, daß auch er wichtig war. Zugleich kam ihm der Gedanke, daß jemand, der ihm Wichtigkeit zubilligte, vielleicht ein offenes Ohr für die Vorbereitung ganz bestimmter Pläne haben könnte.

Offensichtlich war dieser Msungu bereit, sich in die Angelegenheiten des Dorfes zu mischen, man mußte ihn nur ermutigen.

»Es gibt schlechte Menschen in diesem Dorf – Frauen, die ihre Männer hintergehen, Männer, die immer gut für sie gesorgt haben, Chigololo wird getrieben und Geld dafür verlangt –«, begann Chiwaya seufzend und blickte, das lahme Augenlid melancholisch gewölbt, in Stanleys blondes Gesicht, das von der Sonne gerötet, aussah, als hätte man es wie einen Hummer eben aus kochendem Wasser gezogen ... »Dieser Bwana ist verrückt«, dachte Chiwaya, »er rennt mittags in der Hitze herum, die Sonne wird das Gehirn dieser weißen Made verdorren lassen ...«

»Ja, Bwana, ein schlechtes Dorf ist dies, und leider sind es Katholiken, die sich so benehmen, der Bwana sollte sich darum kümmern.«

»Nennen Sie mich nicht Bwana«, sagte Stanley, »ich bin kein Bwana, ich bin hier, um Ihnen zu dienen.« Chiwaya blickte auf Stanley mit verhaltener Neugier und wachsamer Zurückhaltung, so hatte er manchmal auf den Irren geblickt, wenn dessen unverständliche Gesänge durch die Red Store Street hallten. Er hob langsam eine Hand, kratzte verlegen in der Wolle seines Haares – dann aber konnte er doch nicht umhin, Erheiterung zu empfinden: Wenn ein Bwana verrückt wurde, so war dies immer erheiternd. Chiwaya fand die Welt nun wirklich nicht belustigend, es gab kaum etwas, worüber es sich lohnte zu lachen, aber dies ... Chiwaya grinste, sein lahmes Augenlid verschluckte nun fast ganz ein Auge, die gedehnte, vorstehende Oberlippe verlieh seinem Gesicht etwas Froschhaftes. Dieser Bwana war weiß und deshalb offensichtlich ein Herr – und dienen, das taten nur Kulis und Bedienstete –, niemals hatte Father Ricardo solchen Unsinn gesprochen. Es lag auf der Hand, mit diesem Daktari stimmte etwas nicht.

»Es gibt leider«, sagte Stanley, Chiwayas Grinsen als freundliches Einverständnis interpretierend, »auch in Europa Prostitution, und so sehr dies einen anständigen Menschen anwidert, es läßt sich nicht vermeiden.«

»Und wie ist das dann«, sagte Chiwaya, jetzt zu endgültigen Enthüllungen ermutigt, »wenn sich sonst angesehene katholische Frauen so eine Prosti, Prozi ...«

»Prostitution«, vervollständige Stanley, dem die Wendung dieses Gesprächs verlegenes Unbehagen bereitete, »... so eine Prostitution ins Haus holen und mit ihr gemeinsam, Sie wissen schon was, treiben, und dies hinter dem Rücken ihres Mannes?«

»Ist denn so etwas in diesem Dorf geschehen?«

»Schauen Sie hinüber, sagte Chiwaya, »hier gegenüber in dem Haus mit den vielen grauen Schweinen lebt Dillah, ein angesehener Mann, der Buchhalter Mr. Dales. Und wenn Dillah nachts lange in seinem Büro arbeitet, oder auch, wenn er ahnungslos in seinem Haus schläft, gehen diese Dinge vor sich. Aber dessen nicht genug, haben sich seine Frauen auch Bandana ins Haus geholt – in manchen Nächten, Mr. Hood, kommt Bandana und verschwindet im Schweinestall. Denn natürlich können sie diesem Geschäft nicht im Haus nachgehen, weil Dillah dort schläft und etwas merken würde. Ich sitze hier und sehe dies alles, Mr. Hood, meine armen Augen müssen die Schlechtigkeit dieses Dorfes sehen und nichts kann getan werden, denn Dillah ist mein Freund, und es ist besser, wenn er nichts davon weiß.« Chiwaya wiegte bekümmert sein Haupt. Stanley Hood legte ihm die Hand auf die Schulter, eine krebsrote, knochige Hand.

»Sie sind ein braver Mann«, sagte er, »ich verspreche Ihnen, daß ich mich darum kümmern werde.«

»Reden Sie mit Bandana«, sagte Chiwaya, seinen Kopf sorgenvoll schüttelnd, »und dann mit Dillahs Frauen, so heben Sie dieses Rattennest der Sünde aus ... Die Trommeln schlagen schon, hören Sie die Trommeln, Mr. Hood? Sie beginnen früh heute, das heißt, daß unter dem Sycamore-Baum bald ein großes Bierfest stattfindet, und da wird auch Bandana sein. Wenn es dunkel wird, werden Sie Bandana dort finden.«

»Ich habe heute schon nach ihr gefragt«, sagte Stanley. »Sie gehört in unsere Kirche. Ich danke Ihnen, Mr. Chiwaya, ich werde Sie wieder besuchen.«

Chiwaya nickte. Wenn alles nach Plan verlief, hatte er Dillahs Frauen in der Zange, diese gleichgültigen Bestien, die ihn in den vergangenen Wochen so vernachlässigt hatten. Er hatte Mr. Hood unter den Sycamore-Baum geschickt und wie er diese rotgesichtige weiße Leiche beurteilte, würde sie wirklich dort erscheinen. Und er hoffte, daß alle reichlich Kachasu in sich hatten, um die Situation gebührend zu genießen. Er jedenfalls würde sich ebenfalls dorthin begeben.

26) *Regen*

Der Regen hatte eingesetzt. Tage hindurch stürzte er wie zur Vorbereitung einer Sintflut vom Himmel, pendelte sich dann auf bestimmte Stunden des Tages ein: Ein feuchter wolkenzerfetzter Vormittag, gefolgt von einer steten Flut Platzregens am Nachmittag. Im Red Store dampften die Rupfensäcke und schimmelten die Lederriemen. Schlamm wurde von barfüßigen Kunden in den Laden getragen – Salina hatte ihre Holzpantinen an und saß neben einem rostigen Ventilator, der in Sekundenabständen schwarze Haarsträhnen in ihr Gesicht wischte und das Geräusch eines Hummelschwarms produzierte. Auf ihrem Schoß lang ein Pentouseheft, in dem Salina die Faltseite aufgeschlagen hatte. Sie blickte mit Bewunderung, Neid und Verachtung auf eine nackte Blondine, die lang hingestreckt auf einem roten Plüschsofa lag. »Wie ein Albinofisch«, dachte Salina, »weißhäutig und wasseräugig, man kann die Adern unter der Haut sehen ...« Dies waren also die Bilder, die Mr. Lake ansah, wenn er am Abend zu Hause Kachasu trank. Und Salina roch an ihrem Handrücken, wohin sie sich soeben einen Tropfen von Mr. Lakes Parfüm aus einer winzigen Flasche getupft hatte – dieses Parfüm mochten also solche Frauen, und Salina mußte zugeben, daß es auch ihr gefiel. Die Männer, die sie kannte, rochen anders: Mr. Dale hatte nach frischem Schweiß gerochen und manchmal nach dem seifig herben Rasierwasser Tussanis. Und Karbaris roch nach Kokosöl, feinem Kokosöl, das Salina aus Indien bezog, und das jeder indische Mann, den sie kannte, auf Haut und Haaren trug. Sie fand, daß ein Mann, der Kachasu trank, so nicht riechen durfte – Kachasu tranken Schwarze, die nach gärendem Mais und etwas anderem, Scharfen, Undefinierbaren rochen – dieser Geruch gehörte zu einer Albinofrau, und er schien Salina nicht mehr von ihrem Handrücken aufzusteigen, sondern dieser weißen Albinohaut auf der Faltseite des Magazins zu entströmen. Salina legte die drei Teile der Photographie sorgfältig zusammen und schob das Heft unter einen Stoffballen und schaute in den Regen hinaus. Vor dem gegenüberliegenden Haus saß auf einer Steintreppe der Irre, einen Rupfensack um die Hüfte geknüpft, der schwarze muskulöse Körper im Regen glänzend, und schaute mit brennenden Augen auf die schlammwabbernde Straße hinaus. Eines von Dillahs grauen Schweinchen drängte sich an ihn, über beide lief unentwegt der Regen. Salina kramte aus einer Schublade ein altes rotes Hemd.

»Hier«, sagte sie zu Nr. One, »gib es diesem Narren.« Nr. One sah zögernd auf das Hemd: Er selbst hatte längst ein Auge darauf geworfen. Erst ein ärgerliches: »Na, mach schon« Salinas ließ ihn auf Zehenspitzen durch den Schlamm hüpfen und es dem Irren in den Schoß werfen. Der Irre nahm das Hemd, stieß einen hornigen Fingernagel durch den Stoff und rippte es, Bahn für Bahn, in schlampige Streifen. Dann warf er die Lumpen achtlos auf die Straße hinaus. Ein Geier tauchte von einem der Dächer auf und beäugte im Tiefflug das rote Stoffbündel, glitt dann, den Regen aus seinen Flügeln schüttelnd, wieder zurück zu dösender Wache unter dem Dachvorsprung. Nr. One sah mit Sympathie auf den großen Vogel: auch er ein Opfer sinnloser Verschwendung.

Im General Store hatte Karim Mühe, seine beiden Mischlingshunde, die den Regen nicht schätzten, aus dem Laden zu halten. Sobald Abdul sie hinausgejagt hatte, steckten sie schon wieder ihre Köpfe durch die Ladentüre. Aissa saß schwitzend und unter ihrem Übergewicht leidend auf einem Charpoy und fächelte sich mit einem Stück Packpapier Kühlung zu. Karim brachte ihr eine Tasse Tee, den Abdul im Laden über einem Petroleumkocher gebraut hatte, guten Tee aus Likobula, Mr. Dales Plantage, mit Zimt, Zukker und Nelken gewürzt, den Dillahs zweite Frau Aissa gebracht hatte. Seit der Einladung zur Hochzeit hatte sich eine freundliche Annäherung zwischen den Häusern ergeben, diese Annäherung war ein bißchen mehr, als es Aissa genehm war, und ein bißchen weniger, als Dillahs Zweite es sich gewünscht hätte. Dillahs zweite Frau kaufte bei Karim ein, während seine erste den Red Store vorzog. Sie holte Zucker, Feigen und Cassavawurzeln aus dem General Market und Zigaretten für Dillah. In den vergangenen Wochen war dieser Zigarettenkonsum beachtlich angestiegen. Wenn Dillahs zweite Frau die Zigaretten früher stückweise gekauft hatte, so verlangte sie jetzt gewöhnlich ein bis zwei Pakete am Tag, und Aissa wunderte sich und machte sich ihre Gedanken darüber.

»Karim«, sagte sie, sich heftig fächelnd, »woher hat dieser Dillah plötzlich all das Geld, um sich so viele Tom Toms zu kaufen, wird ein Buchhalter in Likobula so gut bezahlt?«

»Was kümmern mich seine Zigaretten«, sagte Karim, »seit wann zählst du die Zigaretten, die Dillah raucht?«

»Seine Frau kauft sie jetzt päckchenweise – und du weißt, daß dies nur die Bwanas tun.«

»Kannst du mir endlich sagen, worauf du hinauswillst, Aissa? Soll ich Dillah verbieten, zu rauchen, weil ich ein Moslem bin? Dillah ist ein Christ, und wenn seine Raucherei überhaupt jemanden etwas angeht, dann ist dies Father Ricardo. Aber da Father Ricardo an Dillahs drei Frauen nichts auszusetzen hat, so wird ihn kaum sein Zigarettenkonsum stören. Und mich, der ich Geld daran verdiene, schon gar nicht.« Aissa legte ihren Pappfächer zur Seite, zog mit den Händen ihre dicken Füße auf dem Bett übereinander und sah Karim mit großen feuchten Augen einige Sekunden schweigend an.

»Vielleicht«, sagte sie dann langsam, »vielleicht raucht da jemand mit.«

»Wer, zum Teufel ...« Karim ließ die Hand fallen, mit der er eben seinen Dhoti um die Hüfte festgezurrt hatte, und ließ sich neben Aissa auf der Pritsche nieder. »Du meinst doch nicht, daß ...«

»Ja, genau das meine ich. Abdul hat von Nr. One gehört, daß Dillahs Erste jetzt immer eine Portion Maismehl mehr im Red Store einkauft, und natürlich ist es Abdul auch aufgefallen, wie viele Zigaretten sie jetzt brauchen. Ich sage dir, da ißt und raucht jemand mit ...«

»Wenn dem so ist«, sagte Karim, »dann wissen wir von nichts, verstehst du, Aissa, wir wissen nichts und haben nichts bemerkt. Und wenn Dillah mit seinem Leben spielt – Allah helfe ihm –, so ist das seine Sache.« Hier erhob sich Karim und riß die Türe zum

Laden auf, die Hunde, hereinstürmend, rissen Abdul, der hinter der Tür gestanden hatte, beinahe um – er fiel mit dem Rücken gegen die Ladentheke und wurde mit einer ungeduldigen Handbewegung Karims in den dunklen Lagerraum verwiesen, in den sich jetzt auch die Hunde geflüchtet hatten.

»Surkabatcha«, sagte Karim, »er hat natürlich alles gehört. Aber da sie ja alle miteinander verwandt und verschwägert sind, weiß er wahrscheinlich mehr als wir.«

»Dieser neue Constable hat neulich herumgefragt, ob es stimmt, daß Dale seine Boys die englische Nationalhymne singen läßt, und er besucht dauernd diesen Bwana Lake, dieser Constable wird hier noch viel Ärger machen. Geh zu Bwana Dale, Baddrudin, und rede mit ihm!«

»Und wenn nun nichts an der Geschichte ist und Dillah einfach nur mehr raucht und seine Frauen mehr essen, weil sie wieder einmal schwanger sind? Dann hätte ich mich blamiert, hätte meine Nase in anderer Leute Angelegenheiten gesteckt – und womöglich noch einen Kunden verloren.« Gegen dieses Argument fand Aissa keine Erwiderung. Einen Kunden zu verlieren, war ein Desaster, das, wenn selbst herbeigerufen, unverzeihlich war.

27) Essabetala greift ein

»Also, ich habe mit Bwana Dale gesprochen«, sagte Tussani, »er ist der Meinung, daß wir kein Wort über Dillahs Einkäufe verlieren sollen – so ein Gerede, sagt er, könne Dillah nur in Schwierigkeiten bringen, und dieser unangenehme Constable, der durch dieses Dorf läuft, als gehöre es ihm – Bwana Dale meint, wir müßten alle zusehen, daß er so bald als möglich wieder verschwindet. Hörst du, Essabetala, kein Wort mehr über die Einkäufe von Dillahs Frauen!« Tussani lag auf seinem Bett und hatte ein Handtuch um seinen Hals gewickelt, eine Erkältung, die ihn gewöhnlich zu Beginn der Regenzeit überfiel, hatte bedrückende Formen angenommen und seine Stimme zu einem rauhen Flüstern reduziert.

»Ja, ja, ich habe gehört«, Essabetala stellte klirrend eine Tasse neben sein Bett – Tussanis Erkältungen irritierten sie. »Dein Bwana Dale kann mir nicht erzählen, daß er selbst keinen Verdacht hat. Du wirst sehen, Dillah hat den Kerl versteckt. Und wenn Dillah nicht gewarnt wird, dann wird es der Constable früher oder später herausfinden, und du weißt, was dann passiert.« Essabetala machte eine nicht mißzuverstehende Handbewegung rund um ihren kaum vorhandenen Hals. Tussani flüsterte:

»Was kann ich tun, kann ich diesen Sembereka aus Dillahs Haus holen, ihn unsichtbar werden lassen, kann ich, der ich vom Fieber gebeutelt bin, überhaupt etwas unternehmen?« Selbst Atatürk, dachte Tussani, wäre in seiner Situation hilflos gewesen. Und wenn Dillah nun ein Moslem wäre? ... Hätte er einem Moslem gegenüber Verpflichtungen?

»Dillah ist ein Christ«, flüsterte Tussani, »und Father Ricardo ist für ihn zuständig, und laß es dir nicht einfallen, dich in diese Dinge einzumischen!«

»Father Ricardo!« Essabetala ließ sich auf Tussanis Bettrand plumpsen, daß die Bretter knarrten. »Du glaubst doch nicht im Ernst, daß Father Ricardo nur einen Finger rühren würde, der verkriecht sich doch sofort in seiner Kirche, wenn es Schwierigkeiten mit diesen Parteien gibt!«

»Was willst du noch«, sagte Tussani gequält, den Wollschal über seine Bartstoppeln ziehend, »du weißt, daß ich mit Bwana Dale gesprochen habe ...«

»Ja, ja, die alte Geschichte: Wenn irgend etwas schief läuft: Bwana Dale. Muß denn immer ein Weißer zu Hilfe gerufen werden, kann nicht einmal ein Schwarzer einem Schwarzen helfen?« Tussani wischte sich den Schweiß mit einem Zipfel des Leintuches von der Stirn und sagte schwach:

»Ich bin nicht schwarz, Essabetala ...«

»Aber ich«, sagte Essabetala, gnadenlose Verachtung in der Stimme, »ich bin schwarz. Und weißt du, was Nr. One mir erzählt hat? Sein Bruder, der, wie du weißt, Bwana Lakes Hausboy ist, hat mit angehört, wie der Constable über Hausdurchsuchungen gesprochen hat – und du weißt auch, daß sie in der Fabrik schon alles durchwühlt haben. Und Nr. One hat auch gehört, daß der Constable und Mr. Lake über Dillah sprachen.« Tussani stöhnte und sah verlangend auf die auf dem Tisch neben ihm ruhenden Betelutensilien. Essabetala war seinem Blick gefolgt, nahm den Teller, auf dem sie lagen, und trug ihn aus dem Zimmer.

»Mußt du dich unbedingt«, sagte Tussani jetzt mit vor Ärger pfeifender Stimme, »in jede Angelegenheit deiner schwarzen Brüder einmischen, was geht es dich an, wenn sie sich gegenseitig denunzieren? Wenn Dillah unbedingt in Schwierigkeiten kommen will und verrückte Risiken auf sich nimmt, so ist das eben seine Sache.«

»Der große Held«, sagte Essabetala verächtlich, »der große Held mit seinem Atatürk.« Bekreuzigte sich dabei aber schnell. Tussani sah sie mit rotunterlaufenen Augen im aufgedunsenen, fieberroten Gesicht verzweifelt an: Da lag er nun wie ein verlassener kranker Hund und seine Frau, diese gesundheitsstrotzende, feiste Person, kümmerte sich mehr um Dillah und ihre Hammel als um ihn.

»Ich verbiete dir«, krächzte Tussani, »daß du dich weiterhin um anderer Leute Angelegenheiten kümmerst ...«

Aber genau in diesem Moment hatte Essabetala einen Entschluß gefaßt, und ehe Tussani noch weitere Befehle erteilen konnte, hatte sie das Haus verlassen. Barfuß hastete sie die Red Store Street entlang in Richtung Dillahs Haus. Es war später Nachmittag, und es regnete – sie hielt sich in der Mitte der Straße, wo sie über dem vom Regen hart polierten Lehm festen Grund unter den Füßen hatte und dem Schlamm der abschüssigen Straße entging. Vor Dillahs Haus suhlten sich die grauen Schweinchen, in der Blätterkugel eines Mangobaumes saßen rotgoldene Bantamhühner und schüttelten sich die Federn vom Regen blank, eine Schar von Dillahs Kindern rannte ihr entgegen, Dillahs Frauen saßen auf den Stufen der blechüberdachten Holzveranda und häkelten. Essabetala streichelte die Köpfe der Kinder, bewunderte die runden Häkeldeckchen. Sie erkundigte sich nach Dillah und erfuhr, daß er nach der Arbeit noch einmal aufgebrochen sei, zum Chanunka Fluß hinunter, er habe dort auf einem Teefeld nahe der Fabrik zu tun, dort wollte er auch Bwana Dale treffen.

Essabetala verabschiedete sich und machte sich auf den Weg zum Fluß hinunter. Eigentlich wollte sie ja Dillah allein sprechen, sie würde eben warten, bis Dale sich verabschiedet hätte. In der Nähe des Flusses stieß sie auf Dillah – er war allein. Seine Hosen klebten ihm naß an den Beinen, er war offensichtlich durch den Fluß gewatet.

»Wie gut, daß ich dich treffe«, sagte Essabetala, »wie geht es dir – es ist heiß, viel zu heiß für diese Jahreszeit. Du weißt, daß der Irre im Dorf ist, glaubst du, daß es Unheil gibt?«

»Nein«, sagte Dillah, »ich glaube daran nicht. Unheil ist immer eine Strafe – und warum sollte dieses Dorf gestraft werden?«

»Vielleicht«, sagte Essabetala, »weil jemand gefährliche Geheimnisse hat, weil jemand jemanden verbirgt.« Dillah blieb stehen, er bückte sich und versuchte, die Säume seiner nassen Hose auszuwinden.

»Dieses Dorf hat keine Geheimnisse – und wen oder wer sollte hier jemanden verbergen?«

»Dillah«, sagte Essabetala, die Höflichkeitseinleitung, die unter allen Umständen eingehalten werden mußte, beendend: »Dillah, nicht wahr, du hast Sembereka versteckt? Schaff ihn fort, oder es gibt ein Unglück.«

»Was redest du da – wo soll ich Sembereka versteckt haben? Hat dein Mann dir solchen Unsinn erzählt?«

»Warum«, sagte Essabetala mit der sanften Stimme einer Mutter, die ihrem Kind eine nachsichtige Rüge erteilt, »warum kaufen deine Frauen mehr Maismehl bei Karbaris und mehr Zigaretten im General Market? Ein Mund ißt und raucht bei dir, aber niemand kann sehen, wem dieser Mund gehört ... Dillah, ich bin nicht gekommen, um dich zu verraten, ich bin da, um dir zu helfen. Ich weiß zwar nicht, wie, aber vielleicht weißt du es.«

Dillah hatte sich ungeachtet des strömenden Regens am Boden niedergelassen. Er bedeckte sein Gesicht mit beiden Händen, das Wasser lief zwischen seinen Fingern hindurch, es sah aus, als weinte er.

»Oh, diese Frauen«, stöhnte er, wie hat Gott mich mit diesen Weibern gestraft, habe ich nicht ausdrücklich verboten ihn mit Zigaretten zu versorgen, er raucht im Schweinekoben, der Koben ist aus Stroh –«

»Na, siehst du«, sagte Essabetala, »er ist also in deinem Schweinekoben. Du mußt ihn schnellstens wegbringen.«

»Er wird morgen verschwunden sein«, sagte Dillah, »morgen wird er eine Leiche sein.«

»Du willst ihn umbringen? Hat Arete deinen Verstand umnebelt?« (Für Arete hatten Essabetala und Dillah auch trotz Missionsschule eine atavistische Anhänglichkeit bewahrt.)

Dillah wies mit einer Kopfbewegung zum anderen Ufer des Chanunka:

»Dort drüben, nur zehn Meter vom Ufer entfernt, liegt eine Leiche. Und diese Leiche ist nun Sembereka. Ich habe ihr gerade Semberekas Schuhe und Jacke angezogen und in der Jackentasche sind Papiere, die ihn ausweisen. Die Leiche ist unkenntlich, die Geier haben sie schon zerhackt – sie stinkt und mir ist übel. Aber nun brauche ich jemanden, der diese Leiche findet, und es muß jemand sein, der nicht zu meiner Familie gehört.« Essabetala überlegte einen Moment, die Stirn in schwarze Schafwölkchen legend.

»Es könnte sein«, sagte sie darauf und wippte, als bereite sie sich zu einem Spiritual vor, mit dem Oberkörper zu einem nur für sie vernehmbaren Rhythmus vor und zurück, »daß mir morgen ein Hammel entlaufen wird, und diesen Hammel könnte ich da drüben auf der anderen Seite des Chanunka aufspüren und dabei diese Leiche finden. Und dann könnte ich zu diesem Constable gehen und ihm sagen, daß der Chanunka schon wieder eine Leiche angespült hat.« Dillahs Antlitz erhellte sich.

»Was für eine Frau«, dachte er, »was für eine patentes Weib, diese Essabetala, viel zu gut für diesen indischen Friseur«, und Essabetala erschien ihm schöner als die goldenen Engel in der Missionskirche, sie war ein wundervoll solider schwarzer Engel, der jetzt fast schwerelos, behende, in runder Behaglichkeit, Vertrauen und Hilfe spendend, neben ihm herschwebte.

28) *Karims Neuigkeiten*

Im General Market zählte Aissa das Kassengeld: Es war eine schwache Ausbeute heute, wie immer in den letzten Tagen des Monats. Aissa seufzte, schob die lappigen Geldscheine mit den Kupfermünzen in einen Plastikbeutel, verknotete diesen und ging damit in das Schlaf-Wohngemach, um das Geld unter ihre Matratze zu legen. Da sie selbst fast immer auf dieser Matratze lag, schien dies der sicherste Ort. Vordem hatte sie den Plastikbeutel in einem abschließbaren Kühlschrank aufbewahrt (der General Store war damals das einzige Geschäft, das, dem Red Store zum Ärger, einen Kühlschrank besaß und deshalb eiskaltes Fanta anbieten konnte). Doch das antiquiert amerikanische Gerät hatte, zu Salinas Freude, nach einem Jahr den Geist aufgegeben und war nie wieder ersetzt worden. Karim bewahrte heute darin sein Werkzeug auf.

Während Aissa also ihren Tagesgewinn verwahrte, vernahm sie Karims Schritte, und es fiel ihr auf, daß er, der sich gewöhnlich langsam und mit würdevoller Lässigkeit bewegte, heute mit ungewohnter Agilität den Raum durchquerte. Karim hatte es eilig, denn er war der Träger bedeutender Neuigkeiten, und Karim wußte, wie man sie zu eigenem Genuß präsentierte. Man sagte sie nicht einfach so hin und gab dem Empfänger nach einer Überraschungssekunde Gelegenheit, selbst Betrachtungen anzustellen – der Moment der Offenbarung war hinauszuzögern, denn nur so behielt man selbst auf längere Zeit hinaus das erhebende Gefühl, mehr zu wissen. Jede Neuigkeit mußte so dargeboten werden, als besitze man allein den Schlüssel zu ihrer Erklärung.

»Es ist wieder eine Leiche gefunden worden«, sagte deshalb Karim zu Aissa, »und diesmal ist es eine besondere Leiche.«

»Und«, fragte Aissa, »was hat es auf sich mit dieser Leiche?«

»Essabetala hat sie gefunden ...«

»Ja«, und was ist nun damit – wo hat Essabetala sie gefunden?«

»Essabetala fand sie auf dem Teefeld zwischen dem Chanunka und der Fabrik, drüben auf der anderen Seite des Flusses – einer ihrer Hammel ist ihr entlaufen, und bei der Suche nach ihm ist sie auf diese Leiche gestoßen –, ich habe aber gehört, daß sie ihre Hammel da hineingetrieben hat, direkt in dieses Teefeld hinein ...«

»Sie wird ihn halt dort weiden lassen haben, diese Hammel lieben doch den jungen Tee, also, was ist so Besonderes an dieser Leiche, es treibt doch fast jede Woche so ein Kadaver den Chanunka hinunter!«

»Verstehst du nicht, sie hat diese Leiche gefunden *und* gemeldet!«

»Sie hat die Leiche gemeldet, weil sie in der Nähe der Fabrik lag, und Bwana Dale sich immer ärgert, wenn Leichen dort zu lange im Tee liegen – der Chanunka fließt ja direkt durch dieses Feld und jemand hat die Leiche eben herausgefischt und in den Tee geworfen, weil sie sonst das Wasser verpestet!«

»Verstehst du noch nicht, Essabetala hat diese Leiche nicht Bwana Dale, sondern dem Constable gemeldet! Dem Constable!«

»Na und, dann hat halt wieder einmal jemand vorschriftsmäßig eine Leiche gemeldet. Weiß man, wer es ist? Man muß immer froh sein, wenn jemand eine dieser Leichen aus dem Chanunka fischt, unser Trinkwasser ist schlecht genug ...« Karim wiegte nachsichtig lächelnd, die Augenlider halb geschlossen, seinen Kopf.

»Natürlich ist die Leiche deshalb in den Tee geworfen worden, diese Leiche schon, aber nicht die Leiche, verstehst du, die Leiche als die sie identifiziert worden ist.«

»Ich verstehe gar nichts mehr«, sagte Aissa, nun ärgerlich werdend, »waren da zwei Leichen?« Karim lächelte wiederum sein weises überlegenes Lächeln, das Lächeln des erfolgreichen Geschäftsmannes und allwissenden Ehemannes. Er hatte erreicht, was er wollte: Er hatte Aissa vollkommen verwirrt. Und nur, so wußte er, aus solcher Verwirrung heraus konnten so bedeutsame Nachrichten, wie er sie zu übermitteln hatte, bis zur Neige genossen werden.

»Verstehst du«, sagte er gedehnt, »diese Leiche war Sembereka.« Aissa zog, wie vor einem Fliegenschwarm sich zu schützen, das Ende des Sari über ihren Mund.

»Hast du Sembereka gesagt? Nun, Allah sei Dank, dann ist ja die ganze Geschichte erledigt, er ist tot, die Congress Party hat ihn erwischt ...«

»Ja, vielleicht ist das so, vielleicht aber auch nicht, vielleicht ist dieser Sembereka noch am Leben!«

»Wie kann er am Leben sein, wenn er tot ist?«

»Ja, wenn ...«, sagte Karim, endlich seine Trumpfkarte vor Aissa schwenkend, »wenn Dillah diese Leiche nicht einfach als Sembereka kostümiert hat!« Aissa ließ das Ende ihres Sari zu Boden sinken, die Emaillearmreifen an ihrem Handgelenk klirrten.

»Du meinst, Dillah hat ... dann wäre also Sembereka noch am Leben? Und hier im Dorf ..., und der Constable, hat er die Leiche identifiziert?« Karim lächelte sanft:

»Es blieb ihm nichts anderes übrig, die Hyänen waren ja schon hinter ihr her und du weißt, wie weit die Verwesung fortgeschritten sein muß, um die Hyänen anzulocken. Der Tote hatte Semberekas Papiere bei sich.«

«Und Essabetala hat die Leiche dem Constable gemeldet – hat er sie verhört?«

»Er hat sie verhört und es heißt, daß sie am Ende zugab, ihre Hammel in das Teefeld getrieben zu haben – weil die Hammel eben den jungen Tee so mögen. Da sie sich deswegen aber schuldig gefühlt habe, weil es ja verboten ist, Tiere in den Tee zu treiben, sagte sie dem Constable, sie habe nur vorgegeben, daß ihr ein Hammel entlaufen sei – so hätte sie der Bestrafung entgehen wollen. Der Constable hat gelacht, wahrscheinlich hat es ihm gefallen, daß Essabetala, eine Schwarze, ihre Hammel in eines weißen Pflanzers Teegärten getrieben hat! Und er hat sie sogar gelobt, daß sie diese Leiche gemeldet hat, denn natürlich weiß er, daß Leichen aus dem Chanunka nicht so gerne gefunden werden. Aber was das Schönste ist: Essabetala ging zu diesem Verhör in einem Hemd der Congress Party, du weißt schon, in so einem Kittel mit diesem großen roten Hahn vor der aufgehenden Sonne darauf. Das hat dem Constable gefallen!« Aissa begann zu lachen, ein breites strahlendes Lachen war es, das die Augen zu kleinen Schlitzen zusammendrängte und, flankiert von Fettpolsterhalbmonden, eine Reihe blitzender weißer Zähne zeigte.

»Glaubst du, Tussani hat das ausgeheckt?«

»Schon möglich«, sagte Karim, »ich wollte jedenfalls, ich hätte die Idee gehabt ...«

»Egal«, sagte Aissa, »es geht uns nichts an ..., ob dieser Sembereka noch bei Dillah ist? Ob wirklich alles so war, wie du vermutetst, werden wir vielleicht an den Einkäufen seiner Frauen feststellen können. Da ißt dann doch noch einer mit! Weißt du, daß ich bei Essabetala zwei Hammel für Radas Hochzeit bestellt habe – und eingeladen haben wir sie auch. Die Hammel sind nicht billig, Baddrudin, aber warum soll Essabetala nicht etwas dabei verdienen ...«

»Da hast du recht«, sagte Karim in einem seltenen Anflug echter Großzügigkeit.

29) Nr. One und Extra Pencil

Nr. One, Salinas Boy, hatte Sorgen. Bei Laudon, Father Ricardos Koch, hatte er Hostien erstanden, er und sein Bruder John, bei Bwana Lake in Diensten, hatten dafür beinahe einen Tageslohn zusammengelegt. Dazu kam, daß sie schon zuvor Extra Pencil für verschiedene Kräuter Geld gegeben hatten und später noch einmal dafür, daß Father Ricardos Oblaten eine Metamorphose erfahren mußten. Und nun schien es, als entzöge sich diesen Ausgaben das gebührende Ergebnis.

Extra Pencil, ob seiner Weisheit im Umgang mit Kräutern so benannt, ein buckliger Alter mit gelbem, skelettösen Gesicht, mageren, zu einem Bogen gewölbten Spindelbeinen und einer krächzenden Stimme war bemüht, das Feuer in seiner Hütte nicht erlöschen zu lassen. Dies, Kräutersammeln, Fallenstellen und ein Nachtjob als Wachmann der jungen Teeaussaat Mr. Dales, waren seine Beschäftigungen, denen er mit würdiger Gelassenheit nachging. Sein nur spärlich mit Fellen behangener hagerer Körper war rotbraun gegerbt, geräuchert sozusagen vom ständig brennenden Holzkohlenfeuer. Daß er überirdische Kräfte besaß, glaubte sogar Bwana Dale, denn Extra Pencil handhabte Schlangen wie Spaghettis und fürchtete sich nicht einmal besonders vor Arete. Er stammte aus Portuguese East, einem Dorf nicht weit von der Grenze gelegen, ein Teil seiner Verwandtschaft lebte drüben, einige seiner Großneffen hier, darunter auch Laudon, Father Ricardos Koch. Man hätte nun aus Extra Pencils Namen auf gewisse literarische Kenntnisse schließen können, aber natürlich konnte er weder lesen noch schreiben, er hieß ›Besonderer Bleistift‹, weil er eben besondere Kenntnisse der Natur sein eigen nannte, sozusagen in der Natur lesen konnte. Extra Pencils Tätigkeiten garantierten ihm ein bequemes Einkommen, seine Macht über Leben und Tod die Hochachtung des Dorfes.

Als Moslem war er geboren worden, aber wie Dillah als Christ, so hatte auch Extra Pencil seine eigene Glaubensversion entwickelt.

Zu ihm nun war Nr. One geeilt, um ein Kräutlein zu erstehen, das schnell und sicher Mr. Lakes Lebenslicht ausbliese. Nun gab natürlich Extra Pencil Mankwala (Medizin) dieser Art nicht ohne weiteres aus der Hand, er war ein moralischer Mensch und mußte deshalb von der unbedingten Notwendigkeit solchen Tuns überzeugt werden – aber da ja meist gute Gründe vorliegen, wenn man jemanden loshaben will, war das ein nicht zu schwieriges Unterfangen. Es stellte sich jedoch im Falle Nr. Ones und seines Freundes John heraus, daß trotz guter Arbeit Extra Pencils und gewissenhaftester Anwendung, die Kräuter lediglich einen heftigen Durchfall Mr. Lakes zeitigten und sich nach massierter Anwendung kein endgültiger Erfolg einstellen wollte. Deshalb saß er nun mit Nr. One gedankenverloren auf dem Lehmboden seiner winzigen Hütte – und suchte nach Erklärungen:

»Vielleicht wirkt es nicht«, sagte er, während seine gelben Augen dem Rauch folgten, der sich nur mühsam einen Weg durch das feuchte Grasdach bahnte und unter der Decke einen schlierigen Rauchpilz formte, »weil Bwana Lake ein Msungu ist. Vielleicht wirkt bei ihm nur die Medizin eines anderen Msungus. Msungus sind verrückt und deshalb schwierig zu behandeln.« Dies leuchtete Nr. One ein, er hatte gehört, daß die Bezeichnung ›Msungu‹ für die Fremden sich aus einem Bantuwort, das ›verrücktes Herumlaufen‹ bedeutete, ableitete.

»Laudon, Father Ricardos Boy«, sagte deshalb Nr. One nach gedankenschwerer Stille, »verkauft das Reiskuchenufiti Father Ricardos. Es wurden damit Erfolge erzielt. Könnte man dieses Ufiti in ein uns hilfreiches verwandeln?«

»Man kann es versuchen«, sagte Extra Pencil mit schwer röchelnder Stimme, er hatte den Kopf auf eine eckige Skelettschulter gesenkt und blickte immer noch zur rauchgeschwärzten Grasdecke hinauf, so, als erwarte er von dort oben eine besondere Inspiration. Mit zwei Mittelfingern seiner Rechten massierte er bedächtig einen Nasenflügel, was tiefes Nachdenken zu indizieren schien, aber lediglich der Zerkleinerung von Tabakklümpchen in seiner Nase diente.

»Wenn ich das Ufiti verwandeln soll«, sagte er endlich, »brauche ich Zeit. Und es wird eine Anzahlung nötig sein.« Er sprach jetzt mit dem vertrauenerweckenden Ernst des soliden Geschäftsmannes. Seine röchelnde Stimme, die buschigen weißen Augenbrauen in dem uralten Gesicht schienen mehr dem Jenseits als Diesseits anzugehören – wer wollte an Extra Pencils überirdischen Fähigkeiten zweifeln?

»Du wirst alles bekommen«, erwiderte Nr. One eilfertig, »aber ich bitte dich, tu dein Bestes, die Zeit drängt, Extra Pencil.«

Und dann hatte Nr. One die Hostien von Laudon erstanden – zu einem Sonderpreis, versteht sich, denn Laudon war Extra Pencils Großneffe. Extra Pencil tat sein Bestes, und Nr. Ones Bruder buk sie in eine leckere Nachspeise hinein und servierte sie Mr. Lake. Doch Mr. Lake hatte sich wiederum obstinat seinem Schicksal entzogen ...

»Shaitan ist auf der Seite der Bösen«, sagte Nr. One, und sie versuchten eine zweite Verabreichung, die ebenfalls ergebnislos verlief, und leider Mr. Lake dazu bewegte, sich von seinem Koch zu trennen. Unsauber sei John, sagte er, und solche Unsauberkeit habe ihn krank gemacht.

Nun war alles umsonst gewesen, und wo konnte Hilfe erwartet werden, wenn selbst Father Ricardos Hostien, die, wie er selbst von der Kanzel verkündete, so mächtig waren, daß sie einen vor der Hölle bewahrten, kombiniert mit den Mächten Extra Pencils, versagt hatten?

30) *Extra Pencil, Dillah und Arete*

Dale saß in seinem Büro, er war mit all den Arbeiten beschäftigt, die mit der Regenzeit anfielen. Schon war der Tee eingeschossen, Wochen bevor die ersten Tropfen auf die Blechdächer niederprasselten, hatten sich dreiblättrige zarte Spitzen gezeigt, die, da nur von hoher Luftfeuchtigkeit angeregt und deshalb langsam reifend, einen vorzüglichen Tee versprachen. – ›Tee der Crevillea‹ nannte man ihn hier, da zur selben Zeit die in Reihen zwischen den Teebüschen gepflanzten Crevilleabäume ihre gelben Blüten öffneten. Die Capitaos (Aufseher), die über ihnen stehenden Submanager – noch Weiße –, mußten mit ihren Aufgaben betraut, Sicherheitsmaßnahmen getroffen, gefälltes Holz aus den der Plantage gehörenden Eukalyptuswäldern verarbeitet werden – und hinzu kamen eine Anzahl von Routinemaßregeln, zu denen besonders die Regenzeit Anlaß gab. Da war etwa dieses notorische Stehlen des Düngers – das in manchen Regenzeiten Tausende von Pfund gekostet hatte, und dann die Geschichte mit den Regenmänteln. Regenmäntel mußten auf Anweisung der Regierung ausgegeben werden, und sie verschwanden leider wie die warmen Semmeln ... Es war dagegen nicht viel zu unternehmen – aber versuchen, wie in jedem Jahr, mußte man es doch.

»Geh hinauf zu Extra Pencil«, sagte deshalb Bwana Dale zu Dillah, »und sage ihm, daß ich diesmal ernsthafte Maßnahmen ergreifen werde, wenn der verdammte Unsinn mit den Regenmänteln wieder anfängt.« Dillah nickte gelangweilt, er hatte diese Anweisung in jedem Jahr erhalten, und sie bedeutete, daß er sich zu Extra Pencil die Berge hinauf begeben mußte, um ihm des Bwanas Botschaft zu überbringen.

Dale befand sich heute in gereiztem Zustand, die hohe Luftfeuchtigkeit belegte ihm die Kehle, sie schien ihm auf der Brust zu hocken wie ein schwerer, lästiger Kobold.

»Und sage ihm, daß ich diesmal sein Maisfeld konfiszieren und ihm seinen Job als Wachmann entziehen werde ...« Dillah nickte. Wie immer würde er Extra Pencil seine eigene Version des Bwanas

Botschaft weitergeben, denn er kannte seine Verantwortung seinem Bwana gegenüber und hütete sich gleichermaßen, Extra Pencil zu nahe zu treten, und immer hatte er darin diplomatisches Geschick bewiesen. Es stand Extra Pencils Handel mit Regenmänteln zur Debatte: Extra Pencil fertigte Umhänge aus Bananenblättern, die durch schuppenartig übereinander gelegte Blätter ihren Trägern das Aussehen grüner Gürteltiere verliehen, und sich deshalb in den Teefeldern auf ärgerliche Weise dem beaufsichtigenden Auge des Capitao entzogen ... Doch was am ärgerlichsten war: Das Auftauchen der Bananenblätterumhänge zeigte, daß seine Träger den ihnen von der Plantage überlassenen Plastikregenmantel verkauft und dafür diesen von Extra Pencil angebotenen Umhang, imprägniert mit einem Ufiti gegen Krankheiten der Eingeweide (die besonders während der Regenzeit drohten) für 2 Pennies erstanden hatten. Da die Plantagenregenmäntel eine sehr attraktive Zitronenfarbe aufwiesen, eigneten sie sich vorzüglich als Bettunterlagen in feuchten Hütten und erzielten deshalb entsprechende Preise. Der Teepflücker, der seinen Regenmantel verkaufte, machte ein gutes Geschäft und profitierte dazu noch von Extra Pencils Ufitis – geschicktes Manövrieren ermöglichte es obendrein, diesen Handel während der Regenmonate mehrmals zu vollziehen. Dies reduzierte natürlich Bwana Dales Vorräte an Regenmänteln in jedem Jahre beträchtlich.

Dillah stieg also durch die Teegärten hinauf zu Extra Pencils Hütte und hoffte, daß dieser sich dort befände, und er sich nicht gezwungen sähe, durch den tropfenden Regenwald stolpernd nach ihm zu suchen – eine unnötige Befürchtung, denn Extra Pencil erwartete ihn. Er saß vor seiner Hütte unter einem riesigen Akazienbaum, von dessen gefurchter Rinde er sich wenig unterschied. In Hockstellung, die hornigen platten Zehen in die Erde gepreßt, auf den Fersen ein spitzes Hinterteil balancierend, die Knie seitlich ausgestellt und auf ihnen, bewegungslos gleich entblätterten Ästen, die Arme mit welk zur Erde hängenden bläulichen Händen, blickte Extra Pencil gleichmütig über ein überwuchertes Maisfeld, sein eigenes, das ihm Bwana Dale vor Jahren zur Verfügung gestellt hatte. Damals hatte er Mrs. Dale des öfteren wilden Honig gebracht, dessen Waben er, den nackten Körper mit dem ausgekochten Fett bestimmter Nagetiere bestrichen, eine in Öl getauchte Funzel in der Hand, hoch oben in den Baumkronen den wilden Bienen entwand – süß nach Akazien und Kräutern duftenden Honig, wie ihn Mrs. Dale vordem nie gekostet hatte. Aus den Rinden der Baobab-Bäume hatte er Schnüre und Lendenschurze gewoben – und auch lange vor den europäischen Ärzten herausgefunden, daß die Früchte dieses Baumes Hautkrankheiten heilten. Mrs. Dale selbst hatte damals manchmal Medizin für den Magen oder einen Hautausschlag geholt – aber das war, bevor Father Ricardos Klinik diese jungen Msungu-Ärzte bekam, die alles besser wußten und Extra Pencil verachteten. Nie hatte Bwana Dale ihn verachtet und ihm sogar dieses Stück seiner Plantage überlassen, das die Dorfbewohner für ihn bestellten, und das ihm, Extra Pencil, und den Ratten und Mäusen, die seine Behausung teilten, einen willkommenen Vorrat bot.

Wenn sich Extra Pencils Aufmerksamkeit in jungen Jahren vorwiegend den wundertätigen Wurzeln unter der Erde und dem wilden Getier in den Dschungeldickichten zugewandt hatte, so blickte er nun mehr und mehr nach Räumen außerhalb dieser Sphäre: hinauf zum immer wechselnden Mond, der ständigen Wohnung der Göttin Arete, die, oft ihres Sitzes in den Dschungelbergen müde, sich dorthin zurückzog. Und in Vollmondnächten sprach Extra Pencil zu ihr und sie antwortete ihm, indem sie sanft ihr Licht über seine Wege legte, damit er sich besser zurechtfand. In diesen Nächten fühlte sich Extra Pencil mit ihr verbunden, immer weiter zog es ihn dann in die Wälder hinauf, Arete entgegen und, wie er wußte, auch bald seinem eigenen Tod.

Noch aber war die Zeit nicht gekommen und heute blickte er zufrieden auf Dillah, den er schon seit Tagen erwartete. So zeigte sich denn auch nicht die kleinste Regung auf seinem Gesicht, als Dillah ein Knie vor ihm beugte und mit der Hand über Extra Pencils zerklüftete Zehen wischte (symbolisch seine Füße säubernd).

»Wie geht es dir, Extra Pencil«, fragte Dillah, »der Regen hat spät begonnen heuer, dein Maisfeld steht, wie ich sehe, nicht gut.«

»Arete zürnt«, antwortete Extra Pencil, »Unheil wird die Dörfer Mulanjes befallen, schon hat sich der Regen verspätet, weil Arete nicht gefällt, was dort geschieht.« Dillah hatte sich neben ihm niedergelassen, Extra Pencil glitt langsam aus seiner Hockposition zu Boden, lehnte seinen Rücken an den Baumstamm und stützte die Hände flach auf die Erde.

»Viel geschieht in diesen Zeiten«, sagte Dillah, »und es geschieht ohne unser Zutun, so, wie die Sonne auf- und untergeht und nachts der Mond über den Himmel zieht ...« Extra Pencil wiegte bedächtig seinen Kopf auf einem dünnen Hals, ließ langsam schwere Lider über gelbgesprenkelte Augen sinken, als hätte ihn plötzliche Müdigkeit überkommen.

»Es ist gut, daß du gekommen bist«, raspelte seine von ständigem Rauch faserig gewordene Stimme, »denn ich habe dir etwas zu sagen.« Dillah setzte sich neben ihn, holte aus seiner Hosentasche ein in ein Taschentuch gewickeltes Blätterbündel, schüttelte die Blätter in eine Hand und bot sie Extra Pencil. Dies übte eine ungemein belebende Wirkung auf Extra Pencil aus, blitzschnell griff er nach Dillahs Hand, las mit bebenden Fingerkuppen noch den letzten Rest aus den Furchen seiner Handfläche und beschnüffelte genüßlich, was Dillah ihm gebracht: Es war kostbares Banga, das die Händler aus Mozambique bezogen, Blätter, die berauschende Träume brachten.

»Es ist gut, daß du da bist«, sagte Extra Pencil, zufrieden aufseufzend, »denn ich habe dir etwas zu sagen.« Er steckte sich eine Handvoll Banga in den Mund, weit nach hinten zu den beiden letzten Backenzähnen, die ihm noch verblieben waren, und begann, sie langsam zu kauen. Dillah wartete respektvoll, aber da Extra Pencil nicht weitersprach, schickte er sich an, ihm Bwana Dales Auftrag zu übermitteln:

»Der Bwana läßt dich grüßen und dir gute Gesundheit wünschen, und auch gute Geschäfte wünscht er dir, Geschäfte, die es vielleicht erübrigen, Regenmäntel in diesem Jahr anzubieten, denn, wie du weißt, nimmt der Handel mit den unseren überhand. Aber natürlich überläßt der Bwana dies ganz deinem weisen Entschluß ...«

Extra Pencil nickte zu dieser leicht veränderten Botschaft Dales befriedigt.

»Überbringe Bwana Dale meine Grüße – aber nun höre zu. Arete hat mich aufgesucht, in einer Nacht, in der ein gläserner Mond am Himmel hing, und in ihm zeigte mir Arete ihre Bilder. Und im Spiegel dieses Mondes sah ich einen Schatten in dein Haus schleichen, und es war der Schatten eines Mannes. Dieser Schatten glitt in dein Haus und hat es nicht wieder verlassen. Und an diesem Schatten eines fremden Mannes hängt schreckliches Unheil, und dieses Unheil bedroht dich, Dillah.«

Dillah war blaß geworden. Die feuchte Luft nahm ihm den Atem, seine Brust zog sich schmerzhaft zusammen, ein Stöhnen entrang sich seinen Lippen: Arete hatte Extra Pencil Semberekas Ankunft gezeigt.

»Es ist wahr, Bambo«, sagte er, »ein Verfolgter lebt in meinem Haus, dieser Mann, der gesucht wird, Sembereka, hat bei mir Zuflucht gefunden. Ich habe Angst, Bambo.«

»Wende dich an Arete«, murmelte Extra Pencil unbewegt, jetzt heftig sein Banga kauend (er spürte schon die unerhört wohlige Wirkung des Stimulans), »ja, du mußt dich an Arete wenden ..., es bedarf besonderer Kräuter, besonderer Anwendungen, wenn du willst, werde ich es versuchen.«

»Wie teuer wird es kommen, Bambo?« fragte Dillah, er hatte gerade in letzter Zeit durch die Unvernunft seiner Frauen viel Geld ausgegeben und zitterte vor der Summe, die Extra Pencil nennen würde. Extra Pencil kaute gedankenverloren sein Banga, ließ den Kopf in den Nacken sinken und erinnerte an eine alte Henne, der das Genick gebrochen wurde. Wieder senkten sich seine Lider über die Augen, und Dillah erschrak einen Moment vor dieser Bewegungslosigkeit, die an einen Toten erinnerte.

»Bambo ...«, rief er – aber Extra Pencil hatte sich schon aus der leichten Betäubung, die das Banga ihm vermittelte, gelöst.

»10 Kwacha, Dillah, oder einen Sack Mais, dafür werde ich es versuchen.«

»Du wirst bekommen, was du brauchst«, sagte Dillah und verabschiedete sich, wiederum vor dem Alten in die Knie sinkend.

»Nun«, fragte Bwana Dale, »hast du mit Extra Pencil gesprochen, hat er Vernunft angenommen?«

»Er läßt den Bwana grüßen«, sagte Dillah, »und er wird tun, was der Bwana verlangt. Aber er hatte eine schlechte Ernte, sein Mais ist verdorben, und es scheint ihm nicht gut zu gehen. Er ist furchtbar mager geworden, Bwana – ich glaube, man sollte ihm ein wenig unter die Arme greifen. Ein Sack Mais zur Aussaat würde ihm helfen ...«

»So, so«, sagte Dale, »ich glaube keinen Moment, daß er sich an unsere Abmachung hält. Aber schicke ihm einen Sack Mais hoch, nein, schicke ihm zwei, das wird dem alten Schurken gut tun.«

Dillah eilte, um des Bwanas Auftrag auszuführen.

31) Die Nachricht im Red Store

Nach tagelangem, ununterbrochenen Regen erstrahlte der Red Store in leuchtendem Karmesinrot. Nur um die Grundsteine wies er ein braunes Schlamm-Muster auf, so, als hätte man ihn bis zur Hüfte in ein Schlammbad getaucht und dann wieder herausgezogen – und nun schwamm er, eine rote, viereckige Schachtel, die Straße entlang. Ein Bett von Rupfensäcken auf Brettern festigte den Weg zur Ladentüre, drinnen saß Salina und zog mißmutig an einem Zigarillo – auch Karbaris selbst war ständig schlechter Laune, weil seine Lastwagen im Schlamm steckenblieben, und seine Fahrer dies als willkommene Gelegenheit benutzten, ausgedehnte Siestas zu halten, und er sich, wie er Salina täglich sagte, wieder einmal um alles selbst kümmern mußte. Heute jedoch wurde der Tag durch die von Nr. One übermittelten Neuigkeiten beachtlich aufgeheitert.

Salina lag auf den Rupfensäcken hinter der Theke, die Hände hinter dem Kopf verschränkt, die Knie angezogen, mit den silberberingten Zehen auf einem grün und orange geblümten Kissen ruhend und dachte über die Ereignisse nach, die von Semberekas Leiche und Essabetalas Hammeln ihren Glanz erhielten, und weil Salinas Gedanken sich naturgemäß des öfteren mit Bwana Dale beschäftigten, konnte sie nicht umhin, über die Rolle nachzudenken, die er ihrer Meinung nach dabei wohl gespielt hatte. Dale war ein Freund Tussanis, aber auch einer Dillahs – und Essabetala war Tussanis Frau. Und so war Salina die einzige in Red Store Street, die vermutete, daß dieser Plan Bwana Dales Kopf entsprungen war, und bewies so wieder ihre besondere Intuition, was Bwana Dale anging. Aber Salina wußte dank Nr. Ones Bruder, der in Bwana Lakes Haus die Ohren spitzte, mehr: Sie wußte, daß Bwana Lake Dillah haßte, und deshalb des Constables Verdacht auf ihn lenkte – was ein Leichtes war, den von Dillah war allgemein bekannt, daß er nicht viel von der Congress Party hielt. Und es war besonders der Inhalt eines Gesprächs zwischen Bwana Lake und dem Constable, von Nr. One wiedergegeben, das Salina beunruhigte. In diesem Gespräch hatte der Constable gesagt, daß er froh sei, die Angelegenheit beendet zu wissen, jedoch bedaure, Sembereka nicht lebend erwischt zu haben.

»Es hätte mir ein besonderes Vergnügen bereitet, diesen Burschen in die Zange zu nehmen«, hatte er zu Lake gesagt, und dieser hatte salomonisch geantwortet:

»Vielleicht wird Ihnen dieses Vergnügen noch zuteil werden.« Und Lake hatte geäußert, daß er beinahe glaube, Sembereka sei noch hier versteckt, und daß die Leiche in diesem Verwesungszustand einfach jeder gewesen sein könne, und er es geradezu verdächtig fände, daß an dieser Leiche Semberekas Papiere gefunden worden seien – ein Flüchtender gebe sich in der Regel eine andere Identität, und ihm erschiene die ganze Sache höchst verdächtig. Der Constable sei erst anderer Meinung gewesen. Diese Frau, die Sembereka fand, sagte er, sei eine einfache Person, eine Sympathisantin der Congress Party, und er glaube ihr. Lake wandte ein, daß diese Leiche gerade dann zum Vorschein gekommen war, als in der Fabrik nach Sembereka gesucht wurde, und Hausdurchsuchungen geplant waren. Dazu wisse der Constable so gut wie er selbst, daß angeschwemmte Leichen in der Regel nicht gemeldet würden. Und wieder hatte er von Dillah gesprochen, er schien den Verdacht des Constable gezielt auf Dillah lenken zu wollen.

Dieser Geizkragen, dieser Besitzer schmutziger Bücher und Träger fremden Parfüms, dachte Salina, wollte Bwana Dales Plan zunichte machen – aber Bwana Dale war sicher klüger und Sembereka bereits über alle Berge.

Karbaris jedoch hatte Beunruhigendes mitzuteilen – er, der mit seinen Lastern das Land durchkreuzte und sozusagen ein bereister Mann war, wußte, wie wichtig dieser Sembereka der Congress Party war, und daß nur der leiseste Verdacht, ihn versteckt zu haben, einem Todesurteil gleich kommen konnte. Auch wußte er von allerlei Methoden, wie auch an einer sehr verwesten Leiche eine Identität festzustellen war: und es war geradezu grauenerregend, was er hier von Fingernägeln, Haaren und Zähnen erzählte, und man konnte nur hoffen, daß hier solche Methoden – wie so vieles andere – nicht angewendet werden konnten.

»Müssen wir uns wirklich«, sagte Salina zu Karbaris, »von diesem Mr. Lake gefallen lassen, daß er sich in unsere Angelegenheiten mischt? Ist nicht irgend jemand hier ein Mann und erteilt diesem Kerl eine Lektion?«

»Wie stellst du dir das vor, Salina, Lake ist ein Bwana, er scheint mit dem Constable befreundet zu sein – ich kann froh sein, daß ich sein Auto zur Reparatur bekomme, und du kannst Gift darauf nehmen, daß ich nicht die größte Mühe darauf verwende, denn Shiva hat es so gefügt, daß er von Motoren gottlob nichts versteht. Und schließlich – was geht es uns an, wir sind Inder und können froh sein, daß wir unsere Geschäfte noch hier haben – wir sollten uns gut mit der Congress Party stellen und diese verrückten Schwarzen ihren eigenen Querelen überlassen – was geht es uns an!«

Aber Salina dachte da anders. Sie war in diesem Land geboren, und wenn es zwar durch Hautfarbe bedingte feine Unterschiede gab, so standen ihr doch die Menschen dieses Dorfes, ob es nun Tussani, Dillah oder Nr. One waren, näher als ein Fremder. Und sie schaute auf den kleinen Elefantengott, dem sie erst heute morgen frischen Jasmin und süßen Reis geopfert hatte, auf Shivas schalkhaften Sohn, dessen viele Streiche ihm dank väterlichen Zorns einen Elefantenkopf eingetragen hatten – schienen nicht seine winzigen Knopfaugen lächelnd zu sagen: »Salina, dies ist eine gute Idee ...« Welche Idee? Jawohl, Ganesh hatte ihr eben eine Idee gegeben, es konnte gar nicht anders sein.

»Kannst du nicht ...«, flüsterte sie Karbaris ins Ohr, aber dieser wandte sich ab, schüttelte den Kopf, dachte, die Stirn runzelnd und die kleinen dunklen Schweinsäuglein beschwörend gen Himmel wendend, darüber nach, wie diese Idee aus dem Kopf seiner Frau zu verscheuchen wäre, und sagte, hilflos sich eines solchen Versuches bewußt:

»Ich werde darüber nachdenken, Salina. Ja, ich verspreche es dir. Ich werde wirklich darüber nachdenken.«

32) Besuch im Hause Dale

Graue Regengüsse peitschten rote Erde von den hügeligen Teefeldern hinunter auf die Straße und gruben tiefe Schluchten, so daß die Straßen bald aussahen wie mäandernde Flüsse. Viele waren jetzt nicht mehr zu benutzen, die Gegend der Grenze entlang Portuguese East hatte sich in einen schwabbelnden roten Sumpf verwandelt. Auf der Küchenveranda in Bwana Dales Haus saßen drei zweckentfremdete Gartenboys und putzten Messing und Silbergeräte – der Garten, frei von zähmenden Händen, wucherte in wilder Üppigkeit. Dieses Grün, dachte Mrs. Dale, hatte zu dieser Zeit ganz entschieden etwas Beängstigendes an sich. In diese Regenabgeschiedenheit war störend Besuch eingefallen. Dale hatte ihn eben vom Bahnhof abgeholt und immer noch klang seine wetternde Stimme durchs Haus: Er hatte zu der Fahrt drei Stunden länger gebraucht, auf den Straßen war es eine Rutschpartie und immer wieder mußte er sich aus dem Schlamm hieven lassen. Mrs. Dale ärgerte sich über seine Tiraden – so ungezogen von ihm, dachte sie, seinem Ärger vor den Damen aus England Luft zu machen, die doch ebenfalls unter dieser Fahrt gelitten hatten. Freilich hätten sie um diese Zeit nicht hierher reisen sollen – aber was wußten die Leute in England schon von diesem Land und wie unbequem es für den Gastgeber war, während dieser Jahreszeit Besuch zu bekommen.

Die beiden Damen vom Tierschutzverein London hatten erste Eindrücke des Dorfes erhalten, als Dale sie vor dem General Market, in dem er einen schnellen Einkauf tätigte, ihren eigenen Betrachtungen überließ – und unglücklicherweise war dieser erste Eindruck ein sehr negativer geworden, denn der Irre hatte sich vor dem General Store niedergelassen, war dort mit seinem ruppigen Köter gesessen und hatte drohende Gebärden und den üblichen wilden Gesang von sich gegeben – und durch den Hüftrock aus Wildkatzenleder hingen seine Genitalien heraus, was die Damen veranlaßte, ihre Blicke ab- und dem grauen Köter zuzuwenden, den sie mager, ausgehungert und ungepflegt fanden. Diese abstoßende und erschreckende Erfahrung diskutierten sie nun beim Tee, und auch Mrs. Dales zartes altes Coalport Porzellan konnte ihre Entrüstung nicht mildern.

»Es kann für das arme Tier nicht gut sein«, sagte die ältere der beiden Damen, eine sehr sanft sprechende Person mit streng zurückgekämmtem Haar, die Mrs. Dale ein wenig einschüchterte, »mit diesem Wilden zu leben, der Hund müßte ihm weggenommen werden ...« Dale stieß ein Stakkatolachen aus, räusperte sich aber schnell, als er Mrs. Dales beinahe flehentlichen Blick bemerkte:

»Dieser Irre«, sagte er, »wird hier als heilig betrachtet – und ich nehme an, daß auch sein Hund etwas von diesem Heiligenschein abbekommen hat, ich würde deshalb nicht empfehlen, sich gerade um dieses Tier zu kümmern. Aber wenn der Regen nachläßt und Marjorie Ihnen Gummistiefel borgt, können Sie im Dorf genug streunende Köter finden. Der Wilde wird mit seinem Hund wieder in die Berge verschwinden, und ich hoffe, dies geschieht bald, denn solange er sich hier herumtreibt, erwarten die Leute ein Unglück. Da sie während der Regenzeit sowieso wie die Fliegen sterben, finden sich Bestätigungen genug für diesen Aberglauben. Jedes Jahr grassiert um diese Zeit die Malaria, dann ist natürlich nicht das Außerachtlassen der Prophylaxen, sondern der Irre daran schuld.«

»Wir sind hierhergekommen, um uns über den Zustand der Tiere zu informieren, es sind die Tiere, die ganz besonders unserer Hilfe bedürfen«, sagte die ältere Dame, die von der jüngeren Anne genannt wurde.

»Selbstverständlich«, sagte Dale, »denken Sie an Hühnerfarmen oder ähnliches? Da haben wir hier nichts zu bieten – es gibt in der Nähe jemanden, der Civetkatzen züchtet, wegen des Parfüms, das sie in ihrem Hintern haben. Wissen Sie, daß Hundefleisch hier eine beliebte Delikatesse ist? Affenfleisch ist hier nicht so begehrt, es ist zu zäh – was einesteils schade ist, denn die Meerkatzen sind eine richtige Pest.« Dale war leider in seinem Element und eine schnelle Themenänderung war angezeigt.

»Ist die Geschichte mit diesem Sembereka jetzt erledigt?« frug Mrs. Dale und bemerkte sofort, daß auch dies nicht ein bequemes Thema war.

»Wie soll er über die Grenze gebracht werden, wenn die Straßen da unten unbefahrbar sind, und dieser Fanatiker von einem Constable noch überall seine Posten aufgestellt hat – dein Mr. Lake hat ihm den Floh ins Ohr gesetzt, daß sich Sembereka hier noch versteckt hält und die Leiche gar nicht Sembereka war ...«

»Ich muß also annehmen«, sagte Mrs. Dale, daß du diesen Sembereka über die Grenze und uns alle in unübersehbare Schwierigkeiten bringen willst, als ob nicht genug Leichen den Chanunka hinunterschwimmen, willst du unbedingt eine davon sein?« Mrs. Dale hatte in ihrer Erregung einen Augenblick die Gegenwart der beiden Damen vergessen.

»Wovon sprechen Sie«, fragte jetzt die Jüngere, die mit großen Augen, langen Wimpern und einem sehr geraden Hals ein wenig an einen Straußenvogel erinnerte, »was hat es mit diesen Leichen auf sich?«

»Madame«, sagte Dale, »auch die Menschen haben hier gelegentlich ihre Schwierigkeiten, man stirbt schnell in diesem Land, ein Mpeni in den Rücken und aus – und kein altes Schwein kümmert sich mehr um sie ...«

»Was ist ein Mpeni?« wandte sich die Ältere, eingeschüchtert, aber immer noch sanften Tones an Mrs. Dale.

»Ein Mpeni ist ein Eingeborenenmesser, die Teepflücker benutzen Mpenis, es sind gekrümmte Messer, mit denen der Tee getrimmt wird«, sagte Mrs. Dale.

Wie um Himmels Willen war jetzt das Gespräch in eine andere Richtung zu lenken? Dale war schlechter Laune und jedwedem Thema würde er jetzt eine makabre Wendung geben.

»Ich kann es nicht verstehen«, fiel jetzt die jüngere der Damen ein, »warum man die Eingeborenen mit solch gefährlichen Messern herumlaufen läßt, sie müßten ihnen nach der Arbeit abgenommen werden, dieser neue Präsident sollte das sofort anordnen!«

»Der zukünftige Präsident hat Glück, Madame«, sagte Dale mit seinem liebenswürdigsten Lächeln, »wenn er nicht sofort nach seiner Ankunft umgelegt wird.« Die beiden Damen sahen sich bedeutungsvoll an. »Dieser Mr. Dale ist ein Verrückter«, sagte dieser Blick – das Reisebüro in London hatte ihnen versichert, daß sie in ein friedliches, ganz ungefährliches Land reisten. Und das Colonial Office hatte von einem Land gesprochen ›geruhsam wie die Schweiz‹. Mrs. Dale bemerkte diesen Blick und dachte: »Gott sei Dank, sie glauben ihm nicht.«

Von draußen kam das Klappern der Messingtöpfe, mit dem die Gartenboys bekundeten, daß sie arbeiteten und nicht schliefen. Der Regen fiel stetig und monoton, im Haus versammelten sich an den Wänden die Moskitos und warfen spitze kleine Schatten, tödliche Kommas, die geduldig warteten, bis die Ventilatoren stoppen und sie sich dem begierdeweckenden Duft schlafender Körper ungestört nähern konnten.

Die Damen wurden zu ihren Zimmern geführt und sahen befriedigt, daß Wolken weißer Netze über ihren Betten schwebten. Man hatte ihnen gesagt, daß manchmal Malariapillen in diesen Regionen ihre Wirksamkeit verloren. Während sie sorgfältig die Gaze unter ihre Matratzen steckten, sagte Anne, die ältere:

»Dieser Mr. Dale trinkt zuviel. Er schüttet den Whisky nur so hinunter. Und Trinker leiden unter Zwangsvorstellungen und übertreiben. Aus einer Leiche werden dann gleich Hunderte.« Ethel gähnte und sagte:

»Er führt einen guten Whisky, das hat mich überrascht. Ich fürchtete schon, daß wir hier Fusel trinken müßten ...«

»Daß *du* hier Fusel trinken müßtest«, sagte Anne spitz und schlüpfte unter ihr Netz, legte sich auf den Rücken und faltete ihre Hände. »Sie sieht aus«, dachte Ethel, »wie eine katholische Heilige in einem angestaubten Reliquienschrein. Und Heilige trinken natürlich keinen Whisky.«

Sie schliefen schon tief, als um Mitternacht ein Gecko von der Wand fiel, ein Loch in Annes Netz riß und dadurch zwei frustrierten Moskitos den Weg zu ihren vampirischen Gewohnheiten ebnete. Dies bescherte den beiden Damen eine unruhige Nacht, welchem Umstand es zu verdanken war, daß sie am folgenden Tag ihrer Mission nur halbherzig nachkommen konnten.

33) Father Ricardo wird gestört

»Dieser Father Ricardo«, sagte Dale zu seiner Frau Marjorie, »führt ein unnormales Leben. Da sitzt er jeden Abend in seinem dunklen Bungalow – zu geizig, sich einen ordentlichen Generator anzuschaffen – und studiert seine botanischen Bücher. Wie alt ist er? 45? 50? Glaubst du, daß er noch eine Jungfrau ist?«

»Ich weiß nicht, was dir einfällt, so über den Father zu reden! Ob er einmal eine Frau hatte oder nicht, geht uns nichts an.«

»Ich wette«, sagte Dale und zwinkerte mit einem rot unterlaufenen blauen Auge, den Daumen bedeutungsvoll nach Süden schwenkend, »daß er da unten in Portuguese East eine Schwarze hat, eine mit guten Titten und einem respektablen Hinterteil, die Weißen Väter sollen dort lustige Brüder sein, und oft genug fährt er ja über die Grenze.« Marjorie Dale stellte klirrend ein Tablett mit Sherrygläsern, das sie im Begriffe war, ihren Tierschützerinnen zu servieren, auf den Tisch.

»Wie redest du über einen Mann, mit dem du Schach spielst, einen Mann, der immer hilfsbereit ist ...«

»Was hat denn dies damit zu tun? Ich höre mir jeden Sonntag diese Zumutung seiner Predigt in Chechewa an, dieses seichte Gefasel, bei dem die Eingeborenen sowieso schlafen – schätzte ich ihn nicht, würden mich keine zehn Pferde in seine Kirche bringen – aber du verstehst ja nicht Chechewa, und deshalb bleibt dir manches erspart.«

»Nun«, sagte Mrs. Dale boshaft, »was hat er denn dann am vergangenen Sonntag gepredigt, wenn du es schon so gut verstanden hast?«

»Du mutest mir doch nicht zu, seine Predigten auch nur einen Augenblick zu behalten, ich spende für seine Kirche, das genügt für mein Seelenheil. Im übrigen kümmere ich mich nicht um seine Angelegenheiten, im Gegensatz zu ihm, der seine große Nase nur zu gern in anderer Leute Geschäfte steckt ...«

»Wie ungerecht von dir», sagte Mrs. Dale, »du bist nur immer noch böse, weil ich die Schizolobia behalten wollte, und er mir dabei half. Ich hoffe nur, du bist nett zu ihm, er muß gleich da sein.«

»Nett«, sagte Dale, »wenn du nur wüßtest, wie sehr ich dieses Wort hasse. Natürlich werde ich nett zu ihm sein – und halte mir deine Tierschutzweiber vom Hals – ich will heute abend Schach spielen und sonst gar nichts.«

Ein ohrenbetäubender Lärm unterbrach die Konversation – es war Father Ricardos kleiner rosa Peugeot, dessen Auspuff sich wieder einmal selbständig gemacht hatte und fürchterlich schepperte.

»Nicht einmal sein Auto kann er in Schuß halten«, sagte Dale befriedigt, des Fathers Mißgeschick stimmte ihn versöhnlich.

»Da siehst du, nicht Prediger brauchen wir hier, sondern Mechaniker.« – Er selbst war ein vorzüglicher.

»Hallo, Father«, rief er jetzt in bester Laune, »kommen Sie, einen Whisky, bevor wir beginnen?« Mrs. Dale begrüßte Father Ricardo und zog sich, ihr Tablett mit den Gläsern wieder aufnehmend, zurück: Ein Whisky- und Schachabend war nicht ihre Sache und wohl auch nicht die ihrer Gäste. Außerdem war nicht zu hoffen, daß sich Father Ricardo um Tierschutzangelegenheiten scherte, wenn er die Kirche, seine ureigenste Angelegenheit, vernachlässigte und nicht einmal einen Hund besaß.

Marjorie Dale seufzte und dachte: »Diese Trinkerei und diese Stimmungsschwankungen Dales halte ich nun schon dreißig Jahre aus. Heiß und kalt und kalt und heiß – wie habe ich bloß damit leben können?« Und doch ahnte etwas in ihr, dumpf und unbewußt noch, daß sie einmal ihres Mannes ungestümes Temperament, diese Ebbe und Flut der Gefühle, durch die er, von einem verrückten Sturm getrieben, durchs Land gewirbelt wurde, vermissen würde, daß ohne ihn die Jahre sich grau gestalten und sie einmal traurig auf das ferne Echo dieser ungeduldigen Stimme lauschen würde.

Draußen lag jetzt weiß das Licht des Mondes über dem Garten, den Teefeldern und den bewaldeten Bergen, von der Veranda klangen die Stimmen der beiden Männer verloren in die Nacht hinaus, nur ab und zu von einem Anschwellen der Zikadengeräusche übertönt und vom leisen Klirren der Gläser. Durchsichtig klar waren die Tage in der Regenzeit, die Berge rückten dann so nahe, daß man sehen konnte, wie sich die vielen kleinen Quellwasser gleich silbernem Glas durch die Schluchten ergossen, um sich dazwischen, an Felsbrocken zerschellend, in nebligem Sprühregen zu verstäuben. Die Nächte aber, vom Licht des Mondes durchflutet, hatten etwas Geheimnisvolles, eine schwebende, weiße Leichtigkeit, die alle Schwere auflöste, durch deren Licht sich Menschen und Tiere körperlos zu bewegen schienen.

Auch über Mr. Dale und Father Ricardo legte sich die Leichtigkeit dieser Mondnacht und beruhigte sie. Sie spielten eine Weile Schach, ein bißchen halbherzig, beide ihren Gedanken nachhängend, bis sich zu fortgeschrittener Stunde Dale erhob, und, die Hände in den Hosentaschen, langsam seine schwere Körper zum Ende der Veranda bewegte, von wo er geradewegs in die Berge hineinschaute, über denen jetzt groß und weiß die Scheibe des Mondes stand.

»Wie viele Seelen haben Sie bekehrt, Father, in all den Jahren, die Sie nun hier sind?« fragte er, den Rücken Father Ricardo zugewandt. Father Ricardo lächelte bitter amüsiert:

»Was für eine Frage«, sagte er – »aber, wenn Sie unbedingt eine Antwort wollen: Ich weiß es nicht. Ich weiß es wirklich nicht. Vielleicht keine einzige. Manchmal komme ich mir vor wie ein Medizinmann: der Träger vieler Ufitis. Aber ich habe Bäume hier gepflanzt, vielleicht werden sich die Bäume meiner erinnern, wenn ich das Land verlassen habe. Vielleicht wird jemand unter ihrem Schatten sitzen und sich meiner Worte erinnern – obgleich auch dies sehr unwahrscheinlich ist, denn gewöhnlich schlafen sie bei meinen Predigten.« Er seufzte.

»Wie ist das, Father Ricardo«, Dale wandte sich um und blickte den Father jetzt direkt an, er hatte nicht vor, sich seine geplante Attacke durch Sentimentalität verwässern zu lassen. »Wie ist das«, sagte er, »Sie haben doch Kontakte zu den Weißen Vätern drüben über der Grenze, hätten Sie da eine Adresse für mich?«

»Aber natürlich«, erwiderte Father Ricardo in liebenswürdiger Bereitwilligkeit, »möchten Sie sich dort ein wenig umsehen, oder einen Urlaub mit Ihrer lieben Frau verbringen? Father José in Tete, er würde Sie gerne unterbringen, das Klima ist sehr angenehm, die Küche gut, es würde Ihnen gefallen.«

»Es ist nicht für mich«, sagte Dale in beiläufigem Ton, als handele es sich um eine Bagatelle ... »Ich brauche eine Adresse für jemanden, der hier eine Weile verschwinden muß. Er müßte bald über die Grenze gebracht werden, und dazu brauche ich eine Adresse.«

Father Ricardo, der sich gelöst, in angenehme Müdigkeit gehüllt, eben seinen Hemdkragen aufgeknöpft hatte, setzte sich erschrocken auf.

»Sie sprechen doch nicht von diesem, diesem ...«

»Ja«, sagte Dale, »Sembereka, ... mein Buchhalter hält ihn versteckt, und er muß verschwinden. Verstehen Sie mich recht, Father, Sembereka selbst geht mich nichts an, ihre Streitigkeiten sind mir egal, aber ich möchte nicht, daß der Chanunka eines Tages die Leiche meines Dillah anschwemmt. Dillah ist ein anständiger Kerl, der sich durch seine Gutmütigkeit in Schwierigkeiten gebracht hat. Und dieser Constable hier, er und seine Bande scheuen, wie ich gehört habe, auch vor Folter nicht zurück – es ist fraglich, ob Sembereka einem solchen Verhör standhalten würde ..., also, wie ist es mit dieser Adresse?«

»Ich bin ein Priester«, sagte Father Ricardo, »ein Priester, verstehen Sie, die Unabhängigkeit steht vor der Tür, Sembereka ist ein Staatsfeind. Wenn es herauskäme, daß ich ihm geholfen habe, würde ich des Landes verwiesen oder umgebracht werden. Mein Bischof ...«

»Verdammt noch mal, Ihr Bischof ..., um den kümmern Sie sich doch auch sonst nicht«, sagte Dale, »bekomme ich diese Adresse oder nicht?«

»Sie wußten, daß ich sie Ihnen geben würde, Dale«, sagte Father Ricardo resigniert, »aber es war nicht fair, mich darum zu bitten. Im übrigen weiß ich, daß Ihr Buchhalter ihn versteckt hält, fragen Sie mich nicht, woher, es ist das Beichtgeheimnis involviert. Ich habe schon seit Tagen an Ihren Buchhalter und sein Problem gedacht – also gut – ich schreibe Ihnen die Adresse auf.«

»Sie sind in Ordnung, Father«, sagte Dale, »aber es hätte Sie eine Stange Geld gekostet, hätten Sie es nicht getan.«

»Ich nehme an«, sagte Father Ricardo, sich seinen Hemdkragen zuknöpfend, während er sich in steifer Höflichkeit erhob, »Sie denken da an gewisse Spenden – so sehr ich Ihre Bereitschaft dazu schätze, so muß ich doch ablehnen, daß sich solche Betrachtungen in unsere kleine Transaktion, die übrigens Sie und mich den Kopf kosten kann, einschleichen. Dies wäre unwürdig, Dale.« Und dazu lächelte Father Ricardo sein süffisantestes Lächeln. Er hatte in seinem schönsten Chechewa gesprochen, dem Dale bei allem Bemühen nichts Gleichwertiges entgegensetzen konnte. Und so sagte er nur ein Wort, von dem er annahm, daß Father Ricardo es verstand: »Bullshit.«

34) Das Wellington'sche in Bwana Dale

Über der fernen Bergkette Mozambiques hingen dräuende Wolken – über Truchilla brütete ein niederer Himmel, er wölbte sich über das Dorf wie eine riesige graue Dunstglocke.

Dale fuhr durch die verschiedenen Sektionen der Plantage, die, nach zwischen ihnen nestelnden Dörfern benannt, phantasievolle Namen trugen wie ›Mandala‹ (›blendendes Auge‹, nach dem ersten Teepflanzer in Mulanje, der eine Brille trug), oder ›Mpalapata‹ (klatschendes Rasseln, nach den im Wind raschelnden Samenkapseln der Albiziabäume).

Er blickte über seine Felder, die droben am Rand der Regenwälder in geschweiften Terrassen begannen, wie Wellen eines sanft ans Ufer leckenden Meeres sich ins ebene Land ergossen, um sich in blaudunstigen Fernen zu verlieren. Der Tee stand gut heuer, wenn der Regen lange genug dauerte, würde es eine gute Ernte werden. Er war heute morgen durch seine Fabrik gegangen, hatte befriedigt auf Veränderungen geblickt, die zwar noch nicht modernsten, aber doch sehr akzeptablen Maßstäben entsprachen. Die Küche etwa, die an die 2000 Pflücker und Fabrikarbeiter mit Maisbrei und Bohnen versah – wenn diese Küche noch vor einigen Jahren wie Dantes Inferno ausgesehen hatte, die schweißüberströmten Körper der Köche über offenen Feuern malochend –, so war heute dieser Galeerensklaveneindruck fast verschwunden: Dale hatte dampfgetriebene, den Fabrikmaschinen angeschlossene Kochspiralen eingeführt, in denen die rußigen Kessel zwar noch wie des Teufels Brutzelgefäße schmorten, jedoch den Köchen das Leben in ständigem Holzkohlenrauch ersparten. Auch das niedere Gebäude, in dem die Fabrikarbeiter ihre Mahlzeiten einnahmen – den Pflückern wurde ihr Essen in Eimern auf die Felder gebracht – zeigte durchdachte Planung: Als Dale die Plantage übernahm, war dieser schwarz-schleimig überzogene Raum von einem unbekümmert über die Holztische huschenden Kakerlakenheer beherrscht, das dem herben Geruch der Bohnen den medikamentösen seiner zertretenen Leichen hinzufügte. Dale hatte dem ein Ende bereitet, indem er Bänke, Boden und Tische aus Zement, der nach jeder Mahlzeit mit dem Schlauch abgewaschen werden konnte, bauen ließ. Wenn seine Fabrik auch heute noch den Anblick eines schäbigen Konglomerates von rostrotem Flechtenmoos überzogenen Mauern bot, so ging es in ihrem Inneren jetzt doch sehr passabel zu, und Likobula-Tee gehörte seit einigen Jahren zu den Top Tees des Landes.

Wie er nun über die vom Regen ausgewaschenen Wege seiner Teegärten, die sich mitunter in glitschige rote Schlammbäche verwandelten, fuhr, schlichen sich bedrückende Gedanken in diese stolzen Betrachtungen. Würde es möglich sein, das Erreichte nach der Unabhängigkeit zu bewahren? Würde es überhaupt möglich sein, noch in diesem Lande zu leben? Es gab warnende Beispiele, den Kongo, Kenia – und die Leichen, die jetzt schon den Chanunka hinunterschwammen. Voraussichtlich würde dieser Mpembwe das Rennen um den Präsidentenstuhl gewinnen. Er schien für die englische Regierung das kleinere Übel, kein Kommunist, einer, der in England erzogen worden war, dort lange gelebt hatte.

Dale war ihm vor Jahren einmal begegnet, als Mpembwe gerade dabei war, seine Congress Party zu gründen. Er war eben aus England zurückgekehrt, wo er eine Arztpraxis in einem schwarzen Teil Londons betrieben hatte. Er war, was man hier einen ›Missionboy‹ nannte: eine presbyterianische Mission hatte sein Studium bezahlt. Kurz nach dieser Begegnung war er auf die Seychellen in die Verbannung geschickt, die Congress Party verboten worden. (Die Seychellen boten ein ideales Klima – und solch aufrührerischen Leute sollten ja nicht direkt bestraft, sondern lediglich ›aus dem Weg geräumt‹ werden. Verbannungen dieser Art sollten später beinahe obligatorisch für politische Karrieren werden.) Dale war damals Mpembwe im Hause des Gouverneurs begegnet, der zu dieser Zeit auf Anregung der Regierung, schwierige und aufwieglerische Schwarze gelegentlich einzuladen pflegte. Zu diesen Dinnerparties Keith Harrisons wurden auch Mr. und Mrs. Dale gebeten, denn der Gouverneur hegte eine nostalgische Liebe zu den Iren – begründet vielleicht auf ersten erotischen Erfahrungen, die er einem irischen Dienstmädchen, das seine Eltern nach Afrika mitgebracht hatten, verdankte. Auch Pamela Moskowicz, seine augenblickliche Geliebte, war irischer Abstammung. Allerdings war in Pamelas Englisch nur noch die kleinste Spur einer irischen Färbung zu entdecken – was Marjorie gelegentlich zu der Bemerkung veranlaßte, daß sie Leuten nicht traue, die ihre Nationalität zu verschleiern versuchten.

Der wirkliche Grund ihrer Abneigung dagegen war ein ganz anderer, den sie unter allen Umständen geleugnet hätte: Pamela kam aus einer alten Kolonialfamilie wie sie selbst, einer Familie, die im 19. Jahrhundert in Indien einen berühmten Vizekönig gestellt hatte – und damit konnte Marjorie nicht konkurrieren.

Harrison war von vornehmen Manieren und zählte sich zum Landadel – wie Edelmänner ohne definitiven Titel, die sich aber in England eines weiten Landbesitzes erfreuen, sich gerne zu bezeichnen pflegen. Was der Gouverneur mit Dale gemeinsam hatte, war neben einer Liebe zu gutem Whisky, hübschen Frauen und gelegentlichen Jagdtrips eine unzeitgemäße Verehrung für den Herzog von Wellington. Diese Heldenverehrung für den Bezwinger Napoleons und Verbündeten des preußischen Haudegens Blücher beschränkte sich bei dem großen, mit ebenmäßigen Zügen (die ganz, ganz leicht an ein sanftäugiges Schaf erinnerten) ausgestatteten Harrison besonders auf die stets noblesse oblige wahrende Haltung des Herzogs, während sie für Dale eine Art Weltanschauung war. Wellington war für Dale, was Atatürk für Tussani: ein Vorbild.

»Dem Herzog hätte dies gefallen«, sagte Dale oft zu sich selbst oder zu Marjorie, wenn ein Problem auf faire Weise gelöst worden war, und mit dem Gouverneur trank er nicht selten bei Dinnerparties auf das verehrte Vorbild.

Dale war nun an jenem Abend in der großen weißen Villa Harrisons, in den Hügeln am Rande der Hauptstadt gelegen, eine repräsentable Figur, die Keith Harrisons eleganter Erscheinung nicht nachstand. Und wenn Dale auch gewöhnlich Eitelkeit fernlag, er sie, wie auch jede Schaustellerei, verachtete, so geschah es doch manchmal – in allerdings seltenen Momenten, wenn er sich besonders stark seinem Vorbild Wellington verbunden fühlte –, daß er versuchte, einen Abglanz der verehrten Gestalt in die Gegenwart hineinleuchten zu lassen. Er tat dies wie ein Schauspieler, der seinem Publikum einen Charakter der Geschichte zu vergegenwärtigen sucht – aber da Dale ein schlechter Schauspieler war, mißglückte diese Interpretation Wellingtons meist. – Blücher hätte ihm da ganz entschieden besser gelegen. So folgte solchen Versuchen, dem heute noch durch englische Geschichtsbücher als unantastbares Ideal geisternden Feldherrn auch in äußerer Haltung nahezukommen, meist unweigerlich ein kleines genantes Gefühl der Lächerlichkeit. Attitüden des 19. Jahrhunderts paßten eben meist nicht ins zwanzigste.

An diesem Abend – und er erinnerte sich gut an ihn – betrachtete sich Dale mit der Fliege aus feiner Seide, den aus Marjories Familie stammenden, mit Brillanten besetzten Manschettenknöpfen und einem zur Farbe der Krawattenschleife passenden rotseidenen Kummerbund – solchermaßen akzentuiert durch äußere Eleganz – Wellington besonders seelenverwandt. Und die Dinnerparty des Gouverneurs an jenem Abend, schien sie nicht geradewegs aus Wellingtons Tagen auferstanden? Selbst die livrierten Diener, die in weißen langen Hemden mit mohnfarbenen Turbanen und grünseidenen Kummerbünden lautlos wie dekorative Schemen der Vergangenheit einherhuschten, verbreiteten einen Hauch des 19. Jahrhunderts, *seines* Jahrhunderts.

Indem nun Dale, die Anwesenden angenehm überragend, sich unter die zwitschernde Menge Cocktailtrinkender mischte, das vornehme Gehabe seiner Landsleute, das er gewöhnlich verachtete, heute amüsiert betrachtend, fiel ihm ein kleiner Schwarzer auf, der verloren in einer Ecke des Raumes stand. Er war offenbar Anlaß der Belustigung einer Gruppe, der sich Dale eben näherte, eines Amüsements, das man diskret zu vertuschen sich bemühte: Man wandte ihm den Rücken, drehte lächelnd die Augen zur Decke, flüsternd seine inkongruente Erscheinung kommentierend. Und in der Tat bot er ein seltsames Bild. Im leicht schäbigen Gehrock und Homburg war er geradewegs einem Requisitendepot: ›der englische Gentleman der dreißiger Jahre‹, entstiegen – ein Fliegenwedel aus weißem Affenhaar schien, einem Taktstock gleich, den Einsatz zu einer Operette zu erwarten. Mpembwe sah aus wie ein schwarzer Doolittle aus ›My Fair Lady‹.

Dale ging auf ihn zu und bot ihm die Hand. Dies also, dachte er, sind die kommenden Männer – Homburg tragende, Fliegenwedel schwenkende Poseure. Mpembwe, riesige Augen auf ihn gerichtet, begegnete ihm mit zuvorkommender, ja, beinahe unterwürfiger Liebenswürdigkeit. Aber der Teufel hatte Dale doch geritten und ihn mit einem Hauch – (wie er glaubte!) wellington'scher – Herablassung, die ihm jedoch sofort in bäuerliche Pompösität entglitt, sagen lassen:

»Sie wollen also einmal unsere Rolle übernehmen, Mr. Mpembwe, glauben Sie, es denn besser machen zu können?« Mpembwe lächelte mit halb geschlossenen Augenlidern und erinnerte stark an einen schlafenden Pavian. Seine wulstigen Lippen bebten im Timbre einer sonoren Stimme:

»Sie habe Ihre Rolle gut gespielt, Mr. Dale«, sagte er, »aber eben nur eine Rolle – und nun ist sie ausgespielt. Nein, keine Rolle für uns, Mr. Dale, uns gehört die Wirklichkeit ...« (er sprach, als stecke ihm eine Hummel in der Kehle, seine Stimme erinnerte Dale an einen Laienpriester, einen Holy Roller, dem er einmal in Londons Hyde Park zugehört hatte.) »Wir werden unser Land selbst regieren. *Unser* Land, Mr. Dale. Und wir werden es gut regieren.« Dale nickte. Die Leichen im Chanunka fielen ihm ein, der süße Geruch des Kadavers vor seinem Haus – er wollte darüber sprechen, es dieser Selbstgerechtigkeit Mpembwes entgegenhalten – unterließ es aber, denn er kannte die Erwiderung: ›Vorboten des Umsturzes‹, ›Nachwehen der Kolonisation‹ – alles würde vorübergehen, eine gerechte neue Welt entstehen – so predigten sie alle, diese weißen und schwarzen Weltverbesserer. Und deshalb sagte er nur:

»Doch Ihre Absicht eines Ein-Parteien-Staates, wo bliebe bei diesem Konzept die Demokratie? Und Sie wollen doch Demokratie, nicht wahr?« Wieder lächelte Mpembwe. Er zeigte große weiße

Zähne, ebenmäßig wie die Tasten eines Klaviers – Dale bemerkte, daß die schwerlidrigen Augen weiß bewimpert waren: Mpembwe war nicht mehr jung. (Niemand wußte, wie alt er wirklich war, die meisten Schwarzen dieser Gegend kannten ihr Alter nicht.)

Wieder senkte er wie ein Priester in nachsichtiger Überlegenheit die Lider, seine Worte drangen in dunklem Sing-Sang an Dales Ohr – und wider Willen bewegten sie ihn:

»Ich höre die Stimme Englands«, sagte Mpembwe, »eine vertraute Stimme. Demokratie – doch bitte nur im eigenen Land, in den Kolonien der Gouverneur, Dekrete, Ukasse. Ich habe lange Jahre in Ihrer Heimat gelebt, Mr. Dale, und als junger Mann habe ich für Ihr Land gegen die Japaner gekämpft. Und mit mir kämpften Tausende unbedarfter Schwarzer, aus Dörfern kommend, in denen sie nie vernommen hatten, daß es außer Afrika noch andere Erdteile gab. Sie kämpften getreu für die Interessen eines fremden Volkes. Wir waren Ihnen ergeben, wir vertrauten Ihnen. Und immer haben wir Ihnen Hochachtung entgegengebracht. Warum sollten wir Ihre bewährte Regierungsform nicht fortführen wollen: ein Mann, ein Staat – mehrere Parteien würden doch nur verwirren, nicht wahr?« Dale erwiderte Mpembwes Lächeln.

»Aber glauben Sie nicht«, antwortete er mit nun leisem Unbehagen – denn nur zu deutlich war ihm die Bürde der Vergangenheit wieder einmal bewußt geworden, dieser einst glorreichen und, ja, auch bösen Vergangenheit seines eigenen Volkes, – »glauben Sie nicht, daß in unserer Zeit ein Volk wie das Ihre, das sich aus so vielen Stämmen und Sprachen zusammensetzt, demokratisch leichter regierbar wäre?« Mpembwe ließ langsam die Quaste des Fliegenwedels durch seine Finger gleiten, dann sagte er, immer noch lächelnd:

»Auch hier werden wir uns Ihrer Tradition bedienen: Divide et impera – wie die Römer es für Sie waren, so werden Sie jetzt unser Vorbild sein.« Dale entgegnete etwas von geschichtlichem Wechsel, ... einer neuen, besseren, wahrhaft demokratischen Welt – er fuhr sich dabei nervös durch sein widerspenstiges Haar – und dachte, während er sprach: »Was rede ich da – diese neue Welt, sie wird nicht besser sein als die alte, nur anders, und vielleicht sogar grausamer, gleichgültiger.«

Mpembwe hörte ihm geduldig zu, ihn mit riesigen schwarzen, in milchiges Weiß getauchten Augen sanft wie ein ›Bull Mastif‹ betrachtend. In seinem Blick lag, trennend wie eine Mauer, fatalistische Gleichgültigkeit. Dale kannte diesen Blick, so hatte ihn erst vor einigen Tagen Moses angesehen, als er ihm vorhielt, ein Stück Garten, das er ihm zum eigenen Maisanbau überlassen hatte, nie gewässert zu haben:

»Wir gießen unseren Mais nicht, Bwana, das ist nicht unser Brauch, wir warten auf den Regen«, hatte Moses erwidert und mit eben diesem Blick Mpembwes auf ihn und sein verdorrtes Maisfeld geblickt.

»Erlauben Sie mir zu vermerken«, riß Mpembwe ihn aus seinen Gedanken, »daß es viele Arten der Demokratie gibt – wir werden die uns gemäße wählen ...«

»Tun Sie das«, entgegnete Dale, »aber vergessen Sie dabei nicht, daß jede Form der Demokratie mit dem Selbstbestimmungsrecht beginnt. Dieses Recht muß unbedingt gewahrt werden ...«

»Aber wir werden es wahren«, rief Mpembwe, sich nun plötzlich eines urbanen Tones bedienend (der salbungsvolle Priester hatte sich verabschiedet!), er schwang den Fliegenwedel wie ein Kriegsbeil durch die Luft, zerrte die Affenhaare so heftig durch gespreizte Finger, daß sich ein paar lange weiße Haare lösten und in spastischer Verschnörkelung an seinem Gehrock haften blieben – sie erinnerten Dale an flüchtige Kreidezeichen einer geheimen Ufischrift.

»Mißverstehen Sie uns nicht, die Congress Party wird selbst bestimmen«, rief Mpembwe, während das Brummen der Hummel in seiner Kehle ein paar Kadenzen hochkletterte, sich überschlug, um blubbernd zitternden Lippen zu entweichen, »die Congress Party wird ein absolutes Selbstbestimmungsrecht ausüben. So sehen wir das, Mr. Dale.« Er lachte jetzt mit weit offenem Mund, so daß es schien, als bestünde die Hälfte seines Gesichtes aus riesigen Zahnschaufeln. Sein Lachen wurde von Geräuschen der Party verschluckt, es wurde lautlos, wie das Lachen in einem Stummfilm. Und Dale sah es plötzlich zu einem Bild erstarrt, aus dessen stummem Mund sich eine Sprechblase mit einer Zeile aus ›Alice im Wunderland‹ löste:

»Die Worte bedeuten genau, was ich will, daß sie bedeuten«, sagte Mpembwe mit der Roten Königin aus dem Märchen ...

»Kennen Sie Alice im Wunderland, Mr. Mpembwe?« fragte er, Mpembwe nickte.

»Dann wissen Sie auch, was die Rote Königin über die Bedeutung der Worte sagt ...« Mpembwe lachte glucksend.

»Ja«, sagte er, »die Bedeutung der Worte, ein schöner Satz von Mr. Carroll – sehen Sie, immer lernen wir von Ihnen, Mr. Dale, sogar Ihre Märchen nehmen wir uns zu Herzen.«

Dale entzündete sich eine Zigarre. Er bemerkte, daß seine Hände zitterten. Mpembwe und die Congress Party würden ihre eigene Demokratie kreieren, so wie Dillah mit seinen drei Frauen das Christentum eben auch auf seine Weise interpretierte. Und Orwells ›Animal Farm‹ kam ihn in den Sinn: Auch für Semberekas National Party hielt seine Literatur ein geflügeltes Wort bereit: „Alle Tiere sind gleich, aber einige sind gleicher als andere‹.

Er und Mpembwe sprachen jetzt über belanglose Dinge, doch Dale war wortkarg geworden. Die heitere Unbekümmertheit, mit der Mpembwe die Absichten seiner Politik offenbart hatte, ließen ihn doch eine Weile sprachlos.

Hatte er sich nicht eben noch überheblich wellingtonisch gefühlt? Was für ein Narr er doch war. Ja, auch er, ein Poseur. Eine neue Zeit, ebenfalls mit dem Slogan: ›Freiheit und Gleichheit‹, eingeläutet, hatte des Herzogs Welt unwiderbringlich hinweggefegt. So würde auch seine, Dales Welt, bald entschwunden sein – Männer wie dieser kleine Mpembwe würden dafür sorgen. Und neue, schön formulierte Entwürfe für eine bessere Gesellschaft würden sich finden und an der unerbittlichen Wirklichkeit zerschellen.

Nur einige Wochen trennten jetzt noch von der triumphalen Rückkehr Mpembwes aus England, und in den weißen und indischen Kreisen der Stadt kursierte eine Biographie des Präsidentenkandidaten, die seine Ehe mit einer weißen Prostituierten persiflierte. Ein geschmackloses Buch, das natürlich verboten werden würde. Es würde schlimmere Verbote geben – die obligatorischen Leichen waren der angekündeten Freiheit schon vorausgeeilt.

Dale fuhr jetzt durch eines seine ältesten Felder, sein Vorgänger hatte es vor sechzig Jahren gepflanzt. Die Stämme der Teestauden waren knorrig verschlungen wie die alten Bonsai-Bäume, die Wurzeln griffen tief in die Erde, als wollten sie sich in ihr versteinern. Doch bald würden sie nicht mehr sein, Teestauden lebten nicht länger als ein Mensch. Dale war es, als umklammerten ihre Wurzeln schmerzhaft sein Herz.

35) Ndolas Bar

Unter dem großen Feigenbaum schlugen seit Stunden die Trommeln. Ndola, klein, fett, mit dem Nacken eines Nilpferdbabies, riesigen Schaufelzähnen im dunkelvioletten Zahnfleisch und kleinen, zu einem Strich verengten Schweinsäuglein, traf seine Vorbereitungen. Tobwa, das einheimische Hirsebier – und Kachasu, der starke Maisschnaps standen bereit. Unter dem Sycamore-Baum hatte Ndola Palmblattmatten ausgebreitet, auf denen sich schon die ersten Gäste niedergelassen hatten, und auch die Musikanten mit ihren selbstkonstruierten Musikinstrumenten, geigenähnlichen Gebilden aus Palmholz.

Zur selben Stunde erhob sich Chiwaya von seinem Charpoy, setzte seine Toque auf und machte sich auf den Weg. Lange schon, bevor er Ndolas Bar erreichte, drang die rhythmisch spindlige Musik an sein Ohr – er schlenderte gelassen dahin, wiegte leicht seine in zu engen Khakihosen steckenden Hüften, den Kopf tief in den Nacken gelegt, da die Toque, beinahe über die Augen gezogen, seine Sicht behinderte. Manchmal regten sich zaghaft verschüttet geglaubte Lebensgeister, dann glitten Chiwayas Hüften nach dem dürren Rhythmus aus Ndolas Bar in kreisende Bewegungen, als befände er sich in einem Hula-Ring. Dazu ließ er die zu Fäusten geballten Hände, die Ellenbogen abgewinkelt, in der Bewegung einer Dampflokomotive kreisen. Solche Exzesse sich aus ihren Gräbern meldender Emotionen wichen jedoch immer bald wieder einem gesammelten, der Toque angemessenen Gleichmut. Chiwaya befand sich auf dem Weg zu einer Eigeninszenierung, und er durfte hoffen, daß sie mit gebührendem Applaus aufgenommen würde.

Als er unter dem Sycamore-Baum eintraf, war schon alles in vollem Gange. Chiwaya setzte sich an den Rand eines von Petroleumlampen erleuchteten Kreises, von wo er bequem in das funzelige Innere der Kneipe sehen konnte – er ließ sich von Ndola ein Glas Kachasu bringen und wartete. In der dämmerigen Kneipe konnte er Bandanas sich wiegendes, mit gelbem Kattun überspanntes Hinterteil sehen: Sie tanzte, mit den Füßen aufstampfend, ihre mit Butter polierten Schultern glänzten wie die bauchigen Whiskyflaschen Father Ricardos, die es auf dem Markt zu kaufen gab. Wenn das Licht der Petroleumlampe auf sie fiel, strahlte ihr Hinterteil wie eine von innen erleuchtete Melone.

Es war noch früh am Abend, doch die Dunkelheit war schon eingefallen und Chiwaya hoffte, daß er nicht lange zu warten haben würde. Aus einem herabhängenden Gewirr vom Licht der Lampen erhellter Zweige blinkten rot die Augenpaare der Vervet-Äffchen, manchmal bewegte sich eines von ihnen auf überhängenden Ästen dem erleuchteten Kreis entgegen, um schläfrig ein Treiben zu betrachten, das ihm nicht ganz fremd war: Sie, die Äffchen, hatten ihren ›Bierdrink‹, wenn die Marulafrüchte von den Bäumen fielen und zu Alkohol vergärten, und ihre Betrunkenen unterschieden sich dann nur wenig von diesen hier.

Chiwaya war bei seinem dritten Glas angelangt, als Stanley eintraf. Es war nun völlig dunkel, aber der Mond war noch nicht aufgegangen, und so erkannte Chiwaya Stanley erst, als dieser in den Kreis des Petroleumlichtes getreten war. Niemand hatte ihn noch bemerkt. Chiwaya erhob sich und schlenderte auf ihn zu – sein an Verwesungsdüfte erinnernder Kachasuatem schlug Stanley entgegen, den plötzlich ein unbehagliches Gefühl überkam, denn er bemerkte, daß Chiwaya ihn wie eine scheue Katze umschlich – offensichtlich bemüht, nicht in seiner Gesellschaft aufzufallen. Kriecherischen Abstand haltend, wies Chiwaya lediglich mit einer leichten Bewegung seines Kopfes auf Bandana, die eben wieder durch einen Lichtstrahl tanzte. Sie tanzte auf eine monotone, schwere, doch geschmeidige Weise – Stanley kamen spielende Nilpferde in den Sinn, behende trotz ihres Volumens dahingleitend, einer geheimnisvollen, nur ihnen vertrauten Wassermusik lauschend. Manchmal klatschten die Zuschauer, leicht den Rhythmus der Musik andeutend – ein zaghaftes Klatschen war es, das vor sich selbst zu erschrecken schien und sich sogleich wieder unter der leichten Musik und den Tiergeräuschen der Nacht verbarg.

Stanley sah, daß es nur Frauen waren, die tanzten, ihre Hüften schwenkend, mit den Köpfen den Takt nickend, den Rhythmus der skelettösen Musik, die verloren die Nacht durchzitterte, aufnehmend. Und einen Augenblick wünschte er – und dachte, was Dale so oft beim Anblick solcher Tanzenden empfunden hatte: daß sie immer unter diesem gewaltigen Baum tanzen, daß kein moderner Tanzpalast jemals dieses nächtliche Vergnügen in laute, kreischende Töne verwandeln würde.

Aber sogleich holte ihn seine Mission wieder ein, er betrat die Kneipe. Während sich jetzt die Männer in die Mitte des Raumes begaben, um ihrerseits zu tanzen, näherte sich Stanley Bandana. Bandana erschrak, als plötzlich dieser weiße Mann zu ihr sprach, und sie stieß kleine Schreckensrufe aus, als er sie am Arm nahm und versuchte, sie aus der Kneipe ins Freie zu ziehen. Sie riß die Augen auf, zog die Lippe mit der hübschen Hasenscharte bis unter ihre Nase und bleckte die weißen Zähne, daß sich die Äffchen in den Bäumen erschreckten und ihrerseits das gleiche taten. Worte wie ›Unzucht‹ und ›Familie zerstören‹ schlugen an ihr armes Ohr, sie, die vom Dorf sanktioniert, nur bei in Not Geratenen aushalf, sah sich plötzlich aufs schrecklichste beleidigt. Aber da Bandana ein gutes Mädchen war, schrie sie nur erbärmlich, und sie hätte Stanley sicher sofort alles vergeben, hätte er sie nur losgelassen. Aber Stanley wollte nun überzeugen, warnen, erklären, ja, auch drohen, wie es eben guten Mitgliedern seiner Kirche geziemte.

Er wurde durch starke Fäuste, die sich in seine Magengegend gruben, an solch frommer Absicht gehindert. Die Musikanten ließen ihre Instrumente zu Boden sinken und sahen begeistert Bandanas Rettung zu, die Äffchen kreischten und wippten zähnefletschend mit ihren Hinterteilen: Auch dies kannten sie nur zu gut, es war der Kampf ums Weibchen, der hier stattfand, und mit Stanleys totaler Niederlage endete. Und da nichts frustrierender und auch verletzender ist, als in missionarischer Absicht verkannt zu werden, sah der eben golden hinter dem Sycamore-Baum aufziehende Mond einen schluchzenden Stanley Hood, der verzweifelt seine Finger in die Erde grub, und trotz eines starken Dranges, sich zu entfernen, dazu ganz und gar nicht mehr in der Lage war. Bandanas starke Männer hatten sich beruhigt; wenn ein solides Quantum Kachasu ihnen Heldenmut verliehen hatte, so waren sie jetzt ernüchtert durch den Anblick des weißen Missionars, der sich hilflos zu ihren Füßen krümmte. Und mit der größten Zartheit hoben sie ihn nun auf, trugen ihn in einen dunklen Raum, der sich Ndolas Kneipe anschloß und legten ihn dort auf ein Charpoybett. Stanleys blutüberströmtes Antlitz ängstigte sie, und als er mit einem Schwall Blut einen Zahn ausspuckte, jedoch keine Anstalten machte, sich zu erheben, sie mit leeren blauen Augen nicht mehr wahrzunehmen schien, wußten sie, daß sie ihn ins Krankenhaus bringen mußten.

So trugen ihn vier Männer auf dem Charpoybett durch Truchilla, und damit Stanleys blutüberströmtes Antlitz niemanden ängstige, bedeckten sie es mit einem weißen Tuch, was Stanley das Aussehen eines Toten auf seinem letzten Weg verlieh; ein gottlob würdiger Anblick nach unwürdigem Geschehen.

Das Krankenhaus lag verlassen, und Schwester Sally mußte herbeigerufen werden. Ungehalten über die nächtliche Störung blickte sie, im weißen Nachtgewand ein gespenstischer schwarzer Zerberus, auf dieses bleiche, mit Blut besudelte Bündel (ein Faustschlag hatte Stanleys Kiefer unter sein rechtes Ohr versetzt, so daß sein Gesicht nun einem Picasso-Portrait ähnelte).

»Wo, um Himmels Willen, ist dies geschehen?« rief Schwester Sally, sich über Stanleys Gesicht beugend, und erhielt aus kaum sich öffnenden Lippen die Antwort: »Ndolas Bar.« Schwester Sally richtete sich auf, das Erschrecken in ihren Augen wich kalter Verachtung, mit einem langen schwarzen Finger stach sie in Stanleys Brust:

»Pfui«, sagte sie, »schämen Sie sich, ein Bwana und noch dazu ein Missionar in Ndolas Bar – es geschieht Ihnen ganz recht! Sie hatten dort überhaupt nichts zu suchen!« Doch Stanleys eisiger Blick ließ sie verstummen. Es war der Blick Robespierres in seiner letzten Stunde, von seiner eigenen Revolution schmählich verraten.

In Ndolas Bar hatten die Musikanten ihre Musik wieder aufgenommen, Bandana wischte sich mit einem Volant ihres Kleides das tränennasse Gesicht:

»Er hat gesagt, daß ich eine Hure bin«, schluchzte sie, und ihre kleine Hasenscharte zuckte mitleiderregend und sehr kaninchenähnlich. »Ich bin keine Hure, ich bin doch hier zu Hause und Huren gibt es nur in der Stadt.« Und Bandana, die so eine feinere Abstufung ihres Gewerbes definiert hatte, erhielt allgemeine Zustimmung. Daß sie in dieser Nacht nach Stanleys ungehörigem Überfall in allen Ehren getröstet wurde, versteht sich. – Die Äffchen kannten auch dies, sie kümmerten sich aber zu dieser Stunde nicht mehr um die Menschen – der Mond war nun voll und beherrschte hypnotisch den Himmel, und sie kuschelten sich aneinander und blickten mit weit geöffneten Augen somnambul in seine Scheibe, bis auch ihnen die Augen zufielen und es ruhig wurde unter dem Sycamore-Baum in Ndolas Bar.

36) Salinas Metaphysik

»Er hat sich in Ndolas Bar geprügelt? Er, ein Missionar, was hatte er dort zu suchen?« Salina stellte die Frage, die Truchilla bewegte, an Nr. One. Eben hatte ihr Nr. One die Nachricht vermittelt:

»Er ist fast tot, Ndolas Stammgäste haben den Daktari beinahe totgeschlagen, sie mußten ihn, weil er so tot war, zum Hospital tragen, und danach hat es ihnen leid getan, daß ihre Fäuste von dem Kachasu so stark wurden, und sie sagten, daß es Arete war, die ihnen Blei in die Fäuste gegossen hat, damit der Daktari verschwindet, weil Arete ihn nicht hier haben will.«

»Was für ein Unsinn«, sagte Salina, sie hatte die Stirn in Falten gelegt, doch ihre kohlumrandeten Augen zeigten dieses stille Vergnügen, das anderer Ungemach dem Menschen gewöhnlich vermittelt. Ein süßlila Seidenleibchen umschloß knapp ihre kleinen Brüste, der gleichfarbene, ganz zarte Sari balancierte zusammengefaltet auf der Kugel des Schultergelenkes, ihre Taille zeigte sich nackt bis knapp über den Nabel, gerade noch von weißseidenen Jalwars bedeckt. Nur eine winzige Falte zeigte diese Taille in der glatten olivfarbenen Haut, sie umzeichnete zart eine kaum merkliche Wölbung, nur eben die Andeutung eines Bauches, und auch darin glich Salina gewissen Statuen auf indischen Tempelfassaden. Den Ellenbogen auf den Tresen gestützt, hielt sie die Fingerspitzen der feingliedrigen Hand sanft nach oben gewölbt, so als erwarte die Hand einen Vogel, daß er auf ihr Platz nähme. Nr. One konnte nicht umhin, die anregende Glätte dieser Taille zu bewundern und hielt die Augen darauf geheftet, von Salina bemerkt und gleichgültig gnädig geduldet.

»Also, warum haben sie ihn verprügelt, was hat er getan?« Nr. One löste die Augen von Salinas Taille, und es war nicht auszumachen, ob der Glanz in ihnen ihr oder der nun folgenden Erzählung galt:

»Der Daktari«, begann Nr. One, »erschien plötzlich in Ndolas Bar, er ging hinein und stürzte sich auf Bandana, die gerade tanzte. Er wollte sie unbedingt mitnehmen, und er sagte schlimme Worte zu ihr. Und weil Bandana nicht mit weißen Männern gehen darf, sondern nur mit uns hier aus dem Dorf, schrie Bandana und wehrte sich, aber der Daktari ließ nicht locker. Da halfen ihr die Männer, aber weil der Daktari immer weiterfuhr, schlimme Worte zu sagen, mußten sie ihn verprügeln, damit er ruhig wurde und damit aufhörte. Dann konnte der Daktari nicht mehr laufen, und sie mußten ihn ins Hospital tragen. Schwester Sally war böse, als sie hörte, daß der Daktari in Ndolas Bar war.« Salina stieß verächtlich mit einer rotlackierten, beringten Zehe an die Tresenwand ...

»Ein Missionar«, sagte sie, »und Bandana – er muß betrunken gewesen sein. Natürlich geschah es ihm recht, aber sie hätten ihn nicht gleich halb zu Tode prügeln brauchen – hast du gehört, was er zu Bandana gesagt hat?« Nr. One lächelte scheu und wandte den Kopf zur Seite. Er hatte das Gefühl, daß er der Träger bedeutsamer Nachrichten war – und er wußte, daß dieser Bedeutung gemäß auch das Trinkgeld ausfallen würde. Die Wirkung mußte durch Verzögerung gesteigert werden.

»Nun, was hat er gesagt?« Nr. Ones harte Fußsohlen scharrten auf dem Boden, er wandte sein Gesicht wieder Salina zu, das kleine Zäpfchen an seiner Oberlippe zuckte.

»Er hat gesagt, er hat gesagt, daß Bandana eine, eine ...«

»Nun was, eine ..., eine Hure meinst du wohl, natürlich, ja, das ist Bandana, aber warum hat er das zu ihr gesagt, wenn er sie doch wollte? War er böse, weil sie sich weigerte, mit ihm zu kommen?« Nr. One war ernst geworden. Seine Herrin ging hier entschieden zu weit – er selbst hatte sich vor geraumer Zeit der Dienste Bandanas bedient, und niemand konnte sagen, daß er zu einer Hure gegangen war. Er mußte das richtigstellen.

»Bandana ist keine, keine ...«

»Oh, doch, sie ist eine, Nr. One, und wenn ihr das mit euren sonderbaren Bräuchen auch nicht wahrhaben wollt ..., Bandana ist eine kleine Dorfhure. Also, war er böse, weil sie nicht mitgehen wollte? War er das?« Nr. One überlegte und kam zu dem Schluß, daß, wer so schön wie seine Herrin war, ein Recht hatte, ungerecht zu sein. Diese kluge Einsicht, neben dem nun wiederkehrenden Gehorsam, der befahl, daß er seiner Herrin immer und absolut zuzustimmen hatte, beruhigte Nr. One.

»Er hat etwas von Dillah gesagt und auch von Dillahs Frauen, und sie beschuldigt, in Dillahs Haus Unfrieden zu stiften, er sagte, sie zerstöre seine Familie ... und auch, daß Dillahs zweite Frau sie in den Stall gesperrt hat.« Salina schüttelte ihr Haupt.

»Dillah? Was hat Bandana mit Dillah zu tun! Dillah ist der letzte, der Bandanas Dienste benötigte, er hat drei Frauen ...«

»Der Daktari hat gesagt, daß Dillahs Frauen in seinem Schweinestall Chigololo treiben ... und auch Bandana nachts in diesen Schweinestall kommt.« Salina überlegte. Und wie immer, wenn Salina überlegte, wurde ihr Gesicht ausdruckslos, es wurde eine Maske, in der die Unterlippe ein wenig lose hing, und die Augen, von zarten krokusfarbenen Lidern halbiert, etwas Somnambules erhielten.

»Schweinestall«, flüsterte sie, »warum haben sie Bandana eingesperrt, und dazu in einen Schweinestall?« Natürlich, Dillahs Zweite war eine Prostituierte – aber daß sie ihr Handwerk wieder aufgenommen haben sollte, und dies in Dillahs Schweinestall, nein, unmöglich. Die Frage mußte lauten: Warum und mit wem war Bandana eingeschlossen worden? Und plötzlich wußte Salina Bescheid. Einen Augenblick erwog sie, zu Dillah hinüberzulaufen, doch sofort faßte sie sich wieder. Nein, dies war nicht ihre Angelegenheit. Dillahs Frauen kauften zwar bei ihr ein und waren Kunden, aber persönlicher Kontakt war wenig vorhanden. Im übrigen würde sich Bandana nach diesem Bierdrinkskandal Mr. Hoods hüten, Dillahs Schweinestall noch einmal zu betreten – das Gebot der Stunde war nun, darüber Stillschweigen zu bewahren und Nr. One zu bedeuten, daß man es in Mr. Hood mit einem Verrückten zu tun hatte. Und deshalb sagte Salina:

»Das ist natürlich alles Balderdash, Bandana hat Dillahs Frauen besucht – und sie haben ihren Spaß mit ihm getrieben – und da er eben ein Msungu ist, und deshalb ein wenig verrückt, hat er alles mißverstanden. Und dann ist er ein Mann der Kirche, einer ein wenig beschränkten Kirche – du weißt, daß sie nur an diesen einen Gott glauben –, eine enge Betrachtungsweise, die sich natürlich auch im Leben auswirkt. Stell dir vor, dieser Gott sagt zu Bwana Hood: ›Wenn dich einer auf die rechte Wange schlägt, so halte ihm auch die linke hin ...‹ Was ist das für ein Gott, der seine Untertanen der Lächerlichkeit preisgibt! Dein Allah sagt: ›Bekämpfe deine Feinde ...‹, und mein Ganesha hier« – Salina warf einen liebevollen Blick auf den rosa Elefantensohn Shivas, »der wirft alle Feinde mit einem mächtigen Rüssel durch die Luft und damit basta. Und sogar Arete schickt ihren Donner und vernichtet, was ihr nicht paßt ...« Salina ließ sausend ihre flache Hand wie ein Schwert vor Nr. Ones Augen durch den Raum sausen und lachte. Nr. One lachte auch. Es gefiel ihm, wenn seine Herrin in herablassendem Ton über die Msungus sprach, obgleich sie doch selbst quasi dazugehörte. Und es gefiel ihm besonders, wenn sie seine Religion – die Aretes und Mohammeds – mit der ihren gleichsetzte und alltäglichen Dingen eine metaphysische Dimension verlieh. Und er verzieh ihr endgültig, daß sie Bandana eine Hure genannt hatte.

37) Chiwayas Erleuchtung

Es war nicht alles nach Chiwayas Plan gelaufen. Eine wohl durchdachte Aktion hatte auf unvorherzusehende Weise ihre Grenzen gesprengt und Kreise gezogen, die seiner Kontrolle entglitten waren. Seine Absicht, Dillahs Frauen eine Lektion zu erteilen, hatte einem Missionar beinahe das Leben gekostet – ja, ein bißchen Spaß hatte Chiwaya erwartet, Mr. Hood in Ndolas Bar – an sich schon eine effektgeladene Situation – verängstigte Frauen, vielleicht auch ein gehänselter Hood – und natürlich das Ziel des Ganzen: daß Dillahs Frauen davon erführen und vor ihrem Herrn und Gebieter erzitterten. Statt dessen war Stanley Hood zusammengeschlagen und Bandana gefeiert worden.

Dillahs Frauen hatten natürlich davon erfahren – er hatte beobachtet, wie Bandana am nächsten Tag während Dillahs Abwesenheit das Haus betrat und sich lange darin aufhielt, – die Frage war jetzt nur, ob Dillah selbst davon erfahren sollte. Obgleich Chiwaya nie so weit gehen wollte, war er jetzt nicht mehr so sicher, ob dies nicht geschehen mußte. Außerdem fürchtete er, daß Dillah von seinen nächtlichen Aktivitäten erfahren könnte. Es war alles sehr unangenehm, und es widerstrebte ihm, daß sich die Dinge auf eine Aktivität seinerseits hinzubewegen schienen, hin zu ihm, der doch genug Aktivität bewiesen hatte, indem er diese Inszenierung in Ndolas Bar behutsam vorbereitet, sich dazu in den frühen Morgenstunden diffizilen photographischen Arbeiten hingegeben hatte – die Zeit, die sonst so beruhigend träge dahinfließende, hatte ihm einen üblen Streich gespielt. Ein Chaosstau war entstanden und zog mit sich, daß Chiwaya sich unbehaglich, irritiert, und, ja, verängstigt fühlte. Denn es war da noch etwas, daß ihn zutiefst beunruhigte. Er hatte seinen Film entwickelt und festgestellt, daß trotz des morgendlichen Nebels eine wunderbar klare Aufnahme entstanden war, eine geradezu künstlerische Aufnahme, die unter Dillahs Mangobaum Dillahs zweite Frau zeigte – im langen weißen Nachtgewand – mit Bandana, die sich gerade eine Bluse zuknöpfte – sie standen in gelöster Haltung vor dem einen Spalt geöffneten

Tor des Schweinestalls, beide in offensichtlich heiterer Stimmung. Bandana lächelte im vollen zahnblitzenden Glanz ihrer Hasenscharte, Dillahs Zweite, so, wie man eben lächelt, wenn man endlich wieder einmal einen geliebten, aber abgelegten Beruf auszuüben die Gelegenheit hatte. Die Aufnahme war so scharf, daß in Bandanas Wuschelkopf noch Strohhalme auszumachen und der Schlüsselbund in der Hand von Dillahs Zweiter deutlich zu erkennen war. Aber es zeigte sich etwas Zusätzliches darauf, etwas, das Chiwaya auf seiner photographischen Expedition entgangen war, das der Nebel wohl verborgen, aber die Präzision der Kamera festgehalten hatte (dem Preis dreier Kühe war diese Vorzüglichkeit zu verdanken): aus dem Spalt des Schweinestalltores lugte ein Kopf, der Kopf eines Mannes. Ein breiter, mondgesichtiger Kopf, den Chiwaya noch nie gesehen hatte. Dieses Haupt gehörte nicht ins Dorf, und dies war es, was Chiwaya besondere Sorgen bereitete. Immer wieder schaute er die Photographie an, hoffend, daß dieses lächelnde Antlitz verschwünde – aber nein, da war es und grinste ihm entgegen und bestärkte Chiwaya in der Absicht, in Zukunft nie mehr sich zu bemühen, der trägen Zeit Chaos abzuringen: er hatte Unregelmäßigkeiten immer gehaßt und ihnen Vorschub zu leisten, war im Grunde ein perverser Wunsch gewesen, dem Chiwaya, das schwor er sich, nie mehr nachgeben würde.

Was sollte nun mit dieser Photographie geschehen? Mußte er sie Dillah zeigen? Und sich schnöder Spionage schuldig bekennen? Chiwaya zog die Samttoque tief über seine Augen und versuchte, diese belastenden Gedanken zu verdrängen. Bald würde es Mittag sein, aber auch dies war keine Zeit des Lustgewinnes mehr – Dillahs Frauen brachten ihm zwar seine Mahlzeiten wieder, aber eine Fahrigkeit, eine Mißachtung, mit der sie den Blechteller vor ihn hinschleuderten, zeigte, daß sie ihn verachteten, ja, vielleicht sogar verdächtigten. Doch zeigte ihr Betragen keinerlei Unterwürfigkeit, die man doch jemandem gegenüber, der ihre üblen Tricks durchschaut hatte, hätte erwarten können, es war freche Aufsässigkeit, die ihm in diesen kurzen Momenten entgegenschlug, und diese Aufsässigkeit, diese dirnenhafte Unverschämtheit, bestätigte ihm wiederum eines: Frauen waren böse Geschöpfe, die einen Mann ruinierten.

38) Chiwayas Rettung

In Chiwayas Depression hinein erschien Essabetala wie die Potenz aller Weiblichkeit. Heftig atmend und grunzend – es war früher Nachmittag und die Sonne peitschte die Straße – erklomm sie die kleine Anhöhe zu Dillahs Haus, sich ab und zu mit Tussanis Fliegenwedel über das Gesicht wischend. Essabetala haßte es, zu dieser Zeit auch nur einen Schritt aus dem Haus zu tun. Sie war ärgerlich über Tussani, den Imam, Bandana, die aufzusuchen sie sich aufgemacht, aber nicht angetroffen hatte, und nun war sie unterwegs zu Dillahs Frauen. Als Essabetala deshalb im Vorübergehen Chiwaya auf seinem Charpoy bemerkte, erinnerte sie sich ärgerlich an die ewigen prolongierten Siestas Tussanis, die sich oft bis in den frühen Abend hineinzogen, und, zartem Sadismus nachgebend (der eigentlich Tussani galt), ging sie zu Chiwaya hinüber und stieß ihm mit dem knöchernen Griff des Fliegenwedels seine Toque vom Kopf. Chiwaya richtete sich auf, sah sie wie eine im Schlaf gestörte Fledermaus mit hängenden Lidern an (eines tiefer als das andere) und seufzte schwer. Eben war er seinen Schwierigkeiten im Schlaf entflohen, und nun war da Essabetala, deren unbegreifliche Energie ihm immer bedrohlich erschienen war, bedrohlich und sehr, sehr störend. Und da sich Chiwaya nun nicht mehr in seinen Schlaf zurückziehen konnte, flüchtete er sich in Langsamkeit. Er hob mit Zeitlupenbewegung die zu Boden gefallene Toque auf, glättete sorgfältig das kleine Satinschleifchen, setzte sie sich wieder auf den Kopf und zog sie tief über die Augen. Mit beiden Händen hielt er sie über den Schläfen fest und ähnelte damit einem der drei bekannten Äffchen: jenem, das nichts hören will. Und er wollte in der Tat nichts hören, und es war ihm höchst unangenehm, als Essabetala, breitbeinig vor ihm stehend, den Fliegenwedel in den auf dem Bauch gefalteten Händen, sagte:

»Ich wünsche dir einen guten Tag, obwohl ich sehe, daß du ihn schon hast. Jeder Mensch hat einen guten Tag, der gut schlafen kann, und du, Chiwaya, schläfst fast immer (hier täuschte sie sich – wie sie bald erfahren sollte!).«

»Ich schlafe, wenn man mich läßt«, sagte Chiwaya, »und wenn es in diesem Dorf mehr Hochzeiten und mehr christlichen Glauben gäbe, hätte ich weniger Zeit zum Schlafen und mehr Geld. Aber statt Hochzeiten gibt es Chigololo und von meinen Missionsbroschüren will niemand etwas wissen.«

»Du scheinst aber für Kachasu Geld zu haben, Chiwaya«, sagte Essabetala, »ich habe gehört, daß auch du neulich abend bei diesem Bierdrink warst, bei dem Mr. Hood so Schreckliches passierte, und da ich gerade zu Dillahs Frauen unterwegs bin, die ja, wie man hört, auch etwas damit zu tun haben sollen, könntest du mir erzählen, was da in Ndolas Kneipe passiert ist. Warum, glaubst du, haben sie ihn verprügelt?«

»Ich weiß es nicht«, sagte Chiwaya, immer noch die Hände an seinen Schläfen, »ich weiß es nicht mehr.«

»Was heißt das, du weißt es nicht mehr, hast du es denn einmal gewußt?« Chiwaya stöhnte. Er war nicht eloquent. Er konnte schon einen unbedarften Missionar wie diesen Mr. Hood auf eine ihm genehme Fährte locken, aber mit Essabetala war das anders.

»Du hast es gehört, sie haben ihn verprügelt, weil er Bandana wollte«, sagte er zögernd, »weil Bandana eben bei Dillahs Frauen war, in diesem Schweinestall da drüben, ja, eben dem, den du da siehst.«

Die Unterhaltung nahm eine gefährliche Wendung, und Chiwaya war gezwungen, sich seine Worte zu überlegen.

»Und wer hat Mr. Hood gesagt, daß Bandana in diesen Schweinestall ging, wer war das, Chiwaya? Mr. Hood wird sich doch nicht hier auf die Lauer gelegt haben – hast du sie vielleicht gesehen, Chiwaya? – Wie ich sehe, steht dein Charpoy direkt Dillahs Schweinestall gegenüber, hast du Bandana da hineingehen sehen?« Chiwaya löste die Hände von Toque und Schläfen, es hatte keinen Sinn, er mußte zuhören.

»Man sieht und man sieht nicht«, sagte Chiwaya kryptisch, und Essabetala dachte einen Augenblick über diese zweideutige Antwort nach, zog die Augenbrauen zusammen und stülpte dann verächtlich ihre Unterlippe zur Kinnspitze hinunter, sie mit einem kleinen blubbernden Laut zurückschnellen lassend:

»Also, du hast sie gesehen. Und was hast du noch gesehen, Chiwaya? Nun sag schon, was hast du noch gesehen?« Und plötzlich fand Chiwaya, daß er sich offenbaren mußte, ja, er mußte diese Last loswerden, und sei es für den Preis gewaltiger Bemühungen ...

»Essabetala«, sagte er, sie am Arm neben sich auf den Charpoy ziehend, »es ist gut, daß du gekommen bist, ich wollte zu niemandem darüber sprechen, aber weil ich glaube, daß etwas sehr Gefährliches in Dillahs Haus vorgeht, viel gefährlicher als Chigololo, etwas das ich nicht selbst gesehen habe, aber das wie ein Geist auf meiner Photographie erschienen ist, auf dieser Photographie mit Bandana und Dillahs zweiter Frau ...«

»Was für eine Photographie – wer hat dir so eine Photographie gegeben?«

»Ich habe sie gemacht, Essabetala, selbst gemacht«, sagte Chiwaya nicht ohne professionellen Stolz, »ich habe Bandana da hineingehen sehen und ich habe geglaubt, daß sie und Dillahs zweite Frau etwas Schlechtes machen, du weißt schon, Chigololo, und dann habe ich als Beweis ganz früh am Morgen – die Hyänen waren noch unterwegs – diese Photographie gemacht, es war gerade ein bißchen hell geworden, und ich habe einen sehr empfindlichen Film genommen und gewartet, bis Dillahs Zweite Bandana aus dem Schweinestall herausließ, und dann habe ich auf den Auslöser gedrückt. Aber heute, heute erst, als ich die Bilder entwickelte, habe ich gesehen, daß noch eine Person auf diesem Bild ist. Aber ich schwöre dir, ich habe diese Person nicht mit meinen Augen gesehen. Sie ist von selbst auf diesem Film erschienen.«

»Wer, wer um Himmels willen, ist diese Person? Und warum mußtest du photographieren – nicht wahr, du hast die Geschichte auch diesem Mr. Hood erzählt, warum hast du dem davon erzählt?« Essabetala schüttelte Chiwayas schlaffen Arm, der als sich verselbständigendes Glied eines ruhebedürftigen Körpers auf den Charpoy gesunken war –«

»Mr. Hood«, sagte er, »gehört zu Dillahs Kirche, und da er gerade kam, um sich vorzustellen, habe ich ihm von der Chigolologeschichte erzählt. Er ist ein Missionar – und so etwas interessiert Missionare doch. Ich habe ihn gebeten, mit Bandana zu reden, damit Dillah sein Gesicht nicht verliert ...«

»Du scheinheiliger Tropf«, sagte Essabetala, »du wolltest Mr. Hood in Schwierigkeiten bringen und Dillahs Frauen dazu, und das hast du jetzt auch geschafft. Aber nun zeige mir sofort diese Photographie, du hast sie doch noch? Oder hast du damit auch etwas angestellt?«

»Ich habe sie, Essabetala, ich habe sie im Haus«, sagte Chiwaya eilfertig und erhob sich ungewöhnlich schnell – »komm hinein, ich zeige sie dir.« Chiwaya ging mit Essabetala in sein Atelier. Auf dem Kamerasarg saßen ein paar Tauben, Chiwaya scheuchte sie fort.

»Ich habe mir Tauben zugelegt«, sagte er entschuldigend, »das Essen ist nicht mehr so gut in letzter Zeit, und Tauben sind leicht zu halten, sie füttern sich selbst.«

Dann kramte er unter einem Stapel Missionsbroschüren einen schmutzigen Umschlag hervor.

»Hier sind sie«, sagt er, »hier sind die Bilder, ich habe einige Abzüge gemacht, aber der Kopf dieses Mannes ist auf jedem Bild.« Essabetala nahm ihren Fliegenwedel zwischen die Lippen – er hing wie die Hälfte eines langen chinesischen Bartes von ihrem Mundwinkel – und öffnete den Umschlag. Eine Sekunde später fiel der Wedel zu Boden und ein Schreckensruf scheuchte die Tauben in flatternde Aktivität. Chiwaya sah an ihrem Gesichtsaudruck, den weit aufgerissenen Augen, bemerkte an der Betonung dieses ›Assaaa!‹-Rufes, daß Essabetala den Geist auf der Photographie kannte.

»Wer ist es, Essabetala, ist es ...?« Essabetala sah Chiwaya todernsten Auges an und nickte. Ihrem Würstchenmund entrang sich ein zweites ›Assaaa‹, in dem Resignation, Indignation und Wut schwangen, eine lautmalerische Meisterleistung, wenn man bedenkt, daß Assaa nur aus einem Konsonanten und einem einzigen Vokal besteht.

»Die Bilder müssen verschwinden, sofort zerstört werden, Chiwaya, wenn sie der Constable bei dir findet, wirst du hingerichtet. Und vorher wird er dich foltern, Chiwaya, dir die Haut abziehen ..., die Fingernägel ausreißen ...« Chiwaya sah sie entsetzt an, sein halbes Augenlid zuckte.

»Hast du Streichhölzer?« Chiwaya hatte. Essabetala entzündete eines und hielt es an das erste Bild, bald waren sie alle in ein übelriechendes Häuflein Asche gesunken.

»Den Film, Chiwaya, du mußt auch den Film zerstören.« Chiwaya tat, wie ihm geheißen.

»So, das wäre erledigt«, sagte Essabetala. »Es ist dir hoffentlich jetzt klar, daß Dillahs Frauen diesem Mann auf dem Photo nur einen Gefallen taten. Jeder Mann braucht einmal eine Frau (»Ich nicht, dachte Chiwaya, ich ganz bestimmt nicht, ich habe genug von diesen Weibern.«), und da haben sie ihm Bandana gebracht. Das war natürlich sehr nett, aber auch sehr dumm. Dumm, weil sie nicht daran dachten, daß du, Chiwaya, nichts Besseres zu tun hattest, als dies auszuspionieren und auch noch Bilder davon zu machen.«

»Sag es ihnen nicht, Essabetala, ich bitte dich, sag ihnen nichts von den Bildern«, Chiwaya sagte es flehend, »sie kochen für mich, und ich glaube, sie verdächtigen mich schon ...« Essabetala klopfte sich mit dem Fliegenwedel gegen die Hüften.

»Von den Bildern sagen wir nichts. Daß du Mr. Hood von Bandanas Besuchen erzählt hast, wird sich nicht verheimlichen lassen. Die Hauptsache ist, daß du jetzt vollständig deinen Mund hältst. Der Constable wird von der Rauferei erfahren, wir werden alle dazu sagen, daß Mr. Hood Bandana gesucht hat, aus welchem Grund auch immer ... nur – kein Wort von Dillah.«

Chiwaya dachte, daß ihm nichts leichter fallen würde, als nie mehr in seinem Leben seinen Mund zu öffnen, er wußte nun, welch katastrophale Folgen dies nach sich ziehen würde, er wußte, er war dazu geboren, zu schweigen, die Zeit durch sich hindurchfließen zu lassen und sich von jeder menschlichen Wichtigtuerei fernzuhalten. Niemand konnte sündigen, der nichts tat.

39) Mr. Dale wird in Kenntnis gesetzt

»Was war das für eine Schlägerei in Ndolas Bar?« sagte Dale zu Dillah, »ich höre, sie haben Father Ricardos Doktor beinahe umgebracht ...« Dillah balancierte ein Tablett mit Teeproben auf seiner Schulter, er befand sich auf dem Weg zum Labor, wo die Güteresultate eingetragen werden sollten. Um beide wehte der heiße Wind der Trockenanlage, die Fließbänder surrten leise. Dillah setzte das Tablett auf einem Tisch ab, und Dale sah jetzt, daß die Haut seines Gesichtes eine fahle Brikettfarbe angenommen, die gesunde, glasierte Schwärze verschwunden war.

»Du siehst krank aus, Dillah«, sagte Dale, »du wirst mir doch keine Malaria bekommen, jetzt, wo der Tee einschießt«, und räusperte sich sofort verlegen, denn es fiel ihm ein, daß Dillahs sorgenvolles Aussehen wohl andere Gründe hatte. »Ich muß ihn ein wenig aufheitern«, dachte er und sagte: »Diese Geschichte in Ndolas Bar wird den Constable ablenken, er wird sich um die Leiden Mr. Hoods kümmern müssen – ich habe gehört, Mr. Hood ist übel zugerichtet worden, das muß ja eine massive Kachasuorgie gewesen sein – was machte deine Leute denn so rabiat, Dillah?«

Aber Dillah war nicht erheitert. Er stand mit der Pose des zum Tode Verurteilten vor Dale, seine Glieder schlotterten, er schien einem Kollaps nahe.

»Dillah«, sagte Dale, »du bist krank – geh zu Schwester Sally und laß dich verarzten, es wird eine Malaria sein ...«

»Nein, nein, Bwana«, sagte Dillah, Schweiß auf der Stirn, »nicht krank, es ist die Sache mit Mr. Hood ... Ich weiß nicht mehr ein noch aus, und wenn sich der Constable um die Geschichte kümmert, dann ist es aus, Bwana, dann bin ich verloren.«

»Um Himmels willen«, sagte Dale, »komm in mein Büro.«

Dort saß Dillah zusammengekrümmt vor Dales Schreibtisch, ein stattlicher Haufen Elend.

»Also, was ist passiert, Dillah ...«

»Es waren meine Frauen, Mr. Dale, Sie wissen wie Frauen sind, sie haben ein weiches Herz. Und besonders meine Zweite ist immer bereit, jemandem zu helfen, und für meine Jüngste war es einfach ein Spaß. Meiner Ersten haben sie nichts gesagt, leider, denn sie hätte diesen Unfug verhindert. So ist es meinen beiden Frauen eingefallen, Bandana in den Schweinestall zu Sembereka zu lassen, nur einige Male, Mr. Dale, sie hatten Mitleid mit ihm, weil er da immer so allein eingeschlossen war. Und jemand muß das gesehen und Mr. Hood davon erzählt haben. Und dann war Mr. Hood hinter Bandana her, weil er dachte, ja, ich kann es kaum über die Lippen bringen, Bwana, er dachte, daß meine beiden Frauen zusammen mit Bandana ein Geschäft daraus gemacht hätten, sie wissen schon, wie sie es in der Stadt haben. Wie Mr. Hood so etwas denken konnte, ist mir ein Rätsel. Und dann suchte er Bandana in Ndolas Bar. Und er war sehr böse mit ihr und versuchte, sie mit sich fort zu ziehen, und da dachten die Männer in Ndolas Bar, er wollte etwas von ihr, sie wissen schon ... und da haben sie Bandana verteidigt. Und leider ist Mr. Hood sehr verletzt worden – aber ich denke, Bwana, er hätte sich nicht in so etwas einmischen dürfen. Und wie Sie sagen, wird nun der Constable herumhorchen ...«

»Verdammt«, sagte Dale und versuchte, Dillah nicht merken zu lassen, wie ihn die Sache amüsierte, sein Gesicht bemühte sich, einen benevolenten Ausdruck anzunehmen, doch zuckte es verdächtig um seine Mundwinkel, er konnte nicht umhin, sich Mr. Hood als Verteidiger der Tugend vorzustellen, in Ndolas bangageschwängerter, nach Kachasu stinkender Höhle, ein weißer Bote christlicher Moral, ein Märtyrer seiner Prinzipien – aber natürlich die Sache mit dem Constable – man mußte die Geschichte ernst nehmen.

»Bandana muß sofort aus dem Dorf verschwinden, schicke sie in die Stadt, zu irgendwelchen Leuten, bis die Dinge geklärt sind, der Constable darf sie nicht zu fassen bekommen, hörst du, Dillah, sie ist ein einfaches Mädchen und wäre ihm nicht gewachsen. Ich werde Mr. Hood übernehmen, darauf kannst du dich verlassen.« Dillah atmete auf.

»Bandana ist schon fort, Bwana, sie ist in ein anderes Dorf zu Verwandten. Als meine Frauen mich informierten, bin ich sofort zu ihr gegangen. Wir haben ihr Geld gegeben und sie weggeschickt.«

»Gut so, also – ich werde mich um Mr. Hood kümmern, wenn der verdammte Constable nicht schon bei ihm war – und Lake, natürlich, Lake, auch er wird seine Nase hineinstecken. Und schimpfe nicht zu sehr mit deinen Frauen, Dillah, sie haben schließlich Verständnis für einen Mann gezeigt ...« Dillah lächelte gequält. Der Bwana hatte gut reden, er hatte nur eine.

40) Do-Gooders

An jenem Abend erwartete Dale eine Dinnerparty besonderer Art.

»Müssen wir da unbedingt hin?« hatte er Marjorie gefragt, und sie, die Schultern hochziehend:

»Wenn du Sue einen Korb geben willst, dann tu es ... Sie hat uns liebenswürdig eingeladen, und unsere beiden Damen würden sicher gern sehen, wie andere englische Familien hier so leben ...«

»Also, dann gehen wir halt in diesen Do-gooder Club.«

»John«, sagte Marjorie, »ich möchte nicht, daß du diese herabwürdigende Bezeichnung auf Sue anwendest, überhaupt verwendest ...«

»Herrgott«, sagte Dale, »sieh sie dir an – Häkeldeckchen und Kochbücher für die Eingeborenen – nichts als Selbstdarstellung und jetzt, wie ich höre, dazu noch der heilige Geist ...«

»Aber ihr Kochbuch ist doch nicht schlecht – endlich etwas anderes als Maisbrei und Bohnen ...«

»Balderdash ist das«, rief Dale, »wer kann hier schon lesen? Nichts als Wichtigtuerei ...«

»Aber sie hilft doch auch Sally im Krankenhaus!«

»Na ja«, sagte Dale, »ich glaube nicht, daß das Sally sehr begeistert.«

Sue Scarborough empfing sie in einem ihrer geblümten hausgeschneiderten Baumwollkleider, die an ihrer hageren Figur wie geplättete Laken hingen und keinerlei Einblicke in etwaige Weiblichkeit gestatteten. Sachlichkeit war Sues Konzept, dies war zwar nicht immer so gewesen, als sie, ein sehr junges Mädchen, mit Paul Scarborough in Mulanje eintraf, galt ihre Zuneigung der Kunst und ganz besonders der Literatur. Damals schrieb sie monatelang an einem Roman mit dem Titel ›Stationen des Lebens‹, der schon bis auf 60 Seiten gediehen war, und dessen Fortsetzungen eine Weile den Club unterhielten. Doch irgendwann zeigte das Buch sich störrisch, und als auch eine Änderung des Titels in ›Exzesse der Leidenschaften‹ nicht weiterhalf, gab Sue die Schreiberei auf.

Jetzt wollte sie etwas für die Eingeborenen tun, und da sie phantasiebegabt war, fiel ihr da so allerlei ein. Paul Scarborough, ihr Mann, weder literarisch noch religiös ambitioniert, der seit Jahren vergeblich nach der Direktorstelle in dem einige Kilometer von Mulanje entfernten Tee-Forschungs-Institut schielte, pflegte seine Ziele fördernde Interessen: Er war Mitglied der Nature Preservation Society, der Geographical Society und der Jagdgenossenschaft Mulanjes – Interessen, wie sie die weiße Gesellschaft gern verfolgte –, außerdem tändelte er mit einigen Organisationen der Schwarzen, die ihm nach der Unabhängigkeit weiterhelfen würden.

Tatsächlich wußte Paul nicht so recht, wie er über all die kommenden Veränderungen denken sollte, jedoch wußte er genau, was man in den entsprechenden Zirkeln dazu sagen durfte und was verboten war – verboten war, wo man den Gouverneur, District Commissioner, oder, wie er glaubte, so einen Burschen wie Dale antraf, über die Wahrscheinlichkeit eines sozialistischen Afrikas, die Einführung von Gewerkschaften etcetera zu sprechen, man erntete Lachsalven und wurde in die Gesellschaft Stalins und der Gulags gedrängt. In schwarzen Kreisen war es nicht angebracht, über die Vorteile einer Regierung, die sich an koloniale Muster lehnte, zu diskutieren, man katapultierte sich damit in die Gesellschaft Cecil Rhodes, Hitlers, und der fünfundzwanzig Peitschenhiebe. Paul Scarborough schwamm geschickt zwischen den Fronten.

Unberührt von Pauls feinerer Diplomatie sprach Sue gerne über die Verwerflichkeit von exzessiver Liberalität (Homosexualität etwa) – was ihr das Amüsement der Weißen und die besondere Aufmerksamkeit der Schwarzen eintrug: – daß sich eine weiße Frau damit beschäftigte, gab den Diskussionen hohen Unterhaltungswert.

Als Sue ihre Gäste nun mit salopper Herzlichkeit empfing, ihnen, die großen blauen Augen strahlend, mit festem Händedruck versicherte, daß sie sich freue, Gleichgesinnte in ihrem Haus zu empfangen, Frauen, die sich, wie sie selbst, den Ärmsten der Armen widmeten, fühlten sich Ethel und Anne aufs angenehmste bestätigt. Ihre Gastgeberin erinnerte sie an Tierschützerinnen daheim, Feministinnen, die mit festem flachen Schuhwerk einhergingen, mit entschiedenen Stimmen Befehle erteilten, Frauen in direkter Folge der Suffragetten, die noch nicht von diesem gefährlichen Bazillus der Liberalität ergriffen waren, der, wie auf dem Kontinent, verruchte Formen angenommen hatte. Sie blickten auf Sue, ihren kurzen Lockenkopf, den sie im Takt ihrer Sätze tanzen ließ, ihre großknochigen Hände, deren Handflächen entschieden die Luft durchschnitten, mit unverhohlener Bewunderung.

»Diese schrecklichen Krankheiten hier«, sagte Sue, »leider sind unsere Bemühungen nur ein Tropfen auf einen heißen Stein ...«

»So ist es«, rief Anne begeistert, »wie hätten wir ahnen können, daß menschliche Grausamkeit diese Ärmsten der Geschöpfe – Geschöpfe Gottes wie wir – in solchem Maße quälen kann – wir haben unerhörte Dinge in diesem Land gesehen ... erst heute ...«

»Sagen Sie dies hier nicht zu laut«, sagte Sue mit einem Seitenblick auf Dale, »wir haben heute abend ein paar Erzkonservative unter uns ...« Ethel sah mit blau überraschtem Blick auf Sue:

»Nun ja, Mr. Dale hat eine rauhe Schale ..., aber wir bekamen doch den Eindruck, daß es mehr die Einheimischen sind, denen diese schreckliche Grausamkeit und Gleichgültigkeit eigen ist.«

»Gleichgültig, ja, das sind sie, stoisch diesen scheußlichen Krankheiten gegenüber, die seit Generationen kaum behandelt wurden, Bilharzia, Ringwurm, ...«

»Ich wußte gar nicht«, sagte Anne, »daß Katzen Ringwurm und Bilharzia bekommen, vielleicht war es dies, unter dem dieses arme Kätzchen litt ..., erst heute, ein Kätzchen, verlassen, mit Geschwüren übersät.« Sue, ein Glas in der Hand, die Beine unter dem langen Kattunrock militärisch auseinandergestellt:

»Ein Kätzchen? Was hat eine Katze damit zu tun?« Marjorie stellte ihr Glas mit Orangensaft, das Paul Scarborough ihr eben in die Hand gedrückt hatte, langsam auf den Tisch zurück.

»Es scheint hier eine kleine Verwechslung vorzuliegen«, sagte sie, die Augen entschuldigend auf Sue gerichtet, »die beiden Damen sind hier, um sich um die armen Tiere zu kümmern, ihre Gesellschaft in London ... Du hast mich da am Telefon falsch verstanden.«

»So, so, Sie kümmern sich also um Tiere, glauben Sie nicht, daß es vielleicht angebrachter wäre, sich um Menschen zu kümmern?« und an Paul gewandt: »Natürlich, für Tierschutz haben sie in London Geld, ...« Paul Scarborough versuchte weltmännisch zu vermitteln:

»Aber, meine Liebe, du wirst doch nicht leugnen, daß auch Tierschutz sein muß, die beiden Damen ..., und wo sollte unser Fleisch herkommen, wenn sich nicht jemand um Hühner und Rinder kümmerte?« Ethel und Anne sahen ihn dankbar an, obgleich ihnen sein Argument irgendwie schief zu hängen schien.

Dale wandte sich an einen sich den Kanapees widmenden Father Ricardo:

»Und wie ist es mit Ihnen, sind Sie auch für Tiere zuständig?«

»Es sind Ihnen offensichtlich die zehn Gebote nicht bekannt«, sagte Father Ricardo, »aber dies überrascht mich nicht.«

»Ja, nicht wahr«, sagte Anne, »da steht es doch ganz deutlich: ›Du sollst Tiere nicht quälen – und in der mohammedanischen Religion, das habe ich erst vor einigen Tagen erfahren, strafte Mohammed streng einen seiner Anhänger, weil er eine Katze quälte ... und die Leute in diesem Land, die doch Mohammedaner, Christen und Hindus sind, müßten das doch wissen, besonders diese Hindus, die doch selbst angeblich einmal Tiere waren oder werden ...«

Ein Gast, den Father Ricardo mitgebracht hatte – ein hagerer, langer Mann in den Fünfzigern, in verknautschten Khakihosen und einer leicht speckigen Krawatte, mit grauem, nach allen Richtungen stehendem Haar, hatte sich, ohne viel die übrigen Gäste zu beachten, auf einer Couch niedergelassen. Er erhob sich jetzt langsam, näherte sich dem Kreis um Ethel und Anne und sagte mit einem stark italienischen Akzent, Ethel zuprostend:

»Ich gratuliere Ihnen, meine Damen, zu Ihrem würdigen, jedoch aussichtslosen Unterfangen. Ich habe erst kürzlich einen meiner

Hunde verloren – einen feinen Kerl, einen Gentleman – wenn Sie mir diesen Ausdruck gestatten – und ich kann nur sagen, daß dieser Tod mich mehr erschütterte, als die Ermordung des amerikanischen Präsidenten ...«

»Aber natürlich, mein Lieber«, rief Ethel dankbar, »und gerade weil Tiere uns so nahe stehen ...«

»Giovannoni«, sagte Dale zu Marjorie, »du lieber Himmel, Giovannoni – ich hab' ihn jahrelang nicht mehr gesehen, er ist alt geworden, säuft sich wohl jetzt endgültig zu Tode.«

»Wie kannst du so etwas sagen«, sagte Marjorie spitz. »Er ist genauso alt wie du, und sicher trinkst du nicht weniger als er ...«

»Hallo, Doktor«, rief Dale, »lange nicht gesehen, wie gehen die Geschäfte – immer noch bei der Humanmedizin?«

»Sie haben recht«, sagte Dr. Giovannoni, sein leeres Glas unruhig in den Händen drehend, »ich sollte wechseln ... aber es lohnt sich nicht mehr. Die Welt ist in einem erbarmungswürdigen Zustand und bald wird man nicht mehr wissen, wer schlechter dran ist, die Menschen oder die Tiere – nur haben die Tiere ihr Schicksal nicht verdient.«

»Was ist das für ein defätistisches Geschwätz«, rief Sue Scarborough, »ein Arzt darf nicht solche Ansichten hegen – ich komme hier von einer kalten Dusche in die andere –, eben habe ich versucht, Father Ricardo von Glossolalia zu berichten – und leider keinerlei Interesse gefunden. Der Father hält nichts davon, obgleich es schon in der Bibel steht. Ich habe während meines letzten Urlaubes in Rhodesien einer Sitzung beigewohnt, es war erhebend, einfach erhebend, sie hätten das erleben sollen, die Leute sprachen in fremden Sprachen, die gar nicht existieren, Sprachen der Seele – es war hinreißend ... könnte ich bloß selbst ein solch geistiges Erlebnis erfahren« ...

Dale, der grinsend zugehört hatte, sagte:

»Das wirst du, Sue, das wirst du, da bin ich ganz sicher«, und Anne sagte:

»Die Tiere sprechen immer die Sprache der Seele, und nur zu oft sind ihre Seelen voller Angst und Bedrückung ...«, und Ethel fand, daß sie sich wieder einmal jenes salbungsvollen Prälatentons bediente, der ihr so zuwider war – Sue hingegen drehte sich energisch auf ihrem Absatz um und sagte:

»Also, ich will jetzt nichts mehr von Tieren hören, ich spreche hier von der Bibel!«

»Der heilige Geist«, sagte Ethel freundlich, »er ist doch auch in der Gestalt einer Taube erschienen, das bedeutet doch ...«

»Gar nichts bedeutet es«, sagte Sue, »eine Symbolik, Sie wollen doch sicherlich nicht behaupten, daß der heilige Geist eine Taube war.« Dr. Giovannoni, der sich inzwischen wieder auf seiner Couch niedergelassen hatte, lachte:

»Zeus blieb auch Zeus, während er sich ganz gut als Schwan oder Stier machte – eine Tarnung ist mitunter auch für Götter sehr opportun – wobei natürlich nicht ganz klar ist, ob der heilige Geist als maskulin zu betrachten ist ...« Und an Father Ricardo gewandt: »Father, Sie sind hier die Autorität: War der heilige Geist männlich oder weiblich?« Der Father zuckte die Achseln. Er hatte die Konversation nur in Bruchteilen verstanden, außerdem schwante ihm gerade, warum Sue Scarborough ihn eingeladen und auch noch Dr. Giovannoni, seinen eigenen Gast, in Kauf genommen hatte: Sie wollte etwas von ihm. Sie hatte Glossolalia im Sinn und wünschte dazu seine Unterstützung. Gleich würde sie ihn fragen. Und da erschien sie schon.

»Father«, sagte sie, während sie sich über ihn beugte, ihm Whisky nachschenkte und ein paar Eiswürfel in sein Glas fallen ließ, »Ihre Kirche wird doch wirklich nur an Sonntagen frequentiert ...« Father Ricardo sagte:

»Wo denken Sie hin – da sind die Beichtstunden, die Frühmessen, die Kongregationsversammlungen ..., die Taufen.«

»Die Kirche ist ideal, es ist kühl da drinnen, die Leute mögen den Raum, die Heiligen sind inspirierend ...«

»Nein«, sagte Father Ricardo bestimmt, »nein, Kirche kommt nicht in Frage, ich halte nichts von Glossolalia – eine unseriöse Angelegenheit ... Nicht auszudenken, wie die Einheimischen das auszunützen wüßten ...«

»Wieso ausnützen – es wird ihr religiöses Empfinden fördern ...« Paul Scarborough sagte zögernd:

»Vielleicht sollte man ...«

»Was sollte man?« rief Sue, »natürlich bist du dagegen, du kannst dich doch nie für etwas entscheiden. Dale, Sie werden mir helfen, irgendeiner Ihrer alten Teeschuppen wird für meine Meetings geeignet sein ...«

»Wir werden sehen«, sagte Dale und an Ethel gewandt: »Was halten Sie davon, Ethel, Glossolalia, warum sollte sich der heilige Geist nicht einmal für Tiere interessieren, wo er doch selbst eine Taube war? Sie verstehen, ein bißchen Glossolalia ... gerade so viel, daß man ihn noch verstehen kann.« Ethel lachte:

»Ich wußte gar nicht, daß es so etwas gibt.« Sie war plötzlich in fröhlicher Stimmung. Dale ging auf die Veranda hinaus, vom Dorf kam Trommeln herüber, aus dem Busch das verrückte Kichern der Hyänen, gefolgt von immer den gleichen dumpfen Heulrufen: ›Whuuuu up, Whuuuu up‹.

Eine hysterische Untermalung, die den Blödsinn der Diskussion zu unterstreichen schien. Glossolalia! Und da blickten sie verächtlich auf Extra Pencil! Er beobachtete Sue, die eben heftig auf Dr. Giovannoni einredete, die leicht angegrauten Locken flogen, der kleine Kopf bewegte sich in kurzen Schüttelbewegungen, unter dem geblümten Kattunrock ragten die Beine bolzengerade, verloren sich in weißen Socken und flachem Schuhwerk. »Schade«, dachte er, »sie war vor Jahren ein bezauberndes Mädchen gewesen. Eine bedauernswerte Veränderung hatte stattgefunden, die nicht allein dem Klima und der Abgelegenheit hier zuzuschreiben war – sie hätte einen richtigen Mann gebraucht, einen, der ihr die Flausen austrieb – aber dieser kastrierte Fisch, Paul Scarborough, war unfähig gewesen, sie richtig in die Hand zu nehmen – handfesten Sex hätte sie gebraucht, jawohl ..., und Sue hatte sich eben in keine Affäre geflüchtet, sondern in die Religion, und all diese verdammten liberalen Ansichten, die heute so modern waren ... In früheren Jahren hatten sich solche Frauen zwar auch mit Religion beschäftigt, aber was da nun alles dazukam: Esoterik, Glossolalia, lauter Unfug …« Er schaute auf Dr. Giovannoni, der sich eingehend mit Ethel zu unterhalten schien, auch ein paar Frustrierte, diese Ethel und Anne, was für ein Narrenhaus die Welt war, und auch er selbst, er, der er glaubte, seinen Prinzipien treu zu sein, er und Harrison, die sie so gerne den Herzog von Wellington zitierten …, er gehörte zu einer im Versinken begriffenen Welt …

»Kann ich einen Ihrer alten Teeschuppen haben?« Sue stand vor ihm und riß ihn aus seinen Betrachtungen.

»Ja, meinetwegen, nehmen Sie sich den Schuppen hinter Karims Haus«, – hörte er sich sagen.

»Soll sie ihr Vergnügen haben«, dachte er und: »Paul wird sich ärgern«, er hatte Paul Scarborough immer verachtet, sein Lavieren zwischen den Fronten, seine vagen Ansichten, seinen Opportunismus. Da saß er jetzt neben Sue, hörte ihr ergeben zu, leicht vornübergebeugt, Hände und Gesicht von einer ungesunden gelblichen Weiße, die hellen Augen in unsicherer Indirektheit auf seine Frau gerichtet, die Nase weitflügelig, teigig, die schmalen Lippen zu einer fast runden Öffnung auseinanderklaffend, was ihm etwas Fischhaftes verlieh, das von den blonden Wimpern noch betont wurde. Er bemerkte, daß Dale ihn beobachtete, lächelte ihm zu, erhob sich, kam zu ihm herüber:

»Sue sagte mir, Sie hätten ihr einen Ihrer Schuppen zur Verfügung gestellt – das ist sehr freundlich von Ihnen, doch glaube ich, daß es keine sehr gute Idee ist, etwas so völlig Fremdes hier einzuführen – ich weiß nicht, ob das nicht zu Komplikationen führen könnte …«

»Wieso denn«, sagte Dale, »die Einheimischen lieben Mystik, das Land ist voller Hokus Pokus, es wird ihnen gefallen, daß es auch bei uns eine Menge davon gibt – und wie ich Ihre Frau kenne, werden es interessante Sitzungen werden.«

»Ich weiß nicht«, sagte Paul Scarborough, »ich habe ein unangenehmes Gefühl dabei … die Sache hat etwas von Revival Meetings …«

»So ist es«, sagte Dale, »diese Geschichten florieren in Amerika, aber schließlich hat auch Coca Cola hier seinen Siegeszug erlebt, warum also nicht Glossolalia? Geben Sie der Sache eine Chance …« Paul Scarborough sah ihn zweifelnd an, er wußte nie, woran er bei Dale war. Ein grober Bursche, dieser Dale, es fehlte ihm ganz entschieden an Sensibilität, die doch gerade in diesen Zeiten so nötig war. Was sollte man von einem Mann halten, der, wenn er betrunken war, seine Boys die eigene Nationalhymne singen ließ, sich offensichtlich noch als Empire Builder empfand und nicht einsehen wollte, daß das Empire schon fast verschwunden war und man sich arrangieren mußte – besser, man sah nicht zu viel von ihm. Andererseits – diese Glossolalia Meetings würden Sue an vielen Abenden fernhalten, langweiligen Gesprächen über Lepra, Empfängnisverhütung und Homosexualität konnte ausgewichen werden, sie würde diese Urlaube in Salisbury wiederholen – Urlaube, die ihm Zeit für gemächliche Trinkabende im Club erlaubten, in denen er endlich den ewigen Reibereien des Ehealltags würde entfliehen können.

»Es war doch eine sehr nette Party«, sagte Marjorie auf dem Nachhauseweg. Sie fuhren eben langsam den Hügel zu ihrem Haus hinauf, der Bungalow war erleuchtet, das filigrane Blattwerk der Flamboyantbäume leuchtete in blassem Grau.

»Und Sue ist so eine tüchtige Person, weißt du, sie erinnert mich immer an Lady Mountbatton, die habe ich einmal gesehen, als sie noch die Frau des Vizekönigs von Indien war, eine tatkräftige und so schöne Frau, immer voller Fürsorge für die Eingeborenen … eine Frau, die ihre Mission verstand …«

»Sicher«, sagte Dale, »sie war mit Leib und Seele dabei – was Sue abgeht, ist eine handfeste Affäre wie die Edwinas mit Nehru, eine wirkliche Inspiration, verstehst du …«

»Du mußt es ja wissen«, sagte Marjorie gedehnt und lehnte sich in ihren Sitz zurück.

Dale war jetzt guter Laune, er gab, wie er glaubte, ein durchaus treffendes Charakteristikum Paul Scarboroughs zum besten. Ethel und Anne kicherten verlegen – Marjorie aber blickte schweigend aus dem Fenster.

41) *Heilige Geister*

Jahan Tussani ruhte auf seinem Charpoy – umgeben von lästigen Fliegenschwärmen, die sich auf dem Tisch an verschmierten Maisbreiresten gütlich taten, plötzlich ohne ersichtlichen Anlaß ihren Weidegrund verließen, um seinen Kopf schwirrten, sich in seine Nasenlöcher verirrten – und dachte nach. Manchmal schlief er ein wenig ein, dann flossen sanft seine Gedanken in Träume, die zum Glück weitaus angenehmer waren als diese quälenden Betrachtungen, die ihn seit Tagen heimsuchten. Wie schon oft fürchtete Tussani, den Sinn seines Lebens verfehlt, ihm nicht genügend nachgejagt zu haben. Er war der Muezzin, gut und recht, aber was tat er sonst schon für seine Gemeinde – hatte er jemals wie Father Ricardo feurige Worte religiöser Überzeugung in ein begeistertes Publikum geschleudert? Seine Gebete vom Minarett – ja, sicher, seine Stimme war gut – manchmal glaubte er sogar, daß sie fähig sei, das Dorf zu bewegen – aber hatte er wirklich jemals jemanden durch eigene Worte erschüttert, zum wahren Glauben geführt?

Und hätte nicht dieser männlich seine Überzeugung verkündende Tussani, strahlend, athletisch, leidenschaftlich, auch Salina mitreißen, seinem Leben eine zarte und genußreiche Komponente hinzufügen können? Tussani sah sich auf dem Podium einer großen Halle inmitten eines erschauernden Publikums (die Halle glich Dales Teeschuppen hinter Karims Haus), vor sich einen in Gold gefaßten Koran, ... und aus dem Nebel einer wogenden beifallspendenden Menge eilte ihm Salina mit ausgebreiteten Armen entgegen, streifte einen zartgrünen Sari von der Schulter, legte diese feinen, biegsamen Hände um sein Gesicht und ...

»Wach auf, Jahan, ich muß dir etwas sagen«, Essabetala warf kreischend glucksende Kieselsteine auf das stille Wasser seines Traumes, zarter rosa Nebel löste sich in gnadenlos grellem Sonnenlicht, ein Stein traf schmerzhaft seinen Rücken, in den Essabetala eben einen respektlosen Zeigefinger bohrte. Er erwachte, zog heftig seinen Sherwani über den Kopf, stieß einen Fuß gegen das Holz des Charpoys und rief böse:

»Choka« (was soviel bedeutet wie ›fort‹, und oft zur Abschreckung von lästigen Hunden verwendet wird). Unberührt von diesem lapidaren und unhöflichen Befehl ließ sich Essabetala auf dem Rand der Seilbespannung des Charpoys nieder. Sie ächzte gefährlich. Tussani zog sich, in verzweifeltem Versuch, nachzitternde Träume zu retten, den Zipfel seines Sherwanis fester übers Gesicht, leider ein vergebliches Bemühen, denn jetzt riß ihm Essabetala den Stoff vom Gesicht, schnell, wie man einem Verletzten das Pflaster von der Wunde reißt. Tussani blinzelte schmerzhaft, hob abwehrend beide Arme, in den Bartstoppeln einer Wange hatte sich der Fliegenschwarm niedergelassen, er fuchtelte ihn fort und setzte sich endlich auf:

»Was zum Teufel ist los?«

»Mrs. Scarborough macht in Mr. Dales Schuppen Ufitis!« Essabetala trompetete es in sein Ohr.

»Mußtest du mich für einen solchen Unsinn wecken, was geht in deinem verwirrten Kopf vor, Europäer machen keine Ufitis ...« Essabetala erschlug mit ihrem Flip-Flop eine Kakerlake, sah, wie eine zweite sich anschickte, Tussanis Bein zu erklimmen, holte aus, besann sich eines Besseren und sah genüßlich zu, wie sie unter Tussanis Hosenbein verschwand. Jetzt sprang Tussani von seiner Lagerstatt, schüttelte, auf beiden Beinen tanzend, sein Hosenbein aus.

»Mußt du mich ewig mit deinem verdammten Geschwätz belästigen«, schrie er wütend, »kannst du mich nicht mit dem Balderdash deiner Leute zufriedenlassen, muß ich mir jeden Tag dieses unzivilisierte Zeug anhören ... Soll dies der Sinn meines Lebens sein?« Essabetala lachte, der Goldzahn blitzte.

»Es sind nicht meine Leute, Jahan, es sind die Deinen, du willst doch immer ein Bwana sein – geh doch selbst hin und schau, wie Mrs. Scarborough ihr Ufiti macht.«

»Europäer haben keine Ufiti ...«, rief Tussani bestimmt, und schlug auf den Charpoy, daß die Kakerlaken darunter erschrocken in alle Richtungen stoben. Essabetala entgegnete, eine herausgequollene honigfarbene Brust durch einen Klaps mit der Handfläche wieder an ihren Platz befördernd:

»Der heilige Geist bringt Mrs. Scarborough ihre Ufitis ... Mrs. Scarborough hilft ihm nur dabei.«

»Was für ein heiliger Geist?«

»Mrs. Scarborough sagt, daß der heilige Geist kommt und macht, daß sie in Sprachen sprechen, die nur der heilige Geist versteht, und alles ist sehr heilig.«

»So einen Unsinn habe ich nie gehört«, rief Tussani, den Charpoy attackierend, »und jetzt frage ich dich, wozu sie in Sprachen sprechen wollen, die niemand versteht ... Und was ist das für ein Blödsinn mit deinem heiligen Geist ...«

»Da haben wir's«, sagte Essabetala milde, »weil es meine Religion ist, gefällt es dir nicht. Aber ich erzähle dir trotzdem, was in Bwanagle's Schuppen passiert ... Alle dürfen kommen, und wenn sie genug gebetet haben, sprechen sie in Zungen, so heißt das, es ist so, daß die Zungen vom heiligen Geist bewegt werden, sagt Mrs. Scarborough. Nr. One hat schon mitgemacht, er hat mir gesagt, es ist ganz leicht, und er kann es am besten, wenn er genug Banga gekaut hat ... Dillah war gestern auch dort, aber bei ihm hat es nicht geklappt, er hat nicht genug gebetet und nur immer Mrs. Scarboroughs Bilder angeschaut ...«

»Was für Bilder?«

»Farbige Bilder – auf einem ist eine arme Familie mit vielen Kindern und einem irren Kind darauf, auf dem anderen eine reiche Familie mit genug zu essen auf dem Tisch, und sie haben nur ein Kind ... Ich kann ja nicht lesen, was darunter steht, aber ich glaube, es ist so, daß der heilige Geist guten armen Leuten viele Kinder und ein heiliges Kind bringt und reichen Leuten nur eines, und schon deshalb gehen die Leute da hin, weil sie arm sind und viele Kinder brauchen.«

»Hast du noch nie gehört, wie Kinder gemacht werden? Und glaubst du, da hilft dir ein heiliger Geist? Ich bin der heilige Geist!« Jetzt lachte Tussani, zog Essabetala auf den Charpoy und tätschelte ihre Brüste. Aber Essabetala stand der Sinn nicht nach Liebe.

»Du schmutziger alter Mann«, sagte sie, sich losreißend, »mitten am hellen Nachmittag, und während ich dir vom heiligen Geist erzähle ...«

»Zum Teufel mit deinem heiligen Geist, das fehlte mir gerade noch, ein irres Kind und eine Frau, die wirres Zeug daherredet, aber natürlich hast du das alles ganz falsch verstanden, Essabetala. Du bist eben ein wenig beschränkt, da kannst du nichts dafür.« Er streichelte, jetzt ganz in profaner Gegenwart, Essabetalas Schenkel.

»Aber wenn Nr. One doch schon in Zungen geredet hat und jetzt dafür ein schönes Hemd von Mr. Scarborough anhat ... Komm morgen abend mit mir in den Schuppen, dann siehst du selbst, wie das mit den Zungen geht ...«

»Ich werde mich hüten«, sagte Tussani, und legte sich auf den Charpoy zurück – doch dann veränderte seine Züge ein Essabetala wohlvertrauter Hauch überheblicher Nachdenklichkeit: Er legte die Stirn in Falten, preßte die Lippen zusammen, zog die Nasenspitze nach oben, wiegte leise den Kopf, sah zur Decke hinauf:

»Es kann natürlich sein, daß Mrs. Scarborough etwas mit solchen Sitzungen bezweckt ... Europäer, verstehst du, Essabetala, tun oft die verrücktesten Dinge, aber immer steckt etwas dahinter, ein höherer Zweck sozusagen, sie nennen das Diplomatie. Und da Mr. Dale ihr den Schuppen gegeben hat ...«

»Religion«, sagte Essabetala, »ist nicht Diplomatie.«

»Ach, hier irrst du dich wieder gewaltig, mein Täubchen«, sagte Tussani, nun endgültig besänftig, in milde belehrendem Ton. »Mit Religion wird oft die beste Diplomatie gemacht. Ja, Religion wird in vielen Fällen geradezu dafür gebraucht. Sieh dir nur Atatürk an ...«

»Ich habe keine Ahnung, wovon du sprichst«, sagte Essabetala, ihn rüde unterbrechend, »was hat Atatürk mit dem heiligen Geist zu tun?« Tussani seufzte, wandte sich der Wand zu. Er winkte ab.

»Nichts«, sagte er, »gar nichts hat er mit dem zu tun.«

Es war hoffnungslos. Essabetala war seinen Bemühungen gegenüber, ihr wenigstens eine rudimentäre Bildung angedeihen zu lassen, unberührt geblieben. Mit schmerzender Vehemenz verweilte sie auf der primitiven Ebene ihrer Unwissenheit und hüllte sein Leben in Hammelfleisch, Fliegenschwärme und äußerste Respektlosigkeit. Da stand sie nun und fuchtelte mit der Fliegenpatsche um sein Gesicht, er roch ihren mit Moschus getränkten Schweiß, fühlte, als sie sich über ihn beugte, das Kitzeln ihres steifen Haares an seiner Wange, hörte, wie sie gleich einem schweren Nashornkäfer vor sich hinsummte – und war plötzlich ohne jeden ersichtlichen Grund gerührt. Vielleicht ist es besser so, dachte er, vielleicht muß sie so sein, wie sie ist. Und vielleicht – er lächelte – gab er, Tussani, ihrem Leben einen besonderen Sinn. (Diese tiefe Einsicht behielt er wohlweislich für sich, denn – das wußte er – Essabetala hätte sich darüber totgelacht.)

»Und außerdem«, hörte er Essabetala noch sagen, »verteilt Mrs. Scarborough Luftballone.«

42) Glossolalia

Dale schrieb an seinem Tagebuch. Dillah klopfte an die halb geöffnete Tür, sah den Bwana über sein schwarzes Wachstuchheft gebeugt, wollte sich diskret zurückziehen, als ein mürrisches: »Was ist denn jetzt schon wieder los«, ihn zu einer Antwort veranlaßte, der Dale sofort Priorität über eigene schöpferische Tätigkeit einräumte.

»Es handelt sich um den Teeschuppen hinter Mr. Karbaris Haus, Bwana, es gehen da seltsame Dinge vor sich.«

»Seltsame Dinge?«

»Mrs. Scarborough hält dort geheime Treffen ab, es heißt, daß sie dort die Leute verhext ...«

»Dillah, hast du noch nie etwas von Glossolalia gehört?«

»Glosso ...«

»Glossolalia, du bist doch Katholik, hat dir Father Ricardo nichts vom heiligen Geist, der Taube und dieser ganzen Geschichte erzählt?«

»Der heilige Geist ist in der Gestalt einer Taube erschienen.«

»Richtig, und dann sprachen die Jünger in Zungen, und in diesen Zungen sprechen die Leute bei Mrs. Scarborough ...«

»Aber Mrs. Scarborough ist nicht der heilige Geist ...«

»Auch richtig. Aber sie hat einen besonderen Draht zu ihm, verstehst du, ...« Dillah schaute Dale stumm mit geweiteten Augen an. Er schüttelte den Kopf. Wieder einmal trieb der Bwana seinen Spaß mit ihm – auf diese leicht herablassende Art, gutmütig, aber doch herablassend, wie er sie in Gesprächen mit Moses anwandte – auch in früheren Zeiten mit ihm, Dillah, angewandt, sie aber im Laufe der Jahre abgelegt hatte. Und deshalb sagte er leicht ungehalten:

»Der Bwana sollte diese Geschichte ernst nehmen, der Constable war gestern abend im Schuppen und hat wissen wollen, in welcher Sprache sie da reden, und als Mrs. Scarborough ihm erklärte, daß es eine Sprache der Seele ist, sagte er, daß er sich nicht an der Nase herumführen läßt, und daß er schon herausfinden werde, welche Verschwörung hier stattfindet, und daß er der Geschichte ein Ende machen will. Er hat Mrs. Scarborough sehr grob an der Schulter gepackt und geschrieen, daß weiße Frauen sich nicht um Politik kümmern dürfen ..., und daß sie sofort mit diesen Versammlungen aufhören muß ... Mrs. Scarborough hat ihn dann einen dummen ungebildeten Lümmel genannt und gesagt, daß sie sich bei Ihnen beschweren wird, und daß der Schuppen Ihnen gehört. Sie verstehen, Bwana, Mrs. Scarborough hat Sie mit diesem Schuppen in Verbindung gebracht, jetzt denkt der Constable, daß Sie in etwas Politisches verwickelt sind. Der Constable war sehr böse ...«

Dale war im Laufe dieses Berichtes fröhlich geworden. Er schlug sich auf die Schenkel.

»Ha, ha, er glaubt an eine Verschwörung, hat noch nichts von Glossolalia gehört ... Wir werden ihn aufklären müssen, aber warten wir noch ein wenig damit, soll er sich doch ruhig erst blamieren ...« Dillah fand die Situation alles andere als erheiternd.

»Es ist da noch etwas«, sagte er mit hartnäckigem Ernst, »der Bwana sollte sich ansehen, was Mrs. Scarborough im Schuppen an die Wand gehängt hat.«

»Nun, was hängt denn dort, Taubenfedern?«

»Es hängen dort Bilder, die sagen sollen, daß es besser ist, wenn man nicht so viele Kinder hat.«

»Und was hast du daran auszusetzen, du Vater vieler Kinder?«

»Auf einem Bild ist eine Familie mit nur zwei Kindern und auf dem Tisch ist genug zu essen, Mais, Fleisch, Casava ..., und alle haben schöne Kleider an. Auf dem anderen ist eine richtige Familie mit zehn Kindern, sehr arm, der Tisch leer, ein Kind zurückgeblieben. Aber die Leute verstehen das nicht.«

»Was ist daran nicht zu verstehen?«

»Viele Kinder, Bwana, sehr gut, ein Mann mit vielen Kindern ist ein guter Mann, dazu ein zurückgebliebenes Kind ... sehr heilig ..., sie haben wenig zu essen, aber Gott hilft ihnen, ... nur zwei Kinder, die Eltern prassen, aber wer soll sie später versorgen? Die Familie mit zehn Kindern sehr gut, die andere schlecht ...«

»Du hast recht«, sagte Dale, »ein irreführendes Plakat ... Ich nehme an, Hood steckt dahinter ...«

»Und dann ist da noch die Sache mit den, mit den ...« Dillah sah Dale hilfesuchend an und wollte nicht weiterreden.

»Nun also, welche Sache?«

Dillah blickte zur Seite, nagte an seiner Unterlippe, »eine sehr delikate Angelegenheit, Bwana, eine Sache, über die man nicht spricht ...«

»Wenn du mir nicht sagen kannst, um was es sich handelt, kann ich dir leider nicht weiterhelfen ...« Dale sank gemütlich in seinen Ledersessel zurück und streckte die Beine von sich.

»Also, ich höre ...« Dillah blickte zu Boden.

»Mrs. Scarborough hat Präser..., Präser...«

»Präservative?«

»Ja, Bwana, sie verteilt diese Dinge im Dorf und hat versucht, zu erklären, was man damit macht, aber niemand hat es verstanden. Jetzt sind sie im ganzen Dorf zu sehen. Chiwaya steckt seine Filme hinein, der Red Store verkauft sie als Luftballons, und Extra Pencil hat sie als Medizinbeutel an seinem Gürtel hängen – nur Mr. Karim weiß, wozu sie da sind, aber niemand glaubt ihm. Mrs. Scarborough hat eine ganze Kiste davon verteilt. Es ist nicht gut, was Mrs. Scarborough in unserem Schuppen treibt ... Sie sollten mit ihr sprechen ... Moses geht dort aus und ein, und auch Nr. One vom Red Store – und ich habe jetzt Schwierigkeiten mit meinen Frauen, die unbedingt auch in den Schuppen wollen, aber ich werde das nicht erlauben – ich habe es verboten.« Dillah sah beunruhigt, daß sich der Bwana schon wieder ein Lächeln verkniff.

»Also gut, ich werde zusehen, daß das Zeug verschwindet. Und wie ist das mit meinem Moses? Spricht er schon in Zungen? Oder Nr. One?«

»Es haben einige Leute verworrenes Zeug dahergeredet«, sagte Dillah sehr ernst, »und Mrs. Scarborough hat ihnen dafür Hemden von Mr. Scarborough geschenkt ...« Jetzt lachte Dale wirklich.

»Dillah, es ist zu befürchten, daß Glossolalia zu einem Renner wird, aber wie diese Wohltaten verhüten? Es ist schließlich der heilige Geist, der sie verteilt.«

»Mrs. Scarborough«, sagte Dillah hartnäckig, »ist nicht der heilige Geist.«

43) Luftballons

»Warum hast du nicht gleich in Mrs. Scarboroughs Schuppen übernachtet ... weißt du, wieviel Uhr es ist?« Tussani brummte ungehalten in sein Kissen, er war jählings aus tiefem Schlaf gerissen worden, als Essabetala um Mitternacht rücksichtslos die Tür ins Schloß fallen ließ. Er wollte sie zurechtweisen, entschloß sich aber dann zu Besserem – wozu war er schließlich der Gebildetere. Ironie war angebracht, mit Zurechweisungen war dieser Heilig-Geist-Geschichte nicht beizukommen, Sarkasmus war das Gebot der Stunde und seinem eigenen, so glaubte Tussani, war Essabetala noch nie gewachsen gewesen.

»Ist der heilige Geist endlich über dich gekommen? Sprichst du jetzt in Zungen?« Tussani setzte sich auf, stopfte sich ein Kissen unter den Rücken, reckte ein mageres Bein unter der Decke hervor und kitzelte mit seinen Zehen Essabetalas Wade. Essabetala ließ sich neben ihm auf den Charpoy fallen, warf ein Päckchen neben sich aufs Bett und gähnte laut und lange.

»Also, wie ist das nun, redest du jetzt in Zungen? Und was hast du da in diesem Päckchen, ein Geschenk vom heiligen Geist?«

»Ein Geschenk von Mrs. Scarborough – und wenn du mitgekommen wärst, hättest du auch etwas bekommen.« Essabetala steckte einen Finger unter die Schnur eines in Zeitungspapier gewickelten Päckchens und ließ es vor Tussanis Nase tanzen.

»Ein Geschenk?« Tussani griff nach dem Päckchen, Essabetala entzog es ihm.

»Na, zeig schon her, Essabetala ...« Essabetala schlug ihm auf die Finger.

»Nichts für dich, Jahan, nur Luftballons, schöne, aber sehr empfindliche Ballons, du mußt mir morgen helfen, sie aufzublasen, das geht schwer, ich habe es auf dem Nachhauseweg versucht, aber ich glaube, man braucht einen Blasebalg dazu ..., Mrs. Scarborough hat auch Heftchen verteilt, und weil du doch lesen kannst, hätten die dich bestimmt interessiert.« Tussani legte sich zurück, seine Neugierde hatte sich erschöpft – Luftballons, sie interessierten ihn wirklich nicht und auf Mrs. Scarboroughs Heilig-Geist-Geschichten konnte er verzichten. Essabetala schüttelte sich die Flip-Flops von den Füßen, zog sich ihren Mother-Hubbard über den Kopf – Tussani blickte wohlwollend auf einen straffen lachsfarbenen Satinbüstenhalter, aus dem zitternd dunkle Hügel quollen, die erst zur Ruhe kamen, als sich Essabetala neben ihm ausgestreckt hatte. Sie begann jetzt das Päckchen auf ihrem Bauch auszupacken. Tussani streichelte die sanften Hügel neben sich. Er murmelte geistesabwesend:

»Luftballons, was willst du mit Ballons, wo du doch selbst die schönsten hast ...«

»Ein paar schenke ich Dillahs Kindern, die anderen behalte ich selbst. Es sind besondere Ballons, sie haben hübsche kleine Stacheln und riechen nach Vanille und sie fühlen sich ganz sanft an.«

Tussani wandte sich den Ballons zu, seltsam geformten schlaffen Häutchen, in die Essabetala schnaubend ihre Nase grub.

»Was hast du da«, schrie er plötzlich und riß ihr das Päckchen aus der Hand, »das sind keine Luftballons, das sind ..., das sind ...«

»Nun was denn?« Jetzt sprang Tussani aus dem Bett:

»Es ist unstatthaft, daß du so etwas nach Hause bringst, und ich verbiete dir jetzt ein für allemal, in diesen Schuppen zu gehen! Was denkt sich deine verrückte Mrs. Scarborough eigentlich ...«

»Was soll das, Jahan, hast du plötzlich deinen Verstand verloren?« Essabetala wölbte ihre Unterlippe dem Kinn zu, warf das Päckchen neben sich auf das Kopfkissen und sah Tussani verärgert an.

»Unstatthaft? Was soll denn daran unstatthaft sein?«

»Komm her«, sagte Tussani mit bebender Stimme, »ich werde dir erklären, was das ist. Sieh dir die Form an, erinnert die dich an nichts?«

»An gar nichts«, sagte Essabetala, »oder vielleicht doch, sie erinnert mich an dein Dingsda.« Essabetala lachte: »Ja, an dein Dingsda.«

»Also genau das ist es, dafür gehören diese Ballons.«

»Du willst doch nicht sagen, daß Mrs. Scarborough solche Ballons verschenkt, damit die Männer ihr Dingsda damit anziehen? Und daß Msungus so etwas tragen?«

»Diese Ballons sind nicht nur für Msungus, man hat sie auf der ganzen Welt, ... als ich noch ein junger Mann in Indien war, da ...«

»Du hast doch nicht so etwas angezogen, wirklich, Jahan, bist du da so herumgelaufen, das ist ja zum Totlachen ... aber hast du sie denn nicht verloren ...«

»Man kann sie nur im Stadium höchster Erregung tragen ... Sicher verstehst du jetzt endlich ...«

»Was soll ich verstehen ...?«

»Man trägt sie, damit man keine Kinder bekommt!« –

Essabetala sah Tussani einen Augenblick sprachlos an. Aber nur einen Augenblick.

»Und wozu«, fragte sie, »sind dann diese Stacheln daran, und warum riechen sie nach Vanille?«

»Allah helfe mir«, sagte Tussani, »hast du denn gar keine Phantasie. Aber gib mal her, diese Art habe ich noch nicht gesehen, zu meiner Zeit hat es nur ganz einfache gegeben.« Tussani ließ die Gummihäutchen begutachtend durch seine Finger gleiten ...

»Atchaa ..., so sehen die also heute aus.« Essabetala riß ihm die Ballons aus der Hand.

»Wenn es so unstatthaft ist, brauchst du nicht daran zu riechen ... Und ich will auch nicht, daß du so etwas Lächerliches anziehst ..., ich verstehe überhaupt nichts mehr ... Warum verteilt Mrs. Scarborough so etwas – wo doch die Plakate da sind und alle mehr Kinder brauchen ...«

»Siehst du«, sagte Tussani, »jetzt hast du endlich begriffen, daß diese Heilig-Geist-Geschichte Balderdash ist ...« Essabetala zog die Stirn in Wölkchen:

»Aber vielleicht hat es etwas mit Ufiti zu tun«, sagte sie, ein Präservativ langsam über ihren Finger ziehend, »diese Stacheln daran – und der Vanillegeruch ... Extra Pencils Ufiti riechen auch oft nach Kräutern ...«

»Du gehst nicht mehr in diesen Schuppen und damit Basta«, sagte Tussani, »... und das Zeug werfen wir fort.«

»Nichts werfe ich fort«, sagte Essabetala, – »Salina verkauft sie im Red Store, das können wir auch. Du bietest sie einfach in deinem Friseursalon an. Du wirst schon sehen ...«

»Ich bin ein gebildeter Mensch«, rief jetzt Tussani, »ich kenne Shakespeare und Atatürk und weiß, was ein Präservativ ist, ja, so heißen deine Ballons ... Und ich soll so tun, als wüßte ich nicht, worum es sich handelt und sie als Luftballons verkaufen, was mutest du mir eigentlich zu ...?«

»Dann verkauf sie doch einfach so, wie sie sind ...« Essabetala begann plötzlich zu lachen:

«Die sind zu komisch ... man muß den Leuten sagen, wo sie hingehören, dann werden sie sie wollen.«

»Soll ich vielleicht etwa zur Erklärung eine Vorführung in meinem Salon geben, soll ich, der Muezzin, zwischen meinen Rasierwassern dieses Zeug ausstellen?«

»Ach, Jahan«, Essabetalas Brüste wabbelten aufs Anziehendste in ihrer lachsfarbenen Umhüllung, sie bog sich jetzt vor Lachen. »Jahan, Jahan ...«, Tränen quollen aus ihren Augen, sie hielt sich mit beiden Händen ihren Bauch, der dunkel aus einem rosa berüschten Polyester-Unterrock schimmerte.

»Was ist daran so komisch?«

»Ich stelle mir gerade vor, wie so etwas ..., ich stelle mir vor, Jahan ..., stell dir Karbaris oder Karim mit so einem Ding zwischen den Beinen vor ...« Tussani stutzte einen Moment:

»Ich leugne nicht«, sagte er dann, »daß Karbaris damit grotesk aussehen würde ..., andererseits ..., aber das ist unstatthaft, deine Phantasie, Essabetala, ist einfach unstatthaft ...«

»Gerade vorhin hast du gesagt, daß ich keine Phantasie habe ...«

»Zu wenig auf der einen und ganz entschieden zuviel auf der anderen Seite ... aber jetzt pack das Zeug fort, Essabetala, und laß mich endlich schlafen.«

Essabetala blies die Öllampe aus. Sie warf das Päckchen mit den Präservativen neben sich auf den Boden. Einen der Ballons aber legte sie behutsam unter ihr Kopfkissen.

44) Pratap

Seit seiner Kindheit in Truchilla war für Pratap Gulbadan, Karims Tochter, etwas Besonderes gewesen. Schon mit 15 war er entschlossen, sie zu heiraten, trotzdem sie ihn so gut wie nicht beachtete und ihm nie Veranlassung für seine Hoffnungen gab – erst in den letzten beiden Jahren brachte sie ihm eine zwar spöttische, aber doch wohlwollende Beachtung entgegen, die sich in den vergangenen Monaten aber zu dem Wunder verdichtete: Gulbadan zeigte, daß sie ihn mochte. Gulbadan, den hindustanischen Namen der Rose tragend, glich eigentlich mehr einer Lotosblüte, denn einer Rose, denn wie eine weiße Lotosblüte auf dunklem Gewässer, so ruhte das blasse Oval ihres Gesichts in einer Fülle schwarzen Haares. Nur gewisse Stacheln machten ihrem Namen Ehre, und mit diesen hatte Pratap nun den Kampf aufgenommen.

Heute polterte er mit seinem Motorrad, einem alten Kaliber, das er zusammen mit seinem Vater aufgemöbelt hatte, die Red Store Street entlang und hielt Ausschau nach Gulbadan. Sein dichtes widerspenstiges Haar war mit Rosenöl geglättet, die dichtbewimperten schwarzen Augen wanderten suchend die Häuserreihen entlang, das offene Hemd zeigte Büschel rötlich-schwarzer Haare, seine Beine, lässig in Turnschuhen auf den Motorradpedalen ruhend, waren bereit, jeden Augenblick abzuspringen. Nachdem er einige Male die Straße auf und ab gebraust war, sah er Gulbadan aus ihres Vaters Laden treten. Pratap stieg ab und wartete beobachtend, wohin sie ihre Schritte lenken würde und stellte befriedigt fest, daß sie in Richtung der alten Moschee ging. Natürlich hatte sie ihn längst bemerkt, doch sie schlenderte lässig die Dorfstraße hinab, hie und da einen Stein wegstoßend oder einen Hund verjagend, bis sie schließlich vor der Moschee stand. Pratap hielt den Atem an – denn manchmal verschloß Tussani die Türe und öffnete sie erst wieder, wenn die Zeit seiner Gebete gekommen war. Aber heute stand sie gottlob offen und Gulbadan ging hinein. Pratap setzte sich sofort wieder auf sein Motorrad und fuhr es nach Hause, deponierte es in der Einfahrt neben dem Red Store und machte sich zu Fuß auf den Weg. Natürlich ging er nicht geradewegs in die Moschee – er machte einen Umweg durch ein Labyrinth kleiner Dorfwege und endete schließlich im Hinterhof der Moschee, demselben, der seine Fortsetzung in Essabetalas Hof fand. Er fluchte ein wenig, denn wieder hatte Tussani das Loch in der Moscheewand mit Stacheldraht geflickt, und er hatte Mühe, es aufzubekommen, schnitt sich in den Finger, ein loses Stück Draht brachte sein sorgfältig gepflegtes Haar in Unordnung.

Gulbadan, auf einer Stufe zum Minarett sitzend, lachte, als sie ihn erblickte, er gefiel ihr mit seinem zerzausten Haar und dem ungestüm ärgerlichen Blick, es gefiel ihr auch, wie er, an das Dämmerlicht des Raumes noch nicht gewöhnt, über einen Stein stolperte und in halb knieender Stellung gerade vor ihren Füßen landete. Sein Erscheinen war keineswegs eine Überraschung, schon oft hatten sie sich in der Moschee getroffen, war ihr Pratap dorthin gefolgt, und natürlich hatte sie, als sie sein Motorrad gehört, sich auf den Weg dorthin begeben. Die Moschee war ihnen beiden von Kindheit an vertraut, das alte Gemäuer hatte nur zu oft als Spielplatz gedient, besonders an heißen Tagen, wenn die dicken Mauern Kühle festhielten, waren sie auf das Minarett geklettert und hatten die Geier geärgert oder mit langen Stecken in den Fledermausknäueln gestochert. Oft hatte Tussani sie aus seinem Haus vertrieben, und oft hatten sie sich versteckt, um ihn, wenn er die Moschee betrat, zu erschrecken, und aus diesen Zeiten rührte auch Tussanis Gewohnheit, abzuschließen.

»Endlich«, sagte Pratap, »ich bin schon ein dutzendmal auf und ab gefahren, hast du mich nicht gehört?«

»Schon«, sagte Gulbadan, »aber es wäre meiner Mutter aufgefallen, wenn ich sofort verschwunden wäre, sie hat dich auch bemerkt und gesagt, daß du ein Flegel bist, weil du mit solchem Tempo durch die Straße saust und alles einstaubst ..., überhaupt ist das hier in der Moschee nicht sicher und geradezu ein Sakrileg für dich, der du ein Hindu bist! Was sagt dein Elefantengott dazu?«

»Willst du, daß ich ein Muslim werde? Es ist mir egal, was ich bin, wenn es dir nur gefällt, Gulbadan. Ich will nur dich.« Und Pratap sah Gulbadan mit diesen langbewimperten dunklen Augen an, und wären diese Augen nicht so langbewimpert gewesen, hätte Gulbadan vielleicht nicht diese lächerliche Schwäche empfunden, gegen die sie nun kämpfte und tapfer sagte sie:

»Was meinst du damit, du willst nur mich, was willst du – meinen Körper, meine Lippen, meine Haare, glaubst du, das bin ich? Dies ist nur, was du siehst. Mich kennst du gar nicht, und vielleicht würdest du mich nicht wollen, wüßtest du, wer ich bin.«

»Ich will dich, Gulbadan, ich will dich, ganz gleich, wer du bist!« Ungeduldig hatte sich Pratap neben ihr niedergelassen und ihre Hände ergriffen. »Was redest du da – ich will dich, wie ein Mann eine Frau will, dich und niemanden sonst will ich ...«

»Und wenn es nun jemand wäre, der genauso aussähe wie ich und doch eine andere wäre, was dann, Pratap, was dann?« Pratap sah sie ratlos an:

»Aber du bist keine andere, du bist du, Gulbadan.« Leise Ungeduld regte sich in ihm, aber auch Entzücken über ein Mädchen, das so anders war als alle, die er kannte. Wie ihre Haut duftete! Er wußte, daß es dieser Duft war, den er wollte, diese helle, feinporige Haut, die leichten Bewegungen ihrer Hände, diesen Mund, der ihm in seiner anmutigen Form, seinem Lächeln schöner erschien als alle Form oder Bewegung, der er je begegnet war. Und er legte sein Gesicht an Gulbadans und empfand ein Gefühl der Ewigkeit, und in seinem Herzen schwang alle Schönheit und Trauer großer Poesie, und er versuchte, dies auszudrücken, stammelte aber nur:

»Ich liebe dich, Gulbadan.« Und es ist anzunehmen, daß Gulbadan etwas Störendes darauf geantwortet hätte, obgleich sie freilich dasselbe empfand, denn diese jetzt so sanften, dicht bewimperten Augen lagen dicht vor den ihren, und es bedurfte aller Anstrengung, ihnen zu widerstehen. Doch gerade in diesem Moment hörten sie die Türe in den Angeln knarren: Tussani betrat die Moschee, obgleich es eigentlich noch viel zu früh für seine Gebete war. Pratap zog Gulbadan schnell unter die Treppe, wo freilich kaum Platz war und sie dicht zusammengedrängt warten mußten, bis Tussani zur Empore hochgestiegen und seine Gebete beendet hatte. Wäre es ihnen eingefallen, die Moschee zu verlassen, hätte Tussani sie unweigerlich bemerkt, denn vom Minarett aus konnte er alle Straßen übersehen.

Und als nun Tussani seine Gebete begann, Suren, die sie oft gehört hatten, die sie beinahe auswendig kannten, lag Gulbadan in Prataps Armen, und es war ihnen beiden heute, als hörten sie Tussani zum ersten Mal. Und während Tussanis Gesang in die mittägliche Ruhe Truchillas tönte, seine Suren in schmerzhaft spannungsgeladene Pausen ein- und ausmündeten, Sehnsucht, Trost und Klage verströmend, fühlten sie beide dunkel, daß dies auch ihre Bestimmung war, Sehnsucht, Trost und Klage einer Liebe zu erleiden, deren Weg, wie immer, ein ungewisser war.

45) *Feuer*

Das klare Quellwasser, von silberner Bläue, gab Gulbadans Züge wider, wie auf einer alten, verblaßten Photographie. Gulbadan blickte auf diese fremden Züge mit einem leisen Schauder, ihr war, als sei dem Grund des Wassers das Antlitz einer Frau entstiegen, ihr vertraut und doch geheimnisvoll fremd. Sie strich ihr Haar zurück, so daß nun das reine Oval ihres Gesichtes auf dem Wasser lag, und erschrak vor dem plötzlichen Ernst, mit dem es sie anblickte.

Kühl legte sich hier oben das Quellwasser über ein glattes Felsplateau, in dessen Ritzen smaragdgrün rauhe Gräser leuchteten, helles Flechtenmoos hing von den Bäumen gleich glitzernden Muschelsträngen. Dies war Gulbadans Lieblingsrot, hier watete sie im kühlen Wasser, lauschte den Tierstimmen, lag lesend auf warmem Gestein, bis es dunkelte, um dann schnell durch den feuchten schwammigen Regenwald ins Dorf zurückzueilen.

Heute war sie mit Pratap hierher gekommen, er hatte sich am Rande des Felsplateaus niedergelassen, sein Hemd abgelegt, um sich kleine Blutegel von der Haut zu ziehen – zarte Spuren hellen Blutes liefen über seine Brust. Ein feiner Nebel, geboren aus der Begegnung des kalten Quellwassers mit der feuchtheißen Dschungelluft, hüllte ihn ein und verlieh seiner Gestalt etwas Unwirkliches.

»Komm ins Wasser«, rief Gulbadan, »und sieh auf dein Spiegelbild – ich gleiche auf meinem einer meiner Urgroßmütter, sie war Hindin und verbrannte sich nach dem Tod ihres Mannes – mein Vater meint, sie sei eine Heilige gewesen, meine Mutter aber glaubt, daß die Familie sie loswerden wollte, und sie nur ein armes Opfer war ...«

»Und du, was glaubst du?«

»Ich weiß nicht.«

»Du hast also eine Hindin in deiner Familie – da kann es doch deinen Eltern nicht so schwerfallen, mich zu akzeptieren ...«

»Meine Großmutter ist Moslemin geworden – die Verbrennung ihrer Mutter hat sie nie überwunden. Und seitdem verachtet meine Familie alle Hindus ... es ist eure Göttin Sita, nicht wahr, die da mit gutem Beispiel vorangegangen ist ...«

»Unsinn«, sagte Pratap, »das alles ist doch längst vorüber. Oder kannst du dir vorstellen, daß Salina, meine Mutter, sich beim Tode meines Vaters verbrennen würde?« Gulbadan lachte, die Vorstellung einer sich opfernden Salina war nun wirklich komisch.

Pratap erhob sich, streifte seine Sandalen ab und watete ins seichte Wasser. Der Fels fühlte sich seidig unter seinen Sohlen an, er glitt aus, fand sich im Wasser liegend, Gulbadans Gesicht über sich. Er streckte die Arme aus und wollte sie zu sich herabziehen, aber sie versetzte ihm mit ihrem nackten Fuß einen kleinen Stoß. Prustend erhob er sich, Wasser lief aus seinem Haar über seine Augen, glitzerte in den dichten Wimpern und Gulbadan sah, daß dieses Haar so stark und fest war, daß es sich wie die harten kleinen Gräser zwischen den Felsplatten vom Wasser nicht hatte glätten lassen. Jetzt hätte sie Pratap gerne geküßt, sein Haar, die Augen mit diesem köstlichen dichten Wimpernrand, aber Pratap beugte sich nun über das Wasser, blies über sein Spiegelbild, dessen Konturen sich verzerrten, bis dann die glatte Wasseroberfläche auch seine Züge seltsam verändert wiedergab. Die dunklen Augen heller, das besonnte Haar mehr rot denn schwarz, die Züge silbern überhaucht, zeigte es die starke Knochenstruktur Dales und es war Gulbadan sofort, als hätte sie dieses neue Gesicht schon gesehen.

»Dein Spiegelbild erinnert mich an jemanden, jemanden, den ich kenne, einen Europäer ...« Pratap lachte. Es war ihm nicht unangenehm, wie ein Europäer auszusehen. Die Inder im Dorf waren von zarter Knochenstruktur, und er war immer auf seinen athletischen Körper stolz gewesen. Er schloß die Hände zu Fäusten und zeigte lachend seine Muskeln, aber Gulbadan hatte sich schon abgewandt und hielt nun einen kleinen rosa-grünen Baumfrosch in der Hand, unter dessen seidig feuchter Haut das Herz heftig klopfte.

»Ich möchte wissen, was er empfindet«, sagte sie, »Angst natürlich, jetzt, hier, in meiner Hand. Aber was empfindet er bei Vogelstimmen, dem Wasserfall, der Kühle des Morgens oder in der Mittagshitze ... Und was hat er empfunden als kleine Kaulquappe, als ihm die Füßchen wuchsen? War es dasselbe, was menschliche Embryos empfinden – und dann nichts weiter? Pratap, es kann doch nicht sein, daß er nur Wohlbefinden oder Schmerz kennt – hör nur auf all die Tierstimmen – wie schön, wenn sie Glück bedeuteten, oder Trauer – und nicht einfach von Fraß, Begierde oder Angst bestimmt würden!« Sie setzte den Frosch aufs Wasser, dort verweilte er einen Augenblick mit ausgestreckten Gliedern, reglos die zarten Finger gespreizt, um dann schnell mit kräftigen Stößen dem Ufer zuzuschwimmen, nur seine bernsteinglitzernden Augen noch über der Wasseroberfläche.

Das Orchester des Dschungels summte, zirpte, ließ tausend silberne Stimmgabeln erklingen, Pratap und Gulbadan hielten sich stumm umschlungen, ihre Körper sanft vom kühlen Wasser umspült. Und da war es ihnen, als vernähmen sie tief aus ihrem eigenen Schweigen kommend zum ersten Male ganz die wunderbare Musik des großen Waldes. Und, ja, da war Freude, Sehnsucht, Leid und Trauer in ihr ..., und sie gehörten dazu und wurden Teil einer geheimnisvoll wilden, zarten und leidenschaftlichen Musik.

Als sie ins Dorf zurückgingen, war es Nacht geworden – der Himmel war sternenhell, die Luft erfüllt von feinem Staub, der nach gemahlenen Kräutern und Rauch duftete. Die Stimmen des Tages wurden von den dumpfen der Nacht abgelöst, dem langgezogenen Heulen der Hyänen, dem Rufen der Nachteulen. Die Eukalyptusbäume aber hinter Karims Haus ragten noch schwarz in einen roten Himmel und Gulbadan sagte:

»Sieh nur, Pratap, wie seltsam, es ist schon ganz dunkel, aber hinter meinem Haus steht noch ein Streifen Sonnenlicht ...« Aber Pratap rief:

»Das ist nicht die Sonne, das ist Feuer, Mr. Dales Schuppen brennt!« Und er begann zu rennen, rannte, daß Gulbadan ihm nicht mehr folgen konnte und nur keuchend hinter ihm herstolperte, bis hin zu den ersten Hütten des Dorfes. Jetzt sah sie den Schuppen in Flammen und einen Augenblick stand Gulbadan ganz still, denn aus einem atavistischen Erinnern stieg geheimnisvoll ein anderes Feuer, aus dem durch die leiernden Totengesänge der Priester die letzten Schreie ihrer Urgroßmutter drangen.

Sie war allein, längst hatte sie Pratap verloren, und da stand sie nun reglos und schaute auf das Feuer, gelähmt von jenem schrecklichen Bild, das ihr aus einer dunklen Vergangenheit aufgestiegen, und bei dem ihr einen Augenblick gewesen war, als sei sie selbst dort einer grausamen Göttin geopfert worden.

»Es ist nur ein brennender Schuppen«, sagte sie laut einige Male vor sich hin, – »nur ein brennender Schuppen.« Sie rannte weiter, erreichte den Dorfrand, sah die Trümmer des Schuppens zusammenstürzen. Rannte in ihres Vaters Laden, wo Karim eben nasse Tücher über die Ladentüre hängte, und Aissa aufgeregt umherwatschelte und ärgerlich grunzte:

»Da bist du ja, wo hast du dich herumgetrieben, während hier die Welt untergeht?«

Es war kein Weltuntergang – Mr. Dales Teeschuppen war abgebrannt. Sue Scarboroughs Glossolalia-Kongregation hatte sich im Stadel befunden, niemand aber war zu Schaden gekommen, die breiten Stadeltüren hatten schnellen Ausgang geboten. Einer jedoch wußte, daß da mehr dahintersteckte:

Als Dillah an jenem Abend sich zum Stadel begab, um nachzusehen, ob seine Frauen, denen er striktes Teilnahmeverbot erteilt hatte, sich vielleicht unbotmäßig doch dort befänden, sah er, daß der große eiserne Riegel mit dem im Boden verankerten Bolzen von außen zugeschoben war. Während er den Riegel zurückschob, sah er die ersten Flammen aus der Rückwand des Stadels züngeln. Die großen Stadeltüren weit offen, konnten die Teilnehmer unbeschadet entkommen. Dillah hatte Dale davon berichtet, und sie waren übereingekommen, darüber zu schweigen, einzig Sue Scarborough wurde informiert, und es war nicht leicht gewesen, sie von der Notwendigkeit der Aufgabe ihrer Glossolalia-Treffen zu überzeugen.

Am Abend des folgenden Tages sagte Essabetala zu Tussani:

»Es war bestimmt Ufiti, niemand weiß, wo dieses Feuer hergekommen ist – vielleicht haben Arete die Zungen nicht gefallen.« Und die Stirn in Wölkchen: »Aber was ich überhaupt nicht verstehe: Father Ricardo hat heute früh in der Kirche gesagt, daß mit dem heiligen Geist keine Ufiti gemacht werden dürfen – und der Stadel vielleicht deshalb abgebrannt ist. Aber mit seinen Hostien macht er doch auch Ufiti! Und Mrs. Scarborough hat gesagt, daß, wenn einer mit Zungen redet, es ein geistiges Erlebnis ist, und vielleicht hätte ich ein solches geistiges Erlebnis auch bekommen ...! Aber vielleicht ist es wie mit der schwarzen und der weißen Madonna, vielleicht gibt es auch den heiligen Geist zweimal – einen von Father Ricardo und den von Mrs. Scarborough.«

Tussani raffte energisch seinen Sherwani bis über die Knie hoch, beugte sich in seinem Stuhl zurück, streckte die Beine aus und schlug mit seinem Fliegenwedel mehrmals so heftig auf den Frisiertisch, daß die Fliegen verärgert hochstoben:

»Ein geistiges Erlebnis, daß ich nicht lache – und in Zungen reden!«

»Aber es gibt doch Wunder, das kannst du nicht leugnen, Baddrudin!«

»Wunder, natürlich gibt es Wunder, aber Mrs. Scarborough macht keine Wunder, ... ihre Ufiti sind so nutzlos wie Extra Pencils zerriebene Froschschenkel! Ja, ganz und gar nutzlos – nur der Koran, mein Täubchen – ich werde dir dazu eine Sure vorlesen ...« Essabetala sprang auf, riß Tussani den Koran aus der Hand und warf ihn heftig auf den Tisch:

»Nicht dieses Buch, in dem steht, daß ich dümmer als du bin. Das kannst du doch selbst nicht glauben?« Tussani richtete sich auf, blickte auf Essabetala mit der lächelnden Abgeklärtheit eines mittelalterlichen Sufi:

»Man kann darüber geteilter Meinung sein«, sagte er, und schützend seine Hand über den Koran legend: »Ganz geteilter Meinung ...«

»Gut«, sagte Essabetala, »dann hast du eben eine geteilte Meinung.« Worauf sie aufsprang und heftig die Tür zum Hof hinter sich zuschlug. Tussani strich sanft über das vergoldete Titelblatt des Koran, murmelte leise die Shahada (Glaubensbekenntnis), für Essabetalas Ungestüm Abbitte leistend. Dann erhob er sich und ging auf die Straße hinaus. Der Mond schob sich in einem orangefarbenen Nebel hinter den Bergen hervor, auf dem Eukalyptusbaum vor seinem Haus lag ein seltsam bleiches Licht.

»Es ist ein Geheimnis«, murmelte Tussani, »ja, ein Geheimnis – und nur der Koran lüftet es ein wenig. Aber Essabetala, ach, Essabetala!« Und er zog dicht seinen Sherwani um sich, obgleich der Abend feucht und schwül über Truchilla lag.

46) *Allerlei Störendes*

Auf Father Ricardos Schreibtisch türmten sich gepreßte Pflanzen, ihre Stengel quollen wie ausgetrocknete Regenwürmer aus den Umschlägen. Auf dem Tisch verwirbelte rasend ein Ventilator Eisendrähte zu einer Melange schwirrenden Metalls, schwarz von patiniertem Staub stöhnten die sich langsamer bewegenden Gelenke und bliesen schnaubend Mückenreste in den Raum. Laudon stellte eine Glasschale mit angegrauten Eiswürfeln auf den Tisch, es war fünf Uhr, Sundowner Time, Zeit, um der Hitze mit einem ordentlichen Schluck zu begegnen. Doch die beiden, die solcher Balsam erwartete, schienen nicht so recht in Laune. Und Laudon glaubte auch zu wissen, warum:

Sein Herr war wütend über den neuen Daktari, dessen unbotmäßiges Betragen die Mission diskreditierte – billige Anbiederungen, unzüchtige Lokalbesuche –, und Bwana Dale war nicht erbaut über seinen abgebrannten Schuppen, in dem Mrs. Scarborough ihr Ufiti getrieben hatte ... Um diese Stimmung gebührend zu genießen, postierte sich Laudon diskret vor die Türe, hinter der die beiden saßen. Das schweigende Eingießen von Whisky, gefolgt von plumpsenden Eiswürfeln, verhieß Harmonie, die jedoch sogleich undelikat dadurch gestört wurde, daß Dale kleinlich Anstoß an den sich aus den Eiswürfeln lösenden Silberfischchen nahm:

»Interessant«, sagte er, »Larven in Eiswürfeln, ein Wiederbelebungsexperiment?« Worauf der Father in äußerst kruder Art antwortete:

»Verdammter Laudon«, hat den Filter wieder einmal monatelang nicht sauber gemacht.« Laudon runzelte mißbilligend die Stirn. Eine kompromittierende und unnötige Bemerkung. Silberfische waren, wie jeder wußte, nicht giftig.

Endlich jedoch kamen sie auf das Thema, das Laudon interessierte:

»Ihr neuer Doktor hat uns in eine verdammt gefährliche Situation gebracht«, sagte Dale, »mußte er sich unbedingt in eine Rauferei verwickeln lassen?«

»Der Ärmste«, hörte Laudon den Father mit hustendurchtränkter Stimme sagen ... (der Father litt seit Tagen an einer Erkältung, der auch erhöhter Whiskykonsum nichts anhaben konnte), »er ist arg zugerichtet worden, diese Bestien in Ndolas Bar ... Er konnte mir nicht erklären, was er in dieser stinkenden Kneipe wollte – ich habe mit ihm gesprochen, soweit das in seinem verwirrten Zustand möglich war ..., aber wir können nicht so recht miteinander. Haben Sie eine Ahnung, was dort los war?«

»Diese kleine hasenschartige Bandana, Sie kennen doch die Geschichte ...« Der Father seufzte:

»Ein schmutziger Brauch ..., aber jede Aufklärung ist hier nutzlos: Arete locuta, causa finita – gegen dieses göttliche Matriarchat komme ich nicht an.« Laudon hörte Dale lachen:

»Aber Sie haben doch auch Ihre Jungfrau Maria« –

»Das ist ja gerade das Dilemma«, sagte der Father, in Hustenkaskaden verfallend, »daß Maria keine Göttin ist. Als ich hierher kam, versuchte ich, sie gegen Arete auszuspielen, mit beklagenswertem Erfolg. Arete hat gewalttätige Eigenschaften, sie wird gefürchtet ... Furcht ist für den Glauben eine nützliche Sache – mit Maria hatte ich erbärmlich wenig Erfolg. Lediglich Laudon grault sich vor meiner portugiesischen Statue hier – ein scheußliches Ding, nicht wahr –, geradezu tantrisch mit diesem schwarzen Blick und der grünen Schlange unter den Füßen, aber mein Laudon respektiert sie, er rührt sie nicht an, ich muß sie immer selbst abstauben. Ich hätte sie längst entfernt, aber sie scheint Laudon einzuschüchtern, und das hat der bitter nötig ...« (in Lachen getränktes Husten).

»Assaaaa«, murmelte Laudon hinter der Tür und schüttelte sein Haupt.

»Hood war hinter Bandana her«, sagte Dale, »weil er hörte, daß Bandana in Dillahs Schweinestall verschwand, nachts, wissen Sie – Dillahs Frauen hatten sie für unseren Freund bestellt, ein Akt des Mitleids, sozusagen. Irgend jemand hat Ihrem Hood erzählt, daß Dillahs Frauen dort einen Puff eröffnet hätten, Sie wissen ja, daß Dillah seine Zweite aus einem solchen Etablissement geholt hat – und das widersprach Hoods hehren Prinzipien. Ich muß Sie bitten, mit ihm zu reden, es könnte sein, daß der Constable ihn vernehmen möchte ... Dieser verdammte Constable steckt auch hinter meinem abgebrannten Schuppen – glücklicherweise wurde das Feuer sofort entdeckt ...«

Laudon preßte sein Ohr fester an die Tür. »Unser Freund«, hatte Dale gesagt, »unser Freund in Dillahs Schweinestall«, Laudon nickte befriedigt. Er hatte es ja geahnt – sie hatten Sembereka in Dillahs Schweinekoben.

»Ein Fall von Chigololo also«, sagte der Father. »Verdammt, Hoods religiöser Eifer, er hat etwas Verderbliches an sich, ein John Knox, der überall den Teufel vermutet.« Dale lachte:

»Und diese Glossolalia-Geschichte – Konnten Sie das nicht verhindern?«

»Aber *Sie* haben doch Ihren Schuppen zur Verfügung gestellt – Mrs. Scarborough ist ein aktives Mitglied meiner Gemeinde (Seufzen), trotzdem hätte ich diesem Hokus Pokus nie Vorschub geleistet ... Die Kirche steht Glossolalia sehr skeptisch gegenüber ...«

»Kein Mensch kann von mir erwarten, daß ich mich in all Ihren Kirchenufitis auskenne, ich mag Sue und wollte ihr den Spaß nicht verderben. Wie, übrigens, ist das mit der Kiste Präservative, wo kommt die her?«

»Ich dachte zuerst, es könnte Hoods Idee gewesen sein, aber er war, als ich ihn fragte, geradezu entsetzt. Sue muß sie von der UNHCR bekommen haben. Und auch diese Plakate. Gott sei Dank ist das ganze Zeug verbrannt ... Gestern stellt mir Laudon doch tatsächlich ein Honigglas mit einem Präservativ darübergestülpt auf den Frühstückstisch – hält Fliegen ab, meinte er – und ich hatte alle Mühe, ihn zu bewegen, die Dinger in die Toilette zu werfen, er war geradezu entsetzt über soviel Verschwendung ...« Dale lachte:

»Ich hoffe, Sie haben ihn aufgeklärt.«

»Den Teufel habe ich.«

Laudon spitzte die Ohren, er hätte gern mehr gehört, aber die beiden hatten jetzt das Thema gewechselt.

47) Sorge um Father Ricardo

»Etwas stimmt mit ihm nicht ...«

»Was soll mit ihm nicht stimmen, trinkt er wieder zuviel?«

»Er trinkt, aber das ist es nicht.« ...

Sally rutschte mit ihrem Hinterteil gegen die Stuhllehne, beugte sich vor und legte die Arme um zwei auf der Tischkante ruhende Brüste. Laudon stand vor ihr im Ambulanzzimmer des Hospitals. Es war Mittag und vom Hof kam das Klappern der Blechschüsseln, in denen die Angehörigen der Patienten ihren Maisbrei kochten, und das ärgerliche Keckern hinweggescheuchter Meerkatzen.

»Also, was wird schon mit ihm sein, er hat eben Ärger mit dem neuen Daktari«, Sally wiegte sich, Handflächen mit nach außen gebogenen Fingerspitzen an die Schläfen gedrückt, bedächtig hin und her.

»His head is going round and round.«

»In Father Ricardos Kopf geht es nie rund, es wird halt der deine sein, der rund geht ...« Sally griff nach der Fliegenpatsche, schob eine uralte, auf dem Tisch stehende Adler-Schreibmaschine zur Seite, zielte auf eine Fliege, verfehlte sie, klopfte dann heftig auf einen neben ihr stehenden Stuhl. Laudon setzte sich.

»Also, sag schon, warum denkst du, daß bei ihm etwas nicht stimmt? Ißt er schlecht, hat er keinen Appetit?« Laudon senkte den Kopf, blickte auf seine Schuhspitzen und sagte:

»Er will die heilige Maria aus seinem Büro werfen, er sagt, daß sie scheußlich ist, und er sagt, daß er sie nur wegen mir da läßt, weil ich mich vor ihr fürchte ...« Sally lachte.

»Das hat er zu dir gesagt?«

»Nein, zu Bwana Dale, Bwana Dale kommt jetzt oft zu uns, und sie spielen nicht mehr so viel Schach, sie reden nur immer.«

»Und du horchst an der Türe ...«

»Sie reden sehr laut, und das mit seiner Maria, so etwas sagt ein Priester doch nicht, wenn es in seinem Kopf nicht rund geht ... Und deshalb will er auch seine Maria nicht mehr, und dabei hat er doch immer gesagt, daß sie bessere Ufiti hat als Arete ... Ich sage dir, es ist etwas mit ihm nicht in Ordnung ... Und er hat Geheimnisse, sehr gefährliche Geheimnisse.« Sallys Brille rutschte zur Nasenspitze, sie setzte sich auf.

»Father Ricardo hat Geheimnisse? Gefährliche Geheimnisse? Das glaubst du doch selbst nicht.« Laudon schob die ausgestreckten Beine unter den Stuhl, beugte sich vor, hielt die Hand vor den Mund und sagte flüsternd:

»Sembereka ...«

»Was ..., was sagst du da, doch nicht ...« Laudon nickte.

»Bwana Dale weiß, wo er ist, und der Father auch, sie wissen es beide ...«

»Doch nicht hier in Truchilla?«

»Hier in Truchilla ... Ich habe es gehört ... Ja, ich habe gehört, wie sie darüber gesprochen haben ...«

»Er muß verrückt sein, warum mischt er sich in solche Dinge?«

»Ich habe dir ja gesagt, in seinem Kopf geht es rund.«

»Du bist doch mit Extra Pencil verwandt, geh zu ihm und laß dir etwas geben ...«

»Siehst du, jetzt glaubst du selbst, daß mit dem Father etwas nicht stimmt ...«

Sally legte ihre Stirn in Falten und hielt ihre Brille auf der Nase mit einem langen Zeigefinger fest.

»Wenn ich so nachdenke«, sagte sie gedehnt, »hat es vielleicht nie ganz mit ihm gestimmt, als Kind habe ich oft gehört, daß er mit den Bäumen gesprochen hat, das hat mich immer stutzig gemacht.«

»Das sagt gar nichts, das tut Extra Pencil auch.«

»Ja, aber der ist nicht Roma ..., wenn einer Roma ist, dann glaubt er nur an die Heiligen und den Pabst und an den heiligen Geist natürlich ... und nicht an Bäume ...«

»Der Father glaubt auch nicht mehr an seinen heiligen Geist, er hat zu Bwana Dale gesagt, daß dieses Glossolalia von Mrs. Scarborough Balderdash ist ...«

»Es scheint wirklich in seinem Kopf rund zu gehen, Laudon, geh du nur gleich zu Extra Pencil und laß dir etwas geben ...«

Laudon schaute Sally mit untertänig wehem Blick in die Augen. Sally verstand, seufzte, stand auf, öffnete eine Schublade und holte dort aus einer Börse 2 Kwachas hervor.

»Das sollte genügen ... Gib mir Bescheid, wie es ihm geht, ich mache mir wirklich Sorgen um ihn ...«

»Sicher«, sagte Laudon, jetzt sehr fröhlich, »du bist ja seine Tochter.«

48) Mad Dogs and Englishmen

Über Lalinga, der Hauptstadt, breitete sich jenes gelbe Licht, das allabendlich der schnell einfallenden Dämmerung um einige Minuten vorauseilte. Um das höchste Gebäude der Stadt, das Fairlands Hotel, flatterten Habichte wie Fetzen braunen Seidenpapiers, vor den Geschäften der Inder legten die Wachmänner ihre Pappkartonverschläge aus; in den sich skrofulös um die Stadt breitenden Eingeborenenvierteln irrlichterten die ersten Petroleumfunzeln. Vor der Hoteltreppe hockte der weißhaarige Bettler, dem die Stammgäste des Hotels immer ein Bakschisch gaben, sozusagen als Eintrittsgeld.

Das Fairlands Hotel war das älteste Hotel der Stadt, ein schmuckloser Zementbau, erbaut in den dreißiger Jahren, in dessen kleiner, mit einem gelben Teppich ausgelegter Lobby Holzschnitzereien, Seife, Zahnpasta und Haarschampon in verstaubten Glaskästen zum Verkauf lagen, und ein ausgestopfter Löwe, mit kahlen Stellen auf dem Rücken, um den Hals ein Schild mit der Aufschrift: ›Dining Room‹ trug. Im Speisesaal schlurften unter knarrenden Deckenventilatoren barfüßige Kellner in weißen Khansus und lose gewickelten, wie riesige Mohnblüten auf ihren Köpfen wankenden Turbanen, mit kriecherischer Freundlichkeit oder schläfriger Gleichgültigkeit um die Tische.

Als Dale eintraf, hatte sich der Speisesaal schon fast gefüllt: schwarze und indische Geschäftsleute, Manager aus den Teeplantagen übernachteten, wenn sie in der Stadt zu tun hatten, im Fairlands. Der Manager, ein beleibter rotgesichtiger Portugiese mit spärlichem schwarzen, steif geölten Haar eilte Dale entgegen, breitete die kurzen Arme in demonstrativer Herzlichkeit aus, warf sich in die Brust, fuhr mit dicken Fingern glättend über ein zerknittertes Sakko, senkte gewichtig das Kinn in fette Halsringe, die dünnen Lippen militärisch zusammengepreßt – und wie immer dachte Dale, daß dieser Mr. Garcia einen wundervollen Mussolinidarsteller abgeben würde.

»Habe die Ehre, Mr. Dale, ihre Exzellenz, Mr. Harrison, hat schon einen Tisch bestellt – eine große Ehre – weg von diesem infernalischen Lärm, hat ihre Exzellenz gesagt, ha, ha, immer witzig, unser Gouverneur, aber leider – nur zu wahr – meine Schallplatten lassen zu wünschen übrig ... Schlechte Zeiten, Mr. Dale, schlechte Zeiten ...« Dale nickte, unterhielt sich noch eine Weile mit Mr. Garcia, nahm dann ein Telegramm aus der Tasche seines Sakkos und las zum wiederholten Mal: »Erbitte Treffen Montag 8 p.m. Fairlands. Re Konzessionen.« Das Telegramm war am Morgen angekommen, und immer noch konnte er sich keinen Reim darauf machen: Was für Konzessionen? Die Teeplantagen befanden sich in englischer Hand – da gab es keine Gespräche über Konzessionen. Was wollte Harrison? Es mußte wieder eines seiner Tarntelegramme sein, die er, Zensur fürchtend, oft kryptisch formulierte. Diese Zusammenkunft am Abend, wo das Speiselokal lärmend, der Plattenspieler immer so laut gestellt war, daß man sein eigenes Wort kaum verstehen konnte – und dazu die Übernachtung in der Stadt – seit Tagen hatte er ihr mit gemischten Gefühlen entgegengesehen.

I beg your pa- ar-de-en
I didn't promise you
a rose ga- ar- de- e- en ...

leierte lautstark, krächzend über Brüche hüpfend, eine Schellackplatte. Dale dachte: »Diese Art von Kitsch haben wir ihnen auch gebracht«, schämte sich aber sofort seiner Überheblichkeit und erinnerte sich, daß er zu diesem Schlager nicht ohne Vergnügen im Club mit Marjorie getanzt hatte. Die Musik stoppte, sofort beherrschte ein Stimmengewirr und das rhythmische Knarren des Ventilators die klebrige Schwüle des Raums – dann setzte sie wieder ein, laut, so daß der Text nicht zu überhören war:

... Mad Dogs and Englishmen
go out in the midday sun ...

(nur verrückte Hunde und Engländer
gehen in der Mittagshitze spazieren)

Ein Schlager aus den dreißiger Jahren, den Keith Harrison besonders mochte. Mr. Garcia hatte die Platte, als Harrison den Speisesaal betrat, zu seiner Begrüßung aufgelegt. Dale beobachtete amüsiert des Gouverneurs Entree: leicht abwesend schritt Harrison durch die verstummenden Tischreihen. Die Gelassenheit seines Ganges, das kaum merkliche Innehalten zwischen den Schritten glich einem lässigen Dahingleiten – die sehr gerade Haltung des schlanken Körpers, eine Hand leicht zwischen die oberen Knopfreihen des Sakkos geschoben, sprachen von müheloser Autorität. Das aschblonde Haar wies in einem schmalen Ansatz von Koteletten auf blasse Schläfen, legte sich, unmerklich pomadisiert, in makelloser Glätte über seinen Kopf. Dale dachte: »Dies muß ein Wunschbild jeden Hochstaplers sein.«

Des Gouverneurs Gesicht zeigte heute einen müden Teigton, Ergebnis zu vieler Arbeit in einem unterkühlten Büro oder zu vieler langer Abende. Es war hektische Party-Zeit in der Stadt – es herrschte die forcierte Fröhlichkeit einer leichten Untergangsstimmung. Die Botschaften luden sich gegenseitig jetzt immer öfter ein, mit Ausnahme der Franzosen, die sich gern von den Engländern distanzierten – und den Deutschen, die sich ob eines missionarischen Sendungsbewußtseins frivolen Koloniallebens enthielten – was oft ungerechterweise als Geiz interpretiert wurde. Wild trieben es die Norweger und Schweden, ihre Wikinger-Parties hatten allerdings einen Ruf leichter Verruchtheit – sehr eng dagegen war das Verhältnis der englischen Botschaft mit der portugiesischen, man war Nachbar und half sich gegenseitig, blickte aber auch gelegentlich neiderfüllt auf des anderen Privilegien.

»Nein, keinen Whisky heute«, sagte Harrison, die Wange gegen den Handrücken gelehnt, zu dem in devoter Eilfertigkeit selbst bedienenden Mr. Garcia. Er schien unter den Folgen der vorangegangenen Nacht noch etwas zu leiden.

»Entschuldigen Sie, daß ich Sie in die Stadt gebeten habe, John«, sagte er, an Dale gewandt, »eine so unangenehme Fahrt in dieser Hitze, aber Sie werden gleich verstehen, daß es absolut nötig war. Ich hätte Sie natürlich lieber ins Government House gebeten, wenn ich nicht dauernd das Gefühl hätte, daß es mit Wanzen gespickt ist. Obendrein weiß man nie, ob die Telefone abgehört werden. Im Augenblick können wir nicht vorsichtig genug sein.

Also, da ist eine dumme Geschichte, über die ich Sie aufklären wollte. Ich dachte, hier, wo man kaum sein eigenes Wort verstehen kann, könnten wir ziemlich ungestört reden.« Er beugte sich Dale entgegen, sagte, nachdem er einen Blick auf die sie umgebenden Tische geworfen hatte: »Sie haben da einen Constable in Truchilla, der mehr Leute angefordert hat, er ist, wie er sagt, überzeugt, daß sich dieser Sembereka bei Ihnen in Truchilla aufhält, Sie wissen, der Mann der National Party – und da Mpembwe in Kürze zu erwarten ist, ist dieses Thema sehr brisant – das Polizeidepartement hat mich unterrichtet und um Unterstützung gebeten. Es wurde auch Ihr Name genannt – dieser Constable scheint Ihnen übrigens nicht sehr wohl gesonnen zu sein ...«

Dale sah sich um, die Kellner befanden sich außer Hörweite. Er fuhr sich mit gespreizten Fingern durch sein widerspenstiges rotes Haar:

»Aha, der verdammte Constable, Ja, Keith, ich weiß, wo Sembereka steckt, aber ich werde ihn nicht denunzieren. Mein Buchhalter, ein grundanständiger Kerl, ist dazu noch in die Geschichte verwickelt. Es ist da allerdings ein Problem, für das wir im Moment noch keine Lösung haben: Sembereka muß so bald als möglich nach Portuguese East gebracht werden. Es würde helfen, könnten Sie dem Constable vorläufig keine weitere Hilfe senden. Vor einigen Tagen wurde einer meiner Teeschuppen angezündet – Mrs. Scarborough hielt darin eine ihrer religiösen Versammlungen ab –, der Constable hat natürlich noch nie etwas von Glossolalia gehört und die Zungen als Verschwörung gesehen ... Er ist ein gefährlicher, brutaler Bursche.«

»Du lieber Himmel«, sagte Harrison, »Sie haben Sembereka doch nicht in Ihrem Haus?«

»Nicht direkt.«

Harrison sah Dale aus rot umränderten, vorstehenden Augen mit distanziertem Interesse eine Weile stumm an. Dann sagte er ruhig:

»Eine schöne Bescherung, John. Es ist besser, ich weiß davon nicht zu viel – aber ich könnte Ihnen eine Adresse in Portuguese East für ihn besorgen ...«

»Haben wir schon«, sagte Dale. Harrison strich mit einer langfingrigen Hand über die Wangen seines Schafsgesichtes und führte sie, die Finger zu einem Fächer spreizend, langsam um sein Kinn. Mit der anderen Hand griff er nach der Tabatiere in seiner Brusttasche.

«Sie hätten sich nicht in so etwas hineinziehen lassen sollen, John – wenn Sie im Land bleiben wollen, könnte Ihnen der leiseste Verdacht, daß Sie Beziehungen zu einem Mann der National Party hatten, sehr schaden, sogar den Kopf kosten. Halten Sie sich da raus.«

»Ich stecke schon drin, Keith. Aber ich denke, wir werden es durchstehen ...«

»Wir?«

»Leute in Truchilla, Father Ricardo ...«

»Sie wissen natürlich, daß ich Ihnen, kämen Sie in Schwierigkeiten, nur beistehen könnte, solange Mpembwe noch nicht im Lande ist – danach wird dies unmöglich sein.« Dale nickte.

Eine Weile saßen sie sich wortlos, eingehüllt in Tabakrauch, gegenüber, dann sagte Harrison, das Thema wechselnd:

»Haben Sie schon das Neueste aus Portuguese East gehört?« Er hob die Augenbrauen und blickte auf Dale mit dem Ausdruck erzwungenen Ernstes, die Stirn in waagrechte Falten gelegt, und der winzigen, kaum merklichen Andeutung eines Lächelns – diese Melange aus Seriosität, freundlicher Distanz und gelangweiltem Amüsement kannte Dale, so empfing Keith Harrison oft unbotmäßige einheimische Untertanen.

»Der südafrikanische Attaché hat mir die Geschichte heute erzählt«, begann Harrison, »Dom Rodriguez, Sie kennen ihn, John, der D.C. der Ilala-Provinz, erwartete den Besuch seines Gouverneurs, und um ihn von der Prosperität seiner Gegend zu überzeugen, ließ er Tausende von Khakishorts verteilen, aber als der Gouverneur durch die Straßen fuhr, begegnete er dem alten Anblick: zerrissene Shorts, Hemden, die nur noch Fetzen an den Nähten waren: die neuen Shorts landeten auf dem Markt. Und wissen Sie, was dieser verrückte Rodriguez tat? Er griff sich ein paar der Empfänger, fesselte sie an Bäume, zog ihnen die Hosen runter und ließ ihre Genitalien blau bemalen.

»Wenn sie wie die Affen nackt herumlaufen wollen«, sagte er, »dann sollen sie auch wie die Affen aussehen.« Er hat ihre Hoden mit Leuchtfarbe bemalt. Der Gouverneur hat ihn daraufhin entlassen – eine schauderhafte Geschichte, und dies, während die Frelimos in P.E. immer reger werden. Dabei schien er so sanften Gemütes zu sein – ich kann mir nur vorstellen, daß er plötzlich durchgedreht ist – einfach zu lange im Land. Sie sollten sich gut überlegen, John, ob Sie wirklich hier bleiben wollen.«

»Ich habe bisher noch nie Anwandlungen dieser Art gespürt«, sagte Dale. Dann mußte er plötzlich lachen, »verzeihen Sie, Keith«, sagte er, seine Schultern von nicht zu unterdrückendem Gelächter geschüttelt, »verzeihen Sie ...« Es war nicht Harrisons Erzählung, die ihn so unwiderstehlich erheitert, es war die angestrengt ernste Miene, mit der Harrison sie vorgetragen hatte. »Gott mußte sich sehr über die Menschen amüsieren«, dachte er, »und wenn Gott sich über menschliches Tun amüsierte, warum sollte es nicht auch uns erheitern dürfen?« Dies dachte Dale und sprach es auch aus. Harrison nickte.

»Sie haben recht«, sagte er, »doch wir erleben unsere selbst geschaffene Tragödien hautnah, und das Lachen vergeht uns nicht selten dabei. Aber natürlich ist unsere Trauermiene meist Heuchelei, Konvention eben. Was den Herrn aber betrifft – müßten ihn nicht langsam unsere Aktivitäten entsetzlich langweilen?«

»Sehr wahrscheinlich«, sagte Dale, »aber dann schickt er ein Erdbeben – oder die Atombombe, als zart besaitet hat er sich nie erwiesen.«

»Wir sind ihm darin ebenbürtig«, sagte Harrison. Er hüllte sich in Zigarrenrauch.

»Und die Bischöfe«, sagte Dale, »was hatten die dazu zu sagen?«

»Nun ja«, sagte Harrison – in seiner Stimme schwang jetzt ein Hauch Süffisance, »der katholische hat diese Barbarei aufs heftigste verurteilt, der anglikanische tat sich etwas schwerer damit – wie wir wissen, schätzt er Dom Rodriguez aus den verschiedensten Gründen, einmal soll er jeden Abend Bridge mit ihm spielen und gewöhnlich gewinnen. Nun, Mpembwe wird solche Geschichten leidlich ausschlachten. Wir können uns auf interessante Reden vorbereiten!«

»Ist denn schon ein Empfang für ihn geplant?« Über Harrisons Gesicht legte sich ein Hauch bukolischer Fröhlichkeit ...

»Es wird eine einmalige Vorstellung werden, etwas ganz Besonderes. Wir haben einen Empfang am Flugplatz für ihn geplant und anschließend hier, im Fairlands, ein Essen. Eine Villa für ihn steht bereit, und dann müssen selbstredend Wahlen vorbereitet werden, die natürlich die Congress Party frisieren wird – unser Eingreifen wird hier schon unmöglich werden. Und nun der Clou: Die Congress Party hat am Tag seiner Ankunft einen Umzug geplant, und Sie wissen, wie diese Umzüge hier aussehen: Tänze, Medizinmänner, Ufiti. Aber diesmal soll es nun etwas Zivilisierteres sein, wie mir die Congress Party versicherte, es soll demonstriert werden, wie der Fortschritt unter dem neuen Präsidenten aussehen wird. Sie haben mir einen Plan vorgelegt. Und da gibt es Wagen, auf denen nach herkömmlicher Art mit Holzkohlenfeuern und Tontöpfen gekocht wird, und solche, die den Fortschritt aufzeigen: junge Mädchen kochen auf Gasöfen. Die Inder, die solche Gasöfen in ihren Geschäften haben, werden sie zur Verfügung stellen und die benötigten Gasflaschen dazu. Ich habe erst vor einigen Tagen einer Probe beigewohnt und dabei fiel ins Auge, daß die Mädchen, um eine Tasse Tee zu kochen, alle vier Flammen brennen hatten.

Meine Vorhaltung, daß diese Luft in der Flasche Geld kostet, bewirkte, daß man mir entgegenhielt, wo denn da der Fortschritt liege, wenn Holz ja nichts koste und jederzeit geschlagen werden könne ... Dann soll ein Wagen voll lebender rotbemalter Hähne mitgeführt werden – hinter einer riesigen roten Pappsonne sollen sie Mpembwe begrüßen – es wird ein ›Kikeriki‹ ohnegleichen geben. Und Mpembwe selbst wird dazu seinen Fliegenwedel schwenken und in seinem Satinzylinder wird sich zum letztenmal der Union Jack spiegeln. Für mich wird es meine Abschiedsvorstellung. Ich weiß, daß ich vor Rührung weinen werde, und daß Angst mich ergreifen wird – wie wird es weitergehen, John?«

»... Englishmen go out in the midday sun ...« tönte es aus dem Lautsprecher.

Harrison, der gewöhnlich diesem Schlager nicht widerstehen konnte und mitsummte, blieb stumm.

Vor dem Hotel war der alte Bettler eingeschlafen, die Wachmänner vor den Geschäften lagen in ihren Pappkartonsärgen. Der Gouverneur steckte dem vor dem Portal eingenickten Bettler einen Geldschein zwischen die Finger – dann, auf der Fahrt durch schwach beleuchtete Straßen unter einem milchig erleuchteten Sternenhimmel summte er leise vor sich hin: »Mad Dogs and Englishmen ...«

Sein Chauffeur wiegte sachte seinen Kopf im Takt dazu.

49) Salina wird informiert

Salina stand auf der Steinveranda des Red Store neben Mafaiti, dem Schneider, und gab ihm ihre Anweisungen. Mafaiti bediente die Pedale der alten Singer-Maschine mit einem mageren, von harten Sehnen durchzogenen linken Bein, das rechte, von einer Polio lahm geblieben, und deshalb dünn wie ein Spazierstock, hielt er steif von sich gestreckt. Die schwarzen Metallteile der Nähmaschine, über die inmitten gußeiserner Schnörkel die goldene Inschrift ›Singer‹ einen verlorenen Hauch Jugendstil breitete, waren mit einer grauen Schmiere aus Straßenstaub und ölverklebten Stoff-Fasern überzogen. Mafaiti bediente diese Nähmaschine virtuos, seine Hände konnten die dicken Stahlnadeln mit affenartiger Behendigkeit wechseln, das vom vielen Drehen polierte Rad mit flinkem Schwung des Handballens ankurbeln, während die Finger, in Spinnenstellung, die Kuppen plattgedrückt, den Stoff blitzschnell durch die Maschine surren ließen. Er wäre mit dieser Geschicklichkeit ein ausgezeichneter Schneider gewesen, hätte ihm nicht ein bestimmtes Augenmaß gefehlt, wäre er mehr an Akkuratesse als Geschwindigkeit interessiert gewesen. So mußte Salina seine Arbeit beaufsichtigen, ganz besonders, wenn es sich, wie heute, um eines ihrer eigenen Kleider handelte. Mafaiti war denn auch besonders vorsichtig, und wenn er den Stoff gewöhnlich um sein lahmes Bein wickelte, dieses Bein sozusagen als Stoffhalter benutzte, so hatte er heute die smaragdgrüne Seide Salinas auf einem Schemel ausgebreitet und auch die Holzoberfläche der Nähmaschine sorgfältig mit seinem Hemdzipfel von Ölresten gereinigt.

Er arbeitete seit Jahren für Salina, und sie waren beide zufrieden miteinander, darüber hinaus bestand zwischen ihm und Nr. One ein schönes Einvernehmen, das ihn an den Vorteilen der Küche teilnehmen ließ, wofür er Nr. Ones Khakiuniform flickte und bügelte. Obendrein okkupierte er einen Schlafplatz in Nr. Ones Hütte.

Während nun gewöhnlich das Surren der Nähmaschine, begleitet vom eintönigen Klatschen des Regens in den Straßenpfützen, eine beruhigende Wirkung auf sein Gemüt ausübte, plagte heute Mafaiti offensichtlich Unangenehmes. Er runzelte eine tiefschwarze Stirn, murmelte kaninchengleich stumm vor sich hin und schien mit seinen Gedanken überhaupt weit entfernt zu sein.

»Woran denkst du denn wieder, Mafaiti«, sagte Salina, die sich ärgerlich über ihn gebeugt hatte und bemerkte, daß ihm die Naht entglitten und schon abenteuerliche Schleifen über die Seide gezogen hatte: »Du ruinierst mir noch den Stoff!« Mafaiti sah mit großen gelbunterlaufenen Augen zu ihr auf, den Mund geöffnet, in dem kleine Stumpen gelber Zähne gleich wurmzerfressenen Pilzchen sichtbar wurden:

»Mr. Lake«, sagte er, die Nähmaschine mit dem Fuß bremsend, »hat Nr. Ones Bruder entlassen.«

»Na, und was hat das mit dir zu tun?« frug Salina, ungeduldig die Seide auf der Nähmaschine zurechtschiebend.

»Ich kann nicht mehr in Nr. Ones Hütte schlafen, weil jetzt Nr. Ones Bruder meinen Platz bekommen hat. Bwana Lake hat Nr. Ones Bruder entlassen, weil er schmutzig ist.« Salina schüttelte den Kopf und rief nach Nr. One. »Immer diese Scherereien mit den Boys,« dachte sie, sich den Büschel Jasminknospen, der ihrem Haar zu entgleiten drohte, ungeduldig feststeckend. »Ein schmutziger Boy! Was bildete sich dieser Lake ein – Nr. Ones Bruder war ein erstklassiger Informant und man entließ einen Boy nicht wegen ein wenig Schmutz, Schmutz war überall, wen kümmerte schon ein bißchen Schmutz!« Der heranschlurfende Nr. One steigerte ihren Ärger, denn ihm war anzusehen, daß er eben aus dem Abstellraum kam, in dem er zwischen Seifenkisten und Maissäcken seinen Mittagsschlaf gehalten hatte: Maismehl hing an seiner Jacke, er hatte den Blick des unerwartet und unerwünscht Geweckten ...

»Was ist das mit deinem Bruder und Mr. Lake, warum hat er ihn entlassen?« frug Salina, »was hat er gestohlen?«

»Mein Bruder ist ehrlich, Madame«, sagte Nr. One im üblichen Leierton, in dem er gewöhnlich eigene sowie Vorzüge seiner Familie aufzuzählen pflegte: »Meine ganze Familie ist ehrlich, nie ist etwas vorgekommen, und jetzt sagt Mr. Lake, mein Bruder ist schmutzig!«

»Was ist das für ein Entlassungsgrund«, sagte Salina, »da müßte ich jeden Tag einen von euch entlassen!« Nr. One lächelte betreten:

»Es ist so, daß Mr. Lake krank geworden ist, und Mr. Lake sagt, John ist schuld daran, weil er so schmutzig ist.«

»Krank ist er geworden? Er hat wohl Durchfall bekommen?« Nr. One wandte seinen Kopf zur Seite und schaute störrisch in den Regen hinaus. Aber nun zeigte Salina bewundernswerte Intuition.

»Es war doch nicht etwa Extra Pencil im Spiel, oder?« Nr. One sah sie entgeistert an, seine nahe beieinander stehenden Augen über einer so breitgedrückten Nase, daß die Nasenflügel fast eine waagrechte Linie bildeten, vergrößerten sich in maßlosem Erstaunen, seine unschuldige Verstörtheit hatte etwas so Komisches an sich, daß Salina lachen mußte. Und da Nr. One wußte, daß Salina Bwana Lake nicht mochte, faßte er Mut:

»Bwana Lake«, sagte er, »er ist freundlich mit dem Constable, und der Constable ist hinter Mr. Dillah her, weil Dillah doch ...« Salina nickte ermutigend, ... »und da haben wir gemeint ... und wir haben ehrlich für Father Ricardos Ufiti bezahlt und auch dafür, daß Extra Pencil dieses Ufiti in ein noch stärkeres verwandelt hat, und auch Essabetala, Mr. Tussanis Frau, hat uns geholfen und Geld gegeben ...«

»Aha«, sagte Salina befriedigt, »es ist eine Ufitigeschichte. Und diese Essabetala, ein stilles Wasser! Aber mach dir keine Sorgen, dein Bruder wird wieder einen Job bekommen. Und was Father Ricardos Ufiti betrifft – ich glaube, ich habe da ein besseres.«

Nr. One, durch Salinas Lachen ermutigt, jedoch durch einen Wink ihrer Hand entlassen, zögerte einen Moment – war für solche Information ein Bakschisch zu erwarten? Nein, Salina hatte sich schon Mafaiti zugewandt.

»Was hältst du hier Maulaffen feil«, rief sie, »du kannst von nun an nachts im Laden schlafen, bis sich die Geschichte geklärt hat, und nun mach schon, in acht Tagen ist die Karim-Hochzeit, und ich brauche mein Kleid.«

Und wieder tickerte die Nähmaschine mit dem Klinkern der Regentropfen in den Pfützen um die Wette, und Mafaiti bewegte sanft dazu die Lippen und dachte an all die vielen Mais- und Dattelsäcke im Laden, die ihm nun nachts auf so wunderbare und unerwartete Weise zugänglich wurden. Salina aber dachte an ihren Mann und zweifelte, ob er der ihm von ihr zugedachten Aufgabe gewachsen sein würde.

Am Abend desselben Tages stand Salina vor ihrem Elefantengott und bekränzte ihn mit aufgefädelten Jasminblüten. Bevor sie die Kette um die Schultern und den Rüssel Ganeshas ordnete, zupfte sie einige Blüten heraus und steckte sie zwischen ihre Brüste. Dann senkte sie das Kinn und atmete den Duft ihrer braunen Haut, der sich lieblich mit dem der Blüten mengte – einen Marzipanduft hatte Bwana Dale diesen zarten, ihren Brüsten entströmenden Hauch genannt, und sein rotbärtiges Gesicht darin vergraben.

»Damals«, sagte Salina zu ihrem Gott, »damals, Ganesha, habe ich ihn geliebt, und ich liebe ihn eigentlich heute noch. Aber nun stecke ich die Blüten nicht mehr für ihn zwischen meine Brüste, und du solltest zufrieden sein. Du bist der Listenreiche, der Glückbringende, der auf seinem Rattengefährt durch die Lüfte Reitende, du bist Shivas Sohn. Nun hilf, Ganesha, sieh, jeden Tag bringe ich dir duftenden Jasmin und weiße Reiskörner, und jeden Tag wird dein Rüssel und dein armer, dir von Rama abgehauener Zahn in geweihtem Wasser gebadet – jetzt, Ganesha, beende deinen Tanz und überlege, wie Dillah geholfen werden kann. Denn du bist der Glückbringende, der Schlangenlistige und Gütige. Und so schlage denn diesen Bwana Lake mit deinen weißen Zähnen, aber beeile dich, denn die Zeit drängt.« So sprach Salina zu ihrem Elefantengott, die Hände über der Brust gefaltet, die Stirn auf seine tanzenden Füße gelegt. Und zwischen ihren Brüsten stieg süßer Marzipanduft in die Nüstern des kleinen Gottes, dessen schwarze Glasaugen schalkhaft wohlwollend aus einem gelben Marmorgesicht Salina zulächelten.

50) *Genesung*

Die Uhr neben seinem Bett tickte die Sekunden unerbittlich, ließ sie zu Minuten und Stunden werden, die sich schmerzhaft in sein Bewußtsein drängten. Tagelang war er in diesem halbdunklen Krankenzimmer gelegen, hatte seine Schmerzen benutzt, um der Wirklichkeit zu entkommen, die mit ihm so grausam und beschämend umgegangen war. Klare Momente wechselten mit wirren, manchmal beugte sich ein schwarzes Gesicht über ihn, zuerst noch schemenhaft verschwommen, dann deutlich: runde Brillengläser, dahinter riesig vergrößerte Augen, Zähne, die ihn anzublecken schienen. Dabei war es nur ein freundliches Lächeln, das Schwester Sallys Zähne entblößte, denn so hilflos in Bandagen verpackt, mit schreckhaft geweiteten wasserblauen Augen im weißen Gipsgesicht, erschien ihr Stanley mehr ein hilfloses Kind, denn ein unliebsamer Widersacher. Zuerst wich er ihrem Blick aus, versuchte sich stöhnend zur Seite zu drehen, wenn sie sich seinem Bett näherte, später ließ er schweigend alles über sich ergehen: das offensive Geschirrklappern, wenn sie ihm sein Essen brachte, ihren Maisatem, wenn sie sich über ihn beugte, ihre große Hand, die ihm hin und wieder über die Stirne fuhr. Als er noch nicht ganz bei klarem Bewußtsein war, erschien ihm diese Hand wie ein dunkler Vogel, dessen Flügel seine Stirn streiften, und er schlug um sich und stöhnte und versuchte, den Vogel zu verscheuchen. Als sie aber, Tage später, mit Hühnersuppe erschien, ihm die saftigen Fleischstücke vom Löffel zurück in die Suppe plumpsen ließ und sagte:

»Alles Huhn raus aus Operationssaal, rein in Suppe«, verzog sich sein Gesicht doch zu einem schmerzhaften Lächeln.

Und dann begann er, sie zu beobachten. Er erkannte ihren Schritt, wenn sie draußen den Gang entlang lief, ein harter Stakkatoschritt, der wie ein Trommelschlag die anderen langsam schlurfenden der Patienten dominierte, lauschte ihrer Stimme, die schnell und bestimmt Befehle erteilte, beobachtete, wie sie ihr Brillengestell kreiseln ließ, wenn sie ungehalten war. Es gab da ein langsames Kreiseln, das etwas Drohendes an sich hatte, und ein schnelles, das Irritation ankündigte, und eines, das mehr ein Tändeln war und auf Versöhnung hinleitete. Er gewöhnte sich an diese großen dunklen Augen über sich, die hellen Flecke, die darin zu tanzen schienen, an ihre riesigen schwarzen Hände, verschwielt, mit ganz kurzen Nagelvierecken, die ihm resolut das Leintuch bis unters Kinn zogen oder respektlos mit hartem Schlag einen Moskito auf seiner Hinterbacke erledigten.

»Ich bin dieser schwarzen Hexe ausgeliefert«, dachte er, aber widerwillig empfand er, daß da etwas war, das er mochte.

Sie wußte, daß er nicht an diesen peinlichen Abend in Ndolas Bar erinnert werden wollte, daß ihm die Geschichte seelische Schmerzen bereitete. In den ersten Tagen, als sein Kopfverband noch täglich gewechselt werden mußte, zog sie beim Anblick seiner Verletzungen die Oberlippe bis zur Nase hinauf hoch und machte:

»Hm-hm-hm«, schüttelte den Kopf und murmelte vorwurfsvoll, aber doch mit leisem Mitleid in der Stimme: »Und alles wegen Kachasu und Chigololo ...« Und er konnte sich nur abwenden, denn wenn er auch nicht dieses schrecklichen Fusels wegen Ndolas Bar aufgesucht hatte, so war er doch auf der Fährte von Chigololo gewesen und dabei selbst zu Fall gekommen. Denn so mußte es schon gesehen werden: Er hatte Begierde für ein Mädchen verspürt, das er von seinem verderbten Lebenswandel hatte retten wollen, er war nicht besser als jene, über die er sich erhoben hatte. Wie er darunter litt! Schwarze Haut, die ihm doch zuwider war, hatte ihm erotische Schauder durch den Körper gejagt, Moschus und Rosenöl hatten seine Sinne verwirrt, und auch Gebetslitaneien, denen er sich auf dem Krankenbett unterzog, halfen nicht: In seinen Träumen schlief er wiederholt mit Bandana und einige Male sogar mit Schwester Sally.

Und der Peinlichkeit war kein Ende gewesen – die Spuren zeigten sich in seinen Bettlaken und wurden von Schwester Sally lakonisch kommentiert:

»Der Daktari ist schon beinahe gesund – er träumt von Chigololo.«

Diese Direktheit! Diese Schamlosigkeit! Wie konnte man ihr begegnen? Und dann war Father Ricardo an seinem Bett gesessen, hatte etwas von schmutzigen Kneipen, die man meiden sollte, gemurmelt und ihm empfohlen, Whisky mit Ei und Zucker vermischt zu trinken.

»Oder ein Glas Gin, Gin hält die Malaria fern, Sie müssen etwas Vernünftiges trinken, Hood, dann kommen Sie schnell wieder auf die Beine.« Dann lag er wieder stundenlang allein in seinem Zimmer, hörte den Vögeln draußen zu und nachts dem Rascheln der Geckos unter den Dachbalken. Nie hatte er sich so allein gefühlt.

Heute nun saß er, beinahe genesen, auf der Bettkante und hörte schweigend Schwester Sally zu, die sich in offensichtlich für sein Ohr bestimmten Monologen erging:

»Den ganzen Tag nichts als: Schwester Sally – und nachts: Schwester Sally! Schwester Sally!« Sie machte sich an seinem Bett zu schaffen, schob ihn mit einem professionellen Ruck zur Seite und zog sein Kopfkissen ab.

»Nur Tag und Nacht: Schwester Sally, Schwester Sally, und Father Ricardo: ›Laß mich in Ruhe.‹ Ich sperre ab, Patient nachts fort durch Fenster. Bezahlt nichts. Ohne UNHCO Hospital palibe. Daktari sagt: Hospital nicht gut. Hospital schmutzig«, sie stopfte sein Kopfkissen vehement in einen frischen Bezug. »Gut, manchmal schmutzig, manchmal sauber. Manchmal zu viel Huhn in Krankenzimmer. Aber Medizin gut, Koch gut. Nur Daktari zuviel Trouble.« Sie stand mit dem schmutzigen Bettzeug unterm Arm vor ihm, die Beine gespreizt, die Brille auf der Nasenspitze und schüttelte den Kopf:

»Too much trouble ...« Dann nahm sie ihre Brille ab und ließ des Gestell kreiseln, schnell, ungeduldig: »Wenn gesund, zurück nach Amerika?« Hood schüttelte den Kopf:

»Ich bleibe.« Das Brillengestell kreiselte langsamer, stoppte. Sie lächelte. Hood lächelte zurück.

Was war das nur ... eine seltsame Katharsis schien sich in ihm zu vollziehen: Er hatte mit seinem Entschluß, nach Afrika zu gehen, die Hölle gewählt, um in ein Fegefeuer zu stürzen – aber was war dies nun? Nahte jetzt etwa gar so etwas wie Erlösung?

Und es kam plötzlich ein Erinnerungsbild, eines, das er längst vergessen hatte, das aber nun in aller Deutlichkeit vor ihm stand: Die schwarze Frau aus der Bronx saß ihm gegenüber, ihre sanften Augen vertrauensvoll auf ihn gerichtet, legte sie ihre Hand auf seinen Arm, er war zurückgewichen, seiner alten Abneigung Schwarzen gegenüber schrieb er diese Abwehr zu, aber nun wußte er es besser: Er hatte sich abgewandt, weil er sich vor einer Zuneigung schützen wollte, einer Anziehung, die sein Unterbewußtsein fürchtete und verdrängte. Wie dumm er gewesen war! Etwas löste sich nun in ihm, floß in ein sanftes Glücksgefühl hinein. Er streckte die Hand aus, um Schwester Sally an dieser milden Stimmung teilnehmen zu lassen ... Sie lachte und schlug mit ihrer großen Pranke so hart in seine Handfläche, daß es ihn schmerzte. Er schüttelte sich die Hand aus dem Gelenk und lachte. Sie lachten jetzt beide.

51) Bettys Bar

Bettys Bar lag in einem Eukalyptuswäldchen, nicht weit vom Zentrum der Stadt entfernt, durch das viele kleine Trampelpfade in die Shantis führten. Den niederen Holzbau umgab eine hellblau gestrichene Staketenveranda, auf der in Blumentöpfen Hibiskus und blutende Herzen vor sich hin wucherten, und in Drahtkörben Orchideenwurzeln wie zusammengerollte Gebetsfähnchen schaukelten. Die Türe zur Straße stand meist offen, nur ein Holzperlenvorhang pendelte vor dem kleinen, halbdunklen Raum des Restaurants, in dem wachstuchbedeckte Tische – die Füße, um Ameisen und Kakerlaken abzuwehren, in wassergefüllten Tabaksdosen (Marke Players Navy Cut) – und eine aus rohen Holzstämmen gezimmerte Bar das einzige Mobiliar darstellten. An zwei gegenüberliegenden Wänden hingen ein stark zerblätterter Rita Hayworth-Pinup-Kalender aus den fünfziger Jahren – und eine rote Coca Cola-Uhr. Geier säumten das Wellblechdach oder stritten sich im Hinterhof um Essensreste, von Jana, Bettys Koch, ab und zu mit einem Kübel Wasser verscheucht. Das Restaurant ›Golden Egg‹ war vorwiegend Janas Bereich, zu ›Bettys Bar‹, so genannt, obgleich der Tresen sich im Restaurant befand, gelangte man durch einen weiteren, rosa bemalten Perlenvorhang in einen langen Gang, an dem zu beiden Seiten mit weißer Kreide bezifferte Holztüren zu den Zimmern der Mädchen wiesen. Über seine offenen Deckenbalken huschten Geckos und klebten Maurerwespen ihre gelben Kokons, den Boden bedeckte wohlriechendes Gras, das jeden Tag ausgewechselt wurde. An diesem Gang lagen auch die Toiletten, so daß alle Bedürfnisse des Menschen von der Vordertüre bis zum Ende des Ganges praktisch durchlaufen werden konnten.

Im Hinterhof sandte eine üppig mit Bougainvillea überwachsene Mauer ein heiteres Signal, in der Mitte des verwahrlosten Gartens flatterten in einem rostigen Eisenkäfig von der Form einer verbogenen Moscheekuppel grüne Papageien und schwarz-weiße Beos, die sich ab und zu von Geiern, die sich gerne neben ihnen niederließen, zu einem Pfeifkonzert herausgefordert sahen. Ansonsten klang in die angenehm lässige Geruhsamkeit um Bettys Bar nur gelegentlich das Kullern der hölzernen Bao-Steine oder das Klirren von Mah-Jong-Plättchen aus Porzellan.

An diesem späten Nachmittag lag Betty auf einem Planters Chair im Schatten der Veranda ihres Hinterhofes, ein grüner Chirundu war um ihre Hüfte geschlungen; ein rosa Büstenhalter, ein paar Nummern zu klein, girlandete Dekolleté und Bauch mit anmutigen Hügeln brauner Haut. Betty sah mit Zufriedenheit und Wohlwollen auf ein am Boden sitzendes Mädchen, das im blauen Puffärmelkleid flink wie ein Äffchen aus der Wölbung des zwischen die Knie gespannten Rockes Nüsse in den Mund stopfte. Betty Buthelezi begutachtete mit professionellem Stolz Katichi, ihren jüngsten Schützling, und was sie sah, gefiel ihr: Katichis Kopf, der mit seiner ausgeprägten Hinterkopfwölbung einem Massaikrieger glich, die langen grazilen Zehen, die eben akrobatisch Grasbüschelchen ausrissen, die wohlgeformten Beine mit den noch ein wenig zu spitzen Knien – bei diesen Knien angekommen, verfinsterte sich allerdings Bettys Antlitz. Ihre Stimme, heute durch ein noch stärkeres Lispeln als sonst an die Emanation einer Dampflokomotive erinnernd, drang ärgerlich durch den Garten, erschreckte ein paar Geier, die sich hüpfend in den Schatten der Gartenmauer flüchteten, beeindruckte Katichi aber wenig.

»You little devil«, rief Betty, »du hast keinen Slip an, dies ist ein anständiges Haus, und in diesem Haus trägt man Slips.«

»Ich mag keinen Slip nicht«, rief Katichi und zog die Volants über die Knie. »Slips sind unbequem.«

»Wer fragt danach, ob es bequem ist, es ist eben nicht bequem, wenn man eine Lady ist, und du willst doch eine Lady sein?« Betty runzelte die Stirn, wiegte gewichtig vor sich hin brummend ihren Kopf, wobei ein gelber Turban leicht verrutschte. »In meinem Haus, wo Bwanas vom Government House verkehren, und Männer, die Präsidenten werden, hat man Slips an ...« Und damit schlug Betty ihren Chirundu auseinander und zeigte Katichi einen reich mit Volants besetzten roten Satinschlüpfer, dessen Beine ihre voluminösen Oberschenkel wie ein Zigarrenband umspannten, steckte eine Hand unter das Gummiband und wies auf die über ihren Handrücken gespannte Seide:

»Siehst du, mit solchen Slips bist du eine Lady ...«

»Ich mag aber keine ...«

»Papperlapapp – wenn da ein Mann ist, ein Mann, der dich vielleicht sogar heiratet, mußt du jetzt tun, was Betty dir sagt.«

»Aber wenn Sembereka zurückkommt!«

»Psst«, machte Betty und sah sich um, »daß du mir diesen Namen nicht mehr nennst ...«

»Aber wenn ...«

»Halt deinen Mund, Katichi ..., und tu, was ich dir sage. Verlaust und verdreckt habe ich dich aufgelesen ..., und dann habe ich eine Dame aus dir gemacht. Wer zu Bettys Bar gehört, für den sorgt Betty. Und so einen Mann, der in der Stadt eine Rolle spielt, bekommst du so leicht nicht wieder. Und jetzt geh, geh und zieh dir einen Slip an.« Betty Buthelezi warf ihren Handrücken in die Richtung Katichis, Katichi erhob sich langsam, bückte sich, um ein paar Nüsse auf dem Boden einzusammeln, wandte Betty den Rücken, blieb dann stehen, hob blitzschnell die Volants ihres Rokkes hoch, Betty ein perfektes nacktes Hinterteil zeigend – rannte daraufhin schnell ins Haus.

Betty lachte, seufzte, räkelte die schweren Schultern, ließ ihren Blick über den Hinterhof schweifen und das vor ihr liegende Haus: All dies gehörte ihr, gehörte zu Bettys Bar, der beliebtesten Kneipe Lalingas. Ja, sie, Betty, war weit gekommen, schon achtjährig eine Waise, war sie bei Verwandten untergekommen, dann zeitweise ein Straßenkind gewesen, bis der dreißig Jahre ältere Besitzer des ›Golden Egg‹ sie geheiratet hatte. Da mußte sie so im Alter Katichis gewesen sein, 14 oder 15, so genau wußte sie es nicht mehr. Und nun, nach seinem Tod, gehörte ihr diese kleine Goldgrube ganz allein. Sollte sich Schwarz und Weiß an den Wochenenden ruhig im Lalinga-Hotel vergnügen, ihre, ›Bettys Bar‹ und das dazugehörende Restaurant, das ›Golden Egg‹, wurden die ganze Woche hindurch frequentiert.

Ja, sie hatte das ›Golden Egg‹ in ein äußerst rentables und auch glückliches Etablissement verwandelt. Dies geschah, indem sie gutmütigen, aber nicht einträglichen altruistischen Neigungen eine geschäftliche Variante zuwies, die dem gastronomischen Flügel einen florierenden rekreativen hinzugesellte. Diese Dualität gab dem ›Golden Egg‹ seinen besonderen Stil. Hier konnten sich Bwanas aller Couleur von den Strapazen ihrer Jagd nach Geld und den Bürden ihrer Familien erholen, hier wurde Diskretion und gepflegter Service geboten. Und nun empfand Betty glücklich, daß sich wieder ein schönes Geschäft anbahnte: Der alte Imam der Moslemgemeinde, ein nicht unbemittelter Mann, hatte Katichi in sein Haus geholt, eine Haushaltshilfe für seine drei Frauen sollte sie sein – aber Betty hatte in den Augen dieses schon betagten Mannes jenes besondere Leuchten bemerkt, das sie gut kannte. Das Geschäftsleuchten.

52) Ein Geheimnis wird beinahe gelüftet

Karim besuchte gerne Bettys Bar. Er fühlte sich dort zuhause, ja, weit mehr als zuhause – hier war er Aissas Vorhaltungen entronnen, befand sich aber doch in vertrauter Atmosphäre, in einem Ambiente, das viele ungestörte Annehmlichkeiten bot, und schon dessen besondere Duftnote, die das Haus so anregend durchwehte, dieses Konglomerat aus scharfem Peri-Peri, süßem, öligem Moschus, bitterschalen Bangablättern und einem ganz kleinen Hauch von Ammoniak, Freuden besonderer Art versprach. Karim war in Bettys Bar ein geschätzter Gast geworden – seine ansehnlichen Trinkgelder (für Karim ganz außergewöhnlich) zeugten von der edlen Gesinnung eines Weltmannes. Deshalb wurde auch auf sein Wohlbefinden besonders geachtet, Curries, Banga und eisgekühlter Tee waren stets vom Besten (Kachasu lehnte Karim ab, er nahm es da mit seiner Religion genau). Manchmal verbrachte Karim einen ganzen Nachmittag in Bettys Bar, dann, wenn ihn nach dem Fächeln der Fliegenwedel und den zärtlichen Massagen der Mädchen Schlaf überkam – oft kam er dann erst bei Einbruch der Nacht nach Truchilla zurück, von Aissa argwöhnisch betrachtet, jedoch guter Dinge.

Heute hatte Karim mit Geschäftsfreunden aus der Stadt im ›Golden Egg‹ zu Mittag gegessen, sie hatten danach ein wenig Banga gekaut, und Karim, von zu reichlichem Essen ermüdet, zog sich hinter die rosa Perlen zurück. Und wie immer, während die Finger der Mädchen sanft über seinen Rücken glitten, umfing ihn wohltuende Entspannung: Die Zeit des Halbschlafes war gekommen, des träumerisch erotischen Tändelns, und es näherte sich ihm lächelnd Salina, löste, während sie sich neben ihm niederließ, langsam ihr seidenes Leibchen, und es waren ihre schlanken, nach Rosenöl duftenden Hände, die sanft über seine Hüften glitten – und bald glaubte er sich der Erfüllung seiner Träume nahe – dann aber, als er sich anschickte, sie endlich zu besitzen, entwand sie sich ihm auf ernüchternde Weise, indem sie schrill ihr spöttisches

Gelächter durch das Haus sandte – die Papageien, die im Hinterhof Geier hinwegkrakeelten, hatten ihn unsanft geweckt.

Während er also, nur ein Tuch um die Hüften geschlungen, auf dem Charpoy lag, vernahm er, noch eingelullt von den ihn umwogenden Wellen des Schlafes und dem zärtlichen Trommeln trippelnder Geierfüße auf dem Blechdach, eine geflüsterte Unterhaltung:

»Es heißt, sie haben ihn aus dem Chanunka gefischt.«

»Schade, vielleicht wäre Katichi Präsidentin geworden. « ...

»Dann hätte sie auf den alten Imam pfeifen können.«

»Der Imam hat Geld.«

»Aber er ist geizig ...«

Karim horchte auf: sie sprachen von Sembereka. Diese kleine Katichi war also Semberekas Freundin gewesen. Und jetzt war sie anscheinend an den alten Imam vermittelt worden.

Karim war plötzlich sehr wach. Diese taufrische Fünfzehnjährige lebte in des Imams Haus – er lächelte bitter: drei Frauen hatte dieser Alte und jetzt auch noch das Vergnügen mit dieser knusprigen jungen Katze, und nichts konnte man dagegen tun, der Imam genoß das Leben ungehindert. Und Karim lächelte in müder Resignation – nie hatte er selbst Aissa dazu bringen können, auch nur eine zweite Frau zu akzeptieren. Einmal war ja die Rede davon gewesen, aber Aissa hatte ihn im Verein mit Gulbadan heftig beschimpft, und Gulbadan hatte ihn einen lüsternen Greis genannt, ihn, der damals erst in den Vierzigern war. Er hatte nachgegeben – und, zugegeben, eine Menge Geld gespart. Aber dieser Imam, dem er Respekt zu zollen angehalten war – ein Greis im Vergleich zu ihm, Karim, ... es war nicht gerecht.

»Was redet ihr da«, rief er, »Sembereka ist nicht tot.« Sofort bereute Karim seine Worte. Einen Augenblick hatte er, Futterneid der Liebe empfindend, einen tot Geglaubten erweckt und ein höchst gefährliches Geheimnis beinahe gelüftet. Er drehte sich knurrend zur Seite und gab vor, wieder eingeschlafen zu sein.

Die Mädchen rüttelten ihn:

»Sagt schon, Bwana Karim, wißt Ihr etwas?«

»Was redet ihr da«, knurrte Karim, »ich weiß gar nichts ...« Die Mädchen schwiegen und warfen sich vielsagende Blicke zu; sie ahnten, daß sie Mitwisser eines bedeutenden Geheimnisses geworden waren. Und sie empfanden, daß Karim Respekt gebührte und er nicht weiter befragt werden durfte. Und sie strichen sanfter und langsamer über seine eingefallenen Hüften, die Gänsehaut seines Bauches.

Als er, es dunkelte schon, den Perlenvorhang zur Seite schob, trug seine Miene den Ausdruck des seriösen Geschäftsmannes, der sich eben in einem Vorratsraum vergewissert hatte, daß sich alles in bester Ordnung befand. Jana, Bettys Koch, der damit beschäftigt war, die Players Navy Cut Dosen unter den Tischbeinen neu mit Wasser aufzufüllen, rappelte sich hoch, legte gekrümmte Fingerspitzen aneinander und signalisierte Bakschischerwartung. Ein Ventilator, der aus einem indischen Eisenbahnzug auf unerfindliche Weise in Bettys Bar gelandet war, und einem Bündel toter Spinnen glich, neigte sich langsam nach allen Seiten des Raumes und erwies seine Referenz den grasgrün getünchten Wänden und der roten Coca Cola-Uhr an der Wand. Karim warf Jana, dem Koch, eine Münze zu. Dann machte er sich, jetzt anscheinend ganz geschäftlichen Kontemplationen hingegeben, in seinem Pickup auf den Weg zurück nach Truchilla.

Katichi aber war noch zur selben Stunde informiert worden. Und am folgenden Tag, als sie um die Mittagszeit mit den drei Frauen des Imams die Moschee verließ, sang sie, hinter ihnen hertrippelnd, fröhlich vor sich hin:

»Sembereka, Sembereka ... er kommt zurück, er kommt zurück.« Gefragt, was sie da singe, sagte Katichi, sie wiederhole den Namen des Propheten. Und das war gar nicht so unwahr, denn hatte Sembereka nicht prophezeit, daß er wiederkommen und sie in sein Haus holen wolle?

Es waren fröhliche Wochen mit ihm gewesen und Katichi vermißte sie. Und als sie eben von den Mädchen in Bettys Bar erfahren hatte, daß Sembereka vielleicht noch am Leben sei, hegte Katichi die sicher berechtigte Hoffnung, daß Sembereka sie nicht vergessen habe. Er war freigiebig gewesen, hatte sie mit Geschenken verwöhnt ..., und je öfter sie sich nun dieser heiteren Zeit erinnerte, um so mehr wurde ihr der Imam zuwider. Und diese alten Frauen, von denen die älteste 50 und die jüngste 35 waren, die sie eifersüchtig wie eine bloße Haushaltshilfe behandelten – Katichi haßte sie. Und immer öfter floh sie zurück in Bettys Bar, die sie als ihr wahres Zuhause betrachtete, und Betty duldete es – gerührt ob solcher Anhänglichkeit.

Ein blauschwarzer, kokosölglänzender Zopf pendelte über Katichis Rücken, der grazile Hals floß kerzengerade in die Schultern, die großen weit auseinanderstehenden Augen leuchteten bernsteinfarben. Zwei Grübchen im oberen Teil der Wangen hatten dort ihren permanenten Sitz, und wenn Katichi lächelte, war man versucht, einen Finger hineinzulegen, so sanft und einladend zeigten sie sich dann. Ihr Gang hatte etwas Trotziges, entschieden Erwachsenspielendes, und zeigte, daß sie noch ein Kind war.

Die schwarzen Schleier der Frauen wehten im Wind, die älteste von ihnen hatte ihr Gesicht vollständig bedeckt, nur zwei runde Plastikscheibchen zeigten, wo sich die Augen befanden. Die Plastikscheibchen wandten sich Katichi zu:

»Höre auf, den Namen des Propheten mit dem deines Hurenbockes zu beschmutzen, ich habe schon gehört, was du da gesungen hast! Er ist bei Satana, dein Sembereka!« Katichi stieß mit ihren nackten Zehen Staub über die Straße und spuckte in Richtung des ihr zugewandten schwarzen Burkas. Dann schrie sie:

»Er ist ganz lebendig ... und bald holt er mich ab ...«

»Möge Allah uns von dieser Pest befreien ...« Des Imams Älteste spuckte würdevoll zurück. Katichi lachte und sang:

»Sem- be- re- ka, ... Sem- be- re- ka ...«

Was war es, daß diese Katichi, ein Kind noch, so unbekümmert trotzig allen Erwachsenen Widerstand bieten ließ? Da war etwas in Katichis Blut, etwas Rebellisches, manchmal Wildes, immer Furchtloses und auch Berechnendes. Und wer nun Katichi genauer betrachtete, fand bald, daß diese feinflügelige Nase, die hohen Backenknochen und mandelförmigen Augen nicht hierher gehörten, nicht zu den sukkulent aufgeworfenen Lippen, den weitflügeligen Nasen, dem gutmütig Stiernackigen der Leute hier. Diese bezaubernden Attribute waren einem Vorfahrenkontingent zu verdanken, Sklavenhändlern aus Arabien, die vor nicht langer Zeit, noch vor den britischen Freibeutern, Mulanje terrorisierten, und ihre Gene mit diesem ausgeprägten Geschäftssinn, dem frechen Humor, dem hintergründigen Intellekt, aber auch der Romantik arabischer Nomaden hinterließen. Gene, die in der Weite Afrikas florierten, ihren Bewohnern oft eine besondere Note, eine grazile Anmut verliehen und auch Katichi in einen Hauch von Scheherezade hüllten, den sie mühelos in bare Münze umzusetzen verstand.

Auch Sembereka war diesem Reiz erlegen, und, wer weiß, vielleicht war auch Katichis Bedauern über seine Abwesenheit mehr als einfach dem Verlust eines angenehmen Lebens zuzuschreiben ... Wenn Katichi überhaupt einer Leidenschaft fähig war. Denn eine Julia war Katichi nicht.

53) Über Kunst und Sex

»Nein«, sagte Aissa, »nicht Chiwaya – ich will einen Photographen aus der Stadt. Auf keinen Fall Chiwaya – sieh dir die Bilder aus einem Kasten an, er hat nicht das geringste Gefühl für eine künstlerische Aufnahme, und ich will, daß Rada schöne Hochzeitsbilder bekommt.« Aissa kauerte auf ihrem Charpoy und sah mit großen feuchten Augen einer in Seide gehüllten Albinokröte ähnlich. Eine verwunschene Prinzessin, in deren Krötengestalt noch die Augen von einstigem Glanz berichteten. Ihre grübchenbedeckten Finger tauchten behende in eine scharfe Sauce, sie erinnerten an die flink zupackenden Scheren eines Krebses, ihre Zehen, die zu beiden Seiten der im Schneidersitz gefalteten Beine unter schwarzen Seidenhosen hervorlugten, an die eines überdimensionalen Babies. Karim, dessen knochige Finger bedächtig die Fleischstückchen in Fladenbrot wickelten, sie sorgfältig drückten und formten, bevor er sie in den Mund steckte, runzelte die Stirn:

»Ich weiß wirklich nicht, wie wir das tun könnten. Chiwaya hat die Kinder photographiert, als sie Babies waren, er kennt die Familie, es wäre eine große Beleidigung für ihn, käme da irgendein Photograph aus der Stadt ...«

»Wir sind Inder«, sagte Aissa, »warum sollten wir nicht einen indischen Photographen herholen – wir könnten sagen, daß unser Schwiegersohn ihn bestellt hat ...«

»Ich habe«, sagte Karim mit Würde, »die Hochzeit meiner Tochter auszurichten und zu meiner Verpflichtung gehören auch die Hochzeitsbilder.« Karim, der für diese Hochzeit schon ein Vermögen ausgegeben hatte – der Goldschmuck für die Braut war weit teurer ausgefallen, als dies bedrückendste Träume angekündigt hatten –, war entschlossen, wenigstens hier zu sparen. »Chiwaya wird nur zwei Säcke Mais und einige Flaschen Kachasu verlangen, und natürlich den Preis der Filme. Er hat sich schon erkundigt, in welchem Format wir die Bilder haben wollen, außerdem hat er von Bwana Dale eine große Leinwand bekommen, die sie einmal zu Theaterstücken im Club verwendeten. Er hat sie mir gezeigt, ich habe sie gesehen, es ist ein herrliches Zimmer darauf abgebildet, mit roten und goldenen Möbeln, sie gehörte zu einem Theaterstück, das ›Lady Warrens Profession‹ heißt, ein berühmtes Stück, in dem die Liebe, wie Bwana Dale sagte, eine große Rolle spielt – ein geeigneter Hintergrund für Brautpaar und Hochzeitsgesellschaft. Chiwaya hat sie schon an der Wand seines Ateliers angenagelt. Ich glaube kaum, daß sie in der Stadt einen besseren Hintergrund haben ...« Aissa ließ ein Reisbällchen in die Marsalasauce plumpsen.

»Eine Theaterkulisse aus dem Club, lächerlich, und Chiwaya als Photograph – wie stellst du dir das denn mit Dillah vor, er ist eingeladen und soll bei diesem festlichen Anlaß in unserem Haus Chiwaya begegnen, und seine Frauen vielleicht noch einmal von ihm photographieren lassen, von diesem christlichen Verräter ...« (Chiwayas photographische Expedition hatte sich nicht verheimlichen lassen.) Aissa zog ihren Sari über die enorme weiß-graue Woge ihres nackten Bauches, als wolle sie ihn vor Verrätern wie Chiwaya beschützen. Karim lächelte sein überlegenes Kaufmannslächeln.

»Dillah ist Buchhalter bei Bwana Dale, also beinahe ein Geschäftsmann, er wird wissen, daß es sich in den wenigsten Fällen auszahlt, nachtragend zu sein, und wenn man es unbedingt sein will, so ist es besser, dies auf kluge Weise, auf geschäftliche Weise, möchte ich sagen, zu tun. Außerdem weiß Dillah jetzt, daß Chiwaya nicht ihm schaden, sondern lediglich seine Frauen zur Ordnung gerufen haben wollte. Eigentlich hat Chiwaya wie ein guter Moslem gehandelt, erstaunlich, wo er doch ein Christ ist.«

»Ein Spion und ein Verräter ist er«, rief Aissa – was geht es ihn an, was in anderer Leute Haus vor sich geht – Dillahs Erste war heute bei mir – auch sie ist über Chiwaya empört – obgleich sie natürlich die Geschichte mit Bandana nicht billigt. Und dann dieser Sembereka – ein Mann, der sich auf der Flucht befindet, jeden Moment im Chanunka landen kann, braucht so einer noch unbedingt Chigololo?«

»Man sagt«, sagte Karim, befriedigt, daß das Gespräch eine interessante Wendung genommen hatte (so selten der Fall mit Aissa), »man sagt, daß selbst zum Tode Verurteilte sich oft noch vor ihrer Hinrichtung das Zusammensein mit einer Frau wünschen, der Geschlechtstrieb des Mannes ist unendlich stark – Allah hat uns nach seinem Ebenbild geschaffen – und er wußte, warum er uns vier Frauen zugestand.«

Aissa duckte den Kopf in ihre Halswülste. Sie sah Karim durch böse Augenschlitze verachtungsvoll an: Es hatte eine Zeit gegeben, in der eine zweite Frau zur Debatte stand, das war nun Jahre her, aber sie hatte es Karim nie verziehen. Und das Schlimmste war, daß sie wußte, daß nicht Rücksicht auf sie ihn davon abgebracht hatte, sondern einzig sein Geiz. Und damit hatte sie natürlich recht, es war weitaus billiger, sich ein kleines Nebenvergnügen in der Stadt zu verschaffen, als einen zweiten Haushalt zu finanzieren, und darauf wäre es hinausgelaufen – denn Aissa hatte sich geweigert, eine zweite Frau in ihrem Haus zu dulden. Und da Karim zu großen Leidenschaften nicht fähig war – was mit seiner Virilität nichts zu tun hatte – gab er diesen Gedanken relativ schnell auf und entschied sich in edler Opferbereitschaft zugunsten Aissas.

»Eine schöne Entschuldigung für Chigololo – man kann natürlich Allah für alles verantwortlich machen – auch für die niedersten Gelüste des Menschen«, sagte Aissa, »wenn ich zum Tode verurteilt wäre, wüßte ich mir etwas anderes als Chigololo, ein guter Curry wäre mir lieber.«

»Ich weiß«, sagte Karim lächelnd, mit einem Hauch von Resignation in der Stimme, »ich bin sicher, daß du einen Curry vorziehen würdest. Und auch dies ist von Allah so gewollt. Also, meine Liebe, ich meine, wir sollten Chiwaya nicht zu sehr verurteilen, ein Mann, der sich um die Keuschheit der Frauen kümmert, sollte nicht ausgestoßen werden. Und bedenke bitte, wieviel wir dabei sparen können. Wir verbinden Großzügigkeit mit Sparsamkeit, eine Allah wohlgefällige Handlung.«

Und nachdem Karim also gesprochen hatte, nickte Aissa müde: Sie wußte, daß gegen Karims kluge Heuchelei kein Kraut gewachsen war.

54) Von Freundschaften und Frauenrechten

Der Constable schlenderte durch die Red Store Street, ab und zu schlug er mit einer Reitpeitsche gegen seine schwarzen Gummistiefel, von seiner Schirmmütze floß ihm der Regen in kleinen Rinnsalen über die Ohren. Er hatte die Nacht in Mr. Lakes Haus verbracht, sie hatten beide zuviel getrunken, und der Constable dachte mit Verachtung an Lakes Redeschwall, seine wandernden Hände, das mit Pomade glattgekämmte ölschwarze Har, die gekünstelten Gesten. Und mit besonderem Abscheu dache er an jene unbeschreibliche Musik.

Sie drang, als er gestern abend sich Mr. Lakes Haus näherte, beleidigend an sein Ohr – der Constable machte sich nichts aus Musik, alles, was der Mensch in dieser Hinsicht benötigte, fand er, war ein wenig Marschmusik – selbst die karge Musik in den wenigen Tanzlokalen der Stadt hätte er missen können. Was aber da nun aus Mr. Lakes Haus gedrungen war, schien nicht mehr von Instrumenten herzurühren, sondern sich aus dem Donner, der zur Regenzeit brechend und rollend über das Land zog, dem Heulen der Hyänen und einem hysterischen Eselsgewiehere zusammenzusetzen, eine Musik, die sich in seine Nervenstränge gebohrt hatte wie ein quälender Parasit. Als er durch diese Musik hindurch, von John geleitet, Lakes Wohnzimmer betrat, fand er diesen, die Beine weit von sich gespreizt, in einer tranceartigen Entrücktheit. Er schien des Constables Gegenwart nicht zu bemerken.

Der Constable setzte sich und wartete, bis dieser teuflische Lärm zu einem Ende käme, ungeduldig mit seinem bestiefelten Bein wippend und mit der Pistole an seinem Halfter spielend. Endlich kehrte Stille ein, und Lake wandte sich mit verklärtem Antlitz seinem Besucher zu und sagte:

»Woägner.« Er gab diesem Wort einen bedeutungsvollen Klang, sprach ihn mit diesem besonderen Akzent der englischen Oberklasse aus, der für alles, was mit Kunst zusammenhängt, reserviert ist. An dem Constable ging solche Feinheit des Ausdrucks verloren. Dafür war sich der Constable nun sicher, daß etwas mit Lake nicht stimmte. Wer solche Musik hörte, mußte verrückt oder ein Masochist sein.

Er wußte, daß Lake mit seiner Hilfe eine Fehde austragen wollte und ihm nur deshalb um den Bart ging – er hatte oft Schmeichelei als Attribut seiner Macht erfahren – immer war er von Menschen umgeben, die etwas von ihm wollten, und er hätte nun besonders angetan sein können, daß auch ein weißer Bwana ihm Avancen machte – aber dem war nicht so, denn der Constable war aus anderem Holz geschnitzt: Wenn er auch jede Art der Bestechung, ja, der Folterung, für seine Zwecke billigte, so war er selbst doch unbestechlich. Lakes Annäherungen, Annäherungen von einem eleganten, dem Constable widerwärtigen Charme, stießen ihn ab. Er verachtete diesen Weißen, der ihn zu seinen Zwecken benutzen wollte, der ihm aber als Spion willkommen sein mußte, auch argwöhnte er – und dies nicht zu Unrecht –, daß Mr. Lake ihn, wie alle Schwarzen, im Grunde verachtete. Gestern hatte dazu wieder einmal die Tatsache, daß Lake ihm Kachasu statt Whisky – weiße Bwanas tranken Whisky – angeboten hatte, den Constable in dieser Annahme bestärkt. Schade, daß er den Burschen vielleicht noch brauchte.

Bis jetzt hatten ja von Lake angedeutete Fährten, wenn es denn überhaupt noch welche gab, und Sembereka nicht tot war, in die Irre geführt. Und nun dieses Geschwätz über die Schlägerei in Ndolas Bar – er selbst war ja nun in der Tat argwöhnisch und geneigt, auch der kleinsten Spur nachzugehen – auch hinter jeder Versammlung war er hergewesen, und er war auch nicht zurückgeschreckt, Dales Teeschuppen anzünden zu lassen, der höchst seltsamen Zusammenkünften gedient hatte, und niemand konnte ihm weismachen, daß es sich dabei um Religiöses gehandelt habe, für Religion bediente man sich keiner Geheimsprachen ... Lake hatte zwar dazu gelacht und ihm absurde Erklärungen gegeben – aber wahrscheinlich hatte er selbst einen Mann in diesen Versammlungen, den er decken wollte, oder von dem er sich Auskünfte erhoffte, die er dann selbständig verwenden würde ..., denn dies war sicher, auf Semberekas Kopf würde es, wäre Mpembwe erst etabliert, ein schönes Kopfgeld geben.

Aber daß nun das Verprügeln eines weißen Missionars etwas mit Sembereka zu tun hatte, war doch wohl absurd. Natürlich hatte er sich trotzdem für die Sache interessiert, er hatte Ndola verhört und ihn gefragt, warum Mr. Hood denn Bandana aus der Kneipe gezogen habe, und von diesem unverschämt grinsenden Fettkloß die Antwort erhalten:

»Na, wozu denn wohl?«

Und auch Mr. Hood hatte er verhört, in Gegenwart dieser aufsässigen Hebamme, die keinen Schritt von Mr. Hoods Lager gewichen war, und die flüsternden Aussagen Hoods, dessen Kopf so in Bandagen gehüllt war, daß er kaum die Lippen bewegen konnte, in unverschämter Lautstärke wiederholte. Er hatte Hood, diese kleine blasse Ameise von einem Msungu, gefragt, was er denn von Bandana wollte, und die hingehauchte Antwort erhalten:

»Nichts.«

»Nichts«, hatte er gesagt, »nichts, Mr. Hood, ist keine Antwort und keine Erklärung für Ihr Verhalten«, und Schwester Sally hatte dazwischengebrüllt:

»Constable, Mr. Hood ist ein Missionar, und Sie wissen doch, was Missionare gewöhnlich wollen, sie wollen, daß die Leute das Sündigen aufgeben. Mr. Hood hat Bandana zurechtgewiesen – weil Mr. Hood eben noch nichts von unseren Bräuchen versteht. Warum lochen Sie nicht die Burschen ein, die ihn so zugerichtet haben?« Der Constable hatte verachtungsvoll seine Lippen hochgezogen wie ein Hund, dem Aas vorgelegt wird – eine widerliche Kreatur, dieser Hood, versucht in althergebrachte Bräuche einzugreifen – aber wahrscheinlich tat er nur so, in Wirklichkeit wollte er sicher, was alle wollten: ein Stück schwarzes Fleisch, soviel anregender als weißes. So hatte der Constable seine Zigarette an Hoods eisernem Bettgestell ausgedrückt, mit Verachtung auf seinem glatten Sattelgesicht für Hood und all diese Msungus, die hoffentlich bald aus seinem Land verschwinden würden.

Und jetzt lief er unentschlossen durch die Red Store Street, schwere Regengüsse hatten die Straße leergefegt, um Karims Haus wehte nasser Brandgeruch, der von den zusammengestürzten Balken des Schuppens herüberwehte. Der Constable hätte gern eine Tasse Tee getrunken, aber in Ndolas Bar gab es nur Bier und Kachasu, und dafür war es noch zu früh am Tage. Er passierte den Eukalyptusbaum vor Tussanis Salon, die hängenden Zweige klatschten gegen die Lehmwand des Hauses wie nasse Wäsche. Und wieder empfand der Constable, daß er dieses Dorf haßte. Er haßte die schmutzigen Lehmwände der Häuser, die mageren Hühner und streunenden Hunde, und um diesem Gefühl Luft zu bereiten, nahm er einen Stein und warf ihn mit aller Kraft auf einen gelben Köter, der sich auf dem Weg zu Essabetalas Hinterhof befand. Der Hund heulte auf und hinkte davon.

Dies hatte des Constables Verachtung für Truchilla keineswegs besänftigt, er würde, dachte er, alle diese Hütten durchsuchen lassen, alle, es durfte nicht sein, daß er Wochen in diesem verdammten Nest ohne Erfolg verbrachte: Im Grunde glaubte er ja an Semberekas Tod, aber da war eben noch diese kleine Hoffnung, die er nicht aufgeben wollte, und deretwillen er auch seine Beziehung zu Lake noch pflegte.

In solch trübe Gedanken klatschte plötzlich etwas Schleimiges, Feuchtes an des Constables Wange – angewidert wischte er sich ein Gewirr fetter Därme aus dem Gesicht und rieb sich fluchend die blutverschmierten Hände an den nassen Gummistiefeln – dabei pendelte ein Stück Darm wie ein fetter weißer Wurm vor seinem Gesicht, und er, den zahllose Folterungen nicht berührt, ja, er freut hatten, wand sich vor Ekel. Ein Geier aus Essabetalas Hinterhof, der sich in dem Eukalyptusbaum an Hammelgedärmen gütlich getan, saß derweilen unschlüssig in den nassen Zweigen und überlegte, ob es ratsam sei, die ihm entglittene Darmdelikatesse im Tauchflug wieder zu erobern – die Entscheidung wurde ihm durch Essabetalas Erscheinen entzogen. Essabetala hatte von ihrem Fenster aus des Constables Dilemma beobachtet.

»Warten Sie, Bwana Constable«, rief sie und eilte mit einem von Tussanis Handtüchern herbei. Sie reichte es dem Constable mit einem tiefen Knicks.

»Eine Frau aus dem Volk«, dachte der Constable, während er sich das Gesicht reinigte, seinem Volk, dem Mpembwe bald die Freiheit bringen würde – für Menschen wie sie kämpfte er –, so wenigstens hießen die Parolen. Essabetalas Hilfe besänftigte ihn, sein Gesicht verzerrte sich zu einem Lächeln, das ebenso der Ausdruck eines tiefen Mißfallens hätte sein können, so seltsam bewegten sich dabei seine Gesichtsmuskeln, die das Lachen verlernt hatten.

»Ich kenne dich«, sagte er, »du bist doch die Frau, die Semberekas Leiche gefunden hat.« Essabetala knickste ein paar Mal schnell hintereinander.

»Ja, Bwana«, sagte sie, »und Sie haben mir damals verziehen, daß ich meine Hammel in Mr. Dales Teefeld getrieben habe, wo es doch verboten ist, sie in die Teegärten zu treiben.« Der Constable nickte.

Der Regen hatte sein Gesicht abgewaschen, aber er hatte immer noch den bitter-süßen Blähgeruch der Hammelgedärme in der Nase. Ein stinkendes Dorf, dachte er, ein Dorf wie all diese stinkenden Dörfer seines Landes, nur die Weißen lebten in Luxus – wie auch dieser Lake, der ihm in unverschämter Herablassung Kachasu angeboten hatte. Aber diese einfache Frau war zu ihm gekommen und hatte ihm eine Leiche gemeldet, und sie hatte dabei das Hemd seiner Partei getragen, den großen Hahn vor der aufgehenden Sonne. Nur auf einfache Menschen konnte man sich verlassen, nur auf sie. Sie würde ihm die Wahrheit sagen, wenn es denn eine gab.

»Was war das in Ndolas Bar, warum haben sie den weißen Missionar verprügelt?« Der Constable wollte die Stimme des Volkes hören, und hier war sie, deutlich vernehmbar:

»Diese weißen Maden«, rief Essabetala, sich auf die Schenkel klatschend, »Bwana, die wollen auch einmal ein gutes Chigololo haben, aber Bandana wollte so eine weiße Made nicht – sie ist davongelaufen, und das hat Mr. Hood geärgert ...« Des Constables Lippen zuckten – hatte er es doch gewußt, und sogar diese einfache Frau wußte Bescheid, eine weiße Made hatte sie den Missionar genannt: die Sprache des Volkes – eine treffliche Bezeichnung, wenn er an die weiße glasige Haut Hoods dachte, durchsichtig schimmernd wie die eines Engerlings unter der Erde.

Essabetala stand im warmen Regen mit dem Constable, in ihrem krausen Drahthaar blitzten die Regentropfen, das Wasser konnte ihrem Haar nichts anhaben, steif in tausend winzige Spiralen gedreht, strebte es himmelwärts. Jetzt faltete sie die Hände vor der Brust und knickste noch einmal, tief und devot:

»Verzeihen Sie, Bwana«, sagte sie, »es waren die Geier, ich habe heute geschlachtet und sie haben die Gedärme geholt; wenn der Bwana ein wenig Hammelfleisch möchte, mein Fleisch ist das beste der Gegend. Und wenn der Bwana eine Tasse Tee möchte ... oder vielleicht eine Rasur, mein Mann, Jahan Tussani, hat, wie Sie sehen, einen Frisiersalon ...« Wenn der Constable Rührung hätte empfinden können, dann wäre das jetzt gewesen, und er empfand auch etwas Ähnliches, ein winziges Gefühl der Zuneigung regte sich in ihm, etwas, das längst verschüttet gewesen, schlich sich in sein Empfinden: Solche Frauen wie Essabetala waren in seiner Kindheit um ihn gewesen, seine Mutter, Tanten, Cousinen, Nachbarinnen. Das war, bevor er zu den jungen Pionieren kam und große Ideen von ihm Besitz ergriffen. Nun aber wußte er, daß ein Mann wie er keine Familie brauchte, er brauchte den Kampf, die Folter, sein Volk. Er blickte in Essabetalas strahlendes Gesicht und sagte, die Hand fest um seine Reitpeitsche schließend:

»Ich danke dir. Aber ich muß weiter. Vielleicht ein anderes Mal.«

»Was wollte er«, fragte Tussani, der im Türeingang stehend Essabetala und den Constable beobachtet hatte, »was hat er gesagt?« Essabetala hastete an ihm vorüber ins Haus und schloß sorgfältig die Türe hinter sich.

Dann fiel sie in Tussanis Rattanstuhl, streckte die Beine von sich und warf die Arme über die Stuhllehnen.

»Hier«, sagte sie, nachdem sie stumm ein paarmal tief Atem geholt hatte, die Hand auf eine wogende Brust pressend, »hier, Jahan, fühle, wie mein Herz klopft. Ich hatte Angst, daß der Constable sehen könnte, wie es sich auf und ab bewegt und mein Atem so schwer wie der eines sterbenden Hammels wurde – aber gottlob, er merkte nichts. Er ist wie all diese Männer, die nichts von den Empfindungen einer Frau bemerken. Vielleicht dachte er sogar, er hätte mir gefallen – Jahan –, er hat Augen wie schwarze Kieselsteine im Chanunka, und sie sind so kalt wie die einer toten Ziege. Mich fröstelt, Jahan, kannst du das glauben, eiskalt bin ich geworden in dieser Hitze ... Ich fürchtete, daß er beginnen würde, an dem, was ich gesagt habe, zu zweifeln, aber er glaubte mir. Er glaubte tatsächlich, daß Mr. Hood Chigololo wollte, Tussani, er war wirklich so dumm ... Und dabei ist er der Constable! Und ich habe Mr. Hood eine weiße Made genannt – die Madonnen mögen mir vergeben – aber es hat ihm gefallen, das habe ich gemerkt.«

Tussani kaute erregt an einem Päckchen Betel:

»Was soll das heißen, ›er ist der Constable‹, was ist so Besonderes an einem Constable – er kann hier eine Menge Ärger bereiten, aber das heißt noch lange nicht, daß er Intelligenz besitzt, oder Kombinationsgabe, wie ..., wie etwa Bwana Dale. Oder, ja, auch meine Wenigkeit.«

Hier hustete Tussani so stark, daß die Betelklümpchen flogen. Er schämte sich sofort dieses Eigenlobs und wünschte, Essabetala hätte es überhört, aber nein, sie schaukelte vor Lachen in ihrem Stuhl, die Fettpolster um ihre Hüften wabbelten.

»Kombinationsgabe! Und was kombinierst du denn, Jahan? Aber sag mir zuerst, warum du alles zusammendrücken mußt, bevor du anfängst zu denken?« Tussani stutzte einen Moment:

»Ich darf dich informieren«, sagte er dann langsam und nachdrücklich, »daß du eben kombinieren mit komprimieren verwechselt hast. Kombinieren ist nicht zusammendrücken, sondern auseinanderklauben, um die Gedanken folgerichtig einzuordnen. Und dies versuche ich zu tun. Und dies tut Mr. Dale. Frauen fällt dies schwer, die männliche Intelligenz war immer der weiblichen überlegen. Schon Mohammed sagte dies ...«

»So, so«, sagte Essabetala, »du komprimierst also, und Mohammed war auch gegen die Frauen. Was ist das für eine Religion, in der die Heiligen gegen Frauen sind? Ein feiner Heiliger, dein Mohammed ...«

Tussani preßte zwei Finger an ein Nasenloch und säuberte schnaubend das andere. Dann rieb er nervös den Daumen seiner rechten Hand über den Zeigefinger, als spielte er, sich beruhigend, mit seiner Korankette. Umständlich setzte er sich im Schneidersitz in seinen Rattanstuhl, langsam und mit Bedacht die Füße anziehend und den weißen Muslimdhoti von den Knien hochstreifend, so daß seine gekreuzten Beine und Hüften denen eines Jogi auf dem Nadelbrett glichen. Dann griff er mit einer hageren Hand nach einem hinter dem Spiegel steckenden, in rotes Wachspapier gebundenen Koran. Und während Essabetala, die Beine gespreizt, die Augen kriegerisch blitzend, die Arme über der Brust gefaltet, ihm gegenübersaß, schlug Tussani das Buch auf und las:

»Frauen haben die gleichen Rechte wie Männer. Trotzdem steht die Frau einen Grad tiefer als der Mann.« Tussani sah Essabetala eindringlich an, der Koran ruhte aufgeschlagen auf seinem Schoß. »Du verstehst also, Essabetala«, sagte er, die Worte dehnend, »du verstehst, daß dir die gleichen Rechte zugebilligt werden, trotzdem du unter dem Manne stehst. Und dazu muß ich dir sagen, daß es Mohammed war, der im Namen Allahs, des Mächtigen und Weisen, den Frauen erstmals in der menschlichen Geschichte die gleichen Rechte zusprach – und dies, trotzdem er wußte, daß die Frau dem Manne an Klugheit unterlegen ist, oder vielleicht gerade deswegen. Hat sich deine katholische Religion schon einmal um die Rechte der Frauen gekümmert? Hat sie das? Da heißt es in der Bibel: ›Die Frau sei dem Manne untertan‹. Gefällt dir das besser?« Essabetala überlegte.

»Zeig her«, sagte sie dann, »zeig mir die Stelle, wo das in deinem Koran steht. Ich kann zwar nicht lesen, aber ich möchte doch wissen, wie so etwas Unverschämtes geschrieben aussieht.« Tussani legte seinen Finger auf die Stelle.

»Schön«, sagte Essabetala, »ich habe es gesehen. Aber wenn du so gescheit bist und mir so überlegen, warum verdienst du dann weniger mit deiner Rasiererei als ich mit meinen Hammeln? Und jetzt sage mir bloß noch, ob auch Atatürk etwas gegen die Frauen hatte.« Tussani schloß seinen Koran mit sanfter Hand. Ein lästiger Hustenanfall schüttelte ihn plötzlich und sprühte Betelreste auf den Umschlag. Tussani entfernte sie sorgfältig mit seinem Ärmel. Endlich sagte er seufzend:

»Nein, Atatürk liebte die Frauen.«

55) *Die Stunde Tussanis*

Tussani war krank. Er lag zwar nicht mehr im Bett, trug aber trotz der Hitze einen Wollschal um den Hals und ein Barett aus Wildkatzenfell auf dem Kopf, das er sich nach dem Muster der grauen Persianerbarette, die wohlhabende indische Geschäftsleute in Delhi trugen, hatte anfertigen lassen. An seiner Ladentüre hing ein Zettel: ›Wegen Influenza geschlossen‹, den er schon dreimal hatte erneuern müssen, weil Essabetala ihn immer wieder entfernt hatte, da sie der Meinung war, daß Tussani auch mit einer Erkältung fähig sei, ein Rasiermesser zu bedienen. Tussani blickte melancholisch auf Atatürks Portrait: Weit war er entfernt von moslemischer Glorie, und er fürchtete, daß Allah mit ihm unzufrieden war. Nicht nur, daß er sich im Moment unfähig fühlte, seinen Dienst als Muezzin auszuüben – selbst Essabetala mußte zugeben, daß seine Stimme wie verrostetes Eisen klang – seine Frau hatte sich als stark und entschlossen gezeigt, als er hilflos darniederlag, und er fühlte seitdem gekränkt eine bestimmte Überheblichkeit, die sie seit ihrer Vorladung beim Constable zur Schau trug. Oft glitt nun dieses selbstzufriedene Lächeln über ihre breiten schwarzen Züge, ein verachtungsvolles Lächeln, das ihm seine eigene körperliche Schwäche – und – Allah verzeihe ihm – auch die seelische – schmerzhaft zum Bewußtsein brachte.

Seine schwarze Frau hatte mit Entschlossenheit in Dillahs Dilemma eingegriffen, kühn diese Leiche gemeldet und dazu dem Constable eine überzeugend beeindruckende Geschichte erzählt. Er mußte zugeben, daß er selbst dies alles nicht besser hätte bewerkstelligen können. Essabetala hatte mit bewundernswerter Entschlossenheit das Richtige getan – und er hatte ihr davon auch noch abgeraten und sogar gesagt, daß ihn Dillah als Nicht-Moslem nichts anginge – als ob Allah nicht für alle Menschen zuständig wäre. Tussani saß niedergeschlagen vor seinem Rasiertisch, Unzufriedenheit mit der Welt und besonders mit sich selbst, plagte ihn.

Von diesen trüben Gedanken wurde er durch heftiges Klopfen an der Ladentüre aufgeschreckt: Es war Nr. One, der vom Red

Store herübergerannt war und, aufs höchste erregt, beunruhigende Nachrichten überbrachte.

Sein Bruder, sagte er, Bwana Lakes Hausboy, habe eine Konversation zwischen Mr. Lake und dem Constable belauscht und dabei erfahren, daß in wenigen Stunden eine Hausdurchsuchung bei Dillah geplant war, der neben dem Constable und zweien seiner Polizisten auch Mr. Lake beiwohnen sollte. Nr. One war daraufhin zu Dillahs Haus gerannt, um ihn zu warnen, hatte ihn aber nicht angetroffen. Auch Dillahs Frauen, sagte er, hätten keine Ahnung, wo er sich aufhalte, und ob Essabetala nicht wüßte, wo er zu finden sei. Dillah sei zwar von der Fabrik nach Hause gekommen, habe sich aber gleich wieder entfernt. Was tun? Auch Essabetala war ratlos.

Doch Tussani fühlte, daß dies seine Stunde war. Blitzschnell überlegte dieser aufrechte Jünger Atatürks: Der Constable kam mit seinen Soldaten aus dem Norden, er verstand die Sprache des Südens kaum, er sprach Nkonda, die Sprache des Nordens. Und Mr. Lake hatte natürlich keine Ahnung von beiden Sprachen. Tussani riß sich seinen Wollschal vom Hals und legte die Fellkappe ab. Ein Held trug solche Influenza-Attribute nicht.

»Wo willst du hin?« konnte Essabetala noch rufen, aber Tussani würdigte weder sie noch Nr. One einer Antwort. Er hastete durch den Hinterhof, vorbei an Essabetalas Hammelställen, rutschte auf einer verfaulenden Papaya aus, fing sich wieder und eilte, glitschiges Papayafleisch zwischen den Zehen, seiner Moschee entgegen. Die Türe war verschlossen – er hatte den Schlüssel vergessen – egal, dachte er und zwängte sich durch das Mauerloch, blieb aber mit seinem Dhoti – einem Kleidungsstück, das er nur zuhause trug! – am Draht hängen, so daß er nun, im Innern der Moschee angelangt, das Tuch mit einer Hand zusammenhalten mußte, um sich nicht zu entblößen – aber er tat dies mit lässigem Gleichmut, denn sein Augenmerk war jetzt einzig auf das Minarett gerichtet, dessen Stufen er nun hinaufstolperte. Die Treppen, oh, diese verdammten Treppen, schoß es ihm durch den Kopf – denn wieder einmal war eine Stufe abgebröckelt, so daß in der Dunkelheit seine Füße ins Leere traten.

Als er endlich oben angekommen war, lehnte er sich schweratmend über das Geländer. Ein Geier, der offensichtlich Tussani kannte und deshalb ruhig auf der Reling verharrte, flatterte erschrocken auf, als Tussani zu singen anhob. Es ist wahr, seine Stimme klang rostig, verlor sich zuweilen im Nichts und unterschied sich bis zur Unkenntlichkeit von seinem sonst so wohltönenden Bariton – aber es schwang da etwas Metallenes, Triumphierendes an diesem verregneten Nachmittag in ihr, etwas, das die Leute im Dorf aufhorchen ließ.

»Was ist das«, sagten sie, »da betet Tussani am frühen Nachmittag mit krächzender Kehle – er muß verrückt geworden sein!« Und sie hielten inne und hörten ihm zu. Aber was sang Tussani? Es war nicht arabisch, es hatte nichts mit dem Quran zu tun, und doch schwang es im Rhythmus der Suren. Tussani sang in der Landessprache, der Sprache des Südens. Und wenn die Leute zuerst glaubten, den Namen Allahs zu vernehmen, so fanden sie bald, daß er nicht Allah, sondern Dillah rief, »Dillah- ah- ah«, rief Tussani immer wieder, »Dillah- ah- ah, komm nach Hause« Und Salina im Red Store hörte ihn und wußte von Nr. One, was dies bedeutete und Karim sagte zu Aissa:

»Tussani ruft Dillah vom Minarett, es muß etwas geschehen sein.«

Und gottlob hörte auch Dillah ihn, Dillah, der noch einmal zur Fabrik zurückgelaufen war und sich in Dales Büro aufhielt – es regnete, die Straßen waren unbefahrbar, und Dillah sah sich durch die Gegenwart Semberekas in seinem Hause bedroht und klagte Dale sein Ungemach. Und eben da hörte Dale Tussanis Stimme, und er sagte:

»Tussani singt wieder – aber es ist doch früher Nachmittag, was hat er da zu singen?« Da wurde Dillah plötzlich grau im Gesicht und sprang auf:

»Er singt in Chechewa, Bwana, und er ruft mich, es muß etwas geschehen sein.«

»Zum Teufel«, rief Dale, »ich komme mit dir, da steckt dieser Lake dahinter, ich fresse einen Besen, wenn da nicht dieser Bursche dahintersteckt ... Wir nehmen meinen Wagen ...«

Sie rannten aus dem Haus, hinaus zu Dales Auto und fuhren durch die Red Store Street, daß der Schlamm aufspritzte und sie kaum mehr durch die Windschutzscheibe sehen konnten. Sie sahen, wie Essabetala ihnen zuwinkte, fuhren den Hügel zu Dillahs Haus hinauf und wurden sofort von dem aufgescheuchten Hühnerschwarm von Dillahs Frauen und Kindern umringt.

»Er muß in meinen Kofferraum«, rief Dale, und Dillah schloß den Schweinekoben auf, aus dem ein verängstigter kleiner Schwarzer mit einer schmutzigen Armbinde kroch, der sich willig in Bwana Dales Kofferraum zwängen ließ.

»Geht ins Haus«, rief Dale Dillah zu, »geht alle ins Haus.« – Und schon brauste er ab, Sembereka im Kofferraum, den sie ob seiner Leibesfülle Mühe gehabt hatten, da hinein zu zwängen. Während Dale langsam die Red Store Street zurückfuhr, begegnete ihm auf der Höhe von Tussanis Laden der Jeep des Constables. Dale winkte ihm und Mr. Lake freundlich zu und bog in die Straße zu seinem Bungalow ein.

Tussani aber, nachdem er seinen Gesang beendet hatte, ging schwankenden Schrittes die Treppe hinab. Er fühlte sich schwach, es war ihm ein wenig übel, eine seltsame Schwerelosigkeit hatte Besitz von ihm ergriffen. Er kniete vor der Mirabh nieder, legte seinen Kopf auf den Boden und verharrte lange so. Er betete nicht, aber der kühle Stein an seiner Stirn tat ihm wohl, und er fühlte, daß Allah mit ihm war. Im Aufstehen fiel sein Blick auf die Uhr an der Wand, die unentwegt die Mittagszeit kündete – er blickte auf seine Armbanduhr, es war 3 Uhr 14 Minuten, und auf diese Zeit schob er nun die großen schwarzen Zeiger der Wanduhr. Sollte sie nun für immer die Stunde verkünden, in der er, mit Allahs Hilfe, seinen Mut wiedergefunden hatte.

»Wie lange soll dieser Mensch hier bei uns wohnen?« fragte Mrs. Dale voller Ungeduld in der Stimme an diesem Abend ihren Gatten, »und wie soll ich diesen Besuch den Damen erklären?«

»Er wird bleiben, solange es regnet«, antwortete Dale in bestimmtem Ton, »und den beiden sagst du, daß statt einer anderen Spezies heute einmal ein Mensch vor seiner eigenen bewahrt wird – ach, zum Teufel, sag ihnen, was du willst.«

Dale war nicht bester Laune. Dillah hatte ihn in eine verdammte Situation gebracht: Er gewährte einem Staatsfeind Asyl – ein Akt, der eigentlich Father Ricardo zustand. Sollte doch Father Ricardo..., aber der hielt sich aus allem heraus, ein typischer Pfaffe eben – er durfte gar nicht daran denken, wieviel er seiner Kirche schon gespendet hatte!

»Marjorie«, sagte er, »du gewährst einem Verfolgten Asyl, ist das nichts?«

»Er ist ein Rebell und wahrscheinlich ein Kommunist, und ich muß dich bitten, ihn so schnell als möglich fortzuschaffen. Ich habe heute abend Father Ricardo eingeladen, die Damen wollten ihn kennenlernen, würdest du also deinem Sembereka sagen, daß er sich während dieser Zeit im Gästezimmer aufhält!«

»Ich denke nicht daran«, sagte Dale, »Sembereka wird ausgezeichnet in diese Runde passen«, und ließ sich in einen Sessel fallen. »Ein Abend mit zwei Verrückten, einem Pfaffen und einem Rebellen – na, denn Prost«, dachte er und seufzte.

»Vorläufig sind Sie hier sicher«, sagte Dale zu dem kleinen, dicklichen Schwarzen, der ihn immer wieder seiner Dankbarkeit versicherte. »Meine Boys sympathisieren mit Ihrer Partei, die wollen vom Norden nicht viel wissen, dies hier ist National Party Land. Mpembwe wird hier nicht gut ankommen, aber er wird das Rennen im Land gewinnen, das scheint nun sicher. Ich weiß nicht, was man von ihm erwarten darf – er hat in England studiert und praktiziert – aber da ich von der Politik meines eigenen Landes nicht sehr viel halte, beeindruckt mich das nicht.«

»Ich habe«, sagte Sembereka, »an der Lumumba-Universität in Moskau studiert, Politologie. Und ich bin ein Kommunist. Sie werden das nicht gerne hören ...«

»Sie irren sich, mein Lieber«, sagte Dale, »dies ist mir völlig egal. Es wird hier nicht auf politische Ideologien ankommen, die

Leute verstehen sowieso den Unterschied zwischen einer westlichen und östlichen Demokratie nicht. Nur mit Gewalt wird nichts gehen.«

»Ich weiß«, sagte Sembereka, »ich habe darüber nachgedacht. Es wird schwierig werden ohne europäische Berater, und die wollen wir nicht mehr ...«

»Wenn ich Ihnen einen Rat geben darf, lassen Sie alle Ideologie beiseite, halten Sie sich an die alten Stammeshäuptlinge, die waren gar nicht so übel. So haben wir es auch gemacht.«

Sembereka lächelte, er hatte ein kindliches, unschuldig anmutendes Lächeln in einem runden Vollmondgesicht.

»Im Augenblick scheint es schwierig genug, meine eigene Haut zu retten, ich werde in den Untergrund gehen müssen. Aber sagen Sie, haben Sie Mpembwe einmal gesprochen, welchen Eindruck hatten Sie von ihm?«

»Ich weiß nicht«, sagte Dale, »er trug einen schönen Zylinder und einen Fliegenwedel mit einem Elfenbeingriff, und er lachte viel ...«

»Auch ich lache gern«, sagte Sembereka, »durch Fröhlichkeit gewinnt man Wahlen.« Er zeigte eine Reihe wunderbar makelloser Zähne.

»Vielleicht werde ich einmal erfahren, daß ich ein Staatsoberhaupt gerettet habe ...«, sagte Dale lachend und wischte sich den Schweiß von der Stirn. Sie hielten aus Sicherheitsgründen die Fenster geschlossen und die feuchte Hitze staute sich im Raum. »Also, machen Sie mir keine Schande, Sembereka – und enttäuschen Sie Dillah nicht, er hat sein Leben für Sie aufs Spiel gesetzt!«

«Er ist mein Onkel«, sagte Sembereka, und Dale nickte verständnisvoll. Jeder war hier jedermanns Onkel, er kannte das.

»Ich rieche nach Schweinestall«, sagte Sembereka, »würde es Ihnen etwas ausmachen, wenn ich ein Bad nähme?«

»Tun Sie das«, antwortete Dale, »da fällt mir ein, Sie werden zwei Damen vom Londoner Tierschutzverein hier begegnen, meine Frau hat diesen Tick, wissen Sie ..., aber da Sie ja jetzt mit Schweinen Erfahrung haben, werden Sie mitreden können ...«

»Es war die Hölle«, sagte Sembereka, »noch einige Tage und ich hätte der Politik auf Wiedersehen gesagt.«

»So ist der Mensch«, antwortete Dale, »wenn er in einem Schweinestall lebt, verflüchtigen sich die Ideale. Aber warten Sie, ich werde Ihnen noch etwas Lesestoff geben – Sie können das Buch behalten, ich kenne es beinahe auswendig.« Und er drückte Sembereka Orwells ›Animal Farm‹ in die Hand. Es steht ein wunderbarer Satz darin: ›Alle Tiere sind gleich, aber einige sind mehr gleich als andere‹. Man muß das natürlich auf Menschen übertragen sehen, verstehen Sie ...«

Sembereka lächelte höflich. Es war geradezu krankhaft, fand er, daß diese Europäer sich dauernd um Tiere kümmern mußten.

56) *Ein Abend im Club*

Über den Truchilla Club schob sich die erste Schattenspitze der Mulanje Berge – es war später Nachmittag, die Cassias verströmten ihren Honigduft über den weiten Rasen und das niedere Clubgebäude. Ein mit korinthischen Säulen geschmückter Portikus und ein balustrierter Treppenaufgang erzählten noch von eleganteren Dekaden, jetzt bröckelte der Verputz, aus den Acanthusblättern der Kapitelle hatten die Ranken einer außer Rand und Band geratenen Bougainvillea Steinsegmente gesprengt, an eine Renovierung dachte niemand mehr. Der Club trug seinen verblichenen Glanz mit überheblicher Nachlässigkeit, doch hing über den weiten Räumen, der dunklen, von jahrzehntelanger Bienenwachspolitur patinierten Bar, die leise Trauer vorausahnender Verlassenheit. Es wurden noch ab und zu Theaterstücke aufgeführt: Der fadenscheinige weinrote Vorhang mit den dicken Quasten aus viktorianischen Zeiten war noch da, an der Wand erzählten vergilbte Photographien von erfolgreichen Jagden (Teepflanzer und DC's in Tropenhelmen stützten in Wilhelm-Tell-Pose ihre Gewehre auf erlegte Leoparden oder winkten aus Maquilas, von halbnackten Schwarzen getragenen Sänften). Schwankende Deckenventilatoren durchschnitten geräuschvoll die Luft, in den alten Sesseln und schweren Vorhängen nistete stagnierende Hitze, es roch nach Desinfektionsmitteln und abgestandenem Parfüm. Auf dem Goldrahmen, der ein Portrait Königin Elisabeths umfing, klebte Taubenexkrement; die Tauben selbst zogen ab und zu, rätselhaften Instinkten folgend, flatternde Kreise unter der hohen Decke.

Während der Nachmittage lag der Club gewöhnlich verlassen, am frühen Abend erst belebte er sich wieder, die Teepflanzer kamen dann mit ihren Frauen, spielten Bridge oder Tennis, und nicht selten kamen sie auch aus Mozambique herüber, um die neuesten Nachrichten und Skandalgeschichten auszutauschen. Missionsangehörige waren nie Clubmitglieder, im Bewußtsein ihrer religiösen Mission verabscheuten sie das Clubleben und die damit verbundenen frivolen Sitten. So weigerte sich selbstredend Stanley, auch nur einen Fuß auf dieses verderbte Gelände zu setzen – im Gegensatz zu Father Ricardo, der sich nicht ungern ab und zu von Mr. Dale zu einem Drink in den Club laden ließ – und die vorzügliche Auswahl an Whiskysorten durchaus zu schätzen wußte.

Schwarzen und Indern war eine Clubmitgliedschaft nicht möglich, sie konnten aber von Mitgliedern eingeladen werden, was allerdings nur selten geschah.

Alle kamen sie jedoch, wenn die Nature Conservation Society dort eines ihrer Meetings abhielt. Sogar Leute aus der Stadt erschienen in ihren Autos, oder wie Dr. Giovannoni, der kein Auto besaß, mit dem Bus, denn die Society präsentierte nicht selten einen Besuch aus Europa, der nicht versäumt werden durfte.

In den großen Clubsaal waren heute Klappstühle gestellt worden, vor dem Vorhang stand ein mit Bougainvillea umwundenes Rednerpult. Mrs. Dale, die dem Vorstand des Clubs angehörte, war, unterstützt von Sue Scarborough, schon seit dem Morgen mit den Vorbereitungen beschäftigt. Ein Mr. Eccles sollte über die Fische des Mulanjesees einen Vortrag halten.

Als Mr. Eccles in Begleitung eines jungen, in modischen schwarzen Bell Bottoms gekleideten Schwarzen etwas verspätet eintraf, war der Club schon voll besetzt. Mr. Eccles war ein schlanker Mann in den Fünfzigern, mit zarter pergamentfarbener Haut, graumeliertem dichten Haar und einem an den Enden aufgezwirbelten Oberlippenbart. Er redete eine lange Zeit über Fische, die komplizierte lateinische Namen wie ›Haplachromis Auratus‹, »Trematocranus Placodon‹ oder ›Aulonocara Tremato Cephala‹ trugen und die Aufmerksamkeit der Zuhörenden etwas strapazierten. Er sprach mit einer schwachen, sehr ästhetischen Stimme, die nur in den ersten beiden Reihen verstanden werden konnte – dennoch folgten alle seinem Vortrag aufmerksam und auch die hinteren Reihen nickten, wenn sie ein paar Worte auffangen konnten. Sogar Mrs. Dale gelang es, den Anschein äußersten Interesses auf ihr Gesicht zu zaubern, trotzdem sie sich Sorgen um das anschließende Buffet machte – der Gefrierschrank war ausgefallen, und die vorbereiteten Happen kringelten sich schon leicht an den Rändern.

Eine vorübergehende Störung verursachte Mr. Lakes Zuspätkommen, er drängte sich, nach rechts und links Entschuldigungen flüsternd, durch eine Sitzreihe und tat Bekannten in den hinteren Reihen mit elegant aus der Hüfte fließenden Verbeugungen seine Gegenwart kund. Mr. Eccles unterbrach und warf ihm einen langen Blick zu, seine gepflegten Bartspitzen zitterten leise, bevor er mit seinen Ausführungen, warum das Anbauen von Mais verhängnisvoll, jedoch das von Bohnen und Kasava sehr zu begrüßen sei, fortfuhr. Er erklärte, daß das Brandlegen zur Düngung verhindert werden müsse, verlor sich dann aber in den komplizierten chemischen Zusammensetzungen eines Düngers und wich etwas von seinem Thema ab. Dale streckte weit seine Beine von sich, er hatte einen anstrengenden Tag hinter sich und bemühte sich, nicht einzuschlafen. Gegen Ende des Vortrages verstanden auch die vorderen Reihen nicht mehr, wie Mr. Eccles Ausführungen noch mit Fischen in Verbindung zu bringen waren – ab und zu wurde Füßescharren hörbar, und Dale schnarchte jetzt leise vor sich hin.

Das Interesse belebte sich wieder, als Mr. Eccles mit einer Verbeugung in Richtung der zweiten Reihe, in der Father Ricardo saß, dessen Mbawa-Allee in Lalinga erwähnte und dieses Baumprojekt als vorbildlich und nachahmenswert empfahl. Die Anwesenden drehten ihre Köpfe nach ihm, der Father klammerte seinen Blick an den staubigen Vorhang hinter dem Rednerpult und schob die Schultern hoch, als könne er sich hinter ihnen verkriechen – wenn ihn Beanstandungen seiner Person gleichgültig ließen, so haßte er es geradezu, gelobt zu werden.

»Einen Applaus für Father Ricardo«, rief der Redner, alle klatschten, der Father biß grimmig die Zähne aufeinander. Auch Dale klatschte kurz – das Klatschen hatte ihn aufgeweckt.

Als Mr. Eccles geendet hatte, versammelten sich die Gäste auf der Veranda oder bildeten kleine Gruppen im Garten. Der Abend war angebrochen, der Himmel von einer durchsichtigen grauen Farbe, die schon eine silberne Ahnung des Mondes durchschimmern ließ, die Bäume warfen delikate Scherenschnittblätter an den Himmel.

Mrs. Dale ließ die Clubboys Tabletts mit Brötchen und Kuchen herumreichen, alle unterhielten sich jetzt angeregt. Der Schwarze, ein Mr. Nakuru, der Mr. Eccles begleitete, und der, wie Eccles erklärte, gerade sein Studium in London beendet hatte, involvierte Father Ricardo in ein Gespräch über Psychologie – er hatte auf der Edinburgher Universität Wirtschaftslehre studiert und als Gasthörer Psychologie belegt, und erklärte Father Ricardo eben Jungs Archetypen, was den Father darüber nachdenken ließ, ob diese Typen vielleicht auch hier ihr Unwesen trieben, und er stellte sich Dale als den Joker vor und sich selbst als den ewig Unheil Stiftenden ... Und Extra Pencil, ja, er wußte nicht recht, aber irgendwo schien ihm Extra Pencil hineinzugehören. Er kicherte leise vor sich hin. Mr. Nakuru sagte:

»Wenn man seine Bücher nicht gelesen hat, können einem diese Typen schon lächerlich erscheinen ...« Father Ricardo sagte, daß er die Bücher schon gelesen habe, diese Figuren ihm aber immer noch lächerlich vorkämen. Mr. Nakuru sah über solches Banausentum hinweg, indem er nur kurz seine Augen schloß. Er gestikulierte heftig mit großen, flachen Händen, schlug lange Beine auf einem Gartenstuhl einmal links, einmal rechts übereinander, ging von Jung auf Kant über und versuchte zu erklären, was dieser mit der ›Kritik der reinen Vernunft‹ gemeint hatte, verlor sich aber dann in psychologischen und philosophischen Begriffen, so daß Father Ricardos Ohren sich Sue Scarborough, die neben ihm stand und mit Dr. Giovannoni plauderte, zuwandten. Sue erklärte eben Dr. Giovannoni, wie wertvoll die Society sei und wieviel sie selbst schon dafür getan hatte:

»Es ist eine Gelegenheit«, sagte sie, »etwas für Afrika zu tun, das uns allen doch schon so viel gegeben hat.« Paul Scarborough, der neben ihr stand, nickte, dachte aber grimmig: »Was redet sie da für einen Stuß ..., was hat Afrika mir schon gegeben – jede Menge von Krankheiten, Jobfrustrationen, und jetzt dazu noch eine Umwälzung, bei der man nicht wissen kann, was dabei herauskommt.« Sue schüttelte ihre Locken und erklärte Mr. Eccles, daß sie eben dabei sei, den Eingeborenen mit Glossolalia einen Einblick in eine andere, mystische Sphäre zu vermitteln, und Mr. Nakuru sagte, daß Afrika voller Mystik sei, und er eigentlich davon wegkommen möchte:

»Wir müssen Pragmatiker werden, Realisten – ich sage das, obgleich ich selbst brennend an Psychologie und Philosophie und natürlich an Mystik interessiert bin.«

»Dann müssen Sie«, sagte Sue, »unbedingt einmal zu meinen Sitzungen kommen. Leider ist mein Kongregationsraum gerade abgebrannt, aber sobald ich einen neuen Versammlungsraum habe, müssen Sie kommen. Im übrigen haben wir hier auch einen literarischen Circle, vielleicht können Sie ein paar afrikanische Poeten einführen, das wäre mal was anderes als ewig Graham Greene oder Somerset Maugham ...« Mr. Nakuru versprach zu kommen. Er sagte, daß es doch aber auch sehr gute englische Autoren gäbe, die durchaus Afrika verstünden, Nadine Gordimer etwa oder Doris Lessing...

Dr. Giovannoni, der schweigend zugehört hatte, sagte, daß es für ihn seit den Griechen keine Autoren mehr gegeben habe, die Neues über die menschliche Situation in dieser Welt zu berichten wüßten, und daß er weiblichen Autoren schon gar nicht traue, wenn auch – er sagte es zögernd – Lesbia eine Schriftstellerin gewesen sei. Mrs. Dale, die, Sandwiches herumreichend, einen Augenblick interessiert zugehört hatte, sagte:

»Sue, du hast doch auch einmal an einem Buch geschrieben, was ist daraus geworden?«

»Ach«, sagte Sue, »du meinst die ›Leidenschaften‹ ..., ich habe es aufgegeben.« Mr. Nakuru fragte interessiert, ob es auch etwas mit Lesbentum zu tun gehabt habe.

»Nein«, sagte Sue, »es handelt von ganz geradlinigen Beziehungen.« Mr. Nakuru warf Mr. Eccles einen amüsierten Blick zu.

Mr. Eccles nahm von einem Tablett mit weißen müden Fingern ein Sandwich:

»Ein wundervoller Abend«, sagte er, »und welch ein Vergnügen, mit Gleichgesinnten zusammenzusein. Was für ein Mond (er war gerade aufgegangen), was für eine Sternennacht, wie tief der Himmel über uns hängt!« Er seufzte. Manchmal legte er den Arm um Mr. Nakuru oder seine Hand auf sein Knie.

»Diese jungen Schwarzen des Landes«, sagte er, »wie wunderbar aufnahmefähig sie sind – wir schicken sie nach Europa und sie interpretieren uns unsere Kultur aufs Neue. Mr. Nakuru hier«, er legte ihm seinen Arm um die Schulter, »hat mir neulich die Augen über bildende Kunst geöffnet. Wir sprachen über die Renaissance, und er erklärte mir die afrikanische Kunst dieser Zeit: Sie hatte definitiv schon etwas Expressionistisches an sich, während wir noch ganz im Gegenständlichen verfangen waren.« Mr. Nakuru lächelte, schloß einen Augenblick die schräg geschnittenen Augenlider und sagte, daß er gerne bereit wäre, darüber vielleicht einmal einen Vortrag zu halten, und daß dabei natürlich auch das Mystische eine große Rolle spiele. Sue Scarborough rief:

»Das müssen Sie unbedingt tun«, und schrieb sich seine Adresse auf.

Dale nahm Father Ricardo zur Seite und sagte:

»Wenn dieser Mr. Eccles und sein Schwarzer nicht schwul sind, fresse ich einen Besen ...« Der Father lachte. Mrs. Dale, die dies aufgeschnappt hatte, schüttelte ihren Kopf. Sue Scarborough nahm Mr. Nakuru am Ellenbogen und führte ihn zu einer Gruppe jüngerer Damen, die mit abgewinkelten Zeigefingern zwischen Daumen und Mittelfinger winzige Sandwiches hielten und dem literarischen Club angehörten. Unter ihnen befand sich Lake. Eine lebhafte Unterhaltung war im Gang, bei der Lake tonangebend zu sein schien:

»Wagner«, sagte er eben, »für mich gibt es nur Wagner. Welches Gefühl, welche Sehnsucht, welche Verzweiflung! Ich schenke Ihnen Bach jederzeit.« Er spreizte seine langen eleganten Finger zu Körben, führte sie leidenschaftlich an seine Brust, als habe er eben

Wagners Musik eingefangen und sich einverleibt. Mr. Nakurus Ankunft drängte ihn ein wenig in den Hintergrund, und es entwickelte sich zwischen beiden ein Streitgespräch, weil Mr. Nakuru sagte, daß die afrikanische Musik Wagner und Bach an Kompliziertheit überträfe, was Mr. Lake ablehnte. Sue Scarborough sagte, daß sie Wagner nicht möge und afrikanische Musik scheußlich fände und man sich an praktische Dinge halten solle, die den Eingeborenen wirklich hülfen. Sie habe da zum Beispiel gerade eine Methode entwickelt, wie Bananen getrocknet werden könnten, ohne ihren Geschmack zu verlieren ...

»Man schneidet sie in Scheiben, legt sie in die Sonne, verstehen Sie, aber nur ein wenig, und dann läßt man sie in Tonkrügen gären ...«

»Was für ein Unsinn«, sagte Dr. Giovannoni, er hatte eben seinen sechsten Whisky hinuntergespült und war nicht mehr ganz sicher auf den Beinen zu den Literaten hinübergewankt, »wozu brauchen sie getrocknete Bananen, wenn Bananen hier das ganze Jahr über wachsen?« Sue Scarborough sah ihn wütend an:

»Haben Sie noch nie etwas von Vorratswirtschaft gehört?«

Dr. Giovannonis Stimme war jetzt schleppend geworden:

»Erinnert mich ...«, sagte er, »an diese Ladung, aaah, was war es denn bloß ... ja, Wolldecken, die die UNHCR voriges Jahr nach Chikwawa geschickt hat, wo es das ganze Jahr über 40 Grad im Schatten hat ... Bananenschnaps, bringen Sie ihnen bei, wie man Bananenschnaps macht, ein wenig Abwechslung von Kachasu, scheußliches Zeug das ...« Nr. Nakuru lächelte und sagte, daß er selbst nur Ballantine trinke.

Dale stand allein etwas abseits und blickte auf die kleine Gruppe der Inder des Dorfes, die auf seine Empfehlung hin eingeladen worden waren, unter ihnen auch Karim und Karbaris, die ihre Frauen mitgebracht hatten. Salina und Aissa trugen rote und grüne Saris aus Benares-Seide mit schweren Brokatborten, es war das erste Mal, daß auch sie mit in den Club gebeten wurden, und sie genossen es sehr, wenn sie sich auch nicht recht wohl dabei fühlten. Dale sah zu ihnen hinüber, Salinas schwerer Seidensari schimmerte im Schein der Feenlichter, die in der Bougainvillea vor dem Portikus wie Glühwürmchen glimmten; sie und Aissa sahen inmitten der Europäer aus wie Gestalten aus „Tausend und einer Nacht." Er verglich sie mit Lakes literarischer Gruppe und erinnerte sich, wie er solchen ›Ziegen‹, wie er sie nannte, gewöhnlich ausgewichen war – es hatte da einige Ausnahmen gegeben, nun ja, manchmal hatte ihn eine Lebhaftigkeit angezogen, besonders, wenn sie frisch aus Europa gekommen waren, aber bald hatte ihn ihr Geschwätz gelangweilt ... Er schaute nostalgisch zu Salina hinüber, wie er seine Zeit mit ihr genossen hatte! Besonders die allererste, als sie noch kein Wort englisch sprach.

Er wanderte langsam auf die Gruppe zu. Karbaris und Karim sprachen jetzt über den Vortrag.

»Hat er gesagt, was der Chambofisch jetzt am See kostet?« frug Karbaris Karim mit besorgten Falten auf der Stirn und schien beunruhigt, als Karim ihm sagte, daß er des Redners seltsames Englisch nicht verstanden habe.

»Er hat nur über Bäume geredet und diese Fische mit den langen Namen, die ganz nutzlos sind«, sagte Karim, »nicht einmal vom Preis des Düngers hat er etwas gesagt, und warum will er so viele Bäume, wenn er nicht einmal die Holzpreise kennt?« meinte Karbaris.

»Es dreht sich hier nicht um Preise«, erwiderte Karim, »die Society will, daß alles erhalten bleibt ...«

»Und wer soll dann Geschäfte machen«, sagte Karbaris, und Karim zuckte nur leise mit den Schultern, dachte aber: »Warum wollte er die Fischpreise wissen, wo er doch mit seinem Laster dauernd an den See kommt? Er will nicht, daß ich sie erfahre ... Sie sind gesunken, und dieser Lump verkauft sie hier zum selben Preis ...« Er seufzte. Er würde in diesen Tagen selbst hinfahren müssen.

Karim und Karbaris bemühten sich, über das Thema des Abends in Dales Gegenwart etwas Gescheites zu sagen, und Karim sammelte nach einigen mißglückten Versuchen seine Eindrücke in der lapidaren Feststellung, daß es jedermanns Verpflichtung sei, etwas zu tun. Karbaris sagte, er habe in der Stadt von jemandem, der eben aus Europa zurückgekommen sei, gehört, daß sie dort Kröten von den Straßen aufläsen, damit sie nicht in ihrer Laichwanderung zu Schaden kämen ...

»Kröten«, sagte er, »ich möchte wissen, warum zum Teufel sie Kröten haben wollen, essen sie die?« Dale lachte. Er sah sich nach Dillah um, fand ihn allein am Buffet, er schien erleichtert, Dale zu sehen, er hatte sich offensichtlich in der Gesellschaft von Ethel und Anne nicht ganz wohl gefühlt. Die beiden redeten lebhaft auf ihn ein, Dale beneidete sie um die gelöste, fast kameradschaftliche Art, in der sie mit Dillah sprachen, Ethel hatte eine Hand auf seinen Arm gelegt, Anne sagte eben:

»Es ist nicht zu fassen, 320 indigene Arten existieren in diesem See – sie müßten geschützt werden – solch wertvolle Fische verfangen sich doch in den Fischernetzen, das Fischen dort muß verboten werden.« Dillah erklärte ihnen, daß ein Großteil der Bevölkerung von getrocknetem Fisch lebe, und dies deshalb einige Schwierigkeiten bereiten würde. Ethel sagte etwas geistesabwesend – sie hatte schon einige Gin Tonics hinter sich –

»Mrs. Dale servierte uns neulich Chambo in Wacholdersauce, ich darf nicht vergessen, sie um das Rezept zu bitten ...«

Dillah war an solche Gespräche mit weißen Damen nicht gewöhnt und fühlte sich erleichtert, als Dale sich ihnen zugesellte.

Der Mond war nun voll aufgegangen, er überzog den Himmel mit opalem Licht und warf weiße Schattenschleier in die Bergschluchten. Dillah trug seinen schwarzen Anzug und fühlte sich offensichtlich unbehaglich darin. Und wieder einmal empfand Dale, daß Dillah ihm sehr nahe stand. Er hätte dies gerne zum Ausdruck gebracht, mit ihm wie mit einem alten Freund gesprochen. Er erinnerte sich, wie Dillah ihm vor Jahren von den Oldtimern der frühen Kolonialzeit berichtet, ihn zu im Busch verborgenen Gräbern von Missionaren und Teepflanzern geführt hatte, Anekdoten über sie erzählte – und wie er gerührt empfunden hatte, daß Dillah ihn mochte, und ihm deshalb mehr über sein Land zu vermitteln versuchte. Später hatte ihn dann nicht selten dieses zwiespältige Gefühl überkommen, daß Dillah mehr von ihm wußte, ja, ihn besser kannte als seine eigene Frau (kein Wunder, er war ein sehr ehrlicher Tagebuchschreiber!), aber es war da eben immer eine Barriere gewesen. »Kommenden Generationen vielleicht«, dachte er, »ihnen wird es gelingen, sie zu überwinden – der Schatten der Kolonialzeit, heute war er noch da.«

Der Abend wurde allgemein als Erfolg bezeichnet, und Sue Scarborough lud Mr. Eccles und Mr. Nakuru in überschwenglicher Herzlichkeit ein, wiederzukommen.

»Sie müssen uns unbedingt besuchen, wir haben so viel Gemeinsames ... Paul und ich werden entzückt sein ...« Paul Scarborough dachte: »Verdammt, Sue, den Teufel werde ich sein ...«, dann aber: »Wer weiß, vielleicht kann einem dieser Schwarze einmal nützen.« Und er nickte und lächelte verbindlich.

57) Ein Unglücksfall

Im Dorf war gerüchteschwangere Ruhe eingekehrt. Der Constable hatte Dillahs Haus durchsucht und nichts gefunden, seine Polizisten hatten jede Ecke durchwühlt, während Dillahs Frauen und Kinder mit aufgerissenen Mündern stumm dieser Tätigkeit gefolgt waren. Der Constable, in furchterregender Bewegungslosigkeit die Vorgänge verfolgend, hatte seine schwarze Schirmmütze so tief über die Augen gezogen, daß es aussah, als bestünde sein Gesicht nur aus diesem großen elastischen Gummimund und zwei enorm schräg in die glattledernen Wangen gezogenen Nasenlöchern.

Es war ein Fehlalarm gewesen, und achselzuckend setzte sich der Constable in seinen Jeep, in dem Lake auf ihn gewartet hatte.

»Nichts«, sagte er, »er war wahrscheinlich doch diese Leiche, schade, der Kerl scheint uns entronnen zu sein.«

»Wenn er sich nicht woanders verbirgt oder schon über der Grenze ist«, sagte Lake. Wieder zuckte der Constable die Achseln. Sembereka jenseits der Grenze wäre ihm verloren ..., und auch seinen Verhörmethoden, an denen dem Constable besonders gelegen war, denn er hatte sie zu einer nicht zu übertreffenden Perfektion, die nur ab und zu der Tod eines Befragten störte, verfeinert. Aber noch hatte er die Hoffnung nicht aufgegeben, Sembereka doch noch lebend zu bekommen.

Wenn ihn auch der Tod nicht berührte, er ihn zuweilen voyeuristisch genoß, so beunruhigte ihn doch am folgenden Tag die Meldung, daß dieser Lake, der so bereitwillig seine Hilfe angeboten hatte, mit seinem Auto gerade außerhalb des Dorfes verunglückt war. Nachts, von der Stadt heimkommend, war er aus unerklärlichen Gründen von der Straße abgekommen, einen Hang hinuntergerollt, geradewegs in einen Maisacker hinein, in dem ein steinerner Affenbeobachtungsstand ihn aufgehalten und seinen Kopf zertrümmert hatte. Wahrscheinlich war Lake betrunken am Steuer eingeschlafen. Am Nachmittag zuvor hatte der Constable sich noch in Lakes Haus aufgehalten, er selbst trank kaum – der Dienst am Vaterland forderte Asketentum –, er hatte nur höflichkeitshalber ein Glas mitgetrunken und sich bald verabschiedet. Danach mußte dieser Lake noch in die Stadt gefahren sein und dort irgendwelche Kneipen besucht haben – die glitschigen Straßen im Regen, der Alkohol –, es war wohl ein ganz gewöhnlicher Unfall gewesen. Trotzdem – wenn er diesen Lake auch nicht gemocht hatte – schien ihm sein Tod zur unrechten Zeit gekommen. Seine Mitarbeiter und Zubringer hatten nicht zu sterben, und schon gar nicht zu verunglücken.

Er fand, daß er sich für einige Zeit in die Stadt absetzen müsse, er hatte genug von Truchilla, seinen langweiligen Bewohnern, die ihm mit feindseliger Zurückhaltung begegneten – nicht einmal einen ordentlichen Puff gab es in diesem Nest. »In der Stadt«, dachte er, »läßt sich in der Regenzeit entschieden besser leben.«

Während sich der Constable solchen Gedanken hingab, dachten die Leute in Truchilla über Lakes Tod auf die verschiedenste Weise. Essabetala sagte zu Tussani:

»Um diesen Bwana ist es nicht schade, er war so voller Geiz, daß die Geier nicht genug an seinem Gerippe finden werden.« Worauf Tussani, mit einem kollegialen Blick auf Atatürks Portrait, (seitdem er Dillah mit Hilfe der Suren gerettet hatte, fühlte er sich seines Vorbildes würdiger) sagte:

»Es war Allahs Wille«, und meinte damit, daß Allah seinen Zeitplan dahingehend ausgerichtet hatte, daß er, Tussani, Gelegenheit fand, sich als Held zu erweisen, denn wäre Mr. Lake nur einen Tag früher verunglückt, wäre es wahrscheinlich nicht zu dieser Hausdurchsuchung und damit seiner eigenen Heldentat gekommen. Und als solche wurde Tussanis Warnung vom Minarett im Dorf betrachtet – sogar Karim, der ihn bisher auf der Straße geflissentlich übersehen und höchstens mit einem kaum merklichen Kopfnicken bedacht hatte, war ihm entgegengeeilt und hatte ihm lange auf europäische Art die Hand geschüttelt, wie vornehme Inder es tun, wenn sie sich gegenseitig Weltgewandtheit zuzubilligen gewillt sind. Und Aissa, Karims Frau, sagte:

»Er ist ein guter Moslem, wenn er auch eine Schwarze geheiratet hat.« Worauf Karim entgegnete:

»Auch der Prophet nahm eine Afrikanerin zur Frau.« Höher konnte Tussani im Ansehen des Dorfes nicht steigen, einzig Essabetala ließ den ihm gebührenden Respekt vermissen.

»Du hast schrecklich falsch gesungen«, sagte sie, »es ist ein Wunder, daß es der Constable nicht gemerkt hat, und wieder hast du dir den Dhoti zerrissen, ein Glück, daß niemand zugegen war, als du von der Moschee zurückkamst, man hat deinen Dingsda durch die Risse sehen können ...« Aber das war eben Essabetala und niemand konnte ihr etwas recht machen. Wenn Tussani jedoch geahnt hätte, wie Essabetala sich in ihrem gemeinsamen Ruhm sonnte, wie sie, auf der Straße darauf angesprochen, voll Stolz ihr Hinterteil wiegte und lachte, daß die enorme Reihe ihrer Zähne bis hinauf ins violette Zahnfleisch sichtbar wurde, und sagte:

»Es ist ganz selbstverständlich, daß Tussani das tat, er ist doch der Muezzin, wer sollte es sonst tun?« Da wäre Tussani richtig stolz auf sie gewesen.

Am meisten beschäftigte Mr. Lakes Unfalltod Salina. Als Nr. One die Nachricht brachte, sprang sie von ihrem Sitz an der Theke auf, schüttelte ihn heftig an der Schulter und rief immer wieder:

»Wirklich, irrst du dich auch nicht, ist er wirklich verunglückt? Mit seinem Auto verunglückt?« Nr. One, dessen Bruder durch Lakes Tod eine schlechte Stelle, aber immerhin einen Arbeitsplatz, verloren hatte, konnte sich dieser Euphorie nicht anschließen.

»Mein Bruder hat jetzt keinen Job«, sagte er und stand linkisch vor Salina. Doch Salinas gute Laune übertrug sich sofort in großzügiger Benevolenz auf Nr. One:

»Ich werde ihn übernehmen«, sagte sie, »und er wird mehr verdienen als bei Mr. Lake.« Und damit löste sie Nr. Ones Probleme. Er würde zusammen mit seinem Bruder hier arbeiten, eine geradezu ideale Partnerschaft mit großartigen Möglichkeiten tat sich auf; der Red Store war ein Laden, in dem es alles gab, was eines Hausboys Herz begehrte. Doch konnte sich Nr. One Salinas freudige Erregung kaum erklären.

Freilich, sie hatte Interesse für diesen neuen Bwana gezeigt, seine Bücher angesehen und sein Parfüm versucht, aber warum erregte sie sein Tod auf diese exaltierte Weise? Niemand trauerte um ihn, er war ein schlechter Bwana gewesen und steckte dazu mit diesem Constable unter einer Decke – ein solcher Tod sollte weder Trauer noch Freude hervorrufen, meinte Nr. One, höchstens interessierte Gleichgültigkeit.

Diese Normalität demonstrierte Karbaris, der zwar natürlich auf Dillahs Seite war, aber keinesfalls seinen Kopf wie dieser verrückte Tussani oder Bwana Dale – bei dem sich, wie nun anzunehmen war, dieser Sembereka versteckt hielt – riskiert hätte, und so war sein erster Gedanke ein lakonischer: »Wieder einen Kunden weniger«, dachte Karbaris. Um so überraschter war er, als Salina ihn am Abend desselben Tages überaus zärtlich umarmte und sagte:

»Du hast es also doch getan. Du wolltest das Dorf retten – ein wenig zu spät warst du ja dran, aber da konntest du nichts dafür. Man kann ja nicht wissen, wann genau ein Bwana sein Auto benutzt! Leider können wir es niemandem erzählen!« Da wurde Karbaris klar, daß sie glaubte, er hätte Lakes Auto präpariert, so, wie sie es ihm vorgeschlagen hatte.

»Du bist verrückt«, wollte er sagen, »glaubst du wirklich, daß ich so etwas tun könnte?« Doch er fing sich und sagte nichts. Er zog Salina an sich, ihr Parfüm, fremd und süß, stieg ihm lieblich in die Nase, er fühlte, wie ihr seidenbehostes Bein sich um seines wand und entschloß sich, ein Held zu werden. Denn wenn er so mühelos in den Augen seiner Frau sich zu einem solchen mausern konnte, warum sich weigern? So schloß er vielsagend die Augen, legte einen Finger auf seine Lippen und verriegelte die Ladentüre.

Und an diesem Abend hatte Salina nichts als das Antlitz ihres Gatten vor Augen.

58) *Die Mutter*

»Sie kommt morgen – wir werden ihr sagen müssen, daß sie keine Leiche mit nach Hause nehmen kann, daß wir nur noch die Asche haben.« Father Ricardo sagte es in vorwurfsvollem Ton: Wieder einmal war er auf höchst unangenehme Weise gefordert worden – aber was hätte er in dieser Hitze schon mit der Leiche Lakes anfangen können? Ihm war nichts anderes übrig geblieben, als einer Verbrennung zuzustimmen.

»Man muß ihr erklären, daß hier eben öfters die Elektrizität ausfällt«, sagte Dale, während er sich und dem Father bedächtig Whisky nachschenkte, »und dann kaum genügend Eisblöcke aufzutreiben sind, um das Krankenhaus zu versorgen. Wie Sie wissen, bin ich sogar so weit gegangen, Karim und Karbaris nach dem Inhalt ihrer Eistruhen zu fragen –«

»Es war schon höchste Zeit für die Verbrennung, vier Tage seit dem Unfall – er hat nicht gut ausgesehen. Gott sei Dank, haben die Inder Erfahrung mit Verbrennungen.« Der Father seufzte.

»Sie verbrannten ihn nach Hindu-Brauch – ich kam gerade noch zurecht, um ein christliches Gebet zu sprechen ... Nr. One hat das Feuer entzündet, er hat es mit Benzin getan, das er in einer Kachasuflasche brachte, und alle fanden es sehr erheiternd, daß ich tatsächlich glaubte, er benutze Kachasu.« Dale lachte.

»Jetzt sind Sie so lange im Land – wie konnten Sie bloß annehmen, daß hier auch nur ein Tropfen Kachasu verschwendet werden würde! Oder würden Sie einen Holzstoß mit Ihrem besten Whisky entzünden? Und dies für Lake?« –

Father Ricardo sah Dale mit dem Ausdruck leisen Unbehagens an, lächelte dann aber und sagte:

»Salina hat sich übrigens als sehr kooperativ erwiesen – welch seltsame Anwandlungen Frauen doch haben! Sie hat ein besonderes Interesse an Lakes Unfall gezeigt, dabei hat sie ihn doch kaum gekannt ..., aber vielleicht ..., wer weiß das schon ...« Der Father, das Kinn in die Handfläche gestützt, schaute jetzt auf Dale mit einem Hauch von Süffisanz ...

»Verdammter Pfaffe«, dachte Dale, »natürlich weiß er es. Hätte wohl selbst gern eine Chance bei Salina gehabt ...«

»Sie hat mir für seine Asche ein hübsches metallenes Teekästchen aus Darjeeling gesandt«, sagte der Father, »so ein schatullenartiges Ding, wie ich es auch in Ihrem Haus gesehen habe ...«

»Na und«, sagte Dale, »schließlich war er im Teegeschäft ...«

»Es sollte aber doch mehr etwas würdig Angemessenes, vielleicht Religiöses sein, ich weiß nicht, ein Teekästchen ...«

»Diese Kästchen haben einen Buddha auf dem Deckel«, sagte Dale, »einen Buddha, der zwei Lotosblüten hält, ein Buddha ist doch so etwas wie ein Heiliger, und sie ist eine Anglo-Inderin, die wird das nicht stören ...« Der Father bemerkte, daß Dale sich amüsierte.

»Es gibt im Buddhismus keine Heiligen.« Er sagte es mit ganz offensichtlichem Mißvergnügen, trank langsam sein Whiskyglas leer und verabschiedete sich kühl.

Sie war eine schöne Frau. Als sie, schlank, das Gesicht schmal, große weit auseinanderstehende Augen, die Haut karamelfarben, den sie abholenden Father Ricardo begrüßte, tat sie es mit würdevoller Zurückhaltung, wie es ihrer Trauer geziemte. Ihr Public-School-Akzent schüchterte den Father ein wenig ein – doch sprach sie auf der Fahrt nach Truchilla kaum, blickte nur unentwegt aus dem Fenster, und Father Ricardo fragte sich, ob es die Gegend war, die sie so sehr interessierte oder sie in hochmütiger Ablehnung seines spanischen Akzents nicht mit ihm sprechen wollte.

Lakes Mutter aber erinnerte sich: Wie hier hatte die Gegend ausgesehen, in der sie geboren worden war, eine kleine Stadt im Gujarat, nicht weit von Palitana, den großen heiligen Tempelstätten der Jains. Ihr Vater war ein englischer District Commissioner gewesen, ihre Mutter eine Einheimische, derer der DC bald überdrüssig geworden war – doch er kümmerte sich um das Kind, sandte es in eine weiße Schule nach Delhi und später in ein teures Internat nach England.

An ihre Mutter erinnerte sie sich nur aus frühester Kindheit: Da war das in ihren Träumen oft wiederkehrende Bild einer dunkelhaarigen Frau in wehenden weißen Gewändern, mit der sie zu hoch in den Bergen liegenden Tempeln hinaufsteigt, wo sich geheimnisvoll aus Morgennebeln weiße Shikaras lösen und marmorkühle, nach Weihrauch und Mandelcreme duftende Hallen sie aufnehmen – später hatte der Vater über den ›indischen Hindu-Hokus-Pokus‹ gelästert und in den englischen Schulen hatten presbyterianische Heilige und englische Poeten die indischen Götter verdrängt. Sie war Engländerin geworden. Sie hatte einen Engländer geheiratet und zwei englische Söhne geboren.

Indien war weit, nie war sie wieder an die Stätten ihrer Kindheit zurückgekehrt – nur ein kleines, sehnsüchtiges Erinnern an heiße, ausgetrocknete Erde, einen Duft von Holzkohlenrauch und scharfen Gewürzen war geblieben, und der Jasminduft einer Frau, die sie mit seltsamen Liedern in den Schlaf gesungen hatte. Vage Erinnerungen an ein Land, das ihr nicht mehr gehörte. Aber jetzt, hier, umwehte sie ein Hauch ihrer Kindheit: die Lehmstraße, geborsten von der Sonne, rotblühende Tulpenbäume, spielende Meerkatzen in den alten Sycamore-Bäumen, der Geruch von Holzkohlenfeuern ...

Den Father bedrückte ihr Schweigen nicht sonderlich. Leute, die viel redeten, waren ihm immer unbehaglich gewesen. Doch begann er über sie nachzudenken: »Eine Anglo-Inderin ... natürlich, die sind besonders englisch, vielleicht findet sie es vornehm, so schweigsam zu sein ..., und sie ist mit einem alten Kolonialherrn verheiratet.«

Als Laudon ihnen Tee brachte, begann die Mutter Lakes endlich zu sprechen. Sie sei gekommen, um den Sarg ihres Sohnes nach Hause zu geleiten, aber jetzt sei sie sich nicht mehr so sicher, ob er nicht hier beerdigt werden solle. Mulanje, sagte sie, erinnere sie an ihre frühe Kindheit in Indien – und dann leise:

»Mein Mann hat dieses indische Blut in uns nie gemocht, er und mein Vater hätten viel darum gegeben, wäre ich rein englisch gewesen.« Der Father erschrak ein wenig, solcher Vertraulichkeit stand er hilflos gegenüber. Einen Augenblick dachte er darüber nach, wie wohl Lake zu seiner Mutter gestanden haben mochte, zu ihr, die dieses unerwünschte Blut in die Familie getragen. Dann sagte er:

»Sie wissen sicher, daß auch wir Spanier gern von Engländern ›Dagos‹ genannt werden, ein herablassendes Wort. Es stammt noch aus alten Kolonialzeiten, inzwischen hat sich viel geändert ..., die englische Überheblichkeit hat ihre Grenzen gefunden.«

»Ja«, sagte sie, »würden Sie mich jetzt zum Sarg meines Sohnes bringen?«

Der Father mußte ihr jetzt nun endlich von der Verbrennung berichten. Sie hörte ruhig zu, dann begann sie still zu weinen.

»Seine Asche ... ich will sie hier bestatten.« Der Father nickte.

Im Top-Bungalow saß Dale über einem vier Wochen alten Daily Telegraph. Die Nachrichten über Rhodesien ärgerten ihn:

»Verdammter Wilson, noch so ein Public School Idiot, der keine Ahnung von Afrika hat. Und Ian Smith: mit dem Kopf durch die Wand.« Marjorie wußte, daß englische Zeitungen für Dale ein stetes Ärgernis waren, und näherte sich vorsichtigen Schrittes.

»Der Father hat eben angerufen«, sagte sie, »er bringt uns Mrs. Lake, ich bitte dich nun, John, behutsam mit ihr umzugehen, sie hat einen Sohn verloren – du wirst Lake doch ein gutes Zeugnis ausstellen, nicht wahr?«

»De mortuis nisi bene«, knurrte Dale, »wenn sie tot sind, lobt man die Schurken.« Mrs. Dale wandte mit dem Ausdruck müder Resignation ihr Gesicht dem Fenster zu – ein Sprinkler breitete unermüdlich einen Kreis glitzernden Wassers über den Rasen, saphirblaue Stare flatterten goldäugig durch die Fontänen, auf einem Ast das Avocadobaumes liegend, schaute somnambul in der Mittagshitze ein Äffchen auf sie herunter. Diese sanfte Gleichgültigkeit der Natur – aber wie erstickend sie ihr heute erschien!

Heute morgen hatte sie Father Ricardo eine ihrer schönen blauweißen Chinavasen gesandt, eine Deckelvase, die Lake bei einem seiner Besuche besonders bewundert hatte. Dales Bericht von der

Teeschatullenurne mit dem Lotusblüten haltenden Buddha hatte sie erschreckt:

»Als ob eine Hindu-Verbrennung nicht genug wäre«, hatte sie gesagt, »du und der Father – habt ihr denn nicht Respekt vor dem Tod eines jungen Mannes? Wollt ihr seine Asche vielleicht noch in Ermangelung des Ganges in den Chanunka streuen? Kann der Father nicht mehr unter Religionen unterscheiden?«

»Marjorie«, hatte Dale geantwortet, »findest du nicht auch, daß ein Buddha mit Lotusblüten in der Hand tröstlicher ist als ein Gekreuzigter ...« Was sollte sie da sagen – wenn sie ehrlich sein wollte: auch ihr war eine Religion wie die andere, ... es zielte doch alles auf dasselbe hinaus: Der Tod ängstigt die Menschen über alle Maßen. Und deshalb haben sie die Religionen erfunden. Verse, die sie einmal gehört, fielen ihr ein: ›Dies Ding, das keiner noch voll aussinnt und viel zu grauenvoll, als daß man klage: daß alles eilet und vorüberrinnt‹. Und leise sagte sie wieder und wieder vor sich hin: »..., daß alles eilet und vorüberrinnt ...«, bis sich die Worte schwer auf ihr Herz senkten.

Dale, der sich immer so unbekümmert gab, was bedeutete ihm der Tod? Aber da war jetzt Mrs. Lake, die Trost brauchte. Unglaublich, daß selbst Father Ricardo an dem Teekistenbuddha nicht wirklich Anstoß genommen hatte – wie gut, daß sie noch schnell hatte eingreifen können. Ihre schöne Chinavase hätte Mr. Lake sicher gefallen, hatte er ihr nicht oft mit reizendem Lächeln, auf ihre Chinavasen mit einer schmalen, langen Hand in unnachahmlich eleganter Geste weisend, Oscar Wildes Worte: ›I wished I could live up to my Blue and White China‹ zitiert? Und wie feinfühlig er über Kunst hatte sprechen können, davon würde sie Mrs. Lake erzählen, und hoffentlich würde Dale sie nicht mit einer seiner profanen Bemerkungen stören.

Aber Dale störte nicht. Er begrüßte artig Mrs. Lake und begab sich nur einmal in die gefährliche Nähe zynischer Unbekümmertheit, als er sagte, daß Mr. Lake sehr eifrig gewesen sei und es verstanden habe, gewisse Vorteile, die eben eine europäische Geburt landläufig in Afrika mit sich brächte, äußerst geschickt zu nutzen.

Und dabei blinzelte er verstohlen Marjorie zu. Sonst aber verlief alles in schönster Harmonie.

Vom Garten kam der traurige, langgezogene Ruf eines grauen Loris, und Mrs. Dale sagte, daß die Eingeborenen glaubten, es seien tote Seelen, die aus ihm sprächen, und Dale meinte, daß der Vogel auch Go-away-Bird genannt werde, er aber nicht wisse, wer, Eingeborene oder Engländer, diesen Begriff geprägt hätten. In jedem Fall passe die Bezeichnung aber auch zu den toten Seelen, die sich – wie wiederum die Eingeborenen glaubten – nicht zu lange auf der Erde aufhalten dürften.

Und als Mrs. Lake sagte, daß sie nun doch die Asche mit nach England nehmen wolle, aber natürlich die schöne Chinavase hierbleiben würde, bestand Mrs. Dale darauf, daß Mrs. Lake die Vase mitnähme – und dachte einen Augenblick daran, Mrs. Lake von der Vorliebe ihres Sohnes für bestimmte Zitate Oscar Wildes zu erzählen, nahm aber dann schnell Abstand davon, Dales Gegenwart war da doch zu gefährlich. So sagte sie nur: »Er liebte schöne Dinge …!« Und Mrs. Lake antwortete:

»Er war ein Ästhet.«

59) Gefährliche Ufitis

Seit Tagen war Extra Pencil nicht mehr im Dorf gesehen worden, und wäre nicht aus dem Grasdach seiner Hütte regelmäßig grauer Rauch aufgestiegen, hätte man annehmen können, daß Extra Pencil, wie es einige Male im Jahr seine Gewohnheit war, in die Berge entschwunden oder aber ihm Lebensbedrohendes zugestoßen war.

Extra Pencil jedoch gab sich ernsthaften Betrachtungen hin, die geschäftlicher, aber auch philosophischer Natur waren. Und er benötigte Ruhe und kontemplative Einsamkeit, um Aretes Worte in dieser wichtigen Angelegenheit klar verstehen zu können. Da war Lakes Tod, der sich auf enigmatische Weise seinen Bemühungen entzogen zu haben schien, der aber doch zu einem Zeitpunkt eingetreten war, an dem er sich mit Ufitis ernsthaft um ihn bemüht hatte. Die Kräuter waren offensichtlich nicht stark genug gewesen – aber vielleicht war die Wirkung der Ufitis verzögert eingetreten, und Arete hatte doch noch eine hilfreiche Hand geliehen? In diesem Falle wäre ein zusätzliches Honorar durchaus angebracht. Um Klarheit und Bestätigung dieses Gedankens zu finden, ordnete Extra Pencil Hühner- und Eidechsenknöchelchen in Hexa- und Pentagramme, legte gelb gebleichte Pavianschädel in ihre Mitte, schob mit hornigen braunen Fingerkuppen glühende Holzkohlestückchen darüber und sprach flüsternd Ufitis. Und siehe da, die Knöchelchen fingen Feuer, und aus den Augenhöhlen der Pavianschädel sprühten Funken: ein Zeichen, daß Arete ihm wohlgefällig zuhörte. Und Arete befahl Extra Pencil, sich auf den Weg zu Nr. One zu begeben, um das ihm und ihr zustehende Erfolgshonorar von zwei Shilling einzufordern. Es ergab sich aber, daß Extra Pencil bei Nr. One nicht den gewohnten demütigen Gehorsam fand, dieser vielmehr in unbotmäßiger Gegenrede an schon bezahlte zwei Shilling erinnerte und eine weitere Zahlung in Frage stellte. So sah sich Extra Pencil entgegen seinem Naturell, das gelassene Weltferne diktierte, gezwungen, eine schwere Ufitidrohung auszusprechen:

»Arete wird dich strafen«, sagte er zu Nr. One, »wenn du ihr den ihr zustehenden Lohn verweigerst.« Er sprach, vor seinem Feuer kauernd, in leise krächzendem Ton, die gelben Augen zum Himmel gerichtet, während aus seinem hängenden Unterkiefer zwei große gelbe Zahnschaufeln Nr. One bedrohten. Nr. One war daraufhin in arge Verlegenheit geraten. Arete war ins Spiel gebracht worden, und mit ihr war nicht zu spaßen. Aber woher zwei Shilling nehmen?

Gedankenverloren schlich deshalb Nr. One den Red Store entlang, sein Gemütszustand dem eines schwarzen Katers ähnelnd, den Salina eben mit einem Kübel Wasser aus dem Haus gejagt hatte. Auf der Veranda des Red Store tickerte monoton Mafaitis Nähmaschine, die letzten Kadenzen von Tussanis Mittagssuren verklangen in einen drohend dunkelblauen Himmel. Nr. One starrte untertänig auf Salina, die, den Wasserkübel in der Hand, unter der Tür des Red Store stand.

»Was hältst du hier Maulaffen feil?« rief Salina, und Nr. One nahm sich ein Herz und bat Salina um einen Vorschuß von zwei Shilling.

»Also«, sagte Salina, »du brauchst zwei Shilling Vorschuß, und darf ich fragen, wozu?«

»Für Bwana Lake«, sagte Nr. One und trat verlegen von einem Fuß auf den anderen, vorbei an Salina auf das hibiskusgirlandete Portrait Ganeshas im Halbdunkel des Raumes starrend.

»Für Bwana Lake? Bwana Lake ist tot, Shiva sei's gedankt – ja, sieh nur meinen Ganesha an, der hat auch dazu geholfen, also, weshalb brauchst du zwei Shilling für Bwana Lake?« Nr. One fand solch direkte Frage beunruhigend. Aber es mußte geantwortet werden.

»Es ist so, daß Extra Pencil ...« Nr. One stockte und dachte nach, wie solch schwierige Mitteilung für Salina gefällig zu formulieren sei.

»Also, was ist mit Extra Pencil ...«

»Er sagt, daß es seine Ufiti waren ..., und daß Bwana Lake wegen dieser Ufiti ...«

»Was«, rief Salina, den Eimer durch die Türe schleudernd, »dieser verdammte Moslemscharlatan ... Nichts gibst du ihm, gar nichts, es waren meine Ufiti, verstehst du, die Bwana Lake erledigt haben, nur die meinen. Und sage ihm das ruhig. Ja, sag ihm, daß Salina ihre eigenen Ufiti hat, die so gut wie die seinen sind, nein, besser, viel besser.« Und Salina lachte – »meine Ufiti machen die stärksten Männer schwach, und sie waren es, die Bwana Lake erledigt haben.«

Nr. One starrte sie offenen Mundes an. Wie war das zu verstehen? Und was hatte Salina mit Bwana Lakes Tod zu tun? Waren da wirklich unbekannte Ufiti im Spiel? War es etwa wirklich dieser tanzende Elefantengott, dem Salina jeden Tag frische Jasminblüten umhängte? Im Halbdunkel des Ladens tauchte jetzt eine Wolke flimmernden Staubes die Statue Ganeshas in geheimnisvolles Licht. Da war es Nr. One, als sähe ihn der Elefantengott mit schwarzen Knopfaugen drohend an. Und eine Welle der Furcht ergriff ihn, und er lief die Red Store Street hinunter, so schnell, als sei der Leibhaftige hinter ihm her. Noch Wochen später erzählte er Mafaiti, daß ein mächtiger Elefant ihn damals verfolgt habe, in einer Staubwolke sei er hinter ihm her getrottet, und immer fügte er leise hinzu:

»Unsere Dona hat starke Ufiti.« Und Mafaiti wiegte dabei sorgenvoll sein Haupt, und beide waren sich einig, immer geahnt zu haben, daß Salina im Einvernehmen mit sehr gefährlichen Mächten stand.

60) *Haus- und Gartenbetrachtungen*

John Dale stand in seinem Wohnzimmer, es war früher Morgen, durch die geöffnete Verandatüre zog ein Hauch kühler Luft, strich über die vertrauten Gegenstände, die wie er, von der drückenden Hitze der Nacht befreit, aufzuatmen schienen. Heiter strahlten die blau-weißen Chinavasen auf dem Kaminsims, leuchtete das silberne Teegeschirr auf der Kommode, die ziselierten Gravierungen vom steten Polieren der Hausboys zu einer hingehauchten Impression entwichen. An der Wand führten bräunlich verblaßte Elfenbeinminiaturen, den exotischen Hof Schah Jahans darstellend, ihr hoffärtiges Leben; die Türe flankierten von goldenen Drachen umschlungene, leicht lädierte Famille Rose Vasen in verblaßtem Pistaziengrün und rostigem Tomatenrot. Und da waren seine ganz eigenen Dinge: ein altes Chronometer mit der goldenen Aufschrift ›Makers for the Queen of England‹, seine Elfenbeintabatiere, mit Silber eingelegt, Stapel alter Seemannsbücher – geliebte Gegenstände, über die der Schimmelhauch vieler Regenzeiten seine Patina gelegt hatte.

Dale durchquerte das Zimmer, ging durch die geöffneten Flügeltüren auf die Veranda hinaus – an den grün-grau mit Flechten überzogenen Säulen blühten die Portreabüsche hellblau wie durchsichtiges Porzellan, der Garten sandte den Hauch seiner Düfte herüber: den betäubenden, öligen der ›goldenen Tasse‹, der an den süßen Welkungsgeruch weihrauchgeschwängerter Tempel erinnerte – den Malz- und Honiggeruch der Akazien, den leichten Frühlingsduft des indischen Flieders, den bezaubernd fetten Moschusgeruch des weinroten Champackbaumes, und manchmal dazwischen, wie eine Todesahnung, den moderig fauligen der kleinen Stipelia-Kakteen. Und natürlich, den Sinnen durch Gewohnheit kaum mehr erkenntlich, über allem das zarte Aroma der Teeplantagen, süß und von leiser Bitterkeit. Wenn aber der Regen einsetzte, und der Tee seine weißen Blüten trieb, dann war da dieser zarteste aller Düfte: von der Leichtigkeit hingehauchter Aquarelle, an Apfelblüten kühler Frühlingstage daheim erinnernd – wie feiner Morgennebel legte sich dieser Duft über die Teegärten, fast eine Ahnung nur, sich mit der aufsteigenden Sonne verflüchtigend. Es war dieser Duft, den Dale besonders liebte.

Er blickte über den welligen Rasen, hier und da von den Krustenlabyrinthen brauner Ameisengänge durchzogen, hinunter zu den alten Mimosenbäumen, die Stämme wie die gerillten Rücken greiser Chamäleons mit gelbschwarzen Flechten durchzogen – in den Beeten unter ihnen hatte Marjorie wie immer kurz vor der Regenzeit europäische Pflanzen gezogen, die mit Sprinklern am Leben gehalten werden mußten und mit dem Regen in ein wucherndes Wachstum ausarteten – Phlox und Goldlack, schnell aufschießend und verwelkend, aber bevor sie starben, einen betäubenden Duft verströmend.

Das Haus mit den stämmigen Verandasäulen, den immer zum Garten hin offenen Flügeltüren, den weiten verschachtelten Zimmern in diesem von Düften erfüllten Garten, wer würde nach ihm und Marjorie darin wohnen, würde es Dillah mit seinem Clan sein? »Viel Platz«, dachte Dale, »hätten Dillahs Kinder in dem geräumigen Bungalow.« – Und einen Augenblick sah er die vertrauten Räume leer, die Wände in den Lieblingsfarben der Eingeborenen rot und gelb gestrichen, die weißen Säulen der Veranda in strahlendem Grün, den Garten in ein Maisfeld verwandelt, und Dillahs graue Schweinchen dort, wo jetzt noch das blaue Meer einer Hortensienrabatte leuchtete. So würde es wahrscheinlich einmal hier aussehen. Aber die Teegärten würden bleiben, vielleicht nicht so ohne alles Unkraut wie heute, nicht so gut gegen die Erosionen des Regens geschützt, aber Dillah würde schon sein Bestes tun. Dillah war ein guter Buchhalter und Pflanzer geworden.

Das Haus selbst war immer mehr Marjories Domäne gewesen. Und auch der Garten. Sein eigener Garten, sein weiter, grüner, wie ein genoppter Teppich sich in endlose Fernen wellender Garten waren die Teegärten: Während der trockenen Monate von den Fontänen der Sprinkler silbern übersprüht, die geschwungenen Terrassen sich wie übereinanderfallende glitzernde Samtschleppen um den Fuß der Berge legend, zum Beginn der Regenzeit – eben jetzt – von den gelben Schatten der Grevilleabäume besprenkelt, unter einem saphirfarbenen Himmel smaragdgrün aufleuchtend wie ein Gemälde Rousseaus. Und wenn Marjorie versucht hatte, ein Stück England nach Afrika zu verpflanzen, so war sein Leben immer mehr in diese weiten, so viel Mühe beanspruchenden Felder hineingewachsen und in den sie wie ein grüner Pelz umgebenden Regenwald.

Er hatte sich immer ein wenig über diese für Marjorie wichtige Prestigeangelegenheit, die ein gepflegtes Haus, ein Garten mit auch europäischen Pflanzen, hier bedeuteten, mokiert. Wenn er auch die Feinheiten kultivierten Lebens zuzeiten schätzte, wichtig waren sie ihm nicht. Für Marjorie hingegen traf monatlich ›Haus und Garten‹ aus London ein. Und das Haus des Gouverneurs war für sie ein erstrebenswertes Vorbild gepflegten Lebens. Dort wurde von köstlichen alten Worcester Tellern gegessen, den antiken, mit dem ganz zarten Federn- und Papageiendesign – dem Marjories altes Coalport mit seinen verblaßten Chinoiseriefigürchen schon fast ebenbürtig war. Immer hatte es Marjorie gefallen, daß ihr Haus diese bestimmte, ein wenig schäbige, doch durch die Sammelleidenschaft von Kolonialgenerationen distinguierte Atmosphäre zeigte, der Maurerwespenkokons in den Vorhängen und der Geruch von Moskitosprühmitteln nichts anhaben konnten. Den Dingen haftete kostbare Erinnerung an, in ihnen überlebten glanzvolle Tage.

Zuzeiten genoß Dale ja diese Atmosphäre, aber meist lästerte er darüber.

»Alter Krempel«, sagte er dann oder, »sentimentaler Plunder.« Und so frug er sich jetzt, warum er gerade heute so bewegt sein Haus, seinen Garten betrachtete – und wußte, daß es der Nachklang eines Gesprächs war, das er mit Keith Harrison, dem Gouverneur, vor einigen Tagen geführt hatte. Sie waren zusammen in dessen Stadtbüro gesessen, einem Raum, der mit kolossalen Ledersesseln, schweren viktorianischen Marmortischen, alten Stichen und massiven Deckenventilatoren beredt vergangene Tage beschwor. Oft saß er dort mit dem Gouverneur, eingehüllt von den

Rauchschwaden teurer, die Bäuche von gold-rot-grün gestanzten Bändern gehaltenen, Zigarren.

Und während er nun durch seine vom Morgennebel verhangenen Felder fuhr, noch die letzten Kadenzen von Tussanis Suren im Ohr, schien ihm dieses Gespräch mit Harrison von früheren, stets durch des Gouverneurs Humor vergnüglich durchleuchteten, durch eine wehmütige Schwere abgehoben.

»Nun, Dale«, hatte Keith Harrison mit seinem charmanten Schafslächeln gesagt – Er erinnerte sich, daß ihm plötzlich durch den Kopf geschossen war: Er hat dieses Lächeln von Noel Coward, und wie er die Fingerspitzen auf die Schreibtischplatte legt, wenn er zu sprechen beginnt, das erinnert an Pandit Nehru, daß ihm der Vergleich mit Nehru eingefallen war, kam ihm nun erheiternd sakrilegisch vor: so etwa, als hätte er einen arabischen Bauchtanzposter an die Klagemauer geklebt. Die Klagemauer der Empire Builder! Zu denen auch er sich zählte! Nein, keine Klagemauer – aber ein leises Bedauern durfte doch wohl noch erlaubt sein –

»Nun, Dale«, hatte Harrison, ihn begrüßend, gesagt, sich auf diese für ihn so typische Art erhebend: Er stützte eine Weile beide Hände auf die Armlehnen, beugte sich leicht vor, um sich dann kerzengerade aufzurichten, mit der flachen Hand ganz leicht über sein Jackett streichend, »bald werden wir wissen, wohin das Schiff segelt, und ich hoffe, es wird uns nicht in eine Katastrophe wie die des Kongo führen ...« Er setzte sich, schlug die Beine übereinander – Dale bemerkte, daß sein pomadisiertes Haar unter dem Ventilator makellos glatt blieb, während sein eigenes, rotgraues, vehement gezaust wurde.

»Ich glaube nicht, daß es zu einer Katastrophe kommen wird«, hatte er geantwortet, »die Stämme hier sind anders, die Angonas, die Yaos ..., wir sind immer gut mit ihnen ausgekommen.«

»Ja, aber jetzt werden sie in die Hände politischer Agitatoren geraten«, sagte Harrison, »sie werden Symbole wie die Ufitis Aretes anzubeten lernen, Hähne vor aufgehenden Sonnen, und das Wort Freiheit wird sie betrunken machen, wie all diese Worte, die auf sogenannte Ideale ausgerichtet sind. Spätestens seit der französischen Revolution, Dale, wissen wir doch, was solche Worte vermögen, und selbst unser geschichtliches Wissen hat uns nie davor bewahrt, ihnen zu verfallen, wie könnten wir es uns jetzt von ihnen hier erhoffen? – Da ist ein Gerücht, daß Rhodesien sich von England trennen und eine unabhängige Republik gründen will – was halten Sie davon, Dale?«

»Ich glaube, es ist zu spät«, hatte er geantwortet, »diese geplante Föderation wird zerbrechen. Und warum sollten wir hierbleiben wollen? Die Welt hat sich verändert – kein Volk wird mehr ein anderes dominieren können.« Da hatte Harrison in einer heftigen Bewegung seine Ärmel über die Handgelenke zurückgeschüttelt, so daß die milchigen Sternsaphire in seinen Manschettenknöpfen aufblitzten, und hastig an seiner Zigarre gezogen – bald war hinter dem Rauch sein Gesicht nur noch vage zu erkennen. In seiner Stimme schwang jetzt frostige Ironie – Dale kannte diesen Ton, oft hatte er Harrisons politischen Betrachtungen Distanz und Eleganz verliehen. Aber heute schien es Dale, als wehte noch etwas anderes durch diese Stimme, etwas wie ein Hauch müder Resignation.

»Immer wird einer den anderen dominieren, Dale«, fuhr er fort, »das ist ein Naturgesetz. Das Bemühen, Freiheit zu erzwingen –was immer unter Freiheit zu verstehen ist –, ist der Welt nur selten bekommen. Sehen Sie sich den Kongo an – weil die Belgier sich dort in übereilter Hast – die Welt schrie wieder einmal ›Freiheit!‹ – zurückzogen, wurde das Blut der Missionare getrunken und den Nonnen ihre Herzen aus der Brust gerissen. Verachten Sie mir Stärke nicht, Dale – wir sind ganz einfach schwach geworden. Unser Volk ist von den trägen Wohlfahrtsgiften demokratischen Lebens geschwächt, unser Untergang wird kommen wie der der Römer, die durch angenehm dekadente Lebensweise, die sie wiederum von den Griechen übernahmen, untergingen. Da ist das träge Wohlleben der Massen mit ihrer dekadenten Elite – Englands Politik hätte den Herzog von Wellington nicht amüsiert. Im übrigen haßte der Demokratie.«

»Sie werden uns hier sehr brauchen«, hatte Dale gesagt, »Mpembwe hat schon verlauten lassen, daß er im Falle seiner

Wahl die Europäer im Land behalten möchte, er wird jede Hilfe von England bekommen.«

»Sie tragen sich«, sagte Harrison, »also mit dem Gedanken, hier zu bleiben. Ich selbst werde gehen. Ich kann mich nicht, den Fliegenwedel tragend – oder, wenn Sie wollen, ein Scheckbuch der Bank von England schwenkend – hinter einem afrikanischen Potentaten einhermarschieren sehen, mich einer schwarzen Diktatur fügen, meine Worte auf die Waagschale legen, und das Wort Kolonisation mit Südenfall gleichgesetzt sehen – es genügt, was ich darüber in den englischen Zeitungen zu lesen bekomme. Ich gehöre einem überholten System an – und ich kann mich nicht einfach in ein neues begeben, über dessen Fähigkeiten ich übrigens die stärksten Zweifel hege. Wenn ich auch glaube, daß dies alte, dem ich angehöre, kein ideales war, so bleibt ihm doch meine Loyalität erhalten, eine Loyalität allerdings, die einem Toten gilt – es ist wahr, diesem neuen Aufbruch gehört die Zukunft, er war unvermeidlich, obgleich die Art, wie er vollzogen wurde, mir widerwärtig ist, ich dieses schwache Nach-dem-Mund-der-anderen-Reden – dieses ewige Mea Culpa-Geschrei – verachte. Ich frage Sie, Dale, wie kann etwas als Schuld betrachtet werden, das, und dies betone ich, nicht allein von merkantilen Gelüsten getragen war, sondern vor allem dem Bestreben, einer versklavten Bevölkerung beizustehen, ihnen zu menschenwürdigen Bedingungen zu verhelfen. Solche Ideale wurden von einem Jahrhundert sanktioniert – sie waren Zeitgeist, wie man heute sagt.

Verstehen Sie mich, ich heiße weder das Alte gut, noch das Neue. Nur gehöre ich eben zufällig diesem alten System an und bin deshalb für das neue untauglich. Sie werden Leute dafür finden, und ich hoffe, es werden Männer sein, die Ihnen gleichen, Dale. Ich selbst – es wird mir nicht leicht fallen, dieses Land zu verlassen.«

Dies hatte der Gouverneur zu ihm gesagt. Und Dale hatte bemerkt, daß Harrison, dessen federnder Schritt und gut akzentuierte Stimme immer selbstsichere Entschlossenheit bekundeten, jetzt eine resignierende Müdigkeit gezeigt hatte, als verkörpere er selbst ein erschöpftes Regime.

»Es ist kühl jetzt auf Englands Fluren«, hatte er noch zu Dale, sich verabschiedend, gesagt, »ich glaube, ich werde die Wärme hier vermissen.«

Dale mochte Keith Harrison. Und es tat ihm leid, daß er ›danach‹ nicht mehr im Lande sein würde. Dieses ›Danach‹ spielte nun eine immer größere Rolle ..., alles konnte ja gut gehen, aber ein Umschwung in Afrika tendierte meist dazu, in eine Revolution umzuschlagen, die natürlich ganz harmlos ausfallen könnte, wie die eines Nachbarlandes, in dem die Revolutionäre lediglich auf den Rasen des Gouverneurs pinkelten, um ihm ihre Verachtung zu bekunden.

Viele Geschichten dieser Art kursierten im Londoner exklusiven ›Oriental Club‹ und Keith Harrison würde ein paar amüsante hinzufügen können. Dale konnte ihn dort unter einem Bild des Herzogs von Wellington seinen Tee trinken sehen, sein Noel Coward Lächeln auf den Lippen, ein paar Damen um sich, die höflich interessiert seinen afrikanischen Geschichten lauschten.

Solch gepflegtes Reminiszieren würde ihm nicht beschieden sein, er würde hier bleiben, er wußte nun, daß er hierher gehörte.

61) Harrison in Schwierigkeiten

Der Gouverneur blickte vom Fenster seines Arbeitszimmers hinunter auf den Marktplatz, erkannte in dem rosa, von Staub umnebelten Gedränge den alten Bettler, der heute seinen Stammplatz vor den Hoteltreppen verlassen hatte und mit schnell trippelnden Schritten sich durch die Menge drängte, sah auch sogleich den Anlaß solcher Beweglichkeit: Mit Löwenfellen behangene Männer, zottelige Masken vor den Gesichtern, wanden sich trommelschlagend durch die Menge, ihnen folgten, rote Fähnchen schwenkend, Schulkinder: Die Congress Party hielt eine ihrer Wahldemonstrationen ab. Harrison hörte eine Weile auf das von Hundegebell und tobenden Trommelschlägen zerrissene, nur schwach noch in Bruchstücken hörbare Singen – er strengte sich an, die ihm seltsam vertraute Melodie zu erkennen, und dann hatte er sie, von weither kam sie ihm wieder – das breite schwarze Gesicht seiner Nanny aus Kindertagen beugte sich über ihn – er fand sich in seinem alten Kinderzimmer, eingehüllt in den vertrauten Brandgeruch von Eukalyptus, Paprika, ätzendem Tabak und etwas Süßem, Weihrauchähnlichem, Nannys Geruch – sie saß an seinem Bett, dunkel und schwer wie der Rücken eines Nilpferdes, und sang ..., und es war ihm, als fühle er wieder die Wärme ihrer gewaltigen Schenkel an seiner Hüfte, und als streife ihr Atem warm sein Gesicht: »free little Bears«, sang sie, nie konnte sie das ›th‹ aussprechen. Die Congress Party hatte den Text in einen Wahlslogan verwandelt – er aber summte seinen eigenen Text: »Three little Bears ...« Immer, wenn er an sein altes Kindermädchen dachte, überkam ihn Traurigkeit, er hatte es beinahe so geliebt, wie seine eigene Mutter. Als er ins Internat kam, verließ sie das Haus, heiratete ein paarmal, bekam ein Dutzend Kinder, wurde von ihren trinkenden Ehemännern geschlagen und starb schließlich selbst an Trunksucht.

Die letzten Trommelwirbel waren verklungen, er wandte sich dem kleinen Obelisken zu, der wie ein Fieberthermometer in den hitzeweißen Himmel ragte. Auf diesem Obelisken standen die

Namen von Soldaten, die bei einem Aufstand im Jahre 1914 ums Leben gekommen waren. Damals gründete ein schwarzer Priester der schottischen Episcopal-Kirche, der untertauchen mußte, weil er eine Kontroverse mit Livingstones Neffen durch dessen Totschlag beendet hatte, eine Sekte, die alle Weißen gefährlichen Zaubers bezichtigte, der durch starke Ufiti bekämpft werden mußte. Die Köpfe ermordeter Europäer wurden in ›Kirchen‹, strohgedeckten Hütten, auf einem ›Altar‹ arrangiert und dort belassen, bis das Gewürm sie zu Totenköpfen geschält hatte. Diese Sekte fand Anhänger, denn jener Oberpriester versprach, wenn er erst mal Präsident sei, die Häuser der Weißen, ihre Farmen, ihre Teeplantagen und die hübschen Wochenendbungalows am See an seine Leute zu verschenken. Er zog brandstiftend durchs Land, sammelte Köpfe und hinterließ makaber kostümierte Torsos. Aus Rhodesien wurden Soldaten gesandt – Mulanje hatte damals keine eigenen, denn das Land wurde als Protektorat geführt, und die Gouverneure erhielten ihre Anweisungen aus Salisbury oder London. Sikh-Soldaten aus Indien, Gurkhas aus Nepal waren es, die mit einheimischen Freiwilligen diese Banden bekämpften – die Namen ihrer Gefallenen trug der Märtyrerobelisk. Harrison dachte an einen Brief in seiner Schreibtischschublade, der einen Vorschlag enthielt, diesen Obelisken für Mpembwes Rückkehr in eine Siegessäule umzugestalten, mit Mpembwes bronzenem Haupt darauf und der neuen Fahne in Gips um die Säule geschlungen. Seine Phantasie hatte sich bei diesem Vorschlag sofort auf einen künstlerischen Höhenflug begeben: Er sah auf Mpembwes Haupt einen struppigen Hahn, der sich anschickte, seine Notdurft zu verrichten, das Hinterteil erhoben, den Kopf wie die heilige Schlangeninsignie des Pharao geschlossenen Auges in genüßlicher Fäkalienentleerung auf Mpembwes Stirn gepreßt.

Er wandte sich vom Fenster ab, sein Office Boy Sheldon näherte sich mit einer Depesche auf einem silbernen Tablett – er trug es wie eine Monstranz, denn des Bwanas Post war von höchster Wichtigkeit. Harrison nahm den Umschlag, suchte auf seiner Rückseite nach den vertrauten Anzeichen verschmierter Ränder, die gewöhnlich Bicycles, des Postbeamten, professionelle Arbeit hinterließ – nein, der Umschlag war diesmal in jungfräulicher Reinheit erhalten, Bicycle war heute nicht besonders interessiert gewesen. Oft hatte sich Harrison bei Bicycle über dieses ungenierte Briefeöffnen beklagt, was zur Folge hatte, daß Bicycle darin immer geschickter wurde, und Harrison jetzt oft wirklich nicht mehr feststellen konnte, ob ein Brief geöffnet worden war. Er ging deshalb dazu über, wichtige Depeschen in Latein abzufassen, und dazu hatte er auch die Behörden in London und Salisbury ermuntert. Diese lateinische Korrespondenz, die den Kollegen einige Schwierigkeiten bereitete (gottlob erforderte Harrisons Post nur in seltenen Fällen ihre Anwendung), entsprang nicht zuletzt Harrisons Liebe zur englischen Kolonialgeschichte: Auch Napier aus Indien hatte sich gelegentlich des Lateinischen bedient, um wichtige Depeschen nach England zu senden. Doch immer, wenn Harrison seine kurzen lateinischen Botschaften verfaßte, wurde ihm traurig bewußt, daß er nie die Vollendung jenes Telegramms Napiers erreichen würde, das dieser, nachdem er den Sind erobert hatte, nach England sandte: »Peccavi«, lautete es kurz und bündig, ins Englische übertragen: ›I have sinned‹ – ich habe den Sind. Nie hatte sich noch für ihn Gelegenheit zu einer ähnlich geistreichen wie eleganten Formulierung ergeben – mit den Eroberungen war es vorüber, und so waren es meist belanglose Botschaften aus London oder die letzten Witze aus Salisbury oder Laurenco Marques, die die Herren einander mit der Botschaftspost zukommen ließen.

Harrison öffnete den Umschlag, er bediente sich dazu eines schmalen silbernen Brieföffners, der so leicht durch den Rand des Briefes glitt, als führe er ihn durch Sahne. Schnell entfaltete er den Brief – preßte dabei die Unterlippe auf die obere, so daß ein hochmütiges kleines Faltenbündel um die Rinne zur Nase hinauf sich formte; eine Botschaft aus London verhieß meist langweilige und lästige Lektüre. Er begann zu lesen, es war ein langer Brief, doch diesmal zeigte sich nach einigen Sekunden ein Lächeln auf seinem Gesicht. Wirklich, diese Leute in London! Ihre Naivität überstieg immer wieder seine kühnsten Erwartungen. Gewöhnlich ließ er London kurze, trockene Berichte über die Lage im Land zukommen, in den vergangenen Wochen jedoch hatte er sich ab und zu veranlaßt gefühlt, ein paar Warnschüsse abzugeben, vorsichtig, versteht sich, und in Latein. Aber was sie diesmal wollten! Da baten sie ihn doch tatsächlich, noch bevor Mpembwe hier einträfe, einen jungen Schwarzen (›intelligent und mit Durchsetzungsvermögen‹) nach London zu entsenden, damit ihm eine Ausbildung als Gewerkschaftsfunktionär verpaßt würde. Gewerkschaftsfunktionär! Eine demokratische Struktur wollten sie Mpembwe mitgeben! Er sah Mpembwes große Schaufelzähne in einem heiseren Lachen entblößt, hörte Kaskaden seiner meckernden höheren Töne – und jetzt lachte auch er grimmig, seine Schultern zitterten.

Sheldon, der noch mit seinem Tablett im Zimmer stand, wartend, daß Harrison sich endlich des leeren Kuverts, das er noch in der Linken hielt, entledige, lachte mit.

»This letter coming from Salisbury, Bwana?« Harrison schüttelte den Kopf.

»Aus London, Sheldon, ein sehr amüsanter Brief aus London ...« Immer konnte Sheldon an des Bwanas Haltung erkennen, woher die Post kam: War sie aus Salisbury, oder Laurenco Marques, lachte der Bwana oft laut, während England ihm in der Regel nur ein schwaches Lächeln abnötigte, ein Lächeln, das Sheldon wohlbekannt war, denn wenn er selbst etwas sehr Dummes angestellt hatte, lächelte der Bwana auf eben diese Weise. Harrison legte endlich das Kuvert auf Sheldons Tablett, faltete den Brief zusammen und ließ sich vor seinem Schreibtisch nieder. Er durchdachte seine Antwort, eine Antwort, die er leider nie verfassen würde, aber es machte ihm doch Spaß, sie in Gedanken zu formulieren:

»Sehr geehrte Herren, selbstverständlich werde ich Ihnen einen jungen Mann der gewünschten Qualität schicken, nur sollte ich Ihnen nicht einen, sondern ein gutes Dutzend zukommen lassen, denn es steht zu erwarten, daß dieser junge Mann, sollte er versuchen, das Gelernte anzuwenden, sehr schnell verschwinden wird. (Die Leichen verflüchtigen sich hier gewöhnlich im Chanunka

River.) Dieses Land wird eine Diktatur, größere Konzerne werden verstaatlicht – wobei den Löwenanteil Mpembwe sich einverleiben wird. Sperren Sie Mpembwe ein oder schicken Sie ihn in die Verbannung und kehren Sie zur alten Ordnung zurück.« Mit solch einem Brief wäre seine Karriere beendet – und was sollte, dachte er, solch ein Brief schon, die Welt hatte sich verändert, und die Schurken hatten die Oberhand.

Er ließ sich vor seinem schön polierten Schreibtisch aus südafrikanischem Edelholz nieder, ein grüner Malachitbriefbeschwerer spiegelte sich in dem dunklen Holz, die lederne Schreibgarnitur zeigte in Gold geprägt den springenden Leoparden vor der aufgehenden Sonne, das Emblem des Protektorates. Harrison blickte auf eine silbergerahmte Photographie, die eine nicht mehr ganz junge, sehr schlanke Frau im Reitdreß zeigte, die Gerte im Schoß. Er blickte lange auf dieses Bild, dann stand er auf, seufzte und sang leise: »Pamela-la« zur Melodie seines alten Kinderliedes.

62) Pamela Moskowicz

Pamela Moskowicz arrangierte Frangipanniblüten in eine Vase. Sie tat es mit dem ihr eigenen Ernst, die Stirn in Falten gelegt, die schmale Unterlippe vorgeschoben, die Brauen über den großen blaugrauen Augen leicht zusammengekniffen. Die Fingerkuppen ihrer schlanken Hände waren weiß vom klebrigen Saft der Stengel, sie wischte sie am Leder ihrer Reithose ab. Pamela bereitete sich auf eine Dinnerparty vor, lästigerweise war sie in der Stadt aufgehalten worden, die Congress Party hatte mit ihrem Umzug die Straße verstopft, so daß Pamela einen Umweg reiten mußte – vorbei am staubigen Stadion, wo die ›Mwumba‹, Mpembwes weibliche Anhängerbewegung, ihren ›Freiheitstanz‹ zum Besten gab.

Mpembwe hatte sich immer besonders um die Frauen bemüht – in einer matriarchalischen Stammesgesellschaft wie der Mulanjes lagen ihm, wie er sagte, »seine Frauen besonders am Herzen«. Pamela hatte schnell das Stadion umritten, diese Massenansammlungen der vergangenen Tage waren ihr zutiefst zuwider, sie betrachtete Mpembwes Aktivitäten als störendes Moment eigener Bemühungen innerhalb verschiedener Wohltätigkeitsclubs, und dazu hatte sie das frenetische Wahlgeschrei einer wogenden, stampfenden Masse kreischender Frauen abgestoßen – und sie konnte deshalb nicht schnell genug wieder in ihr eigenes Ambiente zurückkehren, in dem William Morris Tapeten, Regency Möbel und Royal Dalton Porzellan eine beruhigende Eleganz verströmten, und wo zu Festtagen Fortnum & Masons Delikatessen, die dieses vornehme Londoner Haus seit einem Jahrhundert in schöner Zuverlässigkeit in die Kolonien versandte, gereicht wurden.

Pamela trat einen Schritt zurück und blickte prüfend auf die Blumen, sie fuhr sich dabei mit dem Finger über den leicht gekrümmten Nasenrücken, eine Bewegung, die aus ihren Kindertagen stammte, wo sie oft ob dieser Nase geneckt worden war und sich angewöhnt hatte, auf die delikate kleine Kurve einen Finger zu legen. Daraus war eine elegante Geste des Mittelfingers geworden, die leicht geschwungene Nase, schmalsattelig und mit fein gezeichneten Nasenflügeln, das wußte sie, stand ihrem Gesicht, gab ihm diese aristokratische Note, die Harrison so an ihr mochte.

Harrison – wie lange war sie nun schon seine Geliebte (nein, doch mehr, weit mehr als einfach Freundin oder Geliebte – sie teilte lange Gespräche mit ihm, mochte seine Gegenwart, glaubte ihn zu verstehen – Leidenschaft entsprang immer einem ver-liebt sein, das mit ver-loren sein verwandt war, so war es mit ihnen nie gewesen, was sie besaßen, war etwas Stärkeres, das der selbsttäuschenden Worte der Leidenschaft nicht bedurfte). »An die fünf Jahre waren es nun«, dachte sie, fünf sehr angenehme Jahre, in denen sie sich gegenseitig respektiert und auf milde, wohltuende Art miteinander geschlafen hatten. Schon als Moische Moskowicz noch lebte, hatte Harrison sie gern gesehen, wenn er sie auch mit ihrem vulgären Ehemann nur selten in den Kreisen fand, in denen er sich selbst bewegte. Ritt sie Turniere, war Harrison meist zugegen und bewunderte die leichte, knabenhafte Gestalt, die wie ein Jockey auf dem Rücken des Pferdes saß. Sie kam aus einer alten englischen Familie, den Hardings, die in Indien einen Gouverneur gestellt hatten, und in Kolonialkreisen einen Namen besaßen.

Warum Pamela diesen österreichischen Arzt, diesen korpulenten kleinen Juden mit dem pomadisierten Kraushaar, dem vulgären Lachen und den kleinen fetten, überaus gepflegten Händen, an deren kleinem Finger jeweils ein Rubin funkelte, geheiratet hatte, mußte Harrison fürwahr ein Rätsel bleiben. Er hatte sie auch nie danach gefragt. Pamela lächelte, ein Ring feiner lederner Falten legten sich um ihren Mund, sie seufzte leise. Wie könnte Harrison auch verstehen, daß dieser kleine österreichische Jude sie mit seinem Humor, seiner rührenden Geschmacklosigkeit, seiner unbekümmerten Großzügigkeit, seiner grenzenlosen Güte, ja, und nicht zuletzt einer Leidenschaft, die Pamela bis dahin unbekannt geblieben war, mitgerissen hatte. Und obgleich sie so verschieden waren, war es eine gute Ehe geworden.

Moische kam aus der südafrikanischen Union, wo er als Sohn eines jüdischen Fellhändlers geboren worden war. Der Vater, ein galizischer Jude, war schon in den frühen dreißiger Jahren ausgewandert, hatte es in der Republik zu Geld gebracht und den Sohn studieren lassen. Und Moische war ein begabter Arzt geworden, aber wie der Vater in Südafrika seinen Fellhandel zu einem kleinen Imperium auszuweiten bestrebt war, so wollte auch Moische schnell zu Namen und Ansehen gelangen, und da es in der Union an Ärzten nicht mangelte, begab er sich nordwärts, suchte sein Imperium in Schwarzafrika. Und Mulanje brachte ihm Glück. Er traf Pamela Harding, die damals für die UNHRO arbeitete und machte ihr sofort entschlossen und mit aller Leidenschaft den Hof. Als Hochzeitsüberraschung ließ er sich einen Rolls Royce aus England kommen, ein aristokratisches Auto, sagte er, für eine aristokratische Frau. Pamela fand es geradezu obszön, mit diesem Gefährt über die holperigen Straßen Lalingas zu kutschieren, aber weil es Moische solchen Spaß machte, setzte sie sich auch hinein. Den Engländern fiel es schwer, Moisches polnischen Namen auszusprechen und so nannten sie ihn einfach Mousie, Rolls Mousie, und Moische gefiel es, wie ihm alles gefiel, was seine Popularität förderte. Das Haus am Rande der Stadt, an den Mount Soche geklebt, wurde nach Pamelas Geschmack eingerichtet – Moisches Sammlungen, seine afrikanischen Masken, Speere und Schilder fügten sich zwar seltsam inkongruent in Pamelas Regency Ambiente, gaben ihm jedoch, das mußte man schon sagen, eine interessante Note. Wenn Moische Pamela Spontaneität und Leidenschaft gab, so verlieh sie ihm Eleganz und das Ansehen einer versnobten englischen Klientel.

Moisches Praxis florierte. Pamela verstand es aufs glücklichste, Moisches erfrischende Vulgarität mit der ihr von ihren Vorfahren übernommenen Kolonialaura zu verbinden: Moische machte Geld, das ein gewisses Sendungsbewußtsein, getragen von befriedigendem Weihnachtsmann- und Mäzenspiel, sie veranlaßte, es für das Land, in dem sie lebten, wieder auszugeben: Dies fand seinen Ausdruck vorwiegend in einer Art Kunstunterricht (erst kürzlich hatte sie dem Daily Telegraph in London einen Artikel gesandt: ›Beniner Bronzen und normannische Gotik‹) – auf diese ihre Hobbies war Moische so enthusiastisch stolz, wie Harrison sie später milde ironisierte. Moisches Rolls war natürlich sein Markenzeichen, wenn er irgendwo parkte, stand sein Chauffeur daneben und betätigte einen Staubwedel, umringt von Kindern, die versuchten, den Engel auf seinem Kühler zu streicheln. Manchmal ließ Moische sie eine kurze Strecke mitfahren, dann saßen sie ganz still auf den edlen Lederpolstern, sprachlos eingehüllt in diese wunderbare Luxuswelt der Weißen. Moische starb an einer Herzattacke, nachdem er sich den Magen wieder einmal übermäßig mit Garnelen aus Mozambique, seinem Lieblingsmenü, vollgeschlagen hatte, ›schnell und unerwartet‹, wie Pamela auf ihre Trauerkarten schrieb.

Harrisons Zeit war gekommen.

63) Schwierigkeiten mit der Demokratie – und wie man sie vermeidet

»Sie wollen einen Gewerkschaftssekretär ausbilden, und ich soll ihnen dazu jemanden nach London schicken. Die Depesche kam einige Minuten, bevor ich zu deiner Party aufbrach, Pamela.« Harrison sagte es noch unter der Tür stehend, lächelnd, doch verengte Augen und ein leichtes Zittern der Mundwinkel signalisierten Ärger.

»Oh Gott«, sagte Pamela, »nicht schon wieder eine ihrer verrückten Ideen! Eine Gewerkschaft!«

»Wir haben eine Labour Regierung in London ...«, sagte Harrison, die Tür hinter sich schließend, »hätten wir eine konservative, würden es sicher Milton Friedman-Seminare und Corbusier-Architektur à la Chandigarh sein, und für Mpembwe und seine Kumpane vielleicht eine Niederlassung von Harrods ...« Pamela lachte, »darüber könnte man sich noch amüsieren ... doch dieser Unsinn ...«

Zu Pamelas Party war ein gemischtes Häuflein erschienen, ein paar Leute aus Harrisons Büro, Freunde Pamelas, auch Dale und Marjorie und ein pummeliger, noch junger Mann, bleichhäutig, mit diesem glasig fetten Glanz über dem pausbackigen Gesicht, der von zu viel Essen und ungesundem Leben kündete. Er war der Chefredakteur der Mulanje Times, ein Engländer, dessen Karriere als Briefeschreiber begonnen hatte – in einem kleinen Office am Rande der Slums hatte er Bewerbungsschreiben für Schwarze mit sicherer Intuition der Persönlichkeit des Auftraggebers angepaßt. Er war überzeugt, daß diese Fähigkeit ihn für eine journalistische Karriere prädestinierte, eine Annahme, die, wie sich herausstellte, durchaus gerechtfertigt war. Er avancierte innerhalb weniger Jahre zum Chefredakteur der Times, einem Posten, den er bald so vorzüglich ausfüllte, daß Mpembwes Partei ihn als ihr bestes Werbepferd betrachtete.

Er nahm sich von Pamelas mit Petit Fours gefüllten Tellern, aß mit dicken fettigen Fingern und sprach ununterbrochen.

Harrison mochte ihn nicht. Wenn er sich an ihn wandte, tat er dies gedehnt, mit einem Hauch herablassend schulmeisterliche Ironie:

»Ihre Propaganda für Mpembwe ist nicht sonderlich demokratisch«, sagte er eben, neben ihm stehend, leicht seine Hand auf des Sitzenden Schulter gelegt, »der Mann der Gegenpartei, Sembereka, lebt im Untergrund, die Congress Party sucht ihn wie einen Verbrecher, dies ist nicht gerade die Demokratie, die wir Ihnen vermitteln wollen ...« Der Mann der Times lachte:

»Richtig, aber ich will auch nach den Wahlen meinen Job behalten, mir gefällt es nämlich hier. Außerdem heißt es, daß die National Party den Triumphzug in die Luft jagen will, das ist auch nicht besonders demokratisch – und warum nicht Mpembwe unterstützen – er ist konservativ, er liebt Homburg und Gehrock, er hat in England studiert, war sogar mit einer Engländerin von Ruf verheiratet«, hier kicherte er mit schwabbelnden Backen, »was wollen wir mehr, er ist gründlich anglisiert.« David, Harrisons Sekretär, ein hoch aufgeschossener, noch junger Mann mit hängenden Schultern, lachte und wandte sich an Harrison:

»Demokratie ist eben eine ambivalente Angelegenheit. Sagten Sie eben, London wolle einen Gewerkschaftsfunktionär? Typisch London, die Burschen sind nicht zu übertreffen. Sie müssen diesen Unsinn verhindern, Sir ...« Harrison zündete sich eine Zigarre an, der Kaffee war eben serviert worden, und für jene, die Tee bevorzugten, hing der feine Bergamotteduft von Earl Grey im Raum.

Dale, der zum ersten Mal in Pamela Moskowicz Haus geladen worden war, sah sich um: überall Porzellanpferde, geblähte Nüstern, wehende Mähnen, stampfende Hufe. »Ein Kavallerieregiment könnte damit versorgt werden«, dachte er. In der Mitte der Tafel leuchtete weiß ein Lipizzaner-Hengst mit rotbefracktem Reiter, den Harrison Pamela von einem Wienbesuch mitgebracht hatte. Über den kühlen Regency Möbeln lag feiner grauer Schimmelhauch: Die Feuchtigkeit würde ihnen mit der Zeit zusetzen und sie zerstören – Pamela schien keine Klimaanlage zu besitzen: Ventilatoren blähten lavendelfarbene Seidenvorhänge, plusterten sie dramatisch auf, rippelten sie im Zusammenfallen wie eine vom Wind bewegte See, beruhigten sie wieder im sanften Wellenrhythmus eines Tausendfüßlers. Ein ermüdend guter Geschmack, fand Dale, so vollkommen wie Pamela selbst, nur Moisches bizarre Masken schrieen erleichternd von etwas Wildem, Untergründigem, sehr Lebendigem. Silbergerahmte Photographien, meist Pamela auf Pferden zeigend, standen auf kleinen Tischchen. Dale blickte auf Marjorie, die eine Teetasse in der Hand hielt, sie lächelte ihm zu, er wußte, daß sie sich in der Gesellschaft Pamela Moskowiczs nicht sehr wohl fühlte – sie hatte lange überlegt, ob sie überhaupt mitkommen sollte, dann aber hatte die Neugierde gesiegt.

Auch sie selbst kam aus einer alten Kolonialfamilie, »aber die Hardings natürlich haben immer ihre Nase zu hoch getragen – dabei ist leicht nachzulesen, wie das damals in Indien unter Pamelas Urgroßvater zuging ...« Ein Urgroßvater, der Gouverneur in Indien war, eine Stellung innehatte, die durchaus mit der eines europäischen Königs zu vergleichen war, mit solcher Familiengeschichte war nicht zu konkurrieren. So bewegte sich Marjorie zwar freundlich lächelnd, aber doch mit einem kleinen Zug spöttischer Herablassung um den Mund, unter Pamelas Gästen. Eben wandte sie sich an David, Harrisons jungen Sekretär:

»Könnte man denen in London nicht einen von Mpembwes Leuten schicken«, sagte sie, »sollen sie ihn doch ruhig in diese Gewerkschaftsdinge einweisen, wenn er zurückkommt, wird er sowieso alles vergessen – und Mpembwe wird schon dafür sorgen, daß dies schnell geschieht.« David lachte.

»Ja, wenn er es nicht einfacher findet, ihn kurzerhand in den Chanunka zu befördern! Wir sollten ihnen einen Mann schicken, den wir hier loswerden wollen, was meinen Sie, Harrison?«

»Daran«, sagte Harrison und schenkte sich und Dale Whisky nach, »habe ich auch schon gedacht, aber es fiel mir niemand ein. An wen immer ich dachte, ich mußte den Gedanken sofort wieder entlassen. Es überraschte mich selbst: ich scheine mehr Leute hier zu mögen, als ich annahm.« Er prostete Dale zu, lächelte. Dale zuckte die Achseln, stand auf, nahm sein Glas und ging ein paar Schritte unschlüssig durch die Menge, er hatte zuviel gegessen, sein Magen fühlte sich schwer, eine Verachtung für all diese Leute im Raum, gepaart mit grauem Schuldgefühl, überkam ihn plötzlich – da zwitscherten sie nun alle heiter durcheinander, spielerisch sich über den Zustand und die Zukunft eines Landes, das er über alles liebte, amüsierend – und er beteiligte sich daran, indem er sich den Magen vollschlug, ihnen zuhörte, ab und zu einen rauhen Kommentar dazwischenwarf – aber was zum Teufel konnte er schon tun ... Er dachte an Sembereka zu Hause, diesen immer heiteren Narren, und fühlte frustrierte Hilflosigkeit. Nicht einmal ihn war er bis heute fähig gewesen, über die Grenze zu schaffen ...

David, Harrisons Sekretär, dessen lange schlaksige Gestalt sich wie eine zusammengerollte Decke in den Sessel faltete, griff nach seiner Krawatte und löste sie ein wenig. Er genoß diese Party, das Buffet Pamelas war vorzüglich und schottischen Glenfiddich leistete er sich selbst nicht oft, nett von Pamela, ihn einzuladen. Er mußte sich in acht nehmen, nicht zuviel von diesem phantastischen Zeug zu trinken. Er neigte, wenn angetrunken, zu einer zu direkten Sprache, die leicht in Beleidigungen ausuferte – wenn ihm dies heute passierte, wäre er sicher das letzte Mal in Pamela Moskowiczs Haus gewesen. Sein Ruf war jetzt schon nicht der beste, und wiederholt hatte Harrison ihm bedeutet, an seine Stellung zu denken, die rechte Hand des Gouverneurs konnte sich nicht leisten, randalierend in den frühen Morgenstunden aus dem Golden Egg zu torkeln. Nichts gegen das Golden Egg, sagte Harrison, wenn auch er selbst dort nicht einkehrte, so war doch der vorzügliche Ruf von Bettys Eiercurries auch an sein Ohr gedrungen. Aber man aß nicht in den frühen Morgenstunden Eiercurries – wer zu dieser Zeit aus Bettys Etablissement torkelte, die letzten Hyänen und die ersten Schulkinder erschreckte, halb angezogen, anzügliche Witze grölend, der kam aus dem Gang der Lüste und war von Betty selbst hinausgeworfen worden. Auch war David des öfteren in letzter Zeit im vornehmen Lalinga Hotel gesehen worden, in der

Begleitung sehr attraktiver schwarzer Mädchen, die, wie jeder wußte, zu Bettys Etablissement gehörten.

Daran wäre nun nichts auszusetzen gewesen, David war ein junger Mann und mußte sich amüsieren, wenn diese Mädchen es sich nicht zur Gewohnheit gemacht hätten, David in den Bürostunden anzurufen oder auf ihn vor dem Gebäude des Government House zu warten, wo sie nicht selten sogar Harrison mit lockeren ›Heys‹ begrüßten, was den Eindruck erweckte, daß auch er die rückwärtigen Gemächer des Golden Egg frequentierte.

»Und dies«, sagte Harrison, »kann ich mir nun wirklich nicht leisten.«

Pamela Moskowicz schob den Lipizzanerhengst auf der Mitte der Tafel beiseite – sie tat es mit elegant nach außen gebogenen Fingerkuppen – und stellte eine Schale Käsegebäck daneben. Die Enden ihres zu einer Ponyfrisur geschnittenen Haares fielen leicht und seidig in ihre Wangen, lange Perlenohrgehänge pendelten brillantengefaßt um ihren Hals – »Die müssen ein Vermögen gekostet haben«, dachte David, und: »Der Alte hat Geschmack.«

Pamela setzte sich, zündete sich eine Zigarette an, stützte den Ellenbogen der Rechten in die Handfläche der Linken und sagte:

»Keith, du kannst das nicht tun – schicke einfach niemanden, denn wen immer du schicken würdest, es bestünde die Gefahr, daß dieser Mann, einmal eingewiesen, Gefallen an seinem Job fände und es ihm wahrscheinlich in den Sinn käme, selbst ein wenig mit der Macht zu spielen. Mpembwe würde dies nie dulden, du weißt das besser als ich, daß eine solche Berufung ein Todesurteil werden könnte. Du sagst, daß dir niemand dazu einfiel. Es fiel dir niemand ein, weil du selbst einem Feind kein solches Ende wünschen könntest.« Sie drückte in einer schnellen zerstreuten Geste ihre Zigarette aus, stand auf, beugte sich über ihn und legte leicht ihre Hand in die seine. Harrison empfand wohltuend die Wärme dieser Berührung, so viel intimer als ein Kuß, dachte er, man küßte schließlich auch Fremde. Er fühlte, wie er leicht errötete – ein warmer Strom der Zuneigung durchflutete ihn –, und er schämte sich ein bißchen, daß ihn diese kleine Berührung so glücklich machte.

Dale, der sich der Gruppe um David zugesellt hatte, sagte:

»Ich wüßte schon jemanden, den ich gerne loshätte, jemand, der vor Mord und Folter nicht zurückschreckt, der, wo immer er auftaucht, Terror und Angst verbreitet – der seine eigenen Landsleute hier das Fürchten lehrt ..., ich glaube nicht, daß es schade um den wäre.« David setzte sich kerzengerade auf und überragte damit sofort alle Anwesenden:

»Ein Mörder, ein Krimineller, ein krimineller Fanatiker vielleicht? Raus mit der Sprache, Mr. Dale, wir sind alle ganz Ohr. Wir wußten nicht, daß Sie solch interessante Feinde haben.«

»Wenn ein Schwein interessant sein kann, nun ja ...«

»Schluß jetzt«, sagte Pamela, »ich weigere mich, da länger zuzuhören, dies ist eine Party und kein Gericht. Mr. Dale, ich bitte Sie, nur keine Namen zu nennen – Keith wird einen diplomatischen Brief nach London schicken und die Sache hinausschieben, bis Mpembwe hier eingetroffen ist, und dann wird sich die ganze Geschichte von selbst erledigen. Dann soll Mpembwe sein Opfer selbst aussuchen.«

»Sie sind eine kluge Frau, Pamela«, sagte David, »aber Sie haben uns jetzt den Spaß verdorben. Es ist immer sehr erhebend, wenn der Mensch Schicksal spielen kann, viel interessanter als eine Schachpartie, und wir waren so schön dabei. Es wäre ein anregendes Spiel geworden, jeder hier hätte ein Los mit dem Namen seines Kandidaten in eine Ihrer schönen Silberschalen geworfen, und dann hätten wir eine Ziehung vorgenommen – denn ich glaube einfach nicht, daß ich neben Mr. Dale hier der einzige bin, der einen Namen für sein Los gehabt hätte – ehrlich gesagt, es fielen mir, wenn ich mich bemühte, ganz sicher einige ein: Da ist etwa dieser Boy, der immer aus meiner Whiskyflasche trinkt, und sie dann mit Spiritus auffüllt, oder unser Bicycle, Sie wissen schon, Harrison, der andauernd unsere Post öffnet – also, ich hätte da keinerlei Schwierigkeiten ...« Alle lachten. Von draußen kam das Orgeln der Frösche, anschwellend, dann wieder in sich zusammenfallend, manchmal quakte nur ein einziger und man konnte spüren, wie das Heer der anderen lauschte, still, angespannt, bis sie plötzlich, einem geheimen Instinkt folgend, in die einsame Stimme einfielen wie ein gewaltiger Chor.

Dale und Marjorie verabschiedeten sich als erste. Harrison begleitete sie hinaus, und als Marjorie schon ins Auto gestiegen war, nahm er Dale noch einen Augenblick beiseite.

»Sie wollen also immer noch Ihren Constable loswerden, nicht wahr – ich habe Ihr ›Ceterum Censeo‹ recht gut verstanden ...«

»Ich wünschte, Keith, Sie würden mir nicht mit Ihrem Latein kommen, Sie wissen recht gut, daß ich kein Lateiner bin ...«

»Ach, Dale«, sagte Harrison, »was nützt einem heutzutage schon Latein, diese wunderbare Sprache ist zur reinen Sprichwortspielerei verkommen – das ›Ceterum Censeo‹ hat geschichtliche Hintergründe: Cato, wissen Sie, ein römischer Senator, hat jede seiner Reden damit abgeschlossen: Ceterum censeo, Karthaginem delendam esse – im übrigen glaube ich, daß Karthago zerstört werden muß ...«

Als alle gegangen waren – der Mann der Times als letzter, ihm, einem Junggesellen, hatte Pamela noch die letzten Petit Fours eingepackt – schenkte Harrison zwei Fingerbreit Whisky in sein und Pamelas Glas. Hausboy und Koch räumten den Tisch, sie taten es fast lautlos, nur ein Tip-Tap ihrer nackten Füße auf dem Teppich verursachte ein samtenes Geräusch. Als sie allein waren, sagte Pamela:

»Weißt du, ich mag es nicht sehr, wenn so einfach über das Schicksal von Menschen entschieden wird, auch über das solcher, die man nicht mag ..., auch im Scherz mag ich das nicht.«

»Du lieber Himmel«, sagte Harrison, »wenn du David meinst, du kennst ihn doch, es ist seine Art von Humor, der könnte keiner Fliege was zuleide tun, außerdem hatte er schon ein Glas zuviel. David nimmt immer ein Glas zuviel, dies und die Mädchen sind sein Dilemma. Ich wollte, er würde sich richtig verlieben, in ein nettes Mädchen, weißt du, das würde ihm eine bestimmte Stabilität geben.«

»Du meinst natürlich ein weißes Mädchen, nicht wahr, Keith?«

»Ich gebe zu, daß ich an ein weißes Mädchen dachte, aber London würde sicher ein schwarzes sehr gefallen ..., sie würden uns dann als sehr integriert betrachten ...« Pamela lachte:

»Du bist doch sonst nicht drauf erpicht, es denen in London recht zu machen – und ich bitte dich, breite diese Gewerkschaftsgeschichte nicht wieder bei einer Dinner Party aus. Du weißt, daß wir auch hier einen Secret Service haben, wenn wir die Leute auch nicht kennen, irgendwo sitzen die, und ich kann bloß hoffen, daß sie so leger arbeiten, wie dein Büro, deine Meinung über die Leute in London könnte dort sonst sicher schon angekommen sein. Und der junge Mann von der Times, ich weiß nicht, ob du dem trauen solltest ...« Harrison lachte.

»Er ißt zuviel und ist fett. Du weißt ja, was Cäsar sagte: Laßt dicke Männer um mich sein ...«

»Ja, und du weißt, was mit ihm dann passiert ist ...«

»Mach dir keine Gedanken, Pamela, das alles war so im Scherz hingesagt, und David ...«

»Ich meinte eigentlich gar nicht David«, sagte Pamela – Harrison sah, daß sie ihr Whisky-Glas geleert hatte und wußte jetzt, daß sie wirklich bekümmert war. Nur wenn Pamela bekümmert war, trank sie über das Ein-Finger-Maß hinaus. Er legte seinen Arm um ihre Schultern, roch den vertrauten Duft ihres Parfüms und legte seine Wange an ihr Haar. Pamela Moskowicz wandte ihm voll ihr Gesicht zu, dieses schöne Gemmengesicht – die Leute hier sagten gewöhnlich, daß sie ein englisches Gesicht habe, die feine helle Haut, das aschblonde Haar, die Art, wie sie sich bewegte, war unzweifelhaft englisch. Er aber dachte immer an Florentiner Gemmen, wenn er ihr Profil betrachtete, dieses feingeschnittene Profil mit der leise gekrümmten Nase.

»Keith«, sagte Pamela, »ich dachte eigentlich nicht an David, es war Dale, der mir nicht geheuer war, ihm war es ernst mit seinem Vorschlag, er hätte da wirklich gern jemanden ans Messer geliefert!«

»Dale?« Harrison lachte, »Dale mag die Leute hier, er würde jedem helfen, er mag die Menschen hier wie du und ich.«

»Bei dir zweifle ich manchmal daran, die Art, wie du zuweilen über sie sprichst!«

»Aber ich mache doch über jeden meine Scherze. Uns allen liegt einfach die Unabhängigkeit im Magen, es ist zu befürchten, daß die National Party irgendwo auf der Route, die Mpembwe vom Flugplatz in die Innenstadt nimmt, einen Sprengsatz plaziert, Sembereka und seine Leute werden das Äußerste tun, um Mpembwes Machtergreifung zu verhindern. Die wollen einen kommunistischen Staat, wenn sie auch keine Ahnung haben, was dies bedeutet. Mit Mpembwe glauben wir, das Tauziehen gewonnen zu haben, aber du weißt so gut wie ich, daß es im Grunde egal ist, wer das Rennen macht, sie werden beide nur ihren eigenen Machtgelüsten folgen.« Pamela nickte.

»Ich möchte, daß du heute nacht hierbleibst, Keith, ich möchte einfach in dieser Nacht nicht allein sein. Ich habe das bedrückende Gefühl, daß uns noch einiges bevorsteht. Willst du wirklich bis zu Mpembwes Ankunft im Land bleiben?«

»Keine zehn Pferde bringen mich früher weg von hier, stell dir doch bloß den Triumphzug vor, soll ich mir das alles entgehen lassen? Einmal werde ich ein Buch über meine Zeit hier schreiben, und der Triumphzug gehört da unbedingt hinein.« Pamela lachte.

»Komm zu Bett, es ist spät und meine Beine sind schwer von zu viel Whisky.«

»Ich werde dir noch ein Gedicht vorlesen – ich habe dir eine Shelley-Ausgabe mitgebracht – ich kaufte sie neulich bei einer Auktion. Es ist eine sehr schöne Ausgabe.«

Harrison nahm aus seiner Tasche ein kleines, in rostfarbenes Leder gebundenes Buch. »Hier ist es, höre, Pamela, Shelley hat dies zu Keats Tod geschrieben:

›Peace, peace! He is not dead, he doth not sleep
He has awakened from the dream of Life
't is we, who, lost in stormy visions, keep

With phantoms an unprofitable strife,
And in mad trance strike with our spirits knife
Invulnerable nothings. – *We* decay
Like corpses in a charnel, fear and grief
Convulse us and consume us day by day,
And old hopes swarm like worms within our living clay‹.«

»Es ist schön, Keith, aber so verzweifelt traurig ... Was bringt dich dazu, mir gerade dieses Gedicht vorzulesen?« Sie trat hinter seinen Stuhl und legte beide Arme um seinen Hals. Harrison blätterte in dem kleinen Buch und tat, als suche er nach etwas. Dann schloß er die Seiten und blickte Pamela an:

»Ich möchte dich etwas fragen, und weil deine Antwort mich vielleicht zu glücklich werden lassen könnte, habe ich den Tod zu Hilfe gerufen, nichts fürchtet der Glückliche mehr als den Tod – und gerade deshalb wandte ich mich an ihn. Aber es mußte Shelleys Tod sein, Tod in der Poesie ist erträglicher.« Er lächelte, stand auf und beugte sich über sie: »Glaubst du nicht, daß es Zeit wäre, deinen Namen zu ändern – ich würde dir gerne den meinen anbieten: Pamela Harrison, das klingt doch recht gut – und ist viel besser auszusprechen als dieser polnische Name.« Pamela lachte.

»Ich habe mich an Moskowicz gewöhnt, und eigentlich mag ich den Namen, ich habe ihn von einem sehr gütigen Mann. Aber es ist natürlich auch nichts gegen Harrison einzuwenden.«

»Ich liebe dich, Pamela Moskowicz«, sagte Harrison, und Pamela legte fester ihre Arme um seinen Hals.

64) Bicycle

Bicycle, der Post Office Inspector, hatte sein Office nicht weit vom Government House was einerseits praktisch war, denn die meiste Post kam für Bwana Harrison, andererseits aber doch nicht so gut, weil Bwana Harrisons Office-Boy immer schon erschien, wenn er selbst mit der Post noch nicht ganz zu Ende gekommen war. Er konnte etwas englisch und übte sich an Briefen und Depeschen und erfreute sich des Ansehens, das er darob genoß:

»Bwana Harrison muß nächste Woche nach London«, konnte Bicycle etwa verkünden, noch bevor der Bwana selbst davon wußte. Zur Weihnachtszeit wurde die Korrespondenz besonders interessant – da konnte Bicycle berichten, was ein englischer Gentleman zu diesem Fest benötigte, er las dann einer atemlos lauschenden Klientel aus Fortnum & Masons Rechnungen vor: 6 Plum-Puddings, 10 Dosen Gänseleberpastete, 10 Dosen Rebhuhnpastete, 15 Dosen Mince Meat, 5 Dosen (Giant) Truthahnpastete, 15 Gläser Quittenmarmelade, 5 lange Fruchtkuchen, 10 Pfund Earl Grey Tea, 20 Flaschen Glenfiddich (hier schnalzte Bicycle mit der Zunge und legte eine bedeutungsvolle Pause ein, ließ seine goldgerandeten Brillengläser vorschnellen und verkündete, das ›ch‹ zischen lassend, als wolle er einen Hund verscheuchen: »englischer Katsch-chasu«); ein besonderer Höhepunkt der Berichterstattung waren im vergangenen Jahr 10 seidene Unterhosen von Harrods, dies verkündete Bicycle hinter vorgehaltener Hand, als handle es sich um ein Staatsgeheimnis.

»Weiter, weiter«, drängten dann die Zuhörer gewöhnlich, und Bicycle schürte geschickt die Spannung, indem er tat, als fiele es ihm schwer, ein bestimmtes Wort zu entziffern, das er dann triumphierend, eine wiedergefundene Perle, in den Zuhörerkreis warf, von Seufzern und Assaaas belohnt. Seine goldgerahmte Brille hatte ihm Bwana Harrison selbst spendiert, nachdem er sich über sein schlechtes Augenlicht beklagt hatte, und die Government-Post zu oft in andere Kanäle gewandert war – seither stimmte die

Postsortierung und Bicycles Zuhörer konnten wieder zufriedengestellt werden.

Heute saß Bicycle im Schneidersitz auf seinem Officeschreibtisch, er kritzelte in gebückter Haltung Worte auf einen Block zwischen seinen Beinen, ab und zu innehaltend, die knochige Wange in eine Hand gelegt, den Ellenbogen auf ein ruhendes Knie gestützt.

Manchmal schlief er in dieser Haltung ein wenig ein, und deshalb hatte er in diesen Nachdenkpausen seinen Bleistift zwischen die Zehen geklemmt, damit sich nicht jemand unbemerkt durch die immer offene Tür schleiche, um ihm dieses kostbare Utensil zu entwenden, was ihm in früheren, unerfahreneren Zeiten des öfteren vorgekommen war.

Die Post Office war ein kleiner Bretterbau, in dem sich unangenehm die Hitze staute, in den Holzritzen der Decke hausten Geckos, die ab und zu auf der Moskitojagd aus ihren Fugen schossen, nicht selten dabei die Balance verloren und auf Bicycles Schreibtisch oder seinen Kopf klatschten, was Bicycles Siestas empfindlich störte. Eine gute Stunde des Tages gehörte deshalb der Geckojagd, bei der Bicycle, leise vor sich hinfluchend, mit einer langen Zuckerrohrstange, an deren Ende er einen Fliegenwedel gebunden hatte, durch den Raum tanzte, was natürlich ermüdete und lange Ruhepausen erforderte.

Heute hatte Bicycle die Geckojagd hinter sich, und so wäre eine Ruhepause fällig gewesen, doch Bicycle hatte wieder einmal seine Schwierigkeiten mit der englischen Sprache und mühte sich, gewissenhaft, wie er nun einmal war, redlich damit ab. Wie neulich schon, als der Bwana Nr. 1 aus Salisbury an Bwana Harrison schrieb:

»Schau in deinen Shakespeare, Macbeth 5/2«, also, was sollte man mit solchem Geheimcode anfangen? ›Shakespeare‹ schrieb Bicycle auf seinen Sammelblock und ›Macbeth‹. Und als Mr. David am Tag darauf selbst erschien, um die Government-Post abzuholen, zeigte ihm Bicycle diese rätselhaften Worte und verlangte Aufklärung. David, der sofort wußte, aus welcher Kommunikation Bicycle diese literarischen Anregungen erhalten hatte, zog die Stirn in schwere Falten und sagte:

»Es handelt sich hier um Ufitis, Bicycle, diese Worte haben eine besondere Kraft – halt dich fern von ihnen.« Bicycle sah Mr. David zweifelnd an, Mr. David liebte es, Scherze zu machen, aber man konnte nie wissen ... Heute nun hatte er ein Tele Harrisons an Mr. Dale zu bestellen, ein uninteressanter Brief, nichts für etwaige Interessenten, aber da waren diese sehr kryptischen Worte am Ende der Kommunikation, über denen Bicycle nun schon geraume Zeit brütete: »... Censeo«, las er da, »Constabilem delendam esse«. Er schrieb die Worte rückwärts: oesnec, melibatsnoc, nein, auch hier keinerlei Sinn. War das vielleicht portugiesisch? Aber warum sollte Bwana Harrison an Bwana Dale portugiesisch schreiben, wenn sie doch beide Engländer waren? Constabilem – war ein Polizist damit gemeint? Es klang aber auch nach Stable – Stall – konnte aber alles Mögliche heißen. Eine Sprache, deren Worte mit so vielen Cons begann – conspiracy, consideration, continuation ... Bicycle faltete sorgfältig das Blatt, auf dem diese rätselhaften Worte standen, und legte es unter die Schachtel mit den Poststempeln. Und für eine Weile empfand er tiefe intellektuelle Befriedigung, die Worte in der verschiedensten Betonung vor sich hinzusummen: Cet *er* um-cen *seo*, Ceter *um* – *cen* seo, *Con* stabilem, Consta *bilem* ... Dann wußte er, was zu tun war.

65) *Dr. Giovannoni*

Dr. Giovannoni lebte seit nun fünfzehn Jahren in Lalinga. Er war als junger Arzt mit der italienischen Invasion nach Äthiopien gekommen, hatte dort eine kleine Praxis betrieben, diese jedoch samt dem hübschen Haus am Stadtrand Addis Abebas nach den ersten Putschen gegen Kaiser Haile Selassie aufgegeben und war südwärts gewandert. Zuerst sah er sich in Kenia um, doch nach einigen Jahren gefiel es ihm auch dort nicht mehr (die Mau-Mau-Geschichte ärgerte ihn), und er wählte Mulanje, das eine gute Wahl zu werden versprach: Es gab nur wenige Ärzte im Land und Dr. Giovannonis Praxis ließ sich denn auch sehr gut an. Er kaufte ein kleines Haus in der Innenstadt, in dem er seine Praxis betrieb, und ein anderes nicht weit davon, als Wohnsitz. Alles ging glänzend, bis Moische Moskowicz in Lalinga auftauchte, Pamela Harding heiratete und ihn seiner guten europäischen Patienten beraubte. Bisher war Dr. Giovannoni der einzige europäische Arzt in Lalinga gewesen, aber nun wollten alle Europäer plötzlich nur noch von Moische behandelt werden, von Moische mit den Rubinringen an den kleinen Fingern und dem schnell entstehenden Lächeln in den dicken, immer ölig glänzenden Wangen. Und es war ihnen ganz egal, daß Moische nur ein kleiner polnischer Jude, ein Emporkömmling im Vergleich zu ihm, Dr. Giovannoni, war – Pamela Harding hatte ihn hoffähig gemacht, und da half es nicht, daß Dr. Giovannoni jedem seiner Patienten erzählte, daß seine deutsche Urgroßmutter mit Frau von Stein verwandt gewesen sei, sie wollten am Ende nicht einmal mehr wissen, wer Frau von Stein gewesen war, und schließlich gab Dr. Giovannoni es auf, überhaupt davon zu erzählen.

Im Laufe der Jahre wurde seine Praxis meist nur noch von Indern und Schwarzen besucht, die monatelang nicht bezahlten, wenn überhaupt. Dr. Giovannoni war gezwungen, sein Wohnhaus aufzugeben und in die hinteren Räume seiner Praxis überzusiedeln, zwei kleinen Zimmern, in denen gerade sein Bett, seine Bücher (unter ihnen eine vollständige Ausgabe Goethes, dessen Briefwechsel mit Frau von Stein, Dante, das Decamerone, Vergils Aeneid und Georgica – in Latein – und eine Menge Kriminalromane von Agatha Christie), ein Herd und eine Dusche hinter einem Plastikvorhang Platz fanden.

Mit den Jahren zogen auch immer mehr schwarze Familien in seine Gegend, so daß er sich endlich als einziger Europäer in seiner Straße sah, dies geschah allerdings, als seine Praxis schon sehr am Boden lag. Wenn er in besseren Tagen die beiden stockigen Palmen vor seinem Haus während der Dürrezeiten gegossen hatte, sein Hausboy jeden Tag die Steinstufen zur Haustüre hinauf kehren mußte, so wurde dies bald als überflüssig betrachtet, die Blätter der Palmen hingen in trauriger Verwahrlosung vor dem verbeulten Schild: ›Dr. Giovannoni, Medical Clinic‹, in den zerborstenen Fugen der Stufen wuchs Unkraut, und Dr. Giovannonis Behandlungen beschränkten sich nun immer mehr lediglich auf Malariafälle, Erkältungen, Darmbeschwerden und unkomplizierte Brüche. Sein Wartezimmer, ein dunkler fensterloser Raum mit Holzbänken, war zwar immer gut gefüllt – oft saßen die Kunden noch auf den Stufen vor der geöffneten Türe –, doch war mit diesen Kunden so wenig verdient, daß er selbst sich meist die Mühe der Behandlung ersparte. Balatschu, ein Diener, den er aus Äthiopien mitgebracht hatte, konnte diese Fälle ebensogut versorgen, so daß Dr. Giovannoni reichlich Zeit blieb, sich an seinem Vergil zu ergötzen, diesem Schöpfer pastoraler Poesie, und der Äneis, die er über alles liebte. Auf seine persönliche Hygiene legte er weniger und weniger Wert, Balatschu wusch seine Khakihosen, die immer loser um seine lange hagere Gestalt schlotterten, seine Hemden zeigten Schürfwunden an den Krägen, und oft rasierte er sich tagelang nicht.

Aber wenn auch seine körperliche Erscheinung einer bestimmten Vernachlässigung anheimfiel, so war – und vielleicht gerade deshalb – sein Geist um so reger. Schon konnte er beinahe den ganzen Vergil auswendig, und manchmal versuchte er sogar eigene Hexameter oder vierfüßige Jamben – dann sah er über seine Brillengläser hinweg Balatschu grimmig an, wenn dieser ihn wegen eines Patienten zu stören wagte.

Dr. Giovannoni hatte sich mit seinem Schicksal versöhnt, er schlief nicht wie Moskowicz in einem eleganten Regency Bett, dafür aber sehr kuschelig mit seinen beiden Hunden – Straßenmischlingen – unter einer Chiperoni Decke (so benannt nach einem Wind, der vor dem Beginn der Regenzeit von Mozambique herüberwehte und Kühle mit sich trug) auf einem Charpoy.

Auch eine politische Umbruchstimmung konnte ihm nichts mehr anhaben – er hatte Revolutionen in Äthiopien und Kenia erlebt und sah Umstürzen nun gelassen entgegen – er näherte sich den Sechzigern, und seitdem das seinem Haus gegenüberliegende Gebäude vor einigen Wochen abgerissen worden war, konnte er direkt auf einen kleinen rosaroten Hindutempel sehen, auf dessen weißgetünchter Mauer stoisch rosa Gipskühe mit gekreuzten Vorderbeinen ruhten – ein beruhigender Anblick, der durch den danebenliegenden indischen Friedhof noch betont wurde. Der Blick auf diesen Friedhof, in dessen dunklen Mangokronen immer Schwärme schwarzer Beos kreischten, und aus dem die Grabsteine wie riesige rosa und grüne Bonbons leuchteten, dessen abbröckelnde Chattris (Verbrennungsstätten) wie bunte Lusttempelchen in verspielter Würde herüberblickten, erquickte Dr. Giovannoni. Es gefiel ihm auch, daß nicht weit davon das weiße Minarett einer kleinen Moschee ihm die Gebete des Muezzins herübersandte – er liebte es, wenn sie so sehnsuchtsvoll und todessüchtig über die heiteren Gräber wehten. Er selbst empfand den Tod schon lange nicht mehr als drohend, was war schon so ein kleiner Ameisen-Menschen-Tod – was zählte ein Körper schon, Dr. Giovannoni glaubte an die Unüberwindlichkeit des Geistes, und Vergil half ihm dabei. Außerdem trug diese Haltung wesentlich dazu bei, mit müder Herablassung auf Moskowicz und dessen materielle Erfolge zu blicken – und als Moskowicz starb, sagte Dr. Giovannoni zu Balatschu:

»Jetzt ist alles weg, denn Geist hat *der* nie besessen.«

So saß Dr. Giovannoni gewöhnlich recht zufrieden auf seinem Charpoy, die Geräusche der Praxis drangen gedämpft an sein Ohr, das Schreien der Babies, die seine Patientinnen auf dem Rücken mit in die Sprechstunde brachten, das Husten und Würgen der Keuchhustenkinder und das laute Spucken der Lungenkranken. Dazwischen hörte er Balatschus autoritäre Ermahnungen:

»Hörst du, nur eine Pille, und gib sie deinem Baby, iß sie nicht selbst.« – Er wußte, daß Balatschu nicht viel anrichten konnte, denn die Pillen bestanden meist aus Aspirin, Penicillin oder waren Malariaprophylaxen, und wenn gerade kein Nachschub vorhanden war, wurden Placebos ausgegeben. Nachschub brachte gewöhnlich Father Ricardo aus Truchilla, der ihn an seinem UNHCR-Kontingent teilnehmen ließ und geduldiges Verständnis für Dr. Giovannoni zeigte, wurden sie doch beide von den Engländern mit leiser Herablassung betrachtet (die sie erwiderten) – sie waren ›Dagos‹, und da half es wenig, daß sie die besten Lateiner des Landes waren, sie auch über Botanik alles wußten – daß sie nicht das geringste Interesse an Politik, Pferden, Golf und Ethnischem zeigten, machte sie zu Außenseitern. Father Ricardo brachte in regelmäßigen Abständen Pakete mit Medikamenten, schimpfte über Staub und schlechte Straßen, trank mit Giovannoni ein oder zwei Gläser Whisky – berichtete von den neuesten botanischen Erscheinungen, die er aus London bezog – der Doktor präsentierte seine Werke, beklagte sich, daß er nie Zeit genug fand, sich so profund damit zu beschäftigen, wie er sich das eigentlich wünschte, schimpfte über Balatschu und die Praxis, tätschelte die Hunde. Daß sein Whisky vom Allerfeinsten war, gefiel dem Father, wußte er doch, daß dies eigentlich über Giovannonis Verhältnisse ging. Da ihm selbst solche Großzügigkeit fehlte, schätzte er sie bei anderen um so mehr.

Giovannonis beste Kundinnen waren die Mädchen aus Bettys Bar. In diesem Etablissement war der Doktor persona grata. Seit er nachweisbar Syphilis geheilt hatte, schwor Betty auf ihn:

»Ich brauche keinen weißen Arzt, der mir das Geld aus der Tasche zieht«, sagte sie, »Dr. Giovannoni versteht unsere Krankheiten genauso gut, und bei ihm bleiben wir.« So weit war es also schon mit ihm gekommen, daß ihn Betty als einen der Ihren betrachtete, ja, ihn beinahe einem schwarzen Quacksalber gleichsetzte.

Im übrigen war es ein schönes Einverständnis, das Betty vom Golden Egg mit Dr. Giovannoni über viele Jahre hinweg verband – wenn der Doktor fleischliche Gelüste verspürte, schickte er Balatschu zum Golden Egg mit der lapidaren Botschaft: ›dick‹, ›dünn‹ oder ›gut durchwachsen‹, so als habe er Balatschu zum Markt geschickt, um Gurken oder Zucchinis einzukaufen. Nie brachte er einem von Bettys Mädchen eine besondere Zuneigung entgegen – manchmal behielt er sie die ganze Nacht, besonders in der kühlen Jahreszeit, wenn seine beiden Hunde und die Chiperoni Decke zu wünschen übrig ließen. Dr. Giovannoni hielt diese Bedürfnisse seines Körpers für etwa so wichtig wie Essen und Trinken, und da er seine Speisekarte längst der einheimischen angepaßt hatte, genügte ihm auch dieses Arrangement. Balatschu verstand ihn, hätte sich jedoch, was Essen und Trinken anbelangte, gerne etwas mehr Luxus gewünscht. Doch der Schein trog – Dr. Giovannoni kannte auch die höheren Empfindungen der Liebe, und dies in einem Ausmaß, das wohl alle, die ihn kannten, überrascht hätte.

Seit Jahren nämlich empfand Dr. Giovannoni eine tiefe Zuneigung zu Pamela Moskowicz, die, weil unerfüllbar, ausschließlich poetischen Ausdruck fand. Wer hätte schon gedacht, daß, wenn man den Doktor in seinem weitausholenden Segelschritt, das graue Haar in der Stirn, die Wangen eingezogen – es fehlten ihm ein paar Backenzähne –, begleitet von seinen ringelschwänzigen Hunden, durch die Straßen Lalingas gehen sah, ab und zu auf dem löchrigen Gehsteig stolpernd, daß er, der mit all seiner Nachlässigkeit den Eindruck eines trockenen, weltlichen Dingen mit immenser Gleichgültigkeit abgewandten Junggesellen vermittelte, den zartesten Gedanken an Pamela Moskowicz nachhing.

Als Pamela noch mit Moskowicz lebte, mit diesem dicken, sich behende wie ein Krebs bewegenden Juden, waren es großherzige Beschützerinstinkte, die Dr. Giovannoni bewegten. Diese Schöne, Feine, die mit zarten Absätzen wie Aphrodite selbst durch die Straßen schwebte, natürliche Anmut und absolute Selbstsicherheit ausstrahlend – er konnte nicht umhin, ihr geheime Leiden anzudichten –, in der Stille ihres Schlafzimmers sah er sie, die weißen Hände an die Schläfen gelegt, still vor sich hin weinen, und er sah sich selbst, leicht über sie gebeugt, ihr besänftigende Verse Vergils über die Schönheit des Lebens vorlesend. Er kultivierte sein Mitleid mit Pamela, und da Mitleid eine besitzergreifende Komponente besitzt, gehörte Pamela in den Tagen Moskowiczs ihm wie nie zuvor. Mit bitterer Freude und wärmender Verachtung betrachtete er Moische Moskowicz, über das Lenkrad des Rolls gebeugt, die Rubinringe widerlich zur Schau gestellt, die fettigen schwarzen Haare über die Nackenwülste gekämmt wie ein rückwärtiger Ponyschnitt. Und wenn er Pamela neben ihm sitzen sah, das blonde Haar silbern schimmernd, die elegante Nase neben diesem feisten schwarzen Mistkäfer (so nannte er ihn – diesen Skarabäus, der Geldscheine wie Dung in sein Haus rollte), sagte er leise vor sich hin:

»Meine arme Süße«, und dies klang in italienisch so weich und traurig wie die Verse Dantes: dolce, dolce.

Doch als Pamela nach Moisches Tod sich Harrison zuwandte, erfuhren diese zarten Gefühl eine ätzende Wandlung. Es schlich sich Eifersucht ein. Denn Harrison, das mußte man sagen, war trotz seines Schafsgesichts ein gutaussehender Mann und seine Manieren vollkommen. Auch Dr. Giovannoni konnte nicht umhin, zu erkennen, daß die beiden ein ansehnliches Paar waren, und er stellte bitter fest, daß Pamela ihm entglitt. Der Rolls, Moisches kostbares Erbe, blieb in der Garage, Harrison und Pamela fuhren in vornehmer Zurückhaltung im Mercedes unauffälliger Couleur – Harrison war einfach zu vollkommen. Dr. Giovannoni begann ihm zutiefst zu mißtrauen. Hinter dieser glatten Fassade mußte etwas stecken, etwas Teuflisches, vielleicht Perverses, Eigenschaften, in denen er sein Mitleid mit Pamela wiederfinden, die ihm Pamela wiederbringen würden – und so begann er Harrison zu beobachten. Dazu hatte er natürlich wenig Gelegenheit: Manchmal sah er sein vornehmes Schafsprofil durch die Scheiben des Mercedes, dann wieder hinter den Schaufenstern eines der Geschäfte, in denen Leute wie Harrison und Pamela einkauften:

Da war das italienische Modegeschäft, das teure Kleider führte, die gewöhnlich zwei bis drei Jahre aus der Mode gekommen waren, in Lalinga aber als Dernier Cri galten. (Pamela ließ sich zwar ab und zu mit der Attaché-Post Kleider aus London schicken– Harrison hatte das für sie organisiert – und des öfteren Schuhe aus vornehmen Geschäften in Knightsbridge, sie hatte eine Vorliebe für elegantes Schuhwerk, denn sie besaß sehr hübsche Beine, denen Bata Kreationen nicht zugemutet werden konnten.) – Oder das portugiesische Delikatessengeschäft, von einer pummeligen Portugiesin geführt, die es auf geheimnisvolle Weise verstand, die seltensten Delikatessen herbeizuschaffen, und sie zu Wucherpreisen zu verkaufen – für größere Parties ein absolutes Muß. Da beobachtete er dann Pamela, sah, wie ihre feinen blassen Hände über rosenrote Garnelen strichen, wie sie mit sparsamen Bewegungen auf dies und jenes deutete, bis sich ihre Einkäufe gehäuft und der Chauffeur herbeieilte, um ihr die Päckchen abzunehmen. Solche Bilder, im Spiegel eines Schaufensters auf der gegenüberliegenden Straßenseite gesehen, gaben seinen Tagen Glanz.

Aber seine Beobachtungen galten vor allem Harrison. Sah er ihn zur Mittagszeit vor dem Lalinga Hotel aussteigen, so begab auch er sich in die Lobby, stellte sich an die Bar, bestellte ein Bier und beobachtete, wen Harrison traf, murmelte enttäuscht:

»Schon wieder Dale«, oder: »Schon wieder ißt er mit seinem Sancho Pansa (womit er David meinte) ...« – Ja, er ging sogar so weit, sich in Bettys Bar zu erkundigen, ob Harrison vielleicht dort schon einmal gesehen worden war, aber nein, auch darin war Harrison perfekt: er schlief nicht mit Huren. Leider hatte nur David, seine rechte Hand, dort eine Reputation.

Als nun an diesem dumpfheißen Nachmittag – draußen trieben niedrig dunkelgraue Regenwolken über die Dächer – jemand an seine Türe klopfte, verschwendete er allerdings keinen Gedanken an Harrison, nicht einmal an Pamela dachte er. Er war entspannt, die ewig gleichen Geräusche aus seiner Praxis waren dabei, ihn einzuschläfern, Schlafbilder trieben schon durch seine Gedanken: Er saß in seinem Jeep (den er vor fünf Jahren verkauft hatte) und fuhr durch die Niederungen des weiten Tals von Chikwawa, trokkener brauner Busch, nur eine Ahnung von Rosa am Horizont. Es war kurz vor dem Beginn der Regenzeit, aber schon öffneten korallenfarben die Combretum Büsche ihre Blüten – fern am Horizont eine feine Staubbahn, näherkommend, sich weitend, die gelbe Savanne wie schnell dahineilende Wolken überziehend, und dann sah er sie: Tausende goldener Gazellen glitten in weiten Sprüngen lautlos dahin, Akrobaten der Savanne, hinweg über Büsche und Gestein, in endlosem Zug. Er saß in seinem Jeep und sah ihnen zu, und es war ihm, als setzte die Woge ihres stummen Dahingleitens sein Herz in Schwingungen, so daß ihm fast schwindlig wurde, und er meinte, mit ihnen dahinzufliegen, weit in die gelbe Steppe hinein, der rosafarbenen Ferne entgegen – dann zerriß ein Schuß die staubumwehte Stille, er wachte auf.

Da saß er auf seinem Charpoy und Balatschu klopfte heftig an die Tür:

»Öffnen Sie, Bwana«, rief Balatschu in diesem impertinent drängenden Ton, den er sich angewöhnt hatte, seitdem er des Doktors rechte Hand geworden war. »Öffnen Sie, Bwana, ein Constable möchte Sie sprechen.« Dr. Giovannoni erhob sich langsam und öffnete die Tür. Er streifte Balatschu mit einem strafenden Blick über seine Brillengläser hinweg, der sein Ziel jedoch verfehlte, denn der Constable hatte Balatschu schon zur Seite geschoben und die Türe hinter sich geschlossen.

»Setzen Sie sich, Constable«, sagte der Doktor und deutete auf einen wackligen Stuhl neben seinem Charpoy. »Was gibt mir die Ehre – kann ich etwas für Sie tun? Verdauungsbeschwerden, Kopfschmerzen?« Der Constable blieb stehen und schüttelte unwillig seinen Ameisenkopf.

»Eine Übersetzungsarbeit, Doktor«, sagte er, »portugiesisch, nehme ich an.« Er zog einen zerknitterten Zettel aus seiner Tasche, legte ihn vor Giovannoni auf den Tisch. Dr. Giovannoni strich den Zettel glatt und las:

»... censeo, Constabilem delendum esse. Ahaa«, rief er und richtete sich schnell auf seinem Charpoy auf (dieses ›Ahaa‹ drückte meist nachsichtige Überheblichkeit aus, diesmal begleitete es unmißverständlich freudige Erregung: »Ahaa, jemand, der seinen Cato kennt. Sehen Sie, Constable, als die alten Römer immer diese Unstimmigkeiten mit Karthago hatten, da hat ein Mann namens Cato ...«

»Sie sollen mir dies hier übersetzen, Doktor«, unterbrach der Constable rüde und trommelte ungeduldig ein Stakkato auf die Tischplatte, so daß Dr. Giovannonis Hunde, die bis dato ruhig auf seinem Bett zusammengerollt geruht hatten, knurrend die Zähne fletschten.

»Sehen Sie«, sagte Dr. Giovannoni, »meine Hunde mögen es auch nicht, wenn Sie mich unterbrechen. Ich kann Ihnen dies nicht übersetzen, ohne Ihnen zu erklären, was Cato damit meinte.«

»Verdammt«, sagte der Constable, »dann sagen Sie's endlich ...«

»Er pflegte jede seiner Reden mit diesem Satz zu beenden: ›Im übrigen glaube ich, daß Karthago unschädlich gemacht werden muß.‹«

»Was soll dieser Unsinn?« fragte der Constable, »wer ist das, Karthago ...«

»Es ist so etwas wie ein geflügeltes Wort geworden, Constable, Karthago war eine Stadt – natürlich heißen diese Ihre Zeilen nicht so, hier steht: ›... ich denke, daß der Constable unschädlich gemacht werden muß.‹ Das ›im übrigen‹ ist weggelassen worden, es will Ihnen da jemand an den Kragen, Constable ...« Dr. Giovannoni lachte, aber als er in des Constables Gesicht blickte, erfror das Lachen auf seinen Lippen. Der Constable sah ihn mit zusammengekniffenen Augen an, die violetten Lippen zitterten, eine Ader auf seiner Stirn pulsierte wie ein zuckender schwarzer Wurm. Er riß Dr. Giovannoni den Zettel aus der Hand, zerknüllte ihn in der Faust, Dr. Giovannoni kam es vor, als erwürge er etwas Lebendiges. »Dies ist grotesk«, dachte er, »dieser Bursche hat nicht einen Funken Humor – ein widerlicher Kerl.« Der

Constable warf nun einen letzten Blick auf Dr. Giovannoni, die immer noch ihre Zähne fletschenden Hunde, ein meckerndes Äffchen. Er schob den zerknüllten Zettel in seine Tasche, stieß mit dem Stiefel die Türe auf, auf die Straße hinaus folgte ihm das Gezeter des Äffchens – grimmig nahm er wahr, daß selbst die stumme Kreatur ihn zu verhöhnen schien.

Dr. Giovannoni sank auf seinen Charpoy zurück. Woher hatte der Constable diese Sentenz? Wer konnte überhaupt Latein in dieser Stadt? – Doch nur Harrison ..., und der konferierte ganz bestimmt nicht über einen schwarzen Constable. Oder doch? »Vielleicht«, dachte Dr. Giovannoni, »habe ich hier in ein Wespennest gestochen.« Sollte er Harrison davon unterrichten? Zum Teufel damit, soll der sich seine eigene Suppe auslöffeln – Dr. Giovannoni griff langsam nach seinem Vergil, das unangenehme Gefühl, das des Constables Besuch hinterlassen hatte, mit Poesie besänftigend.

66) *Irritationen im Government House*

Vor dem Government House griffen die Kronen der alten Flamboyant-Bäume ineinander und formten einen Filigranbaldachin, durch ihn sickerte zart korallenrotes Licht – Harrison ging über diesen rosa Teppich federnden Schrittes, selbstsicher, elegant. David blickte zwischen heruntergelassenen Jalousien auf ihn und dachte: »Wie macht er das nur, wie kann er bloß so beeindruckend distinguiert erscheinen – diese vornehme Dominanz –, ich wollte, ich hätte etwas davon.« Er wandte sich um, erblickte im Glas eines gerahmten Druckes die Wiederspiegelung seines Gesichtes, das hohlwangige Antlitz eines Mannes in den Dreißigern, unter den Augen tiefe Schatten, der Hals schmal, an den Seiten eingebuchtet, die Lippen lose, das schon schüttere Haar unordentlich in eine hohe Stirn hängend – den Hemdkragen geöffnet, die Krawatte seitlich verschoben, und dieser Blick: der Blick eines gejagten Jägers. Vorwurfsvoll blickte er auf sich, verzog dann den Mund zu einem kleinen Lächeln: Man konnte nicht aussehen wie Apoll, wenn man sich gerade eine Nacht um die Ohren geschlagen hatte. Er zog seine Krawatte zurecht und fuhr sich mit der Hand durchs Haar, er vernahm jetzt Harrisons Schritte draußen auf dem Parkett, gleichmäßige, bestimmte Schritte, von einem leisen distinguierten Knarren des Holzes begleitet. »Ein vornehmes Knarren«, dachte David, »selbst das Holz erweist ihm Reverenz.«

Harrison schloß mit einem bestimmten, jedoch sanften Ruck die Tür hinter sich – in seinem klimatisierten Office verlor sich der Lärm der Bettler, Kinder und Hunde, er ließ sich erleichtert nieder, dies hier war seine Welt. Es roch nach kühlem Leder – ein Geruch, der Jagderinnerungen heraufbeschwor. Von der Wand blickte ernst und vornehm Wellington aus seinem Portrait, im stahlblauen Rock, die eisblauen, etwas vorstehenden Augen in pulverdampfende Fernen gerichtet – »Nur eines ist deprimierender als der Sieg: die Niederlage« und »Waterloo ist auf den Spielfeldern Etons gewonnen worden« stand auf dem unteren Rand des Gemäldes – diese beiden Sentenzen Wellingtons hatte er, Harrison, selbst dort anbringen lassen. Er war stolz, Etonianer gewesen zu sein – schon mit neun Jahren war er dorthin geschickt worden, und nur alle drei Jahre durfte er seine Eltern sehen, eine harte Zeit für ein Kind, aber Eton hatte ihn für Oxford getrimmt. Wellington, Gordon, Kitchener, dies waren seine Männer, aber eben ganz besonders Wellington.

»Aah, David, guten Morgen, ist die Post schon da?«

»Hab sie eben geholt.«

»Irgendwas Interessantes?«

»Nur der DC aus Lorenzo Marques, er läßt fragen, ob wir noch einen Vorrat von diesem vorzüglichen Nuit de St. George haben – er offeriert uns für 20 Flaschen eine Kiste Garnelen – hat aber wenig Sinn, bevor unser Kühlraum nicht repariert ist – und das kann Wochen dauern.«

»Richtig, schreib ihm, wir senden den Nuit St. George und erwarten seine Garnelen zu Weihnachten. Sonst noch was?«

»Ja, wieder mal Schwierigkeiten mit Bicycle – wir sollten uns da etwas zurückhalten, wir überfordern seine Bildungskapazitäten – er hat in seinem Raum einen lateinischen Spruch aufgehängt und dazu geschrieben, daß jeder, der ihn übersetzen kann, 10 europäische Briefmarken bekommt – natürlich war ich höchst interessiert, aber leider kann ich kein Latein – eine blamable Geschichte für mich, Harrison. Ich habe bei Bicycle sehr an Ansehen verloren ...«

»Verdammt, ich hoffe, Sie haben den Zettel entfernt, ... hat dieser Bastard noch nie etwas von einem Briefgeheimnis gehört? David, das ist nicht mehr komisch ...«

»Ich habe eben versucht, ihm darüber einen Vortrag zu halten, aber Bicycles Logik ist leider der meinen überlegen, er sagt, er kann ein Geheimnis nicht wahren, das er nicht kennt. Mit diesen lateinischen Botschaften erschweren Sie ihm das Leben beträchtlich, Harrison.«

»Zum Teufel, mir ist nicht zum Scherzen zumute, wir werden doch noch mit einem schwarzen Postbeamten fertigwerden, der Kerl muß weg, David ...«

»Ganz ausgeschlossen, Keith, Bicycle hat elf Kinder, Sie können ihn nicht auf die Straße setzen, außerdem hält er die Welt von uns – er war sehr enttäuscht, daß meine Übersetzungskünste diesmal versagten –, ich war leider so perplex, daß ich nicht mal eine meiner üblichen blöden Erklärungen parat hatte. Immerhin, der Zettel ist weg.«

»Frag ihn, ob sich jemand für seine Briefmarken interessierte ...«

»Hab' ich – nur ein Constable, sagte er, und der hätte sich den Text notiert, aber zurückgekommen sei er nicht mehr. Darf man wissen, was dieser kryptische Text bedeutet?« Harrison strich über seinen Malachitbeschwerer, polierte ihn mit seinem Jackenärmel, stellte ihn, sich Davids Beobachtung bewußt werdend, schnell wieder auf seinen Platz.

»Ein Text von Cato, nur ein Zitat.«

»So, so, Cato, und wer war das?«

»Ein römischer Senator, aber die Sache ist unwichtig.«

»Na ja, dann brauchen wir uns ja nicht weiter aufzuregen.« Harrison sah ihn mit dem kalten Blick eines Lustmörders an. »Nein«, sagte er.

Wieder allein, blickte er lange auf Wellingtons Portrait: »Man kann in die Geschichte eingehen, wenn man einen Napoleon zum Gegner hat, da hattest du Glück«, sagte er leise zu ihm, »was aber hättest du wohl in den Scherben eines Empires bewirkt, mit verrückten Postbeamten, geldgierigen schwarzen Politikern und respektlosen Angestellten zu verhandeln genötigt ... – Ich gehöre nicht in dieses 20. Jahrhundert, ich wollte, ich hätte in deinem gelebt ...«

67) Unsicherheiten

Über dem Garten lag süß Frangipanniduft, durchweht von dem sumpfigen welkender Strelitzien, die späte Nachmittagssonne zitterte violett in den Jacarandabäumen, ihre wirren Schatten berührten schon die Mauern des Hauses. Eine Katze glitt schläfrig über den gelben Rasen, sonst rührte sich nichts, nicht einmal die filigranen Blätter der Flamboyants jenseits der Gartenmauer. Auf der Terrasse saß, die Hände hinter dem Kopf verschränkt, Pamela, ein schon halb zu Boden geglittenes Exemplar der Lalinga Times auf dem Schoß. Sie dachte ein wenig müde, ein wenig unzufrieden über die Versammlung des ›White Women's Club for African Welfare‹ nach, von der sie soeben nach Hause gekommen war. Wie so oft in der letzten Zeit empfand sie, wie überdrüssig sie dieser Frauen war, die sich wichtigtuerisch über die Belange der Schwarzen unterhielten, »als gehörten die Menschen hier einer unmündigen Schulklasse an«, hatte sie vor kurzem zu Harrison gesagt, »oder müßten gehegt werden wie Nutztiere ...« Er hatte darauf erwidert:

»Ich bitte dich, du tust ja, als befänden wir uns mitten in Josef Conrads ›Heart of Darkness‹, du hast es hier nur mit ein paar harmlosen Do-gooders zu tun, die nicht Mutter Theresa sind, und den Menschen hier gegenüber ihre meist fragwürdige Überlegenheit auskosten ...«

Pamela nahm die Lalinga Times auf, las ein paar Zeilen, seufzte, legte sie wieder beiseite. Nie waren ihr zu den Zeiten Moisches solche Gedanken gekommen. Doch mit Moische war eben alles sehr einfach gewesen, was immer sie unternahm, er war stolz auf sie und absolut von der Nützlichkeit ihres Tuns überzeugt. Skeptische Zweifel, wie Harrison sie hegte, waren ihm fremd. Aber Moische hatte auch Flucht bedeutet: Sie wußte, daß sie mit ihm die Gesellschaftsschicht, der ihre Familie angehörte, nur zu gerne verlassen hatte. Mit Moische war das Leben leicht und unkompliziert geworden – daß ihren Freunden in England diese Ehe als eine amüsante, jedoch unmögliche Mesalliance erschienen war, kümmerte sie wenig. Moische scherte sich nicht um Konventionen, und Pamela vermißte sie nicht. Gewiß war da manchmal ein leichtes Zurückschrecken gewesen, wenn sein Lachen gar zu laut geklungen, seine Tischmanieren zu auffällig sich zeigten und seine Gesten denen eines jovialen Maffiabosses glichen. Überraschend mühelos war sie mit Harrison wieder zurückgeglitten in das ihr angeborene Ambiente, in die Leichtigkeit einer Konversation, die es sich zur Pflicht machte, das Leben elegant zu persiflieren, tiefschürfende Gespräche beinahe als schlechten Geschmack empfand und eine elegante Formulierung, ein literarisches Bonmot, über alles zu schätzen wußte. Sie fühlte sich in diesem ihrem alten Ambiente wieder zuhause, nur manchmal stieg ein Hauch von Schuldbewußtsein auf, dessen Ursache sie aber nicht hätte definieren können. War es denn wirklich so, daß man seiner Vergangenheit nie entrinnen konnte, sich am Ende immer auf den von unserem Herkommen vorgezeichneten Straßen bewegte? »Wie undankbar ich bin«, dachte sie. Harrison, der elegant auf der Oberfläche des Lebens zu schweben, und den so oft Poesie weit mehr als das wirkliche Leben zu bewegen schien – wenn er sie auch zuzeiten mit seiner Ironie irritierte und seinem unbeirrbar überlegenen Gleichmut – so wußte sie doch, daß diese Oberfläche eine sympathische Sensibilität verbarg.

Eben näherte sich eine Limousine, langsam, um so wenig Staub wie möglich aufzuwirbeln, kroch das schwere Gefährt den Hügel hinauf, Kinder liefen neben ihm her, der Chauffeur, sich aus dem Fenster beugend, schrie: »Choka.« Auf dem Gartenweg knirschte leise der Kies, zwei Gartenboys, an Beeten kauernd, richteten sich auf: Harrison, im beigen, eleganten Zweireiher und gelbem Panama war immer wieder ein aufregendes Erlebnis. Er nickte ihnen zu, blieb einen Augenblick stehen, bemerkte die anmutige Gestalt auf der Veranda und lächelte: Die bösen Geister, die auch ihn an diesem heißen Spätnachmittag heimgesucht, verließen ihn bei Pamelas Anblick. Er hatte auf dem Weg zu ihrem Haus einen Umweg durch die Shantis genommen, und wie schon wiederholt in den vergangenen Monaten, eine wohlbekannte Bedrückung empfunden, die, wie er wußte, der Erkenntnis zuzuschreiben war, daß sich in den vergangenen dreißig Jahren in diesem Land wenig geändert hatte ... »Was ist schon geschehen«, dachte er auch heute wieder, »was haben wir sie gelehrt ... wir haben Gartenboys zu Köchen befördert, Köche zu Chauffeuren ..., wir haben versäumt, sie auf die Aufgaben der Unabhängigkeit vorzubereiten.«

Auf der Treppe zur Veranda stand Mohammed, Pamelas Koch, in blütenweißer Uniform und mit weißen Handschuhen. Harrison nickte ihm zu und eilte die Treppen zur Veranda hinauf. Er beugte sich über Pamelas Stuhl, küßte ihre Hand.

»Nun, wie war es in deiner Frauenversammlung?«

»Ach, ich war nicht sehr aufmerksam. Aber da war doch vielleicht etwas, das mich interessieren könnte: Es ist beschlossen worden, in der Schule einen klassischen Musikunterricht einzuführen, Mozart, Beethoven und so weiter ...«

»Ist das denn eine gute Idee ... klassische Musik ... unsere Musik?«

»Gerade klassische Musik. Sie weist einen direkten Weg zu uns – und überhaupt: Durch Musik, die aus Gefühlen besteht, können wir sie erreichen, sie werden verstehen, daß unsere Art zu fühlen der ihren sehr ähnlich ist.«

»Aber greift ihr da nicht ein wenig zu weit in europäische Traditionen ein, wie sollen sie gerade klassische Musik ohne die geschichtlichen Hintergründe, den Zeitgeist europäischer Jahrhunderte verstehen.«

»Ach, Keith ... der Zeitgeist ... Sturm, Regen, Sonne, Liebe, Trauer, Tod ... was gibt es da zu verstehen? Die Traditionen mögen noch so verschieden sein, die Gefühle bleiben die gleichen ...«

»Nun, wenn es dir Spaß macht ...« Sollte sie ihm sagen, daß gerade heute sie etwas wie Lähmung überkommen hatte, ... etwas, das auch mit seiner Person zu tun hatte ..., aber er hätte wohl nur darüber den Kopf geschüttelt, sie mit amüsiertem Lächeln und liebevoller Toleranz betrachtet.

Sie gingen ins Haus, durch die herabgelassenen Jalousien fielen gelbe Sonnenstreifen und malten auf Pamelas Möbel honigfarbene

Flecke. Das große Zimmer, spärlich möbliert, fast leer, hob sich beruhigend ab von der fast üppigen Atmosphäre der anderen Räume des Hauses, denen alte Portraits und Moskowiczs Africanas Schwere verliehen. Harrisons Blick glitt über einen chinesischen Teppich hinweg auf einen großen Flügel, auf dessen schwarzem Grund sich eine Vase korallenfarbener Flamboyants wie in dunklem Wasser spiegelte. »Es ist ein schönes Zimmer«, dachte er, »es paßt zu ihr ...«

»Denkst du etwa auch an Musikstunden, Klavier oder so etwas ...?«

»Nun ja, ich habe daran gedacht, ich könnte Kinder hier im Haus unterrichten, ich habe doch einen Flügel ...« Harrison ging hinüber zum Klavier, setzte sich auf den Hocker und schlug den Deckel auf.

»Du wirst da natürlich sehr erfolgreich sein, mit ›Elise‹ wirst du beginnen –«, er schlug ein paar Takte an, »darüber bin ich übrigens nie hinausgekommen – und bei Schönberg enden.« Er schwang sich auf dem Hocker Pamela zu, lächelte, »und eines Tages werden wir in der Wigmore Hall einen deiner Schüler spielen hören. Und dann lesen wir im Guardian, daß es Pamela Harrison war, die ihn vor vielen Jahren in Mulanje protegierte ...« Pamela schüttelte den Kopf.

»Warum mußt du bloß immer so spöttisch sein ...« Sie goß ihm eine Tasse Tee ein, stand auf und holte eine Karaffe mit Whisky. »Ich kann das einfach nicht verstehen«, sagte sie. »Eben habe ich in der Lalinga Times gelesen, welch großartiger Mann Mpembwe ist, da wird ein Mann über alle Maßen gepriesen, zum Präsidenten des Landes vorgeschlagen, der offensichtlich nicht dazu geeignet ist – so etwas müßte doch verhindert werden können ...«

»Pamela«, sagte Harrison, seine Hand auf die ihre legend, die kühl war und trotz der Hitze sich angenehm trocken anfühlte. »Dieses Land erhält zum ersten Mal demokratische Wahlen. Jede Einmischung wäre Bevormundung. Das Volk wählt, verstehst du, und sie werden Mpembwe wählen. Er hat ihnen das Blaue vom

Himmel versprochen – wenn er die Ratte ist, für die ich ihn halte, werden sie es zu spät bemerken.«

»Die Herren gehen und die Ratten kommen.« Harrison lächelte:

»Es schien mir, als hätte eine gewisse Betonung gleichermaßen auf den Herren wie den Ratten gelegen, aber du hast recht, die Herren waren auch nicht besonders. Sie haben schlecht und recht ihre Pflicht getan, sie haben sich amüsiert, sind auf die Jagd gegangen und haben zu viel getrunken. Aber sie haben wenigstens in diesem Teil Afrikas Hungersnöte und Schlachtfelder verhindert. Das ist doch auch etwas.«

»Ich wollte, diese Wahl wäre vorüber – es ist bald Weihnachten. Wie schön, wenn wir da zu Hause sein könnten ... Londoner Straßen, zarter Nebel über der Stadt, offene Feuer in den Pubs ...«

»Abends am Kamin sitzen und in Büchern blättern, alten Bänden aus Buchantiquariaten ...«

»In die Theater gehen, durch Museen schlendern ...«

»Bald wird es soweit sein ...«

»Aber wir werden uns zurücksehnen ... besonders du, der du hier geboren wurdest. Und dann, was geschieht mit den Kindern hier?«

»Alles wird weitergehen, wer kann heute schon sagen, wie ...« Pamelas Anteilnahme rührte ihn. Er war in diesem Land geboren worden, er liebte es, seine Menschen waren ihm vertraut. Aber nun, da er es bald verlassen würde, war da dieses bedrückende Gefühl der Unzulänglichkeit, des Zurücklassens loser Fäden.

»Bald wird alles vorüber sein, die Verantwortung wird von uns genommen werden, und sollte danach das Chaos kommen, werden sie die wunderbare Entschuldigung haben, daß wir es verursachten.« Wieder überkam ihn dieses schwere Gefühl schuldhafter Ohnmacht. »Warum aber, zum Teufel«, dachte er sogleich, »sollte ich mich schuldig fühlen?« Er ging, eine Hand in der Hosentasche, in der anderen eine Zigarette, zum Fenster. Die Jacarandas leuchteten unwirklich violett im Licht des späten Nachmittags. Gleich würde es dunkel sein.

»Wie schön deine Jacarandabäume sind, und dieser herrliche blaue Blütenteppich darunter.«

»Sie haben heuer eine ganz besondere Farbe, es ist Rot in ihrem Blau, als wäre Blut hineingemischt ...«

»Das Blut der Revolution ...«

»Es wird kein Blut geben, Keith, nicht hier, nicht in diesem friedlichen Land. Ich bin heute morgen in eine ihrer Demonstrationen geraten, sie riefen immer wieder ›Freiheit, Freiheit ...‹ und ›Friede‹.«

»Friede – als ob der Mensch jemals Frieden wollte. Er braucht dieses Wort, um seine Grausamkeiten zu rechtfertigen, Friede liegt nicht in seiner Natur. Noch in Hunderten von Jahren werden sie sich mit diesen Worten herumschlagen ..., immer neue Generationen, immer dieselbe Heuchelei.«

»Und immer wieder dieselben wundervollen Jacarandas ...« Harrison sah sie lächelnd an – da stand sie nun vor ihm, so vollkommen in ihrer Erscheinung, wie nur guter Geschmack und ein makelloser Körper es zuwege brachten, und er wußte, daß, wäre sie weniger anziehend gewesen, hätten ihn ihre Wohltätigkeitsbemühungen, diese in persönliche Details gehenden Versuche der Menschenliebe und Güte so sehr irritiert, wie sie ihn nun rührten ... Aber Pamela hatte Verstand, Witz, war belesen ... Und was wäre all dies (so bahnte sich seine wahrheitsgetreue Stimme ihren Weg in seine Gedanken), was wäre es ohne diesen schönen Körper, dieses reizvolle Gemmengesicht? »Aber das ist ja geradezu«, dachte er ungehalten, »als müßte ich ein schlechtes Gewissen haben, daß ich sie auch liebe, weil sie körperliche Vorzüge hat.«

Dies war offensichtlich ein Nachmittag der Unzufriedenheit. Jeder Gedanke schien ihn heute zu irritieren – und dies um so mehr, als er gewöhnlich über Dinge, die sich jenseits der Realität befanden, nicht sehr profund nachzudenken pflegte. Er zündete sich eine Zigarette an, summte zerstreut ein Noel Coward Lied, ging langsam auf die Veranda hinaus und schaute über den Garten, den das späte Nachmittagslicht vergoldete. Die Hitze stand noch flimmernd über dem Rasen, sonst rührte sich nichts, über allem lag stiller Gleichmut.

Tief atmend nahm er die Beruhigung des Gartens in sich auf – als plötzlich ungestüm flatternd zwei große schwarze Vögel in das Geäst eines Baumes fielen, sich ungelenk darin verfingen, so daß es war, als hätte der Himmel selbst sie abgestoßen, sie in einem Akt rätselhafter Strafe zu vernichten gesucht. Etwas Fremdes, Gefährliches schien in die Stille des Gartens eingedrungen, und wieder überkam ihn dieses seltsame Unbehagen, das beinahe Trauer war. Lange stand er so, sah in der schnell einfallenden Dunkelheit das Blau der Jacarandas zu dumpfem Grau verglimmen, wandte sich erst um, als er Pamelas Schritte hinter sich vernahm. Es war nun ganz dunkel geworden.

Pamelas Boy betrat das Zimmer, ging lautlos, ohne sich umzusehen, über den Teppich und schloß die Vorhänge.

68) *Kollegen unter sich*

Balatschu, Dr. Giovannonis Boy betrieb eine kleine Pharmazie in einem Hinterhof des Shanti-Viertels. Die Geschäfte gingen leidlich, konnte sich Balatschu doch dank der literarischen Ambitionen seines Herrn, die Zeit und Muße verlangten und von Nichtigkeiten nicht gestört werden konnten, fast ungehindert aus des Doktors Beständen bedienen – nur selten nämlich bequemte sich Dr. Giovannoni zu einer Kontrolle seiner Bestände – er wanderte dann, sich durch Kopfschütteln und gelegentliches sanftes Schnauben den Anschein ernsthafter Betrachtung verleihend, zwischen den Regalen hin und her, stirnrunzelnd ein mit farbiger Flüssigkeit gefülltes Fläschchen aufnehmend, dann wieder zählend mit dem Zeigefinger über aufgestapelte Pillenschachteln fahrend. Die Einheimischen liebten Farbe in ihren Medikamenten, und Balatschu verstand sich darauf, den diversen Grippe-Wassern, Ohrentropfen und antiseptischen Flüssigkeiten heitere Farbtöne beizumischen: den roten Puder des Lippenstiftstrauches etwa, oder den gelben Pollenstaub wilder Lilien. Auch ob dieser Verfeinerung der Medikamente betrachtete Balatschu sein Recht der Selbstbedienung als ein verbrieftes, und Kontrollen der Art, wie sie heute wieder einmal von Dr. Giovannoni vorgenommen wurden, als ehrenrührigen und beleidigenden Verstoß gegen etablierte Ordnung. Glücklicherweise fanden solche Bestandsaufnahmen höchst selten statt – doch waren insbesondere in den vergangenen Tagen von Father Ricardo substantielle Zuwendungen eingetroffen, Zuwendungen, deren Kontrolle, so fand der Doktor, zum Anlaß genommen werden konnte, wieder einmal auf die legitime Rangordnung im Hause hinzuweisen.

So befingerte er denn, von Balatschu argwöhnisch beobachtet, umständlich Verpackungen, hob, die Augen hinter den dicken Brillengläsern zu faltenumwobenen Schlitzen verengt, Fläschchen gegen das Licht:

»Wieder einmal keine Malariaprophylaxen vorhanden«, sagte er schließlich erleichtert, einen Mißstand entdeckt zu haben (verdammter Balatschu, stand dort unter der Tür wie Nemesis selbst! Höchste Zeit, ihn merken zu lassen, wer der Boss im Hause war!). Doch jahrelange Charakterstudien seines Herrn hatten Balatschu gelehrt, wie Vorwürfen solcher Art zu begegnen war:

»Die Regenzeit ist da«, sagte er in sanftem Ton, »die Moskitos ..., Malaria überall, jeder will die Pillen ..., auch mein Kopf tut weh, es kann sein, daß ich eine Malaria bekomme und vielleicht morgen nicht kommen kann ...«

Drohungen dieser Art wirkten gewöhnlich Wunder. Die Praxis allein zu bewältigen, war Dr. Giovannonis Alptraum. So entfernte er sich denn auch diesmal schnell von den Regalen, strich sich abwesend durchs wirre graue Haar, lächelte:

»Schon gut, Balatschu – scheint alles in Ordnung zu sein.«

Balatschus hochsensible Natur – ein Erbe seines Amharenstammes, der, in exzessiver Höhe daheim, in steter fragiler Nervosität lebt – beruhigte sich. Von einem kleinen, auf die Straße weisenden Fenster wurde eine sich nähernde Staubwolke sichtbar, und obgleich sich in ihr noch nichts Definitives abzeichnete, rief Balatschu freudig:

»Father Ricardo!« Ein ratternder Auspuff bestätigte des Fathers und neuer Medikamente Ankunft. Balatschu und die Hunde eilten hinaus, Pakete wurden ins Haus geschleppt, Dr. Giovannoni stellte Gläser auf den Tisch.

»10 Pakete Deraprim«, sagte der Father seufzend, sich mit einem riesigen Taschentuch den Schweiß von der Stirn wischend, »10 Aspirin, 20 Placebos, macht 4000 Pillen für Sie – nächste Woche bringe ich mehr. Das müßte dann eine Weile reichen.«

Im Raum schlug dem Father der Geruch von Durian-Früchten entgegen, süß und faulig. Der Plastikvorhang zum Duschraum war zurückgezogen, am Wasserhahn ein Äffchen angekettet, das mit weisem Greisengesicht auf die beiden blickte. Es hielt ein Stück Durianfleisch zwischen den Zehen und zerrte mit den Händen an der Kette um seinen Hals.

»Ein Patient hat das Äffchen gebracht«, sagte Dr. Giovannoni, dem Tier zart die Fingerchen von der Kette lösend, »er konnte nicht zahlen. Ich wollte es nicht nehmen, aber es hat sich losgerissen und unter meinem Charpoy versteckt – nun ist es da –, überraschenderweise tolerieren es die Hunde. Ich mache es gerade stubenrein – eine Dusche ist da sehr nützlich.« Das Äffchen klatschte die Durianfrucht an die Kachelwand und keckerte, das Gesicht vorgereckt, Augenwülste drohend auf- und abzuckend, den Father zornig an. Father Ricardo betrachtete es mit unverhohlener Abscheu.

«Stubenrein? Einen Affen? Den werden Sie nie sauber bekommen, wie konnten Sie sich einen Affen aufhalsen ...«

»Affen sind literarische Tiere«, entgegnete Dr. Giovannoni, er schenkte, das zeternde Äffchen jetzt auf dem Arm, dem Father ein Glas Ballantine ein. »Von den alten Ägyptern und Indern wurden sie angebetet, der Mensch erkennt seine Ureigenschaften in ihnen, die er gerne als göttlich betrachtet ... Manchmal – nehmen Sie mir's nicht übel, Father –, wenn ich dieses possierliche und intelligente Tierchen beobachte, kommt mir der Gedanke, daß Gott sich den sechsten Schöpfungstag hätte ersparen können ... alte Zivilisationen waren von Affen fasziniert, auch Plinius erwähnte sie oft in seinen Schriften ... und weil ich gerade bei den Römern bin, wissen Sie, was mir ein Constable hier brachte und bat zu übersetzen: Catos geflügeltes Wort ›Ceterum censeo‹, jemand hatte es anscheinend auf ihn selbst, den Constable, gemünzt, denn statt ›Carthaginem‹ stand da ›Constabilem‹ – der Scherz fiel auf fruchtbaren Boden, der Constable was not amused ...«

»Verdammt, wie kam der Constable zu dieser Depesche? Er hat es aus einem Tele, das an Dale ging. Die Depesche war von Harrison, er liebt es, seine Botschaften in Latein zu verschlüsseln – aber wie kam der Constable zu der Depesche?«

»Keine Ahnung«, sagte Dr. Giovannoni, »ich habe ihm das Zeug übersetzt, und er rannte wütend davon ..., macht Harrison nun Geschäfte mit einem schwarzen Constable? Hat ihn der Constable etwa übers Ohr gehauen?« Das Äffchen hatte sich unter des Doktors streichelnder Hand beruhigt, sein Kopf ruhte, die Augen geschlossen, die Stirn in genußreiche Falten gelegt, an des Doktors Schulter.

»Das muß Dale erfahren ...«, murmelte der Father, »und Harrison.«

»Trinken Sie«, sagte Dr. Giovannoni und goß ihm nach, »was gehen uns Harrisons Probleme an, es sieht ihm übrigens ähnlich, so bekannte Worte zu benutzen, ein guter Lateiner würde gerade davor zurückschrecken ... Freilich, auf seiner exklusiven Privatschule werden sie ihm wohl nicht allzuviel beigebracht haben – außer den Grenzen des Empires, in dem die Sonne nie untergeht ...«

»Was haben Sie bloß gegen Harrison, er ist doch ein sehr angenehmer Mensch.«

»Etwas stimmt mit ihm nicht, jemand, der in dieser Hitze in Seidenhemden herumläuft ... Die Sache mit diesem Constable – vielleicht führt Ihro Gnaden ein Doppelleben?« Der Father lachte. Es wunderte ihn, daß Giovannoni nicht mitlachte, sondern sich mit mürrischem Gesicht abwandte.

»Warum kümmere ich mich eigentlich um ihn«, dachte er, »er ist ein hoffnungsloser Fall, seine Praxis eine Katastrophe. Und er langweilt mich mit endlosen Vorträgen über Vergil und Sophokles. Ja, warum kümmere ich mich um ihn, der sich in der Gesellschaft von Hunden, Affen und einem schlampigen Boy weitaus wohler fühlt, als unter zivilisierten Menschen? Er ist ein Versager. Und genau das wird es wohl sein, was mich immer wieder zu ihm zieht: die Kameraderie der Versager.« Der Father seufzte, das Äffchen in Dr. Giovannonis Arm gab zarte Schnarchtöne von sich. Dr. Giovannoni nahm vorsichtig, um es nicht zu wecken, sein Whiskyglas auf. »Und doch ist er ein Gentleman«, dachte der Father, »heruntergekommen wie er ist, rührt er Kachasu nicht an, sein Whisky ist vom Feinsten.«

Balatschu hatte während des Fathers Besuch befriedigt die gelieferten Waren betrachtet, die Pakete geöffnet und geschickt sein eigenes Kontingent abgezweigt. Er blickte zufrieden über die gefüllten Regale. Die Ordnung war wieder hergestellt.

69) *Düstere Vorbereitungen*

Der Constable ging durch die Straßen Lalingas. Es war Nacht, nur ein halber Mond stand am Himmel und warf einen grauen Schimmer über die Straße, durch offenstehende Türen fiel gelb elektrisches Licht – je weiter der Constable sich von der Innenstadt entfernte, um so spärlicher wurde es, bis endlich nur noch Kerosinfunzeln schwach aus dem Dunkel blinkten. Bald folgte er verschlungenen, von Dornbusch gesäumten Pfaden, die endlich in eine breite Schotterstraße mündeten, auf der die schwarzen Schatten der Jacarandabäume sich über ihm schlossen und das Mondlicht verdrängten. Er folgte dieser Straße hügelan, bald hüllte ihn ölig süßer Frangipanniduft ein: er war im Viertel der Weißen angelangt.

Die Säulen weiter Terrassen, weiß im Mondlicht, blickten hochmütig auf die in irrlichterndem Dunkel liegende Stadt hinunter, der Constable ging nun langsamer, betrachtete hin und wieder ein Eingangstor, blieb endlich vor einem Garten stehen, aus dem das Blechdach eines großen Bungalows weiß wie Schnee leuchtete, und die Äste alter Frangipannibäume wie bleiche Gerippe im Mondlicht standen. Jenseits der Mauer konnte der Constable die Schritte eines Wachmannes durch raschelndes Laub vernehmen, irgendwo schnarrten Frösche.

Der Constable stieß ärgerlich die Luft aus geblähten Nüstern –

»Verdammt«, sagte er leise, »es muß Mitternacht sein, und er ist immer noch wach – solche Wachsamkeit wird ihm übel bekommen.« Er folgte jetzt einer niederen, mit Glasscherben gespickten Gartenmauer bis zur Rückseite des Hauses und fand ein Staketentürchen, das in den Compound der Boys führte. Er ging zwischen weißgetünchten Hütten und wirr aufgestapeltem Holz, hörte den Wachmann husten, wartete, bis alles wieder still war – dann näherte er sich der Veranda des Hauses, stieg ein paar Stufen zu ihr hoch. Sie war breit wie ein geräumiges Zimmer, Türen und Fenster führten auf sie hinaus, weiß gestrichene Bambusmöbel spiegelten sich matt auf einem gewachsten Boden – langsam ging er um das Haus, lauschte, immer auf die Schritte des Wachmannes achtend, an Türen und Fenstern, und war erst zufrieden, als er hinter einem der vergitterten Fenster leises Atmen vernahm. Daraufhin wandte er sich um, zählte die Fenster, merkte sich jenes besondere. Nun ging er zurück durch den mondbeschienenen Garten, vor ihm flatterte ein Nachtvogel auf, in den Hütten der Boys wurde ein Hund wach und begann zu bellen. Der Constable fluchte leise, nur einige Meter entfernt hörte er die Schritte des Wachmannes und wußte nun, daß er die Türe, durch die er gekommen, nicht unbemerkt erreichen würde. Kurz entschlossen schwang er sich über die Mauer, verletzte sich eine Hand an den Glassplittern, und wenn er nun bisher diesen Erkundungsgang mit der sicheren Agilität eines Somnambulen bewältigt hatte, so brachte die Wunde an seiner Hand wie ein Dolchstoß den beißenden Schmerz seiner Wirklichkeit wieder. Die verletzte Hand zu einer Faust geschlossen, ging er nun schnell der Stadt entgegen, klebriges Blut füllte seine Hand, es war ihm, als flösse Schmerz durch alle Adern seines Körpers, wohltuend gleich endlich befreiten Zornes. – Und im Rhythmus dieses pochenden Schmerzes sagte er vor sich hin:

»Unschädlich ..., unschädlich wie Ungeziefer.«

Die Stadt lag nun in tiefem Dunkel, nur ein paar Hunde bellten noch: Hier und da ein langgezogenes Heulen, dem das Kläffen der Meute folgte. Und während der Constable durch die verlassenen Straßen ging, kamen die alten Bilder wieder, Bilder, die einmal geschmerzt hatten, ihm aber nun schon lange nichts mehr anhaben konnten: Es war ein Haus wie dieses dort oben in den Hügeln, die Veranda, die er eben verlassen, brachte die Bilder zurück: Weiße Bambusstühle auf einem rot gewachsten Boden, der Duft von Frangipannis schwer über dem Garten, auf eben einer solchen Veranda hatte er gestanden, als ein kleines weißgekleidetes Mädchen ihm sagte:

»Du darfst nicht mit ins Haus, denn du bist schwarz. Und schwarze Kinder darf ich nicht mit nach Hause bringen.« Dies war der Moment, in dem ihm klar geworden war, daß es Weiße gab, die ihn ob seiner Hautfarbe verachteten, und er war sofort entschlossen gewesen, sie wieder zu verachten.

Schon in der Dorfschule war er durch Intelligenz aufgefallen, darob in die Missionsschule gekommen, wo weiße und schwarze Padres zusammen unterrichteten, und wo auch ein paar weiße Kinder am Unterricht teilnahmen, meist Kinder von Pflanzern, die weitab von der Stadt wohnten. Damals half er dem kleinen Mädchen bei den Hausaufgaben, nach der Schule saßen sie zusammen im Garten der Mission, er selbst, zwölfjährig, mager, ehrgeizig, wildäugig, sein Atem nach geröstetem Mais und roten Bohnen riechend, die rosa Handflächen vom Holzfällen schwarz gerillt.

»Du hast Hände wie eine Meerkatze«,sagte das kleine Mädchen zu ihm, »oben schwarz und unten rosa.«

»Ja«, hatte er geantwortet, »und ich kann auch wie eine Meerkatze klettern.« Und war schnell den Eukalyptusbaum, unter dessen gesprenkeltem Schatten sie saßen, hinaufgeklettert, soweit hinauf, daß sie ihn kaum mehr sehen konnte.

Damals begleiteten ihn ihr blondes Haar, die blauen Augen oft in seine Träume. – Dann endete die Missionsschule, die Eltern des Mädchens zogen in die Stadt, etwas später auch er, als er sich dem Polizeidienst anschloß und dort in die Lehre ging. Und weil er immer noch sehr oft an sie dachte, suchte er das Haus ihrer Eltern, einen großen weißen Bungalow am Rande der Stadt, von einer weiten Veranda umschlossen, inmitten eines nach Frangipanni duftenden Gartens – in freudiger Erregung war er die Stufen hinaufgeeilt, und da hatte er sie dort getroffen, in ihrem weißen Kleid und der rosa Schleife im Haar, hochmütig ihm eine kleine Hand reichend, sie dann schnell zurückziehend, als habe sie etwas Verbotenes getan:

»Ich darf keine schwarzen Kinder ins Haus bringen.« Wenn sie damals wenigstens mit ihm die Stufen zurück in den Garten gegangen wäre, ein paar bedauernde Worte gefunden hätte – aber sie stand nur da und wartete, daß er sich entferne, und er tat es schnell, gehetzt, wie ein Tier, das die Peitsche erwartet. Später traf er sie noch einige Male in der Stadt, da war sie schon erwachsen, kaufte ein, stieg, von einem Boy, der ihre Sachen trug, begleitet, ins Auto, um von einem schwarzen Chauffeur nach Hause gefahren zu werden. Immer erkannte er sie schon von weitem an ihrem hellen Haar, das nun noch blonder geworden war, und wenn er auch den Anschein erweckte, als sähe er sie nicht an, so prägte er sich doch jede Einzelheit ihrer Erscheinung ein, er kannte den Schmuck, den sie gewöhnlich trug, und die Art, wie ihre langen Perlenohrringe um das schmale weiße Gesicht pendelten. Perlen wurden in diesen Jahren von allen weißen Frauen getragen, es war die Zeit der Perlen – man trug sie auf Pullovern, des abends mehrsträngig um den Hals –, zu ihr paßten sie besonders gut, sie unterstrichen ihre Blondheit. Wenn er an sie dachte, so sah er sie mit diesen pendelnden Ohrgehängen, elegant, unnahbar. Nie gab sie das geringste Zeichen, daß sie ihn erkannte – sie war die erste Wunde, die lange nicht verheilte, die erste von vielen, die folgen sollten. Und ein seltsamer Haß, den er von Jugend an auf alles Getier verspürt hatte, Getier, das in dem Dorf, in dem er aufwuchs, ›Nyama‹, Fleisch, genannt wurde – ob es Hunde, Affen oder Ratten waren, übertrug sich auf alle Weißen.

Dieser Haß und später die Zugehörigkeit zur Congress Party, die die Macht der Weißen vernichten würde, wärmte ihn. Als er seine Polizeilehre beendet hatte, schloß er sich den Frelimos in Mozambique an, und als er von dort zurückkehrte, hatte sich sein Haß zu einem steten, kalten Vernichtungswillen gewandelt – Mozambique war die Zeit der Stählung.

Er war als Achtzehnjähriger dorthin gegangen, hatte sich den Rebellen angeschlossen, die das portugiesische Regime stürzen wollten, und in ausgedörrtem Busch oder feuchten, malariaverseuchten Regenwäldern vegetierten, hin und wieder von russischen Flugzeugen Waffen und Verpflegung abgeworfen bekamen – hier lernte er schnelles, effizientes Töten – er schoß auf Menschen mit der gleichen Leichtigkeit, mit der er Tiere erlegte, und wenn in der ausgebrannten Öde des Busches weder Gazellen noch Buschhühner aufzuspüren waren, so drangen seine Leute wohl auch plündernd in die Eingeborenenhütten und schreckten auch vor Kannibalismus nicht zurück.

Daran, allerdings, erinnerte er sich nur ungern, er hatte sich immer vor Menschenfleisch geekelt, es schmeckte süß, hatte etwas Verwesendes an sich.

Dann, als er von der Congress Party in seinem eigenen Land hörte, und der Wahrscheinlichkeit von Mpembwes Machtergreifung, war er heimgekehrt und hatte sich sofort dieser Partei angeschlossen. Er war schnell vorwärtsgekommen, er konnte mit dem Schießeisen besser umgehen als jeder andere, seine Augen waren scharf, seine Auffassungsgabe schnell. Er erfuhr zwar, daß Mpembwe nicht viel vom Kommunismus hielt, doch bedeutete ihm dies nichts, Ideologien waren unwichtig, nur das Ziel zählte: die Freiheit seines Volkes, die Weißen außer Landes. Und er war überzeugt, daß auch Mpembwe dies wollte, wenn er sich auch dahingehend noch nicht klar äußerte, denn er brauchte natürlich zuerst einmal Geld, und dieses Geld kam aus London.

Während er sich nun dem Golden Egg näherte, verschmolz das Haus in den Hügeln, das er gerade verlassen hatte, mit dem seiner Erinnerung. Wie sicher sie sich dort oben wähnten, nur von einem Trottel von Wachmann beschützt, der mit seinem stumpfen Speer halb schlafend das Haus umschlurfte ... Wie leicht alles sein würde, ... wie leicht er sich rächen würde! Die Wunde in seiner Handfläche bedeckte nun eine trockene Kruste, es schmerzte, die Faust zu öffnen, doch er genoß diesen Schmerz, riß in schnellem Ruck die Finger auseinander, so daß Blut erneut über sein Handgelenk sickerte. Er leckte mit der Zunge über die Wunde, hielt sie lange in seinem Mund, ließ das Blut in seinen Gaumen fließen. Eine Weile stand er so und trank sein eigenes Blut, bis sein Speichel die Wunde wieder geschlossen hatte.

Aus Bettys Bar drang noch Licht, aber die Türe zum Lokal war verriegelt, das kupferne Vorhängeschloß blinkte matt im Mondlicht. Der Constable trat mit seinem Stiefel gegen das Holz, das Schloß schlug ratternd an die Türe, die sich nun einen Spalt öffnete. Grelle Schallplattenmusik drang auf die Straße, der Constable schob Bettys schwere Gestalt zur Seite und betrat das Lokal. Doch Betty war nicht die Frau, sich von einem Constable, noch dazu einem Gelegenheitskunden, einschüchtern zu lassen:

»Das gehört sich nicht, Constable«, rief sie, »was fällt Ihnen ein ...«, erschrak aber, als er ihr sein blutbeflecktes Gesicht zuwandte. »Das Lokal ist zu«, sagte sie in einem hilflosen Versuch, ihn loszuwerden, und: »Sie sollten sich waschen, Constable.« Dann sah sie die Wunde an seiner Handfläche, versuchte, die Hand zu ergreifen. Der Constable stieß sie von sich, nahm ein paar Münzen aus seiner Tasche und warf sie auf den Tisch. Und bevor Betty noch weiter protestieren konnte, war er im Gang der Lüste verschwunden. Er war nicht wählerisch, war es nie gewesen, und als er nun mit hartem Körper sich seiner Lust entledigte, haßgewärmt diese Lust aus seinem Körper stieß, hinein in warmes Fleisch, das nach Moschus und etwas anderem, bitterem, an Koriander erinnerndes roch, empfand er eine Erleichterung, die derjenigen glich, die er oft nach der Tötung oder Folterung eines Feindes empfunden hatte. Es war, als wollte er durch dieses duftende Fleisch hindurch zerstörerisch eigene Stärke wiederfinden. Als er sich von dem Mädchen löste, schrie es erschrocken auf: Blut hatte sich erneut aus seiner Wunde gelöst und sein Hemd besudelt. Der Constable legte in düsterem Schweigen seinen Pistolenhalfter um, riß den Vorhang beiseite und ging hinaus in die Nacht.

Müdigkeit umwogte ihn nun, flutete in weichen Wellen durch seinen Körper, und nur mit Mühe konnte er Bildern vorausplanender Taten jene haßerfüllte Lust abgewinnen, die sein Leben trug. Seine Schritte hallten leicht über das Pflaster, gleichgültig die Nacht aufnehmend wie die einer Hyäne, die eben geduckt vor ihm über die Straße humpelte. Milchig weiß blickten ihn einen Augenblick die Augen des Tieres an, zwei Jäger begegneten sich stumm, ermüdet von den Anstrengungen der Nacht, für die nun keine Zeit mehr blieb, denn schon zeigte sich der erste helle Streifen des Morgenlichtes über den Hügeln der Stadt.

70) Warten

Harrison saß in seinem Arbeitszimmer und blickte zum wiederholten Male auf die Uhr zwischen den Kudugeweihen, eine Regency-Uhr mit feinen Intarsien um ein langes vornehmes Gehäuse, die ihm Pamela geschenkt hatte. Pamela, die die Jagd, der er selbst einmal leidenschaftlich angehangen hatte, haßte, hatte sofort diesen Ort als barbarisch bezeichnet, und die ihm geschenkte Uhr als arm apostrophiert, »deine arme Kudu-Uhr«. Sie haßte alles, was mit Jagd zusammenhing und wäre am liebsten Vegetarierin geworden, wenn das in Mulanje nicht einige Schwierigkeiten bereitet hätte.

Draußen dunkelte es schon, es war zwar noch nicht spät, erst acht Uhr, doch gewöhnlich rief Pamela gegen sieben an, um Gute Nacht zu sagen oder sich noch mit ihm zu verabreden. Harrison las ein wenig in den Zeitungen, die heute, vier Wochen verspätet, aus London eingetroffen waren, ärgerte sich über Wilsons Regierung, die Südafrika neue Sanktionen auferlegt hatte – dies würde wieder einmal das Benzin verteuern –, und las mit einigem Vergnügen das Neueste über den Profumo-Skandal. Er hatte Profumo nie leiden können, geschieht im recht, dachte er, über eine Hure zu stolpern. Er selbst hatte sich nie mit Huren abgegeben, wenn auch gelegentlich – er gab dies gerne zu – eine gewisse Versuchung dagewesen war.

Wieder schaute er auf die Uhr, schließlich stand er auf und wählte Pamelas Nummer. Niemand antwortete. »Vielleicht ist sie auf dem Weg hierher«, dachte er, nahm seine Zeitungen wieder auf, um zerstreut weiterzulesen. Eine Stunde verging, er blickte auf die Uhr: Neun. Noch einmal versuchte er das Telefon, und nachdem er es lange genug hatte läuten lassen, meldete sich Pamelas Koch. Seine Herrin sei nicht hier, sagte er, heute schon sehr früh müsse sie fortgegangen sein, ohne Frühstück, er habe angenommen, daß sie reiten gegangen sei. Da sie nicht zurückgekommen wäre, habe er sie bei Bwana Harrison vermutet, und solle er nun Abendbrot zubereiten oder nicht ... Harrison legte den Hörer auf –

er stand einen Augenblick ruhig neben dem Telefon, dann eilte er schnellen Schrittes aus seinem Arbeitszimmer, durchquerte das Wohnzimmer, einen sich anschließenden Empfangsraum, einen langen Korridor. Bei der Haustüre angekommen, hatte er es so eilig, daß er vergaß, seine Autoschlüssel von einem Haken an der Garderobe zu nehmen – er eilte zurück, riß die Schlüssel an sich und rannte zur Garage. Der Hügel zu Pamelas Haus hinauf lag im Dunkeln, vor dem Haus erwartete ihn Pamelas Koch. Harrison ging mit ihm über die Veranda ins Haus, hatte dabei das Gefühl, daß etwas fehlte, natürlich, es war ihm am Tor kein Wachmann begegnet. Er sei nicht erschienen heute abend, sagte der Koch, die Dona müsse ihm wohl frei gegeben haben. Harrison durchquerte eine Reihe von Zimmern, fand alles wie gewöhnlich in peinlichster Ordnung, öffnete schließlich Pamelas Schlafzimmertüre. Weiße Mullvorhänge bewegten sich leise im Luftzug, das Bett war benutzt, eine beige Decke lag auf dem Boden. Auf dem weißen Toilettentisch lag Pamelas Handtasche, er öffnete sie: eine Geldbörse, ihr Schlüsselbund, ein Brief mit der Adresse einer in England lebenden Schwester, den sie wohl zur Post hatte bringen wollen, in der Geldbörse eine 100-Dollar-Note – dies erleichterte ihn irgendwie –, niemand war hier eingedrungen, um Pamela zu berauben. Vielleicht war sie einer plötzlichen Eingebung gefolgt und zu Bekannten am See gefahren ... Aber nein, dies hätte sie ihm mitgeteilt, und der Koch wüßte ganz sicher davon.

Noch einmal blickte er auf Pamelas Bett, das ihm nun unordentlich erschien, die beige Decke auf dem Boden wies zur Türe – das Bild eines schneeweißen Strandes am indischen Ozean, von einer blendenden Spur durchpflügt, schob sich in seine Gedanken, dort hatte er einmal beobachtet, wie Fischer einen Riesenfisch an Land zogen. Und es war diese Spur im Sand, an die ihn die Decke erinnerte, sie sah aus, als sei auf ihr etwas über den Boden geschleift worden. Er bückte sich, bemerkte in einer Stoff-Falte einen Ohrring, einen der Perlenohrringe, die Pamela gewöhnlich trug, hob ihn auf, sah sich nach dem zweiten um, suchte vergebens. Plötzlich erschien ihm dieser einzelne Ohrring von schrecklicher

Bedeutung, denn wäre Pamela am frühen Morgen aufgebrochen, hätte sie diese Ohrringe entweder getragen oder sie irgendwo zusammen abgelegt.

»Der Wachmann«, rief Harrison an den Koch gewandt, »lauf zu seinem Haus und hole ihn.« Der Wachmann wohnte nicht im Compound des Hauses, er ging während des Tages zurück in die Shantis und erschien gewöhnlich, bevor es dunkel wurde. Harrison setzte sich auf Pamelas Bett und wartete – ja, worauf wartete er –, daß sich sein Herz, das nun schwer zu klopfen begonnen hatte, beruhige, Pamela plötzlich lachend ins Zimmer träte und sagte: »Was sitzt du hier auf meinem Bett und machst solch ein verzweifeltes Gesicht?« – Er wartete ganz einfach, daß sich dieser Alptraum löse, der Ohrring auf der Decke seine Erklärung fände, Pamela plötzlich, in ein Frotteetuch gewickelt, aus dem Badezimmer käme ..., und wußte zugleich, daß er umsonst wartete, daß dieses Warten der Beginn eines noch schrecklicheren Alptraums würde ...

Er stand auf, hob die Decke vom Boden, faltete sie zusammen und legte sie auf Pamelas Bett, setzte sich wieder, während ihm dunkel bewußt war, daß er auf Pamelas Koch wartete, den er zum Haus des Wachmannes gesandt hatte. Im Zimmer waren noch die Bambusmatten herabgelassen, er zog sie hoch, eine kleine Staubwolke winziger grauer Fliegen stob auf den Teppich, draußen lag still die Veranda im aufziehenden Mond. Er sah jetzt, daß an einem der Fenster das Fliegengitter fehlte, es war unordentlich aus dem Rahmen geschnitten worden. Er beugte sich aus dem Fenster – und sah auf dem Boden verstreute Gitterstücke. Nun hielt ihn nichts mehr.

Er rannte aus dem Haus, traf auf den zurückkehrenden Koch, der ihm erregt die nicht mehr überraschende Botschaft brachte, daß der Wachmann am Morgen nicht nach Hause gekommen sei. Harrison fuhr zur Polizeistation. Sie war, wie anzunehmen gewesen, um diese Zeit geschlossen – vor der Türe schälte sich gähnend ein zerlumpter Wachmann aus seinem Pappkarton, blickte verstört auf Harrison und stammelte auf dessen Frage nach dem Chief Constable:

»Erst morgen wieder, Bwana, heute kein Chief Constable mehr.« Harrison fluchte, fragte den Wachmann nach des Chief Constables Adresse, lauschte ungeduldig einer langwierigen Erklärung und begriff endlich, daß der Chief Constable am Rande der Shantis wohnte, nahe des Stadions, in dem die Congress Party ihre Wahlveranstaltungen hielt. Er kannte die Gegend, doch war er nie selbst durch die Shantis gelaufen, und als er nun beim Stadion ausstieg, um in den engen mit Regenpfützen gespickten Pfaden das Haus des Chief Constables zu suchen, war ihm, als bewege er sich durch einen wirren Traum. Die Straße, in der der Chief Constable wohnte, war mit weißgetünchten quadratischen Häusern gesäumt, sie glichen einander wie ein Ei dem anderen: Die Holztüren mit Bolzen verbarrikadiert, Wasserboiler, die auf spindligen Eisenständern wie riesige Weberknechte über ihren weißen Blechdächern kauerten.

Er fand die Hausnummer und pochte an die Türe, Hunde schlugen an, eine Frauenstimme rief sie zur Ruhe. Der Chief Constable, ein dicklicher Mann mittleren Alters in Khakihosen, der Oberkörper nackt, ein Handtuch um seinen Hals geschlungen, öffnete ihm, Harrison hatte ihn offensichtlich bei seiner Abendtoilette überrascht. Er rief etwas ins Dunkel des Ganges, eine Frau erschien und reichte ihm seine Brille – er traute wohl seinen Augen nicht, den Gouverneur in seinem Haus zu sehen. Entschuldigungen stammelnd, bat er Harrison in einen kleinen, mit roten Plüschmöbeln ausgestatteten Raum, in dem ein großes Pappbild Königin Elisabeths neben Mpembwes Konterfei von einer an der Wand hängenden Petroleumfunzel schwach beleuchtet wurde.

»Mrs. Moskowicz ist verschwunden«, sagte Harrison – des Chief Constables Augen verschwammen hinter dicken Brillengläsern und sahen aus wie die riesigen glänzenden Augen eines großen Fisches. »Sie müssen Suchtrupps aussenden, Constable, sofort, heute nacht noch, lassen Sie die Shantis und die Dörfer um die Stadt durchsuchen.« – Augenblicklich zogen Bilder dichten, unermeßlichen Busches durch seine Gedanken, Pfade, nur wenigen Eingeborenen bekannt, Regenwälder, die einzig auf den schlammigen Gewässern des Chanunka zu erreichen waren – und die Vergeblichkeit, mit der die ineffiziente Polizeitruppe belanglose Shantis durchsuchen, stundenlang stereotype Verhöre durchführen würde, überfiel ihn mit entsetzlicher Hilflosigkeit.

Der Constable sagte:

»Wenn eine weiße Frau verschwindet, kann es sich doch nur um Erpressung handeln, wir müssen auf den Anruf warten, wenn wir den Anruf haben, dann haben wir auch eine Spur – ich werde die Telefonleitungen überwachen lassen, ... beruhigen Sie sich, Bwana, Mrs. Moskowicz wird gefunden werden, wer sollte hier Mrs. Moskowicz etwas zuleide tun wollen, niemand, Bwana. Irgendeine Gang braucht Geld – sie werden anrufen ...«

»Constable«, sagte Harrison, die Tischkante wie einen Rettungsanker umklammernd, »Constable, Pamela Moskowiczs Kidnapping, wenn es sich um ein solches handelt, könnte auch mit mir zu tun haben, die Unabhängigkeit – Sie wissen, daß die Parteien untereinander kämpfen, wir unterstützen die Congress Party ..., es könnte sein, daß da Leute von der National Party ...« Der Constable blickte verstört, seine Augen hinter den Brillengläsern sahen jetzt aus wie schlammige kleine Teiche, er schüttelte in schnellen Stakkatorucken seinen Kopf, als habe er Schüttelfrost.

»Aber wer sollte eine Dame wie Mrs. Moskowicz ... alles wird getan werden, Bwana ...« Die Uniformjacke über dem nackten Oberkörper zusammenhaltend, versuchte der Chief Constable eine professionelle Haltung einzunehmen, Harrison blickte auf das kleine Wülstchen eines vorstehenden Nabels und wußte, daß er irgendwo in einem kleinen Dorf geboren worden war, seine Mutter in der rauchigen Hütte über einem Erdloch kauernd, irgend jemand hatte dann die Nabelschnur mit einem Stück Strick unordentlich abgebunden ... wie ein erigierter kleiner Penis stand dieses Wülstchen zwischen den Messingknöpfen der Uniformjacke, die der Chief Constable nun eilig zuknöpfte.

Während sie zu Pamelas Haus fuhren, flogen wirre Bilder durch Harrisons Gedanken, er sah sich an jenem Abend wieder, an dem er Pamela begegnet war, sie war mit ihrem jüdischen Ehemann zu einer Dinnerparty bei Bekannten geladen worden, der auch er beiwohnte. Das ungleiche Paar war ihm aufgefallen, mit herablassender Bewunderung hatte er Pamela betrachtet. »Ohne Zweifel«, dachte er, »hatte sie Moskowicz seines Geldes wegen geheiratet.« Und während Moische am Buffet laut lachend derbe Witze erzählte, hatte er sich nach Pamela umgesehen und ein Gespräch mit ihr begonnen:

»Sie haben mich eben, als Sie an mir vorbeitanzten, an eine Romangestalt erinnert, aus einem Buch Nancy Mitfords, wie hieß es doch gleich ...«, und war sofort verlegen geworden unter der Direktheit ihres spöttischen blauen Blickes, hatte sich geniert ob dieser, wie ihm nun schien, geschmacklosen Bemerkung – doch sie hatte ihm sogleich diese kleine Verlegenheit genommen und lachend gesagt:

»Jemand aus ›Love in a Cold Climate‹? Dies, müssen Sie wissen, ist eines meiner Lieblingsbücher.«

»Ja«, sagte er und log, denn er hatte an ein anderes Buch gedacht, aber da er auch dieses kannte, suchte er sich schnell daraus eine glaubwürdige Figur und sagte: »Sie haben mich an Polly, die Tochter der Marchesa erinnert ... das Haar, Ihre Erscheinung ...« Pamela sah ihn mit leicht verengten Augen an:

»Aha, diese Polly, die dann den öligen, ältlichen Liebhaber ihrer Mutter heiratete ..., hat Moische Sie auch an den erinnert?« Da war er doch tatsächlich rot geworden, denn zu genau paßte dieses Bild: Er hatte sie in den Armen Moisches vorbeitanzen sehen, gesehen, wie Moische mit heiter schwingenden Hüften, einem voluminösen Hinterteil, ihre elegante Gestalt in kurzen fetten Armen hielt ...

»Nein, nein«, hatte er gestammelt, und sie hatte lachend gesagt:

»Ja, Moische hat etwas von diesem nach Pomade duftenden Galan ...« Und als sie dann zusammen getanzt hatten, wußte er schon, daß er sie mehr mochte als alle Frauen, die er kannte. Danach hatten sie sich noch oft gesehen, und nie hatte Pamela ein Hehl daraus gemacht, daß sie ihren Mann liebte. Und wirklich war Moische immer von unendlicher Zartheit zu ihr gewesen, er bändigte seine laute Stimme, wenn er mit ihr sprach, er behandelte sie wie eine Königin. Etwas von dieser Galanterie, die er Pamela entgegenbrachte, übertrug sich auf seine weiblichen Patientinnen – wenn er morgens sein Sprechzimmer betrat, verbeugte er sich tief mit weitausholender eleganter Bewegung, die allerdings ein wenig an einen Zirkusdirektor erinnerte, und manchmal auch an einen gutmütigen skelettlosen Bären. Und dann war Moische plötzlich einem Herzschlag erlegen, und Harrison hatte ein Trauerbouquet gesandt, für das sich Pamela artig bedankte. Es hatte ihm gefallen, daß sie nicht Schwarz nach europäischer Sitte trug, sondern Weiß, wie die Eingeborenen. Weiß war ihre Farbe, und es war gewöhnlich nicht schwierig für sie, Kleider und Schuhe aus England zu bestellen, sie liebte einfache, elegante Modelle. Es hatte ihm immer Vergnügen bereitet, sie mit hübschen Dingen aus London zu überraschen – die Attachepost war da sehr praktisch gewesen.

In solche Gedanken hinein vernahm er die Stimme des Chief Constable:

»Spuren, im Haus müssen sich Spuren finden lassen ..., Fingerabdrücke ..., wir können Fingerabdrücke nehmen.« Harrison blickte mitleidig und doch – wider besseres Wissen – mit einem Hauch Hoffnung auf ihn.

In Pamelas Schlafzimmer hing ihr Parfüm, er klammerte sich an diesen Duft, beschwor mit ihm Pamelas Gegenwart herbei, als sei er ein Stück von ihr und könne nicht allein für sich gegenwärtig sein. Durch ein feines Rauschen hindurch, das nicht aus seinem Körper, sondern von weit her zu kommen schien, aber einfach Ohrensausen war – schon im Auto hatte er es vernommen –, hörte er den Chief Constable sagen:

»Schauen Sie, Exzellenz, ein Buch, es ist absichtlich offen gehalten, vielleicht bedeutet dies etwas, sehen Sie, etwas ist auf dieser Seite angekreuzt ...« Das Buch lag neben Pamelas Bett, halb unter herunterhängenden Laken verborgen, einen gläsernen Briefbeschwerer im Seitenbug. Das dicke Glas vergrößerte und verformte die Buchstaben wie in einem Zerrspiegel, es sah aus, als schwämmen sie in einem runden Aquarium.

Harrison erkannte sofort den Shelley Band, den er Pamela erst vor einigen Tagen geschenkte hatte.

»Peace, Peace«, las er, »he is not dead, he does not sleep ...« Und dann war ihm plötzlich, als hörte er Pamela fortfahren: »'T is we, who lost in stormy visions, keep with Phantoms an unprofitable strife ...«

»Nein, nein, Pamela«, rief er stumm, nicht dies, nicht so ...« Er schloß das Buch und steckte es in seine Tasche.

»Haben Sie einen Hinweis gefunden?« fragte der Chief Constable – Harrison schüttelte den Kopf.

»Ein Gedichtband, Constable, Mrs. Moskowicz hat darin nur ein Gedicht angekreuzt.«

»Gedichte«, murmelte der Chief Constable enttäuscht, natürlich, weiße Damen lasen Gedichte ..., aber der Gouverneur hätte das Buch nicht einfach einstecken dürfen. Doch jetzt hatte er das herausgeschnittene Fliegengitter entdeckt. »Hier sind sie hereingekommen«, rief er fast glücklich.

Harrison nickte. Was tat er hier noch, fragte er sich plötzlich, er mußte nach Hause, David anrufen, sie mußten selbst etwas unternehmen.

Als Harrison sein Büro betrat, war es Mitternacht geworden. Er rief David an:

»Pamela ist verschwunden.« Seine Stimme sei, so erzählte David später, die Stimme eines sehr alten Mannes gewesen.

»Ich komme sofort«, antwortete David, aber da hatte Harrison schon aufgelegt.

71) Eine Nachricht

»Wie gehen die Geschäfte, Mr. Karim«, Dales massige Gestalt in der Türöffnung verdunkelte den fensterlosen Raum. Hinter der Theke flatterten unter dem Ventilator Karims weiße Schalenden, Abdul packte Kerosinlämpchen in Pappkartons – ihre Porzellanbäuche mit den aufgeklebten Rosengirlanden blinkten milchigweiß aus dem Halbdunkel. Über zwei grau verstaubte Glaskästen, die Theke flankierend, mit bunten Emaillearmreifen und roten Bonbons gefüllt, zuckelten grünschillernde Fliegen, sie summten böse, wenn der hin und her schwingende Ventilator sie aufwirbelte. Dale legte ein Paket auf den Ladentisch.

»Verdammte Hitze heute, Mr. Karim – es regnet, aber immer nur gerade so viel, um die Luft zum Dampfen zu bringen ... könnten Sie mir einige Werkzeuge zur Reparatur in die Stadt bringen?«

»Nur zu gern, Mr. Dale«, Karim neigte lächelnd den Kopf, glättete mit lässigen Fingerspitzen den Schal über einer Schulter, ließ dann die Hand zu seiner Brust gleiten, wo er sie einen Augenblick beließ. »Es wird etwas dauern, denn gerade gestern war ich in der Stadt ... Ich bin spät nach Hause gekommen, der Regen hat die Straße in einen schrecklichen Zustand versetzt ... und dann überall Polizei ...«

»Polizei?«

»Sie wissen doch ...«

»Was soll ich wissen?« Karim zog sich langsam ein Schalende über das Kinn, räusperte sich und sagte, die Stirn in tiefe Falten gelegt:

»Daß gerade ich Ihnen der Überbringer einer so furchtbaren Nachricht sein muß ... aber vielleicht klärt sich ja doch in den nächsten Tagen alles auf ...«

»Nun sagen Sie schon, Karim ...«

»Eine weiße Dame ist verschwunden, die Frau des verstorbenen Mr. Moskowicz ... spurlos verschwunden. Ja, Sie hören recht ..., was soll man davon halten, Mr. Dale ... Die Polizei durchsucht die ganze Stadt, der Wachmann unauffindbar.« Karim hatte die

Stimme zu einem heiseren Flüstern gesenkt, er wischte mit flacher Hand über den Ladentisch, langsam, wie ein Priester das Meßtuch glattstreicht, bevor er den Wein segnet. Daß diese ungeheuerliche Neuigkeit wie ein Wunder noch nicht zu Dale gelangt war, gab ihm ein Gefühl der Erhabenheit.

Dale blieb einen Augenblick stumm, er blickte an Karim vorüber in das Dunkel des Ladens, wo Abdul jetzt sehr langsam seine Lämpchen verpackte – und, als wolle sein Gehirn diese unglaubliche Nachricht nicht sogleich aufnehmen, dachte er: »Damit begannen unsere Tage hier, mit solchen Lämpchen, damals, als wir noch keine Elektrizität hatten, und sie rauchten schrecklich, weil Marjorie immer zu viel Öl hineingoß ...« Dann aber traf es ihn wie ein Keulenschlag.

»Das kann doch einfach nicht wahr sein, Mrs. Moskowicz ...«

»Vielleicht soll der Gouverneur erpreßt werden ..., der Gouverneur ist nicht auf Mpembwes Seite, nicht wahr?« Dale fühlte sich schwach, er stützte sich auf den Ladentisch, kalter Schweiß sammelte sich auf seiner Stirn. »Haben Sie Ihrer Frau davon berichtet?«

»Ich wollte Aissa nicht beunruhigen«, sagte Karim, »Sie wissen ja, wie das mit den Frauen ist, aber natürlich wird sie es von irgend jemandem erfahren, aber vielleicht ist Mrs. Moskowicz dann schon gefunden worden ..., die Polizei wird ja nicht untätig sein.« Dale nickte.

»Das ist gut, Mr. Karim, das haben Sie gut überlegt ... behalten wir das noch für uns, Mr. Karim, es macht keinen Sinn, die Frauen vorzeitig zu beunruhigen ...« Karim nickte. Er wiegte sich leicht vor und zurück, wie ein betender Rabbiner die gefalteten Hände an die Brust gedrückt:

»Genauso sah ich es auch.« Und mit Genugtuung bedachte er, daß sich Aissa gerade auf einem Verwandtenbesuch in einem der benachbarten Dörfer befand, denn wäre sie, als er von der Stadt zurückkehrte, hier gewesen, hätte er ihr diese sensationelle Nachricht selbstverständlich nicht vorenthalten können. Wirklich eine glückliche Fügung, die ihm diese angenehme Übereinstimmung der Meinungen und Gefühle mit Dale bescherte. Er klatschte, nun beinahe heiter, in die Hände und rief nach Chai.

»Wo haben Sie es erfahren, Mr. Karim?«

»Im Golden Egg, Mr. Dale, Betty hat es mir erzählt, und ihr hat es Mr. David gesagt, Mr. David vom Government House ..., und der Chief Constable hat alle Mädchen befragt. Ich muß nun dauernd darüber nachdenken, eine weiße Dame aus solchen Kreisen ...« Eine pergamentene Handfläche wehte langsam nach oben, zu den Kreisen, in denen sich Pamela Moskowicz befand. Wie gemeinsam betrachtetes Unheil doch verband! Und wieder einmal dachte Karim: »Mr. Dale ist unter den Weißen hier der einzige Gentleman, genau wie ich es eben unter meinen Landsleuten bin. Schon allein dies ist ein starkes Band zwischen uns.«

Und als Abdul Tee brachte, schenkte Karim selbst ein, schob die Tasse ehrerbietig zu Dale hinüber – wie gerne hätte er jetzt Mr. Dale gebeten, sich in seine Privatgemächer zu begeben, wären solche nur im Augenblick präsentabel gewesen. Wenn Aissa außer Haus war, nahm es Abdul mit auf dem Boden herumliegenden Essensresten nicht so genau, und Karim auch nicht. So begnügte er sich damit, Abdul mit einer sparsamen Geste grandseigneurischer Würde aus dem Laden zu verweisen und Dale einen Stuhl anzubieten. Dale setzte sich. Da blickte er nun auf Karim, den er schätzte, seit vielen Jahren kannte – und zum ersten Mal drängte sich etwas Dumpfes, Unkontrollierbares in ihre sonst so leichten, in gegenseitiger Hochachtung geführten Gespräche. Sie saßen jetzt im selben Boot – Weiße und Inder – indischen Händlern in Kenia war erst kürzlich das Betreiben von Geschäften auf dem Land verboten worden. Dachte Karim daran? Dies streifte nur flüchtig Dales Gedanken, denn er dachte vor allem an Harrison. Vor einigen Tagen erst hatte er ein Telegramm erhalten, das er mit Amüsement gelesen, er war damit zu Father Ricardo geeilt, um ihn an der Freude über die Aussicht auf eine glückliche Entfernung des Constables teilnehmen zu lassen – allerdings hatte er sich etwas über den Father geärgert, denn das gebührende Lob über seine taktischen Bewegungen in der Stadt war von diesem nur mit dem lakonischen Kommentar:

»Auf den Gouverneur würde ich mich nicht verlassen, solche Leute setzen sich nicht gerne Risiken aus, und verdammt, warum sollte er auch …« bedacht worden. Und jetzt dies! Wenn diese Ungeheuerlichkeit sich bewahrheitete, würde Harrison anderes zu tun haben, als sich um einen Constable zu kümmern, wenn er ihn nicht überhaupt vergäße.

»Warten wir ab, Mr. Karim«, sagte Dale, »in ein paar Tagen sollten wir mehr darüber wissen.« Er erhob sich und ging langsam hinaus zu seinem Wagen.

Als er den Kiesweg zur Veranda seines Hauses hinaufging, fühlte er eine seltsame Schwere in seinen Beinen. Pamela Moskowiczs Gesicht stand vor seinen Augen, so eindringlich, wie er es vordem nie gesehen zu haben glaubte. Im Garten schien der auf- und abschwellende Chor der Zikaden die Hitze auf unerträgliche Weise zu intensivieren, von den Frangipannibäumen trieb ein ölig süßer Duft herüber, der ihm ein leichtes Schwindelgefühl vermittelte. Er war erleichtert, Marjorie nicht vorzufinden, und ging in sein Schlafzimmer. Einen Augenblick empfand er wohltuend die Stille des Raumes, in dem nur leise ein Ventilator summte. Er warf sich auf sein Bett und schloß die Augen, aber der Chor der Zikaden dröhnte in seinen Ohren fort und ließ ihn nicht zur Ruhe kommen.

72) Spuren

Eine Woche verging, die Polizei, der Chief Constable und seine Leute hatten die Shantis durchkämmt, Fingerabdrücke genommen, die sich ausschließlich als die der Hausboys erwiesen. Da es am Vortage und in der Nacht, in der Pamela verschwand, nicht geregnet hatte, waren auch keine Fußabdrücke im Garten zu finden gewesen. Auch von dem verschwundenen Wachmann fehlte jede Spur. Einmal sagte Harrison zu David:

»Sie haben den Wachmann umgebracht und in den Chanunka geworfen.« David sah ihm an, daß er auch Pamela dort vermutete.

Einige Tage nach Pamelas Verschwinden war der Mann der Times erschienen und hatte Harrison um eine Stellungnahme gebeten. Harrison hatte verärgert abgelehnt: Eine Headline auf der ersten Seite der Times hatte ihn am Vortag mit ihrer dreisten Doppeldeutigkeit verärgert: ›Witwe eines bekannten Modearztes verschwunden – führt eine Spur zum Government House?‹

»Ein unverschämter Stümper«, sagte David, und beide verweigerten dem Mann jede weitere Auskunft. Nicht, daß sie überhaupt etwas hätten berichten können: David hatte eigenmächtige Investigationsarbeit betrieben, hatte sich in den Slums umgehört, Nächte in Bettys Bar verbracht, um kachasuschwere Gäste auszuhorchen – ohne jedes Ergebnis. Immer mehr festigte sich die Gewißheit, daß Pamela nicht mehr lebte. Erpresser hätten sich längst gemeldet, und eine Leiche brauchte nicht unbedingt gefunden zu werden, die Wasser des Chanunka waren trüb und hüteten ihre Geheimnisse gut.

Dann, eines Tages, als David auf dem kleinen Markt vor dem Lalinga Hotel sich sein tägliches Quantum an Cashuanüssen kaufte und wie gewöhnlich an den Ständen entlangschlenderte, bemerkte er in einem Haufen alter Schuhe weiße Satinslipper. Diese Schuhe waren in ihrer schlanken Eleganz zwischen den plumpen Bata-Keilabsätzen so ganz und gar exquisit wie ein gerade ausgeschlüpfter Schmetterling in einem Gewurl schmutzigbrauner Kokons. David besichtigte sie näher.

»Gutes Leder«, sagte ein weißbärtiger Alter hinter dem Stand: »Schuhe aus England, Bwana, kein Bataleder, gutes Leder ...« David sah auf die goldene Schrift in der Sohle und las: ›Louis Jourdan‹. Er wußte sofort, daß er Schuhe aus Pamelas Besitz in Händen hielt. Nur Pamela trug hier Louis Jourdan Schuhe – erst vor einigen Wochen war ein Paar mit der Attachepost angekommen. »Die Boys plündern Pamelas Kleiderschränke«, dachte er, kaufte die Schuhe und machte sich auf den Weg zurück ins Büro. Schon auf dem Weg dorthin besann er sich aber eines anderen und fuhr hinauf zu Pamelas Haus. In den Dienstbotenquartieren stöberte er Pamelas Hausboy auf, zeigte ihm die Schuhe, die der Boy sofort erkannte.

»Dies, Bwana«, sagte er, »sind die Schuhe, die Mrs. Moskowicz trug, bevor sie verschwand.« Er selbst habe nach diesem Paar gesucht, denn gewöhnlich stellte Mrs. Moskowicz ihre Schuhe vor die Schlafzimmertüre, bevor sie sich schlafen legte. »Jemand muß sie mitgenommen haben.« David erkannte an seinem gutmütig offenen Gesicht, daß er die Wahrheit sagte. Hatte Pamela diese Schuhe getragen, sie schnell übergezogen, nachdem sie aus ihrem Bett geschleift worden war – oder war es einem der Einbrecher eingefallen, sie einzustecken? Er überlegte: – Sollte er die Schuhe Harrison zeigen, sie dem Chief Constable übergeben? Er fuhr zurück zum Markt und fragte den alten Händler, woher er diese Schuhe habe. Sie seien ihm verkauft worden, von einem jungen Mädchen, das er nicht kannte, das aber ›gut nach Moschus roch‹. Und nun setzte sofort Davids Spürsinn ein: Moschus – die Spur führte in Bettys Bar. Freilich verwandten auch andere Mädchen in Lalinga Moschus, aber für David war der Geruch von Moschus einfach mit Bettys Bar verbunden, und so machte er sich dorthin auf den Weg.

Und siehe da, es stellte sich heraus, daß eines der Mädchen Pamelas Schuhe in Zahlung genommen, und, da sie ihr zu klein waren, wieder an einen Händler im Markt verkauft hatte. Ein Fremder sei dieser Kunde gewesen, sie habe ihn nie vordem gesehen.

Wie er ausgesehen habe? Sie beschrieb einen Mann ohne besondere Merkmale.

David ging zurück in sein Büro, traf dort Harrison und zeigte ihm nun endlich seinen Fund. Harrison nahm Pamelas Schuhe, strich über das weiße Satinleder.

»Sie lebt nicht mehr«, sagte er dann ganz ruhig, beinahe gelassen, nur das Zucken einer Ader auf seiner Schläfe, die leicht belegte Stimme, zeugten von Erregung. »Wissen Sie noch, David, wie wir uns an manchem Morgen fragten, wie viele Leichen der Chanunka heute wohl angespült habe – jetzt frage ich mich jeden Tag, ob wohl irgendwo gerade ihre Leiche angeschwemmt worden ist ...« Er stand auf, ging zum Fenster und blickte auf den Marktplatz hinunter, auf das übliche Gedränge der Händler, Passanten und Bettler – korallenrot leuchteten die Kronen der Flamboyants, er schaute in die Gesichter der gemächlich vor den Ständen Dahinschlendernden – vielleicht war eines davon das Antlitz des Mörders ...

»Sir«, sagte David zögernd«, da sind noch einige Flaschen Nuit St. George«, ... und hörte sogleich die Pietätlosigkeit seines Vorschlags wie einen falschen Akkord im Raum nachklingen, doch nur einige Sekunden lang, dann sah er an Harrisons kleinem Lächeln, daß er genau das Richtige gesagt hatte. Es mußte zu den Begebenheiten des Tages zurückgekehrt werden, nur die Gewohnheiten des Lebens, diese profanen kleinen Dinge, konnten über seine Abgründe hinwegtäuschen, das Schreckliche mildern. Deshalb der Leichenschmaus, oder die Tasse Tee, die Engländern über jede Katastrophe hinweghilft ...

»Gut«, sagte Harrison, »Nuit St. George ..., damit werden wir uns heute abend betrinken.«

73) *Father Ricardos Idee*

Laudon, Father Ricardos Boy, stand vor seinem Herrn mit diesem zugleich erwartungsvollen wie demütigen Ausdruck auf seinem schwarzen Gesicht, der ankündigte, daß er von Father Ricardo etwas wollte. Auch eine Spur von selbstverständlichem Wissen, eine in Genugtuung gebettete Gewißheit, daß Father Ricardo seiner Bitte nachkommen würde, lag darin – und dies war es, was Father Ricardo veranlaßte, schwierig zu sein.

»So«, sagte er deshalb, als Laudon seine Bitte vorgetragen hatte, »ich soll also deinen verstorbenen Großonkel kostenlos nach Portuguese East befördern, ohne das Benzin in Rechnung zu stellen, ganz zu schweigen von meiner kostbaren Zeit und dem Palaver deiner Familie drüben. Warum soll ich gerade für dich mir solche Unannehmlichkeiten aufhalsen?« (»Du verdienst genug mit meinen Socken, meinen Hostien, meiner Speisekammer«, dachte er – aber da er zugleich wußte, daß er am Ende diesen Onkel sowieso kostenlos über die Grenze bringen würde, wollte er wenigstens das Vergnügen haben, diesen ermüdenden Boy zu ärgern.) Diese Geschichte mit den Verstorbenen, die Familienmitglieder jenseits der Grenze hatten, war eine ständige Irritation. Die Kolonialmächte hatten vor Jahren die Landesgrenzen ohne Rücksicht auf Stammeszugehörigkeit festgelegt, und so mußten regelmäßig Tote nach hüben und drüben befördert werden, und Leichen, die Father Ricardos Gemeinde angehörten, waren leider seine Angelegenheit. Er packte dann die Särge in einen Landrover und fuhr sie in das dazugehörige Dorf – eine Prozedur, die in der heißen Zeit aus leicht verständlichen Gründen schnell vonstatten gehen mußte.

»Du bist ein Moslem«, sagte Father Ricardo, »und für Moslems bin ich nicht zuständig. Wende dich an Mr. Tussani oder Mr. Karim.« Laudon hielt beschwörend seine riesigen Handflächen hoch und erinnerte Father Ricardo an einen der steifen Ebenholzengel, die es an Weihnachten auf dem Markt in der Stadt zu kaufen gab, einen anmaßenden schwarzen Engel mit einem grotesk wie ein Motorradhelm zurechtgeschnittenen Wuschelkopf.

»Aber ich habe kein Geld, Father, und meine Familie, die meinen Onkel in ihrem Dorf haben will, hat auch keines, und für die Kiste habe ich einen Wochenlohn bezahlt, und die Leiche muß morgen über die Grenze, sonst kann die Beerdigung nicht stattfinden. Mein Onkel ist ein bedeutender Mann, sehr alt und sehr weise, nicht umsonst nennt man ihn Extra Pencil, weil er so große Weisheit besitzt.«

»Der alte Medizinmann in den Bergen, natürlich kenne ich den – so, so, er ist also tot. Das tut mir leid, Laudon – aber beerdigt ihn doch hier auf dem Moslemfriedhof, es kannte ihn doch hier jeder!«

»Schon«, sagte Laudon, ungeduldig über soviel Unverständnis mit den Füßen scharrend, »aber dann muß ich für den Leichenschmaus aufkommen, und das kostet noch mehr Geld. Father, ich bitte Sie, fahren Sie ihn hinüber!«

»Das Benzingeld muß bezahlt werden«, sagte Father Ricardo mit einem Achselzucken und dachte: »So leicht kommst du mir nicht davon.« Laudon begann, sich nun auf wortreiche Bitten zu verlegen:

»Immer war ich fleißig und sauber, und der Bwana war mit seinem Essen zufrieden, ich habe den Bwana nie geärgert, wie andere schlechte Boys ...« Doch Father Ricardos Gesicht zeigte diesen Ausdruck leerer Abwesenheit, der andeutete, daß für ihn die Angelegenheit erledigt war. War Laudon zu weit gegangen? Hatte er etwa mit diesem Selbstlob bei Father Ricardo gewisse unangenehme Erinnerungen wachgerufen?

Doch Father Ricardos Abwesenheit entsprang anderen Gründen: Bei dem Gedanken eines Sarges in seinem Landrover war ihm eine Idee gekommen, zugegeben, eine verrückte Idee. Aber diese Idee begann, sich zu verselbständigen, schon sah er sie in eine Folge von Bildern umgesetzt, die ihn zu erheitern begannen wie ein gelungener Schachzug. Und dies vor dem Hintergrund der National Party, Pamelas Verschwinden, des Constables! »Ich muß verrückt sein«, dachte er, »natürlich geht es nicht.« Aber dann: »Warum nicht? Mit ein bißchen Geld ist hier fast alles zu bewerkstelligen, Laudon ist ein geldgieriger Tropf, und seine Verwandtschaft wahrscheinlich nicht weniger, für Geld gehen sie über Leichen, warum also nicht über diese? Ein anonymes Grab, nachts ausgehoben, von dem nur die Angehörigen wissen. Der Moslemfriedhof lag draußen auf den kahlen Hügeln und niemand kümmerte sich um die Gräber, die nur durch kleine Flußsteine gekennzeichnet waren. Und dann stünde da ein leerer Sarg zur Verfügung, mit Papieren, die er ausstellen könnte, alles hätte seine Richtigkeit. Nie kontrollierten die Grenzbeamten einen Sarg, immer wurde er schnell abgefertigt – ein Sarg bedeutete Unglück, und in der heißen Zeit hatte man Leichen gerne schnell an ihrem Bestimmungsort.

»Du könntest dir deine Ausgaben allesamt sparen und noch eine schöne Stange Geld dazu verdienen«, hörte er sich plötzlich sagen und erschrak ein wenig vor seiner eigenen Stimme, »beerdigtest du diesen Onkel hier, ohne Aufsehen, ohne Leichenschmaus, im Geheimen sozusagen, nachts, so daß niemand davon erführe, und wir ihn dann über die Grenze bringen könnten. Dies brächte dir mindestens, na, sagen wir, 50 Pfund ...«

»Aber wie können wir ihn über die Grenze bringen, wenn wir ihn hier begraben, und warum soll niemand etwas davon erfahren?« Laudon sah Father Ricardo direkt in die Augen, und in diesem feuchten, verständnisvollen und, ja, auch freudig erregten Blick erkannte Father Ricardo, daß Laudon genau wußte, woran er dachte.

»Es soll in diesem Sarg jemand über die Grenze gebracht werden, als Leiche sozusagen, jemand, der hier verschwinden muß, verstehst du, ich könnte also diesen leeren Sarg gebrauchen.«

»Er könnte jetzt zu dem Constable gehen und von ihm für diese Information wahrscheinlich das Doppelte bekommen«, dachte Father Ricardo, »aber dies würde er nicht tun.« Und es überkam Father Ricardo ein kleines Gefühl der Sympathie für diesen Boy, der seine Socken und seine Hostien stahl, ihm im übrigen aber ergeben war – und natürlich ganz besonders, wenn auch noch Geld für solche Loyalität erwartet werden durfte.

Und so sagte denn auch Laudon mit einem langen Blick demütigen Stolzes:

»Es wird sich einrichten lassen, Bwana. Ich bitte also um Urlaub, damit heute nachmittag und heute abend die Vorbereitungen getroffen werden können. Die Familie muß befragt werden, und es wird sehr schwer sein, meine Verwandten von diesem guten Zweck zu überzeugen. Vielleicht werden meine Verwandten etwas mehr kosten, wäre der Bwana mit 60 Pfund einverstanden?« Father Ricardo nickte, 60 Pfund würde die Geschichte Dale schon wert sein. »Es wird Scherereien geben«, dachte er dann doch etwas beunruhigt (wir wissen, daß er jede Störung seines gleichmäßigen Tagesablaufs haßte), tröstete sich aber schnell mit dem Gedanken, daß er in jedem Fall den Sarg über die Grenze gefahren hätte – und schließlich war es egal, ob mit einem Toten oder Lebenden, und bei dieser Hitze war ohne Zweifel ein Lebender angenehmer.

74) *Das Geschenk*

Der zerlumpte Bettler schleppte einen Korb durch die Straßen Lalingas, vor dem Government House blieb er stehen und blickte zu den Fenstern des Gebäudes hinauf. Er ging zur Haustüre und läutete. Grau-braune Lumpen hingen ihm naß über die Schultern und Schenkel – es hatte den ganzen Morgen über geregnet, und auch der Korb, den er trug, schien durchnäßt zu sein, aus seinem Geflecht tropfte es unentwegt auf seine Lumpen. Der Portier stritt mit dem Bettler, der hartnäckig verlangte, eingelassen zu werden, um seinen Korb dem Gouverneur selbst zu übergeben – er sei dafür bezahlt worden, sagte er, ihm dieses Obst selbst zu bringen, sein Auftraggeber hätte ihm gesagt, daß er ganz sicher dafür noch ein reichliches Trinkgeld erhalten würde.

David, der eben des Weges kam, nahm dem Bettler seinen Korb ab, gab ihm einige Münzen und schickte ihn fort.

Der Korb war seltsam schwer, Guavablätter bedeckten ihn, er schob sie beiseite, faulig riechende rosa Früchte kamen zum Vorschein. Er ging mit dem Korb in sein Büro, stellte ihn auf den Tisch – sogleich bildete sich eine rosa-braune Pfütze –, ärgerlich begann er, die Guavas auf ausgebreitetes Zeitungspapier zu leeren, bis seine Finger etwas Glitschiges, Haariges berührten, das sich nach Tierfell anfühlte, und er schnell seine Hand zurückzog – jemand mußte sich hier einen üblen Streich erlaubt haben. Er stülpte den Korb um, schwer plumpste etwas Blutverkrustetes, Stinkendes auf das Zeitungspapier – ein menschlicher Kopf, stark verwest, beinahe unkenntlich.

David wußte sofort, daß es der Kopf Pamela Moskowiczs war. Er schrie auf ..., nur ein paar Räume weiter wußte er Harrison, und sein erster Impuls war, nach ihm zu rufen, dann aber faltete er über der stinkenden Masse Fleisch mit zitternden Händen das Papier und legte sie wieder in den Korb, deckte sie mit Papier ab, schichtete Guavas darauf. Der Raum roch süßlich nach Verwesung, er schaltete den Ventilator ein und stieß die Fliegengitter zurück. Dann hastete er mit dem Korb ins Freie.

Auf der Straße angekommen, hielt er inne, Schüttelfrost hatte ihn plötzlich überkommen, er blickte verzweifelt um sich, der Portier sah ihm durch graue Regenschwaden verwundert nach. Er rannte nun, war er auf dem Weg zum Chief Constable? Einen kurzen Augenblick dachte er daran, verwarf diesen Gedanken jedoch sofort wieder: Der Chief Constable würde Harrison informieren, Harrison würde dieses Ding im Korb hier sehen ... dies durfte nicht sein. Er mußte ihm das ersparen. Und so lief er weiter, war plötzlich nahe der Shantis, von der Moschee kam die Stimme des Muezzins – es mußte 5 Uhr nachmittags sein. Jeden Augenblick würde Harrison in seinem Büro erscheinen, sich wundern, ihn dort nicht anzutreffen, der Portier würde ihm berichten, daß ein Korb mit Obst abgegeben worden sei.

Die Straße lag leer im Regen, er stand nun vor einer Reihe trister Häuser – eines, von zwei kümmerlichen Palmen überwedelt, trug ein Blechschild – er las die vom Regen überwischten Buchstaben: Dr. Giovannonis Medical Clinic. David stellte den Korb neben sich und läutete. Ein Boy öffnete mißmutig:

»Die Praxis ist zu«, sagte er, »der Doktor schläft.« David schob ihn beiseite und betrat das Haus. Er traf den Doktor auf seinem Charpoy liegend, das Äffchen in einen Arm geschmiegt. Zwei Hunde begrüßten ihn schwanzwedelnd, beschnüffelten jaulend den Korb. Das Äffchen in Dr. Giovannonis Armbeuge runzelte wie ein kleines Menschlein die Stirn und bleckte die Zähne, die Stirnfalten rutschten auf seinem kleinen Schädel hin und wider, als seien sie Teil eines automatischen Spielzeuges.

»Doktor«, sagte David keuchend, »Sie müssen mir helfen – ich habe den Kopf einer Leiche in meinem Korb, und ich weiß nicht, wohin damit ...« Giovannoni erhob sich, setzte langsam die auf dem Tisch liegenden Brillengläser auf:

»Den Kopf einer Leiche ... schneiden sie nun im Government House den Leuten schon die Köpfe ab?« Er blickte auf Davids tropfendes Haar, die Leichenblässe seines Gesichtes, die irren Augen ...

»Setzen Sie sich«, sagte er, eine Hand auf seine Schultern legend, »und erzählen Sie mir alles.«

Der Korb stand zwischen ihren Füßen, David hielt die eifrigen Hunde zurück, die dabei waren, ihre Köpfe in die Guavas zu wühlen – der Doktor nahm sie am Halsband und brachte sie aus dem Zimmer.

»Dieser Korb hier«, sagte David, immer noch stehend, »ist im Government House für den Gouverneur abgegeben worden, ich kam gerade dazu und nahm ihn einem Bettler ab. Der Korb stank, ich nahm ihn mit in mein Büro und schaute hinein. Doktor, dies hier ist der Kopf Pamela Moskowiczs ...« Dr. Giovannoni richtete sich auf, endlich blickten seine Augen direkt auf den Korb.

»Die Guavas ...«

»Sie lagen wie jetzt obenauf, als ich in den Korb hineinsah ... überzeugen Sie sich selbst, Doktor ...« Dr. Giovannoni legte seine Hand auf den Henkel des Korbes, dann zog er sie langsam zurück. Er stand auf und atmete schwer.

»Und warum haben Sie gerade mir diesen Korb gebracht?«

»Ich weiß nicht, Doktor, ich rannte einfach durch die Straßen, und da kam ich an Ihrem Haus vorbei ... Sie sind doch ein Doktor ... ich kann diesen Kopf nicht dem Gouverneur zeigen, auch nicht dem Chief Constable, er muß verschwinden, hören Sie, so verschwinden, daß niemand ihn mehr finden kann – man kann dem Gouverneur diesen Kopf nicht zeigen, er stand kurz vor seiner Heirat mit Pamela Moskowicz, man kann so einem Menschen nicht den verfaulten Kopf seiner Braut zeigen, nicht wahr, Doktor, Sie verstehen das. Wir befinden uns schließlich nicht in einer griechischen Tragödie ...«

»Oh doch«, sagte Dr. Giovannoni, »wir befinden uns mitten darin. Sie taten recht daran, zu mir zu kommen, wenn Sie mir auch einen Schmerz zufügten, den Sie nie werden begreifen können.«

David blickte ihn verstört an:

»Ich kann mir vorstellen«, sagte er, »daß Sie als Arzt die Grausamkeit dieses Vorgehens besonders empfinden.« Dr. Giovannoni nahm behutsam den Korb und trug ihn langsam, vorsichtig, als könne er ihn verletzen, hinter den Plastikvorhang, der seine Dusche vom Zimmer trennte. Dann ging er in seinen Praxisraum, träufelte etwas aus einer Flasche auf ein weißes Tuch, erschien wieder und breitete das Tuch über den Korb. Langsam verdrängte intensiver Lysolgeruch den der Verwesung. Jetzt brachte Dr. Giovannoni eine Flasche seines Whiskies und schenkte zwei Gläser ein.

»Hier, trinken Sie, Sie haben es nötig. Wir haben es beide nötig.«

»Aber was wird nun«, sagte David, nachdem er das Glas auf einen Zug geleert hatte,« was soll nun geschehen – können Sie diesen Kopf verbrennen, vielleicht ihn irgendwie auflösen?« Dr. Giovannoni sah ihn beinahe böse an.

»Ich werde nichts dergleichen tun«, sagte er, »wir, Sie und ich, werden Pamela Moskowicz beerdigen. Kommen Sie ans Fenster und sehen Sie hinüber, ja, dort, was sehen Sie? Einen indischen Friedhof. Ein schöner Friedhof, die Frangipannis duften darin, und die Gräber sehen freundlich aus. Dort werden wir sie begraben. Sie wird die Beos in den Mangobäumen singen hören, sonst ist es ganz still dort, die Hindus besuchen nicht dauernd wie die nekrophilen Christen ihre Gräber – in einer mondhellen Nacht habe ich neulich darin eine Leopardenmutter mit ihren Babies spielen sehen – ein schöner Friedhof, ich wünschte, es würde auch mich jemand dort begraben. Aber niemand wird das für mich in Nacht und Regen tun, wie wir beide dies heute nacht tun werden, um Mitternacht, wenn die Stadt ruhig geworden ist.«

David schaute auf Dr. Giovannonis zerklüftetes Gesicht: »Was redet er da«, dachte er, »natürlich, er lebt allein, ist ziemlich heruntergekommen, vielleicht ist er etwas verrückt geworden, man sagt, sein Diener betreibe die Praxis.«

Dr. Giovannoni schenkte ihm nach, es mußte nun sein vierter oder fünfter Whisky gewesen sein, er spürte seine Beine nicht mehr, wollte sich schwer erheben, sank wieder auf seinen Stuhl zurück.

»Schlafen Sie«, hörte er den Doktor wie durch einen dichten Nebel hindurch sagen, »ich wecke Sie, wenn es soweit ist.« David ließ seinen Kopf auf die Tischplatte sinken und schlief sofort ein. Der Doktor aber schlug Vergils Äneis auf, und während er in den wohlbekannten Versen las, in diesen Versen, die dem Körper so wenig Bedeutung, jedoch dem Geist jene überragende Rolle zuwiesen, an die auch Dr. Giovannoni glaubte, begegnete er Pamela Moskowicz wieder, dieser Schönen, Feinen, deren Körper nun verloren war, aber deren Geist er sich verbunden fühlte, so daß er plötzlich, es mag nach seinem sechsten Glas gewesen sein, ihren toten Körper vergaß und in Worten der Liebe zu ihr sprach – und diese Worte drangen so süß wie Dantes Gesänge durch den leicht nach Lysol und süßer Fäulnis duftenden Raum, und wurden von Dr. Giovannoni so sanft vorgetragene, daß die Hunde, die längst wieder zu seinen Füßen lagen, begeistert ihre Köpfe an seinem Bein rieben.

Dr. Giovannoni hatte David auf den Charpoy gezogen, und dort lag er nun und schnarchte leise. Balatschu hatte ein paarmal die Türe geöffnet, war aber jedesmal mit einer müden Handbewegung des Doktors aus dem Raum gewiesen worden. Schließlich hatte er dem Doktor eine Schüssel Maisbrei und etwas Brot hingestellt und war gegangen. Als er am späten Abend ein letztes Mal auf seinen Herrn blickte, war der sanft eingeschlafen.

Balatschu sah verachtungsvoll auf die Szene: Zwei Bwanas, offensichtlich betrunken, ein übelgelaunter Affe, zwei nutzlose Hunde. Und es stank nach Lysol, was nur bedeuten konnte, daß jemand sich im Duschraum erbrochen hatte. Er nahm dem Doktor vorsichtig die Brille von der Nase, räumte das unberührte Abendmahl ab und entfernte sich.

Dr. Giovannoni träumte von Arkadien: Sanfter Wind über lavendelfarbenen Hügeln und von weither kommend Pans Flötentöne, wehmütig und süß gleich schweren Tropfen dunklen Honigs flossen sie in sein Herz und breiteten ein mauvefarbenes Tuch der Traurigkeit über die Hügel – so süß anschwellend, so leise ersterbend spielte Pan, daß Dr. Giovannonis Herz vor Traurigkeit zu bersten glaubte. Er seufzte tief – und erwachte.

Die Hunde heulten und stöhnten, sie waren des gemeinsamen Charpoys beraubt und beklagten sich herzzerreißend. Dr. Giovannoni blickte auf seine Armbanduhr: Es war drei Uhr morgens, der Regen fiel stetig, die Luft war schwer und stickig trotz des geöffneten Fensters – er stand auf und stieß die Fliegengitter zurück, nun war es, als fiele der Regen im Raum. Ein leiser Luftzug bewegte den Plastikvorhang, der Doktor fröstelte, obgleich heißfeuchte Luft den Raum erfüllte. Er blickte auf den schlafenden David, der, offenen Mundes leise röchelnd, sich auf dem Charpoy in unbeholfen embryonaler Haltung krümmte. Der Doktor schüttelte ihm die Schultern:

»Wachen Sie auf, es ist schon spät, beim ersten Dämmerlicht wird der Muezzin auf dem Minarett erscheinen, von dort kann er den Friedhof überblicken, also, kommen Sie.« Er ging zum Duschraum, zog sachte den Vorhang zurück, nahm den Korb und ging mit ihm in seinen Praxisraum. Die Hunde sprangen auf den Charpoy und begannen, dankbar, daß ihnen nun endlich Platz gemacht worden war, Davids Gesicht zu lecken, das Äffchen, das noch tief geschlafen hatte, zerrte meckernd an seiner Schnur. Einen Augenblick überlegte David, sich im Duschraum Wasser über den Kopf laufen zu lassen – er war schweißgebadet erwacht –, doch erschien ihm dies sofort ein Sakrileg – der Duschraum war eine Leichenkammer geworden, in dem ein gefoltertes Stück von Pamelas schönem Körper aufbewahrt worden war, ein Stück, mit dem sich jetzt nebenan Dr. Giovannoni beschäftigte. Hin und her getragen war es worden, ein Teil, das seinen Platz verloren, getrennt von Gliedern und Organen, die jetzt wahrscheinlich in einem schlammigen Fluß ihrem Ende zutrieben. Doch das Makabre besaß seine eigene grausame Komik: In Davids Schluchzen mengte sich hysterisches Lachen über die, wie ihm schien, groteske Sinnlosigkeit des Lebens.

Es mochten etwa zehn Minuten vergangen sein, als Dr. Giovannoni wieder erschien. Das Gesicht pergamentfarben, seine Augen, die Augen eines nun endgültig alten Mannes, leer und müde. Er trug eine hölzerne Medikamentenkiste, in der ganz in weiße Mulltücher eingeschlagen Pamelas Kopf lag, der nun einem Kopfverletzten in der Intensivstation glich– nur Augen-, Ohren- und Nasenschlitze fehlten.

Sie schlossen die jaulenden Hunde ein und gingen in die Nacht hinaus.

Den Friedhof umschloß eine niedere Mauer, die Grabplatten lagen grau im Mondlicht, darüber standen schwarz die Kronen der Mangobäume – es hatte aufgehört zu regnen, der Mond glitt schnell durch treibende Wolkendecken und warf sein bleiches Licht auf regennasse Blätter. Durch verstreute Gräber hindurch gingen sie zu einem Ort nahe der Mauer, wo sich Mangobäume dicht aneinander drängten und ein Grabtempelchen in einsamer Weiße stand – erschraken, als aus ihm eine Hyäne stürzte, an ihnen vorüberhumpelte, sie eine Sekunde aus glimmenden Opalaugen anblickte, bevor sie durch eine Mauerlücke entschwand.

»Leichenschänder«, flüsterte der Doktor, »gut, daß es tagelang geregnet hat – wir werden sie tief begraben können.« David schauderte – der Doktor sprach von Pamelas Kopf, als bedürfe er keines Körpers, als sei dieser Kopf Pamela selbst. Dr. Giovannoni begann jetzt schnell zu graben, stieg, als er einen halben Meter Tiefe erreicht hatte, selbst in die Grube hinab und schaufelte fieberhaft, bis ihm endlich die Erde bis zu den Schultern reichte. Dann erst nagelte er die Kiste zu, dumpf hallten die Hammerschläge durch die Nacht, schwere Regenluft drückte den ölig süßen Blütenduft der Frangipannis gegen die Erde, so daß es schien, als stiege er von den Gräbern auf. David wollte Dr. Giovannoni die Schaufel aus der Hand nehmen, aber der Doktor schüttelte unwillig den Kopf, Schaufel für Schaufel häufte er selbst Erde auf Pamela Moskowiczs Grab und glättete dann, an seinem Rand kniend, sorgfältig mit den Händen die Erde darüber.

»Einen Meter vom dritten Mangobaum«, flüsterte er, aufstehend, und David wußte, daß er die Stelle markiert hatte.

Schnell verließen sie nun den Friedhof, schon erschien am Horizont ein feiner Streifen rosaroten Lichtes, in den Mangobäumen rumorten die ersten Vögel. Vor Dr. Giovannonis Haus standen sie einen Moment unter den tropfenden Palmenblättern, während der Doktor in den ausgefransten Taschen seiner Leinenjacke nach den Schlüsseln suchte. Dann flogen ihnen die Hunde entgegen und rannten sie fast um, auf dem Tisch in Dr. Giovannonis Wohn- und Schlafraum stand die leere Whiskyflasche mit den Gläsern, ein Hauch von Lysol hing noch im Zimmer, hinter dem Duschvorhang summten eifrige Moskitos. Dr. Giovannoni riß den Vorhang zurück und besprühte die Wände, er tat es wütend, als hätten die blutrünstigen Insekten Pamela selbst belästigt ... Dann zog er unter seinem Charpoy eine neue Flasche Whisky hervor und schenkte ein. Naß klebten graue Haarsträhnen an seiner Stirn, die Hand, die das Glas hielt, war gelb, als sei sie in Schwefelsäure getaucht worden, aber sie zitterte nicht. Es umgab Dr. Giovannoni etwas wie Ruhe – Ruhe, nach schwer vollbrachter Arbeit.

David legte seine Hand auf einen Hundekopf, die lebendige Wärme tat ihm wohl, und als nun der Whisky warm durch seinen Körper floß, fand er, daß er vielleicht sogar nach dieser Nacht das Leben wieder würde ertragen können.

»Ich danke Ihnen, Doktor«, sagte er, »ich weiß nicht, was ich ohne Sie getan hätte.«

Der Doktor stand jetzt am Fenster, die Regenwolken waren verschwunden, in der ersten Morgenhelle stand ein blasser Mond am Himmel. Der Muezzin hatte eben begonnen, seine schluchzenden Morgengebete auf die noch schlafende Stadt hinunterzusingen, auf die rosafarbenen Kühe der Tempelmauer, auf die Grabstätten des Friedhofes, die sich langsam wieder an ihre eigenen rosa, grünen und gelben Farben erinnerten. Bei den Mangobäumen wußte er Pamela Moskowicz Grab, das ihm nun ganz allein gehörte. Jede Konkurrenz war endgültig ausgeschaltet.

»Sie werden niemandem sagen, wo wir sie begraben haben ...« Er sagte es beinahe drohend. David schüttelte den Kopf.

»Niemandem, Doktor.« Dr. Giovannoni wandte sich wieder dem Fenster zu.

»Was ist der Tod«, sagte er leise, »wissen Sie, was der Tod ist? Nichts, mein Freund, eine dahinziehende Wolke, ein verklungener Ton. Doch nach ihm beginnt die Musik, eine klare und reine Musik – manche Menschen verströmen sie schon zu Lebzeiten ...« Er legte eine große gelbe, blau mit Adernsträngen durchzogene Hand auf den Tisch, als müsse er sich plötzlich stützen, als habe ihn nun endlich Schwäche eingeholt.

75) Eine Leiche wird gefunden

Während der Trockenzeit waren Leichen aus dem Chanunka nichts Ungewöhnliches – sie wurden aus dem Fluß gezogen, im Busch abgelegt und der natürlichen Verwesung anheimgegeben. Während der Regenzeit jedoch wurden sie seltener – Busch und Regenwald boten dann für Partisanen gute Verstecke –, die Zeit des großen Regens wirkte in der Regel politisch einschläfernd. Deshalb auch erregte eine Leiche, die der Chanunka nahe dem Dorf mitten in der Regenzeit anschwemmte, und die noch dazu die einer weißen Frau war, in Truchilla Aufsehen. Man witterte Ambivalentes – wie sollte man eine weiße Frau in die klare Kategorie ›Congress Party – National Party‹ einordnen? Teepflücker hatten sie gefunden, und, da es sich um eine weiße Frau handelte, den mutilierten Körper gemeldet. Die Polizei wurde benachrichtigt und die Leiche in die Polizeistation gebracht. Der Constable, der herbeigeeilt war, zog mit schnellem Griff ein buntes Tuch, das die Teepflücker über den Körper gelegt hatten, beiseite, warf einen kurzen Blick darauf und sagte:

»Ein Leopard muß sie erwischt haben, der Kopf fehlt.« Zu den noch ängstlich herumstehenden Teepflückern sagte er :

»Da seht ihr, eine weiße Leiche stinkt genau wie eine schwarze.« Dann wandte er sich einem Schreibtisch am Fenster zu, ergriff ein verstaubtes Telefon und rief Dale an:

»Eine weibliche weiße Leiche ist angeschwemmt worden, jemand muß sie identifizieren. Sie kann ohne jede weitere Formalität begraben werden, die Verwesung ist ziemlich weit fortgeschritten.« Dale fuhr zu Father Ricardo, der für die Beerdigung Weißer zuständig war. Auf dem Weg zur Polizeistation dachten sie beide an Pamela Moskowicz, aber da keiner den anderen beunruhigen wollte, erwähnten sie ihren Namen nicht. Kurz vor der Station sagte Dale:

»Dillah hat mir noch vor dem Constable von dieser Leiche berichtet, er sagte, sie sei ohne Kopf geborgen worden. Er fürchtet, daß ein vor Jahren von einem Laienpriester initiierter Brauch wiederbelebt worden sei ..., Sie erinnern sich sicher an diesen religiösen Wahnsinn, der verlangte, die Köpfe ermordeter Europäer auf sogenannten Altären verfaulen zu lassen. Aber ich kann das einfach nicht glauben ...« Sie fanden die Polizeistation verlassen, nur ein Wachmann hatte auf sie gewartet, er saß vor der Türe, erhob sich langsam, wies den beiden aus dem Auto steigenden Bwanas mit einer leichten Bewegung seines Speers den Weg ins Haus und setzte sich wieder. Die Hitze in dem kleinen halbdunklen Raum war getränkt mit süßem Leichengeruch – von einem Tuch bedeckt, zeichneten sich die Umrisse eines schmalen Körpers ab, grüne Fliegen huschten schillernd darüberhin und stießen summend gegen graue Fliegengitter. Dale zog langsam das Tuch zurück, eine fast durchsichtige Hand wurde sichtbar, grau, von Fischen angefressen, dann die Längsseite eines Körpers. Er konnte nicht sicher sein, aber trotz der fortgeschrittenen Verwesung erinnerte ihn etwas an Pamela Moskowicz.

»Wir müssen Harrison benachrichtigen«, sagt er, »wenn sie es ist, kann nur er sie identifizieren.«

Einige Stunden später traf Harrison ein. Er stieg schweigend aus seinem Auto, ging in die Hütte und bliebt dort eine lange Zeit. Als er aus dem Haus trat, wankte er leicht, sagte nichts, nickte nur. Sein Chauffeur öffnete die Wagentüre, er stieg ein, der Wagen fuhr ab. Dale und Father Ricardo sahen ihm nach, aber Harrison wandte sich nicht mehr um. In Dales Pickup verharrten sie einige Minuten, ohne zu sprechen. Dale schaute aus dem Fenster auf die rot-schlammige Straße, auf die vorbeischlendernden Menschen – und es war ihm, als bewegten sie sich in einem seltsamen Aquarium, lautlos, gleichgültig, beinahe tot ... Endlich sagte er:

»Wissen Sie, ich bin beinahe 60 und weiß jetzt, daß die Scheußlichkeiten der Menschen sich wiederholen, unausrottbar sind. Friede, Nächstenliebe ..., Lichtpunkte in einem sich unbarmherzig drehenden Kreis der Grausamkeiten, den nur der Tod für den Einzelnen durchbrechen kann. Dabei hat es mich immer getröstet, daß es etwas gibt wie das Lachen über sich selbst – nur der Mensch ist fähig, über sich selbst zu lachen. Und immer glaubte ich, daß

Gott sich über die Menschen amüsiere, vielleicht mit ihnen lache ..., heute ist mir, als könnte ich sein Gelächter hören: schrill, grausam, aus einem steinernen Herzen kommend ...« Der Father schüttelte den Kopf:

»So dürfen Sie nicht sprechen. Denken Sie an Hobbes: ›Der Mensch ist des Menschen Wolf.‹«

»Ich habe immer an Ihnen geschätzt«, sagte Dale, »daß Sie mir nie mit irgendeinem religiösen Unsinn kamen ..., und das ist schon etwas bei einem Priester.« Father Ricardo antwortete nicht. nach einer Weile sagte er leise:

»Wir sollten für sie beten ...« Dale lachte kurz auf:

«Was nützt das noch ...«

Im Dorf dachte außer Karim, der sein Wort, Aissa gegenüber Schweigen zu bewahren, gehalten hatte, niemand daran, daß die Leiche Pamela Moskowicz sein könnte. Nr. One, der Augenzeuge ihrer Bergung war, informierte, wen immer er am selben Tag antreffen konnte, und als Erster erfuhr Tussani davon, dem Nr. One auf dem Weg zur Moschee begegnete. Tussani eilte daraufhin sofort nach Hause, um Essabetala Bericht zu erstatten. Es regnete in Strömen, im Eukalyptusbaum vor seinem Haus saßen mit hängenden Hälsen die Geier, ab und zu gelangweilt ihr Gefieder ausschüttelnd. Essabetala war dabei, mit einer Zuckerrohrstange Karims Hunde zu verjagen, die ein fetter Hammelcurrygeruch aus dem Hinterhof angezogen hatte. Die Tiere wichen zurück, zogen die Schwänze ein, näherten sich katzbuckelig wieder. Tussani stolperte fluchend über einen Hund und rief verärgert:

»Wenn du etwas über eine neue Leiche erfahren willst, dann komm ins Haus und setz dich.« Essabetala warf das Rohr beiseite, spuckte kleine Zuckerrohrstückchen vor Tussanis Füße und ließ sich auf einen Charpoy plumpsen. Aus ihrem Haar tropfte Regenwasser.

»Und ... was ist dann los mit dieser Leiche?« Tussani setzte sich auf seinen Stuhl, zog sich einen Zipfel des Sherwanis über den Mund und flüsterte:

»Die Leiche, die sie eben aus dem Chanunka gezogen haben, ist weiß.«

»Und warum mußt du da flüstern? Das erklärt doch wenigstens, warum sie gemeldet wurde ...«

»Der Constable hat gesagt, daß ein Leopard die Leiche erwischt hat«, entgegnete Tussani, noch immer flüsternd, »und daß es ein Unglücksfall war, verstehst du, die Leiche hatte keinen Kopf mehr, aber ...« Jetzt schwieg Tussani bedeutungsvoll.

»Was *aber*, sie haben ihn also umgebracht? Er wird sich halt in ihre Politik gemischt haben ...«

»Es war eine weiße Frau ...«

»Assaa ... eine weiße Frau!« Jetzt endlich zeigte sich Essabetala gebührend interessiert. »Dann war es Chigololo, ich habe gehört, daß die Weißen ihre Frauen wegen Chigololo umbringen ..., bei denen ist Chigololo sehr gefährlich ...«

»Der Constable sagt, ein Leopard habe der Leiche den Kopf abgerissen, aber Nr. One war dabei, als sie aus dem Chanunka gezogen wurde, und er sagt, daß er glaubt, ihr Kopf wurde mit einem Mpeni abgeschnitten, er sagt, daß er oft deinen Hammeln den Kopf abgehauen hat, und daß es dann genauso ausgesehen hat ...«

»Ich habe dir ja gesagt, es war Chigololo ...« Essabetala nickte gewichtig. »Aber benutzten Weiße überhaupt Mpenis? Er muß es mit einem Messer getan haben!«

»Messer oder Mpeni, das ist doch ganz egal, der Constable sagt, es soll keine Untersuchung geben, sie müssen sie sofort begraben, der Gouverneur war schon da und Bwana Dale und Father Ricardo ...«

»Sie wollen sie also hier beerdigen ... ich werde da hingehen ... weiße Beerdigungen mit Father Ricardo sind immer sehr interessant ... und vielleicht kommt auch der Gouverneur ...«

»In diesem Falle«, sagte Tussani, halte ich das für sehr unpassend.«

»Unpassend, warum ...«

»Weil dies eben keine normale Beerdigung ist, verstehst du das nicht?«

»Nun gut, dann kann Nr. One hingehen ...« Tussani schüttelte sein Haupt.

»Tu, was du nicht lassen kannst«, sagte er und versank in bedeutungsvolles Schweigen.

Mit Nr. One im Haus saß Salina natürlich an der Quelle. Doch Nr. Ones übliches bewegungslos Verhalten, diese stoische Akzeptanz alles Ungewöhnlichen, die nicht einmal ein leises Verwundern zuließ, sein direkt auf Gewinn oder Verlust gerichteter Sinn, dieser höchst irritierende Pragmatismus erschöpfte auch diesmal wieder Salinas Geduld.

»Nun rede schon«, rief sie, »du wirst doch etwas bemerkt haben, war sie jung, alt, groß, klein – nun mach schon den Mund auf und sage, was du gesehen hast ...« Nr. One schwieg. Zu dieser anscheinend obstinaten Haltung muß gesagt werden, daß ihm Salinas Befragung in diesem Falle höchst unangenehm war. Er fand ihr Interesse an diesem Körper, der einer weißen Frau gehört hatte, unziemlich – es war ihm ein bißchen, als spräche Salina über sich selbst, oder eine nahe Verwandte –, dies war natürlich Unsinn, aber er konnte nicht anders, so empfand er eben. Endlich sagte er zögernd:

»Sie hatte keinen Kopf, keine Kleider, die Fingernägel waren rot ...«

»Na, endlich etwas, sie hatte also rote Fingernägel. Und dann haben sie sie zur Polizeistation gebracht. Und was dann?«

»Der Constable hat gesagt, daß eine weiße Leiche genauso stinkt wie eine schwarze ...« (Dieser Satz hatte sich Nr. One eingeprägt, er war ihm wichtig erschienen)

Salina drehte ungeduldig die Augen zur Decke:

»Weiter ...«

»Bwana Dale und Father Ricardo waren auch da.«

»Und was hat Bwana Dale gesagt?«

»Er hat gesagt, daß der Gouverneur sie idifi ..., idifi...«

»Identifizieren ...«

»Ja, idifizieren muß ...«

»Der Gouverneur sie identifizieren ..., dann war sie eine Lady ...« Und Salina stellte sich sofort eine der Albinofrauen vor, die sie so oft in Mr. Lakes Playboy-Heften studiert hatte. Aber natürlich könnte es auch jemand gewesen sein wie Mrs. Dale oder Mrs. Scarborough – aber wer sollte schon diese unscheinbaren Wesen umbringen wollen –, nein, es war sicher eine dieser glanzvollen Damen aus den Heften, von denen es auch in der Stadt ein paar geben mußte. Da war ein Ehemann oder Liebhaber im Spiel gewesen, ein Mord der Leidenschaft.

Nr. One bemerkte in völliger Verwirrung, daß Salina lächelte. Und wie sie lächelte! Sie lächelte ihr kleines, süßes Salome-Lächeln. Nr. One lächelte in völligem Unverständnis zurück, blickte Salina dann aber entgeistert mit offenem Munde an. Wie hätte er auch verstehen können, daß Salinas Phantasie nun weit ihre Flügel spannte, sie sich in wildesten Eifersuchtsszenen bewegte: Ein starker weißer Mann – so etwa von der Statur Dales –, eine zarte Frau – so etwa von ihrer eigenen Gestalt – Shiva und Parvati – in rasende Eifersucht verstrickt ..., die schließlich zum Mord führen mußte. Salina bemerkte, wie Nr. One sie hilflos anstarrte.

»Also«, sagte sie leichthin, »sie haben eine weiße Leiche gefunden, das ist doch nichts Besonderes. Weiße bringen einander genauso um wie Schwarze. Und jetzt geh an deine Arbeit. Ein paar Augenblicke später aber rief sie Nr. One zurück. Es war Salina eingefallen, daß diese Leiche am selben Tag erschienen war, an dem Extra Pencil tot in seiner Hütte gefunden wurde ..., dies sah entschieden nach bösem Omen aus. Und der Irre war auch wieder in der Gegend gesehen worden – höchste Zeit, Ganesh besondere Aufmerksamkeit zu widmen.

»Geh und hole Jasminblüten«, sagte Salina deshalb zu Nr. One, »und koche Butter und gehackte Mandeln auf.« Und nachdem Ganesh, der rosenrote Elefant, ein mandelduftendes Butterbad erhalten hatte und in dichte Reihen aufgefädelter Jasminblüten gehüllt war, so daß nur noch sein Rüssel und die listig lächelnden

Augen sichtbar waren, legte sich auch über Salina die Beruhigung einer nun stillen, feuchten Nacht.

Am folgenden Tag wurde Pamela auf dem kleinen Friedhof neben Father Ricardos Kirche beerdigt. An diesem Nachmittag war es, als hätte sich selbst der Regen, der sonst zu diesen Stunden unbarmherzig herniederprasselte, besonnen: Nur ein leichtes feines Rieseln umhüllte das kleine Häuflein Menschen um Pamelas Grab, und Harrisons Worte waren klar vernehmbar. Es waren nur vier Zeilen eines Gedichtes, die er mit belegter Stimme vortrug, und allein Dale erkannte sie als Shelleys Adonais. Durch Davids Gedanken aber zogen Bilder einer anderen, nächtlichen Beerdigung, und er sandte Harrisons Worte: »She is not dead, she does not sleep ...« zu der Stelle unter den dunklen Mangobäumen neben dem kleinen rosa Tempel auf dem Hindufriedhof nahe Dr. Giovannonis Haus.

»Als sie die Leiche heute nachmittag beerdigten, hat der Gouverneur ein Gedicht vorgelesen ...«, sagte Essabetala am Abend desselben Tages zu Tussani.

»Das finde ich sehr schön«, antwortete Tussani, »wir sollten das für unsere Toten auch tun ... Ich denke da an den großem Omar Kayam ... Mr. Dale hat mir einmal ein paar Strophen von ihm vorgelesen. Omar Kayam war ein persischer Moslem ...« Essabetala rümpfte die Nase:

»Weiße werden eben nicht dauernd umgebracht, wie unsere Leute hier, deshalb bekommen sie auch besondere Beerdigungen, mit Gedichten und so ...« Tussani nickte nachdenklich. Nach einer Weile sagte er:

»Ich möchte wissen, warum der Constable keine Untersuchung will.«

»Weil den weiße Chigololos nicht interessieren ...«, sagte Essabetala.

»Hm«, machte Tussani, »hm, hm, vielleicht hast du da recht.«

76) Tussani und der Imam

Truchilla lag in mittäglicher Stille, in den staubigen Halbmondblättern des Eukalyptusbaumes vor Tussanis Haus hockten bewegungslos die Geier und sahen mit ihren Köpfen unter den Flügeln aus wie graue Urnen. Karims Hunde lagen im Schatten des Ladens, ab und zu jaulten sie leise im Schlaf und ein Zittern überlief ihr Fell: die Fliegen, ungestört durch 40 Grad im Schatten, wurlten in Klustern um ihre Augen. Dann aber, aufgeschreckt durch ihnen unbekannte Schritte, spitzten sie die Ohren, erhoben sich steifbeinig und blickten zähnebleckend auf eine seltsame Figur, die in ihre Schranken gewiesen werden mußte: Es näherte sich ein Mann, der nicht nach Truchilla gehörte.

Weiße Mislinjalwars schlotterten um Spindelbeine, skelettöse Füße schlappten in Jesussandalen: Der Imam, auf einen schwarzen Regenschirm gestützt, ging durch Truchilla. Um die Schultern wehte ein langer weißer Schal, auf dem Kopf saß statt des gestickten Käppchens heute ein aufgeplusterter weißer Turban (ausgerollt die Länge von acht Metern erreichend, die ein Meter breite Bahn zu einer dicken Schnur gedreht und um den Kopf gewunden), der sein winziges Haupt wie ein riesiges zerfließendes Schneckenhaus umwölbte. Die Haut seines Gesichtes spannte sich grauweiß wie Birkenrinde über die Knochen, die Spitze einer gurkenförmigen Nase, nach unten eingestülpt, suchte eine in einen zahnlosen Kiefer geflüchtete Oberlippe – die überstehende Unterlippe umspannte wie ein Gummiband gelbe Zahnstumpen und verlieh des Imams Gesicht quengelige Verdrießlichkeit. Tiefgefurchte Halslappen und ein gelblicher Backenbart, die Spitzen hennarot glänzend, mit Leinsamenöl versteift, schütter unter dem Kinn, doch dicht und gekraust zu beiden Seiten des Gesichtes, gaben dem Imam den Ausdruck eines gierigen Truthahns. Um die mageren Hüften wehten die Enden des weißen Schals – den Turban tief in die Augen gedrückt, ging der Imam steifrückig und nur manchmal leise in der Hitze wankend, durch die Red Store Street. Mit der Spitze seines Regenschirms stieß er ab und zu größere Steine aus dem Weg oder verjagte Karims Hunde, die jetzt zu jaulender Aktivität sich berufen fühlten. Trotz des Knochenbaus eines fragilen Vogels und seines hohen Alters hielt sich der Imam kerzengerade, wie eine Stahlfeder hielt ihn die Überzeugung eigener Wichtigkeit in erekter Form.

Er war mit dem Bus gekommen, einem überrosteten Fahrzeug, das zweimal die Woche Truchilla mit der Stadt verband – obgleich ihm ein Renault mit Fahrer zur Verfügung stand, hatte er es heute für opportun gehalten, Sparsamkeit zu demonstrieren und den billigeren Bus zu nehmen, denn er befand sich auf dem Wege zu Tussani und wußte, daß ihn Tussani mit lästigen Klagen über seine baufällige Moschee bedrängen würde. Vor Tussanis Haus hielt er einen Augenblick inne, öffnete die betelrote Höhle seines Mundes, schnappte ein paarmal tief Luft, spuckte steifrückig auf Karims Hunde – und betrat Tussanis Haus.

In Tussanis Friseurstube lag eine Kokosmatte auf dem Boden (für Besuche des Imam vorbehalten), der Laden war geschlossen. Obgleich Tussani und der Imam aus Indien stammten, verband sie nicht viel Gemeinsames: Tussani kam aus dem emanzipierten Delhi – die Heimat des Imam war der Gujarat, die hinduistische Festung Indiens, und deshalb, einer sunnitischen moslemischen Minderheit angehörend, gab sich der Imam als fanatischer Moslem – die Bemühungen um seine Religion hielten sich jedoch durchaus mit einer intensiven Lust an weltlichen Genüssen die Waage.

Der Imam und Tussani küßten sich, diese Begrüßungsküsse zeigten, was Tussani betraf, respektvolle Zurückhaltung, die des Imam gnädige Herablassung. Essabetala küßte knicksend des Imams Hand, der aber schnell seine welke kleine Klaue zurückzog, denn Essabetala gehörte nicht der einzig wahren Religion an und beschäftigte sich obendrein, wie er gehört hatte, mit schmutzigen einheimischen Riten – ein aufsässiges Frauenzimmer, das nicht zu der Art Frauen gehörte, die er mochte.

Tussani ließ sich mit dem Imam auf der Kokosmatte nieder, religiöse Gespräche erwartend, die mit einem Besuch seiner Moschee ihre Krönung finden würden – dies sollte ein guter Curry mit süßem Gewürztee unterstützen. Er wartete, bis der Imam marionettengleich in einen Schneidersitz sank, bevor auch er sich in gebührendem Abstand ihm gegenüber niederließ.

Es war Essabetala zwar erlaubt, die Speisen aufzutragen – aber verboten, an der Mahlzeit teilzunehmen, und wenn Tussani auch zu Hause dieses muslimische Gebot übertrat, so mußte es doch bei des Imams Besuchen eingehalten werden. Der Imam sprach nie mit Essabetala, er tat, als sei sie nicht vorhanden. So sah sie mürrisch zu, wie Tussani dem Imam in untertänigster Weise begegnete, ihm die Sandalen auszog und in einer Schüssel Hände und Füße wusch. Und mit bewölkter Stirn beobachtete sie, durch den Türspalt lugend, daß der Imam ungeheure Portionen aß, und immer, wenn Tussani das Gespräch auf seine Moschee brachte, sich mit saucetriefenden Händen riesige Currystücke in den Mund stopfte, damit er nicht antworten mußte. Als sich endlich unter den mageren Rippen die Andeutung eines Bauches abzeichnete, lehnte er sich auf ein Kissen zurück und gab vor, Tussani zuzuhören, tat aber jedesmal, als sei er eingenickt, wenn Tussani seine Moschee erwähnte. Er ließ dann den Kopf auf die Brust sinken, so daß die Wülste des Turbans seine Augen überschatteten, Nasenspitze und Unterlippe sich berührten – röchelte ein bißchen vor sich hin, die Korankette in die Mulde seiner gekreuzten Beine gesunken: ein Heiliger, den bei den Ausübungen seiner Pflichten unkontrollierbare Müdigkeit überkommen hatte. Schließlich gab Tussani auf, über die Moschee zusprechen und erzählte dem Imam von Stanley Hoods Abenteuer in Ndolas Bar. Und siehe da, eine Belebung zeigte sich, die Unterlippe des Imam weitete sich benevolent, und er nickte Tussani zu, als wolle er ihn für Mr. Hoods trauriges Geschick belobigen.

Auch Tussani fühlte sich nie recht wohl in des Imams Gesellschaft, und eigentlich schämte er sich, daß er, um ihn zu erheitern, diese Geschichte erzählte, und er fühlte sich unbehaglich, als der Imam plötzlich eine seltsame Neugierde für dieses Thema zeigte:

»So, so, ein katholischer Missionar wurde verprügelt«, sagte er, »da hat es den Richtigen erwischt ...«, und die folgende, wie zerstreut hingeworfene Frage: »Keine Hochzeit, keine Beerdigung?« – Hochzeiten und Beerdigungen brachten Geld in seine Kasse –, die Tussani mit einem traurigen Kopfschütteln verneinen mußte, war offensichtlich der Versuch, eine übergroße Neugierde zu verbergen, die ohne Verbrämung darzutun, des Imams Position nicht angestanden hätte. Er spuckte lässig mißachtend seinen Betel aus, in Ablehnung eines widerspenstigen Nestes, das sich mit dem Sterben Zeit ließ und mit Heiraten geizte.

Er selbst besaß drei Frauen, wie der Prophet es erlaubte, und er es auch als seine Pflicht empfand. Drei devote Dienerinnen gereichten schließlich jedem Mann zur Ehre. Zu diesen war seit kurzem ein fünfzehnjähriges Mädchen gekommen (schwarzer und indischer Provenienz), das er sich aus Bettys Bar geholt hatte. Dieses kleine Mädchen, Katichi, hatte seine Lebensgeister auf wunderbare Weise erfrischt und ihm auf seine alten Tage den verglimmenden Zunder erlöschender Leidenschaft neu entfacht, so daß er, dessen Stellung ihm Besuche in Bettys Bar verbot, es praktisch gefunden hatte, sie in sein Haus zu holen. Katichi wurde die Freude seiner alten Tage. Und er hatte eine Dienerin Allahs aus ihr gemacht – sie ging jeden Freitag im Chador in die Moschee, und es war schon eine Freude dort Katichis Gesicht wie einen verheißungsvollen Milchschokoladenmond im Kreise seiner ihm angetrauten Ehefrauen leuchten zu sehen, und im Hause des Herrn dankbar paradiesischer Freuden zu gedenken; Freuden, die seine Religion dem Gläubigen erst im Jenseits versprach, ihm aber als besondere Gunst noch in den späten Jahren seines Lebens gewährt wurden. Lästig war nur, daß er sich nicht allein um Katichis Gunst bewarb, eine beachtliche Gebühr hatte der Imam ohne zu murren an Bettys Bar für Katichi bezahlt, obgleich es ihn schon sehr störte, daß zu Zeiten, in denen er sich auswärts befand – und es unterstand ihm ein Dutzend langweiliger Dörfer wie dieses Nest Truchilla – Katichi in den verwilderten kleinen Hinterhof des ›Golden Egg‹ eilte, um dort entrückt mit ihren Freundinnen verderbter amerikanischer Transistormusik zu lauschen, die natürlich in seinem Haus verboten war. Schon mehrmals hatte er sie in heiliger Entrüstung von dort nach Hause geholt, und er mußte fürchten, daß Ausschließlichkeit in der Liebe von Katichi nicht erwarten werden konnte.

Zudem hatte er erfahren, daß sie vordem mit Sembereka, dem Kandidaten der National Party liiert gewesen war, der glücklicherweise ja jetzt verschwunden, aber – da niemand sicher wußte, wie nun wirklich die politische Situation sich entwickeln würde – dessen kraftstrotzende, feiste Konkurrenz immer noch drohte. Und nun war ihm aus Bettys Bar ein Gerücht zu Ohren gekommen, daß Sembereka sich in der Gegend um Truchilla aufhalte, und diesem Gerücht galt nun sein Besuch in Tussanis Haus. Tussani, von unbedarftem Verstand und Gemüt, würde sich unverfänglich befragen lassen.

Wenn seine Stellung ihm bisher verboten hatte, sofort neugierig in Tussanis Türe zu fallen, so schien ihm jetzt mit dem Gespräch über Hoods Dilemma eine opportune Gelegenheit gekommen.

»Dies muß man sich vorstellen«, sagte Tussani eben, »ein Missionar der katholischen Kirche in Ndolas Bar – kein Moslem würde je ein solches Etablissement betreten.«

(»Ein Einfaltspinsel«, dachte der Imam, und hustete Betel.)

»Wahrscheinlich hat er sich voll Kachasu laufen lassen«, fuhr Tussani fort, »da hat Father Ricardo ein feines Früchtchen an der Hand.« Der Imam fühlte sich zu widerwilliger Bekräftigung verpflichtet. Er nahm den neben ihm liegenden Regenschirm und schlug damit auf die Kokosmatte, eine Wolke feinen Staub aufwirbelnd – dazu lachte er krächzend, hustete ein betelgetränktes »Atschaa, Atschaa« auf die Matte (»Ja, Ja«, ins Hindustani, das er mit Tussani teilte, fallend) – und bediente sich noch einmal des Schirms, um seiner Zustimmung trügerischen Nachdruck zu verleihen.

Dann aber kam abrupt wie aus der Pistole geschossen eine Flut abgehackter Worte aus seinem Mund, eunuchenhell und autoritätsdurchdrungen:

»Dieser Sembereka, dieser Mann der National Party, hält der sich hier auf?« Es war offensichtlich, er hatte sich nun entschlossen, Tussani zu überrumpeln, seine Ungeduld hatte jede Vorsicht besiegt. Tussani erschrak –Was, dachte er, lag dem Imam an Sembereka, nie hatte sich seine Kirche um Politik gekümmert. Des Imams schwarze Rabenaugen sahen ihn durchdringend, ja, drohend, an – Tussani dachte an seine Moschee, und wie vielleicht eine Andeutung des Imams Ohr für dieses Sorgenkind öffnen könnte ..., eine kleine Andeutung – der Imam würde sicher alles für sich behalten ..., er fühlte, wie ein Zittern seinen Körper durchlief, sein Mund wurde trocken. Dann schüttelte er erschrokken den Kopf. Nein, sagte er, nein, er wisse von nichts, gar nichts.

Der Imam, den Kopf in die Halsfalten geduckt, die Augen zu kleinen Schlitzen verengt, blickte ihn böse an:

»Es heißt, daß ihn jemand hier versteckt hält. Ihr seid Muezzin und müßt wissen, was im Dorf vorgeht ...« Angst schnürte Tussani die Kehle zu. Essabetala, die hinter der Türe tief erschrocken des Imams Frage gehört und vor Tussanis Antwort gezittert hatte, nickte frenetisch mit dem Kopf und versuchte durch begleitende Wippbewegung ihrer Schultern Tussani ermutigende Wellen zuzusenden.

»Er ist Katholik«, hörte sie den Imam rufen, »er gehört zu den Prophetenfressern. Ein Mann, der Allah mißfällt ...« (Er bezog sich auf die Kommunion – Jesus gehört zu den moslemischen Propheten.) Der Imam krächzte geifernd, Schaum zeigte sich in seinen Mundwinkeln. – »Dieser Mann muß verschwinden. Mpembwe ist unser Mann – Mpembwe –, merke dir das, Tussani.« Tussani war fassungs- und sprachlos. Dieser plötzliche Ausbruch war ihm rätselhaft. Immer waren die Moslems hier mit den Christen gut ausgekommen, und er verstand diese plötzliche Feindseligkeit des Imam nicht. Er versuchte, das Gespräch auf jene weiße Leiche, die der Chanunka vor einigen Tagen angeschwemmt hatte, zu lenken, vergebens, den Imam interessierten weiße Leichen nicht, er wollte eine schwarze.

Essabetala hatte bis jetzt hinter der Türe sich Zurückhaltung auferlegt – nun aber riß sie den Vorhang zurück, sammelte klirrend die Teller ein und ließ sich, anstatt sich auf leisen respektvollen Sohlen zu entfernen, aufsässig in Tussanis Korbstuhl fallen, die Teller auf dem Schoß, die Beine übereinandergeschlagen und dem Imam ihren nackten Fuß mit dem auf der Zehe wippenden Flip-Flop präsentierend. Einen Augenblick klebten des Imams schwarze Knopfaugen auf diesem Fuß mit der breit ausgewinkelten, ganz und gar respektlosen großen Zehe, wanderten höher die ansehnlich drallen Waden hinauf – dann wandte er sich mit Abscheu ab und mümmelte unverständliche Worte in seinen Bart. Tussani, zutiefst erschrocken, versäumte, Essabetala an noch Schlimmerem zu hindern.

»Es ist eine Schande, Tussani«, konnte deshalb Essabetala in zerstörerischer Hemmungslosigkeit beginnen, »wie hier von meiner Religion gesprochen wird. Nie habe ich die Deine beleidigt und auch dem ehrwürdigen Imam immer Respekt erwiesen.« – Hier bekreuzigte sich Essabetala, was der Imam mit spöttisch zusammengezogenen Brauen, die Strähnen seines Bartes zwirbelnd, zur Kenntnis nahm. »Jeder anständige Mensch in diesem Dorf findet es unerhört«, Essabetala erhob hier die Stimme in ein dunkles Tremolo, »daß sich ein Missionar, ein frommer Mann der Kirche, von Ndolas Horde verprügeln lassen mußte, ein Mann, der nichts Ungehöriges wollte, und der ganz sicher nicht betrunken war.« Der Imam wiegte den Kopf und grinste süffisant, er streichelte seinen Bart und schaute auf Tussani mit mitleidig zusammengekniffenen Augen, so daß Tussani fühlte, daß er ihn verachtete, weil es ihm nicht gelungen war, seine Frau im Zaum zu halten. Und deshalb sprang Tussani auf und wies mit befehlend ausgestreckter Hand auf die Türe – worauf sich Essabetala langsam erhob, einen schwarzen Blick auf Tussani warf und, sich schnell und nachlässig vor dem Imam bekreuzigend, entfernte. Der Imam stand auf, unwillig stieß er Tussanis helfende Hand beiseite – es war nun unter seiner Würde, in diesem aufsässigen Haus auch nur eine Minute länger zu verweilen. Er strich mit zitternder Hand über seinen Schal und schickte sich an, das Haus zu verlassen, und obgleich Tussani noch einen winzigen Versuch machte, ihn doch noch in die Moschee zu locken – vergeblich, der Imam glaubte, sich überzeugt zu haben, daß Tussani nichts von einem Unterschlupf Semberekas wußte, und er wollte nun so schnell als möglich diesen Narren Tussani verlassen und in die bequemen Gefilde seines wohlgeführten Hauses, der kühlen Moschee und Katichis lustversprechender Gegenwart zurückkehren. So brachte ihn Tussani zur Busstation, bedrückt über einen wiederum mißglückten Besuch seines geistlichen Herrn.

»Du hast alles verdorben«, sagte Tussani zu Essabetala, »du hast ihn beleidigt, und er wird nun gar nichts für uns tun. Konntest du nicht ein einziges Mal deinen Mund halten?«

»Und du hast Mr. Hood und Father Ricardo beleidigt«, rief Essabetala, »und dieser Imam hat dazu gelacht, ja, er hat dazu gelacht und mit seinem Regenschirm um sich geschlagen. Wer ist dieser Imam, was bildet er sich ein, vernachlässigt deine Moschee und spielt in der Stadt den vornehmen Herrn mit seinem Auto und dem Chauffeur, und ich habe gehört, daß er neben seinen drei Frauen auch noch eine Hure haben will. Und weshalb braucht er diese lächerlichen Bartfransen, wenn Atatürk selbst nicht einmal einen kleinen Schnurrbart gehabt hat?« Tussani schüttelte verzweifelt sein Haupt.

»Gerüchte, nichts als Gerüchte«, rief er, »und was hat ein Bart mit Atatürk zu tun? Moslems tragen Bärte, weil Mohammed selbst einen trug, aber sie müssen nicht, verstehst du, Sikhs müssen Bärte tragen, sie tragen sie in lächerlichen Haarnetzen, weil ihnen ihr heiliger Guru Nanuk die Rasur verboten hat, dieser feine Heilige, bei dem ein Friseur verhungern kann ...« Tussani redete sich in eine Sackgasse, er fühlte hilflose Ohnmacht – wieder einmal war Essabetala zu einem kolossalen Hemmschuh geworden, wieder einmal war er ihr nicht gewachsen gewesen. »Ich möchte bloß wissen«, seufzte er, »warum der Imam sich um Sembereka kümmert.«

»Und ich habe gemerkt«, sagte Essabetala, Hände in die Hüften gegraben, »daß du ihm beinahe etwas gesagt hättest – diesem mageren Grashüpfer, der behauptet hat, daß ich deine Propheten fresse – kannst du mir erklären, was das heißen soll?«

»Laß mich in Ruhe«, knurrte Tussani und, beide Handflächen wie betend über den Kopf erhoben: »Es ist Zeit für den Salat el Dhur.« (Mittagsgebet des Muezzin)

Er erhob sich, und legte in vornehmer Langsamkeit seinen Schal um die Schultern. »Würde«, sagte er zu sich selbst, »jetzt ist Würde gefragt. Behalte also deine Würde und gib diesem unwürdigen Frauenzimmer ein Beispiel.« Und er nahm, stille Gelassenheit mimend, seine Korankette und schloß, ohne Essabetala noch eines Blickes gewürdigt zu haben, die Türe hinter sich. Aber auch Essabetala machte sich auf den Weg, und weil Tussani sie geärgert hatte, nahm sie seinen Fliegenwedel mit, einen weißen Affenhaarwedel auf einem knöchernen Griff, den Tussani gern verwendete, wenn er seine Siesta hielt: Er scheuchte damit, die weichen Haare sanft über sein Gesicht ziehend, Moskitos fort und zugleich förderte das leise Streicheln den Schlaf, und deshalb war für Tussani dieser Fliegenwedel so wichtig wie seine Korankette aus Bernstein. Als er sich später erschöpft nach getaner Arbeit auf seinen Charpoy fallen ließ, bemerkte er das Fehlen des Wedels, und seine Traurigkeit über den mißglückten Besuch des Imam wandelte sich in erlösende Wut – in dieser Stunde erteilte er allen Frauenmördern uneingeschränkte Absolution.

77) Eine Busfahrt

Der Bus in die Stadt, den der Imam nun erklomm, hatte längst seine Türen verloren. An seinen glaslosen Fenstern hingen Rupfensäcke, durch die Sitze schlängelten sich wie Spulwürmer Drahtspiralen. Die einst gelbe Farbe war einem fleckigen Grau gewichen, er sah aus, als sei gerade ein Feuersturm über ihn hinweggebraust. Einmal schon hatte ihn der Besitzer an Karbaris zum Ausschlachten verkauft, durch mißliche Umstände war er jedoch gezwungen gewesen, ihn wieder zu erstehen und notdürftig zusammenzuflicken. Jetzt endlich, nach monatelanger Pause, war der Busverkehr zwischen Truchilla und der Stadt wieder hergestellt. Einige Wochen lang hatte ein roter Doppeldecker, der auf abenteuerliche Weise aus London hierher gebracht worden war, und seinen Besitzer teures Geld kostete, städtisches Flair nach Truchilla gebracht. Mit diesem Doppeldecker ließ sich zuerst auch alles sehr zufriedenstellend an, er wurde ein Erfolg, der mit dem einer gut besuchten Achterbahn zu vergleichen war – kaum konnte er dem Andrang der Passagiere gerecht werden, sie drängten sich wie Lemminge in die obere Etage und saßen einander oft bis zur Decke hinauf auf dem Schoß, um das aufregende Vergnügen einer solch majestätischen Fahrt zu genießen. Der Fahrer konnte Sondergebühren für die Privilegierten des erhöhten Stockwerkes kassieren und fuhr so in stetem Hochgefühl unter den Freudenschreien seiner Fahrgäste rasant in die Kurven, um jenes schwerelose Schwindelgefühl zu erwecken, das dem erdgebundenen Menschen glückselige Körperlosigkeit suggeriert. Dieser Spaß fand leider zu schnell ein Ende, als auf einer schmalen Brücke über den Chanunka der Fahrer in der Euphorie ekstatischer Triumphe das Geländer mitnahm und den Bus in den Fluß beförderte. Ob dieses Verlustes war der Unternehmer gezwungen, seinen alten Bus bei Karbaris wieder einzulösen – der Ruf seines Unternehmens hatte jedoch gottlob durchaus nicht gelitten, es gelang ihm nämlich, die Überlebenden von den Vorteilen der Wasserlandung zu überzeugen – ein Unfall dieser Art auf der Straße, sagte er, hätte den Bus sicher in Brand gesetzt, und überhaupt niemand wäre dann lebend davongekommen. Es war schon wirklich ein Glück, daß der alte Bus von Karbaris noch nicht ausgeschlachtet worden war und deshalb sofort eingesetzt werden konnte.

Der Imam setzte sich in die vorderste Reihe. Neben ihm hatte der Constable Platz genommen – er war heute gezwungen worden, den Bus zu benutzen, da sein Jeep vor der Grenze nach Portuguese East, die er wieder einmal selbst kontrollieren wollte, zusammengebrochen war. Übelgelaunt saß er deshalb in jedes Gespräch ablehnender Haltung da, die Beine weit von sich gestreckt, den Revolver zwischen den Beinen, die Mütze tief in die Augen gezogen, so daß sein Gesicht nur aus Sonnenbrille und rosa-violetten Lippen zu bestehen schien.

Der Fahrer, beeindruckt von solch bedeutenden Passagieren, wandte sich ihnen wiederholt zu, um stolz die Namen der Dörfer zu verkünden – er ließ es dabei nicht an Lokalkolorit fehlen, man erfuhr, wo Hyänen Kinder aus den Hütten geholt, die Milch mit Ufitis verdorben worden und die Seele einer im Chanunka aufgefundenen Leiche in einen Leoparden verwandelt worden war. Der Imam wandte sich gelangweilt ab, der Constable stellte sich schlafend, nur ein gelegentliches nervöses Fingertrommeln auf dem Futteral des Revolvers verriet, daß er zuhörte. Staub drang durch die Rupfenvorhänge der Fenster, die Passagiere spuckten und husteten, der Constable schob seine Mütze aus der Stirn und wischte sich mit einem großen Taschentuch über den violett-roten Ring, den diese dort zurückgelassen hatte. Arete, Leoparden, Ufitis – dies waren die Gespräche seines Volkes, Aberglauben und Rückständigkeit beherrschten das Land.

«In diesem Dorf«, sagte der Fahrer eben, »heißt es, daß dieser Mann der National Party, der jetzt überall gesucht wird, in den Feldern spukt, jeden Morgen ist der Mais zertrampelt, aber niemand hat noch einen Elefanten gesehen, und deshalb sagen die Leute, er muß es sein, der die Maisernte zerstören will, damit es ein böses Omen für die Congress Party ist.«

Des Constables Lippen zuckten nervös, der Imam legte seinen Kopf zur Seite wie ein Papagei, dem etwas vorgesungen wird: Er hörte nur auf einem Ohr.

»Blödsinn«, sagte der Constable und schloß die Augen, der Imam wiegte bedächtig sein Haupt.

»Wenn die Polizei in diesem Lande etwas taugte«, sagte er, »dann wäre dieser Fettwanst Sembereka jetzt hinter Gittern und würde nicht als Elefant oder Schakal durch die Köpfe der Leute spuken.

»Er ist tot«, sagte der Constable ungehalten und trommelte ungeduldig auf das Revolverfutteral«, man hat seine Leiche gefunden.«

»Ja«, sagte der Imam spöttisch, »tot wie ein Engerling unter der Erde, der im Frühjahr lustige Auferstehung feiert.«

Der Fahrer fand diese Konversation jetzt äußerst interessant, er mußte sich deshalb weit zurücklehnen, damit ihm kein Wort entgehe – so weit, daß nur noch ein Ellenbogen das Steuerrad berührte, und der Bus gefährlich auf dem schmalen Streifen Asphalt in der Mitte der Schotterstraße hin und her schaukelte.

»Man sagt«, rief er in das Rattern des Blechs und Stöhnen des Motors hinein, »daß auch der alte Medizinmann in Truchilla ihn gesehen hat, wie eine riesige Fledermaus hat er ausgesehen ..., er glaubt, daß Sembereka in eine Fledermaus verwandelt worden ist ...«

»Halt endlich die Schnauze und schau auf die Straße«, rief der Constable, und an den Imam gewandt: »Wenn er noch lebte, hätten wir ihn längst unschädlich gemacht.« Der Imam lachte grimmig:

»Haben Sie schon einmal daran gedacht, daß ein Hurenbock sich bei Huren versteckt haben könnte?« Der Constable empfand Zweifel an seiner Kompetenz als Beleidigung. Er wandte sich ab, zog seine Mütze tief in die Stirn und schaute auf die staubflimmernde Straße hinaus, auf das Armaturenbrett, das im Rhythmus der Löcher auf und nieder hüpfte – und da, plötzlich, dehnten sich seine violetten Lippen wie die geschmeidige Haut eine sich spannenden Raupe zu einem Lächeln: Er hatte zwei blechgerahmte Photographien, die auf dem Armaturenbrett des Busses unter einem mit Samenkapseln überpendelten Blechstreifen mit der Inschrift: ›Don't forget God!‹, klebten, bemerkt.

»Siehe da«, sagte er, an den Imam gewandt, »ein neuer Moslemheiliger ...!« Der Imam reckte wie eine Schildkröte den faltigen Hals aus seinem Schal, und was er sah, amüsierte ihn nicht: Eines der Bildchen zeigte Atatürk mit einem aufgeklebten silbernen Mond auf der Stirn, das andere einen rosa Elefanten, der auf den Hinterbeinen saß und den Rüssel um eine Lotosblüte geschlungen hatte.

»Zwei Heilige«, sagte der Busfahrer erklärend, »einen für die Moslems, einen für die Hindus. Alle meine Fahrgäste sollen beschützt werden.«

»Und wo hast du diesen Moslemheiligen her?« Der Constable gab einen glucksenden Laut von sich.

Er habe, sagte der Fahrer, Tussani, den Friseur, der doch der Muezzin sei, um ein Bildnis Allahs gebeten, und der habe ihn informiert, daß es so etwas nicht gebe, weil bei den Moslems Allah nicht abgebildet werden dürfe – er habe ihm aber Atatürk empfohlen, der ein Moslem besonderer Art gewesen sei und mindestens ebensolche Kräfte besäße wie ein Hinduelefant. Daraufhin hatte er, der Fahrer, Chiwaya den Auftrag erteilt, Tussanis Portrait Atatürks abzuphotographieren, und so war es in den Blechrahmen des Busses gelangt ...

»Mr. Tussani«, sagte der Busfahrer, das Lenkrad rigoros um Straßenlöcher schwenkend, »ist ein sehr frommer Mann.«

»Götzenverehrung!« rief der Imam, »unerhörte Götzenverehrung!«

»Es ist doch ganz egal«, sagte der Constable (des Imams Ärger erheiterte ihn), »was dort für seltsame Heilige hängen, über kurz oder lang wird es in diesem Land sowieso keine Heiligen mehr geben.«

»Es wäre angemessener«, antwortete der, »Sie würden sich mit beleidigenden Äußerungen über Religionen zurückhalten und sich mehr um Ihren Mann kümmern. Vielleicht schauen Sie mal ausnahmsweise in amtlicher Sendung bei den Huren vorbei ...!«

Wieder hatte der Imam Bettys Bar erwähnt – der Constable murmelte: »Blödes Hurengeschwätz«, zog die Mütze in die Stirn und tat, als schliefe er. Sein Kopf stieß im Rhythmus der Straßenlöcher an die Lehne seines Sitzes, das Futteral seines Revolvers war grau mit Staub überzogen. »Bettys Bar – nichts als Hurengeschwätz.«

Trotz des ratternden Busses, der scheppernden Salven des Auspuffs fiel der Constable in einen leichten Schlaf. Tagelang war er mit Mpembwes Banden durch den Busch gezogen, hatte versteckte Positionen besucht, Partisanennester von Semberekas Banden ausfindig gemacht, die Säuberung war gut vor sich gegangen, nur eines fehlte eben: Sembereka selbst. Im Schlaf wurde ihm das Rattern des Busses zu Maschinengewehrsalven, Schlaf führte ihn zurück in die kahle Lehmhütte, in die seine Gang Harrisons Hure geschleppt hatte – und im Traum genoß er wieder diese einzigartige Geste seiner Macht, mit der er durch eine leichte Handbewegung den Männer andeutete, daß er sie ihnen überließ, sie mit ihr tun konnten, was sie wollten. Er schaute nicht einmal zu, wie sie sich ihrer bemächtigten, warum auch, er lehnte draußen an der Hüttenwand und lauschte auf das Keuchen seiner Männer, lauschte aufmerksam und wartete auf die Schreie der Qual, aber da war nur das Keuchen, und er mußte befürchten, daß sie ohnmächtig geworden war. Als sie mit ihr fertig waren, die Männer grölend aus der Hütte torkelten – öffnete er die Türe und erblickte ein blutiges Bündel Mensch, wirre blonde Haarsträhnen leuchteten im Schein seiner Taschenlampe auf. Er stieß mit dem Fuß gegen ein Bein, der Körper blieb regungslos – sie schien tot zu sein. Er fluchte, sie war ihm zu schnell gestorben, nicht daß er sich selbst noch an ihr hätte vergreifen wollen – hätte er sie mit Gewalt genommen, wäre es ihm demütigend erschienen, so als habe ihn ein kleines Mädchen noch einmal abgewiesen, dieses andere Mädchen seiner Jugend, das ihn beleidigt und verschmäht hatte, noch einmal gedemütigt.

In dieser Lehmhütte, die verlassen im Busch stand, beließ er den Körper Pamelas eine Woche lang. Dann wußte er, was mit ihm getan werden mußte. Er hatte diesen letzten Triumph genossen, es war eine perfekte Rache geworden. Hätte er versucht, wie ursprünglich vorgehabt, Harrison selbst ermorden zu lassen, das Vergnügen seines makabren Geschenkes wäre ihm verloren gegangen. Obendrein wäre der Ausgang eines solchen Unterfangens ein dubioser gewesen: Der Bungalow des Gouverneurs hatte sicher die effizienteste Bewachung der Stadt. Er konnte also zufrieden sein. Er griff in seine Brusttasche, ja, dort war noch dieses kleine Unterpfand, das er behalten hatte. Und er überlegte, wie er auch dieses lustbringend verwenden könnte. Bettys Bar – richtig, warum nicht, Bettys Bar ... Sein Mund verzog sich zu einem kleinen Lächeln.

78) Verdacht

Auf zwei Friedhöfen ruhte Pamela nun. »Ihr Kopf«, so dachte Dr. Giovannoni, »wie der einer Hindugöttin – die im Mythos der Hindusagen ihre sterblichen Glieder auf die Erde regnen ließ –« auf dem indischen Friedhof unter den Mangobäumen bei dem kleinen rosa Tempel, so nahe seinem eigenen Haus. Ihr Körper auf dem Friedhof der katholischen Kirche Mulanjes, Father Ricardos Segnungen anheimgegeben.

Dieser Mord an Pamela Moskowicz lastete schwer auf den Gemütern im Hause Dale. John Dale, fand Marjorie, benahm sich auf seine übliche rüde Art, scherzte sogar auf die unpassendste makabre Weise:

»Immer hast du gesagt, daß Pamela ihren Kopf zu hoch trage, da ist er nun kürzer gemacht worden, und es gefällt dir wieder nicht ...« (Es reizte Dale, daß Marjorie, seit sie von Pamelas Ermordung erfahren, sich angeeignet hatte, ganz gewöhnliche Unterhaltungen plötzlich mit einem seufzenden »diese arme, arme Pamela ...« zu unterbrechen.)

»Ich habe unseren Gästen nichts davon erzählt«, sagte sie, »wir wollen sie doch nicht ängstigen.« ... Und was hatte Dale darauf geantwortet:

»Ein paar geköpfte Ziegen würden die beiden wahrscheinlich mehr erschrecken ...« Nein, so scherzte man nicht über ein so tragisches Geschehen, und Marjorie hätte wohl noch unbehaltener ihren Standpunkt dazu vertreten, hätte sie nicht bemerkt, daß Dale, wenn sich unbeobachtet glaubend, einen müden, deprimierten Eindruck erweckte, dieser Mord ihn wohl weit mehr bedrückte, als er zugeben wollte. Länger als sonst wanderte er nun am Abend durch seine Teefelder, und oft kam er so spät nach Hause, daß Marjorie das Schlimmste befürchtete. Und dann dieser Sembereka! Es war ihm bedeutet worden, das Haus nicht zu verlassen, ein Gästezimmer war ihm zugewiesen worden, der Koch bediente ihn auf seinem Zimmer. Aber was tat er? Er schlich sich abends in die Dienstbotenquartiere, trank mit den Boys Kachasu und spielte Bao, ein tristes Holzbrettspiel, und hielt dazu Vorträge über den Kommunismus.

»Und was hat er euch über den Kommunismus erzählt, Moses?« fragte Dale, »er sagte, daß alles dann uns gehört, auch das Government House in Lalinga. Aber wenn das Government House allen gehört, dann wird es doch furchtbaren Streit geben, denn bestimmt wollen dann alle da wohnen?« Und Marjorie erzählte Dale, daß Sembereka auf unverschämte Weise Moses Frau den Hof mache – wenn sie Mais stampfe, säße er neben ihr und flöte ihr Volkslieder ins Ohr, und da er eine gute Stimme habe, höre Moses Frau zu arbeiten auf und wiege auf provokante Weise ihren Hintern dazu ...

»Moses kann das in der Küche hören«, sagte Marjorie, »so etwas kann ihm nicht länger zugemutet werden ... außerdem macht es ihn schrecklich zerstreut, neulich habe ich Bangablätter statt Lorbeer in meinem Pudding gefunden ... auch Ethel und Anne fragen mich schon dauernd, was dieser Schwarze, der rein gar nichts tut, in unserem Haus zu suchen hat ..., er muß endlich fort, John.«

Aber da war noch etwas. Zuerst war es nur ein dumpfer, noch unformulierter Verdacht gewesen, aber dann, einige Tage, nachdem sie Pamela Moskowicz begraben hatten, war dieser Verdacht schrecklich bestätigt worden. Eines Nachmittags nämlich erschien David, Harrisons rechte Hand, in einem bedauernswerten Zustand. Sein linkes Augenlid zuckte unkontrolliert, ruckartige Bewegungen des Kopfes zeugten von gereizter Übermüdung. Das Hemd klebte ihm am Körper, übereinanderliegende Schweißringe auf dem Stoff zeugten davon, daß es schon mehrere Tage getragen worden war, der Besitzer in gedankenloser Unrast vergessen hatte, es zu wechseln.

»Ich muß Sie sprechen«, sagte er, »denn ich glaube, etwas entdeckt zu haben.« Er zündete sich fahrig eine Zigarette an, um sie gleich wieder auszudrücken. »Wissen Sie, einige Tage, bevor Pamela verschwand, hat Bicycle, der Post Office Boy, eine an Sie adressierte Depesche mit einem lateinischen Text in seinem Büro aufgehängt und jedem, der diesen Text entziffern könnte, europäische Briefmarken versprochen. Niemand, außer einem Constable, hat sich dafür interessiert. Ich habe darüber nicht weiter nachgedacht, zumal auch Harrison, von mir informiert, die Sache nicht zu ernst zu nehmen schien. Ich hielt den Text einfach für eines seiner lateinischen Puzzles. Harrison machte keine Anstalten, ihn mir zu übersetzen – ich wunderte mich flüchtig darüber, denn gewöhnlich liebt er es, seine lateinischen Verschlüsselungen zum Besten zu geben. Dann geschah dieses Entsetzliche – und ich muß Sie nun bitten, Dale, was ich Ihnen jetzt sagen werde, für sich zu behalten.« David blickte um sich – alle Türen waren geschlossen. »Sie erlauben«, sagte er, stand auf und schloß ein Fenster. »Hören Sie, niemand darf davon erfahren und zuallerletzt Harrison.« Dale nickte. Bleich und hohläugig, der lange Hals grau aus einem zerknitterten Hemdkragen ragend, erinnerte David an einen El Greco, einen entflohenen gejagten El-Greco-Mönch, schwer an der Bürde religiöser Last tragend. Mit leiser Stimme begann er ohne Pathos – denn das, was er zu erzählen hatte, lag jenseits der Pathosgrenze, lag dort, wo Makabres sich in Unerträglichem verlor, das nicht mehr begriffen werden wollte:

»An einem Nachmittag vor vierzehn Tagen wurde in einem Korb Pamelas abgeschlagener Kopf ..., ja, Sie haben recht verstanden, Pamelas schon angefaulter, abgeschlagener Kopf, mit Guavas bedeckt, ins Government House gebracht – ein Bettler hatte den Auftrag, ihn Harrison zu übergeben. Ich kam rechtzeitig dazu, Gott sei Dank, und nahm dem Bettler den Kopf ab. Ersparen Sie mir, Ihnen über die folgenden Stunden zu berichten – ich lief wie ein Irrer durch die Stadt, meine fürchterliche Last mit mir schleppend. Es regnete in Strömen, ich kam an Dr. Giovannonis Haus vorüber und ging hinein. Ein Arzt, dachte ich, wüßte, was zu tun sei. Und er wußte es.« David griff nach seiner Zigarettenschachtel, fand, daß sie leer war, zerknüllte sie in einer zitternden Hand. Dale holte eine Zigarre aus der Schublade seines Schreibtisches und schob sie zu ihm herüber. David legte seine Hand darauf, schob sie von sich, spielte im Laufe des Gespräches mit ihr, bis sie am Ende zerfleddert auf Dales Schreibtisch zurückblieb.

»Was haben Sie mit dem Kopf gemacht?«, fragte Dale, er war blaß geworden, seine Stirn schimmerte im ausbrechenden Schweiß.

»Wir haben ihn begraben, fragen Sie mich nicht, wo – ich habe diesem sonderbaren Doktor versprechen müssen, den Ort als Geheimnis zu bewahren. Aber ich bin nach dieser fürchterlichen Nacht noch ein paar Mal bei ihm gewesen, und vor einigen Tagen erzählte er mir von einer lateinischen Depesche, die der Constable ihm gebracht habe, damit er sie übersetze. Da diese Depesche an Sie ging, kennen Sie wohl den Text.« Dale nickte. »Sie erinnern sich auch, daß wir bei Pamelas Party darüber berieten, wer wohl für diesen Gewerkschaftsfunktionär, den London forderte, in Frage käme, und Sie, Dale, sagten, Sie wüßten da schon jemanden – erinnern Sie sich, wir haben alle darüber gelacht, ich am allermeisten ... Dr. Giovannoni erzählte mir, daß der Constable diese Depesche tierisch ernst genommen hätte, nach der Übersetzung wütend aus dem Haus gerannt sei ... Ich werde nun den Gedanken nicht los, daß dieser Constable etwas mit Pamelas Ermordung zu tun haben könnte ..., Dale, hatten Sie etwa ihn im Sinn, wenn Sie sagten, Sie wüßten da schon jemanden, der für diese Todesmission in Frage käme? Dachten Sie an diesen Constable? Meinte Harrison ihn, als er Ihnen diese Depesche sandte?«

»Ja«, sagte Dale, »so war es. Nach Pamelas Tod hat mich der Gedanke gequält, daß die Depesche in seine Hände geraten sein könnte – von Father Ricardo erhielt ich dann die Bestätigung – er erzählte mir, daß Dr. Giovannoni dem Constable die Depesche übersetzen mußte ... Jetzt bin ich überzeugt, daß Pamelas Mord auf des Constables Konto geht. Für ihn nur ein weiterer Mord – aber wir haben keine Beweise.«

»Ich fand Pamelas Schuhe auf einem Marktstand in der Stadt, ... eine Spur führte in Bettys Bar, wo ein Kunde sie einem Mädchen in Zahlung gegeben hat ... doch dort endet sie.«

»Und dieser Kunde?«

»Eine Personenbeschreibung, die auf Tausende passen könnte, er sprach den Dialekt des Nordens, das ist alles, was ich herausfinden konnte.«

»Es könnte jemand aus des Constables Gang gewesen sein ..., weiß Harrison von den Schuhen?«

»Ja, ... ich fand die Schuhe, bevor wir von Pamelas Ermordung wußten ... Von dem Korb weiß Harrison nichts ..., wenn die Leiche gefunden werden würde, dachte ich, könnte sie fast unkenntlich sein, die meisten Leichen, die den Chanunka hinuntertreiben, sind unkenntlich. Als der Körper dann gefunden wurde, hat Harrison ihn, wie Sie wissen, identifiziert.«

»Er wollte wissen, ob sie vergewaltigt worden ist, wir verneinten dies, obgleich sich so etwas ja gar nicht mehr hätte feststellen lassen können.«

»Harrison könnte als der noch amtierende Gouverneur, dem ja auch de facto die Polizei untersteht, diesen Constable verhaften lassen, Mordverdacht, Fluchtgefahr ... Aber ich glaube, daß Harrison die Geschichte mit der Depesche verdrängt – wie sollte er vor Gericht eine Depesche erklären, die besagte, daß er den Constable vernichtet wissen wollte, denn dies sagte sie doch ..., erklären Sie das einem nun schon zum größten Teil aus Schwarzen bestehenden Gerichtshof! Der Constable ist einer der stärksten Unterstützer Mpembwes, jeder weiß, daß er hinter Sembereka her ist, Harrison käme sofort in den Verdacht, ein Anhänger Semberekas zu sein, wie wollte er dies alles London erklären? Nur wenn wir direkte Beweise hätten, aber die haben wir nicht.«

»Es gab da einmal einen Brauch«, sagte Dale, »wie lange ist das nun her – zwanzig Jahre, fünfundzwanzig Jahre –, da wurden die Köpfe ermordeter Europäer auf sogenannten Altären postiert, bis sie verfault waren – als der Chanunka Pamelas kopflosen Körper anschwemmte, wies Dillah mich darauf hin. Ich weiß nicht, ob Sie von diesem Brauch gehört haben?« David nickte.

»Ja, ich habe davon gehört. Aber Pamelas Kopf ist auf keinen Altar postiert worden, er wurde im Government House abgeliefert. Wenn es irgendwelche Beweise gäbe – aber die gibt es eben nicht.

Wissen Sie, ich bin im Grunde ein Feigling, aber ich verspüre das dringende Bedürfnis, diesem Burschen auf den Fersen zu bleiben – ich habe ihn in den vergangenen Tagen beobachtet, auch beobachten lassen. Ich habe da ein paar Bettler zur Hand – aber nichts, rein gar nichts. Er lebt in einem der Lehmhäuser nicht weit von dem des Chief Constables, darin hält er sich allerdings nur selten auf, meist treibt er sich in der Gegend herum und manchmal verschwindet er tagelang. Dem Chief Constable, einem fetten, nutzlosen Burschen, ist er wohl unheimlich, jemand, der so eifrig ist, paßt nicht in seine Berufsauffassung, schon allein die Tatsache, daß sein Untergebener hinter Sembereka her ist, gibt diesem Narrenfreiheit.«

Dale sagte lange nichts. »Ich muß ihm das ausreden«, dachte er, »der Constable wird mit ihm kurzen Prozeß machen ...« Er sagte:

»Es ist Ihnen hoffentlich klar, daß Sie sich in Lebensgefahr begeben.«

»Vor einigen Tagen«, fuhr David unbeirrt fort, die Zigarre attackierend – er zermalmte einen noch heilen Stumpen mit heftig kreisender Fingerkuppe, als zerquetsche er einen giftigen Käfer, »habe ich ihn Bettys Bar betreten sehen,« – er zögerte eine Sekunde, fuhr dann fort, »also, er ging da hinein und kam nicht mehr heraus. Ich habe im Golden Egg gegessen, dort gewartet bis tief in die Nacht hinein, es gibt keinen anderen Ausgang als den durch das Lokal – aber nichts. Darauf habe ich einen meiner Bettler dort postiert, der hat den ganzen folgenden Tag vor dem Golden Egg gesessen – kein Constable. Und dann bin ich endlich hinein und fragte Betty nach ihm – wissen Sie, Betty, die den Laden betreibt –, und da bekomme ich doch zur Antwort, der Constable sei seit Wochen nicht mehr da gewesen. Aber er ist dort gewesen, und warum hat Betty gelogen? Warum hat ein Constable Geheimnisse mit einer Puffbesitzerin? Übrigens ist er seither nicht mehr gesehen worden.«

»Dann wird er sich wohl hier herumtreiben«, sagte Dale. »Seien Sie vorsichtig – wenn er bemerkt, daß Sie hinter ihm her sind – er wird Sie sofort für einen Anhänger Semberekas halten.«

»Ich möchte nur eines«, sagte David, »Harrison den Mörder Pamelas präsentieren.«

»Und für mich«, sagte Dale, »wird es nun höchste Zeit.« David sah ihn fragend an. Dale sagte:

»Ich habe eine Fracht über die Grenze zu bringen, Sie verstehen, die alte Geschichte, Wein gegen Garnelen, wir haben Besuch aus Europa, dem etwas geboten werden muß. Immer beschuldigt mich meine Frau, daß ich mich zu wenig um unsere Gäste kümmere.«

David ließ die Unterlippe hängen, er machte nun einen ganz und gar verlorenen Eindruck.

79) Es wird gehandelt

Wenn Dales Gedanken in jenen Tagen mehr und mehr zurück in die Vergangenheit seiner ersten Jahre in Mulanje wanderten – und Bilder dieser Vergangenheit ihm voller Düfte und Farben erschienen, wie sie in solcher Intensität nur Erinnerungen an Kindertage in sich trugen –, so vermittelte die Gegenwart ihm jetzt oft das Gefühl, als welke die Welt mit ihm selbst dahin, als hätten böse Ereignisse den Dingen alle Farben und Düfte entzogen. Der Mord an Pamela Moskowicz hatte ihn seine Hilflosigkeit grausam erkennen lassen, er fühlte Schwäche in seinen Knochen, bekämpfte sie verzweifelt, wurde immer wieder von ihr überwältigt. Eine Rastlosigkeit, von seiner Umgebung als exzessive Energie wahrgenommen, bemächtigte sich seiner, er bekämpfte ein für ihn seltsames Bedürfnis, allein zu sein – sich wie ein Tier von der Herde abzusondern –, frei von Verantwortung für Veränderungen, die nicht beherrscht werden konnten, und die er fürchten gelernt hatte.

Da war diese schreckliche Frustration, vermuten zu müssen, daß ein Telegramm, scherzhaft abgefaßt, zu einem Mord geführt hatte. Und er fragte sich wieder und wieder: Warum Pamela, warum nicht Harrison? Mit Marjorie wollte er darüber nicht sprechen. So war ihm heute abend Father Ricardo sehr willkommen, war er doch der einzige in Truchilla, der von dem verhängnisvollen Telegramm wußte, mit dem darüber gesprochen werden konnte. Der Father aber erschien in aufgeräumter Stimmung, die so gar nicht Dales gegenwärtiger Verfassung entsprach. »Er wird Schach spielen wollen«, dachte Dale, »da hat er Pech – ich bin heute nicht in Stimmung.« Und er ging mit Father Ricardo auf die Veranda hinaus, wo sie so oft in der einfallenden Dämmerung gesessen hatten, gemächlich, zufrieden den Abend genießend – doch heute erschien kein Schachbrett, und der Father fragte auch nicht danach. Dale goß Whisky ein und setzte sich ihm schweigend gegenüber.

»Ich habe Neuigkeiten«, sagte der Father, aber Dale unterbrach ihn:

»Nein, hören Sie mir zuerst zu. Ich muß dies nun endlich jemandem erzählen.« Und er begann, dem Father von Davids Besuch zu berichten, von dem Korb mit Pamelas Kopf, von Davids Verdacht. Father Ricardo hörte schweigend zu. Als Dale geendet hatte, sagte er:

»Die Sache mit dem Korb, sie paßt irgendwie nicht hierher ..., sie erinnert an Chaka und Zululand, aber unsere Schwarzen hier ...«

»Denken Sie an die Geschichte mit den Köpfen der Weißen, die dieser verrückte Laienpriester hier auf Altären aufgebahrt hatte ..., alles ist überall möglich.«

»Natürlich fragt sich«, sagte der Father, »warum gerade Pamela Moskowicz ..., es könnte den einfachen Grund haben, daß das Government House und Harrisons Bungalow gut bewacht sind, es wäre einfach schwieriger gewesen, an Harrison heranzukommen.«

»Gut bewacht?« sagte Dale und lachte kurz auf, »jeder geht dort ungehindert ein und aus...«

»Dann wußte der Constable sicher, daß des Gouverneurs Tod in England übel aufgenommen werden würde – Mpembwe verspricht sich finanzielle Hilfe für seine Regierung. Er wird London brauchen, er hat in England studiert, er weiß, daß ohne finanzielle Hilfe in seinem Land nichts geht.«

»Richtig«, sagte Dale. »Und schließlich will er sich und den Seinen die Taschen füllen ..., auch darauf warten seine Leute.«

»Aber jetzt«, sagte der Father, »sind wir am Zug. Wir bringen Sembereka aus dem Land.« Dale blickte ihn mit leiser Verzweiflung an.

»Und wie, wenn ich bitten darf, stellen Sie sich dies vor? Ein Gürtel zieht sich um die Grenze, Mpembwes Leute haben sie absolut dicht gemacht. Es ist leider nur noch eine Frage der Zeit, und sie werden wissen, daß er sich in meinem Hause befindet – nachts, wissen Sie, das leiseste Geräusch –, und ich denke: nun ist es soweit. Er ist von unbedachter, leichtsinniger Fröhlichkeit, bringt meinen Haushalt durcheinander, schäkert mit des Kochs Frau, hält durch seine sehr entwickelte Musikalität mein Haus bis tief in die Nacht hinein wach –, meine Gäste fragten mich neulich, ob er so etwas wie ein schwarzer Entertainer sei ...« Der Father lachte.

»Wir werden ihn bald loshaben, übermorgen früh schon, und meinen Plan wollte ich Ihnen gerade vorlegen. Eigentlich hat mich mein Laudon darauf gebracht, und ich habe da noch einige Verhandlungen mit seiner Familie vor mir ..., finanzieller Art, wie Sie sich denken können ... Aber bis übermorgen früh sollte es soweit sein.«

»Laudons Familie?«

»Nun ja, eigentlich haben wir ja alles Extra Pencil zu verdanken.«

»Aber der ist tot!«

»Natürlich, das ist es ja gerade ...« Und jetzt offenbarte der Father Dale seinen Plan. Schon im Laufe der Darlegung Father Ricardos hatte sich auf Dales Gesicht ein beinahe verklärter Ausdruck gelegt, die Zigarre lag verglühend im Aschenbecher, er war ganz angespannte Aufmerksamkeit. Dann überwältigte ihn ein außergewöhnlich zärtliches Gefühl für diesen zögernden, grantigen, und wie er immer geglaubt hatte, feigen Priester.

»Father«, sagte er, »dies ist das Schönste, was ich seit Jahren gehört habe. Und nie hätte ich gedacht ...«

»Nun was? Daß auch ich hin und wieder eine Idee habe? Aber eigentlich hat mich Laudon darauf gebracht ..., ich darf mich nicht mit falschen Federn schmücken ...«

»Laudon muß belohnt werden.«

»Um Himmels willen, Dale, die Geschichte kostet mich 60 Pfund ... und eigentlich erwarte ich, daß ich diesen Betrag von Ihnen wiederbekomme ..., es ist zu dumm – ich bin beinahe sicher, daß auch 50 Pfund genügt hätten, aber Laudon ist ein geldgieriger Tropf ..., er hat mich überrumpelt.«

»Gott segne ihn«, sagte Dale. »Und wenn alles gut geht, bekommen Sie für Ihre Kirche zehn Pfund, nein, zwanzig.« Der Father hob sein Glas, lächelte und sagte:

»Amen.« Dann nahmen sie beide einen tiefen Schluck.

80) *Ethel und Anne in Aktion*

Über den Marktplatz wirbelte Staub und überpuderte grau Tomatenpyramiden, Tom Tom-Zigaretten, Papayas und Strünke chinesischen Kohls. Von den Holzgerüsten der Stände hingen wie Staubwedel an den Beinen gebündelte Hühner, nur ab und zu durch ein mattes Flattern der Flügel, ein müdes Zusammenkrampfen der Krallen ein Lebenszeichen gebend. Es gab nicht viel zu sehen auf diesem ärmlichen Markt Truchillas, der auf einer Seite vom Chanunka Fluß, auf zwei anderen von einem schlampigen Staketenzaun begrenzt, sich zwischen Red Store und einem Gewirr gelber Lehmhäuser zur Straße hin öffnete. Auf dem Staketenzaun warteten gelangweilt Hunderte von Geiern auf hier stattfindende Schlachttage, die gewöhnlich wurlig mit grünen Schmeißfliegen überzogene Fleischreste hinterließen.

Einmal hatte dieser Markt Hoch-Zeiten erlebt und das war noch gar nicht so lange her. Des Sklavenhändlers Mlozas Horden besaßen dort einen Umschlagplatz, und nicht wenige Leute des Dorfes arbeiteten mit ihnen zusammen und kassierten schöne Kopfprämien für das sowieso verhaßte Stammesvolk im Norden – aber diese lukrativen Zeiten waren längst vorüber. Dillah, der heute in diesen Markt hineinschlenderte, erinnerte sich, wie ihm als Kind Erzählungen aus jenen Zeiten gruselige Schauer über den Rücken sandten, und er auch später noch manchmal einen Hauch des Bösen verspürt zu haben glaubte, wenn etwa in der Regenzeit schwere Wolken über dem Platz dräuten und giftige Dämpfe wie böse Geister aus dem Chanunka stiegen.

Heute war Dillah gekommen, um auf dem Markt seine Tom Tom-Zigaretten einzukaufen. Wie immer saßen die Geier auf dem Staketenzaun, und wie gewöhnlich war auch Musezi, der Leprakranke zugegen, ein enorm angeschwollenes Bein auf einer mit Rädern versehenen Bretterstütze vor sich her schiebend. Aber was war dies für eine Unruhe heute, warum schlugen die Geier mit den Flügeln und plumpsten aufgebracht von Stakete zu Stakete, und warum bewegte sich der Lepröse, sonst zu lethargischer Lebensbetrachtung neigend, plötzlich flink mit den Händen rudernd durch die Menge, das Gesäß achtlos auf dem Boden einherschleifend, sein krankes Bein wie ein verbeultes Kanonenrohr vor sich herschiebend? Es war offensichtlich: etwas Aufregendes fand statt.

»Na so was«, dachte Dillah, »kaum ist Extra Pencil tot, hat auch schon jemand seine Praxis übernommen.« – Gelegentlich nämlich hatte sich Extra Pencil dazu bequemt, auf dem Markt Prophezeiungen aus frischem Hühnerblut vorzunehmen –, doch dann sah er, dem Leprösen folgend, einen in Geschrei und Kampfgebärden verstrickten Menschenknäuel, aus dem kreischende europäische Stimmen von äußerster Notlage kündeten. Schnellstes Eingreifen schien Dillah deshalb angezeigt. Und so sprang er, langbeinig, athletisch, die Versammelten um eine halbe Kopfeslänge überragend, mitten in den fiebernden Haufen hinein. Der löste sich, um sich sofort wieder um zwei ramponierte weibliche Wesen zu schließen: Dillah erkannte Mr. Dales Besucherinnen, verzweifelt in einen erbitterten Kampf verwickelt. Er sah aufgelöstes Haar, zerrissene Kleidungsstücke und Ethel auf den Kopf eines an ihrem Kleid zerrenden Schwarzen einhämmern, ihn dazu mit ihrem Absatz ans Schienbein stoßend – ein unfaires Unterfangen, da dieser durch einen Tragbalken an voller Verteidigung gehindert wurde. Von diesem Balken, dessen anderes Ende auf der Schulter eines zweiten Mannes ruhte, baumelte eine Ziege. Die Füße mit Stricken zusammengebunden, den Kopf nach unten hängend, eine blaue Zunge schief im Maul, pendelte das Tier hin und her, hilflos den Schwingungen der Menge ausgesetzt. Dillah war diese Art des Transportes wohlvertraut, denn so wurden Ziegen aus den Bergen zum Markt befördert, was verhinderte, daß sie auf dem langen Weg Gewicht verloren.

Für schlichtende Worte war jedoch keine Zeit, Ethel mußte eine Nagelschere entwunden, mit der sie verzweifelt versuchte, die Stricke zu durchschneiden, die natürlich für die kleine Schere viel zu stark waren, Anne, die wie ein Preisboxer um sich schlug, festgehalten werden. Dabei zeigte Dillah Talent zum sanften, harmlose Irre beruhigenden Psychiater. Musezi, dem Leprösen, hingegen war an solch schneller Schlichtung nicht gelegen, er solidarisierte sich mit der Gegenpartei und klammerte sich, da in bequemer Bodennähe, wie eine Klette an Ethels Bein. Für solche Hilfe belohnte er sich durch die endlich zu Boden fallende Schere, die er affenflink im Lumpenverband seines Fußes verschwinden ließ.

Das Eingreifen Dillahs und des Leprösen erheiterte die Menge, Lachen wurde laut, Ethel und Anne preßten schluchzend zerrissene Kleidungsstücke an sich und warfen Dillah mit sich überschlagenden Stimmen vor, sie gehindert zu haben, einen grauenvollen Akt der Tierquälerei zu beenden. Dillah nickte verstehend. Diese Europäer verbrannten Karnickeln die Netzhaut und züchteten Schafen Ziegenköpfe an die Hälse – er hatte von ihren erstaunlichen Ufiti gehört – dann erregten sie sich über eine Ziege, die zu ihrem eigenen Wohl und zum Nutzen aller auf eine anstrengende und schonende Art befördert wurde. Und beruhigend sprach Dillah auf die beiden ein, hatte er doch selbst mit solch spontanen Besessenheiten, gesammelt durch den Besitz dreier eigener Frauen, Erfahrung.

»Die Ziegen, Madame«, sagte er, die aufgelöste Ethel sanft um die Schulter fassend, »sind solchen Transport gewöhnt, ein langer Weg über die Berge könnte ihnen die Beine verletzen und der nächste Tierarzt ist 300 Kilometer entfernt. Vieles mag hier für Ihre Augen ungewohnt sein, aber meist steckt ein guter Grund auch hinter Dingen, die Ihnen grausam erscheinen. Und greifen Sie bitte nicht ein, die Leute hier mögen es nicht, wenn ein Fremder sich in ihre Angelegenheiten mischt.«

Und so war Dillah zur rechten Zeit erschienen, um Schlimmeres zu verhindern, aber er suchte doch am selben Tag noch des Bwanas Büro auf, um ihn von dem Abenteuer seiner Damen zu unterrichten. Dale natürlich hielt mit seinem Ärger nicht zurück.

»Ich höre«, sagte er am Abend desselben Tages zu seinem Besuch, »daß Sie sich zu Faustkämpfen auf den Markt begeben haben, und mein Dillah Sie retten mußte. Ich hoffe, Sie wissen, daß solch taktloses Eingreifen in das Leben der Eingeborenen – und ihrer Ziegen – einen Europäer den Kopf kosten kann – und dies, wie ich meine, nicht unverdient. Sie hatten Glück, daß heute nicht ein Mpeni in Ihren Rücken steckte, und wir, daß uns die Mühe erspart blieb, Sie aus dem Chanunka zu fischen. Ich muß Sie bitten, von nun an unbegleitete Besuche im Dorf zu unterlassen. Truchilla ist ein friedliches Nest und Attacken dieser Art nicht gewohnt!«

»Attacken!« rief Ethel, den Kopf mit geschlossenen Augen in den Nacken werfend, »Attacken! Ein Tier wird auf die grausamste Art befördert, gekreuzigt beinahe, gekreuzigt, Mr. Dale, können Sie sich die Schmerzen vorstellen, an zusammengebundenen Beinen von einem Pfahl zu hängen, den Kopf nach unten, so daß das Blut in Ihren Schläfen pocht – Sie hätten die Augen dieses Tieres sehen sollen!«

»Unsinn«, sagte Dale, »die sind es gewohnt, so befördert zu werden. Hier, Ethel, nehmen Sie einen Whisky und vergessen Sie die Geschichte.« Er hatte sich beruhigt, im Grunde genommen war ihm Ethel nicht unsympathisch, er mochte Frauen, die sich nicht fürchteten, und sich einem Mob von Schwarzen zu stellen, erforderte Mut. Aber diesen für eine Ziege einzusetzen, war einfach zu blöde, und er fand, daß er sich nicht länger mit solchen Kindereien befassen konnte. Dazu sah ihn Marjorie mit dem wohlbekannten Ausdruck stillen Leidens an, der ihrem blassen Gesicht etwas unbarmherzig Sanftes verlieh, und Anne richtete blaue Augen auf ihn, die, ansonsten fröhlich und unbedarft, durch einen frömmelnden Augenaufschlag nun eine geradezu unerträglich selbstgerechte Güte bekundeten. »Weiber«, dachte Dale, »Weiber waren eine Belastung, nie blieben sie beim Wesentlichen, immer schweiften ihre Beschützerinstinkte ins Lächerliche, und diesen beiden fehlten einfach Kinder, ja, das war es, und Marjorie war leider dieser ihr von der Natur zugewiesenen Aufgabe ebenfalls nicht gerecht geworden. – Er beugte sich über Ethel und reichte ihr ein volles Whiskyglas.

»Hier, sagte er, »trinken Sie, ein ausgezeichneter Schottischer, damit werden Sie statt weißer Ziegen höchstens nette kleine weiße Mäuschen sehen ...« Ethel nahm zögernd das Glas, fühlte sich einen Moment unter Annes vorwurfsvollen Augen eines undefinierbaren Verrates schuldig, dachte aber nach dem ersten Schluck: »Abstinenz wird diesen Ziegen auch nicht weiterhelfen!« Und mit diesem Gedanken hatte sie einen wesentlichen Schritt zur Akklimatisation an das Leben des Landes getan.

Dale blickte anerkennend auf ihr rapide sich leerendes Glas und zwinkerte seiner Frau ermunternd zu, die sich jedoch solchen Komplizentums durch völlige Nichtbeachtung entzog, und milde sagte:

»Es tut gut, Gleichgesinnte hier zu haben, dreißig Jahre habe ich unter den Roheiten dieses Volkes gelitten, und ich fürchte, wir können nur immer wieder durch Aufklärung kleine Schritte vorwärts kommen. Ich erinnere mich gut, wie mich selbst ein Anblick dieser Art vor Jahren erschreckte ...«

»Jetzt aber«, sagte Dale, »erschrickt meine Frau nur noch, wenn ich mit Scheiße an den Sohlen ins Haus komme, sie hat gelernt, Wesentliches von Unwesentlichem zu unterscheiden. Und Scheiße ist hier etwas sehr Wesentliches, nicht wahr, Marjorie?« Mrs. Dale schüttelte, gequält ihre Augen schließend, den Kopf.

»Ich bitte dich, John, laß diese gewöhnlichen Scherze, wie du schon bemerkt haben solltest, haben wir Gäste!«

»Ich habe es bemerkt, meine Liebe«, sagte Dale mit seinem liebenswürdigsten Lächeln, »ich konnte gar nicht umhin, es zu bemerken. Und weil ich glaube, daß die Damen nach all dieser Aufregung verdient haben, etwas anderes zu sehen als gefolterte Ziegen und vernachlässigte Hunde, schlage ich einen kleinen Ausflug zu Father Ricardos Klinik vor. Also, morgen früh, gleich nach dem Frühstück.«

81) Gemischte Gefühle

»Sieh zu, Sally«, sagte Moses, der außer Atem zu Father Ricardos Klinik gerannt war, »daß die Ziegen und Hühner aus dem Hospital sind, Bwana Dale wird gleich mit zwei englischen Donas kommen, und das sind besondere Ladies.«

»Was hat er heute plötzlich gegen meine Ziegen?«

»Er sagt, daß diese Ladies vielleicht glauben, daß es nicht gut für die Ziegen ist, wenn sie so nahe bei den Patienten sind ...!«

»Nicht gut für die Ziegen ..., ist er verrückt geworden? Den Teufel werde ich ...« Sally lehnte sich in ihrem Stuhl zurück, »warum soll ich die Hühner vertreiben, sogar Mr. Hood hat jetzt nichts mehr gegen Hühner, er hat auch verstanden, daß ein Krankenhaus mit Hühnern und Ziegen gut für die Patienten ist, und diese Ladies ...«

»Ich habe den Bwana sagen hören, daß sie nicht recht im Kopf sind, und deshalb ist es vielleicht besser, wenn die Ziegen nicht im Haus sind ...«

»Na ja«, sagte Sally, »vielleicht fürchten sie sich vor Ziegen, aber wie du wieder daherredest, Moses ..., man könnte glauben, *du* seist nicht ganz recht im Kopf ...« Aber dann stand sie doch auf und schickte sich an, Ziegen und Hühner aus den Krankenzimmern zu vertreiben. Kaum war sie damit fertig, erschien auch schon Dale mit Ethel und Anne. Die niederen Natursteinbungalows mit den in der Sonne schimmernden Blechdächern gefielen den beiden, und nur einmal flüsterte Anne ein leises: »Die armen Tiere«, als sie beobachten mußte, daß sich Ziegen draußen im Hof um das Blechgeschirr drängten, das die Angehörigen der Patienten auf offenen Feuern zum Maismehlkochen verwendeten. »So herzlos von den Eingeborenen, sie dauernd zu vertreiben ...«

Sally machte vor Dale die Andeutung eines Knickses, und er legte freundschaftlich seinen Arm um ihre Schulter.

»Zeigen wir ihnen die Kinder«, sagte sie, »da kann nichts passieren.«

»Was soll denn passieren?« fragte Ethel.

»Die Patienten sind manchmal nicht artig«, entgegnete Sally, lächelnd ihre Brillengläser schwenkend.

Anne: »Nicht artig?« Dale lachte und sagte:

»Schwester Sally meint, Sie sind hier zu gut angezogen.«

»Sicher«, sagte Sally, »die spucken herum und furzen vor den Damen.«

Die beiden wurden in die Abteilung der Neugeborenen gebracht. Da waren die zu früh Geborenen, verkrüppelt Geborenen und Zurückgelassenen, sie lagen nackt in ovalen Körbchen, die Hitze war ein natürlicher Inkubator. Ethel und Anne wanderten von Korb zu Korb, blickten auf die nackten schwarzen Körperchen, auf die sich noch unbewußten Augen in den winzigen Gesichtern, die hier, inmitten des durch die offenen Fenster blickenden üppigen Pflanzenwuchses selbst etwas Pflanzliches erhielten: In der feuchten Hitze räkelten sie sich wie Lianen, unbewußt Sonne und Wärme aufnehmend wie die glänzenden fleischigen Blüten draußen im Garten. Es war ein leicht beängstigendes Gefühl, dies alles, Mensch, Pflanze und Tier so verschmolzen zu spüren – denn auch die großen Eidechsen, deren Herzschlag durch eine Gallerthaut wie in einem gläsernen Briefbeschwerer zu sehen war, gehörten dazu. Ethel und Anne erfuhren dieses Gefühl in einem Stadium angenehmer Erschöpfung, und es hätte sie in diesem Moment nicht gewundert, wenn sie mit allem eins geworden wären, sich einfach aufgelöst hätten. Sie berührten die Körper der Kinder, ihre feuchte warme Haut, sahen auf diese Augen, die noch unbewußt Licht und Schatten aufnahmen, und alles, was Ethel sagen konnte, sich an Mr. Dale wendend, war:

»Wie hübsch sie sind!«

»Hübscher als kleine Zicklein?«

»Genauso hübsch.« Und Anne, von einem Korb zum anderen wandernd:

»Aber sie werden Unheil anrichten, wenn sie erwachsen sind!« Worauf Dale entgegnete:

»Die Zicklein auch, besonders wenn die erwachsen sind. Zu viele Ziegen ruinieren das Land, Kahlfraß, Erosion ..., ergo, Menschen und Tiere müssen von der Erde verschwinden. Oder reduziert werden. Doch vorläufig bin ich dafür, daß wir unsere eigene Spezies nicht im Stich lassen. Mrs. Dale und ich kümmern uns ein wenig um dieses Krankenhaus – Father Ricardo ist sehr mit seinen Bäumen beschäftigt, ihm scheinen seine Pflanzen teurer als Menschen zu sein. Und damit fährt er sicher nicht schlecht – man kann sich einer Neigung zu Pflanzen undifferenzierter hingeben ...«

Sally nahm ab und zu eines der Kinder aus den Körbchen und hielt es zu näherer Betrachtung Ethel und Anne vor die Augen – die Haut der Kinder roch nach Malz und Honig.

Auf dem Nachhauseweg empfanden Ethel und Anne eine unbehagliche Hilflosigkeit. Sie wußten nicht mehr, welcher Erfahrung sie mehr Bedeutung zumessen sollten: Der vortägigen auf dem Markt oder dieser heute in Father Ricardos seltsamem Krankenhaus.

82) Eine Einladung – Betrachtungen über Father Ricardo

Niemand konnte während des Abendessens Dales freudig erregte Stimmung übersehen. Er neckte Marjorie, scherzte mit Ethel und Anne –

»Wunderbar zart«, sagte er während des zweiten Ganges, »dieses Otterfleisch, gar nicht so leicht an die cleveren Biester ranzukommen, man fängt sie in mit Stacheln gespickten Wasserfallen, aber diesen hier hat Moses mit einem Speer erledigt«, so daß Ethel und Anne erschrocken ihre Gabeln fallen ließen, bis Mrs. Dale ihnen sagte, daß sie ganz gewöhnliches Karnickelfleisch aßen. Doch ging von Dale ganz entschieden eine Rastlosigkeit aus – er stand auf, rief Moses ein paar Brocken zu, setzte sich wieder, legte seine Jacke ab, zog sie wieder an, bediente sich dutzende Male zerstreut mit Salz, warf nach dem Essen achtlos seinen Zahnstocher in die Kaffeetasse. Mrs. Dale beobachtete ihn argwöhnisch.

Dann, nach dem Essen kam er plötzlich mit dem überraschenden Vorschlag eines Ausfluges:

»Ich habe in Portuguese East zu tun«, sagte er, während er sich umständlich eine Zigarre anzündete, »und Father Ricardo hat eine Leiche rüberzubringen – Sie könnten einer Moslembeerdigung beiwohnen – und sehr gute Scampi da drüben essen. Also, wenn Sie Lust haben, fahren wir morgen früh rüber ...« Ethel stimmte begeistert zu, Anne sah fragend auf Mrs. Dale.

»Ich nehme an«, sagte die, »du sprichst über Extra Pencils Beerdigung – du bringst die Leute damit doch nur in Verlegenheit ..., würden sie uns denn überhaupt teilnehmen lassen...? Freilich, wir alle mochten Extra Pencil – weißt du noch, wie er uns immer diesen herrlichen Honig brachte? Auch seine Kräuter habe ich mir oft geholt ..., irgendwie kommt es mir heute vor, als sei mit Extra Pencils Tod so etwas wie Abschied von einer Epoche gekommen ...« Und zu den Damen gewandt: »Extra Pencil war ein beliebter Medizinmann, weit über Truchilla hinaus bekannt, er wurde hoch in Ehren gehalten ...«

»Na also«, sagte Dale, »fahren wir rüber und begraben wir den alten Jungen ...«

Über Likobula senkte sich die Nacht, eine feuchtheiße Nacht, die wieder Regen anzukünden schien. In Dales Bungalow waren längst die Lichter ausgegangen, nur Ethel und Anne diskutierten noch über die Ereignisse der vergangenen Tage: Ihr aufwühlendes Erlebnis auf dem Markt, Father Ricardos Krankenhaus, seine ernüchternden Resümees, ließen sie lange wach liegen. Es hatte sich ein Dilemma ergeben, so fanden sie, ihren Tätigkeiten hier waren lästige Grenzen gesetzt, schreckliche Erfahrungen schienen zu trügen, auf eigene Gefühle und Beobachtungen gab es keinen absoluten Verlaß. Und natürlich konnte man auch diesen Oldtimern hier nicht trauen, offenbar war ihnen im Laufe der Jahre eine Hornhaut über jedes feinere Gefühl gewachsen, ausgenommen Mrs. Dale natürlich. Aber Mr. Dale! Sie wurden einfach nicht klug aus ihm. Ein Mensch, dem es schwerfiel, natürliche Höflichkeitsformen zu bewahren – und doch war da etwas um ihn, etwas Gutmütiges, Rauhes, daß sie nicht umhin konnten, zu mögen.

»Eigentlich ist es sehr nett von ihm, uns zu diesem Ausflug einzuladen«, sagte Ethel, sie war gerade dabei, ihre Abendkosmetik vorzunehmen, während Anne mit ihrem Reisetagebuch tändelte, ein paar Zeilen schrieb, aufsah, über die Hitze stöhnte oder mit dem Ausdruck leiser Verachtung Ethels Kosmetikbemühungen betrachtete. Ethel war dabei, sich ihren schlanken Vogel-Strauß-Hals einzucremen, der sehr unter Moskitobissen gelitten hatte, und aussah wie eine mit roten Liebesperlen gesprenkelte Biskuitrolle.

»Weißt du«, sagte sie, ihren Hals von oben nach unten massierend, zu Anne: »Irgendwie habe ich ein schlechtes Gewissen Mr. Dale gegenüber, denn ich betrachtete ihn als ungehobelten Rüpel, dem die arme Mrs. Dale auf unausstehliche Weise ausgeliefert war!«

»Nun ja«, sagte Anne, von ihrem Tagebuch aufsehend, »er ist natürlich ein Rüpel. Und ich habe ihn zuzeiten richtig gehaßt! Wenn ich so meine Notizen durchsehe, erscheint er darin geradezu als ›Bete Noir‹ – heute schäme ich mich dieser Übertreibungen –, es muß auch bedacht werden, daß er Ire ist, und du weißt, wie diese Iren sind!«

»Nun, vergessen wir all dies besser, er hat uns nach Mozambique eingeladen, und ich bin entschlossen, diesen Ausflug zu genießen, komme, was wolle. Wir lernen ein neues Land kennen, und wir werden einer Moslembeerdigung beiwohnen, und dieser nette spanische Priester wird mit uns drüben dem Leichenschmaus beiwohnen – dies nenne ich wirklich Ökumene, ein praktisches Leben der Religionen miteinander ...«

»Nun ja, Ethel«, erwiderte Anne, »dieser kleine Dago-Priester, ich weiß nicht, er lächelt auf eine so unangenehme Art ...« Ethel war nun dabei, ihren Hals mit einem Mückenschutzmittel zu übersprühen – sie war stolz auf diesen Hals, immer hatte er ihr etwas Aristokratisches verliehen, auch heute noch, wo die Haut schon etwas spröder geworden war, sah sie ihn nicht ungern im Spiegel.

»Der Father ist zwar ein Katholik, aber immerhin ein gebildeter Mensch«, sagte sie, »und diese Spanier haben eben ihre besonderen Angewohnheiten ...«

»Ein Trinker«, habe ich gehört, »erwiderte Anne, ihr Tagebuch mit einem entschiedenen Ruck zuklappend, »ein trinkender Priester – seine leeren Schnapsflaschen sollen begehrte Handelsware auf dem Markt sein ...«

»Du mußt nicht alles glauben, Anne«, erwiderte Ethel, »diese katholischen Priester müssen doch jeden Tag Wein trinken, da ist es doch kein Wunder ...«

»Er zieht aber Whisky vor. Gestern nacht habe ich aus meinem Fenster gesehen und ihn total betrunken mit diesem fetten Schwarzen zu seinem Auto torkeln sehen – und du hast sicher auch Mr. Dale im Badezimmer diese obszönen Lieder singen hören. Das ist kein gutes Beispiel für die Eingeborenen.«

»Ja, ich habe den Lärm gehört. Die drei haben eben ein wenig gefeiert, und uns geht das nun wirklich nichts an, Anne – vergiß nicht, wir sind Gäste in diesem Haus.« Ethel stellte ihre Sprühdose mit entschiedener Geste auf den Toilettentisch:

»Mrs. Dale sagte mir, daß Father Ricardo sehr schöne Predigten hält, und ihr Mann sie jeden Sonntag in die Kirche begleitet. Hast du die Medikamente eingepackt? Wahrscheinlich werden wir sie dort wie hier für die armen Esel brauchen.«

»Diese Anne«, dachte Ethel, »ist so intolerant.« Sie selbst liebte ab und zu einen Schluck Whisky, aber die rigide Art Annes, dieser vorwurfsvolle Blick, wann immer sie ein Gläschen von Mr. Dale akzeptierte: »Einen winzigen, winzigen Schluck, bitte« – hatte sie gerade in den vergangenen Tagen mehr und mehr gestört. Und so schloß sie nun mit einer endgültigen Geste frustrierten Ärgers ihr Moskitonetz, drehte sich auf die andere, Anne abgewandte Seite und beendete so jede weitere Konversation.

In Mr. und Mrs. Dales Schlafzimmer aber brannte noch lange Licht.

»Gut, daß wir ihnen nichts von Pamela Moskowicz erzählt haben«, sagte Mrs. Dale, »ich glaube, dies würde ihren Aufenthalt hier ruinieren – ich habe die letzten Ausgaben der Times sofort verschwinden lassen und auch den Boys Bescheid gesagt. Und nun habe ich eine Frage an dich, und ich erwarte, daß du mir endlich eine Antwort gibst: Wie lange soll dieser Sembereka noch hier im Haus bleiben ..., willst du, daß sie uns auch die Köpfe abschneiden ..?«

»Wieso Köpfe abschneiden, ein Leopard oder eine Hyäne hat die Leiche Pamelas zerrissen ...«

»Das glaubst du doch selbst nicht«, sagte Mrs. Dale, »was feststeht ist, daß sie in ein weißes Haus eingedrungen sind und gemordet haben, und das ist seit Jahrzehnten nicht mehr vorgekommen. John, du mußt endlich etwas unternehmen – Moses sagte mir gestern, daß Sembereka oft ganz ungeniert im Garten spazieren geht, Moses mag es auch nicht, daß er dauernd mit seiner Frau flirtet, er sagt, seine Frau vernachlässige ihn, seit Sembereka im Haus ist.«

»Der verdammte Hurenbock«, sagte Dale.

»Nun, wie lange soll er noch hier bleiben?«

»Er wird bald aus dem Haus sein.«

»Das gebe Gott«, sagte Mrs. Dale und löschte endlich das Licht.

Dale lag noch lange wach, bis er endlich, der Morgen graute schon, in einen tiefen Schlaf fiel. Ein Schrei Mrs. Dales weckte ihn, etwas Metallisches schlug klirrend gegen eine Fensterscheibe. Er sprang aus dem Bett, nahm seinen Revolver vom Nachttisch und feuerte eine Salve über des zitternden Wachmannes Kopf hinweg in den Garten hinaus.

»So, das dürfte genügen«, sagte er zu der verstörten Marjorie. – Mrs. Dale, die zitternd ihr Nachthemd über der Brust zusammenhielt, schlüpfte in ihren Morgenmantel und ging auf die Veranda hinaus. Der Wachmann erzählte eine umständliche Geschichte von Schritten im Garten und flüsternden Stimmen, und daß nach Mr. Dales Schüssen ein paar Leute schnell davongerannt seien. Er war es, der mit seinem Speer ans Fenster geklopft hatte.

»Sie wissen, daß Sembereka hier ist«, flüsterte Mrs. Dale, »... John, sie werden wiederkommen ...«

»Unsinn«, sagte Dale, »im Garten sind die Litschis gerade reif, hinter denen waren die her.«

»Und warum hast du dann geschossen?«

»Weil es mir halt gerade Spaß machte«, sagte Dale und zog sich das Leintuch über den Kopf.

83) *Die Transaktion*

Später fragte sich Dale oft, was denn nun wirklich seine Beweggründe gewesen waren, sich in ein Abenteuer zu begeben, das, wenn mißlungen, ihn den Kopf hätte kosten können – natürlich war da zuerst Dillah, zuerst hatte er sicher nur Dillah aus seinen Schwierigkeiten helfen wollen. Doch dann, als sich Sembereka schon in seinem Haus befand, was hatte ihn da bewogen, diesen Schwarzen, den er doch kaum kannte, wochenlang in seinem Haus zu beherbergen, ihn zu füttern – seine Unarten zu erdulden –, wäre es nicht einfacher gewesen, ihn einfach in sein Dorf zurückzufahren und ihm zu bedeuten, daß er sich nun um sein Verschwinden selbst kümmern müsse? Jawohl, er hatte mit diesem Gedanken gespielt, ihn aufgenommen und wieder verworfen – dann, wider Willen, hatte er sich eines Tages eingestanden, daß er Sembereka mochte. Darüber war er sich lange nicht klar gewesen, bis er es einfach eines Tages wußte: Dieser immer heitere Schwarze mit seinen halb ausgegorenen Ideen, der unbekümmerten Naivität, seinem begeisterten Fatalismus – all dies schien ihm symptomatisch für ein Volk, dessen Lebensbetrachtung ihn ebenso frustrierte wie amüsierte. Und das er liebte. Dazu kam dieser Constable, sogar er hatte ihn auf gewisse Weise erheitert – bis er ihn als einen Fanatiker, keiner Regung des Mitleids noch fähig, fürchten gelernt hatte. Einige Zeilen in einer Depesche hatten dem Constable genügt, um Pamelas Ermordung herbeizuführen – und an diesem Mord fühlte Dale sich mitschuldig.

Denn hatte er nicht immer wieder den Constable bei Harrison erwähnt, Harrison geradezu aufgefordert, ihn verschwinden zu lassen? Und nun gab es kein Zurück – der Constable durfte nicht noch einmal gewinnen. Und dann Father Ricardo mit seinem Plan, Father Ricardo, der ihn immer seiner Gleichgültigkeit halber irritiert, den er ob seiner Nachlässigkeit, seiner Bequemlichkeit zuweilen sogar verachtet hatte, dieser Dago-Priester fand sich bereit, ihm auf eine höchst gefährliche Weise zu helfen!

»Was brachte Sie dazu«, hatte er ihn später gefragt, »könnte es christliche Nächstenliebe gewesen sein?« Und der Father hatte geantwortet:

»Die habe ich mir längst abgewöhnt. Aber wo sollte ich wohl in diesem trostlosen Kaff einen neuen Schachpartner herbekommen?«

Sie waren übereingekommen, daß die Flucht im Convoy geschehen und Dale neben den Damen seines Haushalts eine Kiste Kachasu für zu eifrige Polizisten mitnehmen sollte.

»Den Polizisten möchte ich kennen, der einer Flasche Kachasu widerstehen kann«, sagte der Father.

Der Morgen des entscheidenden Tages hatte mit einer Auseinandersetzung begonnen, verursacht durch Laudons bemerkenswerte Vorkehrung, ein verwesendes Karnickel in Semberekas Kiste zu legen, um die Transaktion authentischer zu gestalten. Dale hatte diese intelligente Überlegung sofort mit fünf Pfund belohnt, Sembereka dagegen wollte nicht mit dem Karnickel zusammen eingesargt werden, und stellte beleidigt fest, daß es Laudon an gebührendem Respekt fehle. »Lieber sterbe ich«, sagte er, »als mit einem stinkenden Karnickel in einen Sarg gesperrt zu werden.« Aber als Dale ihm bedeutete, daß er, würde er sich an Kleinigkeiten wie ein wenig Karnickelgestank stoßen, ein schlechter Präsident würde, stieg er widerwillig hinein. Während der Fahrt hatte Father Ricardo Schwierigkeiten mit ihm, weil er dauernd gegen die Kiste stieß und verlangte, daß das Karnickel entfernt würde, da es ja nun schon genug stänke – Father Ricardo blieb nichts anderes übrig, als ihn zu ignorieren.

Sie waren am frühen Morgen aufgebrochen, feiner Morgennebel, von rosa Staub durchzogen, hüllte sie ein, in der aufgehenden Sonne lag er über den Teeplantagen wie glitzerndes Spinnengewebe. Dale und seine Damen sahen noch ab und zu das Heck von Father Ricardos Jeep – meist verschlang die rosa Staubwolke, wie eine Schillerlocke gezwirbelt, jede Sicht. Es war nur 15 Meilen bis zum Schlagbaum, aber etwa 3 Meilen davor mündete die Straße in einen holperigen Pfad, der sie zwang, im Schneckentempo zu fahren. Die Teeplantagen waren zurückgewichen und hatten einer kahlen braunen Ebene Platz gemacht, die Straße säumten spitze Speerenbündel von Agaven, hin und wieder ein Baobab, die Rinde wie erstarrte Lava, kupferschimmernd.

Jenseits des Grenzhäuschens verlor sich die Straße in bläulichen Eukalyptuswäldern. Father Ricardos Jeep hüllte den Grenzposten, ein weißgetünchtes Lehmquadrat, in rosa Staub – Dale sah, wie der Grenzbeamte die Hand an die Mütze legte und Papiere betrachtete, die ihm der Father durchs Fenster reichte, er sah ihn den Schlagbaum heben, winken – sah, wie dann plötzlich zwei Polizisten da waren, sich mit ausgestreckten Armen vor den Jeep stellten. Father Ricardo stieg langsam aus, ging zum Heck, schlug es auf. Ein Polizist folgte ihm auf den Fersen. Er beugte sich ins Heck, trommelte mit seinem Revolver gegen den Sarg, wandte sich dann plötzlich ab. Dann sah Dale, wie er sich die Nase zuhielt und das Heck energisch zuschlug ...

»Jetzt hat er das Karnickel gerochen«, sagte er. Marjorie, die neben ihm saß, rief:

»Was soll das heißen, Karnickel, du könntest ruhig ein wenig respektvoller von Extra Pencil sprechen.«

Dale antwortete nicht, er beobachtete, wie Father Ricardo den Motor anließ und der Grenzbeamte den Schlagbaum wieder öffnete.

»Schnell«, sagte er, »jetzt müssen wir hin, bevor sich's die Kerle anders überlegen ...« Der Grenzbeamte kannte Dale und verwickelte ihn sofort in ein Gespräch:

»Also«, sagte er, »der alte Medizinmann ist tot, das ist wirklich nett von Father Ricardo, ihn über die Grenze zu bringen, wo Extra Pencil doch ein Moslem war – aber die beiden waren ja in etwa Kollegen, nicht wahr, Mr. Dale –, und Sie alle wollen zu seiner Beerdigung rüber? Das ist wirklich schön ...« Und Ethel sagte:

»Er war also ein bedeutender Mann, und wir betrachten es als eine große Ehre, bei seiner Beerdigung dabei sein zu dürfen.« Und er selbst sagte:

»Jawohl, Ladies, Extra Pencil hat eine kleine Feier verdient, und deshalb haben wir auch etwas mitgebracht, wie wäre es, Gentlemen, mit einer Flasche Kachasu?« Und dann waren die Polizisten sehr freundlich geworden, und er hatte seinen Kachasu ausgeteilt.

Daraufhin fuhren sie unbehelligt einfach rüber, vom freundlichen Winken des Grenzbeamten und der Polizisten begleitet. Und Dale hatte der Hafer gestochen, er hatte gesungen: »Wir lagen vor Madagaskar und hatten die Pest an Bord ...«

»Nein«, hatte Marjorie gerufen, »das ist nun wirklich unwürdig, wenn die Leiche auch ein wenig gerochen hat – ich habe schon gesehen, wie der Polizist sich die Nase zuhielt –, aber deshalb brauchst du nicht gleich über die Pest zu singen«, da hatte Father Ricardo aber schon angehalten, und Dale war aus dem Wagen gesprungen und hatte plötzlich ein Stemmeisen in der Hand – Ethel und Anne beobachteten sprachlos, wie die Kiste aufgebrochen wurde.

»Jetzt schauen sie ihn noch einmal an«, flüsterte Anne, »das ist schön, dann wissen auch wir, wie er ausgesehen hat.«

Mrs. Dale war blaß und stumm dagestanden, denn ihr dämmerte nun, was geschehen war. Sembereka kroch aus seiner Kiste, ein schlaffes Karnickel in der Hand, das er sofort in weitem Bogen über die Straßenseite schleuderte. Dann lief er auf Dale und Father Ricardo zu und schüttelte beiden unentwegt die Hand, er machte sogar einen Versuch, den widerstrebenden Father Ricardo zu umarmen, was diesem höchst peinlich war.

»Kann uns jemand erklären ...«, sagte Anne endlich, und Dale erklärte in kurzen Zügen, daß sie einen politisch Verfolgten über die Grenze gebracht hatten, was leichte Enttäuschung auf beider Gesichter zauberte. Eine Beerdigung hätte ihnen besser gefallen. Aber immerhin, wie ihnen Dale erklärte, hatten sie vielleicht den nächsten Präsidenten des Landes gerettet – und nun waren sie alle im 20 Kilometer entfernten Tete zu einer Feier im Kloster der Weißen Väter eingeladen. Es wurde eine sehr lange Feier, bei der Anne nicht ohne Bewunderung feststellen mußte, daß Weiße Väter in Mozambique äußerst trinkfest waren. Leider verlor Ethel wieder einmal jede Würde und umarmte zu fortgeschrittener Stunde einen Bruder nach dem anderen und mußte schließlich zu Bett gebracht werden. Als sie im Morgengrauen aufbrachen, war sie immer noch nicht nüchtern geworden und wollte unbedingt in Tete bei den Brüdern bleiben, sie hatten sie fast gewaltsam ins Auto bringen müssen. Die Rückfahrt gestaltete sich problematisch, und man mußte froh sein, daß zu dieser Stunde nicht ein einziges Auto zu erwarten war. Der Grenzbeamte warf einen kurzen Blick auf die Gesellschaft, fand eine singende Engländerin, eine schlafende Mrs. Dale und einen ziemlich betrunkenen Mr. Dale vor, was ihn wenig überraschte, denn ebenso betrunken hatte er Father Ricardo, der ihnen vorausgefahren war, angetroffen. Zu ihm hatte er anerkennend gesagt:

»Das muß eine gewaltige Beerdigung gewesen sein, Father, und da will man uns immer weismachen, daß Moslems keinen Alkohol mögen.«

84) Tussanis Bericht

Essabetala wurde in den frühen Morgenstunden von einem heftigen Hustenanfall Tussanis geweckt und bemerkte, daß ihr Herr und Gebieter sich mitsamt seinen Kleidern ins Bett begeben hatte und eben dabei war, die Bettdecke über ein paar mit Schlamm besudelte Schuhe zu ziehen – es war offensichtlich, er hatte die Nachtstunden im Freien verbracht und war eben erst in das gemeinsame Schlafzimmer zurückgekehrt und bemüht, sie nicht aufzuwecken. Und ohne diesen Hustenanfall, von dem noch rote Beteltropfen am Kopfkissen klebten, hätte Essabetala nicht bemerkt, daß Tussani sich während der Nacht still und leise entfernt hatte, um irgendwelchen Geschäften nachzugehen, von denen sie nichts wußte. So richtete sie sich denn in ihrem Bett auf, eine imposante Riesin im weißen Baumwollnachthemd, und blickte mit rollenden Augen auf Tussani, der, ihr den Rücken zukehrend, tiefen Schlaf mimte. Wütend ließ Essabetala eine große Hand auf seine Schulter klatschen – Tussani stöhnte schlaftrunken auf und blinzelte seine Frau mit rot unterlaufenen Augen aus einem zerknitterten braunen Packpapiergesicht an, sein schütteres Haar klebte feucht an seinem Kopf. Es war offensichtlich daß er ermüdende Arbeit hinter sich hatte – und für Essabetala konnte solche geheime nächtliche Tätigkeit nur eines bedeuten, nämlich, daß Tussani sie betrog.

»Wo kommst du her«, schrie sie deshalb, »welchen Schlamm einer Schlampe trägst du da an deinen Füßen? Hat sie dich endlich in ihr Bett geschleppt, diese Hure!« Und damit meinte sie natürlich Salina. Tussani seufzte tief, richtete sich auf und kehrte Essabetala ein leidvoll müdes Antlitz zu:

»Ich hätte es dir sagen sollen, meine Taube, ich war auf einer Beerdigung, ich habe heute nacht den Imam vertreten, weil Bwana Dale und Father Ricardo es so wollten.«

»Er ist verrückt, von Sinnen ist er«, schrie Essabetala, »auf einer Beerdigung, mitten in der Nacht, und was redest du da, Father Ricardo und du, ein Moslem – und was hat Bwana Dale damit zu tun?«

»Essabetala«, sagte Tussani mit der Würde und Geduld des unschuldig Bezichtigten, »du weißt, daß Sembereka sich augenblicklich in Bwana Dales Haus befindet. Und daß er über die Grenze muß. Und wie kommt er da hinüber, mit dem Constable, der alles kontrolliert, und der Bwana Dale schon im Verdacht hat – es gibt nur einen Weg –, er muß da hinüber als Toter, verstehst du, in einer Kiste. Und dieser Tote muß Papiere eines echten Toten haben – und natürlich muß dieser echte Tote verschwinden. Und wie verschwindet er? Er wird begraben. Und weil dieser Tote, Extra Pencil, wie du weißt, ein Onkel Laudons und ein Moslem war und morgen über die Grenze gebracht werden sollte, mußte er heute nacht begraben werden, damit in dieser Kiste Platz für Sembereka ist. Und Father Ricardo hat sich bereit erklärt, diesen toten Sembereka morgen über die Grenze zu bringen. Und weil die Verwandten die Gebete wollten, wurde ich gebeten, denn den Imam konnte man ja nicht gut dazu bitten. Und so habe ich heute nacht Extra Pencil beerdigt.«

Essabetala sah ihn fassungslos an:

»Und dies hast du mir verschwiegen, vertraust du mir nicht mehr? Ich, die ich Extra Pencil Geld gegeben habe, damit dieser Bwana Lake unschädlich gemacht wird, ich, die ich meine Hammel in den Tee trieb und die Leiche fand, die dann Sembereka geworden ist, mir vertraust du nicht und schleichst dich nachts heimlich aus dem Haus ...«

»Ich habe mein Wort gegeben, Essabetala, und nun habe ich es gebrochen, ist das nicht genug?« Aber dann warf sich Essabetala weinend in seine Arme und rieb ihre Wange an Tussanis grauem Stoppelbart:

»Verzeih mir, Tussani«, sagte sie schluchzend, »du bist ein Held, größer noch als Atatürk, und ich habe dir unrecht getan.«

»Es macht nichts«, sagte Tussani in milder Großzügigkeit und streichelte leicht Essabetalas enormes Hinterteil, »es macht nichts, mein Täubchen, aber schlafen wir jetzt, ich bin schrecklich müde.« Und während Essabetala, ihre Hand in der Tussanis, noch anerkennende Worte für Bwana Dale und auch Father Ricardo fand,

»du siehst, wenn man ihn braucht, dann ist er da, wenn er auch sonst nur Bäume und Whisky im Kopf hat – wie gut, Tussani, daß du ein Moslem bist und nicht trinkst«, dachte Tussani: »Es war eine schöne Beerdigung.« Und während des Einschlafens zogen dunkle Nachtbilder durch seinen Sinn: Die mondbeschienene Höhe des Friedhofes, auf dem die Hyänen geduckte Silhouetten an den Himmel warfen und in die Stille der Nacht ihr klagendes Heulen sandten, die Grube, in die Extra Pencil, in Hockstellung gebunden, das Gesicht nach Mekka gewandt, gesenkt wurde. Und er vernahm noch einmal seine eigenen Gebete, die in der Einsamkeit der Nacht verloren klangen, und doch eine besondere Bedeutung zu erhalten schienen. »In Armut begraben«, dachte er, »so wie es einem guten Moslem geziemt.« Und noch weiter zurück in das Dämmer der Erinnerung glitten seine Gedanken: Er sah sich, einen kleinen mageren Jungen, an der Hand seiner Mutter im flirrenden Wüstenstaub Indiens vor einem weißgetünchten Armengrab, vernahm die leise, von Verehrung erfüllte Stimme seiner Mutter wieder, die ihm sagte, daß darin Aurangzebe, der mächtigste aller Moslemfürsten, lag.

»Es ist eine Ehre für Extra Pencil wie Aurangzebe begraben worden zu sein«, murmelte Tussani noch, dann trug ihn der Schlaf des Gerechten aus einer vorübergehend ins Gleichgewicht gebrachten verrückten Welt.

85) *Essabetalas Version*

»Und dann«, sagte Essabetala zu einem atemlos lauschenden Dillah, »dann hat Tussani die Gebete gesprochen, die Totensuren aus dem Koran, und die Hyänen haben dazu so seltsam geheult, daß es klang wie die Stimmen toter Seelen. Die Nacht war ganz still, unheimlich still, nur einmal kam von weit her ein schreckliches Singen, so schrecklich, daß es sogar Tussani kalt durch die Knochen fuhr – aber es war nur der Irre, der sich immer noch mit seinem Köter in der Gegend herumtreibt. Und natürlich mußten sie jetzt ein Grab schaufeln, und es war gut, daß es geregnet hatte und die Erde feucht war, und so dauerte es nicht lange, bis sie Extra Pencil in die Grube senken konnten. Und nun höre, Dillah! Als sie die Erde auf seine Kiste schaufelten, war es, als hätte man Watte darauf verstreut, kein Laut war vernehmbar, nichts, unheimlich war es, wie sie so schaufelten und nichts als Stille antwortete, und so Extra Pencil seinen letzten Ufiti ausübte. Tussani hat mir heute das Grab gezeigt, man kann es nur an einem Haufen alter Knochen, die sie darauf gelegt haben, erkennen. Ich werde dir die Stelle zeigen, Dillah.«

Und Essabetala stützte die Ellenbogen auf den Tisch, legte das Kinn in die Polster ihrer Handballen, die breiten rosa Kuppen ihrer Finger an die Schläfen gepreßt. Mit feuchten Augen und geblähten Nüstern beobachtete sie die Wirkung ihres Berichtes auf Dillahs Gesicht. Sie war zufrieden damit, denn Dillah sah sie mit geweiteten Augen an – den Mund leicht geöffnet, die auseinanderstehenden Vorderzähne entblößt, sagte er zwar nur:

»Assaa«, so sein höchstes Erstaunen ausdrückend. Ansonsten hatte ihm Essabetalas Bericht die Sprache verschlagen.

Sie saßen in Dillahs Wohnraum, zu dem seinen Frauen bei Essabetalas Erscheinen der Zutritt verwehrt worden war. Die drei legten deshalb ihre Ohren an das Schlüsselloch und vernahmen so mit Schaudern die Geschichte von Extra Pencils wundersamer Beerdigung, und untereinander flüsternd beschlossen sie, sofort das Grab des großen Medizinmannes zu suchen – ein Beschluß, der als

Beginn eines Pilgerkultes gesehen werden muß, der weit über den besonderen Status Extra Pencils als Medizinmann hinaus ihn beinahe in die Bereiche der Heiligkeit erheben sollte.

So wurde also Extra Pencil begraben, und vielleicht wäre diese Art der Beerdigung Extra Pencil gar nicht so unrecht gewesen, wenn er selbst auch anderes für seinen alten, ausgemergelten, skelettösen Körper im Sinn gehabt hatte.

Seit einigen Jahren schon war sein Bündel gepackt: eine Felldecke, ein wenig getrocknetes Fleisch und Tabak um einen gegabelten Stock gebunden und eine Handvoll unordentlich in Rupfensäckchen gewickelte Amulette – die Extra Pencil auf seiner letzten Reise hinauf in die Dschungelwälder der Berge mitnehmen wollte. Seit einigen Jahren wußte er, daß seine Zeit, sich zu verabschieden, um dort oben in der Einsamkeit der Wälder seinen Tod zu erwarten, gekommen war, und daß weitere Aufschübe einen ganz gewöhnlichen Tod in seiner Hütte zur Folge haben könnten. Aber es war einfach so, daß die Anforderungen des Dorfes an seine Fähigkeiten gerade in den vergangenen Jahren so groß geworden waren, daß er es als rücksichtslos empfunden hätte, sich sang- und klanglos davonzuschleichen. Hierin wurde er auch von seinem Großneffen Laudon bestärkt, der selbst ein feines Gespür für Ufiti hatte und in kommenden Jahren, mit einer gebührenden Lehrzeit beendet, vielleicht seine Stelle einnehmen würde. So wurde Extra Pencil älter und weiser, und je älter er wurde, um so mehr wurden seine Ufiti geschätzt und begehrt.

Als man ihn nun eines Morgens tot in seiner Hütte auffand, kümmerte sich denn auch Laudon sofort um seinen Nachlaß – einen Sack voll modrig riechender Amulette, Schlangenhäute und getrockneter Nagetierköpfe – denn er wußte, daß diese letzten Reliquien seines Onkels eine begehrte Handelsware werden würden, und er täuschte sich darin nicht. Denn hatte nicht Extra Pencil durch das termingerechte Timing seines Todes noch ein letztes Mal bewiesen, daß seine Ufiti, wenn auch durch wunderbare Umwege, auf ganz spezifische Weise jedem individuellen Bedürfnis gerecht wurden? Und so hätte vielleicht diese Nacht- und Nebel-

Beerdigung Extra Pencil gefallen, besonders, hätte er ahnen können, daß gerade sie ihm in kommenden Jahren unvergänglichen Ruhm bescheren sollte.

Auf seinem Grab, anfangs nur durch einen dürren Knochenhaufen gekennzeichnet, fanden sich bald pyramidenförmig gehäufelte Steine, die später der weißgetünchten Zementplatte wohlhabender Toter wichen. Und bald wurde es in Truchilla Sitte, zu allen Festtagen Extra Pencils Grab mit weißen Frangipanniblüten zu bedecken, den Totenblumen der Moslems.

86) *Man informiert sich*

In Truchilla wußten also nun Dillah und Essabetala über die geglückte Aktion Bescheid, und natürlich auch Dillahs Frauen, und so konnte es nicht lange dauern, bis auch die Familien Karbaris und Karim informiert waren. Laudon blieb zwar bei seiner Version, daß Extra Pencil nach Mozambique überführt worden war, doch etwaige Zweifel an Essabetalas Erzählung wurden schnell zerstreut: Man zog allgemein die abenteuerliche Rettung Semberekas durch Father Ricardo und Bwana Dale vor und hätte sich auch für diese Version entschieden, wäre sie ganz und gar unglaubhaft erschienen, denn der Mensch zieht nun einmal abenteuerliche Geschehnisse den nüchternen vor, was, wenn man es überlegt, eine seltsame Geschichte ist, die aber vielleicht etwas mit der Hoffnung zu tun hat, auch die unwahrscheinlichsten religiösen Prophezeiungen einstmals verifiziert zu sehen.

Was man aber nicht wußte, war, wie nun alles vor sich gegangen – und Laudon, der wahrscheinlich über die Kenntnis interessanter Einzelheiten verfügte, hüllte sich in Schweigen. Man hätte zum Beispiel gerne gewußt, in welchem Sarg Sembereka befördert worden war: Hatte Father Ricardo einen bequemen christlichen gewählt, oder war die Moslemkiste verwendet worden, in der die Toten mit zusammengebundenen Gliedern in Hockstellung gesetzt wurden – eine für Tote und Lebende gleichermaßen einengende Angelegenheit –, letzteres war jedoch das Wahrscheinlichste, da Extra Pencil ein Moslem war und seine Papiere an der Grenze vorgezeigt werden mußten. War Father Ricardo allein gefahren, oder hatte ihn Bwana Dale begleitet? Alles Dinge, die man wissen wollte. Und Essabetala sagte zu Dillah:

»Du bist doch jeden Tag mit Bwana Dale zusammen, frag ihn doch einfach!« Aber dies stand Dillah nicht zu. Respekt und ein gebührender Abstand verboten ihm eine solche Frage, und da Bwana Dale nicht darüber sprach, wußte Dillah, daß er nicht darüber sprechen wollte. So nahm Dillah, mit einem Anflug schuldbewußten Unbehagens zwar, wieder einmal Bwana Dales Tagebuch zur Hand. Es ist bekannt, daß nur die Überzeugung, daß dieses Eintauchen in des Bwanas geheimste Gedanken ihnen beiden zum Vorteil gereiche, ihn diese Lektüre aufrechterhalten ließ – bescheidener und demütiger Opportunismus sozusagen – und auch diesmal konnte dieser Beweggrund nicht ausgeschlossen werden.

So saß Dillah in des Bwanas Büro, vor sich das in schwarzes Leder gebundene Tagebuch, und begann zu lesen. Stickige Hitze umgab ihn, er hatte den Ventilator nicht einzuschalten gewagt, da das brausende Geräusch des ausgedienten Gerätes auf den Gang hinausdringen und ihn hätte verraten können. Bwana Dale befand sich zwar auf den Teefeldern, doch plötzliches Erscheinen konnte nicht ausgeschlossen werden. Was Dillah nun las, war ein lapidarer Bericht der Ereignisse, der jedoch ein verhaltenes Vergnügen seines Herrn ahnen und Dillah befriedigt feststellen ließ, daß auch er selbst zu diesem Vergnügen beitragen hatte:

»Der Bursche ist drüben«, las er, »Father Ricardo hatte ihn im Heck und fuhr als erster über die Grenze, ich folgte mit meinem Harem. Wir erzählten dem Grenzbeamten, daß wir alle an der Beerdigung Extra Pencils teilnehmen wollten, was sehr authentisch klang, da die beiden Tierschutzverrückten ihre Begeisterung darüber in hysterischen Freudenausbrüchen bekundeten. Ein paar Polizisten spielten mit ihren Revolvern herum und machten sich wichtig. Einer von ihnen schaute sich die Kiste an und beanstandete, daß sie zugenagelt war. Als er das Kaninchen roch, ergriff er die Flucht und beschwerte sich, daß man Leichen erst begrabe, wenn sie schon stänken. Ein Grenzbeamter sagte: »So freundlich von Father Ricardo, einen Moslem hinüberzubefördern, aber er und dieser Extra Pencil waren ja in etwa Kollegen, und da hilft man sich wohl.«

Sage einer, daß hier Religionen nicht verstanden werden! Der Father lächelte sauer. Die Damen waren nicht wenig überrascht, als einige sichere Meilen entfernt Father Ricardo seine Leiche präsentierte, die Enttäuschung auf ihren Gesichtern zeigte deutlich, daß sie lieber einen Toten gesehen hätten. Sembereka jammerte über den Kaninchengestank, und ich gab ihm eine grobe Antwort.

Die Damen trösteten sich, als ihnen die Lage erklärt wurde und Sembereka war bald Hahn im Korb und gab Autogramme – ich sagte ihnen, daß er gute Chancen habe, Präsident zu werden. Marjorie darob verärgert.

»Selig sind die Verfolgten«, sagte Father José, ein wackeliger alter Säufer und goß miserablen Whisky in Kaffeetassen. Ethel sprach ihm tüchtig zu, und Father José stimmte mit ihr überein, daß auch Tiere eine Seele haben. Sembereka war dies ziemlich egal, er bedankte sich und war um Mitternacht verschwunden. Ich nehme an, daß er sich in den lokalen Puff abgesetzt hat. Wie ich die Brüder einschätze, hatten sie dafür Verständnis.

Father Ricardo ließ sich vollaufen, und ich leider auch, was die Rückfahrt im Morgengrauen problematisch gestaltete.

»Es muß eine schöne Beerdigung gewesen sein«, sagte der Grenzbeamte.

»Sie hat uns beinahe umgebracht«, sagte Marjorie.

Die beiden Damen sind abgereist.

Ich fühle mich nicht besonders wohl. Pamelas Ermordung geht mir nicht aus dem Kopf ... dazu kommt: schlechter Whisky ist mir noch nie bekommen.«

Dillah schloß des Bwanas Tagebuch. Gerne hätte er ja ein wenig mehr erfahren, aber er begnügte sich damit, daß er doch die wichtigsten Fragen würde beantworten können. Was ihn selbst anging, so hatte er längst gelernt, in des Bwanas Tagebuch auch zwischen den Zeilen zu lesen. Er war zufrieden – sein Dank an den Bwana würde überschwenglich ausfallen – und er würde sich schuldbewußten Blickes den Vorwurf gefallen lassen, daß er seinem Bwana nichts, aber auch nichts als Schwierigkeiten bereitet hatte.

87) Ein religiöses Dilemma

Tussani hatte erfreuliche Tage hinter sich, Essabetala und das Dorf respektierten ihn, er fühlte sich ein bißchen als Held und benahm sich als solcher, bescheiden, versteht sich, aber doch mit einer gewissen selbstbewußten Würde. Aber – tempora mutantur – Essabetalas Verhalten zeigte leider nur zu bald wieder eine Neigung zu gewohntem respektlosen Verhalten. Tussani konnte noch so anschaulich berichten, wie hochachtungsvoll Karim ihn gegrüßt und Bwana Dale ihn den fremden Damen als ›meinen alten Freund Tussani‹ vorgestellt hatte – Essabetala, die Undankbare, blieb unbeeindruckt, permanente Heldenverehrung konnte von ihr leider nicht erwartet werden.

Heute aber hatte der Tag gut begonnen – trotz einer sich wieder leicht ankündenden Erkältung hatte er die Gebete vom Minarett gesungen, leise wankend war er die Treppe hinaufgestiegen, hatte sich droben an das Gitter gelehnt und einen Augenblick über das noch ganz stille Dorf geschaut, wo, geduckt und müde von einer langen Nacht, eine letzte Hyäne über die Red Store Street heimwärts humpelte. Seine Stimme klang brüchig und mitunter versagte sie, und obgleich der frühe Morgen die Nacht kaum hatte abkühlen können, fröstelte ihn. Doch schien gerade diese Schwäche ihn Allah näherzubringen: Er empfand eine schwebende Leichtigkeit, die dem zarten blauweißen Licht der noch verhüllten Sonne verwandt schien, und ihm ein feines Glücksgefühl vermittelte. Deshalb auch hörte er, während er, wieder zu Hause, seine erste Tasse Tee trank, Essabetala nur halbherzig zu. Sie hielt einen Fächer Heiligenbildchen in der Hand, Beichtbildchen, die Father Ricardo manchmal an Favoriten seiner Gemeinde verteilte, zu denen auch Essabetala gehörte. Immer nämlich begegnete Essabetala Father Ricardo mit großem Respekt, immer knickste sie zweimal, wenn sie ihm die Hand reichte, und nie schlief sie während seiner Predigten. Offenen Mundes lauschte sie den Schilderungen himmlischer Freuden und höllischer Qual (dabei schien die violette Höhle ihres Mundes, flankiert von einem riesigen Zaun weißer Zähne, Father Ricardos Worte gleich Jonas' Walfisch in sich aufzunehmen, und nicht selten formte Father Ricardo diese Worte speziell für diesen Mund: reich und sukkulent). Immer war Essabetala ein ideales Kongregationsmitglied gewesen, das durch seine bloße Gegenwart Father Ricardos Predigten inspirierte, ihnen sogar manchmal poetischen Glanz verlieh. So hatten sich Essabetalas Heiligenbildchen beachtlich vermehrt und steckten dutzendweise in Atatürks Bilderrahmen, wo Tussani sie großzügig beließ, bis sie, blaß und mit Fliegendreck beschwert, endlich zu Boden fielen.

»Was meinst du, Jahan«, Essabetala, einen Fächer Heiligenbildchen wie eine Hand Karten aufblätternd, »welcher Madonna soll ich den Hammel spenden, der weißen, der schwarzen oder der Jungfrau mit dem Kind?« Tussani richtete sich langsam aus einem mottendurchlöcherten Rattanstuhl auf. Die sich ankündende Erkältung, das Vorgefühl des bald legitimierten Sich-Gehenlassens, das schwebende Gefühl, das er in der Moschee hatte empfinden dürfen, hüllten ihn in sanfte Euphorie. Der unglückliche Besuch des Imam war vergessen und – immerhin – hatte er nicht für eine Weile das köstliche Gefühl, ein Held zu sein, genießen dürfen? Er fächelte sich mit seinem Fliegenwedel Kühlung zu und beschäftigte sich, die Fersen jetzt auf den Stuhlrand gestützt, tändelnd damit, braungerillte Zehennägel mit der Spitze des Rasiermessers zu maniküren. Aus dieser halzionen Stimmung riß ihn nun Essabetala ...

»Hammel«, sagte er mißmutig, »ich höre immer Hammel, wieso mußt du einen Hammel spenden, und was ist das für ein Unsinn mit deinen Marias ...« Die Erkältung gab seiner Stimme den pfeifenden Ton eines durch Mauerlöcher streifenden Windes.

»Es ist so«, sagte Essabetala, die Stirn in Wölkchen legend, »daß eine der Marias etwas bekommen muß – Father Ricardo sagte in seiner letzten Predigt, daß man nur durch Opfer etwas erreichen kann, und daß in diesem Dorf zu wenig geopfert wird ..., und er hat auch gesagt, daß die Marias jetzt Dankbarkeit erwarten, und daß wir dazu gerade jetzt allen Grund haben, und du weißt, was er damit gemeint hat: Wir haben Grund, dankbar zu sein, weil Bwana Dale und Father Ricardo diesen Sembereka über die Grenze gebracht haben, und dies allen beinahe den Kopf gekostet hat, und besonders jetzt, wo es immer schlimmer wird, und sogar schon weiße Donas im Chanunka angeschwemmt werden ...«

»Bwana Dale hat Sembereka über die Grenze gebracht, und ich – wie du vergessen zu haben scheinst – habe ihm dabei geholfen – und deine Marias haben damit gar nichts zu tun. Du verschwendest Geld, Essabetala – warum gehst du nicht zu Laudon und spendest etwas für Arete, das ist billiger!« Es half nichts, wieder zog ihn Essabetala in die profanen Niederungen ihres Aberglaubens. Mit gerunzelter Stirn blickte er auf seine Frau: Sie saß rücklings auf einem Stuhl, in einer Hand die Heiligenbildchen, in der anderen eine Gabel, mit der sie, den Griff fest in der geschlossenen Faust, die Wolle ihres Haares lüftete. Ihr Hinterteil wölbte sich, von einem rotbetupften Rock umspannt, wie ein riesiger Fliegenpilz um den Rand des Stuhls. Auf einer Zehe der übergeschlagenen Beine tanzte heftig ein Flip-Flop.

Tussani wandte sich ab. Was ihm an Essabetala zu gewöhnlichen Zeiten durchaus gefiel – wie oft hatte ihm dieses wundervoll dralle Hinterteil Freuden bereitet –, empfand er heute als ermüdende Provokation. Ohne Zweifel, er wurde krank.

»Mit Arete hat Laudon schon verhandelt«, sagte Essabetala (nichts, nichts bemerkte sie von seiner Erschöpfung, keinerlei Rücksicht war von dieser Person zu erwarten ...!)

»Arete hat mich nur einen Sack Mais gekostet – aber nun muß ich an die Marias denken, sie könnten sonst böse werden ...«

»Sehr wahrscheinlich«, sagte Tussani mißmutig, »mit Weibern ist nicht zu spaßen, aber wenn deine Arete nur einen Sack Mais bekommen hat, wird sie nicht ein ganzer Hammel für die Marias ärgern?« Essabetala legte die Gabel auf den Tisch und die Stirn in Wölkchen.

»Es ist schwierig, Jahan, und weil es so viele Marias gibt, ist es noch schwieriger. Father Ricardo sagt, die vielen sind nur eine, aber wie können eine Schwarze und eine Weiße dieselbe sein, das ist doch nicht möglich!«

»Dann nimm die Schwarze, Essabetala«, sagte Tussani, ein leichtes Pfeifen von sich gebend, »ich sehe nicht ein, daß du die Weiße nehmen sollst, wenn du eine Schwarze bist ... und die Jungfrau mit dem Kind ..., für eine unglaubwürdige Geschichte kannst du keinen Hammel opfern. Nimm die Schwarze, wenn es schon eine sein muß!« Tussani war nun wider Erwarten nicht ohne ein gewisses Vergnügen in die Unterhaltung eingestiegen. Er lachte, Essabetala seufzte.

»Du hast es gut, du hast nur Allah. Und Atatürk.«

»Es gibt nur Allah und seinen Propheten. Und deine Heiligen und auch Arete, das ist alles Balderdash.« Essabetala bekreuzigte sich schnell.

»Und Atatürk, ist Atatürk jetzt auch kein Heiliger mehr?«

»Allah helfe mir«, seufzte Tussani, sich ein Betelpäckchen in den Mund steckend (es schmeckte faul und brachte ihm leichte Kopfschmerzen), »wie kann man so verbohrt sein. Bete ich zu Atatürk? Trage ich stinkende Amulette mit mir herum? Ich bete zu Allah und singe sein Lob. Das ist alles.« Essabetala nahm das Bildchen der schwarzen Madonna aus ihrem Fächer und preßte es mit plattgedrücktem Daumen wie eine Trumpfkarte auf die Tischplatte:

»Gut«, sagte sie, ihren Flip-Flop vom Fuß stoßend, »sie bekommt den Hammel.«

»Er wird Father Ricardo gut schmecken«, sagte Tussani, seine Zehen zärtlich massierend, »da brauchst du wochenlang nicht mehr zur Beichte gehen ...«

»Du verstehst gar nichts«, sagte Essabetala, »für mich wäre es eine Strafe, wenn ich nicht zur Beichte gehen dürfte ..., und Father Ricardo wird den Hammel verkaufen und das Geld für die schwarze Madonna verwenden, vielleicht bekommen wir dann ein Bild von ihr in die Kirche ... es ist Zeit, daß da ein paar schwarze Heilige hineinkommen.«

»So ist's recht«, sagte Tussani, »mehr Heilige für Father Ricardos Kirche und meine Moschee fällt zusammen. Warum stiftest du nicht einen Hammel für meine Moschee?«

»Aber dein Allah hat keine Ufiti, die ich brauchen könnte ...«

»Wer sagt das«, erwiderte Tussani, dem eben eingefallen war, daß er dem Manko an Ufitis seiner Religion weit Bedeutungsvolleres entgegensetzen konnte: Ein Tontäfelchen mit dem Sand von Kerbela befand sich seit Jahren in seinem Besitz. Sand vom Boden Kerbelas, wo Hussein für Mohammed gekämpft, dies waren heilige Staubkörner. Er hatte das Täfelchen lange Zeit um den Hals getragen, schließlich hatte er es abgenommen und sorgfältig aufbewahrt, weil er fürchtete, er könnte auf der baufälligen Treppe zum Minarett stürzen und es verletzen. Er erhob sich deshalb, zurrte seinen Dhoti an der Hüfte fest, ging in seine Friseurstube und wusch sich in einem Blechbecken lange und gründlich die Hände: Hände, die heiligen Kerbelastaub berührten, mußten rein wie Quellwasser sein. Dann nahm er den Spiegel von der Wand und holte hinter einem Pappverschlag eine Seifenschachtel hervor.

Essabetala war ihm gefolgt, sie versuchte sofort, Tussani die Schachtel zu entwinden, indem sie ihre Hand wie eine Löwenpranke daraufschlug, aber Tussani stampfte mit der Miene eines römischen Gladiators mit seinem Fuß gebieterisch auf die Erde, und obgleich dies auf dem Lehmboden keinerlei drohendes Geräusch verursachte, verstand Essabetala die gefährlichen Vorzeichen und zog ihre Hand zurück. Tussani blickte auf Essabetala, die Schachtel ehrerbietig an seine Brust gepreßt, mit dem verklärten Ausdruck eines die Monstranz hebenden Hohepriesters, und öffnete langsam den Deckel. Beim Anblick des Inhalts jedoch verzerrte sich schrecklich sein Gesicht: Es zeigte sich ein in Lederfetzen geschnürtes Bündel aus Fledermauskrallen und moderigen Knochensplittern.

»Was ist das«, schrie Tussani, »wo ist meine Kerbelatafel?«

»Da war nichts in der Schachtel als verkrümelter Ton, und den habe ich weggeworfen ...«, sagte Essabetala, »und dies hier ist ein Amulett Aretes, es beschützt deinen Frisiersalon.«

Tussani sah sie, die Augen rot gerändert, mit der Miene eines leidenden Scharfrichters an. Dann nahm er den Fetisch und warf ihn in weitem Bogen auf die Straße hinaus.

»Du unwissendes, dummes Weib«, schrie er krächzend, »du hast heilige Erde weggeworfen und diese Schachtel mit Extra Pencils faulem Zeug besudelt – Allah wird dich strafen.« Essabetala strich mit zärtlicher Hand über ihre Heiligenbildchen, die nun wie ein zerstörtes Kartenhaus den Tisch bedeckten.

»Siehst du«, sagte sie, rücksichtslos sanfte Zufriedenheit in der Stimme, »du glaubst also doch an Ufiti, und jetzt wirst du auch verstehen, warum ich einer der Marias einen Hammel spenden muß.«

Tussani ließ sich in den Rattanstuhl fallen. Von Ekel überkommen spuckte er den übel schmeckenden Betel in weitem Bogen ins Zimmer. Er griff nach seiner Korankette, wirbelte sie mit akrobatisch kreiselndem Daumen durch knochige Finger, was den Eindruck fieberhaften Geldzählens vermittelte. Dann ließ er sie abrupt in seinen Schoß sinken. Bittere Resignation überkam ihn. Dunkler Aberglaube hatte wieder einmal gegen Allahs Worte gesiegt. Die Wege des Allwissenden waren in der Tat rätselhaft.

»Vielleicht bist du wirklich krank«, sagte Essabetala, fröhlich ihre Heiligenbildchen zu einem Stoß ordnend.

88) *Der Fund*

Es war ein Tag der Frustration. Auch heute wieder hatte David versucht – und dies trotz einer schon längst im Unterbewußtsein manifestierten Gewißheit, daß solche Versuche zu nichts führen würden –, die Lethargie des Chief Constable aufzurütteln, ihn zu Aktivitäten anzuspornen. – Der Chief Constable aber saß David lediglich mit sorgenvoller Miene gegenüber, sprach von ›Criminals‹, die wohl schon längst über die Grenze geflüchtet seien, und von seiner Hochschätzung für Mrs. Moskowicz:

»Die arme Mrs. Moskowicz, eine so feine Dame!«

Diesmal hatte David, in unvorsichtiger Ungeduld, sogar die National Party und den Constable ins Gespräch gebracht, war aber auf erschrockene, geradezu angstvolle Zurückhaltung gestoßen. Der Constable war für seinen Vorgesetzten in die gefahrvolle Nähe Mpembwes gerückt, sein Name ein Tabu geworden.

Es war später Nachmittag, braune Habichte glitten in niederem Flug über die Straße, aus Bettys Hinterhof kam das Gurren der Wildtauben, ein Laut, den er gewöhnlich behaglich träumerisch in sich eindringen ließ, der ihn besonders am frühen Morgen in eine schwebend wohlige Stimmung versetzte. – Heute aber gelang es ihm nicht, sich zufrieden dahintreiben zu lassen, er wußte nun, daß er nicht weiterkommen würde, der Mörder Pamelas in frecher Freiheit sich ungehindert bewegte, abgesichert durch die Angst einer eingeschüchterten Stadt. So schlenderte er lustlos durch diesen gleißenden Spätnachmittag, in dem die Sonne den Staub der Straße vergoldete, und in den orangen Tulpenbäumen die rumorenden, streitlustigen Beos schwarz lackiert aufleuchten ließ – er spürte nur den trockenen Staub in seiner Kehle, hustete, fluchte leise vor sich hin – flüchtete endlich in Bettys Bar.

Sacht lastende Schwüle lag über dem halbdunklen Raum, in dem die herabgelassenen Bambusjalousien beinahe den Boden berührten – er war noch fast leer, nur zwei Gäste saßen an einem mit Zeitungspapier bedeckten Tisch, stumm und reglos, die Arme auf den Tisch geworfen, die Augen glasig und blutunterlaufen von

Banga. Hinter dem Tresen wischte Jana über eingetrocknete Gläserringe, Betty saß mit verschränkten Armen und übergeschlagenen Beinen – den Rock bis zum Hinterteil hochgeschoben – vor unordentlich auf einer Nadel aufgespießten Kassenzetteln. Aus dem Transistorradio drang eine von krächzenden Unterbrechungen zerstückelte Walzermelodie. David ließ sich unter dem Dekkenventilator nieder, im kühlenden Luftzug löste sich ein wenig seine Unstimmigkeit, in diesem kahlen dämmerigen Raum empfand er Bettys behende Behäbigkeit wie immer als wohltuend: Die dunkle Melasse ihrer Arme, die sich so sukkulent von dem mit orangen Papageien bedruckten grünen Kattunkleid abhob, die weißen Bändchen um ihre steifen Haartufts – die ihn immer an Zuckerkringel erinnerten – und wie sie, den Kopf in sanftem Rhythmus bewegend, vor sich hinsummte und die goldenen Armreifen an ihren Handgelenken leise klirrten – ihre Person schien ihm etwas Erdgebundenes, sehr Wirkliches auszustrahlen, etwas, dachte er, wie es die ersten Menschen auf dieser Erde wohl gehabt haben müssen:

»Komm, setz dich zu mir, Betty«, sagte er, »komm, trink ein Glas mit mir.« Betty ließ sich schwer ihm gegenüber nieder, seufzte, schenkte ein:

»Schwere Zeiten, Mr. David, allerlei Gesindel kommt da jetzt rüber aus Portuguese East, wo die Rebellen im Busch herumschießen, gestern waren in meiner Bar zwei von diesen Frelimos, das sind keine Gentlemen, die sind nicht fein, die reden schlimmes Zeug daher, daß es einem angst und bang machen kann!«

»Sie sind Freiheitskämpfer, Betty«, sagte David, die Augen zu kleinen Schlitzen verengt, die Lippen zu einem etwas schiefen Lächeln verzogen.«

»Ich pfeife auf die Freiheit«, sagte Betty, »wenn das Freiheit sein soll, nichts als Raub und Schießerei, und bestimmt haben die auch Mrs. Moskowicz umgebracht.« Sie schenkte nach, beugte sich über den Tisch, ihr Gesicht war ihm jetzt so nahe, daß er ihren Atem spüren konnte. »Was für fein geformte Ohren Schwarze oft haben«, dachte David, Bettys Ohr betrachtend, das delikat geschnitzt nicht zu ihrem schweren Körper zu gehören schien. Im zarten Ohrläppchen pendelte ein langer Ohrring. Ein verschwommenes Gefühl des schon einmal da Gewesenen überkam ihn, vage, noch nicht faßbar, während aus dem Transistorradio ununterbrochen diese Folge von Wiener Walzern strömte, so inkongruent in diesem schwülen Raum mit den kahlen, von Schmutz starrenden Wänden – dann aber stieg plötzlich aus dem Dämmer der Erinnerung, erst noch flimmernd, verschwommen, dann immer deutlicher werdend, dieses Bild: ein gepflegter Salon, weiße Porzellanlipizzanerpferde auf Regency-Tischen, sich bauschende Seidenvorhänge, schimmerndes Silber: Pamelas Salon. Und da war Harrison, elegant und gelassen, Harrison und Pamela, Pamela mit diesen wunderschönen Perlenohrgehängen, die ihm besonders aufgefallen waren. Pamela, schön und kühl und von zurückhaltender Freundlichkeit.

Was brachte diese Erinnerung plötzlich so intensiv und schmerzhaft zurück? Die Walzermusik, die eben einem alten Beatle Song gewichen war? Als Betty ihm, der einige Sekunden stumm dagesessen, sie nur mit diesem seltsam in sich versunkenen Blick betrachtet hatte, ihre Hand auf den Arm legte und lachend sagte:

»Hallo, Mr. David, wachen Sie auf!« wußte er und es traf ihn wie ein Keulenschlag: Diesen langen, pendelnden Ohrring an Bettys Ohr hatte er damals gesehen, damals, an jenem Abend von Pamelas Party. Und Pamela hatte ihn getragen. Dies hier an Bettys Ohr war einer von Pamelas Ohrringen. Er sprang auf und sah Betty mit beinahe irren Augen an: Da saß sie ihm gegenüber, gehüllt in eine Wolke schweren Moschusparfüms, durchzogen vom Geruch herben Schweißes, und er dachte unwillkürlich, daß er immer diesen Duft faden europäischen Parfums vorgezogen hatte – er dachte es so, wie sich einem in den angespanntesten Momenten oft Gedanken ganz anderer Natur aufdrängen – es stimmte einfach nicht, daß man von einer einzigen Sache vollständig absorbiert werden konnte – hatte er nicht auch damals, als er Pamelas armen Kopf durch die Straßen Lalingas trug, den scharfen, vom Regen intensivierten Eukalyptusgeruch wahrgenommen und den zarten Metallgeruch des Regens selbst? Das Gehirn arbeitet nach eigenen Gesetzen, eine diffizile Maschine, in der gleich einem riesigen Ameisenhaufen in Milliarden von Gängen Erinnerungen und Wahrnehmungen tückisch schliefen, um plötzlich wie ein ›Jack in the Box‹ ins Bewußtsein zu schießen und irrelevante Kapriolen zu schlagen.

»Dein Ohrring, wo hast du diesen Ohrring her?« Nie hatte Betty Davids Stimme so von Emotion zitternd vernommen, verwirrt griff sie sich ans Ohr.

»Der Ohrring, ich hab' ihn gefunden ... ein schöner Ohrring!«

Sie wandte ihm ihr Profil zu, spreizte mit dem Zeigefinger David ihr Ohrläppchen entgegen.

»Betty«, David faßte sie heftig am Arm. »Wo genau hast du diesen Ohrring gefunden?«

»Sie brauchen nicht gleich böse zu werden, Bwana David, Jana hat ihn im Haus aufgelesen. Niemand hat nach dem Ohrring gefragt, und das ist nun schon acht Tage her. Und wenn das so ist mit den gefundenen Sachen, daß niemand sie mehr haben will, dann gehören sie eben mir. Ein so schöner Ohrring – und niemand hat ihn mehr haben wollen.«

»Paß jetzt gut auf, Betty«, David sagte es mit heiser belegter Stimme, »dies ist einer der Ohrringe, die Mrs. Moskowicz trug an dem Tag als sie verschwand. Und jetzt denke nach: Wer war zur Zeit, als der Ohrring gefunden wurde, in deiner Bar?«

»Assaa ...« Betty schlug eine große Hand vor ihren Mund, sprang auf, »Mrs. Moskowicz ...«, zog den Ohrring von ihrem Ohr, schleuderte ihn auf den Tisch, zog die Hand schnell zurück, als habe sie eine giftige Schlange berührt, und begann langsam ihren Kopf in kreisende Bewegungen zu versetzen, es folgten die Schultern, endlich der ganze Körper, dazu schlug sie sich in heftigem Rhythmus mit beiden Händen auf die Brust, als wolle sie gleich in ein wildes Spiritual ausbrechen.

»Nehmen Sie den Ohrring, Bwana David, bringen Sie ihn fort ...«

»Betty, setz dich jetzt und denke nach.« Sie ließ sich wieder neben David nieder, preßte jetzt beide Handflächen, die Fingerspitzen nach außen gewölbt, an die Schläfen.

»Denke nach, Betty, du mußt jetzt nachdenken. Mit diesem Ohrring sind wir einem Mörder endlich ganz nahe. War der Constable am fraglichen Tag in deiner Bar?« Betty verfiel in einen leiernden Klageton, und zum ersten Mal bemerkte David, daß sie lispelte und dies es wohl war, was ihrer Wohlbeleibtheit etwas zuckerig Süßes verlieh.

»Der Constable, ... es waren viele da, ja, vielleicht war auch der Constable da, ich weiß es nicht mehr – der Constable, er kommt, er geht, er taucht wieder auf – manchmal kommt er wochenlang nicht mehr, dann ist er plötzlich da, ... er hat den Wachmann eingeschüchtert, und er war rüde zu mir ... Ich weiß es nicht mehr ...«

»Also, du willst es mir nicht sagen, aber ich glaube dir einfach nicht, daß du dich so gar nicht erinnern kannst. Und keines deiner Mädchen wird sich ebenfalls erinnern können, nicht wahr?«

»Bwana David, dieser Constable ist von der Congress Party! Nehmen Sie den Ohrring, ich will nichts mit der Sache zu tun haben ... Assaaa ..., Assaaa ...«

»Beruhige dich, Betty, du brauchst mir nichts mehr zu sagen, ich weiß auch so, daß er hier war. Und ich werde ihn finden. Verdammt unachtsam von ihm, sein kleines Souvenir zu verlieren.« Er warf noch einen schnellen Blick auf die in einen Stuhl gesunkene, die Hände ringende und monoton klagende Betty, stand auf, nahm den Schmuck an sich und verließ das Haus. Auf dem Weg zu Harrisons Büro umklammerte er den Ohrring in seiner Tasche und wieder war ihm, als trüge er wie an jenem verregneten Tag auf dem Weg zu Dr. Giovannonis Haus ein Stück Pamelas durch die Straßen Lalingas.

Harrison bündelte in seinem Büro Privates zusammen, versuchte die Korrespondenz mit Laurenco Marques und Salisbury auszusortieren. Er blickte auf den ins Zimmer stürzenden David mit hochgezogenen Augenbrauen:

»Was gibt es, David, ich habe Sie heute nachmittag vermißt, es wartet hier eine Menge Arbeit auf uns.« David nahm den Ohrring aus seiner Tasche und legte ihn vor Harrison auf den Schreibtisch.

»Er ist in Bettys Bar gefunden worden, Betty trug ihn, es ist Mrs. Moskowiczs Ohrring. Ich habe Betty ausgefragt, natürlich wollte sie mir nichts sagen – die Congress Party hat sie alle eingeschüchtert – aber aus ihrem Benehmen konnte ich schließen, daß dieser Constable sich zur fraglichen Zeit in ihrer Bar befand. Wir sollten ihn sofort verhaften.« Harrison blickte eine Weile stumm auf den Ohrring, dann ging er zum Fenster und schaute auf die nun voll erblühten Flamboyant-Bäume, doch das intensive Rot der Blüten tat seinen Augen weh, und er ließ langsam die Jalousie herunter.

»Es wurde also der andere Ohrring gefunden.« Ein paar Sekunden blickte er David beinahe abwesend an, dann kamen die Worte langsam, doch sehr bestimmt:

»David, ich möchte, daß Sie Ihre Nachforschungen einstellen. Nein, warten Sie, hören Sie mir zu: Einmal könnten wir diesem Constable nicht nachweisen, daß er Pamela ermordete oder ermorden ließ. Er würde uns bei einem Verhör einfach ins Gesicht lachen. Dieser Ohrring ist nicht einmal ein Indizienbeweis. Und dann, denken Sie darüber nach: Könnte diesem Constable eine Verhaftung vielleicht sogar gefallen? Könnte es nicht sein, daß er den Ohrring absichtlich verloren hat, in der Annahme, daß er über Betty am Ende zu Ihnen und natürlich zu mir gelangen würde? Daß es ihm gefallen würde, uns durch diese zynische Geste unsere Ohnmacht fühlen zu lassen? Und dies hätte, oder hat er erreicht. Er weiß genau, daß er schon heute, so kurz vor Mpembwes Ankunft, unangreifbar ist. Schweigen Sie über den Ohrring, David. Alles, was uns jetzt zu tun bleibt, ist zu schweigen. Zurück in London könnten wir über die Zustände hier sprechen, wir könnten darüber schreiben, wir könnten warnen. Aber haben wir das nicht bisher schon getan? Es wird kaum zu etwas führen. Der Constable wird wahrscheinlich nach Mpembwes Ankunft eine Ministerstelle erhalten, und wenn Mpembwe seinen ersten Besuch beim englischen Parlament und der Königin antritt, wird ihn dieser Constable begleiten, und sie werden stolz die Reverenzen englischer Politiker und der Königin entgegennehmen.«

»Dann soll dieses schreckliche Verbrechen ungesühnt bleiben, es soll also alles einfach vorüber sein?«

»So ist es, David.« Harrison nahm den Ohrring vom Tisch, sah einen Augenblick auf die große, rosa schimmernde Perle, steckte sie dann ruhig in seine Westentasche. »Ich habe übrigens gerade erfahren, daß Dale diesen Sembereka jetzt endlich über die Grenze gebracht hat – wußten Sie, daß er ihn in seinem Haus versteckt hatte?« David schüttelte den Kopf. Wie leidenschaftslos Harrison gesprochen hatte, nicht einmal ein leises Wanken war in seiner Stimme wahrnehmbar gewesen.

»Warum hat sich Dale solcher Gefahr ausgesetzt?«

»Er hat da jemandem helfen wollen, ich glaube, seinem Buchhalter ..., aber kommen Sie, wir wollen dies hier nun beenden.« Er gab David einen Stoß Akten in die Hand: »Sehen Sie die durch. Alles aus Laurenco Marques und Salisbury muß verschwinden.« Jetzt erst bemerkte David ein leises Zittern an Harrisons Hand. Er nahm stumm die Akten und ging mit ihnen in sein Büro. Er wußte jetzt: Harrison hatte recht. Pamelas Mord würde ungesühnt bleiben. Ungesühnt wie die der Leichen, von denen immer mehr den Chanunka hinabtrieben, eine stumme Klage, von der niemand etwas wissen wollte.

Als er später an Harrisons Tür vorbeikam, stand sie offen. Er sah Harrison an seinem Schreibtisch, den Kopf in die Hände gestützt, die Augen auf eine leere Wand gerichtet. Er wollte ihn, wie gewohnt, fragen, ob sie nicht zusammen essen gehen wollten, wagte aber nicht, ihn zu stören.

Von diesem Tag an sprach Harrison bis zu seiner Abreise nicht ein einziges Mal mehr von Pamela. –

89) *Abschied*

Doch war Pamela immer in seinen Gedanken. Ganz gewöhnliche Dinge riefen plötzlich und eindringlich ihre Gegenwart zurück. Als er sich nach Wochen in ihr Haus am Mount Soche begab, um einer aus England herbeigeeilten Schwester beim Nachlaß zu helfen, war das eine schmerzliche, aber doch noch durch Gespräche und Geschäftigkeit ablenkende Zeit gewesen – die Schwester ähnelte Pamela, und er hatte sich ein wenig in ihre Familie aufgenommen gefühlt. Dann aber, als er wieder allein war, kamen Momente kaum erträglichen Schmerzes, dem er nicht ausweichen wollte, ja, ihn geradezu herbeirief. Noch waren die Schlüssel zu Pamelas Haus, das verkauft werden sollte, in seinem Besitz, und er pflegte hinaufzuwandern, durch die nun leeren Räume zu streifen – suchte er dort noch ein Echo ihrer Stimme, das sich irgendwo in den großen Räumen verfangen haben mochte, fand er es vielleicht wieder in den Stimmen der Vögel, die wie immer vom Garten hereindrangen, deren morgendliches Ungestüm und zarte abendliche Trauer Pamela geliebt hatte? Begegnete ihm Pamela im zitternden Schatten der Jacarandabäume, auf den sich so oft der ihre gelegt hatte? Er ging über den weißen Kiesweg ihrem Hause zu, über die breite Steintreppe zur Veranda hinauf, und sah wieder Pamela in ihren weißen Kleidern, umgeben von den dunklen Portraits ihrer anglo-indischen Vorfahren, die sie nie als ihre Angehörigen, sondern immer nur mit ihren Titeln vorstellte: Lady Hastings, Lord Soundso. Oft hatte sie ihm kleine Anekdoten über diese Vorfahren erzählt, über ihre Affären, ihren Stolz, ihre Unerschrockenheit, ihre Grausamkeiten.

Zum letzten Mal stand er jetzt in diesem leeren Raum und sah in den Garten hinaus – in den dunklen Hibiskusstauden raschelten schwarz-rote Loris, es schien, als hielten die Zweige sie gefangen, als versuchten sie unbeholfen, sich aus ihnen zu befreien. Immer fielen diese eleganten Vögel plump in Bäume und Sträucher, flatterten wie verwundet im Blattwerk – nur in der Luft erhielten sie ihre fremde, elegante Würde wieder. Und er hörte Pamela sagen:

»Immer wundert mich, daß sie sich nicht die Flügel verletzen, sie sind in den Büschen in einem ihnen fremden Element, sie gehören der Luft.« Und nun war ihm, als habe auch Pamela selbst sich in einem ihr fremden Element befunden, und als sei es an ihm gewesen, sie daraus zu befreien. –

Vertrauensvoll hatte sie in diesem Land gelebt, hatte ihm ihre Schönheit und ihr warmes Herz gegeben, bis ein grausamer fremder Sturm sie hinwegfegte. Hatte sie etwas von diesem Sturm gespürt, eine erste leichte Brise sie vielleicht gestreift, wenn sie in den vergangenen Wochen davon gesprochen hatte, daß es wohl besser wäre, das Land zu verlassen? Doch er war der Alte geblieben, hatte sich immer noch herablassend und unbekümmert als der Herr des Landes gefühlt und die Vorwehen der Unabhängigkeit als einen grandiosen, wenn auch unheilschwangeren Scherz empfunden.

Mit zerzausten Flügeln flatterten die Vögel im Buschwerk, ihre harschen Schreie streiften wie rauhes Sandpapier sein Herz. Aus den Jacarandabäumen sandte ein leichter Wind blaue Blütenschauer auf den Rasen und ließ im Haus die Leinwand der alten Gemälde erbeben.

Unten, von weither aus der Stadt, kamen kreischende Stimmen: Im Stadion schrieen die Menschen in hämmerndem Rhythmus den Namen ihres Kandidaten über die Wellblechdächer: Mpembwe – Mpembwe – zerrissen wie von Tausenden abgefeuerter Speere. Harrison verließ das Haus und ging langsam zu seinem auf der Straße wartenden Auto. Er blickte sich nicht mehr um. Der Wind war nun stärker geworden, und als er im Wagen saß, fielen schwer die ersten Tropfen.

Monate später, zurück in England, als es ihm endlich gelang, seine Gedanken von dem zerstörenden Nebel persönlichen Schmerzes zu befreien, versuchte er sich Klarheit zu verschaffen, was er denn selbst zu den unheilverkündenden Vorzeichen des Wandels beigetragen habe. Oder war einfach der Zeitgeist, die verkleinerte Welt mit ihren politischen Polarkreisen, eine exzessive Liberalität, die sogenannte Befreiung des Menschen, dafür verantwortlich? Es war im Großen alles fehlgelaufen. Aber er selbst? Er überblickte sein Leben, reihte Handlungen aneinander, hielt beschämt inne, wenn er zu eigenen Überheblichkeiten kam, lächelte über seine Ideale, sah seine Helden stürzen und im Staub versinken wie Shelleys Ozymandes.

Und es kam ihm ein Wort Cervantes' in den Sinn: ›die Tatsachen sind der Wahrheit größter Feind‹. Aber wo, wo lag Wahrheit? Irgendwo verborgen vielleicht, im Kern eines Atoms, in einer kalten mathematischen Formel? Doch vielleicht war diese Formel Gott und die einzige Wahrheit und deshalb auch die absolute Schönheit. Vor diesem Gedanken fröstelte ihn.

90) *Mrs. Dale*

Der Regen hatte nachgelassen – Mrs. Dale saß auf ihrer Veranda und blickte auf die Teefelder hinaus. Noch hing zarter weißer Dunst über den Büschen, es war heiß und feucht, in den Gartenbeeten schwirrten rot-grüne Kolibris um die Strelitzien, im Hause summte Moses eine eintönige Melodie. Die Gartenboys kauerten vor den Rabatten und dösten vor sich hin, wenn sie Mrs. Dales Blick auf sich fühlten, rutschten sie, die Hände auf den Boden gestützt, auf ihren Hinterteilen ein Stück weiter.

Ein grünes Meer in goldenes Licht getaucht, lag vor ihr, und dieses Bild: der Garten, die glitzernden Vögel, die Boys an ihren Rabatten und vor allem dieses Licht über den Teegärten, grub sich tief in Mrs. Dales Herz. Und sie wußte: dies war ein Heimwehbild. Zuhause, in England, an einem trüben Herbsttag würde sie dieses Bild wieder sehen, und ihre Augen würden sich mit Tränen füllen, so wie sie es jetzt taten, vor Heimweh nach diesem Land, in dem sie noch lebte.

Sie war allein im Haus, die beiden Damen waren abgereist, Dale noch in der Fabrik. Wie turbulent diese letzten Tage gewesen waren – da war die Geschichte mit diesem fetten kleinen Sembereka, den Dale nun endlich über die Grenze befördert hatte, die Damen aus England, die in Mozambique plötzlich streunende Hunde und aufgescheuerte Eselsrücken vergaßen und sich mit Begeisterung auf den aus seinem Sarg befreiten Sembereka stürzten. Es war schon komisch gewesen, wie sie alle, auf eine Moslembeerdigung vorbereitet, über die Grenze gefahren waren, nicht einmal ihr hatte Dale reinen Wein eingeschenkt – und wie aus dem Leichenschmaus eine überaus heitere Angelegenheit wurde, bei der Dale, Father Ricardo und auch diese Ethel viel zu viel dem sauren portugiesischen Wein zugesprochen hatten, so daß es geradezu ein Wunder war, daß sie heil nach Hause gekommen waren.

Ja, wenn sie so nachdachte, sie war wohl oft ungerecht zu Dale gewesen – da war dieses ungestüme Temperament ihres Mannes, das so oft zu verletzenden Worten führte, und dem sie nichts entgegenzusetzen hatte, außer schwachem Protest, der ihn wiederum zu noch heftigeren Anfällen reizte – es war schwierig gewesen, mit ihm zu leben, und doch hatte sie dabei immer eines gewußt: Dale war absolut zuverlässig. Freilich, hin und wieder war da eine Weibergeschichte gewesen – ein kurzer heftiger ›Fling‹, wie die Leute hier sagten –, aber dies hatte sie ihm längst verziehen. Was ihr Sorgen machte, war diese Rücksichtslosigkeit gegen sich selbst, die Trinkereien mit Father Ricardo – Dales Gesundheit war angegriffen, oft atmete er heftig und sein Arzt in der Stadt hatte ihm schon vor Jahren Alkoholverbot erteilt. Es war anzunehmen, daß Father Ricardo sich in einem ähnlichen Zustand befand, so blaß und fahl wie er aussah, und diese schreckliche Trinkerei in Mozambique hatte nicht geholfen. Und doch war nach dieser Sembereka-Geschichte ein schönes neues Einvernehmen zwischen ihr und Dale entstanden – gerade gestern hatten sie zusammen Tussanis Moschee besucht und waren übereingekommen, daß in diesem Jahr die namhafte Spende, die gewöhnlich an Father Ricardos Kirche ging, zwischen ihm und Tussani geteilt werden sollte. Die Moschee hatte sich in einem unbeschreiblichen Zustand befunden, wie dieser Tussani jemals die Treppe zum Minarett hochgekommen war, eine Treppe, die nur noch aus einem Haufen Geröll bestand – es war schon beinahe ein Wunder. Ja, Tussani sollte Geld bekommen, um seine Moschee zu reparieren.

Würden sie nach der Unabhängigkeit nach Irland zurückkehren? Jahr um Jahr hatte sie sich auf diese Rückkehr gefreut, aber nun wußte sie plötzlich nicht mehr, ob sie überhaupt nach Hause wollte. Und Dale tat, als wolle er hier begraben werden – redete von einem alten Friedhof droben in den Bergen – und von Bäumen, die man nach einem bestimmten Alter nicht mehr verpflanzen sollte. Das kleine Haus in Irland mit den offenen Kaminen in jedem Raum, die frische Kühle des irischen Sommers, Spaziergänge in Dublin, durch herbstliches Laub, solche Bilder hatten mehr und mehr ihren Glanz verloren. Mrs. Dale seufzte – eine Teetasse stand vor ihr auf dem Tisch, eine Coalporttasse aus durchsichtigem Porzellan, die sie einst mit dem vollständigen Service aus England mitgebracht hatte. Sechs Tassen waren noch übrig, alles andere war im Laufe der Jahre zerbrochen worden – wie hatte sie sich jedesmal geärgert, wenn Moses, ihr die Scherben präsentierend, mit perfekt gespielter Überraschung sagte:

»Chaduka, Madame, Tasse einfach auseinandergefallen.« Mrs. Dale lächelte, sie würde die kostbaren Reste des Service Essabetala schenken, Essabetala würde begeistert sein. Und sie erinnerte sich, wie sie damals, vor so vielen Jahren, als junge Braut in dieses Land gekommen war, im Wasserflugzeug über die großen Seen, dann in einer Maquila über die Berge getragen, hinter ihr zwei weitere Sänften mit Gepäck, den Büchern, dem Porzellan. Was würde von ihr und Dale bleiben, wenn sie das Land verließen? Die Leute der Red Store Street würden sich natürlich an sie erinnern, allein sechs Patenkinder Dales trugen seinen Namen, und einige Marjories gab es auch. Und da waren die Hundegräber, drunten im Garten, unter den Litschibäumen: Hazel, die Mischlingshündin, schwarz, glatthaarig, unermüdlich in Dales offenem Jeep durch die Red Store Street ihren Kollegen, den Dorfhunden, nachbellend, und Krambi, der kleine Dackel, sanftäugig und tapfer, lagen hier, der eine der Tollwut, der andere einem Schlangenbiß erlegen.

So viele Erinnerungen drängten sich heute in ihren Tag, die verklärten ihrer frühen Tage in Afrika, die schlimmen der vergangenen Monate. Das Schicksal Pamela Moskowiczs, der schönen eleganten Pamela, auf die sie immer ein wenig eifersüchtig gewesen war – ein solch grausamer Mord – ja, und auch der Gedanke an Mr. Lake, der ein so höflicher junger Mann gewesen, immer hatte er ihr Blumen mitgebracht, und sie dachte mit Rührung daran, wie er sich die ersten Teeblüten an sein Jackett gesteckt hatte; ein junger Mann, der auf die falsche Bahn gekommen war. Sie konnte nicht umhin, mit Bedauern an ihn zu denken, da war doch viel Gutes in ihm gewesen – und nun war er tot. Es schien ihr eine so schreckliche Verschwendung zu sein, überall in diesem wunderschönen Land diese Verschwendung. Die Leichen im Chanunka – und die Tiere – an die Tiere durfte man gar nicht denken.

Das goldene Licht über den Teefeldern war nun in graue Schleier gesunken, die Dämmerung eingefallen, unmerklich glitten Bäume und Felder ins Dunkel. Vom Dorf drang Tussanis Stimme herüber: klar und melodisch, silbernen Fäden gleich, zogen die ausklingenden Kadenzen über den dunklen Himmel. Auch dies, wußte Mrs. Dale, würde sie mit nach Hause nehmen, Tussanis Stimme und irgendwo in einer lauten Londoner Straße würde sie zu ihr kommen, wie die Stimme aus einem anderen Leben, ihrem wirklichen Leben, hier in den Hügeln von Truchilla.

91) Ein Friedhofsbesuch

Am folgenden Tag, einem dieser wunderbar klaren Tage, die zwischen Regenperioden die Teefelder wie Smaragd aufleuchten ließen und die bewaldeten Berghänge in strahlende Unwirklichkeit tauchten, fuhr Dale zum Berg Zion. Dieser Berg, von schottischen Missionaren Mitte des 19. Jahrhunderts so benannt und besiedelt, lag, im Dschungel verloren und beinahe vergessen, hinter den Likobula Teegärten. Seit fünfzig Jahren gab es hier keine Mission mehr, nur der kleine Friedhof hatte sich noch gehalten – ab und zu ließ sich ein weißer Pflanzer dort begraben, denn es war eine schöne, einsame Stelle, die einen weiten Blick über Berge und Plantagen bot. Doch lange war das nun nicht mehr geschehen, Baumwurzeln hatten die Grabumrandungen gesprengt, die Inschriften auf den Grabsteinen waren kaum mehr lesbar.

Dale fuhr einmal im Jahr zu diesem Friedhof hinauf, um nach dem Rechten zu sehen und sicherzustellen, daß der Dschungel ihn nicht ganz verschlang. Er liebte diesen Ort, und wäre es nicht seine Gewohnheit gewesen, romantische Anwandlungen möglichst zu unterdrücken, wäre er sicher öfters dort hinauf gefahren. Einige Meilen waren mit dem Landrover zu bewältigen, danach stand ihm ein mühevoller Aufstieg durch Bambusdickichte, litschiüberwachsene Felsen und dichtes Dschungelgestrüpp bevor, der ihn schwer atmen ließ, sein grau-rotes Haar schweißnaß an seinen klobigen Schädel preßte, und sein Herz in einen schnellen harten Rhythmus jagte, der ihm beängstigend in den Ohren dröhnte. Des öfteren mußte er innehalten und sich setzen – er spürte plötzlich, daß er alt wurde.

Endlich oben angekommen, ließ er sich auf einer abbröckelnden Ziegelmauer, einem Relikt der Mission, nieder und nahm aus einer Feldflasche einen Schluck Whisky. Die Gräber alter Freunde lagen hier, von Gestrüpp überwachsen, und während er bemüht war, sich einst vertrauter Züge zu erinnern, bemerkte er an der Friedhofsmauer einen jungen Mann und ein junges Mädchen. Der Mann, ein kräftiger, dunkelhaariger Bursche, hatte seine Arme um des Mädchens Schulter gelegt. »Ein Liebespaar«, dachte Dale. – Auch er war in jungen Jahren mit seiner Frau zu diesem romantischen Friedhof hinaufgewandert, und es schien ihm einen Moment, als sähe er sich selbst, jung, ungestüm und voller Ungeduld. Jetzt konnte er auch die Gesichter der beiden erkennen: Es war Salinas Sohn Pratap, der sich hier mit Gulbadan, der jüngsten Tochter Karims, traf. Die Köpfe zusammengesteckt, sahen sie auf etwas, das Gulbadan in den Händen hielt. »Was diese beiden sich wohl erzählten«, dachte Dale, »wie redeten junge Leute heute miteinander?« Er hatte damals Gedichte geschrieben, die nicht einmal so schlecht waren – ob Pratap wohl Gulbadan Gedichte schrieb? So dachte Dale und wahrscheinlich hätte ihm gefallen, was Gulbadan eben zu Pratap sagte:

»Sieh, Pratap«, sagte Gulbadan, einen rot gemaserten Stein in ihrer Hand betrachtend, »dieser Stein ist noch hier, aber sie alle da unten, die einmal wie wir geliebt haben, sind nicht mehr. Es gibt kein Immer, Pratap, und deshalb sollst du nicht zu mir sagen, daß du mich immer lieben wirst. Die nach uns kommen, werden dies sagen, und die, die wiederum nach ihnen kommen, und nur so lebt Liebe ewig, aber sie gehört nicht uns allein.« Pratap, bezaubert von solch wehmütigen Worten und auch ein wenig verwundert, bemerkte die Tränen in den Augen seiner Geliebten und sagte:

»Uns gehört sie, uns ganz allein, und ich werde es dir zeigen ...« Und er zeigte Gulbadan, wie er sie liebte, so heftig, daß sich Dale abwandte und langsam wieder den Berg Zion hinunterwanderte: Der Friedhof gehörte heute den beiden, und er hatte dort nichts zu suchen. Und es überkam Dale eine plötzliche Traurigkeit, die er seinem Kreislauf zuschrieb, denn sein Herz pochte heftig. Er wußte nicht, daß ihm diese Traurigkeit tief aus dem Dämmer der Vergangenheit aufgestiegen war, so, wie sie Gulbadan als kühler Hauch einer unerbittlichen Zukunft angeweht hatte.

92) *Hochzeitsvorbereitungen*

Der Regen hatte aufgehört – nur wenige Tage Sonne und die Schlammstraßen waren zu hartem brüchigen Lehm ausgetrocknet. Der Irre war noch einige Tage durch die Straßen gewandert, nachts das wirre Duett zwischen Mensch und Hund zum Mond aufgestiegen, dann war er plötzlich verschwunden. Die Trockenheit trieb ihn in die Berge hinauf, in die Dschungelwälder, die nie austrockneten, dort hinauf, wohin auch die sehr alten Leute sich zum Sterben begaben. Denn, so sagten die Eingeborenen, wenn der Elefant alt wird und den Tod nahen fühlt, trennt er sich von der Herde.

In diesen Tagen jedoch dachte im Dorf niemand an den Tod: Der Irre war in die Berge zurückgekehrt, und das war ein gutes Omen, denn in Karims Haus wurde Radas Hochzeit vorbereitet. Und nicht nur in Karims Haus: Da war Essabetala, die bei Salina steife, feuerrote Seide einkaufte – »Sie wird sie noch fetter machen«, dachte Salina und sagte:

»Dieses Rot zu deiner Haut, Essabetala, genau das Richtige, teuer zwar, aber etwas wirklich Vornehmes.« Und Essabetala dachte an die generöse Spende, die Tussani für seine Moschee von Bwana Dale erhalten hatte – viel zu viel für so eine brüchige alte Moschee – und nahm viele Meter davon, denn es sollten Volants über Volants an einem weiten Rock schwingen, so wie sie es auf alten Photographien Königin Elisabeths gesehen hatte. Mafaiti, Salinas Schneider, arbeitete viele Stunden daran, und Tussani, als er Essabetala in der vollendeten Kreation begutachtete, rief anerkennend:

»Du wirst sie alle in den Schatten stellen, Essabetala.« Und Mr. Dale sollte später zu seiner Gattin sagen:

»Essabetala sieht aus wie eine fette respektable Zulukönigin ...« So hatte Essabetala erreicht, was sie wollte: ihr Kleid wurde von allen beachtet.

Schwierigkeiten ergaben sich in Dillahs Haus, denn Aissa hatte die Einladung an Mr. und Mrs. Dillah adressiert und unter Dillahs drei Frauen entstand eine heftige Diskussion darüber, wer nun mit dieser Mrs. Dillah gemeint war. Selbstverständlich, sagte Dillahs erste Frau, sei sie es, denn es sei Brauch in moslemischer Gesellschaft – und der gehörten schließlich die Karims an –, daß der ersten Frau der Vorrang gebühre. Dieser Meinung widersprach Dillahs zweite Frau, sie vertrat die Ansicht, daß es unter Christen, und das seien sie doch nun einmal, keine Rangordnung gäbe – und Dillahs jüngste Frau schluchzte nur dauernd vor sich hin, denn lange schon hatte sie von dieser Hochzeit geträumt, die, nach den Vorbereitungen zu schließen, das Fest aller Feste zu werden versprach. Dillah selbst stand seinem Dilemma ratlos gegenüber und teilte sich schließlich Mr. Dale mit, der auch hier die Lösung wußte: Mit Mrs., sagte er, seien alle seine Frauen gemeint, weil es so etwas wie Misseses im modernen Englisch nicht gäbe, stünde in diesem Fall Mrs. allen dreien zu. So kamen alle Frauen Dillahs zu ihrem Vergnügen, was diesem zwar Frieden brachte, aber seinem Geldbeutel ein großes Loch verursachte.

Auch Salina im Red Store hatte bezüglich der Hochzeit ihre Sorgen: Karbaris lag ihr mit Geschäftsverlusten in den Ohren und zeigte sich ablehnend gegenüber neuen Ohrgehängen, die Salina zu der Hochzeit benötigte. Denn, wie sollte Salina diese Hochzeit wirklich Vergnügen bereiten, ohne den Neid Aissas genießen zu können – das winzige Vergnügen des Neides Aissas, die gerade ihre unansehnliche Tochter einem reichen Mann vermählte. Karbaris aber schwelgte in seinem eigenen Mißgeschick, was, wie Salina glaubte, sehr übertrieben war. Freilich, er hatte vor einigen Tagen einen neuen Lastwagen verloren, aber daran war er selbst schuld. Weil er den Wagen nicht eingeschlossen hatte, war es einem der Fahrer eingefallen, mit Freunden eine nächtliche Spritztour zu einer Bar in der Stadt zu unternehmen (den Bwanas wollten sie es gleichtun), und das Schicksal wollte es, daß sie betrunken auf der Nachhausefahrt im Chanunka landeten. Sechs von ihnen, inbegriffen der Fahrer, waren sofort tot – aber das Schlimmste war, daß der Lastwagen sofort abgeschrieben werden mußte. Natürlich war es verständlich, daß Karbaris um seinen Lastwagen trauerte, aber da war etwas, das doch dieses Unglück kompensierte: Die Bahnlinie zur Küste hin war von den Rebellen gesprengt worden und alle Güter dorthin mußten nun mit Lastern transportiert werden, was dem Geschäft einen beträchtlichen Aufschwung verhieß. Und daß Salina an diesem Tag schön sein wollte, hatte auch den besonderen Grund, daß Bwana Dale anwesend sein würde, und diese Hochzeit einer der wenigen Anlässe war, an denen Salina ihre Familie vollständig um sich hatte. Und dies war natürlich eine glückliche und angstvolle Erfahrung zugleich, denn immer stand das Menetekel der Entdeckung an der Wand: dieser Schimmer von Rot in Prataps Haar und seine Figur. Sie war nicht die Figur ihres Mannes, der, klein und dick, zwar einen wohlgebauten Oberkörper, aber Beine hatte, bei denen irgend etwas schief gelaufen war: sie waren entschieden zu kurz und dünn für den oberen Teil. Pratap hatte Dales Figur, kräftig und wohlproportioniert. Und es gab noch eine Reihe anderer Merkmale, die sie gemeinsam besaßen – die Stimmen waren sich ähnlich, bestimmte ärgerliche Handbewegungen zeigten denselben Schwung und der Gang war einfach der gleiche.

Am meisten Aufregung brachte die sich nähernde Hochzeit natürlich Karims. Der Hinterhof mußte geräumt werden, all die Kisten, alten Säcke, verrosteten Utensilien und schimmeligen Felle – Karim hatte vor Jahren einen Fellhandel betrieben – mußten in Ermangelung eines geeigneten Platzes auf das Blechdach des Hauses geschafft werden, wo, wie sich herausstellte, reges Leben sich entfaltete, denn in den alten Fellballen hatte sich allerlei Getier eingenistet, das nun heimatlos auf dem Dach hin und her lief, auf der Flucht vor gierigen Habichten und wartenden Langhalsgeiern. Dann mußte ein Zelt, in der Stadt gemietet, aufgepflockt werden, ein heiteres grün-rot-weiß gestreiftes Zelt mit langen Fransen rings um das Dach, in dem die hundertköpfige Hochzeitsgesellschaft unterzubringen war. Dieses Zelt stand zum Entzücken der Kinder schon eine Woche vor dem Ereignis in Karims Hof, und ein Wachmann mußte mit seinem Speer davor sitzen, um lästige Eindringlinge abzuwehren, besonders Essabetalas Ziegen, die, darin Schatten suchend, oft den Ausgang nicht mehr fanden und dann mit ihren Hörnern die Zeltleinwand attackierten.

Schwierigkeiten bereitete auch die Sitzordnung – man saß auf kleinen Kissen entlang der auf dem Boden angerichteten Speisen, und Aissa und Karim hatten darüber lange Diskussionen geführt. Karim, der selbstverständlich zwischen seiner Tochter und Mrs. Dale sitzen mußte, schlug für Mrs. Dales linke Seite Tussani vor – aber konnte Bwana Dale, der neben Aissa saß, Essabetala zugemutet werden?

»Besser Essabetala«, sagte Aissa, »als diese kleine Hure Salina«, was Karim mit einem sanften Kopfnicken und mildem Lächeln quittierte. Salina und Karbaris wurden den Eltern des Bräutigams zugewiesen, Dillah sollte neben Essabetala und Dillahs erste Frau neben Tussani Platz nehmen. Seine beiden anderen Frauen saßen zwischen Karims noch ledigen Töchtern.

93) *Die Hochzeit*

Der Tag des Hochzeitsmahles war einer jener wechselhaften Tage, wie sie zu Beginn der Regenzeit oft trockenen folgten: Dunkle Wolkenfetzen trieben am Himmel, dazwischen platzte grellgelb die Sonne – man erwartete Regen, sehnte ihn herbei, die feuchte Hitze kroch einem unangenehm in die Kleider – aber kein Tropfen wollte kommen, es war als stemme sich die schwere Luftfeuchtigkeit gegen den Himmel und verschlösse ihn.

»Ein Treibhaus übelster Sorte heute«, sagte Dale, als er sich in seinen Anzug zwängte, einen leichten dunklen Anzug, den er lange nicht mehr getragen, und der ihm viel zu eng geworden war. Niemals hätte er zu einem Essen im Club bei dieser Hitze einen Anzug angelegt, doch bei dieser Einladung war Dale darauf bedacht, Karim Respekt zu zeigen: Karim hatte ihn eingeladen, Karim, der wie er ein Oldtimer war, und Dale wußte, daß Karim einen englischen Gentleman auf der Hochzeit seiner Tochter erwartete, und keinen hemdsärmeligen Jeanstyp, wie sie jetzt seit dem Einzug des amerikanischen Peace-Corps langhaarig und schmuddelig hier herumliefen und von Eingeborenen wie Indern gleichermaßen als ›low caste‹ kommentiert wurden. Und so schwitzte Mr. Dale und sah neiderfüllt auf seine Frau, die im leichten weißen Sommerkleid die Illusion der Kühle mit sich trug.

»Wir werden wunderbares Essen bei Aissa bekommen«, sagte diese, »und wie angenehm, daß es einmal keine Trinkerei geben wird – Karims sind Muslime und Muslime trinken Fruchtsaft.«

»Du brauchst den Teufel nicht an die Wand zu malen«, antwortete Dale, sich seine Krawatte zurechtbindend, »ich respektiere Karim und er hat mich, verdammt noch einmal, auch zu respektieren, er kann nicht erwarten, daß ich Fanta trinke!« Mrs. Dale lächelte: Fanta, einen pappig süßen Orangensaft, in Rhodesien hergestellt, verabscheute Dale.

Auf dem Weg zu Karims Haus löste er seine Krawatte, die Hitze setzte ihm zu, er fühlte Schweißperlen auf seiner Stirn und kleine, sprudelnde Geräusche in seinem Herzen. »Es wird Zeit«, dachte er,

»das Land zu verlassen. Ich werde alt, ich ertrage das Klima nicht mehr.«

Die Gäste waren schon vollzählig eingetroffen, Karim, im blütenweißen Kaftan, schwarzen Hosen und Fezkäppchen einem gravitätischen Marabu ähnelnd, führte sie an ihre Plätze. Essabetala leuchtete ebenholzschwarz aus Kaskaden roter Seide und erinnerte mit dem großen Silberkreuz um ihren Hals an einen freundlichen fetten Kardinal. Tussani war im Frack erschienen, eben jenem, der einer Mäusefamilie auf so rüde Weise entzogen worden war – auch er trug ein weißes gehäkeltes Muslimkäppchen und sah trotz rotbrauner Betelzähne einem indischen Diplomaten des 19. Jahrhunderts nicht unähnlich. Immer noch, trotz eines gelben Hauchs über dem verblühenden Teint, war Salina, schlank, mit dunkel schwelendem Blick, die Femme fatale der Runde: In ihren grünen Seidenhosen, dem hüftfreien gelben Leibchen und dem mit silbernen und goldenen Peiletten besetzten weißen Sari war sie die welkende Salome, eine Bajadere, die ihren letzten süßen Duft verströmte. Tussani betrachtete sie mit leisem Bedauern, er, der alternde Traumtänzer, der sich lieber auf dem Saum der Realität als in ihrer harschen Mitte bewegte, und – Allah vergebe ihm – nur zu oft das inbrünstige Beben in seinem Gesang dem Gedanken an sie verdankte. Aissa, die Brautmutter, war in rot gekleidet, in feuriges Rot wie die Braut selbst, in Rot, der Farbe der Freude und des Glückes.

Rada war bis unter die kohlumrandeten Augen in roten Tüll gehüllt und glitzerte mit tausend Pailletten, Gold schimmerte um Hals, Nase und Ohren, schweres Gewürzparfüm umwehte sie. Nur einmal noch in ihrem Leben würde sie in solch strahlendes Rot gekleidet sein: auf ihrem Totenbett. Der Bräutigam blickte ernsten Gesichtes aus seinem ungewohnten schwarzen Anzug, sein dunkles Haar glänzte, mit Rosenpomade geglättet, wie der Kotflügel eines schwarzen Autos. Er war klein und trug deshalb Plateau-Absätze, die ihn auf eine Ebene mit der Braut hoben.

Auf einem langen Leintuch, auf dem Boden ausgelegt, präsentierten sich farbenprächtig die Speisen: herbduftende Hammel-,

Rind-, Fisch- und Scampicurries in roten und gelben Marsalasaucen, ihre Schärfe von mattbitteren Korianderblättern gemildert, Birjanis mit Ingwer und Rosinen, einen heißen Hauch von Zimt und Nelken verströmend, sesamdurchwirkter Joghurt, der sanft den Gaumen kühlte, Schalen mit gelbem, in süß-saure Sauce gelegtem Zitronat und solche mit fein geschnittenen Papaya, Mangos und Bananen, und, als besondere Aufmerksamkeit für Dillah und Essabetala, geröstete rote Ameisen, die wie knuspriges Krokant zwischen den Zähnen knisterten. Und das Brot erst! Wenn solch blätterzarte Gebilde wie Chapattis, mit Koriander gewürzt, auf der Zunge zergehend, überhaupt Brot genannt werden konnten, oder die dunklen Pfannkuchen, Papadams, in Ghee gebacken, die, in Scheiben gerissen, den Anwesenden als Löffel dienten. Und zum Nachtisch in hauchdünnes Silberpapier – das mitgegessen wurde – gehüllte Mandelsüßigkeiten.

Dale wußte, daß Aissa all diese Köstlichkeiten in tagelanger hingebungsvoller Arbeit im Hinterhof ihres Ladens auf kleinen Petroleumbrennern fabriziert hatte, und es war ihm klar, daß er nicht umhin konnte, sich zu überessen – Aissa bemerkte dies mit Entzücken und sorgte dafür, daß sein Teller niemals leer wurde. Wenn er, Dale, zuerst mit scheelen Augen auf die vielen Fantaflaschen, die sich wie eine drohende gelbe Schlange auf dem Tuch hinschlängelten, geblickt hatte, so erkannte er doch nach dem ersten Schluck, daß Karim ihn respektierte: In dem Glas, das dieser ihm selbst kredenzte, war Whisky der besten Sorte.

Nach dem Hauptgericht erhob sich Karim und hielt eine würdige, von feiner Zurückhaltung geprägte Rede, und auch der Bräutigam sprach, schüchtern und linkisch, so daß Rada in ihr Taschentuch lachen mußte, und die Anwesenden verständnisvoll lächelten. Und endlich auch stand Tussani auf, brachte einen Toast auf das Brautpaar, las, wie es sich für einen Muslim und Muezzin gehörte, einige Suren aus dem Koran und verkündete die Renovierung der Moschee, ein Loblied auf Bwana Dale anstimmend:

»Unser aller hochverehrter Freund«, sagte Tussani, »dem wir es auch verdanken, daß wir uns heute zu diesem wunderbaren Anlaß so vollständig« – mit einem Blick auf Dillah – »hier versammeln konnten.« Und nach Tussani erhob sich Dillah, und auch er dankte Bwana Dale und sagte, daß auch Essabetalas und Tussanis Verdienste nicht vergessen werden dürften, und dann verhaspelte er sich ein wenig und fuhr stotternd fort, Karim und Aissa und überhaupt allen zu danken ..., aber niemand hörte ihm mehr so recht zu, denn die Musik hatte eingesetzt – Karims indische Kapelle aus der Stadt übertönte mit Blechtrommeln und Zirbeln jedes andere Geräusch. Später wurden europäische Evergreens laut, die Speisen entfernt, und das Brautpaar eröffnete den Tanz. Und Dale erhob sich und tanzte mit Aissa und danach mit Essabetala, während Karim und Tussani Mrs. Dale engagierten. Und weil er mit Essabetala getanzt hatte, deren Rotseidenes schon große dunkle Schweißhalbmonde unter den Armen zeigte, mußte er auch mit Dillahs drei Frauen tanzen, und nun endlich zog er seine Jacke aus, denn der Schweiß brach ihm aus allen Poren, und er atmete heftig. Doch wußte er, was sich gehörte, und näherte sich nach einer kleinen Pause Salina und forderte auch sie zum Tanz, und obgleich sich ihre schlanke Figur, unverändert durch die Jahre, ganz leicht in seinen Arm legte, wankte er jetzt – Karim hatte wohl sein Glas zu oft gefüllt, dachte er, und die Hitze tat ein Übriges. Aber er tanzte doch weiter, Salina hatte ihm viele Freuden bereitet, und er wollte sie nicht enttäuschen.

Salina aber, ihren kleinen Kopf an seine Schulter legend, hatte einen Entschluß gefaßt und warum sie ihn gerade in diesem Moment, in dem diese körperliche Schwäche Dale übermannte, ausführte, kann wohl nur Schicksal genannt werden. Dillah, der die beiden beobachtete, sah, wie sie Dale etwas ins Ohr flüsterte, und dieser den Blick zur Tafel auf Pratap wandte, einen erschrockenen Blick, in dem aber auch so etwas wie Stolz aufleuchtete, denn Pratap, der sich eben über Gulbadan beugte, war ein schöner Bursche und strotzte vor kraftvoller Männlichkeit. Und Dillah sah, wie Dale, leise den Kopf schüttelnd, etwas zu Salina sagte, und er dachte: »Jetzt weiß er es, jetzt hat sie es ihm endlich gesagt.«

Aber gleich darauf sah er Dale taumeln, sah, wie er sich von Salina löste und schwer zu Boden fiel, und dort lag er nun, ein gefällter Riese, hilflos wie ein Kind. Und Dale fühlte, wie diese rieselnde Quelle in seinem Herzen ein reißender Strom wurde, der seine Adern zu sprengen drohte, ihm in den Ohren dröhnte, so daß die Stimmen um ihn wie von fern, von einem breiten Fluß herüber, zu kommen schienen – er sah das Gesicht seiner Frau blaß und verängstigt über sich und versuchte ein Lächeln, um sie zu beruhigen, aber das Lächeln versank in einem Fluß von Bildern, wirre Bilder, die ihn zu hänseln schienen und ihm weh taten. Und schließlich zog es ihn ganz in diesen reißenden Strom und trieb ihn fort, tief hinein ins stille Dunkel des Todes.

An diesem Abend, dem Abend des Tages von Radas Hochzeit und Bwana Dales Tod, sagte Tussani zu Essabetala:

»Ich singe heute nicht, niemand kann von mir erwarten, daß ich an einem solchen Tag die Gebete singe – mein Herz ist gebrochen – ich habe einen Freund verloren.« Und Essabetala, die immer noch ihr Rotseidenes trug, antwortete:

»Du mußt singen, gerade heute, Bwana Dale hat Geld für die Moschee gestiftet ...« Da stand Tussani auf und ging hinüber zur Moschee. Und wenn sein Ruf zu Allah zuerst von Schluchzen unterbrochen war, so festigte er sich bald zu herrlich stählerner Reinheit, so daß die Dorfbewohner lauschten und sagten:

»Tussani singt für Bwana Dale.«

Und Mrs. Dale hörte Tussanis Gesang und ihr Schmerz löste sich in Tränen und hoffen wir, daß auch Mr. Dale ihn vernahm, der droben in seinem Bungalow unter Zweigen roter Bougainvilleas und weißer Teeblüten lag.

94) *Des Bwanas letzte Reise*

Die Red Store Street war leer. Nicht die Stille mittäglicher Hitze, die gewöhnlich alle Bewohner ins Haus flüchten ließ, lag über ihr, nicht die behagliche Ruhe mittäglicher Siesta-Verlassenheit hüllte sie heute ein – denn die Bewohner Truchillas waren zum Berg Zion gewandert, um Bwana Dale zu begraben. Diese Abwesenheit der Menschen beunruhigte selbst die Hunde – Karims Mischlinge lagen zusammengekauert vor der Ladentüre und jaulten unruhig leise im Schlaf, die Geier auf den Dächern wanden ab und zu ihre rosa Köpfe unter den Flügeln hervor, schoben sich auf dem Dachrand hin und wider, mißmutig Karims uneinträglichen Hinterhof betrachtend.

Alle waren sie zum Mount Zion hinaufgewandert, wo Bwana Dale beerdigt werden sollte. Schon am frühen Morgen war der Bwana hinaufgebracht worden, nicht in seinem schweren Mbawa-Sarg, der zusammen mit dem Körper eine zu große Last für das unwegsame Gelände gewesen wäre: Bwana Dale wurde auf eine leichte Bretterbahre gelegt, ein weißes Tuch bedeckte ihn, und so wurde er, sich auf dem Weg zu seinem Grab wie oft im Leben den Gebräuchen der Eingeborenen anschließend, den Berg hinaufgetragen. Dillah, Tussani und Moses trugen ihn mit großer Vorsicht, ließen sich Zeit und hielte oft inne, und je näher sie dem Missionsfriedhof kamen, um so mehr verlangsamten sie ihren Schritt, und nicht Ermüdung war es, die sie zögern ließ: Sie fühlten, daß hier, inmitten der Dschungelwildnis, der Bwana noch ihnen allein gehörte. Auf einem Plateauvorsprung, der einen weiten Blick auf die Teefelder und den von Jacarandas überbläuten Bungalow Dales bot, setzten sie die Bahre nieder, und dort zog Tussani das Tuch von Bwana Dales Gesicht, so daß die Sonne voll auf seinen blassen, schon leicht aufgedunsenen Zügen lag, und die roten Funken in seinem Haar sprühten. Und hier lag zum letzten Male auf Dales Antlitz diese unbarmherzige Sonne, die dreißig Jahre seines Lebens beherrscht, gegen die sein wildes Temperament sich hilflos erschöpft, seine geliebte und gehaßte Widersacherin.

Leichte Schlieren verwischten sie nun, Nebelschwaden, den Blick verschleiernd und wieder klärend, trieben um den Berg Zion, noch hatte die Sonne nicht ihren Zenit erreicht. Tussani, Dillah und Moses saßen dicht neben der Bahre, der frische Morgenduft der Gräser, Kräuter und weißen Strohblumen umgaben sie, karge Proteabäume warfen spärliche Schatten. Und Tussani sah eine kleine grüne Eidechse über des Bwanas Gesicht huschen und die Unbewegtheit, in der es verharrte, sandte ein Schaudern durch sein Herz, und es schien ihm, als laste von nun an des Bwanas Körper noch schwerer auf seinen Schultern.

Auf dem Friedhof gehörte der Bwana wieder seinen Leuten, er gehörte Mrs. Dale, die mit Father Ricardo den Berg hinaufgewandert war, Bekannten und Freunden, die aus den umliegenden Plantagen und der Stadt gekommen waren. Und während Father Ricardo aus der Bergpredigt las – in Englisch, so daß Bwana Dale zum ersten Mal Gelegenheit gehabt hätte, sich an Father Ricardos stark akzentuiertem Vortrag zu erfreuen – kamen Father Ricardo glückliche Momente gemeinsamer Trinkabende in den Sinn, und er hoffte, daß auch drüben Bwana Dale ein gelegentliches Glas Whisky nicht verwehrt würde.

Auch Tussani hegte fromme Gedanken, er hatte eine kleine Taschenausgabe des Koran mitgebracht und während Father Ricardo predigte, las Tussani Worte Allahs, des Gütigen und Erbarmungsvollen, und bat ihn, diesen Ungläubigen aber Gerechten in seinen Himmel aufzunehmen, von dem er, Tussani, sicher war, daß er Bwana Dale gefallen würde: Houris, schön wie Salina, würden dort für ihn tanzen und alle Freuden der Erde ihn erwarten. Und Salina? Salina bat Shiva um eine gute Wiedergeburt John Dales:

»Behalte ihn noch ein wenig«, sagte sie, »und schick ihn dann mit mir zusammen zurück, aber so, daß wir uns hier nicht verfehlen. – Du, der du in jeder Inkarnation Parvati, deine Geliebte, suchtest und fandest, wirst Wege finden.« Wer aber genau wußte, was mit Bwana Dale geschehen würde, war Laudon: Er, der Extra Pencils Praxis übernommen hatte, weissagte aus einem Bündel besonderer Hühnerknochen, daß Bwana Dale als großer Medizinmann zurückkehren würde, zum Wohlgefallen Aretes und zum Nutzen des Landes. Solch ehrenvolle Weissagung war vordem nie einem weißen Mann zuteil geworden, und sie brachte Laudon und Bwana Dale großes Ansehen.

Die Sonne stand hoch am Himmel, als so, mit den Segnungen großer Religionen versehen, Bwana Dales Sarg in die Erde gesenkt wurde, und just in diesem Moment riß ein seltsamer Gesang die Trauernden aus ihren Betrachtungen: »Britannia rules the Waves« klang über die verfallenden Missionsgräber hinweg in den gleichgültig orgelnden Dschungel hinein – Moses hatte Dales Boys am Rande der Trauergesellschaft zu einem kleinen Chor formiert, der zum letzten Mal des Bwanas Lieblingsmelodien vortrug, zweistimmig und durch alle Verse hindurch, was sicher ein schönes und uneigennütziges Bemühen war. Und Mrs. Dale lächelte unter Tränen, denn sie vernahm plötzlich ihres Mannes polternde Stimme wieder:

»Moses, Moses«, hörte sie ihn rufen, »schon wieder hast du gesungen ›Tania fool the waves‹ – Bri-Bri-Britannia und r-r-rrules the waves heißt das, du Narr!«

Auch Tussani war gerührt und blickte, Übereinstimmung des Gefühls erheischend, auf Essabetala, die aber ungehalten ihren Kopf wiegte und wieder einmal nichts von hehren Gefühlen wissen wollte.

An diesem Abend lag Truchilla unter einem verwischten Mond, der dumpf an einem mit Wolkenschleiern bedeckten Himmel eine heiße, feuchte Nacht ankündete. Die Bewohner Truchillas bewegten sich denn auch in unruhigem Schlaf auf ihren Charpoys, bis plötzlich, um Mitternacht, eine leichte, kühle Brise vom Mount Zion herüberwehte. »Es ist Bwana Dale«, dachte Tussani, »er liegt gut dort oben und seine Beerdigung hat ihm gefallen. Allah, der Barmherzige und Gerechte, hat ihn aufgenommen.«

Nur einer war in dieser Nacht noch lange wach: In Dillahs Büro brannte bis in die frühen Morgenstunden Licht. Dillah las in Bwana Dales Tagebuch. Obgleich er die Eintragungen beinahe auswendig kannte, las er sie noch einmal vom Anfang bis zum Ende, um sie dann in seinem eigenen Schreibtisch sicher zu verschließen. Niemand sollte, so wollte es Dillah, des Bwanas Tagebuch zu Gesicht bekommen. Er wußte, daß er nun die Plantage Dales übernehmen würde, und fühlte eine große Verantwortung für gerade dieses kleine Büchlein. Sollte er es dereinst Pratap übergeben? Wäre es nicht fair, daß Prataps Kinder etwas über diesen Großvater erführen? Dillah war sich unschlüssig.

Und so blieb Bwana Dales Tagebuch in Dillahs Schreibtisch, und dort ruht es vielleicht noch heute, denn ob Dillah es behielt oder weitergegeben hat, ist nicht bekannt geworden ...